SCIENCE FICTION

Herausgegeben
von Wolfgang Jeschke

Von **Michael Scott Rohan** erschienen in der Reihe
HEYNE SCIENCE FICTION & FANTASY

Trilogie ›Der Winter der Welt‹:

1. Roman: *Der Amboß aus Eis* · 0605091
2. Roman: *Die Schmiede im Wald* · 0605092
3. Roman: *Der Hammer der Sonne* · 0605093

MICHAEL SCOTT ROHAN

DER HAMMER DER SONNE

DRITTER ROMAN
DER TRILOGIE
›Der Winter der Welt‹

Deutsche Erstausgabe

WILHELM HEYNE VERLAG
MÜNCHEN

HEYNE SCIENCE FICTION & FANTASY
Band 0605093

Titel der Originalausgabe
THE HAMMER OF THE SUN
Aus dem Englischen übersetzt von Irene Bonhorst
Das Umschlagbild malte Michael Hasted
Die Karte auf Seite 6/7 zeichnete Erhard Ringer

Redaktion: Ulrich Petzold & Friedel Wahren

Die Originalausgabe erschien ursprünglich
bei Macdonald & Co. (Publishers) Ltd., London & Sydney

Printed in Germany 1994
Umschlaggestaltung: Atelier Ingrid Schütz, München
Technische Betreuung: Manfred Spinola
Satz: Schaber Satz- und Datentechnik, Wels
Druck und Bindung: Presse-Druck, Augsburg

ISBN 3-453-07254-5

Inhalt

packeis
brasayhal
eis-ödnis (taoune 'la
eis
eis-plateau
eis
gletscher
grys marhas
(marschen der schrecken)
elofs feste
heryonas
tel eran
berheryon
mormayr
grosse pforte
yskiana
kerkarron
torvallen
torcadar
seghen (totes land)

eis
n-arathans)
ekwesh-land
tscher
aureborg
ortraborg
veryaby
kerys
sundeby
tor daveth
grosser fluss oder salzstrom)
elan-ghorhenyan
pendhur
pentynon
keruelen

Sieben Jahre sind vergangen, seit Elof der Schmiedemeister, Kermorvan von Kerbryhain, die Duergar-Dame Ils und ihre Kameraden zu der legendären verlorenen Stadt Morvannec gekommen sind und jene Macht überwältigt haben, die über sie hergefallen war. In diesen sieben Jahren ist die Stadt neu geboren worden; doch im Westen geht das grausame Treiben der Ekwesh-Piraten, die vom unbarmherzigen Haß des Eises angetrieben werden, uneingeschränkt weiter. Deshalb wird auf Veranlassung Kermorvans in jedem Sommer eine Expedition durchgeführt, sowohl zur See als auch zu Land, von einer Küste des großen Kontinents zur anderen, um den Untergang des Westlandes zu verhindern und dessen Volk nach Osten zu führen.

Für Elof bedeuten diese Jahre eine glückliche Zeit mit Kara, die er nach erbittertem Ringen jenen Mächten entrissen hat, deren Herrschaft sie ausgeliefert war. Doch eben dieses Glück jagt ihm auch Angst ein, die Angst nämlich, daß Kara, die unsterblich ist und von unsichtbaren Kräften gelenkt wird, ihn eines Tages verlassen könnte. Und in seiner Angst besinnt sich Elof seiner eigenen unerklärlichen Kräfte, um Kara durch unlösbare Bande an sich zu schmieden. Von allen Fehlern, die er begeht, ist dies der schwerste: Kara flieht, und Elof kann nicht anders, als ihr zu folgen. Mit seinem alten Freund Roc begibt er sich auf eine Reise, wie sie nach menschlicher Erinnerung noch nie von einem Mann aus Fleisch und Blut unternommen wurde, über das weite Meer des Sonnenaufgangs nach Osten, wo nach den Überlieferungen aus uralten

Zeiten, sofern diese stimmen, die Stadt Kerys liegen muß, die Ursprungsstätte Kermorvans und seines Volkes.

Und dort erreicht die Chronik des Winters der Welt ihren Höhepunkt. Denn in dem sagenumwitterten Land im Osten sehen die bösen Mächte des Eises den Schlüssel zur Vernichtung allen Lebens, nach der sie so verbissen trachten; dort wird die alles entscheidende Begegnung stattfinden, und dort muß sich Elof schließlich mit der Wahrheit über seine Vergangenheit und seine Bestimmung auseinandersetzen.

Einleitung

Das Glück der Menschen ist etwas Zerbrechliches, denn wir sind so veranlagt, daß all unsere Gewinne die Saat des Verlustes in sich bergen, und oft sind wir es selbst, die sie zum Keimen bringen. Nach den Ereignissen, die im ›Buch des Helms‹ niedergeschrieben sind, lagen viele solche glückliche Jahre vor Elof und Kara, die er liebte, und vor den Freunden, die er gewonnen hatte; und im Überschwang seiner jungen Jahre wünschte er sich, daß sie ewig andauern sollten. Doch er selbst war es schließlich, der ihnen ein Ende setzte, und zwar durch eine solche Dummheit, wie sie nur weise Menschen zustande bringen; als Folge davon hatte er schreckliche Prüfungen durchzustehen. Doch bei aller Schlechtigkeit der Saat erwuchs ihr doch noch etwas anderes, und davon berichtet das ›Buch des Armreifs‹.

Erstes Kapitel

Das Schmieden

Ihre Ruhelosigkeit weckte ihn auf; der schlanke Körper drehte und wand sich neben ihm unter den schweren gestickten Decken und erlaubte der frischen Morgenluft, über seine nackte Haut zu streifen. Einen Augenblick lang lag er schlaftrunken da und war sich dumpf einer tieferen Kälte bewußt, die sich in seinem Inneren ausbreitete. Er kannte diese Kälte, kannte sie in letzter Zeit nur allzugut; zum Teil war es eine Art Erregung, die jedoch seltsamerweise mit Schuldgefühlen gemischt war. Doch überwiegend war es Angst. In schläfriger Besorgnis rollte er sich herum und streckte einen Arm aus, um sie zu umfangen; seine Hand streifte ihre Seite, während sie sich erhob, und fiel auf die Wärme des leeren Lakens zurück. Er öffnete blinzelnd die Augen; sie trat auf den Balkon hinaus, ihre Haut war blaß wie die Morgendämmerung hinter ihr, und sie hob etwas zu den Schultern hoch. Ein Wirbel aus etwas Weißem verbarg ihren Rücken, fiel seitlich an ihr herab und zeigte eine Innenseite, die so schwarz war wie ihre Haare. Dann hoben die ausgestreckten Arme den Umhang mit einem weiten Schwung, so daß er den Himmel verdeckte; Angst durchzuckte ihn und weckte ihn vollends auf. Er richtete sich auf und stieß einen lauten Schrei aus. Ihre Arme sanken herab, doch dabei bauschte sich der Umhang auf, die Innenseite blitzte auf, und die Luft pfiff beim Schlag von ausladenden schwarzen Flügeln. Ein großer Schwan stieg von dem Balkon auf, erhob sich dunkel in die blassen Lüfte und schwebte mit geschmeidiger Anmut über die verschlafenen Dächer und hinunter zum Meer.

Er fluchte und sprang aus dem Bett, wobei sich seine Füße in den davor ausgebreiteten Fellen verfingen, und zog den Vorhang des dahinter in die Wand eingelassenen Regals zurück; vom obersten Brett nahm er eine leichte Metallkappe und setzte sie sich auf den Kopf. Ein Kettengeriesel fiel ihm eiskalt über die Wangen und kühlte den Hals, während er mit ungeschickten Fingern den Gesichtspanzer schloß. Die Angst in ihm loderte hoch auf, aber gleichzeitig auch eine hitzige Leidenschaft, deren Flammen noch heißer waren. So geschah es, wenn man der Sage glauben darf, daß in seinem Herzen jener Wunsch erwachte – ganz Liebe und doch von einer finsteren und bösen Begierde gefärbt –, der den Verlauf und die Strömung nicht nur seines kurzen Daseins, sondern des gesamten Winters der Welt verändern sollte. Er holte tief Luft und zwang sich zum Nachdenken, während der schwarze Fleck im aufsteigenden Morgenlicht immer kleiner wurde.

Vor seinem geistigen Auge tauchte ein Bild auf; er gab ihm Form, verlieh ihm ein Eigenleben, und während es wie eine Pflanze austrieb, schwappte eine Welle über ihn, eine prickelnde Woge aus Schmerz, kalt und metallisch, die das Gefühl eines gewaltigen Drucks mit sich brachte. Er ließ die Hände sinken und spürte, wie die Luft unter ihnen sich verdichtete, wie ein plötzlicher Schwall überwältigender Kraft auf seine Brust einwirkte und ihn hoch und höher trug, über das zerwühlte Bett und hinaus über die Balkonbrüstung, wobei er mit einer einzigen schlagenden Bewegung die Luft umarmte. Seine Beine zappelten, und er winkelte die Füße ab, um beim Aufsteigen nicht aus dem Gleichgewicht zu geraten. Seine Augen, die nun wieder scharf sahen, richteten sich auf die fernen Flügelschläge. Sie waren bereits draußen über dem Meer, jenseits des Hafens; mit einem inbrünstigen stimmlosen Zischen neigte er die Flügel und schoß am Himmel dahin, um die Verfolgung aufzunehmen. Unter ihm schaukelten die Schiffe der großen Flotte sanft in ihrer Vertäuung; nichts rührte sich an den Decks, und bei ihrem Anblick mischten sich kalte Zweifel mit Elofs Wut. Er konzentrierte seine ganze Kraft auf die Flügel und beschrieb einen weiten Bogen über die Mole und die Brandung, die sich wie der Atem eines großen Ungeheuers hob und senkte, flach und doch tief. Über den sanft wogenden Fluten jagte Kara dahin, einmal tiefer, einmal höher, doch trotz ihrer Geschwindigkeit kam er ihr immer näher. Der Schatten seiner Flügel fiel auf ihren Rücken, als er zu ihr hinabschoß. Sie kreiste ohne Anstrengung und hob sich ihm entgegen. Als sie auf einer Höhe mit ihm war, entwischte sie ihm, wobei sie so dicht an ihm vorbeihuschte, daß ihr Rücken seine Brust streifte und die Flugmuskeln unter dem glatten schwarzen Gefieder sich zusammenzogen. Ihr Hals schob sich in neckendem Schlängeln gegen seinen, und plötzlich plusterten sich Daunen auf nackter Haut auf, ihrer Haut. Sie schoß hoch und an ihm vorbei, nun wieder in weiblicher Gestalt; doch an ihren Schultern schlugen noch immer große schwarze Flügel, und zwischen den Federn glitzerte Gold. Verwirrt drosch er tollpatschig hinter ihr her, und ihr Lachen klang ihm hell in den Ohren. Er bemühte sich um Konzentration, um sich erneut eine andere Gestalt zu geben, wie sie es getan hatte, aber er schaffte es nicht, vor seinem inneren Auge ein anderes Bild von sich selbst erstehen zu lassen, kam mit der Fremdartigkeit nicht zurecht. Er zappelte, flatterte in panischer Angst im auffrischenden Wind und spürte, wie die Form, mit der er sich maskiert hatte, von ihm abfiel und ihm die kalte Luft über die Haut strich. Er strampelte in der Leere und stürzte wie ein Stein in die Tiefe.

Eine Aufwärtsströmung erfaßte ihn, wirbelte ihn

herum, zeigte ihm das stahlgraue Meer, das ihm entgegenschwappte. Dann wurde er wieder herumgepeitscht, und Kara füllte den Himmel, schwang sich zu ihm herab – ein Anblick unfaßbarer Schönheit. Er streckte die Arme nach ihr aus, und ihre weiten Flügel schlossen sich um ihn, umfingen ihn. Er berührte sie, klammerte sich an sie und spürte, wie ihre Beine sich um ihn schlangen. Ihre Lippen drückten sich fest auf die seinen, ihre Zunge tastete nach der seinen, und bei jedem Flügelschlag stieß ihre Brust gegen ihn; er hakte einen Arm um ihre bebenden Schultern, liebkoste sie mit der freien Hand und spürte den gespannten Hügel, der ihre leidenschaftliche Erregung verriet, und das Herz, das darunter Sprünge machte. Seine Hand fuhr über ihre Rippen zu den Hüften, über den straffen Bauch, und sie warf den Kopf zurück und stieß einen Schrei aus. Jetzt stiegen sie wieder auf, das Meer sank bei jedem Schlag der schwarzen Schwingen wogend unter ihnen ab, schneller und immer schneller; er spürte, wie er von einer Kraft durchflutet wurde, die der ihren nicht nachstand, und er drückte sie fest an sich. Ihr Rücken bog sich, ihre Beine bebten gegen die seinen, dann beugte sie sich leidenschaftlich nach vorn und schloß die Schenkel um seine Taille. Vereint schwebten sie am Himmel dahin, während unter ihnen der Horizont wegglitt, um die Sonne zu enthüllen, und sie stiegen in das erste goldene Leuchten hinauf. Es funkelte auf Karas heller Haut, während sie mit einem lustvollen Beben nach hinten trudelte. In Elofs Augen schwebte sie in einer Flut aus geschmolzenem Licht; sie ergoß sich auch über ihn, tobte sengend durch seinen Körper, wie ein rauschender Strom, der in seinen Geist einbrach und jedes Denken erstickte. Er spürte, wie sich Kara krampfartig gegen ihn versteifte, wie sie zitternd die großen Flügel ausbreitete. Mit dem schrillen Schrei eines großen Vogels vollführte sie in der Luft einen Überschlag nach hinten und ließ sich dann rücksichtslos in Spiralen ins Leere fallen.

Erst im allerletzten Augenblick, als das Meer bereits nach ihnen griff, fand Elof seine Geistesgegenwart wieder. Kara stieß einen wilden Schrei aus, dann spürte er einen heftigen, schmerzhaft kalten Schlag auf dem Rücken, der ihm beinahe das letzte bißchen Atem geraubt hätte, das ihm noch geblieben war. Wasser schwappte in seinen aufklaffenden Mund, brannte in seinen Augen, rauschte in seinen Ohren; es sog die Hitze aus ihm heraus, obwohl seine Haut durch den Aufprall brannte. Instinktiv trat er mit den Beinen gegen diese eisige Umarmung aus, spürte, wie er hochstieg, und griff in einem plötzlichen Anfall von Panik nach dem wertvollen Helm. Seine Finger berührten Metall, und er wußte, daß er noch immer verschlossen um seinen Hals hing; die Erleichterung war kaum größer, als er gleich darauf durch die Wasseroberfläche stieß und wieder Luft holen konnte. Keuchend strich er sich die triefenden Haare aus den Augen; eine Woge hob ihn hoch, und er blickte sich besorgt um. Er schwamm nackt in einer starken Brandung, das Ufer war nur ein von der Sonne geröteter grauer Streifen in der Ferne, und er sah keine andere Gestalt auf den Wellenkämmen. Dann hörte er ein Klatschen, und Karas helles Lachen schallte wie Harfensaiten durch das Rauschen und Tosen des Meeres. Zwei warme und vollkommen menschliche Arme schlangen sich um seinen Hals, und ihr schlanker Körper verbreitete in dem morgenkalten Wasser eine erstaunliche Wärme.

»*Kara!* Du …« Dann drückte er sie an sich und küßte sie, wobei er das Salz auf ihrem samtenen Hals schmeckte. Ihre dunklen Augen blickten ihn funkelnd an, und er versuchte, den sanften Spott zu übersehen, den er darin zu erkennen glaubte; dann hörte er ihre Stimme.

»Du hattest doch wohl keine Angst, wie? *Meinetwegen?* Wer von allen Wesen dieser Welt braucht sich weniger vor den Elementen zu fürchten als ich?«

Er hielt sie fest an sich gedrückt, als ob sie ihm jeden Augenblick in die Tiefe unter ihnen entgleiten könnte. »Ich hatte Angst, du hättest dich wieder... verändert, wärest dorthin entschwunden, wohin ich dir nicht folgen kann.«

Sie strich ihm über die Stirn. »Warum sollte ich so etwas tun, mein Herz, selbst wenn ich es könnte? Hast du mir nicht schon einmal beigestanden, du und dein schlauer Helm?«

»Ja, aber es strengt mich sehr an, Kara. Ich bin nicht für diese dauernden Verwandlungen geboren. Und ich liebe dich so, wie du bist. Ich möchte dich so haben...«

Sie senkte den Blick und lächelte, ein kleines Lächeln. »Hast du das nicht gerade gehabt? Jedenfalls das, worauf es ankommt...«

Elof lachte, obwohl es in der Leere in seinem Inneren hohl klang, und neigte den Kopf zu ihrem. »Das muß ich zugeben. Obwohl die Umstände recht sonderbar waren, war es wahrhaftig gut. Aber jetzt bin ich erschöpft, und das Meer ist zu dieser frühen Stunde noch eiskalt; laß uns zurückschwimmen und frühstücken, ja?«

Sie warf die Arme über den Kopf, als ob sie tauchen wollte, und dabei blitzte ihr schlangenförmiger goldener Armreif warm im Sonnenlicht auf. »Gern. Als was...«

»Als wir selbst, Kara. Bitte!«

Sie befreite sich aus seinen Armen, rollte sich im Wasser behende auf den Rücken und ließ sich von den Wellen tragen. »Wenn es sein muß!« Dann plötzlich schlugen ihre langen Beine aus, wobei sie ihm Wasser ins Gesicht spritzten, und sie schnellte wie ein Aal durch die Wogen, beinahe so rasch, so schien es, wie in irgendeiner nichtmenschlichen Gestalt. Elof stöhnte und warf sich ihr hinterher. Er war ein kräftiger Schwimmer, jedoch kein besonders anmutiger, und im nächsten Augenblick rollte und schlängelte sie sich um ihn herum wie ein Delphin, für den man sie leicht hätte halten können, kitzelte ihn, schnappte nach ihm, umschlang seine zappelnden Beine oder streifte ihn einfach nur mit ihrem Körper, um gleich darauf außer Reichweite zu hechten, und das störte ihn am meisten. Sie war selten zu solchen Albernheiten aufgelegt, und Unbehagen breitete sich in ihm aus.

»Also gut!« stimmte er widerwillig zu, während er auf der Stelle Wasser trat. »Du sollst deinen Willen haben. Ich nehme es mit dir auf...« Er hob die Hände und setzte sich den Helm wieder auf den Kopf, dann tauchte er unter. Seite an Seite schossen zwei Robben in den ersten Strahlen der Morgensonne pfeilschnell auf das Ufer zu.

Als die beiden auf die warmen Steine der Hafenmole kletterten, geschah dies jedoch in menschlicher Gestalt, und sie standen eine Weile lang tropfend da. »Nun?« lachte Kara, während sie sich an Elofs Schulter lehnte und den Schwanenumhang fest um sich geklammert hielt. »Darf ich noch einmal meine Gestalt verändern, oder sollen wir in dieser Aufmachung durch die Straßen laufen?«

»Wir haben die Nachtwachen ohnehin schon genügend aufgeschreckt, daran kann es keinen Zweifel geben. Flieg los, ich folge dir.«

Kara, die bereits wieder Schwanengestalt angenommen hatte, entschied sich dafür, das als Aufforderung zu weiteren Spielchen aufzufassen; anstatt geradewegs nach Hause zu fliegen, führte sie ihn in einem lebhaften Tanz um die Schiffsmasten herum und zwischen ihnen hindurch, wand sich durch das Gewirr der Takelagen hindurch und bewegte sich mit trügerischer Lässigkeit. Während sich Elof schwerfällig zwischen dicken Balken und Seilen hindurchmühte, in denen sich jeden Augenblick seine Flügel zu verfangen drohten, woraufhin er auf eines der Decks oder ins Meer gestürzt wäre, spürte er, wie die schwer lastenden Zweifel in ihm immer größer wurden. Bald, sehr bald würde diese große Flotte in See stechen, um südwärts zu segeln, wie sie es während der vergangenen sieben Jahre in jedem Frühjahr gemacht hatte, um sich auf ihre lange Reise bis zu den kargen Küsten der Binnenmeere zu begeben. Von dort würden der König und seine Mannschaft den Weg durch das Grenzland der unwirtlichen Wüste bis ans ferne Ufer im Westen fortsetzen und damit jenen Marsch nachvollziehen, den tausend Jahre zuvor Vayde als Anführer der letzten Auswanderer aus Morvannec in das Land Bryhaine durchgeführt hatte. Dort würden sie helfen, die auf ihren Raub- und Plünderzügen immer weiter vordringenden Ekwesh einen weiteren Sommer lang zurückzuhalten und am Schluß, wenn sich die Piraten für den Winter zurückzogen, noch weitere unglückliche Menschen aus Kerbryhaine mit zurückzubringen. Und wie in jedem Frühjahr während dieser sieben Jahre würden Elof und Kara mit der Flotte reisen. Der Weg würde lang und beschwerlich sein, doch es waren nicht die vielen Gefahren der Wildnis, die solches Unbehagen in Elofs Herz hervorriefen; verglichen mit den Bedrohungen im Reich des Waldes, im Tapiau'la-an-Aithen, waren sie eine Kleinigkeit, und diese hatte er überstanden und sich dem Willen seines schattenhaften Herrschers widersetzt. *Es sind die Gefahren, die wir selbst in uns tragen, die ich fürchte …*

Als er auf dem hohen Balkon des Palastes landete, schüttelte Kara bereits das Meerwasser aus ihrem Schwanenumhang, indem sie ihn in einem Sprühregen aus Tropfen hin und her wirbelte. »So! Und ich bitte dich, was war daran jetzt so schrecklich?«

»Nichts«, antwortete Elof ernst, »wie du sehr wohl weißt. Und doch …«

Karas dunkle Augen verengten sich noch mehr. »Und doch?« wiederholte sie, während sie die Arme seitlich herabsinken ließ.

»Es geschieht in letzter Zeit immer häufiger. Du bist von Unruhe erfüllt, plötzlich bekommst du solche Anfälle, und dann … bist du nicht mehr da. Auf eine sehr sonderbare Weise, in sehr sonderbarer Gestalt. Oft habe ich große Schwierigkeiten, dir zu folgen.«

»Es ist nicht meine Absicht, deinen Unmut zu entfachen! Beherrschst du dieses Spiel nicht ebensogut wie ich? Das hast du doch längst bewiesen!«

»Vielleicht. Doch bei dir ist es eine natürliche Begabung, während ich eine andere Gestalt nur wie eine Maske anlege, an der ich schnell wund werde. Aber ist es wirklich immer noch ein Spiel, Kara?«

Sie sah ihn verdutzt an. »Warum …«

»Ja, warum, Kara? Was wühlt dich so auf, was treibt dich um?«

»Vielleicht der Frühling …«

»Sonst nichts? Niemandes Geheiß, keine Stimme, nichts, das dich von mir wegholen möchte?«

»*Nein!* Weg von dir?« Sie streckte die Hände zu ihm aus, und da er die Verletztheit in ihrer Stimme hörte, konnte er sie nur ergreifen und an sich drücken. »Was könne jemals stark genug sein, das zu bewirken?«

Er schüttelte den Kopf. »Was ist es dann, Kara, meine Geliebte? Denn da ist etwas, ich könnte schwören …«

Im Palastturm läutete eine Glocke und schlug die erste Stunde des Tages; sie entzog sich ihm und lachte. »Welch düstere Stimmung an einem so herrlichen Morgen! Komm, zieh dich an, wenn du so dringend frühstücken willst!« Andere Glocken in der Stadt schlugen wie ein Echo ebenfalls die Stunde, jeweils etwas versetzt, so daß ein gemeinsames Geläut ertönte, die Schläge jedoch nicht gleichzeitig kamen. Elof, der ungeschickt in Hose und Hemd schlüpfte, beobachtete, mit welch geschmeidiger Anmut Kara ihr Gewand anlegte. *Das ist bezeichnend für uns,* dachte er.

Doch als er ihr auf eine der offenen Galerien, die wie ein Diadem rund um den Palast verliefen, hinaus folgte, sagte er nichts mehr, sondern lauschte nur aufmerksam der Musik der Glocken. Einige kannte er sehr genau, konnte ihren jeweiligen Ton aus dem Läuten heraushören; es waren hochwertige Glocken, gut gestimmt, mit hellem Klang ohne Makel oder Mißton. Er hatte die Glocken selbst gegossen, um die bei der Besetzung durch die Ekwesh entstandenen Schäden zu beheben; er kannte jeden Schritt ihrer Herstellung, von der Legierung der Metalle bis zum Hochhieven an ihren endgültigen Platz. Er konnte ihnen trauen. Dann wurde er wütend auf sich selbst, weil ihm klar wurde, was dieser Gedanke enthielt, ob es nun Kara oder andere betraf; der Grat seines Vertrauens war nicht so schmal, wie er sich einredete. Er hatte genügend Freunde, die gemeinsam mit ihm ihr Leben aufs Spiel gesetzt hatten, oder auch für ihn, und für die er dasselbe getan hatte oder jederzeit bereitwillig tun würde; diese Bande waren bei weitem nicht so anfällig wie Metall und ließen sich auch nicht so leicht schmieden. Warum hegte er dann so düstere Gedanken in bezug auf Kara? Ein goldener Strahl der sich spiegelnden Sonne fiel ihm ins Auge, und trotz der Wärme, die davon ausging, durchfuhr ihn ein kalter Schauder. Er hatte den Armreif für sie geformt, das war der Grund, dieser Reif und alles, was damit zusammenhing. Ohne diese besonderen Eigenschaften, ohne die Kräfte, die dem Gold durch jenes bestimmte Muster eingegeben worden waren...

Einst, als er ein einsamer, verzweifelter Junge gewesen war, hatte er ihn ihr aufgedrängt; sie hatte ihn angenommen, vielleicht aus Mitleid, und... Und wenn sie es nicht getan hätte? Was würde er dann für sie bedeuten? Er biß sich heftig auf die Unterlippe. Doch dann wandte sie sich ihm zu und lachte, wärmer als Gold oder das Licht der Sonne, und schob ihren starken, schlanken Arm unter den seinen, drückte sich fest an seine Seite, und er konnte ihr nicht mehr widerstehen; er umfaßte sie liebevoll, und so begaben sie sich die lange Treppe hinunter zu den unteren Galerien. Der kalte Klotz aus Zweifel und Angst in seinem Inneren schmolz dahin und schwand, doch ein ganz kleiner Kern, durch die Angst vor einem Verlust verhärtet, blieb zurück.

Unter der Herrschaft des neuen Königs und dank des wiederhergestellten Friedens prunkten die weiten Hallen des Palastes von Morvanhal, durch die sie jetzt gingen, in einer Pracht, wie sie es vor dem Überfall durch die Ekwesh nie getan hatten. Westlich des Gebirges war kein einziger von diesen grausamen Menschen am Leben gelassen worden, jedenfalls soweit man wußte. In rascher Folge war das Land innerhalb einer blutigen Woche von ihnen gesäubert worden, ebenso wie von jenen anderen, den schattenhaften Anhängern des Eis-Anbeters Bryhon, der die Invasion vorbereitet und angeführt hatte. Nach der Befreiung von den Ekwesh hatte das Ostland wieder einen Aufschwung zur Größe und Blüte erlebt. Von dem Tag an, da er seinen Palast bezog, hatte es sich der neue König zur vordringlichen Aufgabe gemacht, sein Volk ausreichend mit Nahrung zu versorgen, indem er zunächst die vorhandenen Vorräte gerecht verteilte und dann die Aufräumung und Bestellung jener landwirtschaftlichen Flächen vorantrieb, die jahrelang brachgelegen hatten und dem Wildwuchs preisgegeben waren. Doch noch bevor die erste Ernte eingebracht wurde, machte er sich mit so vielen Schiffen und Männern, wie das Land entbehren konnte, auf den Weg ins Westland und nach Kerbryhaine, jene Stadt also, die ihn zwei Jahre zuvor sozusagen davongejagt hatte. Er traf sie in einem sehr veränderten Zustand an, von Hunger und

Krankheit heimgesucht; die Macht des Syndikats war zerschlagen. Vermutlich hätte sich die totale Anarchie ausgebreitet, wenn die Bedrohung durch die Ekwesh nicht so groß geworden wäre, daß die inneren Schwierigkeiten im Vergleich dazu geringfügig erschienen; und vielleicht hatte auch Bryhons Tod zu einem Abflauen der internen Streitigkeiten geführt. Ironischerweise waren es ausgerechnet die Flüchtlinge aus Nordeney, die das Syndikat einst in besonderem Maße verteufelt hatte, die sich zu den überzeugtesten Bewahrern von Recht und Ordnung entwickelt hatten und am erbittertsten gegen die eindringenden Plünderer kämpften. Doch sie waren zu wenige. Langsam, aber sicher wurde das Land der Großgrundbesitzer überrannt, und die Bauern flohen von dort hinter die Mauern der Stadt, wodurch der Nachschub an Nahrungsmitteln immer mehr versiegte, während sie selbst für einen immer größeren Bedarf daran sorgten. Die Vorstellung von einem Reich im Osten, das weder für die Ekwesh noch für das Eis leicht einzunehmen war, mit geringer Bevölkerungsdichte und Land im Überfluß, hatte selbst für die Großgrundbesitzer auf einmal etwas Verlockendes, und auch für die Anhänger der Bryheren-Gruppe, die in der Vergangenheit entschieden gegen die Morvan-Dynastie eingestellt gewesen waren. Nachdem unter Kermorvans Führung eine gemischte Streitmacht, bestehend aus Männern von Nordeney, Kerbryhaine und Morvanhal, alle größeren Gruppen von Marodeuren zerschlagen oder vertrieben hatte, verfiel jegliche Opposition in seltsames Schweigen, und viele, die sich zuvor am lautesten gegen ein Königtum ausgesprochen hatten, suchten jetzt dessen Schutz. Es meldeten sich mehr, die mit Kermorvan ziehen wollten, als er mitnehmen konnte; er versprach zurückzukommen, um sie nachzuholen, und er hielt sein Versprechen. Die erste Flotte kehrte rechtzeitig zurück, damit bei einer unerwartet üppigen

Ernte genügend Helfer zur Verfügung standen, und von jenem Tag an war es nur noch eine Frage der Zeit, bis der Westen vollständig verlassen wäre. Und diese Zeit rückte mit jedem Jahr näher.

Während dieser Jahre fanden im Palast viele rauschende, verschwenderische Feste statt, die vom König als Zeichen des wiedergewonnenen Wohlstandes veranlaßt wurden oder auch um unglückliche Flüchtlinge aus dem Westland zu begrüßen. Doch die erste Mahlzeit des Tages wurde ohne Pomp oder Luxus eingenommen. Herr und Diener aßen gemeinsam, wenn es ihnen beliebte, die Speisen waren schlicht, und es herrschte eine ruhige und entspannte Stimmung im Hinblick auf das Tagewerk, das vor ihnen lag. Darin spiegelte sich die Wesensart des Königs wider; wie häufig zu dieser Stunde hatte er auf seine königliche Tafel verzichtet und speiste zwanglos draußen auf der Galerie, wobei er nachdenklich den Hafen und seine Flotte betrachtete. Seine magere Gestalt war in ein leichtes Gewand gehüllt, sein bronzefarbenes Haar war ungekämmt, er trug einfache Sandalen mit Hanfsohlen, wie sie bei den Matrosen üblich waren, und schien mit sich und der Welt vollkommen zufrieden zu sein. Als er Elof und Kara sich nähern sah, erhob er sich sofort, lächelte und begrüßte sie mit seiner üblichen etwas steifen Liebenswürdigkeit.

»Mein Herr, meine Dame, kommt und erweist meinem Tisch die Ehre eurer Gesellschaft. Ich freue mich, dich schon so früh auf den Beinen zu sehen, Elof; bevor mit der Arbeit an den Schiffen begonnen werden kann, muß noch etliches geregelt werden, und da Ils nicht mehr bei uns weilt, bitte ich dich um den Rat eines weisen Schmiedes ...«

Kara lachte. »Dann werdet Ihr mich bitte entschuldigen, Lord Keryn, und auch du, Elof? Ihr wißt, daß ich in solchen Dingen wenig bewandert bin. Ich werde mit unseren Freunden drinnen frühstücken.« Sie gab Elof einen flüchtigen Kuß und huschte die Treppe hinunter in die kühle Tiefe des Palastes; die Männer blickten ihr nach – Elof ein wenig wehmütig, Kermorvan lächelnd.

»Sie verleiht diesen Räumen einen besonderen Glanz. Es ist eine Freude zu sehen, daß sie und du immer noch vom Glück gesegnet seid, wie es uns allen zuteil geworden ist …«

Elof ließ sich so schwer auf einen Stuhl plumpsen, daß dessen leichter Rahmen bedenklich knarrte.

Kermorvan nahm etwas sanfter Platz, und der gütige Blick seiner blauen Augen wurde plötzlich eindringlich. »Soeben hat mich eine Meldung erreicht«, bemerkte er trocken und mit leichtem Mißmut in der Stimme. »Ein unglaublicher Bericht über einen Vorfall, den sich die Wachen vielleicht am Ende einer langweiligen Nacht halb im Traum ausdenken …« Elof stöhnte leise. Dann leuchteten die Züge des Königs plötzlich mit einem schelmischen Augenzwinkern auf. »Ich kann nur sagen, daß ihr beide erstaunlich frisch aussieht. Und wenn ich darin auch kein Sachverständiger bin, so glaube ich doch zu wissen, daß die Liebe kaum eine Schwächung erfährt durch …«

Elof merkte, wie sich seine eigene Miene verdüsterte. »Unsere Liebe nicht! Aber …« Er zögerte, doch sein Drang zu sprechen, die Schwärze in seinem Inneren in Worte zu kleiden, war zu stark. »Es ist unser Vertrauen, um das ich fürchte. Und Karas Sicherheit. Kermorvan, sie hat versucht, mir zu entfliehen, davon bin ich überzeugt.«

Kermorvan richtete sich verdutzt auf. »Dir zu *entfliehen?* Rede doch keinen Unsinn, Mann …«

»Ich meine es ernst. Sie verwandelte sich, flog davon, ich wachte auf und folgte ihr. Wenn ich nun aber nicht aufgewacht wäre, was dann? Wie weit wäre sie geflogen? Und wohin? Zu wem? Kermorvan, irgendeine Stimme ruft sie, dessen bin ich sicher.«

»Irgendeine Stimme …« Kermorvan runzelte die

Stirn, und seine Stimme bekam einen schneidenden Klang, der seine äußere Ruhe Lügen strafte. »Denkst du dabei an jene Person, die einst ihre Herrin war? Ja, das würde mich nicht überraschen. Es ist unvermeidlich, daß Louhi versucht, sie zurückzurufen. Die Dame des Eises ist kaum jemand, die vergißt oder vergibt, auch wenn das, was man ihr genommen hat, weniger wertvoll wäre, weniger ...«

»Weniger geliebt würde!« platzte Elof heraus, und die Verbitterung lag ihm wie Metall auf der Zunge.

Kermorvan neigte mitfühlend den Kopf, allerdings auch ein wenig abweisend, als ob er von Elofs Eifersucht Abstand nehmen wollte. »Was soll das? Das ist Vergangenheit. Das Entscheidende ist, wen Kara jetzt liebt, das ist das Gegengewicht zu jenem Ruf. Verstärkt durch deine Liebe. Dein Vertrauen ...«

Elof brauste auf: »Das allein hat nicht genügt, um sie aus Louhis Macht zu befreien. Obwohl sie meinen Armreif besaß, mit allen Eigenschaften, die ich ihm eingegeben hatte ...«

»Nicht, solange ihr getrennt wart. Doch seit dem Augenblick eures Wiedersehens kämpfte sie gegen diese Macht an. Du setztest den Ring ein. Und sie siegte.«

»Ja, für einen kurzen Augenblick. Doch dann mußte ich ihr nachjagen ...«

»Dieser Augenblick war das Entscheidende«, entgegnete Kermorvan in scharfem Ton. »Du hast dich befreit, um sie zu befreien. Erinnerst du dich? Ich war dabei, ich habe es gesehen!« Er strich sich nachdenklich übers Kinn. »Und damals kanntet ihr einander kaum, damals mußte es ihr schwerfallen, an die Möglichkeit zu glauben, daß du sie liebtest. Jetzt habt ihr viele gemeinsame Jahre erlebt, glückliche Jahre, die Bande werden stärker sein ...«

»Aber werden sie stark genug sein?« fuhr Elof dazwischen. »Kann ich es wagen, ihr zu trauen, um ihrer selbst willen?«

»Wenn sie nicht stark genug sind, dann wird dein Bemühen, sie zu verstärken, höchstens das Gegenteil bewirken.« Kermorvan lächelte dünn. »Selbst ich weiß das, so wenig ich mich in Herzensangelegenheiten auch auskenne. Wenn du an ihrer Kraft zweifelst, dann stell ihr die deine zur Verfügung, aber zwing sie ihr nicht auf. Hab Geduld, wart ab! Das ist der beste Rat, den ich dir geben kann – erstens, und zweitens: Vergiß nicht, etwas zu essen!« Er deutete mit einer Handbewegung zu dem Tisch neben ihnen, auf dem Rauchfleisch, Vollkornbrot, Quark und Obst angerichtet waren. »Jetzt zu der Reparatur an der *Alaven*. Die Werftleute berichten, daß die alte Takelage das neue Segel nicht aushalten wird. Wir können uns nicht darauf verlassen, daß Ils rechtzeitig zurückkehrt, und außer ihr bist du der einzige, der sich wirklich auf den Schiffbau versteht…«

Während der nächsten Stunde beschäftigte Kermorvan Elof so gründlich mit den Aufgaben der Werftarbeit, daß er eigentlich keine Zeit hätte haben können, an etwas anderes zu denken, und vielleicht war dies zum Teil auch die Absicht, die dahintersteckte. Doch statt dessen ertappte Elof sich dabei, daß er in einer Art entrückten Benommenheit aß und auf Fragen antwortete, während der Kern seiner Gedanken auf ganz anderen Pfaden wandelte. Er hörte seine eigene Stimme wie die einer fremden Person, obwohl er einigermaßen vernünftige Dinge von sich gab, während durch sein Inneres Angst und Sorge schwirrten. Er merkte, daß er sich nach Karas Rückkehr sehnte und ständig gegen den Drang ankämpfte, loszulaufen und sie zu suchen, um sich zu vergewissern, daß sie nicht wieder irgendwohin verschwunden war. Als er ihr Lachen hörte, das unverkennbar sanft und hell wie feinstes Gold aus der Halle heraufschallte, entspannten sich sein Geist und sein Körper vor Erleichterung. Doch schon ein paar Minuten später war er wieder von Angst erfüllt. *Wart ab!* ermahnte er sich selbst. *Hab Geduld!* Das lag nicht im Wesen eines Schmiedes; ein solcher konnte nur Geduld aufbringen, wenn er tätig war, und nicht in der Untätigkeit verharren. Und es paßte auch nicht zu seinem Wesen, schwache Glieder einfach so zu belassen – eher würde er die ganze Kette neu schmieden.

Den ganzen Tag über wurde sein Denken von dieser Vorstellung gequält, von dem Bild einer Kette, die so sehr gedehnt wurde, daß sie riß. Wie er die vielen Aufgaben bewältigte, die einem Hofschmied und dem Obersten Berater eines so emsigen Königs oblagen, wußte er nicht, denn Kara ging ihm nicht aus dem Sinn. Kara, die er so sehr liebte, daß er auf keinen Fall Gefahr laufen wollte, sie noch einmal zu verlieren. Irgendwie wurde es dann aber trotzdem Abend, und er kam zu der Tür ihrer Gemächer innerhalb des Palastes, jener Räume, wo Karas Ketten zerbrochen worden waren und sie sich zum erstenmal als Liebende vereint hatten. Er fühlte sich müde und erschöpft und sehnte sich nach Trost, und der Anblick Karas, die es sich auf einem Diwan auf dem Balkon gemütlich gemacht hatte, war Balsam für sein gequältes Herz. Sie saß als stille Silhouette da und beobachtete den Sonnenuntergang mit seinen Grün- und Blautönen unter einem Wolkenbaldachin, der von feurigen roten und goldenen Streifen durchzogen war. Als er zu ihr hinging, drehte sie sich nicht um, sondern bedeutete ihm mit einer Handbewegung, daß er sich neben sie setzen solle. Er beugte sich hinab, um sie zu küssen, hielt jedoch inne, als er Spuren von Feuer auf ihren Wangen sah, als ob die Wolken weinten, nicht sie. Sie blickte eindringlich zu seinem Gesicht auf, setzte zum Sprechen an und zögerte gleich darauf. »Du … du hast mich neulich gefragt … ob es eine Stimme gäbe, die mich ruft … die versucht, mich von dir zu trennen … Ich habe es geleugnet. Aber, mein Herz, du hattest recht.«

Einen Augenblick lang hatte er das Gefühl, als ob der Boden unter seinen Füßen wegsackte, doch er erholte sich schnell wieder; wenigstens gab sie es zu. Jetzt würde er ihr helfen. »Ja, es ist dieser weibliche Wolf, diese Louhi, nicht wahr?«

Kara stieß ein kurzes verbittertes Lachen aus und machte eine wegwerfende Handbewegung. »Ach, sie! O ja, sie ist immer da, weit weg, flüsternd und lockend. Aber an sie habe ich kaum noch gedacht. Es ist etwas anderes, etwas schwer Verständliches. Etwas, über das ich mir selbst nicht so richtig im klaren bin … Doch ich spüre es mit jeder Faser meines Wesens. Eine bevorstehende gewaltige Veränderung, ein Gewicht, das sich dahin und dorthin verlagert, und wohin immer es auch kippen mag, es wird die Welt verändern.« Sie wandte sich um und lehnte sich auf die niedrige Brüstung des Balkons, um auf das Meer hinauszublicken; der Wind hatte jetzt nach Westen gedreht, den goldfarbenen Windflügeln auf den Dächern unter ihnen nach zu schließen, und er trieb graue Brecher gegen die Mole und das Ufer, wo sie gegen die Felsbrocken und auf den Kies klatschten. Über ihnen kreisten Schwärme von Möwen, hell in den letzten Sonnenstrahlen leuchtend, und ihre krächzenden Schreie lösten in seinem Herzen erneut die Angst aus, sie könnte sich jeden Augenblick in die Lüfte erheben und sich in dieser dichten Meute verlieren. »Eine Woge erhebt sich über alle Dinge, und bald wird sie brechen … Viel Neues wird hereinfluten, viel Altes wird weggespült werden. Und ich bin alt, mein Herz, sehr alt.«

Elof strich ihr über die üppigen dunklen Locken, streichelte ihre glatten Wangen. »Du bist nicht älter als damals, als ich dich zum erstenmal sah. Und dir ist nur wenig von allen Jahren in Erinnerung geblieben, wie du selbst gesagt hast.«

»Wenig, bis ich zum erstenmal Fesseln angelegt bekam. Bis ich dich zum erstenmal sah.«

Elof runzelte die Stirn. »Liegen diese beiden Dinge so dicht beieinander?«

»Nur zeitlich. Du hast mich nicht in Fesseln gelegt; ich bin nicht dein Eigentum oder dein Werkzeug oder Spielgerät, wie ich es einst war … bei ihr. Einst wandelte ich durch die Welt, ohne mich um irgend etwas zu kümmern, ohne mich an etwas zu erinnern, außer wenn ich den Herren des Krieges diente, und auch das lag von Anfang an in meiner Natur. Wieder gebunden zu sein, außer durch meinen eigenen Willen, durch mich selbst … Schon der Gedanke bereitet mir Übelkeit. Aber mit dir bin ich glücklich …«

»Genauso wie zuvor? Als du frei warst?«

Ihr Blick schweifte zu ihm, und ihre großen grünen Augen waren vor Erstaunen weit aufgerissen. »Aber sicher! Aus welchem anderen Grund bliebe ich sonst?«

Elof nickte. »Ja, genau. Warum? Aber … Diese Veränderung, die du spürst … hast du das Gefühl, daß sie bald kommen wird?« Die Sonne tauchte unter den Horizont, und alle Dinge jenseits des Balkons, Bäume, Dächer, Klippen, verdunkelten sich zu schattenhaften Formen, die sich gegen den Himmel abhoben, der jetzt goldfarben wie Pfirsichhaut und mit grauen Wölkchen gesprenkelt war.

Sie lächelte. »Bald muß nicht das bedeuten, was Menschen darunter verstehen.« Sie wandte den Blick wieder ab. »Und … es könnte der Tag kommen, da ich sie begrüßen, mit offenen Armen empfangen würde. Da ich dich einmal gekannt habe, kann ich nie mehr dieselbe sein.«

Elof wußte, was sie meinte. Während all der Jahre, die er sie liebte, war sie kein bißchen gealtert, und vielleicht würde sie es niemals, solange die Erde sich drehte. Während er … Ihm war das allgemeine Los der Menschen beschieden. Doch er hatte sich damit abgefunden, und zwar mit einer Gelassenheit, die ihn selbst überraschte; war es eigennützig von ihm, daß er sich so selten Gedanken darüber machte, was das für sie bedeutete?

»Ich gehe von der Annahme aus, daß es bald geschieht«, beharrte er. »Bald in meinem Sinne, meine ich. Wirst du dann widerstehen, wirst du bei mir bleiben? Wirst du es können?«

»Ich weiß nicht«, hauchte sie leise. »Wie soll ich das wissen? Wenn ich die Wahl hätte, dann ja, mein Herz, dann würde ich es versuchen, ich würde kämpfen, mit allem, was ich bin und habe. Aber …«

Elof streckte die Hände zu ihr aus, griff nach ihren nackten Armen und blickte ihr tief in die Augen, diese Augen, die die Farbe eines Waldteiches und den wachsamen Blick des Wildes hatte, dem er als Tränke diente. »Hast du Angst, du könntest nicht widerstehen, meine Geliebte? Daß dir die Standhaftigkeit, die Kraft fehlen könnten? Laß dir von mir helfen! Füge meine Kraft der deinen hinzu!«

»Wie soll das geschehen? Wie kannst du mir helfen?«

»Ich werde mich kundig machen. Ich werde suchen. Es wäre nicht das erstemal, daß mir etwas gelänge, worin eine Macht versagt. Aber ich brauche Zeit, Kara, Zeit; du mußt mir vertrauen, mir diese Zeit gewähren. Bewahr inzwischen deine eigene Sicherheit, so gut du es zu tun vermagst.«

Sie warf ihm einen kurzen unsicheren Blick zu. »Was meinst du damit?«

»Ich meine, beherrsch deinen Drang nach Veränderung; er wird dein Verhängnis sein. Behalt deine menschliche Gestalt, hör auf, dich zu verwandeln und durch die Welt zu streifen, es sei denn, es ist unbedingt notwendig. Wenigstens fürs erste, nur für jetzt …« Sie wandte den Kopf beleidigt ab, und er hörte, wie seine Stimme einen sehr kalten Klang annahm. »Ich vertraue dir, wenn du mir sagst, daß du mich liebst und daß du dich nicht von mir trennen möchtest, ich brauche keinen Beweis. Doch du sollst auch mir in dieser Hinsicht vertrauen ... nur für jetzt ... Du wirst mir zeigen, wie stark diese Liebe, dieser Wunsch sein können ...«

Ihre Zähne leuchteten weiß, während sie angespannt auf der Unterlippe herumkaute. »Ich würde es gern versprechen, wirklich!« rief sie verzweifelt aus. »Aber kann ich das wagen? Habe ich die Kraft? Du kannst dir nicht vorstellen, wie stark dieser Drang ist ...«

»Doch, das kann ich«, widersprach er leise. »Und sei es auch nur aufgrund der Qual, die er dir bereitet. Doch du hast die Kraft, dafür zu sorgen, daß du dein Versprechen niemals brechen wirst, und zwar durch eine einzige einfache Tat. Gib mir deinen Schwanenumhang, den du brauchst, um eine andere Gestalt anzunehmen; gib ihn mir, und ich werde ihn in meiner sichersten Truhe einschließen und ihn dir nur bei wirklichem Bedarf zurückgeben. Glaub mir!« fügte er hinzu, um ihrem aufgebrachten Widerspruch zuvorzukommen. »Ich weiß, welch tiefes Vertrauen das erfordert. Doch zumindest in diesem Augenblick gibt es keine bessere Lösung, und es läßt sich auch keine finden. Nimm dir Zeit zum Nachdenken, wenn du möchtest.«

Doch sie erhob sich sofort, nahm von dem Sessel neben sich den Umhang auf und wirbelte ihn um die Schulter, doch anstatt ihn anzulegen, faltete sie ihn mit Bedacht fein säuberlich zusammen und drückte ihn sich einen Moment lang fest an die Brust, um das Gesicht in den Daunen zu vergraben. Dann warf sie ihn schwungvoll in Elofs Hände, wo er leichtgewichtig hängen blieb, wie ein Wolkenfetzen. Er senkte den Blick und begab sich in die hinteren Gemächer, wo mehrere Truhen standen, einige mit Metall beschlagen, einige ganz aus Metall bestehend. Er wandte sich einer besonders großen zu, und mit einem kleinen Schlüssel und einigen gemurmelten Worten öffnete er den Verschluß des Deckels und legte den Umhang ehrfürchtig auf einen Stapel in Stoff eingewickelter Bücher darin, wobei er einige der glitzernden Edelsteine zur Seite schob, damit auf keinen Fall etwas eingeklemmt würde. Er schloß den Deckel wieder, wobei er weitere Worte sprach, und begab sich zurück auf den Balkon; Kara stand reglos da und starrte hinaus ins Leere, ihre Schultern waren nach vorn gesackt, und sie hatte die Arme vor der Brust verschränkt, als ob sie fröre. Er legte ihr sehr sanft die Hände auf die Schultern, in der Absicht, sie in die Arme zu nehmen. Doch sie drehte sich blitzschnell um und sah ihn mit feuchten großen Augen an.

»Halt mich fest!« flüsterte sie. »Halt mich fest, denn die Welt verdunkelt sich! Laß uns leben, laß uns die Liebe genießen und uns freuen, solange wir es noch können!« Er spürte, wie ihre Arme unter seinen Händen plötzlich kalt wurden; er drückte sie an sich und schlang seinen Mantel um sie, um sie gegen die hereinbrechende Nacht zu schützen.

»Ich werde dich festhalten!« flüsterte er. »Doch ich kann jetzt schon mehr tun, Kara, wenn du es mir gestattest. Ich kann dich abschirmen …«

»*Nein!* Du würdest die Liebe in einen Käfig sperren …« Er wußte genau, was sie bewegte, da er sich daran erinnerte, wie sie vor Zorn geweint hatte, als sie zum erstenmal in Käfige eingesperrte Vögel auf dem Markt der Stadt gesehen hatte. Damals hatte Kermorvan, der sich sonst nicht so leicht in seinen Entscheidungen beeinflussen ließ, noch am selben Tage diese Praxis grundsätzlich verboten. Sie schüttelte beharrlich den Kopf. »Du würdest mir Eisengitter schmieden, und ich würde dagegenflattern, bis ich erschöpft wäre und mich um nichts mehr scheren, sondern sie mit Gewalt zerschmettern würde. Wir müssen einen anderen Weg finden. Meine Flügel werden niemals mehr gestutzt werden, mein Geliebter, höchstens durch eine einzige Macht, und die bin ich selbst.«

Er sah ihr in die entschlossenen Augen, die den seinen begegneten, und fuhr ihr mit der Hand durch die dunklen Haare. Und während er das tat, durchzuckte ihn ein kalter Gedanke und schlug in seinem Geist Wurzeln. »So sei es!« sagte er ruhig und bückte sich, um sie auf die Stirn zu küssen.

ZWEITES KAPITEL

Der Makel

Es blieben nur noch wenige Wochen Zeit, bis die Flotte auslaufen mußte, und in dieser Zeit hatte Elof mehr als genug zu tun, um jede wache Stunde voll beschäftigt zu sein. Obwohl im Ostland, anders als in Bryhaine, das wahre Schmiedehandwerk nicht verlorengegangen war, hatte diese Kunst doch einen Rückschritt erlebt. Nur wenigen wirklich fähigen Schmieden war die Flucht aus Morvan hierher gelungen, und wenn auch viele Bücher mit dem entsprechenden Wissen erhalten geblieben waren, wuchsen immer weniger Männer nach, die es in ganzem Maße verwerten konnten. Mit Sicherheit gab es in dieser Gegend keinen einzigen Schmiedemeister, der mit jenen von Nordeney zu vergleichen gewesen wäre. Viele von ihnen waren bei dem Überfall auf die Stadt oder während der beschwerlichen Flucht nach Süden ums Leben gekommen, und damit war ein großer Vorrat an Wissen und Können verlorengegangen. Nur eine Handvoll hatte überlebt und war nach Osten gekommen, und einige von diesen waren bereits zu alt, um noch zu etwas anderem gut zu sein, als den Nachwuchs auszubilden und anzuleiten. Es oblag Elof, den übrigen die Arbeit zuzuteilen und Gesellen zu beschäftigen, sofern er solche finden konnte. Ansonsten war er sehr oft gezwungen, selbst tatkräftig Hand anzulegen, und auf jeden Fall immer dann, wenn besondere Kunstfertigkeit gefragt war. Denn welchen Grad der Meisterschaft die Schmiedemeister aus allen möglichen Ländern auch erreicht haben mochten, sie waren nicht geneigt, sich mit Elof Valantor zu messen, obwohl dieser noch verhältnismäßig jung war, denn sie erkannten, von welch außergewöhnlicher Begabung das in diesen Augen mit der eigenartigen Farbe lodernde Feuer zeugte.

Doch dieser Gedanke, den er gehabt hatte, wollte ihn nicht loslassen, sondern er wuchs und nahm immer mehr Form an, auch wenn er ihn dem Anschein nach vergessen hatte, wie eine Schlange, die sich in der Dunkelheit entrollt. Er lebte friedlich mit Kara, und sie bat ihn kein einziges Mal um den Umhang, sondern befaßte sich ebenso emsig wie er mit den Reisevorbereitungen. Der Gedanke jedoch schoß ihm in den merkwürdigsten Augenblicken in den Sinn, während er zum Beispiel die Ketten und das Tauwerk der Schiffe prüfte oder starke Halterungen für Trosse und Schote herstellte; und jedesmal war er um eine Spur deutlicher, ging einen Schritt weiter. Wenn er ihm zu lange nachhing und über seine Nebenaspekte grübelte, fühlte er sich auf unbestimmte Weise unbehaglich; dann verdrängte er ihn schnell wieder, weil ihm nichts anderes übrigblieb. Ob er damit falsch oder richtig lag, war unbedeutend, solange er nicht ein Zehntel der Zeit zur Verfügung hatte, die nötig gewesen wäre, um diesen Gedanken in die Tat umzusetzen. Tatsächlich hätte er vermutlich niemals Früchte getragen, wenn nicht von unerwarteter Seite Hilfe gekommen wäre.

Eines kalten Morgens drang der klare Ton eines Horns an die Ohren der Wächter am Haupttor der Stadt. Elof, der bereits auf der steilen Hauptstraße zur Werft unterwegs war, sah, wie sie zu den Winden eilten, und blieb stehen, um den Fortgang der Dinge zu beobachten. Die großen Flügel des Tores glitten in ihren Führungen knirschend auf und gaben den Blick auf eine außergewöhnliche Karawane frei, eine Gruppe von Gestalten, die mit Kapuzen angetan und von gedrungenem, stämmigem Körperbau waren und die einen Zug von Lasttieren mit sich führten, die wie riesige zottige Bergziegen aussahen. Doch Elof erkannte sie dank seiner Zeit in den Bergen als Moschusochsen, und er wußte auch, daß es nur ein einziges Volk gab, das so mit ihnen umzugehen wußte. Er rannte über die rutschigen Pflastersteine, wobei ihm das Werkzeugbündel klirrend und hüpfend gegen die Seite schlug; der Anführer der Karawane blickte auf, grüßte erfreut und kam ihm, ebenfalls rennend, entgegen. Mensch und Duergar prallten mit heftigem Schwung in der Mitte der Straße aufeinander, und sie hielten sich gegenseitig fest, da sie beinahe hingefallen wären; aus der Kapuze quollen dicke dunkle Locken hervor, und helle Augen blitzten. Mit unwiderstehlicher Kraft zogen zwei kräftige Arme Elofs Gesicht herab, und der Mund versetzte ihm einen Kuß, der ebenso schwungvoll wie ihr erstes Aufeinandertreffen war; er nahm das Mädchen fest in die Arme und wurde sich sehr deutlich bewußt, wie anders sie sich anfühlte als Kara, stämmig und mit harten Brüsten. Ils, immer noch atemlos, wich eine Spur zu heftig zurück, doch dann lachte sie, als ob sie ihre Reaktion abmildern wollte. »Nun, junger Mensch? Treffe ich dich gesund und munter an?« Sie stieß ihn freundschaftlich in die Seite und runzelte die Stirn. »Etwas dürr, selbst für einen Menschen.«

Er lächelte. »Ich habe während der letzten zwei oder drei Wochen recht viel gearbeitet. Mehr harte Schmiedearbeit, als eigentlich vorgesehen war …«

»Und paßt sie gut auf, daß du das Essen nicht vergißt? Na ja, ich habe mir schon gedacht, daß du vielleicht ein paar Schwierigkeiten haben könntest, und habe etwas Hilfe mitgebracht.« Sie deutete auf ihre Begleiter, die damit beschäftigt waren, die halbzahmen und eigensinnigen Moschusochsen in dieser fremden Umgebung zu bändigen. »Ausnahmslos Schmiede, sie alle. Nicht die besten, die wir im Osten haben, eher mittelmäßig, doch ich habe in erster Linie auf Ausdauer und Widerstandsfähigkeit Wert gelegt, deshalb ist vor allem wichtig, daß sie jung sind. Außerdem haben wir eine beträchtliche Menge des guten Erzes mitgebracht, das wir noch in den alten Gruben gefunden haben.«

»Ils!« murmelte Elof ehrfürchtig. »Du bist ein Wunder! Selbst mittelmäßige Duergar-Schmiede sind unseren besten Männern haushoch überlegen. Und wir waren zu sehr im Druck, um neue Metalladern ausfindig zu machen...« Er hielt kurz inne, da er wieder einmal den kalten Gedanken in sich aufsteigen spürte. »Ihr habt nicht zufällig etwas Silbererz in eurem Gepäck, oder?«

»Silber?« schnaubte Ils. »Silber im Überfluß, bedien dich! Wir leben mitten im Silber, Klumpen davon verfangen sich in unseren Flußnetzen, wir stoßen auf neue Adern, sobald wir einen Schacht öffnen – sehr praktisch für die Herstellung neuer Licht-Spiegel. Und die brauchen wir. Denn diese alten Gruben sind riesig groß und gewunden wie ein geölter Wurm; selbst unsere Augen benötigen alles Licht, dessen wir dort unten habhaft werden können.«

»Obwohl ihr Sonne und Feuer mit euren Kristallampen einzufangen versteht?«

Sie verzog das Gesicht. »Wenn wir etwas so Raffiniertes basteln könnten, wie es dein Panzerhandschuh darstellt, dann hätten wir weniger Mühe. Aber uns ist noch nichts Vergleichbares gelungen – bis jetzt nicht«, fügte sie schnell hinzu. Elofs Gesicht zeigte keine Regung; bei aller Freundschaft mit den Menschen hielt Ils doch fest zu ihrer Rasse. »Wenn vielleicht noch mehr von unseren Leuten nach Osten kommen...«

Er vermied es mit Bedacht, seine Hilfe anzubieten. »Glaubst du, das werden sie tun? Bis jetzt waren es recht wenige...«

»Bei uns gehen Veränderungen langsamer vonstatten, Elof, nicht wie bei euch kurzlebigen Geschöpfen; unsere Leute warten erst ab und beobachten, wie es denen ergeht, die diesen Schritt unternommen haben, bevor sie Wurzeln ausreißen, die viele Jahrtausende zurückreichen. Selbst Ansker ist dieser Auffassung; noch nie zuvor hatten wir einen so offenen Umgang mit den Menschen. Doch jetzt haben wir unsere alten Stollen wieder geöffnet, mit reichen Vorkommen und vor den Augen der Menschen verborgen, und es werden noch weitere folgen, jawohl. Aber wenn wir nicht damit fertigwerden ...« Sie blickte ihm eindringlich in die Augen und holte tief Luft. »Nun ja, Elof Valantor, du könntest uns einiges beibringen.«

Er blinzelte erstaunt, und mit einem schelmischen Glitzern in den Augen fügte sie hinzu: »Das hast du nicht zu hören erwartet, wie? Aber ich sagte nur: *könntest*, nimm das bitte zur Kenntnis. So, die Sonne ist beinahe schon ganz aufgegangen; ich werde das Silber gegen Mittag ins Zunfthaus bringen lassen, und meine Männer kommen nach, sobald sie sich etwas ausgeruht haben. Jetzt wäre mir ein Frühstück recht. Wir werden also unsere Aufwartung im Palast machen, obwohl das Essen dort recht bescheiden ist, wie man hört.« Ein heiterer Unterton schwang in ihrer Stimme mit. »Wie geht es übrigens dem Langen?«

Elof lächelte. »Er ist immer noch König und bürdet sich selbst mehr auf als jedem Diener, aber anscheinend geht es ihm gut dabei. Doch es wird ihm bestimmt noch besser gehen, wenn er dich sieht, davon bin ich überzeugt. Roc ist im Süden, im Hafen von Pendrya, um irgendwelche Geschäfte für ihn zu erledigen, aber er wird innerhalb einer Woche zurückerwartet.«

»Und deine Gemahlin?«

»Ihr geht es so gut wie immer, danke.« Elof bildete sich ein, ganz natürlich gesprochen zu haben, jedenfalls hatte er sich darum bemüht, doch plötzlich wurde ihm bewußt, daß Ils ihn mit dem Blick ihrer dunklen Augen durchbohrte.

Doch sie sagte nur, und zwar gleichermaßen gezwungen natürlich: »Ach ja? Das freut mich zu hören. Daß wir schon einmal dieses unwirtliche Gebirge durchquert haben, macht die Reise nicht weniger gefährlich. Wir werden froh sein, wenn sie bei uns ist.« Sie zögerte einen Moment, bevor sie hinzufügte: »Paß gut auf sie auf, Elof. Sie ist ein seltenes Geschöpf.«

Er nickte, wohl wissend, daß ihre Besorgnis nicht Kara galt. »Das habe ich fest vor, Ils, glaub es mir.«

Es war also das Auftauchen der Duergar-Schmiede, die ihm die Möglichkeit verschafften, seine Absicht in die Tat umzusetzen; wie sich die Dinge im anderen Fall entwickelt hätten, vermag niemand zu sagen. Am Nachmittag, als er jedem eine Aufgabe zugewiesen hatte, stellte er plötzlich fest, daß er etwas Zeit für sich übrig hatte. Er verließ die große Schmiede, die er in dem Gewölbe des alten Zunfthauses für sich eingerichtet hatte, und schritt durch die breiten Flure, die erfüllt waren vom Dröhnen und Klirren schwerer Hammerschläge und dem Fauchen und Zischen großer Blasebälge und Essen; die dicken Behänge, mit denen die Wände aus glattem Stein bedeckt waren, um diese Geräusche zu dämpfen, waren längst zu einem stumpfen Schwarz verrußt. Er stieg die breite Treppe hinauf, wo es leiser und die Luft sauberer war; dabei kam er an der neu bestückten Bibliothek und den Lesesälen vorbei und erreichte schließlich den oberen Stock, in dessen kleineren Räumen die Werkstätten der Juweliermeister und Gold- und Silberschmiede untergebracht waren. Hier waren die von den Wänden widerhallenden Echos höher, schneller, ein Klingeln und Klirren kleiner Werkzeuge, mit denen seltene Metalle und Edelsteine bearbeitet wurden; hier hing der beißende Geruch von Löt-, Ätz- und Reinigungsmitteln in der Luft, und die Wandbehänge waren verblaßt und an einigen Stellen verkohlt oder durchlöchert. An einem hohen Fenster stand ein gebeugter alter Schmiedemeister, umringt von einer Traube schwarzgekleideter Lehrlinge, und führte diesen ein feines Instrument vor, wobei er ihnen die Eigenschaften der Orientierung und Unbeirrbarkeit erklärte, die in dessen Metall eingearbeitet worden waren. Elof nickte ihnen im Vorbeigehen zu, und seine eigene Zeit als Lehrling fiel ihm ein. Er kannte das Gerät, eine Navigationshilfe, mit der sich sehr genau die Bahn der Sonne, des Mondes und der Sterne bestimmen ließ; er wünschte sich inständig, es möge auch ein Instrument zur genauen Bestimmung der Wege der Lenker der Geschicke geben.

Er hielt vor einer großen Tür aus Harteiche inne, die mit einem Namen in ziseliertem Silber beschriftet war, klopfte sachte und trat auf eine gedämpfte Aufforderung hin ein. Eine schlanke Frau ungefähr seines Alters blickte von dem vergoldeten Becher auf, den sie gerade polierte, und ihre großen Augen weiteten sich noch mehr. »Guten Tag, Meister!« Sie erhob sich umständlich von ihrer Werkbank, doch er bedeutete ihr mit einem Lächeln, wieder Platz zu nehmen.

»Auch Euch einen guten Tag, Meisterin, und laßt Euch durch mich nicht stören.« Sie lächelte zögernd und strich sich die braunen Locken aus der Stirn, offenbar ein Zeichen ihrer Nervosität. Er wußte von Roc, daß Marja in seiner Gegenwart immer nervös war, dennoch sah sie ihn mit den Augen einer Kollegin an. »Ich habe eine Bitte an Euch, die nur wenig von Eurer wertvollen Zeit in Anspruch nehmen dürfte, eine Kleinigkeit, bei der ich mich jedoch gern von einer Meisterjuwelierin beraten wissen möchte, einer Künstlerin, deren Begabung das Schmücken des Körpers ist. Was ist Eurer Meinung das Edelmetall, das mit dem Körper, dem menschlichen Fleisch und Blut, am besten übereinstimmt?«

Marja ließ sich langsam wieder auf ihrer Bank nieder; ihr Gesicht entspannte sich und zeigte, daß sie durch diesen Gedanken von anderen Regungen abgelenkt war. »Nun ja ... Ich nehme an, die meisten würden sagen: Gold. So ist es jedenfalls Tradition. Denn seine Weichheit, so sagt man ... und die scheinbare Wärme ...«

Elof setzte sich ihr gegenüber. »Und was meint Ihr?« unterbrach er sie.

»Ich ... ich bin nicht ganz dieser Ansicht. Um so weniger, nachdem ich die Werke einiger Gelehrter hier aus dem Ostland gelesen habe. Muß man nicht über alle Metalle hinaussehen, wenn man eine wirkliche Übereinstimmung finden will? Bis zu jenem ausgefallenen Material, das die Schmiedemeister des Altertums benutzten, dem Metall in seinen Eigenschaften ähnlich, doch noch besser formbar als dieses?« Ihre Finger verflochten sich vor Begeisterung. »Der alte Hjoran hat mir einst eine Geschichte erzählt ... von einem Material, das gesponnen wurde ... *gesponnen* ... und zwar aus dem Stoff, aus dem das Leben ist ... lebende Materie, zur reinen Asche reduziert. Es war stärker als jedes Metall und dazu leichter. Es war einer der großartigsten Schmiedemeister von Morvannec, der es verarbeitete, soweit ich mich erinnere, oder vielleicht war er auch aus Kerys. Thyrve oder Aluki Dreifinger oder Vayde ... einer von denen jedenfalls.«

Elof grinste. »Ich weiß. Mylio hat mir auch davon erzählt. Das sind hübsche Geschichten, um Lehrlinge anzufeuern, nicht wahr? Sie träumen dann, selbst solche Wunderdinge zu entdecken. Doch das Geheimnis dieses außergewöhnlichen Materials ist leider verloren, sofern es so etwas jemals gegeben hat, und alle anderen, die uns noch bekannt sind, bringen uns nicht weiter. Nein, es muß wohl Metall sein.«

Sie war wieder nervös geworden. »Nun gut ... Es ist eine schwierige Frage, auf die nur wenige eine sichere

Antwort wissen; aber was die Tradition auch immer sagen mag… Ich würde mich für Silber entscheiden.«

Elof nickte gemächlich und zufrieden. »Das hatte ich von Euch erwartet, aufgrund Eurer Erfahrung und Weisheit. Wenn man nach der Tradition ginge, dann könnten Frauen auch keine guten Schmiede sein.«

Sie errötete bei diesem Kompliment. »Die Wärme des Goldes ist eine Illusion… in manchen Fällen ist es sogar ein Hindernis für Hitze… und was die Weichheit angeht, nun, Fleisch ist auch weich, aber es behält die Form und wird von Knochen gestützt. Und die Knochenflicker kommen schließlich zu uns, nicht wahr, und verlangen von uns Silberlegierungen – Platten und Nägel, um zerschmetterte oder gesplitterte Knochen zusammenzusetzen; der Knochen wächst ohne größeren Schaden darum herum zusammen, das Fleisch und die Haut heilen darüber. Gehärtetes Silber kann die Körperflüssigkeiten besser aushalten als irgendein anderes Metall mit Ausnahme einer besonderen Art von Stahl, und dieser ist schwer herzustellen und noch schwerer zu verarbeiten… außer vielleicht von den Duergar«, fügte sie leise hinzu, »oder von Euch.«

Elof grinste und schüttelte den Kopf. »Vielleicht eignet er sich für Rüstungen, nicht jedoch für feinere Gegenstände. Silber ist anpassungsfähiger, wie Ihr sagt, eher dazu beschaffen, komplizierte Formen anzunehmen und mit raffinierten Eigenschaften ausgestattet zu werden. Um es jedoch dem menschlichen Körper anzupassen, braucht es nicht unbedingt in diesen eingesetzt zu werden…«

Marja lächelte. »Wohl kaum! Obwohl ich es nützlich gefunden habe, in gewisser Weise eine symbolische Einheit herzustellen… sagen wir, eine Abgrenzung oder Einkreisung. Zum Beispiel in Form eines Gürtels, eines Halsbandes, eines… Armreifs…« Sie zögerte; offenbar hatte sie etwas in dieser Hinsicht gehört, entweder von Roc oder von Kara selbst. Doch Elof schmunzelte nur und bewirkte damit, daß sie sich wieder entspannte.

»Das stimmt, in der Tat. Obwohl ich noch ein Lehrling war, als ich Karas herstellte; und ich benutzte damals auf Geheiß meines Meisters Gold. Ihm fehlte einfach der Durchblick einer Frau! Doch ich danke Euch für den Euren und überlasse Euch jetzt wieder Eurer Arbeit; ich war von einem anderen Gesichtspunkt aus schon zuvor mehr oder weniger Eurer Ansicht, und jetzt habt Ihr mich darin bestärkt. Habt Ihr keine Nachricht von Roc? Na ja, er wird ja nun bald zurück sein. Ich wünsche Euch noch einmal einen guten Tag, Meisterin!«

Sie sah ihn ein wenig fragend an, als er sich verabschiedete, erkundigte sich jedoch nicht, warum er ihre Meinung zu dem angesprochenen Thema hatte wissen wollen. Es war nichts Ungewöhnliches, daß Schmiedemeister aus ihrer Arbeit ein Geheimnis machten, besonders im Anfangsstadium, und Neugier hätte eine ernste Verletzung der guten Sitten dargestellt, wie sie von der Zunft verstanden wurden. Das würde sie nicht vom Grübeln abhalten, doch sie, die vor kurzem erst ihre Meisterprüfung abgelegt hatte, würde wohl kaum die wahren Hintergründe ahnen; er selbst hatte lange genug gebraucht, um darauf zu kommen. Auch jetzt noch war er sich unschlüssig, und fast wäre es ihm am liebsten gewesen, wenn der Gedanke ein Gedanke geblieben wäre; doch dann wurde er wieder um so heftiger von der verzehrenden Angst und der entsetzlichen Vorstellung heimgesucht, Kara könnte ihm von jenem kalten Wesen, dem finsteren Herzen, weggenommen werden, das sie einst in seinem Bann gehalten hatte. Sollte er zulassen, daß das geschah, wenn er es doch so leicht verhindern konnte? Die Lehrlinge, die immer noch mit dem Bestaunen des Instruments beschäftigt waren, grüßten ihn, als er an ihnen vorbeiging, verfielen jedoch in Schweigen. Er merkte, daß sich sein eigener Gesichtsausdruck in ihren bedrückten Mienen widerspiegelte, und setzte daraufhin ein klägliches Lächeln auf.

Nachdem er in seine Schmiede zurückgekehrt war, saß er da und starrte die Kiepen mit dem Erz an, die von Ils' Kollegen hier abgesetzt worden waren. Er nahm hier und da einen Brocken heraus und drehte ihn zwischen den Fingern um. Silber gehörte zu jenen Metallen, die man bereits im Rohzustand deutlich erkennen konnte; seine kundigen Finger fuhren den Adern und Strängen nach, von denen das lebendige Gestein durchzogen war, als ob es Blutgefäße und Nerven wären. Stellte das nicht ebenfalls eine Übereinstimmung mit dem Leben dar? Nun war es an ihm, es herauszuarbeiten, zu konzentrieren, die Essenz dieses Stein-Fleisches zu destillieren und es zu versehen mit... Wieder einmal zuckte seine Seele bei diesem Gedanken zusammen, und wieder einmal setzte diese eiserne Entschlossenheit, von Angst geschmiedet und durch die Verzweiflung gehärtet, zu ihrem entscheidenden Sprung an. Er erhob sich und ging zur Tür, um von der nahegelegenen Ausbildungsschmiede Lehrlinge herbeizurufen, hielt dann jedoch inne. Je weniger Hände an dieser Arbeit beteiligt wären, desto besser, und das aus mehreren Gründen. Mit aller Kraft hob er die erste Kiepe vom Boden an und kippte das Erz in die Zermalmungswanne. Nachdem das erledigt war, drehte er an einem schweren Zapfen und zog ihn aus einer Metalltülle, die aus der Steinmauer ragte, und daraus sprudelte ein Schwall Wasser hervor, spülte die lockere Erde von den Brocken und trieb diese langsam durch die Wanne bis zu dem Eisenblock am Ende. Als die Strömung immer schneller wurde, senkte er einen Rahmen mit Hebeln und einem großen Scheibenrad dazwischen sowie zwei schwere Rammbolzen in die Wanne; letztere waren so groß wie sein Kopf und so geformt, daß sie auf das Eisen darunter schlugen. Während das Rad sich drehte, arbeiteten die Hebel, hoben und senkten die Bolzen und zermalmten das Erz zwischen Eisen und Eisen; die Stücke wurde zu noch feinerem Bruch zertrümmert, wenn sie in die Mitte des Rades mit einer Nabe aus hartem Stein gerieten.

Während er ein wenig von dem Lärm zurückwich, lächelte Elof zufrieden. Er hatte diese Maschine denen in der Schmiede des Meisters Mylio nachgebaut, und wenn sie auch kleiner war und von Morvanhals allgemeiner Wasserversorgungsanlage anstatt von einem Fluß angetrieben wurde, arbeitete sie doch feiner und war weniger plump. Vielleicht würde er eines Tages, wenn er mehr Kraft brauchte, sich der Meeresbrandung bedienen oder, wie es einige Schmiede im Altertum getan hatten, sich die gebündelte und gefährliche Kraft von heißem Dampf zunutze machen. Doch selbst diese Energie reichte nicht an jene der Erdfeuer heran, mit denen die Öfen des Schmiedemeisters betrieben worden waren und die er bei seiner Arbeit zeitweise mehr als alles andere vermißte. Die Duergar hätten ihm vielleicht dabei geholfen, sie sich nutzbar zu machen, doch es gab in dieser hügeligen Gegend am Meer einfach nicht genügend solche Feuer in der Nähe der Erdoberfläche. Die Wissenschaft des Schmiedens hatte ihn gelehrt, daß die Natur viele andere Hitzequellen bereithielt, von den eingefangenen Sonnenstrahlen zu der inneren Turbulenz bestimmter sorgsam gereinigter Metalle, aber auch, wie schwer und gefährlich es war, diese anzuzapfen. Für einen kurzen Augenblick des Staunens und Entsetzens hatte er den Blitz in seiner Faust eingefangen und begriffen, wie klein der Mensch im Vergleich zu solchen Kräften war. Um sich auch nur die kleinste davon gefügig zu machen, bedurfte es langer Studien, und obwohl er einen Teil seiner Zeit für Forschungsarbeit vorgesehen hatte, kam immer irgend etwas Dringlicheres dazwischen, und immer war Kara natürlich auch noch da. Er hatte diese und jene Vorstellung, doch er war weit entfernt von irgendwelchen Lösungen. Er stand auf und machte sich an seinem Ofen zu schaffen.

Der Blasebalg wurde von Wasser betätigt; hinter der Türbeschichtung aus geschwärzter Glimmererde wies der Schimmer des Feuers verschiedene Farben auf, von Rot über ein grelles Gelb, wo Flammen aufloderten, bis zu einem Kern aus blendendem Weiß um den Schmelztiegel herum, den er hineingeschoben hatte.

Die Kohlen zischten und sangen, und während er beobachtete, wie die kleine Pyramide aus zermalmtem Erz knisternd in sich zusammensank, nahm er den Gesang in sich auf, die Höhen und Tiefen, und er entdeckte darin eine Melodie, so wie man vielleicht Bilder in Flammen sah. Es war ein wohlklingendes, eingängiges Lied, das er gut kannte, doch er wußte nicht woher. Das zweite war neu für ihn, sehr neu, eine langsame, gemessen dahinfließende Tonfolge, die ihn immer weiter fortzutragen schien. Es war gut, daß die Melodien, die seine Arbeit begleiten sollten, aus ihr selbst entstanden, wachsend und blühend wie sich verzweigende Blumen. Sollten vielleicht Blumen auch der Anfang des Musters sein, mit dem er sein Werk versehen würde? Doch vielleicht war da noch etwas Besseres, etwas Näherliegendes ... Er fuhr mit den Fingern beiläufig über die Klumpen feinen Bienenwachses, die er bereitgelegt hatte, und summte dazu unbestimmte Musikfetzen, während er nach der Form suchte, die er in der bernsteinfarbenen Tiefe des Wachses vermutete; nach einer Weile vergaß er die Reihe von Messern und Schnitzwerkzeugen neben sich, nahm einen schmalen Wachsblock, erwärmte ihn an der Ofenwand und fing an, ihn mit den Händen zu bearbeiten. Er zerfloß und fügte sich seinem kräftigen Griff. »So ist es richtig«, murmelte er. »Genau so ... du wirst lernen, was du zu tun hast. Du wirst das angemessene Muster bekommen.«

Und in jener Nacht, während die Sterne über ihrem Balkon dahinzogen und Kara sich unter ihm spannte und zwischen den zerwühlten Bettlaken zerfloß, fuhr er ihr mit der Hand durch das üppige Haar und zwang ihren Kopf nach hinten, um ihren bebenden Hals zu küssen; er hatte die Absicht gehabt, ganz sanft mit ihr umzugehen, doch in seiner Leidenschaft wurde der Griff seiner Hände fest, und als sie zitternd von ihr abfielen, hatte er ihr eine ganze Strähne anstatt eines einzelnen Haars ausgerissen, das er eigentlich nur gebraucht hätte. Doch sie konnten beide darüber lachen, denn er seinerseits trug die Spuren ihrer Nägel auf dem Rücken, die ihn wie scharfe Krallen gekratzt hatten. Später, als sie schlief, schlich er zu der Truhe, wo er ihren Umhang verstaut hatte, schloß sie auf und hob sehr vorsichtig den Deckel an. Dort lag der Umhang und schimmerte so weiß in dem schwachen Licht, daß das dunkle Futter, als er eine Ecke anhob, wie die absolute Schwärze erschien; er mußte die kleinen Federn mit den Fingern durchwühlen, um deren Wurzeln zu ertasten. Schließlich fand er eine, an einer unauffälligen Stelle am Rand des Kleidungsstücks, nahm sie zwischen Zeigefinger und Daumen und zupfte sie aus. Er vernahm ein leises Schnauben, und zu seinem Schrecken hörte er Kara im Schlaf stöhnen; er wandte den Blick zu ihr um und sah, daß sie zusammengerollt auf der Seite lag, sich plötzlich streckte und die Hand zur Schulter führte, um sich dort zu reiben. Er spürte Feuchtigkeit an den Händen, eine warme Klebrigkeit, die unverkennbar war, und er erstarrte in seiner knienden Stellung. Doch sie öffnete die Augen nicht, ihr Arm fiel auf die Brust herab, und sie versank wieder in tiefen Schlaf. Als er sich wieder zu bewegen wagte, nahm er den Umhang mit beiden Händen auf; unter den Federn fühlte er den weichen

Seidenstoff, sonst nichts. Er faltete ihn wieder sorgsam zusammen, legte ihn in die Truhe zurück, strich ihn beinahe zärtlich glatt und verschloß den Deckel wieder. Er erhob sich zitternd, angewidert von sich selbst, halb entschlossen, die Feder und die Haare wegzuwerfen, die er umklammert hielt, klebrig von dem trocknenden Blut. Doch statt dessen zwang er sich, sie in eine Baumwollhülle zu packen, die er bereitgelegt hatte; diese legte er dann in das Regal. Er kroch wieder ins Bett und streckte beinahe verzweifelt die Hand nach ihr aus; verschlafen kuschelte sie sich an ihn, und er vergrub das Gesicht in der warmen Mulde ihrer Schulter. Wenn sie in diesem Augenblick aufgewacht wäre, wäre er vielleicht doch noch mit den Gedanken herausgeplatzt, die ihn beschäftigten. Doch der Schlaf hielt sie so fest umklammert wie ein Mensch. Also wurde auch Elof von ihm überwältigt, und sie erwachten bei den ersten Lichtstrahlen, um sich erneut zu lieben und in der Liebe Vergessenheit zu finden. Bei Tagesanbruch hatten sich Elofs Zweifel verflüchtigt wie ein böser Traum, und es war ein leichtes, das Blut mit den Kratzern auf seinem Rücken zu erklären.

Am nächsten Tag machte er sich zwischen seinen offiziellen Verpflichtungen daran, weiter reines Silber aus dem Erz zu gewinnen, indem er es mit Quecksilber mischte – ein Vorgang, der Feingefühl und Wagemut erforderte. Erst als keine Gefahr mehr bestand, daß gefährliche Dämpfe auftreten würden, konnte er die Tür seiner Schmiede verriegeln und seine errungenen Schätze auf der sauber geschrubbten Werkbank auslegen, wobei er sie sorgsam gegen jeden möglichen Luftzug schützte, der sie wegwehen könnte. Für eine Weile spielte er damit, indem er die Haarlocke und die Feder in verschiedener Weise einander zuordnete, bis er eine Anordnung gefunden hatte, die ihm zusagte; er fertigte schnell mit Kreide auf einer Schiefertafel eine Skizze davon, vervielfältigte diese zu einem fortlaufenden Muster und zeichnete dieses Muster dann in verschiedenen Perspektiven, in Kreisen, Wellen, Spiralen. Als er gerade dabei war, das Spiralmuster fertigzustellen, merkte er, daß er wieder leise vor sich hin summte, und zwar jene erste kreiselnde Tonfolge des neuen Liedes, die immer deutlicher wurde. Eine Spirale... Er hob die Zeichnung an, die er angefertigt hatte. Eine fließende Spirale aus Federn, durchwoben von Haarlocken, die sich weiter wand und weiter... und sich doch um einen Torus schlängelte und so immer wieder auf sich selbst traf. Frei und doch unverändert, stets fliehend und doch stets zurückkehrend... Er nickte. Es würde große Sorgfalt erfordern, doch es war machbar. Er wischte die grobe Darstellung von der Tafel, nahm Tusche und Pergament und fing an, in großem Maßstab eine ganz genaue Zeichnung des Musters anzufertigen. Er brauchte viele Stunden dazu und mußte mehrmals neu beginnen, und während der ganzen Zeit sang er leise vor sich hin. Der Fußboden um ihn herum war bedeckt mit Versuchen, die er als untauglich verworfen hatte, und als er schließlich fertig war, hob er sorgfältig alle Blätter auf und warf sie ins Feuer. Das Pergament kräuselte sich, wimmerte und zischte wie etwas Lebendes auf den heißen Kohlen, doch er nahm kaum Notiz davon; seine Hände waren bereits mit dem Wachs beschäftigt und bearbeiteten seine Kanten mit einem Stichel, der feiner war als das feinste Haar, das er abzubilden gedachte.

Inzwischen war es späte Nacht geworden, doch trotz seines Mißtrauens, seines erschöpften Geistes und seiner müden Hände schuftete er weiter, von einem Eifer getrieben, wie er es seit seiner Jugend nicht mehr erlebt hatte, immer noch fast lautlos singend, ohne sich dessen so richtig bewußt zu sein. Es war keine einfache Arbeit, denn das Wachs war weder Pergament, auf das man zeichnen konnte, noch Holz, das man säuberlich mit einem Meißel bearbeiten konnte. Jede Berührung konnte Erhebungen oder Vertiefungen hinterlassen, es konnte zerbröckeln, wenn es zu hart wurde, oder zerfließen, wenn es zu weich war. Jede Linie mußte vorsichtig und mit Bedacht gezogen und jeder herausgeschabte Schnipsel vor dem Weiterarbeiten sofort entfernt werden. Die flache Darstellung mußte in vertiefte Rillen oder erhabene Wülste umgesetzt und die feinen Haarspitzen sowie der zarte Flaum unten an der Feder wiedergegeben werden; er gedachte sogar, den dunklen Fleck auf dem Federkiel durch eine geschickte Behandlung des Materials zu übertragen. Es war eine Meisterleistung, und in der Wiedergabe jeder noch so winzigen Einzelheit lag eine große Schönheit. Als ob bereits etwas von ihr darin wäre, dachte er erfreut, doch die Freude schärfte nur die Stacheln der Angst. Er arbeitete unermüdlich weiter, bis er merkte, wie die feinen Werkzeuge seinen schweißnassen oder tauben Fingern entglitten; mehrmals vermied er die Zerstörung des Werks nur um den Preis von Schnitten und Stichen, und sein eigenes Blut machte seine Hände glitschig. Als ihm schließlich ein letzter Rest von Vernunft sagte, daß es höchste Zeit sei, das Ding aus der Hand zu legen und es aus seinen zitternden Fingern zu befreien, bevor er es wieder vernichtete, wurde ihm beinahe übel vor Wut und Enttäuschung. Nur ganz allmählich gewann der Verstand wieder die Oberhand in ihm, während er unter einem Himmel, an dem die Sterne bereits verblaßten, in den Palast zurückschlurfte. Er ermahnte sich selbst, daß es nur allzuleicht geschah, von einer derart einsamen Arbeit besessen zu sein, und noch leichter, sie durch die eigene Ungeduld wieder zu zerstören. Und doch konnte er nicht sicher sein, daß er Kara in Erwartung seiner Rückkehr im Palast antreffen, daß er die Truhe nicht aufgebrochen und ohne den Umhang vorfinden würde, vielleicht mit einer schwarzen Feder, die ihm als Andenken zurückgelassen worden wäre. Während er den Weg über steile Stufen und durch hohe Gewölbe zurücklegte, wurde er von derlei Vorstellungen gequält; und obwohl seine Erleichterung groß war, als er sie zusammengerollt unter der Decke fand und ihr Haar wie eine dunkle Krone auf dem weißen Kissen ausgebreitet sah, dauerte sie kaum bis zum Einschlafen an und war beim Aufwachen schon wieder vergangen.

Am nächsten Tag erledigte er seine Aufgaben in der Werft wie ein Besessener; die Wachsgravur beschäftigte ihn wie eine beharrliche Heimsuchung, wie ein Wahn. Selbst als er kopfüber an einem Mast hing, um eine salzverkrustete Seilrolle auszutauschen, anstatt eine ganz neue Takelage aufzuziehen, konnte ihn das nicht daran hindern, immer weiter über das Muster nachzugrübeln, das er im Kopf hatte, bis ihm ganz schwindelig davon war. Er schwang sich senkrecht auf die kleine Plattform, und um nicht direkt aufs Deck hinuntersehen zu müssen, ließ er den Blick über den Hafen schweifen und genoß die kühle Brise und den Anblick der Stadt im Licht des späten Nachmittags. Hier unten bestanden die Wände der Häuser meistens aus gekälktem Fachwerk oder aus sich dachziegelartig überlappenden Holzschindeln, die in ähnlicher Weise bemalt waren wie jene damals in seinem Heimatdorf. Viele waren nach den Witterungseinflüssen des Winters frisch gestrichen und mit Blumen in Hängekörben und auf Fenstersimsen geschmückt worden; die Häuschen wirkten wie Spielzeug, dicht gedrängt am Fuß der prächtigeren Gebäude der Oberstadt, die in der üppigen Pracht ihres roten und weißen Steins prangten. Doch unwillkürlich wanderten seine Augen wieder über die niedrigen Dächer bis zu jenem dunklen Bau, der fast wie ein flacher Amboß aussah und der das Haus seiner Zunft war; sein Blick schien diese Mauern zu durchbohren, tief hinunter bis zu den halbgeformten Geheimnissen, die sie enthielten. Er fluchte; die Freude an seinem Vorhaben hatte ihn verlassen, es war ebenfalls von seiner Besorgnis überschattet. Er haßte, was er tat, und doch konnte er es nicht lassen. Mißmutig schleuderte er die unbrauchbare Seilrolle in einen Schwarm von Möwen, der auf den Wellen des Hafens schaukelte, und sah zu, wie sie aufstoben, kreischend und meckernd, genau wie er es selbst gern getan hätte. Dann zuckte er schuldbewußt mit den Schultern. Kara hätte das ganz und gar nicht gefallen; einer dieser Vögel hätte sogar Kara *sein* können, wenn er nicht ... Sehr langsam schob er sich an der Fangleine entlang vor und rutschte an dem Mast hinab, wobei Handschuhe seine Hände schützten. Für den Augenblick hatte er seine Arbeit erledigt, er konnte wieder zu seinem Wachsmodel zurückkehren.

Am späten Abend war es fertig; die Oberfläche war feiner und genauer ausgearbeitet, als er es bis jetzt jemals vollbracht hatte. Er nahm die echte Feder und die Locke zur Hand und legte sie auf das Muster; abgesehen von der lebendigen Färbung war die Übereinstimmung überwältigend. Er legte sie zur Seite und machte sich eilends daran, die Gußformen vorzubereiten, bevor das Wachs in der Wärme der Schmiede vielleicht noch weicher würde und das Muster etwas von seiner Genauigkeit einbüßte. Um diese Kleinigkeit könnte sich seine Macht verringern, diese Kleinigkeit könnte ausschlaggebend dafür sein, daß er das verlöre, was er zu bewahren gedachte.

Mit der Zartheit eines Liebenden rieben seine erfahrenen Hände einen weichen Überzug aus gebranntem und pulverisiertem Kalk um die feinen Formen, die er gefertigt hatte, um einen möglichst genauen Abdruck des Musters zu bekommen. Darüber verstrich er nacheinander mehrere Schichten Ton, die allmählich fester wurden, bis die vorbereitete Form schließlich vorsichtig in den Gießkasten gesenkt werden konnte, wobei er die Zapfen behutsam in die Löcher brachte und das Ganze dann verschloß, um es in sicherer Entfernung vom Feuer trocknen zu lassen, damit es in der starken Hitze keine Sprünge bekäme. Dann ließ er einen donnernden Wasserschwall herabrauschen, wusch den Ton von den brennenden Schnitten in seiner Haut und setzte das Rad des Blasebalgs in Bewegung, bis dessen Lufthauch durch die Kohlen zischte wie der Atem eines Drachen. Dann stellte er mit Hilfe einer langen Zange den Tiegel mit dem reinen Silber sowie einige mit anderen für die gewünschte Legierung ausgesuchten Metallen hinein. Er setzte sich vor den Schlund des Schmiedofens, summte beiläufig fast lautlos vor sich hin und beobachtete, wie dessen stumpfe Oberfläche allmählich vor Hitze flimmerte und sich in einen Zerrspiegel verwandelte. Er erinnerte sich an seine notdürftige Schmiede in den Salzmarschen, zehn Jahre und die Weite eines ganzen Landes von ihm entfernt, und an die Silberdrähte, die er dort für einen Schwertgriff bearbeitet hatte. In der Annahme, seine Kunst habe ihn verlassen, hatte er gar nicht erst versucht, ihnen irgendwelche besondere Eigenschaften einzugeben; trotzdem hatten sie etwas von seiner eigenen Wesensart in sich aufgenommen und es ihm als Abbild des Himmels über den Marschen gezeigt: ziehende grauen Wolken, ein Regen- und Sturmgestöber. Jetzt mußte er mit diesem Silber genauso verfahren, nur daß er diesmal das Bildnis bestimmen und die Wesensart nicht die seine sein würde.

Er begann leise vor sich hin zu singen, auf unbestimmte Art von dem neuen Lied angerührt, das noch keine Worte oder vielmehr nur ein einziges Wort hatte, doch bedeutungsschwer und mit einer Aussage, die ständig klarer wurde. Während er die Gußformen ins Feuer hielt, nahm eine Wortkette in seinem Geist Form an; dabei quoll das geschmolzene

Wachs aus den Gießlöchern und tropfte zischend und aufflammend auf die Kohlen; danach floß kochendes Wasser darüber, um diese zu reinigen. Er legte die Formen am Rand des Feuers ab und holte tief Luft; dann hob er den glühenden Schmelztiegel an die Tür des Ofens und tauchte nach und nach, in wohldurchdachter Reihenfolge, die weniger wertvollen Metalle ein. Einige sollten dazu dienen, das Silber härter und haltbarer zu machen, andere sollten ihm eine leichte Elastizität verleihen; wieder andere, die in ganz geringfügigen Spuren beigegeben wurden, brachten ihre ganz besonderen Eigenschaften ein. Die zähe Flüssigkeit blubberte und brodelte träge, während er mit einer langen Stahlstange darin herumrührte, und die ganze Zeit über sang er die Weise, die ihm in den Sinn gekommen war, wobei er aufmerksam dem dünnen hohen Ton der Kohlen lauschte. Der wirbelnde Rhythmus bildete eine passende Begleitung zu dem Rühren und zu den Strudeln, die dieses in der Mitte des Tiegels auslöste.

In Silber das Formen, einschließend, umfassend,
In Silber ein Schutzring verwobener Zeichen,
In Silber verfestigt schließt sich der Kreis.

In Silber das Schmelzen, in Silber das Mischen,
Wie ein stählerner Wall mit Zinnen aus Mondlicht,
Kein Ruf von außen gelangt zu dem, was er umgibt.

Winzige Metallspritzer tropften ihm auf die Hand, die Stange fühlte sich durch das Tuch, mit dem er sie festhielt, immer heißer an, die Hitze des Ofens straffte die Haut über seinen Wangenknochen, ließ seine Lippen aufplatzen, brannte ihm in den Augen, doch er sang unablässig weiter, mit trockener Zunge, bis der letzte Bestandteil der Legierung zugefügt und die Mischung vollendet war.

Frei wirst du fliegen, da dich die Form einhüllt,
Beim Verschmelzen und Kühlen nimmt
dich das Muster auf,
Beim Formen und Festigen wird es stark, aber sanft.

Was ich dir jetzt anvertraue, umfange es, umhülle es,
Bewahre es vor der Lust an der Veränderung,
am Wandern,
Beschütze wie eine Rüstung dieses zerrissene Herz.

Mit aller Wucht warf er sich auf den großen Blasebalg und betätigte ihn schneller, als das Wasserrad es vermocht hätte, bis die aufgehäufte Kohle glühte, als ob sie tatsächlich von Erdfeuern gespeist würde. Flink nahm er den Tiegel mit der langen Zange heraus, wobei weißglühendes Metall zischend gegen dessen Seiten wallte, und schleuderte ihn von dem Ofen zum Schmiedefeuer; es sah aus, als ob er einen Feuerschweif wie einen Meteor in der schweren Luft hinterlassen würde, bevor er sich blubbernd auf die feuerspeiende Kohle herabsenkte. Er nahm die Haarlocke und die Feder auf, führte sie für einen Augenblick an die Lippen und steckte dann die Hand über das Feuer, um sie in den Tiegel fallen zu lassen. Eine kleine Flamme züngelte gespenstisch auf, dann waren sie verschwunden.

Indem er alle Kraft zusammennahm, hob er den Tiegel erneut hoch und schwang ihn hinüber zu den Gußformen, die am Rand des Schmiedefeuers warteten... Dann fluchte er laut. Welch für ein Narr war er doch, eine solche Arbeit in Angriff zu nehmen, ohne zumindest einen Gehilfen bei sich zu haben, um die Gußformen geradezuhalten, um sein Zielen zu korrigieren, um eingeschlossene Luftblasen durch Schütteln zu entfernen, um ihn zu warnen, wenn sie fast voll waren... Heimtückische Schwierigkeiten lauerten darauf, ihn zum Scheitern zu bringen; ein Fehler, nur ein einziger … Doch jetzt konnte er nichts mehr daran ändern, er hatte nun einmal keine Hilfe; eine Verzögerung ließe das Silber nur noch weiter abkühlen, wodurch es noch schwieriger zu gießen wäre. Er müßte es dann noch einmal erhitzen, liefe Gefahr, das freizusetzen, was er ihm eingegeben hatte … Und würde er es jemals wagen, es durch etwas anderes zu ersetzen? Außerdem war es auf jeden Fall besser, wenn beim Lied, das er jetzt zu singen gedachte, kein Gehilfe als Zuhörer zugegen war. Mit knirschenden Zähnen neigte er das schwere Behältnis, sah einen Schwall von Rot an seinem Rand und einen feinen Faden herabfallen – direkt in den Trichter der Gußform. Dampf entwich durch die andere Öffnung; er holte wieder Luft, und mit diesem Ton sang er, klar und überzeugt, jenes alte Lied, das ihn seine Erinnerung gelehrt hatte. Während des Singens zitterte seine Hand kein einziges Mal, wackelte der Faden aus fallendem Silber kein bißchen.

Geschützt in Silber
Durch Kunst und Flamme,
Wirst du mir nie mehr entzogen,
Nie mehr gefangengenommen –
Wie es einst geschehen ist,
Nach deinem eigenen Willen!
Dein eigenes Ich möge dich halten,
Sicherer als Fessel oder Kette.

Silber tröpfelte spuckend, und er schwang den Tiegel zur Seite. Doch war die Gußform wirklich voll, oder handelte es sich nur um eine Luftblase, die einen unheilvollen Makel hinterlassen würde? Er hatte keine Zeit, das herauszufinden, denn der gespiegelte Halbmond verdunkelte sich bereits; er mußte schnell die andere Form ausgießen, bevor das Silber abkühlte. Bei dieser hatte er größere Mühe; die Arme schmerzten ihm vor Verkrampfung, die Hände zitterten vor

Schwäche. Sein Denken wurde verschwommen, doch er sang die Worte klar und deutlich durch die rauchige Luft. Es schien eine Ewigkeit zu dauern, bis das Silber hüpfend und spuckend an der Seitenwand der zweiten Gußform hinunterrann, und seine Erleichterung war so groß, daß er beinahe den Tiegel hätte fallen lassen und er ihn ungeschickt am Rand absetzte. Selbst in ungeformtem Zustand konnte sich dieses Silber als ein ziemlich leistungsfähiges Material erweisen. Es wäre am sichersten, wenn er möglichst bald einen weiteren Gegenstand daraus fertigen würde, der mit anderen Eigenschaften ausgestattet wäre. Inzwischen ... Er ließ die Gußformen oben auf der Kohle, damit sie langsam abkühlen würden; dadurch wurde die Spannung in dem Metall geringer. Erschöpfung machte sich brennend in den Armen und im Rücken bemerkbar, und plötzlich löste die rauchige Luft einen Erstickungsanfall bei ihm aus. Er riß die Luftklappen weit auf und fiel neben dem Schmiedefeuer zu Boden, wobei er dem Seufzen des Windes in den Öffnungen im Stein lauschte. Der Kopf sackte ihm auf die Brust, und er fuhr noch einmal in eine aufrechte Haltung hoch; doch dann schien ihm das nicht mehr die Mühe wert zu sein; die Augen brannten und schmerzten, der Kopf ...

Ein Unwetter tobte um ihn herum; plötzlich befand er sich an vielen Orten, auf einer sturmgepeitschten Turmspitze, in einem unheimlichen ewig-nächtlichen Wald, neben einer Schmiede in einem Elendsschuppen im Marschland – oder war es im Gebirge im Norden ... Dann wußte er, wo er war, zitternd neben einem kalten Ofen, während jemand heftig an die Tür pochte. Ohne ein Wort herauszubringen, stand er taumelnd auf, und in seiner Kehle war so viel Asche wie im Schmiedefeuer. Etwas aus seinen Träumen, die Erinnerung an einen ähnlichen Ruf, gab diesem Ton einen bedrohlichen Klang, ließen seine Hände unbeholfen an dem schweren Riegel hantieren. Im ersten Augenblick wirkte jene

Gestalt, die – mit einem Kapuzenumhang bekleidet – in dem düsteren Flur stand, wie ein Gespenst, doch sie war kleiner als Elof, gedrungen und stämmig, und unter der von Reisedreck beschmutzten Kapuze quollen dichte rote Haare hervor. Elof vergaß seine Beunruhigung vollkommen und griff nach der dargebotenen Hand. »Roc, mein Junge! Du bist also endlich zurückgekehrt!«

»Sieht fast so aus, nicht wahr?« brummte Roc unwirsch. Elof musterte ihn mit zusammengekniffenen Augen; obwohl Roc formell ein Mitglied der Zunft war, sah man ihn selten in diesen Räumen. Daran war nichts Geheimnisvolles. Im Südland war er ein geachteter Meister seines Fachs gewesen, doch welches Ansehen genoß ein Schmied hier, so groß sein Können in rein handwerklicher Hinsicht auch sein mochte, der nicht im geringsten in der Kunst des Zauberschmiedens bewandert war? Der kleinere Mann verzog das Gesicht. »Du bist die einzige wache Seele weit und breit! Ich komme hier im Morgengrauen an der Pforte an, alle Gasthäuser haben noch geschlossen, und meine Kehle ist nach der langen Strecke zu trocken, um mich noch bis zum Palast hinaufklettern zu lassen…«

Elof verstand den Wink und goß für sie beide aus einer Karaffe auf der Anrichte Wein ein. Roc leerte seinen Becher in einem Zug und hielt ihn zum Nachfüllen hin. »Durchaus trinkbar, obwohl wieder einige Ascheflocken hineingefallen sind. Deckt dein Schmiedegehilfe das Zeug denn nicht zu?«

Elof starrte mißtrauisch in den eigenen Becher. »Ich habe keinen Schmiedegehilfen mehr; ich fordere je nach Bedarf einen Lehrling an.«

Roc schnaubte verächtlich. »Kein Wunder, daß es hier aussieht wie im… Ich hätte gute Lust, meinen alten Posten wieder anzutreten, da du nicht in der Lage bist, auf dich aufzupassen. Was hat dich denn so früh schon aus dem Bett getrieben?« Er blickte unter struppigen Augenbrauen hervor Elof an. »Oder hat dich etwas die ganze Nacht über auf den Beinen gehalten, wie? Meine Güte, das muß ja etwas Großartiges und Aufregendes sein!« Er blinzelte zu den kleinen Gußformen und dem erkalteten Tiegel hinüber. »Silber? Das hat doch wohl nichts mit der Flotte zu tun, nehme ich an.«

»Wohl kaum!« lächelte Elof. »Damit beschäftige ich mich am Tag. Das hier soll ein Geschenk werden, eine Überraschung, also kein Wort darüber. Nicht einmal zu Marja...«

»Da besteht keine Gefahr«, brummte Roc. »Wir unterhalten uns nicht über Schmiedearbeiten, und schon gar nicht über Schmuckgegenstände. Nun, diese Formen sehen so aus, als könnte man sie aufbrechen. Brauchst du Hilfe?«

»Wenn du nicht zu müde bist«, grinste Elof und gab sich alle Mühe, sich seinen Unwillen nicht anmerken zu lassen. Doch er ginge eine größeres Risiko ein, wenn Roc den Eindruck gewänne, daß er etwas vor ihm verbergen wollte; jener war schließlich kein Dummkopf. Und da er keine Spur von Zauberschmiedekunst an dem Metall erkennen konnte, welchen Schaden konnte seine Hilfe anrichten? Seine kräftigen Hände langten mit der gleichen Hingabe zu wie Elofs, während sie die Metallhülle auseinanderbrachen und die Tonbrösel abklopften. Darunter lag der Kalk, der jetzt ebenso hart verbacken war wie der Fels, von dem er stammte. Doch unter Elofs ungeduldigem Griff sprangen seine Kanten ab, und er schälte den Gegenstand darin wie eine fremdartige Frucht heraus, wobei er den Atem anhielt, als das helle Metall herausschimmerte. Er nahm ein Glas mit einem Ätzmittel von einem der oberen Regalbretter und stellte eine schwache Mischung mit Wasser her.

»So!« sagte Roc, während sie beobachteten, wie der

Kalk immer mehr abbröckelte und die deutlichen Umrisse der Werkstücke bloßlegten. »Nicht schlecht! Wirklich, nicht schlecht! So hübsch und fein, wie Marja oder jeder andere Gold- oder Silberschmied, den ich kenne, so etwas gestalten würde. Aber das ist keine Überraschung. Sind sie so gelungen, wie du sie haben wolltest?«

Mit größter Vorsicht nahm Elof die schimmernden Stücke aus dem Reinigungsbad, hielt sie kurz unter fließendes Wasser und hielt sie dann hoch, zuerst in den roten Schein der Duergar-Lampe, dann in den feinen Lichtstrahl, der durch die Lüftungsschächte hereinfiel. »Ja«, hauchte er, während er das zarte Muster von Haarlocke und Feder betrachtete, das sich ohne den geringsten Makel und ohne Unterbrechung in seiner starren Wiederholung darum herum wand. »Ja, das sind sie! In der Tat, das sind sie!« Seiner Stimme war seine innere Regung anzuhören, denn er war von der Liebe eines echten Schmiedes zu Harmonie und Schönheit erfüllt. Doch nicht nur ihre Vollkommenheit rührte ihn an, sondern auch der Anblick des glänzenden und funkelnden Metalls, dessen Blitzen in seinen Augen in alle Richtungen schoß wie Fische unter klarem Eis.

Mit dem Vorrecht eines Freundes griff Roc nach einem der leuchtenden Gegenstände.

»Armreifen, wie? Aber warum sind sie offen?«

Elof lächelte. »Es sind eher Fußfesseln.«

»Mmmh, ich verstehe, damit man sie um die Knöchel legen kann. Aber brauchen sie denn keine Scharniere?«

»Nein; die natürliche Elastizität des Metalls …«

Roc nickte, und seine kräftigen Hände schlossen sich um den dicken Silberring, um den Spalt enger zusammenzudrücken. »Nein!« fuhr Elof ihn an und riß ihm das zarte Gebilde aus der Hand. Roc zog erstaunt die Augenbrauen hoch, und Elof lächelte entschuldigend. »Nachdem es vollkommen ausgekühlt ist, wollte ich sagen. Es ist ein langsamer Prozeß des Erhitzens und Kühlens vonnöten, um jegliche innere Spannung zu beseitigen.«

»Schon gut«, brummte Roc. »Ich wäre ohnehin nicht das Risiko eingegangen, es ganz zusammenzudrücken, da ich mir vorstellen kann, daß du damit einen besonderen Fang vorhast. Allerdings ist mir schleierhaft, wie du sie wieder zu öffnen gedenkst.«

Elof zuckte mit den Schultern. »Das wichtigste ist, daß sie sicher an Ort und Stelle bleiben.«

Roc grinste in schlauem Verständnis. »Du hast recht. Sie ist ein umtriebiges Mädchen, deine Kara. Umtriebiger als die meisten. Du möchtest, daß alles, was du ihr gegeben hast, eng sitzt und eng bei ihr bleibt, das verstehe ich.«

Elof versuchte, sich zu entspannen und sich nicht anmerken zu lassen, wie ergriffen er gewesen war und wie entscheidend es wäre, daß diese Klammern sich nur zur richtigen Zeit und an der richtigen Stelle schlössen, und sonst nicht. Es war in gewisser Weise etwas Unheimliches, das er da geschaffen hatte, doch er konnte es nicht ändern. Er brauchte nur daran zu denken, daß sie womöglich in Louhis Klauen zurückgezerrt werden könnte, damit die Sache für ihn wieder ihren Wert bekam. Er wog die Fußfesseln in den Handflächen und entdeckte mit Verblüffung Blut an dem Metall. Es war sein eigenes; er hatte einige der schlimmsten Schnitte wieder aufgerissen, als er nach den Teilen gegriffen hatte. Nun, außen konnte es keinen Schaden anrichten; er war im Begriff, es mit einem sauberen Lappen abzuwischen... Dann erstarrte er. Außen... Er hatte jedoch während seiner Arbeit seinen Verletzungen keine Beachtung geschenkt und hätte zu jedem Zeitpunkt bluten können – vielleicht war sein Blut auf das Wachs, in das Silber geraten... Und was die wichtigsten Schätze anging: Es konnte durchaus sein, daß er sein Blut der Feder zugefügt hatte. Es gab keine Möglichkeit, das jemals herauszufinden.

»Was ist denn auf einmal mit dir los?« knurrte Roc. »Dein Gesicht hat die Farbe von Milch angenommen, und genauso sauer siehst du auch aus.«

»Es ist nichts ... nur ... eine Überlegung, etwas, das sich als gut oder als schlecht herausstellen könnte; ich habe keine Ahnung.« Er schluckte einen plötzlich aufsteigenden Schwall von Angst hinunter. Es war stets eine kleine Verunreinigung im Spiel, wenn man mit einem Teil eines anderen Wesens in Berührung kam, einem Hautfetzen, seinen natürlichen Fetten; das war nicht schlimm, warum sollte dies also etwas ausmachen? Und schließlich, konnte er noch enger mit Kara verbunden sein, als er bereits war? Vielleicht würde das ihre Verbindung sogar nur noch verstärken. Er lächelte müde. »Ich habe mich schon mal gefragt ... Ich habe ziemlich viel Silber übrig, für das ich gern eine Verwendung fände. Hast du einen Vorschlag?«

Roc fuhr sich über das stopplige Kinn. »So rasch nicht, aber ich bin geistig auch nicht ganz auf der Höhe, mir fehlt etwas Schlaf. Etwas, das uns auf unserer Reise nach Süden hilfreich sein könnte; das ist das einzige, das mir im Augenblick einfällt. Ich muß jetzt mich erst einmal in den Palast begeben und etwas frühstücken. Und baden; bis ich dort ankomme, müßte das Badewasser schön angeheizt sein. Dir könnte es auch nicht schaden, nach deiner Schufterei; das könnte dich wieder aufbauen. Kommst du mit?«

Elof überlegte kurz. »Warum nicht? Aber hör zu: Wenn Kara auch dort ist, erwähn das Geschenk mit keinem Wort, vergiß das nicht!« Er schloß die Fesseln in einen Sicherheitsschrank aus Stahl ein und verriegelte die Schmiede mit derselben Sorgfalt. Dann verließen sie gemeinsam das Zunfthaus und begaben sich hinaus in die gewundenen Gassen des nördlichen Stadtviertels, in dessen Herzen das Gebäude stand.

Ein leichter Frühlingsregen brachte und ließ die ziegelgedeckten Dächer der Häuser zum Glänzen; das Wasser sprudelte aus den drachenmaulförmigen Enden der Regenrinnen oder floß in breiten Strömen an den Wandbalken herunter, die fest mit Werk verdichtet waren wie Schiffsflanken und die mit aufgemalten Gestalten in Rot und Schwarz geschmückt waren. Kleine Rinnsale plätscherten zwischen den Pflastersteinen hindurch und gluckerten in Abflüsse in der Mitte der Straße. Roc sah zu den Schiffen, die schwankend am Kai lagen, und hinauf zu den prächtigen Windflügeln auf den Hausdächern und gähnte.

»Der Wind dreht wieder einmal recht launisch; als ich hereinkam, wehte er deutlich aus Westen. Nun ja, das ist im Frühling nichts Besonderes; wir werden eine interessante Seereise erleben, wie immer.«

Elof grinste mitfühlend. Rocs Magen hatte sich bei bewegter See schon immer als schwach erwiesen. »Weißt du«, bemerkte er, während er ebenfalls die Windflügel beobachtete, die sich über den Ziegeln knatternd hin und her drehten, »das war kein übler Gedanke, den du da hattest. Etwas, das uns bei der Reise unterstützt, genau! Ich werde darüber nachdenken.«

Und das tat er auch; selbst während sie sich genüßlich im königlichen Bad tummelten, die müden Glieder im Dampf ausstreckten und im Wasser der geheizten Becken herumschwammen, beschäftigte sich sein Geist damit. Dann gesellten sich Freunde und andere Höflinge sowie später Marja und Kara zu ihnen, und die Belange des Alltags machten sich in seinem Denken breit. Eine Zeitlang hatte er seine andere, tiefergehende Sorge ganz und gar vergessen, nämlich die Sache mit dem Blut. Doch in den folgenden Jahren sollte er sich immer wieder daran erinnern und sich fragen, ob dieser kleine Vorfall tatsächlich eine schwerwiegende Rolle in seinem Schicksal gespielt haben könnte. Denn es war unendlich schwierig, so berichten die Annalen aus jener Zeit, den Auswirkungen wahrer Zauberschmiedekunst irgendwelche Beschränkungen aufzuerlegen, erst recht, wenn sie von Elof, genannt Valantor, ausgeübt wurde.

Von jenem Tag an hatte er ohnehin kaum noch Muße zum Nachdenken; der Tag der Abreise rückte immer näher, und er war in letzter Instanz verantwortlich für alle Arbeiten, die seine Gehilfen, Menschen und Duergar, durchgeführt hatten. Die wenige Zeit, die ihm blieb, verwandte er auf das Schmieden des Restes an Silber; niemals würde er etwas so Gefährliches einfach der Laune des Schicksals überlassen. Diese Arbeit erforderte nicht gar so viel Feingefühl, denn die Kräfte der Natur waren derber als die wechselnden Gezeiten des Herzens und der Seele; doch es bedeutete körperliche Schwerarbeit, das Muster mit einem Stichel einzuhämmern und die so entstandenen Furchen mit Gold auszulegen. Er hatte sich für ein überaus kompliziertes Muster entschieden, ein verschlungenes Gewirr im südländischen Stil, das Amicac darstellte, den Gierigen Meeresschlund und die Verkörperung der Schrecknisse des Meeres. Doch es war auch ein Zeichen von Rechtmäßigkeit und Stärke und als solches das beliebteste Symbol der tapferen Korsaren, und deshalb entsprach es ihrem Vorhaben. Ab und zu sang er einige Zeilen von alten Fischerweisen, die ihm aus seiner Jugend im Dorf Asenby in Erinnerung geblieben waren und die vor allem den Wunsch nach schönem Wetter und reichem Fischfang ausdrückten; schlichte, aber starke Lieder. Häufiger jedoch pfiff er bei der Arbeit zwischen den Zähnen und ahmte jene Rohrflöten nach, die die am Meer beheimateten Schmiede von Nordeney für die Seefahrer herzustellen pflegten und mit denen diese günstige Winde herbeirufen zu können glaubten. Und wie es ihm häufig widerfuhr, hatte ihn eine Arbeit, die er beiläufig begonnen hatte, schließlich ganz und gar in Anspruch genommen, und bevor er sie beendet hatte, hatte er das Werkstück mit außergewöhnlicher Macht und starken Eigenschaften versehen.

Das Durcheinander der letzten Tage vor dem Aufbruch war so groß, daß er es erst am letzten Tag vor dem Auslaufen der Flotte fertigstellen konnte, indem er seine Ausgewogenheit auf einem Stahlgestell sorgsam prüfte und ihm den letzten Schliff und die letzte Politur verpaßte. Dann blieb ihm nur noch, die Werkzeuge einzupacken, ohne die er niemals reiste, und die Schmiede für den Sommer zuzusperren. Als letztes nahm er die Fußfesseln aus dem Schrank und verstaute sie in seiner Innentasche; dann verschloß er die Tür hinter sich und eilte hinaus auf die Straße, die zum Palast hinaufführte; er stellte fest, daß die Sonne beinahe ganz untergegangen war.

An diesem Abend wollte Kermorvan für alle Mannschaftsmitglieder der Flotte ein Festessen geben, insgesamt über zweitausend Mann; diese Feierlichkeit sollte sich in allen Sälen des Palastes abspielen, und er sollte daran teilnehmen. Es tat zwar nichts zur Sache, wenn er zu spät kam, doch vielleicht machte sich Kara Sorgen. Sie schafften es, ein paar Minuten, bevor der König seinen Platz einnahm, am Ort des Geschehens zu erscheinen. Bis dahin war Ils der Mittelpunkt der Aufmerksamkeit gewesen; sie war königlich in Weiß gekleidet und von ihrer aus stämmigen Duergar bestehenden Wache umgeben. Doch Elof merkte voller Unbehagen, daß sich alle Augen Kara zuwandten, wegen ihrer Schönheit und geheimnisvollen Ausstrahlung; sie war in ein Kleid in Waldgrün gekleidet und hatte den Schmuck angelegt, den er für sie gefertigt hatte.

»Hörst du, wie Bewegung in die Reihen kommt, dort an den Mannschaftstischen?« flüsterte sie ihm zu, während sie an dem erhöhten Ehrentisch Platz nahmen. »Weißt du warum? Leute aus dem Westen oder aus kleinen Ortschaften, die mich bis jetzt noch nie gesehen haben, wenden sich raunend ihren Nachbarn zu. ›*Ist sie das nicht, die Fremde, die Gestaltwandlerin, die er der Eishexe abspenstig gemacht hat? Was für eine ist sie in Wirklichkeit? Und was für einer ist er, daß er sie so sehr liebt?*‹«

Elof schmunzelte. »Und ihre Nachbarn werden antworten: ›*Wenn ihr den Grund nicht deutlich sehen könnt, dann müßt ihr blind sein! Oder es muß Fischblut in euren Adern fließen!*‹ Und was deine inneren Vorzüge betrifft, so werden sie den Mut bewundern, den du bei der Befreiung ihres Königs bewiesen hast, die Art und Weise, wie du uns bei unseren Reisen unterstützt hast... uns den Weg gewiesen, uns geheilt, für uns gekämpft hast...«

»Für dich!« sagte sie leise und drückte seine Hand unter dem Tisch. Dann ertönte ein Musikwirbel, und Kermorvan trat ein; wie ein einziger Mann sprangen die Mannschaften auf und stampften mit den Füßen. Er nahm diese grobe Ehrenbezeugung mit einem wortlosen Nicken zur Kenntnis, hob eine Hand und schritt lächelnd zu seinem Platz, um sich zwischen Ils zu seiner Rechten und Kara zu seiner Linken zu setzen. Damit war das Fest eröffnet, und es war eine fröhliche Veranstaltung, obwohl sie sich nicht allzu lange hinzog und ohne Trunkenheit ablief. Kermorvan wollte, daß seine Männer am nächsten Morgen in guter Verfassung waren, und mit jedem, der es nicht gewesen wäre, hätte er ein sehr ernstes Gespräch geführt. Es war noch lange vor Mitternacht, als Elof und Kara in ihre Gemächer zurückkehrten. Als Kara ihren Schmuck abgelegt hatte, öffnete Elof die Truhe, nahm den Umhang heraus und tat so, als wolle er ihn ihr um die Schulter legen. Doch mit ihren kräftigen Händen hielt sie ihn an den Handgelenken fest und schüttelte lächelnd den Kopf. »Bewahr ihn weiterhin für mich auf; verstau ihn in deinem Gepäck und gib ihn mir nur bei Bedarf; nimm ihn wieder an dich, wenn ich ihn nicht mehr brauche. Ich möchte nicht, daß du dir während einer solchen Reise noch mehr Sorgen machst als nötig.«

Elofs Mundwinkel zuckten; er begriff sehr wohl, daß sie es ihm auf eine sehr sanfte Art heimzahlte, daß er sie darum gebeten hatte, ihn ihm zu geben. Er legte den Umhang beiseite und zog sie an sich; die Fußfesseln ließ er in seiner Tasche, ohne ihnen einen weiteren Gedanken zu schenken.

Doch im Morgengrauen des nächsten Tages, als sie an Bord des Langschiffes *Prinz Korentyn* gingen, des Flaggschiffs der Flotte, das in der Mitte des Hafens verankert lag, hatte Elof seine andere Arbeit bei sich. Kara schwang sich mit nackten Beinen geschmeidig und anmutig durch die Einstiegsluke, während die Mannschaft die schweren Gepäckstücke an Deck schleppte. Gemeinsam gingen sie nach hinten zum Heckturm, wo Kermorvan stand und das Bereitmachen seiner Flotte überwachte. Seine klare Stimme klang brüchig vor Anstrengung und überschlug sich fast, so laut brüllte er seine Befehle; Boten eilten über das sanft schaukelnde Deck hierhin und dorthin, und die Signalflaggen flatterten wie leuchtende Schmetterlinge über dem geschäftigen Hafen. Er hatte nur einen kurzen Blick für die Neugekommenen übrig, und dieser drückte Erleichterung aus; sie waren die letzten an Bord, denn Elof hatte noch bis in letzter Minute bei Instandsetzungsarbeiten an anderen Schiffen Hand mitangelegt. Roc war bereits an Bord, in Gesellschaft des Königs, und ebenso Ils, wie sie es in letzter Zeit häufig war; das war ganz natürlich, da auch sie eine Herrscherin war, die danach trachtete, ihr Reich im Meneth Ledannen zu stärken und auszudehnen, und hoffte, anläßlich dieser Expedition noch viele weitere ihrer Leute nach Osten zu bringen. Nur Elof, der einmal ganz zufällig Zeuge einer sonderbaren Unterhaltung geworden war, machte sich Gedanken darüber, ob dahinter vielleicht noch etwas anderes stecken mochte, und zog seine eigenen Rückschlüsse. Sie lehnte jetzt an der Reling, blinzelte in die Morgensonne und beobachtete das emsige Durcheinander mit ihrem typischen breiten, ironischen Lächeln. Dieses wurde noch breiter – sofern das möglich war –, als sie Elof und Kara erblickte, und sie winkte sie lässig zu sich.

»Hastig, hastig, hastig! Alle wuseln auf Geheiß ihrer eigenen Gefühle durcheinander und sind zu sehr beschäftigt, um innezuhalten und nachzudenken. So sind die Menschen nun einmal … nicht wahr, Lady Kara?«

Elof zuckte leicht zusammen. Er mochte Ils sehr gern, aber er war nie dahintergekommen, was sie über Kara dachte, und ihre ewige Verspottung der menschlichen Natur war ihm unangenehm. In vielerlei Hinsicht war Kara menschlicher als die Duergar, und sie wußte es. Doch Kara lächelte nur und nahm Elofs Arm. »Ich finde, alle Wesen haben ihre besonderen Vorzüge. Ist hier irgend etwas nicht in Ordnung?«

Ils deutete mit einem dicklichen Daumen zum Achtersteven, wo ein goldfarbener Windflügel in Form einer Möwe quietschend hin und her schwang und sich bei jedem leichten Schaukeln des Schiffes drehte. »Der Wind, so scheint es … ist nicht ganz so, daß er als günstig bezeichnet werden könnte. Es sieht so aus, als müßten wir hart am Wind segeln, was uns wenig Spielraum zum Manövrieren läßt. Die kleineren Boote trauen sich zu, in dichter Formation den Hafen zu verlassen, die größeren Langschiffe und Schnellsegler fürchten, daß sie es nicht können; wer weiß.«

»Und es würde den ganzen Tag dauern, wenn sie unter Rudern auslaufen würden«, fügte Roc mißmutig hinzu. »Womöglich verpassen wir den Wind und schaukeln stundenlang herum …« Er sah bereits jetzt schon etwas grün um die Nase aus.

Elof nickte, trat vor und tippte Kermorvan ohne Beachtung höfischen Benehmens auf die Schulter. »Würde es dir etwas nützen, wenn du einen ganz genauen Windmesser hättest?« schrie er gegen die heftige Brise an.

»Würde es nicht!« schnaubte der große Mann über die Schulter zurück, wobei er sich das bronzefarbene Haar aus den Augen strich. »Warum, könntest du uns ein solches Gerät rechtzeitig herstellen? Es könnte uns bei der Entscheidung helfen, ob wir das Auslaufen wagen sollen...«

Elof griff in seinen Packsack. »Ich wollte es dir heute sowieso schenken, als eine Art Glücksbringer für die Reise.« Er reichte Kermorvan den glitzernden Viertelmond aus Metall; dieser runzelte die Stirn, als er ihn betrachtete, dann grinste er Elof an.

»Amicac, wie? Nun, wir sind schon einmal unter seinem Zeichen gesegelt, du und ich; es sollte uns nicht schaden, wieder einmal Korsaren zu spielen.« Er griff hinauf zu dem geschnitzten Achtersteven und nahm die goldfarbene Möwe von ihrem Podest; an ihre Stelle steckte er Elofs Windflügel, und der erhobene Blätterknauf, der den Kopf des Musters bildete, strahlte mit aufklaffendem Maul dem Wind entgegen.

»Wenn er den Wind erst einmal richtig aufgenommen hat«, erklärte Elof hoffnungsvoll, »sollte er ihn eigentlich bei jeder Drehung und Wendung festhalten...« Er beobachtete, wie er sich leicht von einer Seite zur anderen drehte, genau wie sein Vorgänger, doch dann... »Da!«

Der Windflügel war unvermittelt auf der Stelle stehengeblieben und zitterte leicht, wie von riesigen Händen im Zentrum des Windes festgehalten. »Bemerkenswert!« sagte Kermorvan. »Selbst wenn seine Botschaft uns nicht unbedingt Hoffnung macht... Was ist, wenn er von Hand aus der Richtung gestoßen wird?«

Elof zuckte mit den Schultern. »Er müßte sich eigentlich von selbst wieder einrichten. Aber er dürfte sich nicht so ohne weiteres bewegen lassen.«

Neugierig geworden, hob Kermorvan die Hand und versuchte, den Windflügel zu verschieben; er bewegte sich nicht. »Es ist, als ob ... man eine Tür bei starkem Sturm schließen wollte«, keuchte er, »obwohl die Brise höchstens ... mittelmäßig ist ...« Er schob mit beiden Händen und drückte mit seinem ganzen Gewicht dagegen, und jetzt bewegte sich der Flügel sehr langsam. Während das geschah, hielt Elof den Atem an, und er spürte, wie Karas Hand plötzlich seinen Arm umklammerte; Eiseskälte stieg aus seiner Magengrube auf. Es hatte sich noch etwas anderes bewegt, er wußte nur nicht, was. Doch er hatte das Gefühl, als sei die Welt aus dem Gleichgewicht geraten ...

Ils stieß einen Schrei aus und streckte deutend die Hand aus, nicht zu dem Windflügel, sondern zu den Wimpeln an den Großstagen und den Signalflaggen darüber; zunächst war es schwer zu erkennen, aber ... hatten sie sich nicht auch bewegt? Kermorvan hatte den Windflügel losgelassen; er blieb so stehen, wie er ihn gedreht hatte, genauso fest wie zuvor. Er warf sich wieder mit dem ganzen Gewicht dagegen, und wieder bewegten sich die Wimpel, und die Flaggen schlugen um und flatterten in einer anderen Richtung. Elof schluckte.

»Das reicht!« keuchte der König, wobei er den Windflügel losließ und sich nach vorn beugte, die Hände auf die Knie gestützt. »Elof, du mit deiner Muskelkraft kannst ihn vielleicht ein wenig weiter verrücken, aber mehr wird kaum möglich sein ...«

»Das überrascht mich nicht«, sagte Ils ein wenig bebend. »Die Windrichtung überhaupt zu verändern ... Der Wind ist kein einzelnes Ding, sagt unsere Wetterkunde, sondern ein Netz aus vielen verschiedenen Strömungen, weiter als die Meere. Eine davon zu verändern, selbst um ein paar Grade zu verschieben ... Ich kann es nicht glauben.«

»Ich auch nicht«, murmelte Roc. »Was hast du diesmal wieder bewerkstelligt, mein Junge?« Elof konnte nur den Kopf schütteln; er kam sich wie ein Narr vor.

Kermorvan lehnte sich an das Schanzdeck zurück und scheuchte die Boten, die durch lautes Rufen seine Aufmerksamkeit zu erringen suchten, mit schroffen Handbewegungen davon; er war plötzlich wieder ganz Herrscher. »Elof, hast du das geplant?« fragte er in einem bedrohlich ruhigen Tonfall.

Elof holte tief Luft. Karas Hand lag fest auf seiner Schulter, und irgendwie gab ihm das die Geistesgegenwart zum Sprechen. »Ich habe nichts anderes geplant als das, was ich gesagt habe. Jetzt sehe ich etwas, ohne es zu begreifen… etwas an der Entstehung des Gerätes ist logisch, denn ich habe dazu gesungen und gepfiffen… alte Weisen aus dem Norden, um Glück in der Seefahrt und günstige Winde heraufzubeschwören… sie sind ein Teil von mir, diese Lieder, sie haften tief in meiner Erinnerung; sie müssen mehr aus mir herausgeholt haben, als ich ahnte… Ich hätte mir nicht im Traum einfallen lassen, daß ich ihm diese Macht eingeben könnte!«

Kermorvan nickte. »Das glaube ich dir. Das… das ist eine ganz erstaunliche Macht, aber vielleicht auch eine gefährliche…«

»Mein Lord!« brüllte einer der Boten plötzlich in seiner Verzweiflung, sich Gehör zu verschaffen. »Die Schnellsegler haben noch immer Signale gesetzt! Der Wind hat gedreht, er ist jetzt günstig für sie!«

»Und auch für die Langschiffe!« rief ein anderer. »Mein Lord, wir verlieren Zeit, die Flut…«

Kermorvan zuckte hoch. »Also gut«, murmelte er. »Wir wollen nicht vergeuden, was uns diese Macht bis jetzt beschert hat.« Er wölbte die Hände vor dem Mund und schrie seiner Mannschaft zu: »Alle Mann auf ihren Posten! Winden und Seile bereitmachen! Hauptmast bereitmachen! Hecktaue lösen! Hauptsegel hissen! Fock bereitmachen! Bugtaue einholen!« Ein wildes Durcheinander setzte auf dem Hauptdeck ein, und der Kapitän und seine Maate kamen nach hinten zum Heckturm gerannt. Kermorvan deckte die Boten mit so vielen Befehlen ein, daß sie wie aufgescheuchte Hühner zwischen der Mannschaft hin und her wetzten. »Übernehmt ihr das Kommando, Kapitän! Dreht unser Schiff in den Wind, mit dem Hauptsegel zuerst, steuert sie in die Hauptrinne und dann hinaus. Wir werden sie alle hinausführen.«

Der Kapitän salutierte vor ihm und brüllte nun seinerseits Befehle über das Deck. Am Bug drehte sich eine Winde, und sie spürten, wie sich das Heck plötzlich mit einem Ruck aus seiner Vertäuung löste und der lange Schiffsrumpf in dem gekräuselten Wasser des Hafenbeckens schaukelte und sich neigte. Die gewaltige Großrahe schob sich knarrend den Mast hinauf, und das durch Hanf versteifte Hauptsegel flatterte und bauschte sich auf, als es vom Wind gepackt und geschüttelt wurde. »Am Bug weiter einholen!« brüllte der Kapitän. Das große Schiff schwenkte in den Wind; für den Augenblick eines Atemholens hing das Hauptsegel schlaff herab, doch gleich darauf fuhr der Wind hinein und straffte es mit lautem Knallen. »Alle Taue lösen!« brüllte der Kapitän. »Steuermann, Richtung Hafenausfahrt!« Das große Schiff schoß dahin, das Deck hüpfte unter ihnen und hob und senkte sich dann etwas sanfter, als es gleichmäßige Fahrt aufnahm. Hinter ihnen drehte sich das Rad, mit dem das Ruderblatt von Deck aus bewegt wurde. Kermorvan warf dem Steuermann einen Blick zu, der wortlos nickte. Diese Art der Steuerung war etwas ganz Neues, von den Duergar Übernommenes, und ihre Wirkung war noch nicht erprobt; doch anscheinend bewährte sie sich in diesem Augenblick recht gut. Die *Prinz Korentyn* schob ihren schlanken Bug hinaus in die Hauptrinne, während rings um sie herum auf allen anderen Schiffen der Flotte sich die Segel aufblähten und die Standarten zum Salut wippten.

Kermorvan nahm seine schwarze und goldene Rüstung von der Bank auf, wo er sie abgelegt hatte, und stellte sich an die Brüstung des Heckturms, stolz und prächtig; er trug keinen Helm, und seine Locken leuchteten tatsächlich wie Bronze in der Morgensonne. Von den Mauern des Palastes her erschallte eine Trompetenfanfare, der Ruf der Streitkräfte, die zur Verteidigung der Stadt zurückbleiben würden, auf den Türmen stimmten die Glocken ein schwungvolles Geläut an, und am Ufer erhob sich lautes Jubelgeschrei; wie jedesmal war die ganze Stadt auf den Beinen, um dem Aufbruch ihres Königs und seiner großen Flotte zuzusehen. Er winkte, und am Bug erwiderten seine Herolde den Salut der Stadt; dann schmetterte auf seinen Befehl hin der Rest seines Musikkorps, der inzwischen Aufstellung genommen hatte, eine mitreißende und anfeuernde Weise. Wie plötzlich gewachsene Flügel breiteten sich die hohen Segel aus, und weiße Gischt umschäumte den Bug. Kara, die immer noch Elofs Arm umklammert hielt, tanzte förmlich vor Aufregung, während das große Schiff auf die Hafenöffnung zuglitt und seine Kameraden nacheinander, in der Reihenfolge, die der König festgelegt hatte, in seinem Kielwasser folgten. Als es zwischen den beiden hohen Türmen hindurchglitt, die links und rechts der Hafenausfahrt aufragten, nahmen die anderen Schiffe die Melodie auf, und die Klänge von dröhnenden Trommeln, schrillen Flöten, silberhellen Zimbeln und schmetternden Hörnern und Trompeten erschallten und verbreiteten sich am ganzen Ufer der Bucht, während sich alle übrigen Segel entfalteten und sich blendendweiß gegen das glitzernde Wasser abhoben. So lief diese großartige Flotte stolz und prunkvoll aus, und wenn der Anblick vom Ufer aus auch bestimmt nicht weniger überwältigend war, so wird er in keinem Bericht beschrieben, denn die Verfasser der Chronik waren ausnahmslos als Mitwirkende auf den Schiffen dabei.

Dem Flaggschiff folgte dichtauf der größte der Schnellsegler, dessen weite Segelflächen noch nach und nach ausgebreitet wurden; das Knirschen von Seilen, gebrüllte Befehle und das dumpfe Knattern des Segeltuchs erfüllten die Luft. Seitlich davon glitten zwei kleinere Boote dahin, Kutter mit jener neuen Art von Takelage, für die die Vorlage von den Duergar stammte; ihre Segel verliefen schräg nach vorn und nach hinten anstatt quer zum Schiffsrumpf. Kara rannte zur Heckreling, um zu beobachten, wie sie frech in den Bugwellen hüpften und vorwitzig wie kleine Hündchen nach den Knöcheln des großen Schiffsrumpfes schnappten. »Sie sind so hübsch«, hauchte sie. »Wenn wir doch eines dieser Schiffe segeln könnten!«

Elof legte den Arm um sie. »Wir werden im Lauf dieser Reise noch ausgiebig Zeit dazu haben; bestimmt werden ihre Mannschaften über einen oder zwei Tage Ruhepause froh sein. Wir könnten Kermorvan darum bitten.«

»O ja!« rief sie aus, und ihre Augen funkelten wie das Wasser unter ihnen. Er spürte, wie sie vor Aufregung vom Kopf bis zu den Zehen bebte. »Sie sind so leicht, so schnell, es wäre fast wie …« Doch dann unterbrach sie sich und sprach nicht weiter.

Wie schon in den Jahren zuvor verliefen die ersten paar Reisetage der großen Flotte gemächlich, eher wie ein höfisches Zeremoniell und nicht wie ein spannendes Abenteuer. Am Tage jagten die Schiffe einander, oder es wurden Wettkämpfe hinsichtlich Manövrierfähigkeit und seglerischen Könnens durchgeführt – etwas, das Kermorvan förderte, denn es diente sowohl der Übung der Mannschaften als auch der Kapitäne. Dabei bekamen Elof und Kara die Möglichkeit, die mit der neuartigen Takelage versehenen Kutter selbständig zu segeln. Jeden Abend gingen sie in sicherem Gewässer vor Anker oder liefen die Häfen kleinerer Ortschaften an, wo der König Abordnungen empfing, Petitionen überreicht bekam und hin und wieder Streitigkeiten schlichten mußte; auf diese Weise konnte er seinen Bekanntheitsgrad bei jenen Teilen des Volkes steigern, die selten oder nie nach Norden in die Stadt Morvanhal kamen. In den abgelegeneren Gegenden wurde die Flotte mit beinahe trunkener Begeisterung begrüßt, als lebender Beweis für die Stärke und Solidarität des Landes. Die Wunden, die die Besetzung durch die Ekwesh geschlagen hatten – so kurz diese auch gedauert hatte –, heilten hier langsam.

Es waren für die meisten Mitglieder der Reisegesellschaft angenehme Tage, obwohl sie für Elof überschattet waren. Denn Kara zog sich immer mehr in sich selbst zurück, sprach immer weniger und kam selten zur Ruhe; sie wanderte entweder an Deck herum oder saß stundenlang am Bug und starrte über die leere Weite des Meeres. Sie hatte zu solchen Zeiten nichts dagegen, wenn er ihr Gesellschaft leistete; sie lächelte ihn an, wenn er sich neben sie setzte, legte vielleicht sogar den Kopf an seine Schulter, doch ihr Blick war stets auf die Leere zwischen Himmel und Erde gerichtet. Einmal traf er sie während eines heftigen Sturms immer noch dort an; sie hielt sich am Vordersteven fest und quietschte vor Vergnügen, während der Bug über die Wellenkämme tanzte und von Gischt überspült wurde. Er wurde daraufhin wütend und schalt sie, weil sie auf törichte Weise mit der Gefahr kokettierte. Sie beschwerte sich nicht, sondern kletterte statt dessen, nachdem sich das Wetter beruhigt hatte, auf den Ausguck ganz oben am Hauptmast. Elof folgte ihr und bewunderte die Anmut ihrer sonnengebräunten Beine in der Takelage über sich und die tierhafte Geschmeidigkeit, mit der sie sich auf die Plattform schwang.

Elof hangelte und wand sich entschieden vorsichtiger zwischen den Seilen hindurch, und als er oben angekommen war, befestigte er sofort seinen Gürtel an dem dafür vorgesehenen Ring. Kara traf keinerlei derartige Sicherheitsmaßnahmen, sondern beugte sich weit über das Geländer, genoß das Gefühl der Höhe und deutete entzückt hinunter zu dem Schwarm von Delphinen, der die Flotte umkreiste. Elof lächelte, allerdings ein wenig mühsam, und versuchte, an ihrem Vergnügen teilzuhaben, ohne allzuoft hinunter auf das Deck zu blicken; er konnte nicht umhin zu bemerken, wie tief unten und wie schmal es erschien, und wie es schwankte und auf einer aufgewühlten Fläche aus Grün und Weiß wild auf und ab hüpfte … Doch wenn er davon bewußt keine Notiz nahm, empfand er den Blick als großartig, ebenso wie das Gefühl der Weite nach den vielen Tagen, die sie mehr oder weniger zusammengepfercht auf dem engen Raum des Schiffes verbracht hatten. Plötzlich stieg Mitleid für Kara in ihm auf; sie war aus freien Stücken mitgekommen, sie würde sich nicht beklagen, doch wenn das Leben an Land sie schon so sehr einengte, wieviel schlimmer mußte es hier für sie sein?

»Möchtest du deinen Umhang wiederhaben?« fragte er impulsiv und vergaß für den Augenblick seine anderen Ängste. »Ohne … Verpflichtung. Dann kannst du …« Er zuckte mit den Schultern. »Steig in die Luft, wann immer du möchtest. Wie immer du möchtest.«

Sie lehnte übers Geländer hinaus, ihr üppiges dunkles Haar war vom Wind zerzaust und in dem klaren Licht von einem hellen Schein umgeben, und sie sah ihn eine Weile nachdenklich an. Dann lächelte sie, schüttelte den Kopf und legte ihm zärtlich die Hand auf den Arm. »Kein Bedarf. Es reicht mir, das Empfinden der dahinrauschenden Luft zu haben und weit, sehr weit blicken zu können. Ich warte, bis du mich brauchst.«

Elof zuckte erneut mit der Schulter und nahm ihren Arm. Doch im Inneren war er ein wenig traurig; sie zahlte ihm anscheinend immer noch etwas heim. Er betrachtete sie und beobachtete, wie ihre eindringlichen, vogelartigen Augen, grün wie das Wasser unter ihnen, mit flackerndem Blick in alle Richtungen den Horizont entlanghuschten, und plötzlich war er froh, daß sie sein Angebot nicht angenommen hatte. Was war ihm denn nur in den Sinn gekommen? Es mochte ihm zwar nicht gefallen, dennoch war der gewählte Weg schließlich der sicherste.

Nicht lange danach gelangten sie über die südliche Grenze des Reiches Morvanhal und in eine Wildnis, die im wesentlichen von Menschen unbewohnt war. Trotzdem war es eine fruchtbare und angenehme Landschaft entlang der Küste, dank vieler Flüsse gut mit Wasser versorgt, und sie waren in der Lage, an vielen Stellen, die sie bei früheren Reisen erkundet hatte, vor Anker zu gehen und ihre Vorräte an Wasser und Proviant aufzufüllen. Die größte Bedrohung stellten hier die wilden Tiere dar sowie auch hier und da die Banden menschlicher Gesetzloser, die noch um ein Vielfaches wilder waren und nur darauf lauerten, irgendein kleineres Boot, das in Schwierigkeiten geraten war oder sich von der Hauptflotte entfernt hatte, zu überfallen. Kermorvan hatte jedoch wirkungsvoll Vorsorge getroffen, um gegen solche Angriffe gewappnet zu sein, und sie wurden recht schnell abgewehrt. Einmal wurde ein im Nebel etwas vom Kurs abgekommenes Boot von zwei Piratenlangschiffen überfallen; Kermorvan brachte die *Korentyn* schnell seitlich daneben und führte persönlich die Säuberung der Decks an. Von mehr als dreißig Räubern entgingen ihm nur drei, und zwar, indem sie über Bord sprangen, zu einem Beiboot schwammen und wie besessen in die Dunkelheit davonruderten. »Bei klarer Sicht hätte ich sie mit den Kuttern verfolgt«, bemerkte er, während er sein grau-goldenes Schwert abwischte. »Da es nun einmal so ist, wie es ist, sollen sie ihr Fell retten, wenn vielleicht auch nur um vergangener Zeiten willen ...«

Schließlich, nach drei Wochen einer im großen und ganzen problemlosen Reise, erreichten sie den letzten der Anlegeplätze und außerdem den größten, eine breite Flußmündung mit dem Namen Ancarvardoen, die Tiefen Wege. Danach wurde die Küste schroffer, felsiger, gefährlicher anzulaufen; bisher hatten sie noch keine Fahrt hinter sich gebracht, ohne daß sie an dieser Stelle nicht zumindest ein Schiff und viele Leben verloren hatten. Das Land dahinter war auch nicht sicherer; irgendwo in seinem Inneren erstreckte sich der lange Arm des Großen Waldes, der sich allmählich in einen dichten Dschungel mit seinen vielfältigen Fallen und Schrecknissen verwandelte.

Ancarvadoen war in dieser unbewohnten Gegend nur deshalb vorübergehend ins Gedächtnis der Leute gedrungen, weil bekannt war, daß die letzte große Flut von Flüchtlingen aus dem vom Schicksal heimgesuchten Morvan, angeführt von Vayde und der Prinzessin Ase, hier für einen langen Winter ihr Lager aufgeschlagen hatte. Auf der letzten Reise waren Männer der Flotte über Spuren dieser kurzzeitigen Ansiedlung gestolpert, einige überwucherte Erhebungen, die einst Steinmauern gewesen waren, und auf dem Hügel, der die Flußmündung überblickte, drei oder vier Gräber, deutlich markiert, doch ohne Namen. Es war ein melancholisch stimmender Ort, doch Kermorvan wünschte dort noch einmal anzulegen; er hatte sorgsam behauene Gedenksteine für die Gräber und die Ruinen mitgebracht. »Mögen die herumirrenden Seelen dieses Landes damit ihre Ruhe finden«, bemerkte er leise zu Elof, während sie gemeinsam den steilen, grasbewachsenen Hang zu ihrem Lager an der Küste hinabstiegen. »Denn ich habe das Gefühl, daß diese hier immer noch umherstreifen, oder zumindest die

Erinnerung an ihre Nöte. Mögen sie auf diese Weise erfahren, daß ihr Leiden nicht ganz umsonst war, daß das Erbe ihres Landes fortbesteht und ihre Nachfahren weiterleben und sie nicht vergessen haben.«

Elof nickte. »Ich empfinde ebenfalls sehr stark etwas in der Art, wie du es ausgesprochen hast. Es ist nicht direkt feindlich, dieses Land, doch es ist belastet von Gefühlen: Angst, Trauer, Verlust. Und darunter schwelen Wut und Zorn über die Ungerechtigkeit des Schicksals. Ich habe so etwas schon einmal empfunden, vielleicht in dem hohlen Gerippe der Stadt Morvan. Und nicht nur dort... Ich glaube nicht, daß von diesen Steinen etwas Gutes ausgeht, obwohl sie einst nützlich und wertvoll waren. Der Ort hat eine unheilvolle Ausstrahlung.«

»Ich bin ganz deiner Meinung. Und im übrigen befinden wir uns am Rande eines unwirtlichen und gefährlichen Landes und einer hinterhältigen Küste.« Er blickte Kara an, die leichtfüßig durch das hohe Gras sprang, während die anderen rutschten und stolperten. »Ich glaube, wir sollten uns jetzt Eure einzigartigen Gaben zunutze machen, Lady. Wenn Ihr wollt, könnt Ihr unseren Weg viele Meilen weit auskundschaften...«

Sie senkte den Blick demütig zu Boden. »Wenn Elof es will, mein Lord, dann selbstverständlich.«

»Er erhebt normalerweise keine Einwände gegen Eure Vorhaben«, erwiderte Kermorvan leicht spöttisch und warf dabei Elof einen Blick zu. »Nicht wahr? Wann immer es Euch also beliebt, meine Lady...«

»Ich hole dir deinen Umhang vom Schiff, Kara«, sagte Elof ein wenig befangen. »Inzwischen kannst du etwas zu essen auftreiben...« Er eilte davon, wobei er den Blick des Königs wie einen kalten Windstoß im Rücken spürte.

Als sein Boot zum Ufer zurückkehrte, sah er, daß sie dort auf ihn wartete, eine schlanke Silhouette vor dem Lichtschein des Lagerfeuers, halb verborgen im Schatten der Büsche ringsum. »Ich habe ihn«, sagte er leise, während er auf sie zuging und ihr das wertvolle Kleidungsstück reichte. Sie nahm es mit ausgestreckten Armen entgegen und hielt es in den Händen, ohne es anzulegen.

»Kara...«, setzte er an. »Meine Geliebte... warum dieses Zaudern? Warum zögerst du, warum hast du schon zweimal abgelehnt? Liegt es daran, daß du... wolltest du den Augenblick lediglich hinausschieben? Meinst du selbst, daß du davonfliegen und nie mehr zurückkehren wirst?«

»Nein!« zischte sie und fuhr dann in sanfterem Ton fort: »Nein, mein Herz, ich werde zurückkommen. Hab keine Angst, ich werde zurückkommen...«

Er nickte, nahm ihr den Umhang aus den Händen und legte ihn ihr selbst um die Schultern. Dann griff er in die Tasche. »Ich glaube, das ist es, was du wirklich willst. Ich habe dir ein kleines Unterpfand mitgebracht, ein Andenken; trag diese beiden Dinge mir zuliebe, dann wirst du mich niemals vergessen.«

Schnell bückte er sich zu ihren Fußknöcheln, in jeder kräftigen Hand einen offenen Silberreif; er spürte, wie der erste über ihre kühle Haut glitt... Dann wurden seine Handgelenke gepackt. Elof war stärker als die meisten Männer, doch er konnte sich keinen Fingerbreit bewegen im Griff dieser starken schlanken Hände, die die seinen ins Licht drehten. Er sah die Spiegelung des silbernen Glitzerns in Karas Augen, die eisigen grünen Teichen glichen, und zu seinem Entsetzen erblickte er dort auch jenen Schimmer, der aus dem Inneren des Silbers kam, und zwar so hell und leuchtend, wie er selbst ihn bisher nicht gesehen hatte. »Narr!« sagte eine stählerne Stimme, die er kaum noch erkannte. »Oh, du unsäglicher Narr! Hast du geglaubt, eine Macht sänke durch die Liebe zu einem Menschen so weit herab, um für die seinen Werken innewohnende Kraft blind zu sein? Hast du dir eingebildet, ich hätte den Armreif an jenem Tag angelegt, ohne zu wissen, was er bewirkt? Meinst du vielleicht, ich könnte nicht durch dein Silber sehen wie durch klares Wasser und dort lesen, was du im Schilde führst? Schätzt du mein Leben, mein Dasein so gering ein, daß du es mit solchen Kinkerlitzchen beeinflussen willst?« Er bemerkte die silbernen Streifen, die über ihre Wangen huschten, und sein Herz welkte.

»Ich wollte... ich wollte lediglich deinen eigenen heftigsten Wunsch unterstützen... dich durch deinen eigenen Willen stärken...«

Der Stahl zersprang und loderte in hellen Flammen auf. »Jawohl, indem du diesen Willen in dir genehme Bahnen zu lenken versuchtest!«

»Ich hatte nichts anderes im Sinn, als das zu unterstützen, was du meines Wissens selbst wolltest! Ich habe diesem Werk keine Eigenschaften von mir eingegeben!«

»Ebensowenig hattest du im Sinn, den Wind zu bezwingen, und doch hast du es getan! Du hast ihn mit erschreckender Kraft dir untertan gemacht! Begreifst du nicht, daß du meine Wünsche nicht in Ketten legen kannst? Du kannst sie nur so formen, wie deine Augen sie sehen.«

»Aber...« Elof schluckte. »Wenn ihnen das doch so sehr nahekommt... Wenn es das ist, was du willst... wie kann es dir dann schaden? Wenn du mich wirklich liebst, wie sollte es dann zum Nachteil sein?«

»Wie?« Sie lachte, doch es war kein menschliches Lachen. »Indem du mir das weggenommen hast, was mein ureigenster Besitz war! Wie würde es dir wohl gefallen, wenn du mit Peitschenhieben zum Atmen, mit Schlägen zum Essen und mit Sporen zum Lieben angetrieben würdest? Wie könnte dir das schaden? Welchen Nachteil könnte es dir bringen, wenn Kermorvan mit Kerker und Folter in deine Schmiedekunst eingreifen würde, anstatt dir Freundschaft und Ehre zuteil werden zu lassen? Stell dir das einmal vor, mein kluges Kind, mein trügerisches Herz, dann wirst du vielleicht verstehen.« Sie hob seine Handgelenke an, schüttelte sie heftig vor ihrem Gesicht, und der Zorn der Morghannen leuchtete hinter ihren Tränen.

»Und welchen Nachteil erfährt die Liebe dadurch, daß man sie zwingt, auf einem einzigen Pfad dahinzutrotten ... im Kreis, in einer Spirale – endlos? Ohne die Freiheit, sich zu verändern, zu wachsen, neue Wege und neue Gründe für die Liebe zu finden. Die Liebe zu allen Dingen, die sich von Augenblick zu Augenblick verändern muß, um zu bestehen! Das kannst du für dich so halten, jawohl, aber belaste mich nicht damit! Muß ich für dich im Alter dieselbe sein wie jetzt, wenn du nicht mehr derselbe bist? Soll ich dir dann nicht mehr und nicht weniger sein als jetzt? Wie gut werde ich als Geliebte zu dir passen, du Narr, welche Gesellschaft werde ich für dein erkaltendes Blut abgeben? Doch dafür willst du mich in Fesseln legen, willst meinen Geist bezwingen und einsperren, damit ich im Labyrinth meiner eigenen Seele herumirre! Du würdest mich hintergehen, mich durch meine eigenen Gefühle gängeln, genau wie dein verdammtes Geistschwert die Menschen aufgrund ihrer tiefsten Ängste gegängelt hat ...«

Eine grauenvolle Erkenntnis stach Elof tief in die Brust, so kalt und erstickend wie der Stoße einer Klinge. Er griff zu der Narbe und erinnerte sich. Diese alte Weise, dieses Lied, das dem Anschein nach ohne sein Zutun in seiner Erinnerung aufgestiegen war – jetzt wußte er, was es war, er erkannte die ersten Worte, die er mit wachsender Inbrunst vorgebracht hatte ...

Wie ich dich einst zerrissen fand,
in dem flackernden Feuer,
wie ich dich einst zum Ganzen band,
binde ich dich aufs neue ...

Über dem Geistschwert, dieser Verkörperung des Befehlens, des Bezwingens durch Schrecken – während der letzten Vollendung dieser unseligen Waffe, bei der Härtung ihrer Schneide hatte er diese Zeilen gesungen. Und nun hatte er sie wieder gesungen, über einem Werkzeug, das seiner Liebe dienen sollte…

Ein neuer Schwall von Wut schwappte in ihr hoch, strömte in Form von Tränen über. »Und welch gefährliches Spiel! Wie konntest du nur? Wenn diese Fußfesseln nun um andere Knöchel zugeschnappt wären anstatt um meine? Was dann? Und wenn sie niemals wieder geöffnet würden… Du, der mich aus Louhis Fesseln befreit hat – wie sehr ich dich dafür liebte! Ausgerechnet *du* willst mich in mir selbst fesseln!«

Jetzt weinte Elof ebenfalls, wie er es nicht einmal als Kind getan hatte; er vergoß Tränen der Scham und der Wut und tiefster Selbstverachtung. Seine eigene riesige Torheit flatterte vor ihm wie ein schwarzes Banner, und blind streckte er die Arme durch die ihn umhüllende Dunkelheit zu ihr aus. »Kara… ich begreife jetzt… ich…« Wenn er sie doch nur erreichen, sie festhalten und ihr erklären könnte, wie sehr er sich geirrt hatte, dann würde sie ihm vielleicht immer noch vergeben!

Seine Hand griff nach ihrem Arm und schloß sich um Metall über warmer Haut. *»Rühr mich nicht an!«* kreischte sie schrill, und mit erstaunlicher Kraft entriß sie ihm den Arm. Das Metall blieb in seinen verzweifelten Fingern zurück, und er spürte, wie es sich verbog und zerbrach. Dann war die Dunkelheit vor seinen Augen auf einmal wie weggeblasen; er starrte sie an und sie ihn. Ihre Augen waren vor Entsetzen weit aufgerissen, und sie schwankte. Sie hielt sich den Arm fest, als ob sie verletzt wäre. Im dunklen Gras zwischen ihnen leuchtete das Bruchstück eines goldenen Gegenstandes, eine verbogene, verzerrte Form, und zwischen ihren Fingern leuchtete ebenfalls ein Stück. Der schlangenförmige Armreif aus Gold, Elofs erste bedeutende Arbeit, sein erstes Geschenk an sie und das Zeichen der Hoffnung zwischen ihnen beiden, war in zwei Teile zerbrochen.

Er wich taumelnd einen Schritt zurück, und als er erneut den Arm nach ihr ausstreckte, warf sie den Kopf zurück und stieß einen gellenden Schrei aus, einen Laut voller Trauer und Verzweiflung, dessen Echo von den Hügeln ringsum widerhallte und über das Wasser schallte, als ob den Gefühlen, von denen sie beide durchdrungen waren, eine kräftige Stimme verliehen worden wäre. Er riß jeden, wachend oder schlafend, im Lager und auf den Schiffen hoch; die Herzen der Leute pochten heftig, und Angst quälte sie, die jeden vernünftigen Gedanken ausschaltete. Vor den geistigen Augen jener, die die Ödnis von Taoune'la gesehen hatten, erstand diese aufs neue, das Verwelkte Land; dort mochte der Wind in dieser Art heulen, getragen von den Stimmen der gefangenen Toten. Dunkelheit hüllte sie ein, sie sprang auf und entschwand. Schattenschwingen schlugen und erhoben sich in die Nacht.

Mit einem Aufschrei des Entsetzens riß sich Elof den Tarnhelm vom Gürtel und stülpte ihn über den Kopf. Der Schrei verwandelte sich mit halb ausgestoßenem Atem in den Schrei eines Adlers, und er schraubte sich hoch hinauf in die Lüfte, um ihre Verfolgung aufzunehmen. Das Licht der Sterne, das über dem Meer leuchtete, reichte seinen scharfen Augen, um den seewärts fliegenden schwarzen Schwan zu sehen; hoch und zielstrebig glitt er dahin, ohne Drehung oder Wendung. Er jagte hinter ihr her und spürte, wie seine Flügel in den Wind bissen, wie sein vorgereckter Kopf durch ihn hindurchschnitt wie der eines Schwimmers. Doch sie flog sehr schnell, diese seltsame Kreatur, und schon noch wenigen Sekunden hatte sie einen Vorsprung vor ihm, den er kaum noch würde aufholen können. Und die Zeit war auf ihrer Seite …

Sie flogen tief in die Nacht hinein, bis das Land nur noch ein dunkler Streifen hinter ihnen war. Elof hatte sich einmal umgeschaut und wagte es kein zweites Mal mehr, weil es ihn Geschwindigkeit gekostet hatte. Der Abstand zwischen ihm und ihr war noch so groß wie am Anfang. Und er spürte bereits die ersten Anzeichen von Erschöpfung; seine Tarngestalt drängte dazu, sich wieder in einen Menschen zurückzuverwandeln. Er sah nicht ein einziges Mal, daß sich ihr Hals umdrehte; wußte sie überhaupt, daß sie verfolgt wurde? Sie flog so schnell, so gerade, daß es keinen Unterschied gemacht hätte. Er hatte keine Stimme, um zu rufen, und der Ruf seines Herzens verhallte im Leeren. Er hatte sie betrogen und das bewirkt, was er am meisten fürchtete. Was sonst hätte er jetzt noch für sie tun können, als hinter ihr herzufliegen, bis zum Ende ihrer Strecke oder bis an die Grenze seiner nachlassenden Kraft? So oder so, irgendwann wäre alles vorbei.

Wie weit er flog, war ihm später nicht in Erinnerung, auch nicht, wie lange; doch zu irgendeinem Zeitpunkt mußte ein Funken von Vernunft in ihm gezündet haben. Denn schließlich, kurz vor dem Morgengrauen, fanden ihn seine Freunde von der Flotte, völlig durchnäßt und mit dem Gesicht nach unten ausgestreckt auf dem von der Flut überspülten Sand von Ancarvadoen. Anfangs befürchteten sie, daß er tot sei, doch er atmete noch; und mit einer Hand hielt er den Tarnhelm umklammert. Es gelang ihnen nicht, seinen Griff davon zu lösen.

DRITTES KAPITEL

In die Nacht hinein

Kermorvan lauschte schweigend Elofs Erzählung, ohne ihn ein einziges Mal zu unterbrechen. Als König hatte er das Recht, wenn es ihm beliebte, es anzuwenden, über das Leben seiner Gefolgsleute in jeder Hinsicht zu richten; als Befehlshaber der Flotte hatte er das gleiche Recht. Elof erwartete strenge Worte der Maßregelung, als er geendet hatte. Doch Kermorvan sah ihn nur mit besorgten grauen Augen an und fragte: »Was zu tun beabsichtigst du jetzt?«

»Was ich von Anfang an beabsichtigte, nämlich ihr zu folgen, sie zu finden. Jegliche Entschädigung zu leisten, zu der ich fähig bin. Ihr zu helfen, falls sie sich in Not befindet.«

Kermorvan erhob sich mit einem Seufzer, trat zur Reling und starrte hinaus aufs Meer. Ils bewegte sich unbehaglich auf ihrem Sitz; die Furchen in ihrem breiten Gesicht zeigten, wie unglücklich sie sich fühlte. Dann erhob sie sich, reichte Elof einen Becher mit Wein und legte einen Arm um seine Schulter. Ihre Wange ruhte für einen Augenblick an seinem Kopf. »Ja, du hast dich wie ein Narr benommen«, murmelte sie. »Doch wer tut das nicht, wenn er zerrissen ist zwischen Liebe und Angst?« Sie wandte sich unvermittelt ab. Roc, der einzige, der außer ihm ihre Worte gehört hatte, starrte ebenfalls aufs Meer hinaus und wich seinem Blick aus.

Elof kippte den Wein mit einem Schluck hinunter; er tat seiner vom Salzwasser und langen Sprechen rauh gewordenen Kehle gut. In seiner Erschöpfung hatte er den ganzen Tag über geschlafen, und jetzt versank die Sonne in dramatischem Rot und Gold hinter den Hügeln. Kermorvan wandte sich um und betrachtete das großartige Naturschauspiel. »Die Welt ist groß«, sagte er düster. »In welcher Richtung gedenkst du, deine Suche zu beginnen?«

»In der Richtung, die sie mir bei unserem ersten Abschied nannte«, antwortete Elof. »In diese Richtung ist sie auch letzte Nacht davongeflogen.« Er blickte über das weite Meer in den dunkler werdenden Osten. »Dort. Auf dem Pfad des Sonnenaufgangs.«

Roc drehte den Kopf um, Ils holte tief Luft, und Kermorvan nickte, als ob er diese Antwort erwartet hätte. »Jenseits des unberührten Ozeans, den in den letzten tausend Jahren niemand überquert hat. Einst lag das alte Reich Kerys am anderen Ufer, die Heimat unserer Väter. Wer weiß, was jetzt dort liegen mag?«

Elof erwartete, daß er für verrückt erklärt würde. Doch Kermorvan bemerkte lediglich: »Du brauchst Schiffe. Du kannst dir welche aus der Flotte aussuchen, und die geeigneten Mannschaften dazu.«

Elof starrte ihn an und stotterte vor Verblüffung. »O Kermorvan … ich … ich … das wäre … ich habe kein Anrecht …«

»Du hat mir viele Male durch deine Arbeit die Überfahrt ermöglicht, ganz abgesehen von den stärkeren Banden der Freundschaft, die uns verbinden. Ohne dich säße ich nicht auf dem Thron. Jetzt bin ich gefordert, dir zu helfen. Ich werde mit dir kommen.«

Elof hob den Blick zu dem großen Mann; er konnte kaum glauben, was er gehört hatte, und er war von Demut erfüllt. Der Hilfe dieses Mannes bei seiner Suche zuteil zu werden … Die Jahre und die Erfahrungen seiner Herrschaft hatten Kermorvans Weisheit vertieft, ohne ihn deshalb als Krieger weniger gefürchtet zu machen. Es war seine straffe Hand, im Frieden wie im Krieg, die das gesamte Königreich aus den Ruinen zweier Länder errichtet und es in weniger als einem Jahrzehnt zu Frieden und Wohlstand gebracht hatte. Es war seine eiserne Hand, die die einfallenden Räuber im Westland zurückhielten und die sogar bis in die Ruinen von Nordeney reichte, um die Gefangenen und Versklavten zu befreien. Jahr für Jahr fielen die Ekwesh über die unter seinem Befehl stehenden Truppen her und prallten davon ab wie von einer unbeweglichen Mauer, bis es einige von ihnen leid waren, Krieg nur um des Krieges willen zu führen, und es vorzogen, sich in jenen Gebieten niederzulassen, die sie bereits ohne nennenswerten Widerstand eingenommen hatten. In dieser wie in so mancher anderer Hinsicht hatte er die Pläne des Eises durchkreuzt, da dieses die Streitigkeiten zwischen den Menschen nährte und förderte und die Ekwesh zu seinem wichtigsten Werkzeug gemacht hatte. Mit einem Mann an seiner Seite, der auf diese gedeihliche Weise ein Land lenkte, würde er so ziemlich jeden Weg beschreiten. Und dieser Mann war willens, all das, was er aufgebaut hatte, zu verlassen, ohne selbst einen Nutzen davon zu haben …

Doch hinter diesen Gedanken spürte Elof ein wachsendes Unbehagen; er sah jetzt zu Roc und Ils hinüber, und die Beunruhigung, die er in ihren Gesichtern erkannte, steigerte es noch weiter. Er erhob sich, immer noch etwas wackelig auf den Beinen, und schüttelte den Kopf. »Mein Freund, ich kann nicht in Worte fassen, wie dankbar ich bin. Du bist der Eckpfeiler dieses Landes, des Lebens all der Menschen, die darin leben; wie könnte ich für meine eigenen kleinen Belange dich ihm entziehen und sie ohne Stütze lassen? Du hast keinen Stellvertreter von Format, keinen Erben, keinen Nachfolger; dein Platz ist hier, du hast hier eine Verpflichtung. Und ich besitze genügend selbstsüchtige Torheit, um mich am Leben zu halten.«

Kermorvan nickte. »So sei es denn. Das ist eine ehrenhafte Antwort, und, wie ich gestehen muß, diejenige, die ich erhofft hatte; doch um meiner Ehre und meiner Schuld dir gegenüber willen mußte ich das Angebot machen. Du sprichst die Wahrheit, obwohl ich von ganzem Herzen wünsche, es wäre nicht so. Ich brenne darauf, dir zu helfen, um deinet- und um Karas willen, und ich sehne mich immer noch nach dem ungezwungenen Leben und den Abenteuern, die ich einst kennengelernt habe, und ich möchte noch mehr von der Welt sehen.« Er seufzte erneut, und aus seiner Stimme war für einen Augenblick ein leidenschaftliches Feuer herauszuhören, bevor nur noch Glut blieb. »Das Meer des Sonnenaufgangs zu überqueren, das sagenumwobene Land jenseits davon zu erblicken – unter glücklicheren Umständen würde ich dich deswegen beneiden. Doch ich muß bleiben, muß mit meiner Arbeit fortfahren und meine Sorgen weiterhin tragen, und zu diesen kommt nun noch jene über das Schicksal eines Freundes hinzu, der ohne meine Hilfe im Unbekannten herumtreibt.«

»Nun«, sagte Ils leichthin, »ganz so schlimm wird es nicht sein. Immerhin hat er mich ...«

»Dann bliebe also nur noch ich«, polterte Roc hemdsärmelig wie immer; dennoch klangen seine Worte in der Bedrückung ringsum hohl. »Ich habe keine Lust, hier herumzusitzen und mich zu langweilen, während ihr zwei durch die Gegend stromert ...«

Doch Elof ließ ihn nicht ausreden. »Für dich gilt dasselbe wie für den König, Ils. Vielleicht noch in höherem Maße. Denn sein Volk folgt ihm willig, während du das Vertrauen des deinen noch erringen, ihnen Zuversicht bezüglich des Osten und der Menschen geben mußt; und wenn du das nicht schaffst, wer sollte es dann schaffen? Nein, Prinzessin des Alten Volkes, auch du bist gebunden. Und du«, fuhr er an Roc gewandt fort, »was ist mit deinen Banden? Ich werde nicht dein Leben zerstören, nur aufgrund der entfernten Möglichkeit, daß ich das meine in Ordnung bringen kann. Marja hat dich für einen Sommer ziehen lassen; was wird aus ihr, wenn du nicht zurückkehrst?«

Roc zuckte mit den Schultern; er vermittelte den Eindruck äußersten Unbehagens und wandte sich wieder mal ab. »Das kann ich nicht sagen!« preßte er zwischen den Zähnen hervor. »Aber trotzdem sollte ich mitkommen, verdammter Kerl!«

Elof schüttelte den Kopf. »Kein Wort mehr davon, von keinem von euch! Wir haben zuviel gemeinsam durchgemacht, um noch mehr zu sagen, meine ich. Ich darf niemand anderen in das Netz meiner Torheit einspinnen, keine Freunde, keine Mannschaft. Ich darf die Flotte nicht schwächen. Ich werde allein nach Morvanhal zurückgehen, dort ein Boot auftreiben ...«

Kermorvan unterbrach ihn mit einer wegwerfenden Handbewegung. »Du wirst keines finden, das tauglich ist, um darin den Ozean zu überqueren! Alle von der Sorte sind mit uns unterwegs; wenn es noch weitere gäbe, hätte ich sie ebenfalls mitgenommen. Wähl dir zumindest ein Schiff aus der Flotte aus, laß mich nicht mit der Last dieser Schuld zurück!« Aus seinen kalten Augen sprach ein echtes Flehen, obwohl er schroff hinzufügte: »Und martere dich nicht mit deiner albernen Zerknirschung! Du hast eine Aufgabe vor dir, erledige sie mit Verstand; wenn du ihr helfen willst, dann mache es richtig!«

Elof holte tief Luft. »Ich werde mir ein Boot nehmen, aber nur eines, das ich ganz allein segeln kann ...«

»Dann kommt also nur einer der Kutter infrage, obwohl sie für deine Bedürfnisse kaum groß genug und außerdem für einen allein schwer zu handhaben sind. Aber wir haben nichts Geeigneteres. Es sei denn ... hier!« Er stand auf, ging zum Achtersteven, löste den schweren Windflügel aus der Halterung und warf ihn Elof zu. »Ich gebe dir dieses Ding mit Dank zurück; wir sind in der Vergangenheit ganz gut ohne es zurechtgekommen, und für dich könnte es von entscheidendem Nutzen sein. Wann möchtest du aufbrechen?«

Elof blickte zum dunkler werdenden Himmel hinauf. »Sofort, fürchte ich. Sobald Wind aufkommt; vielleicht warte ich die Brise vom Land ab, die vermutlich nach Einbruch der Dunkelheit aufkommen wird. Aber zuerst muß ich noch einmal zu der unseligen Stelle zurückkehren und diese verdammten Fußfesseln suchen; in der Aufregung habe ich sie fallen lassen. Sie könnten sich immer noch als gefährlich erweisen; ich möchte sie vernichten, sobald ich die Möglichkeit dazu habe. Das muß jedoch mit äußerster Sorgfalt geschehen, um das darin Enthaltene schadlos freizusetzen; es sei denn ...« Er hielt einen Augenblick inne und überlegte. »Es sei denn, sie könnten irgendwie hilfreich sein. Aber zunächst muß ich sie sicherstellen. Wenn du gestattest, mache ich mich jetzt auf ...«

»Also, dann geh«, sagte Kermorvan traurig. »Ich werde den Befehl geben, daß der beste Kutter mit Proviant ausgestattet und für deine Reise vorbereitet wird. Das dürfte nicht lange dauern.«

Inzwischen war die Abenddämmerung hereingebrochen, und der Himmel war von grauen Wolken verhangen mit Ausnahme jener Stellen, wo die Sonne in breiten Streifen hindurchleuchtete, wie ein prächtiges Gewand, das unter dem Umhang eines Bettlers hervorschimmert. Das veranlaßte Elof, noch angestrengter zu suchen; die Lagerfeuer waren noch nicht entzündet, und er hatte nicht daran gedacht, eine Laterne mit an Land zu nehmen. Er stolperte über Wurzeln und durch Dickicht, verfluchte die schlechten Lichtverhältnisse und war sich nicht einmal sicher, wo genau sie vor ein paar Stunden gestanden hatten, sie und er. Doch das letzte dünne Leuchten der Sonne gab ihm die Antwort, indem es auf eine Stelle zwischen hohem Gras ein Stück weiter unten am Strand fiel; dort fand er zunächst eine der Fesseln, dann die zweite, die bereits halb in dem trockenen Sand vergraben war. Offenbar hatte er sie in der Erschütterung des Augenblicks heftig von sich geschleudert; er konnte sich nicht erinnern. Jetzt war ihm ihr Anblick zuwider; er bückte sich und hob sie auf, als handele es sich um giftige Schlangen, doch dann zwang er sich, den Sand von ihnen wegzublasen und sie behutsam in seiner Tasche zu verstauen. Er richtete sich auf, wischte sich die Hände ab und blickte über das Wasser; an Bord der *Prinz Korentyn* wurden die Laternen entzündet, und auf den anderen Schiffen folgte man diesem Beispiel. In ihrem Licht erkannte er im Lee des großen Flaggschiffs ein kleineres, leichteres Boot aus, auf dessen Deck viele Gestalten emsig beschäftigt waren. Dort geschah also das Nötige. Ihm blieb nun nichts anderes mehr zu tun, als sich von seinen Freunden, von seiner Heimat und allem zu verabschieden, wofür er die letzten neun Jahre gearbeitet hatte und das ihm ans Herz gewachsen war. Doch er selbst hatte sich so entschieden, er durfte sich nicht beklagen. Er drehte sich um … schwankte vor Schreck, verlor den Halt und fiel ins taunasse Gras, so dicht hinter ihm stand die Gestalt.

Sie wirkte groß, mehr als groß, eine riesige Säule aus Dunkelheit in der Dunkelheit; es war die gewaltige Gestalt eines Mannes, ganz in einen schwarzen Umhang gehüllt. Nur seine Umrisse wurden von den Schiffslaternen schwach beleuchtet; die Rundung des großen Schildes auf seinem Rücken, das dunkle Visier eines Helmes unter der Kapuze, der lange schwarze Speer, den er in der mit einem ebenfalls schwarzen Panzerhandschuh bedeckten Hand hielt. Der Lichtschein fiel auf das blasse Gesicht unter dem Visier, mit einer großen Adlernase und einem buschigen grauschwarzen Bart um harte, nicht lächelnde Lippen. Sein Atem dampfte in der kühlen Abendluft.

»O nein!« hauchte Elof, während er sich auf einen Ellbogen stützte. »O nein, nein …«

Die Kapuze bewegte sich; der große Mann musterte ihn von oben bis unten. »Wohin zu dieser ungewöhnlichen Stunde? Und in solcher Eile?«

Elof schluckte; er kannte diese tiefe, strenge Stimme. »Um etwas zu suchen, das ich verloren habe«, antwortete er und rappelte sich auf. »Was geht dich das an?«

Der Mann gab sich den Anschein, als ob er nachdächte. »Wenn du es verloren hast«, bemerkte er, »wieso weißt du dann, wo du zu suchen hast?«

»Meine Augen sagen es mir!« brauste Elof ungeduldig auf, mäßigte dann aber seinen Ton. »Warum solltest du mich daran hindern? Was schadet es …« Er verstummte; die Gestalt hatte die leere Hand erhoben.

»Angenommen, jemand anderer hat es jetzt? Was dann? Wie willst du es zurückerlangen?«

Plötzlicher Zorn wogte in Elof auf, er fuhr mit der Hand zum Gürtel und zog das Schwert Gorthawer sirrend aus der Scheide; es schimmerte ebenso schwarz wie die Kampfausrüstung des anderen. »Hiermit, wenn es sein muß!«

Die Kapuze neigte sich über die ausgestreckte Klinge. »Eine mächtige Waffe, doch es gibt mächtigere, und das beste Schwert ist nicht stärker als der Arm, der es führt. Wer hat es hergestellt, möchte ich wissen.«

Elof zügelte seine Ungeduld, so gut es ging; hier lauerte entweder große Hilfe oder große Gefahr, und er war sich nicht sicher, welches von beidem. »Wie soll ich das wissen? Ich habe es aus der Hand eines vor langer Zeit Verstorbenen erhalten …«

Die Kapuze drehte sich langsam von einer Seite zur anderen. »Du sprichst nicht die Wahrheit. Keine andere Hand als die deine hat diese Klinge jemals gehalten.«

Elofs Selbstbeherrschung versagte. »Nennst du mich einen Lügner? Oder machst dich mit albernen Rätseln über mich lustig? Eine Wahrheit werde ich dir sagen:

Wenn du glaubst, mich hier mit überflüssigen Worten aufhalten zu können, dann irrst du dich gewaltig, auch wenn du tatsächlich eine Macht sein solltest. Wenn du mir helfen kannst, tu das, ohne mich zu quälen! Und wenn nicht, dann laß mich in Ruhe, damit ich meiner eigenen Wege gehen kann!«

Die Kapuze erhob sich zu voller Höhe. »Das hast du bis jetzt getan, und was ist dabei herausgekommen? Wenn du eine Macht ansprichst, solltest du da nicht etwas Ehrfurcht an den Tag legen, anstatt ihren Unmut herauszufordern?«

»Ehrfurcht?« fauchte Elof mit einem verbitterten Lachen. »Jetzt machst du dich aber wirklich lustig! Wie haben die Mächte sich mir dargestellt, was haben sie mir gebracht außer harten Prüfungen und Unbill?«

»Hilfe«, sagte die tiefe Stimme ruhig. »Und Liebe.«

Elof spürte, wie das Blut in den Adern an seinen Schläfen pochte. »Hilfe, von dir? Habe ich dich nicht mit eigenen Ohren sagen hören, daß dies nur geschähe, um die Machenschaften einer anderen Macht auszugleichen? Es wäre entschieden besser, von beidem verschont zu bleiben. Und Liebe? Das war die schlimmste aller Qualen! Und obwohl ich selbst am Lauf der Dinge die Schuld trage, bin ich auf unbarmherzige Weise zu meinem Verhalten getrieben worden. Laß mich in Ruhe, damit ich mit meinem Schicksal selbst fertigwerden kann! Warum bist du gekommen, um meine Pein jetzt noch zu vergrößern? Wenn du mir nicht helfen willst, dann laß mich ziehen!«

Die Kapuze wurde zurückgeworfen, der Helm hob sich hell gegen die dunklen Wolken ab, die Augen waren wie unergründliche dunkle Schatten. »Ich bin gekommen, um dir folgendes zu sagen: Was geschehen ist, ist geschehen. Laß es gut sein, um es nicht noch schlimmer zu machen! Es hängt mehr davon ab, als du jemals begreifen wirst.«

Elof zitterte wie Espenlaub im Wind. »Ich soll es gut

sein lassen, soll von Kara ablassen, sie nie mehr wiedersehen?«

»Laß von ihr ab, warte und sei zufrieden! Eine große Wandlung steht bevor, die ganze Welt wird am Rande des Abgrunds erbeben. Selbst die Mächte sind über den Ausgang im ungewissen. Sei nicht so übereifrig, mit einem Sprung auf die Waage das Gleichgewicht herzustellen, solange du nicht weißt, zu welcher Seite sie sich neigt!«

»Eines weiß ich, nämlich daß Kara mich braucht. Daß ich sie finden und sie notfalls befreien muß, auch wenn ich sie danach niemals mehr wiedersehen sollte. Deshalb werde ich sie suchen, in der Richtung des Sonnenaufgangs, welche Schwierigkeiten auch immer du mir dabei bereiten magst!«

Die Stimme wurde kalt, schroff, gebieterisch in ihrer Macht. »Du wirst diesen Weg nicht einschlagen, auf dem du sie zu suchen gedenkst!« Die Hand schwang den riesigen Speer und versperrte Elof den Zugang zum Ufer.

Mit einer einzigen Bewegung zog Elof seinen Panzerhandschuh vom Gürtel und stieß mit der linken Hand hinein. »Und wer bist du, um es mir zu verbieten? Ich habe mich schon mehrmals dem Willen der Mächte widersetzt … Paß also auf, daß ich nicht einfach kurzen Prozeß mit dir mache!« Er hob die Hände; in seiner linken glitzerte der Kristall, gierig danach, alles in sich aufzusaugen, was auf ihn geschleudert würde, in der rechten Gorthawer, bereit zum Schlag. »Führ deinen Speer! Aber bedenke wohl, welche magische Kraft in meinen Händen liegt!« Er tat einen schnellen Schritt nach vorn und legte Gorthawer gegen den dunklen Schaft des Speeres, zwischen die Hände, die ihn hielten. Die große Gestalt rührte sich nicht. Mit knirschenden Zähnen und Schweißtropfen auf der Stirn zog Elof die Schneide der schwarzen Klinge leicht über die schimmernde Oberfläche des

Schaftes, und er sah, wie dort eine schmale Kerbe erschien, feiner als ein Haar. Dann machte er einen Satz zurück, wobei ihm beinahe die Klinge aus der Hand gefallen wäre; die Gestalt hatte sich immer noch nicht bewegt, doch am Himmel dahinter breiteten sich große Schwaden in sengendem Weiß aus; diese strebten zusammen und trafen sich hinter dem Kamm des Helmes, wie eine Krone übermächtiger Kraft. In ihrem Licht leuchtete der rechte Sehschlitz des Visiers gespenstisch weiß; die Höhle darunter war augenlos, leer, blind wie bei einem Totenkopf. Gleich darauf hörte er einen Ton, ein tiefes Knarren und Knallen, als ob hoch über dem Wolkendach eine riesige Tür zugeschlagen worden wäre. Kalter Wind blies ihm ins Gesicht, und Regentropfen fielen, wie Tränen.

Der große Mann trat vor und hob eine Hand; Elof wich zurück, die Waffen kampfbereit. Doch es erfolgte kein Angriff; der andere zog lediglich die Kapuze hoch. Wieder musterte er Elof, und als er sprach, war die Stimme befrachtet mit vielem: Erschöpfung, Verachtung, Trauer und vielleicht auch Mitleid. »Also tu, was du nicht lassen kannst; ich kann dich nicht davon abhalten.« Er schritt an Elof vorbei in den Schatten der Büsche und war verschwunden.

Elof stand da und starrte ihm nach; sein Mund klaffte auf, und in seinem Kopf wirbelte alles beängstigend durcheinander. Sein lodernder Zorn war verflogen, und große Unsicherheit breitete sich in ihm aus. Was hatte er getan? Was hätte er tun sollen? Was könnte er … jedenfalls nicht Kara verlassen, das war das einzige, dessen er sich sicher war; allein bei dem Gedanken daran drückte er die Lippen fest aufeinander. Dennoch, bis jetzt hatte der Rabe ihm stets geholfen, wie zweischneidig diese Hilfe auch gewesen sein mochte … Und auch er hatte von einem bevorstehenden großen Wandel gesprochen. Die Mächte hatten offenbar ein Gespür dafür, ohne genau vorauszusehen, worin dieser Wandel bestehen mochte. In diesem Zusammenhang fielen ihm die gewaltigen Erdbeben ein, die Kerbryhaine erschüttert hatten, und die Behauptung der Leute, sowohl wilde als auch zahme Tiere hätten das Ereignis Stunden im voraus gespürt; vielleicht hatten sie das Brodeln der Erdfeuer gehört, auf denen das harte Gestein schwamm. Sie wurden unruhig, so wurde berichtet, zerrten an ihren Riemen oder durchbrachen ihre Pferche und flohen. Bei einem Geschehnis dieses Ausmaßes, wohin konnte man da fliehen? Außer vielleicht jenseits der Kreise der Welt, was für die Menschen nur der Große Fluß bedeuten konnte. »Ich habe keine Wahl«, sagte er laut zu der ihn umgebenden Dunkelheit, und ihm mißfiel der Unterton hilfloser Klage in seine Stimme. »Ich muß gehen! Ich muß ihr folgen!« Langsam drehte er sich um und ging zum Ufer. Hinter ihm loderten die Feuer lebhaft auf, doch er wandte sich von ihrer Wärme und ihrem Licht ab.

Als er auf das Deck des Flaggschiffes hinaufkletterte, traf er seine Freunde auf ihn wartend an. »Ein Unwetter braut sich zusammen«, setzte Kermorvan an. »Wäre es nicht besser, du verschöbest …«

Elof schüttelte den Kopf. »Der Wind kommt vom Land«, antwortete er, »es kann nicht schlimm werden; ich habe nur einen einzigen Donnerschlag gehört. Eine auffrischende Brise wird meine Fahrt beschleunigen.« Er sagte nichts über die wahre Ursache des Knalls und bemühte sich zu verhehlen, daß er sie kannte. Kermorvan betete zu den Mächten, und vor allem zum Raben. Vielleicht wollte er eine solche Warnung nicht einfach unbeachtet lassen und empfand es als Pflicht eines Königs, ihr Nachdruck zu verleihen. »Ist mein Boot bereit?«

»Es ist bereit«, bestätigte Kermorvan, und Besorgnis schwang in seinen Worten mit. »Der Kutter *Mordan* erwartet dich, das bedeutet in der Sprache des Nordens

Seefeuer. Deine Ausrüstung befindet sich bereits an Bord, und ebenfalls ausreichend Proviant, obwohl natürlich niemand weiß, wie lange deine Reise dauern wird. Wir haben keine Karten, nach denen du dich richten könntest, und es gibt auch keine Aufzeichnungen über die Strecke. Der letzte, der nach Westen segelte, war dein Vorgänger Vayde, und er hinterließ keinen Bericht. Sonne und Sterne müssen dir als Anhalt dienen – mögen sie dir gewogen sein!« Sein Gesicht war so steinern, wie er es bei ihren erbittertsten Auseinandersetzungen gesehen hatte, hart wie Granit. »Wir hätten dich gern länger bei uns behalten, doch unsere Schuld dir gegenüber erlaubt das nicht. Du verläßt unser Land und beraubst es damit deines Könnens und deiner Kraft, du verläßt mich und beraubst mich damit meines besten Freundes. Kehr eines Tages zurück, wenn es dir möglich ist, gleichgültig unter welchen Bedingungen oder in welchem Zustand; dann wird große Freude bei uns ausbrechen. Möge deine Suche zu einem guten Ende führen!«

»Großartige Worte!« platzte Ils heraus und umarmte Elof so stürmisch, daß dieser fürchtete, sie könnte ihm die Rippen brechen; dann vergrub sie für einen kurzen Augenblick das Gesicht an seiner Schulter. »So, jetzt auf den Weg mit dir!«

Elof strengte sich an, zu nicken und zu lächeln, doch er brachte keinen Ton heraus. Die Mannschaft scharte sich um ihn, Hände wurden ihm entgegengestreckt, er bekam freundschaftliche Schläge auf den Rücken und wurde mit allen möglichen guten Wünschen bedacht. Es waren Zeichen der Zuneigung, die er nicht verdient zu haben glaubte, und sie brachen ihm beinahe das Herz. Roc erwartete ihn an der Leiter; er verabschiedete sich lediglich mit einem Nicken und einem Klaps auf die Schulter, wofür Elof dankbar war. »Hinunter mit dir, und wenn du ›los‹ sagst, werfe ich das Tau ab«, sagte er.

Elof nickte und kletterte die Strickleiter hinunter. Er sprang auf das blitzblanke Deck des Kutters; es schaukelte unter dem Aufprall seiner Füße weniger als gewöhnlich und war näher am Wasser, so schwer wogen die Vorräte darunter. Er beeilte sich, das Vorsegel zu hissen; damit würde er sich vom Bug des Flaggschiffs entfernen. Er hielt den Kopf gesenkt, damit die anderen dort oben an Bord nicht merkten, wie nahe er den Tränen war. Das Vorsegel nahm den Wind auf und blähte sich auf; er rannte nach hinten, um es mit Hilfe der Winden in die richtige Stellung zu bringen und um das Hecktau zu lösen. »Also, Roc«, rief er hinauf, »Leine los!« Das Vorsegel füllte sich, der Kutter setzte sich in Bewegung, und begleitet von einem Abschiedschor beugte er sich über die Ruderpinne und drehte von der Seite der *Korentyn* ab. Er steuerte sein Boot um ihren Bug herum und hielt auf die breite Flußmündung des Ancarvadoen zu; doch als der Kutter den Lichtschein der Laternen des Flaggschiffes kreuzte, mußte er sich umdrehen und zurückblicken. Ils stand an der Reling und umklammerte sie mit ihren dicklichen Händen; er verfluchte sich, daß er nichts mehr zu ihr gesagt hatte. Er hob eine Hand zum Herzen, und sie nickte hastig, bevor sie sich abwandte. Hoch über der Schnitzerei am Bug stand Kermorvan, groß und blaß und grimmig wie der Winter, den Arm zu einem feierlichen Salut erhoben. Elof erhob sich schnell und hob seinerseits die Hand. Es wird berichtet, daß sie in diesem Augenblick den beiden Statuen an Morvanhals Mole glichen, dem jüngeren Keryn und dem düsteren alten Lord Vayde, der sein Freund war; denn zu diesem Zeitpunkt schien Elof um viele Jahre gealtert, und sein Gesicht war von tiefen Furchen gezeichnet. Doch gleich darauf verging diese Vision; das kleine Fahrzeug glitt in die Nacht hinein, wurde zu einem gespenstischen Schimmern in der Schwärze und verlor sich dann ganz und gar aus der Sicht der *Korentyn*.

Obwohl sie ihn nicht mehr sehen konnten, sah Elof sie immer noch, dieses große Schiff in seinem Lichtschein und die Flotte dahinter; er stand lange in den Anblick versunken da. Er hatte in seinem Leben schon viele Abschiede erlebt, aber bestimmt war ihm noch keiner so schwergefallen wie dieser; seine Gedanken bewegten sich wie das Boot unter ihm – über Schwärze. Nur das Knarren und Ächzen des Mastbaumes rief ihn zu sich selbst zurück; es war höchste Zeit, das Hauptsegel zu hissen. Er drehte die *Seefeuer* in den Wind, stellte das Ruder fest und kletterte hinauf, um die Laschungen zu lösen; eine ließ sich nicht bewegen. Er zerrte daran und fluchte. Dann zuckte er so heftig zusammen, daß er beinahe über die Reling gefallen wäre; aus der Dunkelheit war eine fremde Hand erschienen und löste den Knoten von der anderen Seite aus. »Ich dachte, du wärst hier der Seemann!« kicherte Roc.

»Was, zum Schlund der Hölle …«, schrie Elof, doch dann kehrte seine Geistesgegenwart zurück. »Du bist an Bord gesprungen, nachdem du das Tau abgeworfen hattest, stimmt's? Na gut, du kannst mir beim Hissen des Hauptsegels helfen – zieh den Kopf ein, wir schwenken den Baum –, aber sobald das geschehen ist, kehren wir zur *Korentyn* zurück.«

»Das meinst du wohl, was?« erkundigte sich Roc mit verblüffender Ruhe, während sie sich bemühten, die schwere Gaffel vom Baum zu befreien und das Segel zu entfalten. »Und warum, wenn ich fragen darf?«

»Warum?« schnaubte Elof. »Habe ich dir das nicht deutlich ins Gesicht gesagt? Du kannst nicht alle deine Verpflichtungen einfach so über Bord werfen, weder die öffentlichen noch die privaten; du wirst zu Hause gebraucht, Mann, gebraucht …«

»Ach ja, werde ich das?«

Elof, der gerade dabei war, die Legel am Mast zu überprüfen, hielt inne und sah ihn an. »Marja braucht dich. Und du hast einen bestimmten Platz innerhalb des Staates ...«

»So? Und als was? Nicht als blöder Schmied, das laß dir sagen. Ich kann auf Eisenstücken herumhämmern, na schön, ohne das Getue mit besonderen Eigenschaften und magischen Beschwörungen. Darin bin ich nicht schlecht; in Bryhaine habe ich meine Sache ganz gut gemacht, dort war die wahre Kunst des Zauberschmiedens verlorengegangen, aber hier? Hier gibt es eine Zunft der Schmiede, mit großartigen Meistern und allem. Und es gibt dich. Wenn die Leute mich ansehen, sehen sie *dich* hinter mir, wie einen Schatten, nur daß der Schatten heller ist. Denk doch mal nach! Da steht jemand, der niemals in der wahren Kunst bewandert war! Wie ist aus ihm überhaupt jemals ein Schmied geworden? Und dann steht da noch jemand, dessen Kunst für zwei ausreicht. Zum Teufel, das war schwierig für mich! Und jetzt ist meine Frau auch Schmiedemeisterin, wozu braucht sie mich da noch? Als Gegensatz? Sie kann sich mit mir nicht einmal über ihre Arbeit unterhalten, ich habe nicht die geringste Ahnung, wovon sie überhaupt redet. Und ihre Arbeit ist ihr Leben. Also reden wir nicht miteinander, schon lange nicht mehr. Und auch sonst läuft zwischen uns nicht mehr viel. Das war im Südland anders, da war ich der Angesehene, zu dem man aufblickte, aber wer blickt hier zu mir auf?« Er drehte sich um, spuckte in den Wind und fluchte über das Ergebnis.

»Es tut mir leid, Roc«, sagte Elof leise. »Ich habe nie darüber nachgedacht... Ich hätte merken müssen... Aber ich kann dich nicht unseren anderen Freunden entreißen. Du könntest viel Nützliches im Dienste des Königs leisten ...«

»Warum, glaubst du, setzt er mich für so viele Aufgaben ein? Er weiß Bescheid, ihm entgeht kaum etwas, unserem langjährigen Freund. Deshalb hat er mich mit all diesen wichtigen Erledigungen betraut ...«

»Also, dann…« Elof löste die Hauptfalleine und reichte ihm das Ende. »Wickle das um die Winde dort, *vorsichtig*… Die Leute werden dich deshalb ehren, und zwar bald; des Königs Vertrauter und Gesandtschafter, es gibt viele weniger ehrenvolle Ämter. So, jetzt kurble, wenn ich es sage… ja, so herum.«

Roc schmunzelte. »Genauso ist es. Das ist die Rolle, die ich jetzt spiele.«

Elof, der gerade im Begriff gewesen war, einen Befehl auszusprechen, hielt inne und sah ihn an. »Willst du damit sagen… Er weiß, daß du hier bist? Es geschieht in seinem Auftrag?«

»Auf königliches Geheiß, jawohl; du kannst die Verfügung lesen, wenn du willst, sie ist irgendwo in meiner Gesäßtasche. Der Auftrag lautet: Die Person seines hochgeschätzten und überaus vertrauenswürdigen Hofschmieds – möglichst unversehrt – zu ihm zurückzubringen… Nun, du weißt ja, wie ein solches Schriftstück aufgesetzt ist. Er sagte, er könne nicht ruhig schlafen, während du dich ganz allein auf den Pfaden der Wale herumtreibst, und ich habe mich für diese Sache zuständig gefühlt. Ganz einfach.«

Elof schüttelte schwach den Kopf. »Aber das ist… Das kannst du nicht tun! Diese Reise ist der pure Wahnsinn… für jeden anderen als mich, wollte ich sagen…«

»Schon gut, behellige mich nicht mit deiner Dankbarkeit, ja?« Ein plötzlicher Windstoß packte den Kutter und zerrte an dem unbefestigten Zipfel des Segels; der Baum schwang mit Wucht herum und traf Elof an der Brust, woraufhin dieser flach aufs Deck knallte.

»Beim schwarzen Bauch des Teufels, Mann!« schimpfte Roc, während er versuchte, das schlagende Rundholz zu bändigen. »Schwingst du vielleicht mal nicht so große Reden und befaßt dich mit diesem Schiff? Oder möchtest du Schiffbruch erleiden, nachdem wir kaum zehn Minuten auf See sind?«

»Wir sind noch nicht einmal auf See!« keuchte Elof. »Wir befinden uns immer noch in der Flußmündung... Du hast doch eine tiefe Abneigung gegen das Meer, Roc...«

»Mir wird es nicht besser gefallen, wenn ich hineingetaucht werde!«

»Also, dann bedien die Winde! Nicht zu schnell... So ist es richtig!« Geschmeidig hob sich die schwere Gaffel, bis sie die richtige Neigung hatte, und schob sich knarrend den Mast hinauf;, das steife Segel flappte und knatterte im auffrischenden Wind wie ein großer trockener Flügel. Elof hielt eine Hand sorgsam an der Winde des Hauptsegels, bis die Gaffel in der richtigen Stellung oben am Mast befestigt war, dann zeigte er Roc, wie man die Falleine sicherte, und wandte sich der Ruderpinne zu. »Komm jetzt wieder zu mir, geh dem Baum aus dem Weg! Nimm die Großschot hier, gib ihr nach und nach mehr Spiel, wie ich es dir sage...«

Roc warf ihm einen schrägen Blick zu. »Du bekämst bestimmt großen Spaß, wenn du das alles allein machen müßtest...«

Elof, der zu beschäftigt war, um zu begreifen, legte die Hand auf die Ruderpinne und schwenkte die *Seefeuer* herum. Begleitet vom Knattern des Segeltuchs schlug der Baum um und kam mit einem Ruck zum Stillstand, als die Großschot ihn hielt. Nach Elofs Anweisung spulte Roc die Winde ab, und das Hauptsegel nahm den Wind auf und wölbte sich. Die *Seefeuer* schoß wie ein besessenes Pferd davon und hüpfte über die vom Wind aufgepeitschten Wogen mit den weißen Schaumkronen. Die Vorschot sang und straffte sich bedenklich; Elof übergab Roc das Ruder und eilte nach vorn zur Winde. Rasch lockerte er die Falleine, gab dem Hauptsegel etwas Spiel und verringerte dann sehr behutsam mit dem Handballen die Spannung an den Winden. Er sah, daß die luvseitigen Ecken des Segels ganz leicht gegen den Mast und den Fockstag flatterten, und betrachtete die Hanfsträhnen, die in Querreihen in das Segeltuch eingenäht waren; die Reihen verliefen nicht ganz parallel. Die Segel waren also noch nicht vollends gehißt, aber wenn er ...

Dann peitschte eine andere Überlegung alle anderen hinweg. »Nun?« erkundigte sich Roc ironisch. »Wenn du mich loshaben möchtest, sollten wir dann nicht besser eine Kehrtwende machen? Oder legst du Wert auf einen langen Rückweg?«

Elof biß sich auf die Unterlippe. »Du hast recht.«

»Was soll ich tun? Die Ruderpinne herumschwingen...«

»*Nein*! Ich habe es nicht so gemeint; es stimmt, was du gesagt hast. Ich kann das Boot allein bedienen – gerade eben. Allerdings nur bei günstigen Voraussetzungen; wie es mir jedoch bei Sturm ergehen mag ...«

»Hm«, sagte Roc zweifelnd. »Bei Sturm bist du vielleicht ohnehin allein auf dich angewiesen ...«

»Du wirst dich wohl daran gewöhnen, schon bald...«

»Du wirst wohl wissen, was du sagst...«, seufzte Roc, doch er klang nicht überzeugt.

So bedrückt er auch war, brachte Elof dennoch ein Grinsen zustande. »Du kannst es dir immer noch anders überlegen ... nicht wahr?« Er schmunzelte. »Roc, ich bin froh, daß du da bist, das muß ich zugeben. Aber es ist ein wahnwitziges Abenteuer, das steht fest. Die Hoffnung ist gering, daß wir zurückkehren werden, ganz zu schweigen vom Erfolg ...«

Roc schnaubte. »Glaubst du, das mußt du mir sagen? Aber andererseits, wenn die ganze Welt verrückt ist, warum sollten wir nicht noch verrückter sein...«

Elof nickte schicksalsergeben, und von da an diskutierte er nicht weiter, sondern straffte das Hauptsegel ein wenig mehr und zog die Ruderpinne sanft zu sich her. Der Kutter krängte leicht, als er Fahrt aufnahm, und das Klatschen der Wellen unter dem Rumpf beschleunigte sich wie ein Pulsschlag. Bevor der Landwind und der Sturm, den er mitbrachte, einsetzten, legte die *Seefeuer* eine beträchtliche Strecke zurück, durch die dunkle Straße des Ancarvadoen und hinaus auf die offene See, bis die Landzungen der Bucht zu beiden Seiten nur noch als schattenhafte Streifen zu sehen waren; ihr Bug schaukelte jetzt durch höhere Wellen, den Launen des Meeres ungeschützt und gnadenlos ausgesetzt. So geschah es also, wie die Chronik berichtet, daß die beiden Freunde zu einer Suche aufbrachen, die sich schwieriger, gefährlicher und schmerzlicher als alles andere, das sie bisher in ihrem Leben durchzustehen hatten, gestalten sollte, und die Auswirkungen waren unvergleichlich schicksalhafter. Denn letzten Endes dienten sie damit, wie der Rabe vorausgesagt hatte, als Zünglein an der Waage der sich verändernden Welt.

Über die Dauer ihrer Reise lassen sich lediglich Mutmaßungen anstellen; vielleicht wurde sie nie in einem genauen Bericht festgehalten. Auf dem offenen Meer, unter den Wolken, die nur in ihrer Unbeständigkeit beständig waren, hätte es leicht sein können, daß sie die verrinnenden Stunden, die vergehenden Tage nicht mehr nachhalten konnten, ewig allein im Brennpunkt einer riesigen leeren Fläche unberechenbaren Wassers. Doch es ist unwahrscheinlich, daß dies der Fall war, denn sie waren keine ziellosen Wanderer, sondern verfolgten ihren Kurs anhand von Sonne und Sternen. Zumindest Elof waren die einfachsten Prinzipien der Navigation vertraut, so wie sie damals verstanden wurden; er hatte sich beim Schmiedemeister die entsprechenden Kenntnisse erworben und war notfalls in der Lage, die erforderlichen Instrumente herzustellen. In späteren Jahren, mit einem so erfahrenen Seefahrer wie Kermorvan als

Freund, hatte er noch mehr dazugelernt und verstand darüber hinaus einiges von Meereskunde. Doch es ist nur bekannt, daß sie viele Wochen lang schnell und gut vorankamen und daß die *Seefeuer* sie sicher durch so manche Gefahr brachte. In jenem ersten Sturm, der sie vom Land her jagte, gerieten sie in ernste Schwierigkeiten, denn als er über sie kam, kämpfte das Ruder wie ein lebendiges Wesen, und Roc und Elof bemühten sich mit aller Kraft, es im Zaum zu halten, während der Wind in ihren Ohren heulte, kalter Regen auf ihre Köpfe prasselte und andauernd hohe Brecher über ihr Heck schlugen. Das Unwetter dauerte eine geraume Zeit an, und als es sich schließlich verzog, waren sie naß bis auf die Knochen, erschöpft und voller Prellungen und Abschürfungen von den Schlägen, die sie hatten einstecken müssen. Ihre Haare waren salzverkrustet; Salz machte ihre Kleidung steif und riß ihnen ebenso grausam die Haut in Fetzen vom Leib wie die Seile, die ihnen sirrend durch die Hände glitten. Doch der Kutter war ein solide gebautes Fahrzeug, und obwohl es durch das Gewicht seiner Ladung an Proviant und Ausrüstung tief im Wasser lag, schwappte das Meer, ohne Schaden anzurichten, über das gut abgedichtete Deck und wurde aus den Speigatten wieder ausgespuckt. Es jagte vor dem Sturm dahin, hüpfte kühn über die Wellenkämme, und als schließlich gegen Ende der Nacht die Wolkendecke aufriß und die aufgehende Sonne zu ihnen herabstrahlte, waren der Mast und die Takelage so standhaft wie eh und je und die Bilge kaum nasser als zuvor. Kein Seil war zerrissen, keine Fuge hatte sich gelockert. Darüber lächelte Elof erfreut, denn er selbst hatte in der Werft dem Metall für die Halterungen diese Eigenschaft der Stärke eingegeben. Selbst Roc, der zwar stöhnte und so laut murrte wie das Wasser, das unter dem Schiffsrumpf immer noch hoch wogte, war beeindruckt und ein wenig mehr überzeugt davon, daß sie die Reise irgendwie lebend überstehen könnten.

Elof hatte schon immer gestaunt über den Wagemut des Helden Vayde, der diese Fahrt in einem aller Überlieferung nach nicht größeren Schiff als dem ihren durchgeführt hatte, eine Tat, die viele als tödlichen Wahnsinn oder als Zauberei bezeichneten; während der folgenden Wochen zweifelte er daran. Die unvorhersehbaren Sturmböen, die er in der Nähe der Küste zu fürchten gelernt hatte, konnten hier leicht abgefangen werden, und schlimmere Witterungsverhältnisse ebenso. Denn obwohl die Unwetter auf dem Meer schrecklich waren, wenn eiskalter Wind vom Eis her wehte und die Wellen aufpeitschte, bis sie mit weißem Schaum gekrönte Hügel waren, die sich hoch über die Mastspitze der *Seefeuer* überschlugen, und sich dazwischen Täler auftaten, die Übelkeit im Magen verursachten und das Schiff zu verschlucken drohten, so gab es hier doch zumindest keine windabgewandten Küsten, derentwegen man sich Sorgen zu machen brauchte, es lauerten keine Felsen oder Untiefen gierig darauf, den Bauch den Schiffes aufzuschlitzen wie ein Dolchzahn den seiner Beute. Hinunter durch die Wellentäler und hinauf über die Gipfel ritt der kleine Kutter, wo schlanke Langschiffe oder wuchtige Schnellsegler auf einem Wellenkamm vielleicht zerbrochen oder in eine Senke gekippt wären. Er konnte die Wellenhänge erklimmen, die die Decks größerer Schiffe wie einstürzende Berge unter sich zermalmt und Aufbau und Mannschaft gleichermaßen weggefegt hätten, so daß nur noch ein spielzeugartig schaukelnder Rumpf ohne Mast zurückgeblieben wäre. Wie eine Möwe schwebte er auf den Erhebungen des Ozeans und schoß wie wahnsinnig in diese oder jene Richtung; oft konnte kein Segel gesetzt werden, das Ruder mußte festgebunden und der Anker geworfen werden, um den dahintreibenden Bug im Wind zu halten. Und obwohl das Boot völlig naß und schwer strapaziert war, überstand es das Ganze schadlos, genau wie seine Mannschaft, und Elof kam zu dem Schluß, daß er unbewußt die richtige Entscheidung getroffen hatte, als er Kermorvans übrige Schiffe abgelehnt hatte.

Doch während dieser Wochen auf See herrschte keineswegs andauernd Sturm, es war Frühling, und obwohl dieser jede Menge Unwetter und Regen mit sich brachte, folgte diesen auch warmes Wetter. Es gab kalte Nächte, in denen die Sterne zwischen den zerrissenen Wolken wie Edelsteine unter grauem Samt leuchteten, und ihr Kurs war durch jenes Glitzern vorgezeichnet, nach dem das Schiff benannt war, einen schimmernden Strom aus kaltem Feuer wie der Widerschein eines kleinen unsichtbaren Mondes. Es gab sonnige Tage, an denen die Schaumkronen im klaren Licht blendendhell waren und die Wasserfläche wie eine riesige Saphirscheibe unter einem wolkenlosen Himmel glänzte.

Manchmal leuchteten die Sonnenstrahlen bis in die Tiefe und machten Fischschwärme sichtbar, von winzigen Flitzern, die wie Glasscherben funkelten, Scherben, die in Lichtwolken dahin und dorthin huschten, bis zu massigen, mit Stacheln versehenen Gebilden, die so lang waren wie ein Mensch und deren flache Seiten in allen Farben schillerten, während sie geschmeidig an dem dahinjagenden Schiff vorbeiglitten.

Meistens bewunderten die Männer die Schönheit dieser Wesen, doch von Zeit zu Zeit senkte Roc eine Angelschnur zwischen die dahinhuschenden Schwärme, und diese lösten sich in ein Durcheinander aufklaffender Mäuler auf, die sowohl nach den Haken mit Köder als auch nach denen ohne solchen schnappten; manchmal gelang es ihnen nur mit vereinten Kräften, den Fang in mühevoller Arbeit an Bord zu hieven, und viele der großen Fische befreiten sich, indem sie sich gegen die Flanke des Schiffsrumpfes warfen. Manchmal erschien eine Gruppe von Tümmlern und hüpfte und alberte wie Kinder um den Bug herum und verhöhnte dessen von Menschen gestaltete Schlankheit mit ihrer Schnelligkeit und ihrer Anmut; für Elof und Roc konnten sie gar nicht oft genug kommen und lange genug bleiben, doch sie langweilten sich schnell mit dem sturen Schiff, das überhaupt nicht auf sie einging, und schwammen wieder davon. Mehr als einmal zeigten sich ihre größeren Vettern in beunruhigender Weise; riesige Wale, einzeln oder in Gruppen, die als eine Linie aus weißer Gischt dunstgekrönt entlang des Horizonts erschienen, wie Wellen, die sich an einer riesigen und unüberwindlichen Untiefe brachen. Da er sich sehr wohl an die Hunde von Niarad erinnerte, steuerte Elof das Schiff stets in gehöriger Entfernung an ihnen vorbei; er fühlte sich ihnen gegenüber wie eine Maus zwischen den riesigen Rindern, die er einst gehütet hatte, und im allgemeinen ließen sie ihrerseits die *Seefeuer* gleichermaßen in Ruhe.

Doch nicht alle derartigen Begegnungen waren so harmlos. Sehr früh im Laufe ihrer Reise gewöhnten sie sich daran, daß Haie den Kutter umkreisten, und nach einer aufregenden Erfahrung, die Roc machen mußte, waren sie sorgsam darauf bedacht, niemals eine Hand oder einen Fuß ins Wasser zu halten; diese Tiere kamen in allen Größen vor, doch selbst ein kleines Exemplar war durchaus in der Lage, den Verlust eines Fingers zu bewirken. Einige waren riesige, einsiedlerische Ungeheuer, die um einiges länger als der Kutter waren, doch anscheinend waren sie harmlos, da sie müßig neben der *Seefeuer* herschwammen, die gewaltigen Mäuler stumpfsinnig aufgerissen. »Ich habe allerdings von anderen dieser Größe gehört«, bemerkte Elof, »die in tiefem Gewässer leben und wie ihre kleineren Verwandten jagen. Das Stadtoberhaupt von Asenby besaß einen Zahn von einem …«

»Und?« warf Roc nervös ein.

»Er war größer als meine beiden Hände«, erklärte Elof knapp. »Man könnte mit einem Wagen in das Maul einfahren, in dem er einst gesteckt haben muß.«

»Du kannst es ja versuchen, wenn du willst. Wie lassen sie sich von diesen friedlichen Scheusalen unterscheiden?«

Elof zuckte mit den Schultern. »Indem man in der Nähe von einem badet...« Roc erschauderte. Es erübrigt sich zu sagen, daß er diesen Vorschlag Elofs niemals in die Tat umsetzte; und Elof selbst sollte noch bedauern, daß er ihn jemals gemacht hatte. Denn nachdem er längst Zeit gehabt hatte, sich an das Meer zu gewöhnen, und sich für abgehärtet hielt, brachte er ihm immer wieder zu Bewußtsein, welche ungeheure Tiefe unter diesen anfälligen Planken war, wo Licht und Wärme bald von unendlicher Schwärze und Kälte abgelöst wurden. Welche Geheimnisse mochte diese Tiefe in sich bergen?

Doch nicht etwa aus der Tiefe sollte ihre nächste Herausforderung kommen. Während ihrer bisherigen Reise waren sie keinem anderen Schiff begegnet, und das war für Elof nicht überraschend. Als er eines klaren Morgens in der sechsten Woche ihrer Fahrt Rocs Ruf hörte, eilte er deshalb sofort aus der kleinen Kajüte herauf. »Ein Segel? Das kann doch nicht sein? Wo?«

Roc zuckte einfach nur mit der Schulter und deutete nach Norden in den Wind. Da sah Elof es ebenfalls, ein hohes weißes Dreieck, das direkt über dem Horizont aufragte und tatsächlich ein großes Segel hätte sein können, hell und sauber in der Sonne leuchtend und vor der steifen Brise weit ausgebreitet. Doch nachdem sie es einige Minuten lang schweigend beobachtet hatten, schüttelte Elof zweifelnd den Kopf. Er ging nach vorn zum Mast, kletterte so weit hinauf, wie er es angesichts dieses unbekannten Dings wagte, hielt sich die Hand beschattend über die Augen und strengte sich an zu erkennen, was unter dem Horizont war. Roc rief zu ihm herauf: »Was für einen Rumpf hat es?«

»Keinen Rumpf!« lautete Elofs Antwort; er rutschte auf das Deck hinunter und rannte zu seinem Helm. »Es hat keinen Rumpf, weil es kein Schiff ist; und das weiße Ding ist auch kein Segel, es ragt direkt aus dem Wasser heraus.«

»Bei den blauen Zähnen des Teufels! Was ist es dann, Mann?«

»Etwas, auf das ich früher hätte kommen sollen, ich habe genügend davon als Kind in meiner Heimat gesehen, jeweils zu Herbstbeginn. Wenn sich die Eisinseln nach Süden schoben, dann wurde es Zeit, alle größeren Fischerboote des Dorfes an Land zu holen; nur die kleinen Fellboote fuhren dann noch hinaus, mit Bojen aus aufgeblasenen Tierhäuten.«

»Eisinseln…«, wiederholte Roc voller Unbehagen.

»Jawohl. Große treibende Brocken, die zweifellos von der noch größeren Masse im Norden abgebrochen waren; einige glichen regelrecht schwimmenden Bergen und Türmen. Mir erschienen sie als etwas Böses, noch bevor ich erfuhr, was es mit dem Eis auf sich hat. Doch damals waren es Vorboten des Winters, und sie schmolzen im Frühling; ich hätte niemals erwartet, etwas Derartiges so weit im Süden und in dieser Jahreszeit zu sehen.«

»Vielleicht ein Versprengter«, mutmaßte Roc, »ein Überbleibsel aus dem letzten Winter, etwas träge im Schmelzen…«

Elof nickte. »Könnte sein; aber wenn dieses Ungetüm im Schmelzen begriffen ist, wie groß war es dann anfangs? Und wo ein Versprengter ist, könnte ein ganzes Rudel sein; wir täten gut daran, nach weiteren Ausschau zu halten. Wenigstens sind wir schneller als sie, sofern der Wind aus dem Norden anhält.«

Und er hielt tatsächlich; so beständig und so eiskalt, daß Elof zu dem Schluß kam, er müsse direkt vom nördlichsten Herzen des Eises im gefrorenen Meer auf dem Gipfel der Welt herunterwehen, wo kein Mensch jemals hingelangen könnte. Auch das erschien ihm seltsam für das späte Frühjahr; das bißchen, was er über das Wetter auf dem offenen Meer wußte, sah für diese Jahreszeit kühle östliche Einflüsse aus der Richtung des Eises vor sowie mildere westliche Einflüsse weiter im Süden. Doch es herrschte eine kalte Luftströmung in südliche Richtung, und wenn sie auch unterschiedlich stark war, so wurde sie dennoch sehr selten von einer anderen Strömung abgelöst, höchstens einmal für einen Tag. Allmählich kam ihnen das wie das einzig Beständige auf dem wechselhaften Ozean vor. Und wie sie bald feststellen mußten, brachte sie viele weitere Eisinseln mit sich. An jenem ersten Tag sah es so aus, als ob sich diese Erscheinung auf den Norden beschränkte, doch am folgenden Nachmittag hob sich ein breiter, zerklüfteter weißer Streifen fast direkt vor ihnen gegen den bleiernen Himmel ab. Das stellte keine Gefahr für sie dar, da in dem weiten Meer ein Ausweichen leicht möglich war, obwohl das eine Reihe von langwierigen und ärgerlichen Kursänderungen bedeutete. Sie betrachteten ihn, während er an ihnen vorbeiglitt; seine Breitseiten schimmerten unter den düsteren Wolken und waren durchzogen von seltsamen bläulichen Wellen, die das Meer und die Sonne verursachten. Außerdem waren sie glitschig von Schmelzwasser, das wie der Schleim eines unreinen Tieres aussah.

In den wenigen friedlichen Tagen, die nun folgten, steuerte Elof das Schiff so weit nach Südosten, wie er es wagte, um weiterem Eis auszuweichen. Es war ein müheloses Segeln vor dem südwärtigen Wind, sofern dieser blies, oder eine behaglichere Fahrt mit den schwächeren westlichen Luftströmungen; in diesen Breiten war die Luft milder, und obwohl es einige Unwetter gab, erschien sogar das Wasser, das tosend über den Bug schwappte, wärmer oder zumindest nicht ganz so eisig. Roc freute sich über die Veränderung, doch Elof mißtraute ihr; er fürchtete sich davor, in eine der plötzlichen Flauten zu geraten, für die die südlichen Gewässer berüchtigt waren. Er achtete sorgsam auf ihre Position und ihren Kurs, und diesem Umstand war zu verdanken, daß ein unvorhergesehener Schlag sie doch nicht überraschend traf. Denn während er versuchte, an einem wolkenverhangenen Mittag die Sonne ausfindig zu machen, und zwar mit Hilfe eines empfindlichen Instruments mit dünnen Schichten von Spatkristallen, bemerkte er einen dunklen Fleck am südlichen Horizont, der sich am trüben Himmel in der Färbung von Holzkohle und Blei abzeichnete; sonst hätten sie die Gefahr vielleicht nicht erkannt, bevor es zu spät gewesen wäre. Doch nun war er es, der seinen Kameraden rief, und Roc, der zweifelnd herbeieilte. Als er es sah, stieß er einen langgezogenen Pfiff aus. »Donnerwetter! Diesmal ist es wirklich ein Segel, noch dazu ein sehr großes! Was hat das zu…« Er verstummte und schluckte hörbar.

Elof nickte; sein Mund war plötzlich ausgetrocknet. »Es ist schwarz, jawohl.«

»Aber … *hier* doch nicht!« platzte Roc in ungläubiger Entrüstung heraus. »Sie haben keinen Zugang zu diesem Meer!«

»Ich weiß«, murmelte Elof. Dieser Anblick löste Erinnerungen in ihm auf, alte, blutige Erinnerungen. »Und dennoch…« Er starrte mit weit aufgerissenen Augen übers Wasser. Der schwarze Fleck verzerrte sich, waberte, nahm eine andere Form an. »Sie haben eine Kursänderung vorgenommen. Einmal darfst du raten, warum…«

Roc nickte mit düsterer Miene. »Sie haben uns entdeckt. Möchtest du dich ein bißchen in ihrer Nähe herumtreiben und herausfinden, wer sie sind?«

»Nein, wirklich nicht!« knirschte Elof. »Mach dich

an den Winden bereit! Wenn ich sie besser in den Wind bringe, müßte es möglich sein, unsere Geschwindigkeit lange genug beizubehalten, um die Entfernung zwischen uns zu vergrößern... wer immer sie sein mögen!« Er löste die Ruderpinne und stemmte sich dagegen; die Schiffsnase schwang wieder von Südosten nach Osten, und während Roc noch mit dem Vorsegel beschäftigt war, schoß die *Seefeuer* davon wie ein feuriger Hengst, getragen vom kräftigen Nordwind. Zum erstenmal war Elof wahrhaft dankbar für diesen Wind, während sie immer mehr Fahrt bekamen und über die Wellenkämme glitten; er sah, wie das schwarze Segel immer tiefer hinter dem Horizont versank, und er lächelte in kalter Genugtuung. Doch dann packte Roc ihn am Ärmel und streckte deutend die Hand aus; was er sah, vertrieb blitzartig das Lächeln von seinen Lippen. Aus der Wasserfläche vor ihnen ragten zwei weitere dunkle Gipfel heraus und wurden mit verblüffender Schnelligkeit größer. Der Winkel ihrer Rahsegel ermöglichte es ihnen, hart am Wind zu segeln; sie kamen in rasender Fahrt auf sie zu. Nach einer weiteren Minute, während er noch zögerte und wild um sich blickte, tauchten ihre Buge in Sichthöhe auf, hoch geschwungen, grausam anmutend mit ihren messerscharfen Kanten und so schwarz wie die Segel, abgesehen von den Darstellungen abscheulicher Tiere in Weiß, die sie zierten.

»Das sind Ekwesh!« schrie Roc. »Laß uns wenden! Wir müssen so schnell wie möglich verschwinden, sonst haben sie uns innerhalb einer Stunde...«

Elof spürte, wie Eiseskälte seinen Kopf und Magen durchfuhr. »Sie sind bereits zu nahe. Sie werden uns auch einholen, wenn wir wenden. Es gibt jetzt nur noch einen Weg... fertig an den Winden! Ich werde so nahe herangehen, wie ich es wage.«

»Nahe an den Wind?« brüllte Roc. »Du meinst also, wieder nach Norden? Zwischen die Eisinseln?«

»In der Tat, nach Norden!« erwiderte Elof schroff. »Und bis ganz hin zum Eis, wenn es sein muß!«

»Bist du jetzt völlig übergeschnappt?«

»Überleg doch mal, Mann! Sie haben viermal unsere Größe, und was für eine Takelage werden sie wohl haben, mit nur einem Rahsegel? Auf offener See sind sie schneller als wir – aber in den engen Fahrrinnen? So, jetzt an die Winde mit dir, und kurbele ... *kurbele*, Mann!«

Roc schüttelte den Kopf, doch er warf sich auf die Kurbel und drehte mit aller Kraft, während sich Elof mit seinem ganzen Gewicht gegen die schwere Ruderpinne stemmte und spürte, wie die *Seefeuer* unter ihm die Richtung änderte und die Wellen in einem anderen Winkel auf sie trafen. Der Bug tauchte tiefer ins Wasser, und hohe Gischt spritzte über das Deck, bevor er sie richtig im Zaum hatte; Wasser klatschte ihm beißend ins Gesicht, während es bereits zu Eis gefror. Sie segelten jetzt in nordöstliche Richtung, gut im Wind, und machten schnelle Fahrt. Die Kälte des Nordwindes streifte ihn wie halbgefrorener Atem, und er zog die Jacke fest um sich. In seinem Inneren war eine Kälte, die durch keine Wärme gelindert werden konnte, außer durch eine ganz bestimmte; er fühlte sich jetzt weiter von ihr entfernt als jemals in seinem Leben.

Vielleicht spürte Roc etwas davon, denn er machte sich unter Deck zu schaffen und kam bald darauf mit Bechern und einer Kanne ihres wertvollen Biers sowie Scheiben harten Brots und Schüsseln mit Rauchfleischeintopf zurück. »Hier, iß was, solange du noch kannst! In Zeiten wie diesen weiß man nie, wann man die nächste Mahlzeit bekommt, und je länger unser Herd erloschen ist, desto besser, bis unsere lieben Feinde sich verzogen haben!« Er schnaubte. »Da wir gerade von ihnen sprechen – wie, bei den eisigsten Teilen der Hölle, sind sie überhaupt hierhergekommen? Sie saßen doch eine ganze Landbreite entfernt fest!«

»Aber sie haben das ehemalige Morvannec eingenommen«, erinnerte Elof ihn.

»Ja, indem sie ein halbes Dutzend Fanatiker in einem Marsch quer über das Eis halb in den Tod getrieben haben! Willst du mir vielleicht erzählen, daß sie dabei ein Kriegsschiff auf den Schultern mit sich getragen haben? Außerdem haben wir doch alle bis zum letzten Menschenfresser von dieser Bande vernichtet!«

»Soweit wir wissen! Sie hatten ein Jahr Zeit, vielleicht haben sie sich ein Schiff gebaut, und ein paar Überlebende sind darin geflohen... Doch wo waren sie seither?« Elof fuhr sich in seiner Ratlosigkeit mit der Hand durchs Haar. »Ach, du hast ja recht... das alles ergibt keinen Sinn. Aber schau doch nach Süden, dort sind sie...«

»Stimmt«, murmelte Roc. »Und das Eis ist auch da, wenn man nach Norden sieht. Und hier sind wir und flitzen wie die Blöden dazwischen herum. Wieviel *Sinn* ergibt das für dich?«

So fuhren sie also dahin, viele Tage und Nächte lang, und so wurden sie verfolgt. Es war für sie beide eine Zeit der ungeheuren Strapazen, denn neue Eisinseln ragten vor ihnen auf, riesige zerklüftete Gebilde, die beim Tageslicht wie die Zähne schroffer Berge glänzten und unter dem Mond und den Sternen wie die Auswüchse eines krankhaften Traumes schimmerten. Elof fürchtete sich vor einem nächtlichen Sturm, bei dem sie sich nur den Wellen überlassen konnten und abwarten mußten, wohin diese sie tragen würden, zum Eis oder zu den Ekwesh; doch je weiter nach Norden sie kamen, desto klarer wurde der Himmel und die Stunden der Dunkelheit weniger. Dennoch schliefen sie kaum, und wenn, dann schlecht, denn keiner durfte das Deck verlassen. Roc konnte, selbst bei günstigsten Voraussetzungen, nicht lange allein mit dem Kutter fertigwerden, und wenn irgendwelche Schwierigkeiten auftauchten, dann brauchte Elof andererseits auch ihn – und das alles, während die Feinde, die ihnen auf den Fersen folgten, über reichlich Leute verfügten, die zudem ausgeruht waren. Wann immer Elof die Möglichkeit dazu hatte, beobachtete er ihre Steuermanöver und sah zu, wie sie ihre schweren losen Segel drehten, um den Inseln auszuweichen, die er bereits hinter sich gelassen hatte; sie erschienen ihm plump, dennoch waren sie schnell, und ihre Skipper verstanden offenbar ihre Arbeit, so daß sie ihrer Verfolgung nicht entkommen konnten. Es war demnach kein Wunder, daß in jedem Morgengrauen die schwarzen Segel ein wenig höher und eine Spur näher aufragten.

Sie wurden allmählich bitter kalt, diese Morgengrauen, und der Rauhreif auf der Takelage löste sich immer langsamer in der Sonne auf. Die Eisinseln waren jetzt zahlreicher und dichter, und das Meer dazwischen war nicht mehr frei, sondern füllte sich immer mehr mit Eisschollen oder schwimmenden Brocken, die groß genug waren, um ein Leck in die Planken eines kleineren Bootes zu schlagen oder ihm einen Riß zuzufügen. Elof steuerte mit größter Sorgfalt und knirschte jedesmal mit den Zähnen, wenn er ein Scharren oder Poltern am Schiffsrumpf hörte. Nachts mußte er darauf achten, daß das Segel durch die Überfrierung nicht zu schwer wurde, was sie leicht zum Kentern hätte bringen können; das hätte einen so schnellen Tod für sie bedeutet, daß nicht einmal ihre Verfolger sie noch aus dem Wasser hätten fischen können. Und in einer klaren Nacht, als das Meer im Licht des Mondes wie ein zerschmetterter weißer Teller anmutete, sah er etwas überaus Entsetzliches, das sich über seinen krakelierten Rand erhob, einen weißen Dunst wie der Sternenstrom am Himmel, jedoch über den gesamten nördlichen Horizont hinweg. Als Junge hatte er so etwas zum erstenmal erblickt, als erwachsener Mann am Rande eines neuen Lebens hatte er es hinter sich verblassen sehen; was war er jetzt, da er wieder einmal ein Eisglühen sah? Er empfand sich fast als so etwas wie ein Gespenst, eine belastete Seele, die ruhelos in einem Körper herumwanderte, der sie peinigte, den sie jedoch nicht abzuwerfen wagte. Er hüllte sich fester in seinen fellgefütterten Umhang und sehnte sich nach dem Sonnenaufgang. Doch als dieser endlich kam, stellten sie fest, daß sie vor einem auffrischenden Wind auf ein Meer zu rasten, das beinahe massiv vor schwimmenden Inseln und Eisschollen erschien und in der Ferne an einer hohen weißen Wand endete, einer Festung und einem Bollwerk gleich, das sich den ganzen nördlichen Horizont entlang erstreckte und zu beiden Seiten in einer verschwommenen Weite verschwand, hinter der Rundung der Erde. Und während sie diese Erscheinung fassungslos betrachteten, peitschte ihnen der eiskalte Wind unbarmherzig ins Gesicht, nachdem er sich die gefrorenen Erhebungen herab ergossen und deren uralte Boshaftigkeit in den Ozean der Welt gespült hatte.

»Die Mauer des Winters!« bemerkte Elof düster. »Die Klippen und die Burg des Eises. Aber zumindest ist sie in diesem Wasser dick genug; vielleicht gelingt es uns dort, unseren Jägern zu entkommen.«

»Oder sie um ihre Beute zu betrügen!« brummte Roc, während er von einem Fuß auf den anderen sprang und die gefühllosen Finger bog, um das Blut in Fluß zu halten. »Sie können schließlich kein Fleisch essen, das in fünfzig Metern Tiefe liegt und steinhart gefroren ist, oder?«

Elof lachte. »Das stimmt allerdings!« Er warf einen aufmerksamen Blick zurück zu der Meute der Segel, die ihnen wie Gewitterwolken folgte, dann rieb er sich die Hände und umklammerte die Ruderpinne mit festem Griff. »Also, an deinen Platz, und halte dich bereit! Jetzt bleibt uns nur noch eine Hoffnung, indem wir den gefährlichsten Kurs wählen!« Und mit eiserner Entschlossenheit warf er die Ruderpinne herum und schwenkte noch weiter nach Norden, wobei er sich bemühte, gleichzeitig den Stander und den Windflügel sowie die Wasserrinnen zwischen den schlingernden Eisbrocken im Auge zu behalten; um ein Haar wäre er zu nahe daran geraten, und ...

Es geschah. Elof sah den dunklen Fleck im selben Moment aus dem Augenwinkel, als Roc plötzlich einen Schreckensschrei ausstieß; er ließ sich unvermeidlicherweise davon ablenken und drehte sich um. Kermorvan hätte das Verhängnis vielleicht noch abwenden können, doch Elof war kein halb so guter Seemann wie er. Seine Hand zuckte an der Ruderpinne, und er riß die *Seefeuer* zu nah an den Wind. Bei den kleineren Booten, die er zu segeln gewöhnt war, hätte das wahrscheinlich weniger ausgemacht, doch der Kutter war viermal so groß und bei weitem zu gering bemannt; er verlor die Beherrschung über das Schiff. Roc brüllte und duckte sich, während die Segel über ihnen schlaff flatterten und der Baum wie ein Dreschflegel hin und her schlug; die Gaffel prallte gegen Schot und Stag, und Eisstücke regneten auf das Deck. Die Ruderpinne riß sich aus Elofs Griff und stieß ihn zu Boden. Ihre Fahrtgeschwindigkeit ließ nach, und die *Seefeuer* dümpelte steuerlos im Wasser, im entscheidenden Augenblick der Gnade der Wellen und der scharfkantigen Eisschollen ringsum ausgeliefert.

Elof griff nach der wild schwingenden Ruderpinne und rappelte sich auf. Er wußte nur allzugut, daß sie beide allein das Boot nicht rasch genug wieder unter Kontrolle bringen konnten, um sie wieder in den Wind zu bringen; und wenn sie immer mehr von ihrem Vorsprung einbüßten, dann wäre es nur noch eine Frage der Zeit, bis sie eingeholt oder gegen das Eis getrieben würden, wo sie zerschellen und sinken würden. Ohne

Wind… es geschah beinahe ohne Überlegung, daß er zum Heckstag sprang, um den metallenen Windflügel, der dort in seiner Halterung steckte, zu packen, zu umklammern, zu verrücken…

Er zitterte, aber er bewegte sich nicht. Es war, wie wenn man eine Tür im Sturm hält. Kermorvan hatte es beschrieben, doch er brauchte nur gegen eine kurz auffrischende Brise im geschützten Hafen anzukämpfen. Jetzt hatte Elof das Gefühl, als ob er es mit der geballten Kraft des Sturms selbst aufnehmen müßte, die vollständig durch das Metall floß, oder als ob er versuchte, mit den Händen einen reißenden Strom aufzuhalten. Und es war noch schlimmer; er glaubte irgendeine lenkende Macht dahinter zu spüren, als ob andere Hände auf der gegenüberliegenden Seite des Windflügels drückten oder zogen, stets seinem Bemühen entgegen. Er verlor den festen Griff, seine Brust schmerzte, sein Atem pfiff zwischen den zusammengepreßten Zähnen. Seine Finger glitten über das eingelegte Muster, und das Salz, mit dem die Gischt es verkrustet hatte, knirschte unter ihnen, doch er fühlte auch noch etwas anderes dort. Dunkelheit wirbelte vor seinem inneren Auge, eine düstere grüne Tiefe, in die er hinabstürzte, immer tiefer und tiefer… und etwas stieg auf, ihm entgegen. Plötzlich wurde er von erstickender Angst gepackt, und diese entfesselte neue Kräfte in ihm; mit einem lauten Aufschrei warf er sich mit aller Wucht gegen den Windflügel, und er merkte, daß er ein wenig nachgab, ein Stück herumschwang, um gleich darauf wieder unbeweglich stehenzubleiben.

Das reichte. Während er noch erschöpft dahing, sah er, wie sich der Windstander hob und waagerecht flatterte, hörte die Stage schlagen und zittern. Der schlackernde Baum ruckte, als sich das Segel mit einem Knall wie von einer mächtigen Peitsche füllte, und der Kutter schoß wieder durchs Wasser, wobei er sich heftig zur Seite neigte. Elof ergriff die Ruderpinne; Roc, der zu einer der Winden kroch, stieß einen entzückten Jubelschrei aus und deutete nach hinten. Dieselbe geringe Winddrehung, die ihre Segel aufgebläht hatte, hatte die schwarzen Rahsegel erschlaffen lassen, so daß das feindliche Schiff jetzt ebenso hilflos dahindümpelten wie zuvor der Kutter.

»Jetzt seht mal zu, wie ihr aus dieser Flaute wieder rauskommt, meine guten Menschenfresser!« brüllte Roc und schwenkte die Faust in ihre Richtung. Doch Elof packte ihn an den Schultern und machte eine deutende Handbewegung. Der Wind hatte sich ein wenig nach Osten gedreht, und sie segelten jetzt mit guter Fahrt nach Nordosten; vor ihnen war der schwarze Fleck, der sie so erschreckt hatte, jetzt deutlich als Ekwesh-Segel zu erkennen. Das Schiff war in gehörigem Abstand am Eis vorbeigesteuert worden, doch jetzt sahen sie, daß die Stellung des Segels verändert wurde; es erschlaffte kurz und bauschte sich dann voll auf, was bedeutete, daß das Schiff vor dem Wind segelte, um ihnen den Weg abzuschneiden.

»Wie viele von diesen Schweinehunden gibt es hier denn?« heulte Roc, wobei er sich die roten Haarfransen aus den Augen strich. »Haben sie eine ganze Flotte auf uns angesetzt?«

»Es müssen Erkundungsboote sein«, mutmaßte Elof gedankenverloren, während er die Entfernung zu dem Neuankömmling abschätzte. »Oder Wachboote, die sich über mehrere Planquadrate verteilt haben, jeweils ein Schiff pro Sektor, um das Meer zu durchkämmen, sonst wären sie gemeinsam aufgetaucht. Jetzt sammeln sie sich zu einer Formation… Vielleicht bildet dieses das Schlußlicht, ein Stück hinter den anderen, und sie haben ihm mit Zeichen zu verstehen gegeben, daß es nach Norden segeln soll, um uns den Weg abzuschneiden; die Schamanen sind in dieser Kunst bewandert.« Er biß sich auf die Lippe, und sie war gefühllos wie Holz. »Es ist uns jetzt am nächsten von allen, und es holt schnell auf. Es könnte ein knappes Wettrennen werden, Roc, vielleicht nur auf Bogenschußweite Entfernung; vielleicht hast du Lust, dir die Rüstung anzulegen ...«

»Nein danke! Ich möchte mich lieber nicht der Möglichkeit aussetzen, darin schwimmen zu müssen, wenn es dir nichts ausmacht. Und Metall ist verdammt kalt. Aber Bogenschußweite gilt ja wohl für beide Richtungen, nicht wahr?« Er drehte sich um, verschwand flink durch die Öffnung zur Kajüte und erschien wieder mit zwei Bündeln Pfeilen und zwei großen Bogen; die Pfeile steckte er in entsprechende Gestelle neben der Ruderpinne und machte sich daran, die Bogen mit Sehnen zu bespannen. »Wir sind nicht gerade Meisterschützen, du und ich, was? Ich wünschte, wir hätten Kermorvan bei uns, oder auch den guten, alten Gise – wie mag es ihm wohl jetzt ergehen, was meinst du? Aber vielleicht können wir ihnen trotzdem was auf die Ärsche geben, wenn nur diese dreimal verdammten Sehnen ... ah, jetzt hab' ich es! Jetzt kommt deiner dran – wieviel Zeit haben wir deiner Meinung nach noch?«

Elof hatte sich im stillen dieselbe Frage gestellt. »Weniger als eine Stunde; der Horizont ist kaum sechs Meilen entfernt, und sie nähern sich schnell. Schieße, wenn du willst, aber halte dich an den Winden bereit; wir können es nicht mit einem ganzen Kriegsschiff aufnehmen. Unsere einzige Hoffnung liegt in der Flucht.«

Es dauerte nicht lange, bis sie das Ekwesh-Schiff deutlicher sahen. Es hatte einen langen, schmalen Rumpf, die Seiten waren jedoch hoch, ebenso die Deckaufbauten. Es war so ziemlich derselbe Typ, bei dessen Enterung Elof einst geholfen hatte, vor vielen Jahren in einer ungemütlichen, nebligen Nacht. Jetzt waren die langen Ruder jedoch eingezogen, und an den nackten Seiten reihte sich Mann an Mann. »Sie haben nicht einmal ihre Schilde herausgeholt«, sagte Elof angespannt. »Wahrscheinlich halten sie uns für eine so leichte Beute. Nun, um so besser, sie sollen eines Besseren belehrt werden...« In diesem Augenblick hörte er etwas, ebenso wie Roc, das Dröhnen einer Trommel in der Ferne, das der Wind zu ihnen hertrug. Und als das Schiff noch etwas näher gekommen war, konnten sie sogar die Plattform auf dem breiten Bug des Kriegsschiffs erkennen, sowie auch die merkwürdige Gestalt darauf; sie war bekleidet mit einem weiten, wallenden Gewand, und der Kopf war unter einer maskenartigen Hülle verborgen. Sie sahen einander an.

»Was, bei der dunklen Brust des Teufels, ist das?« brummte Roc.

»Ein Schamane«, antwortete Elof. »Um durch den Tanz ihre Kampfkraft zu steigern und zu versuchen, die unsere zu schwächen. Vielleicht haben sie doch Angst vor uns.«

Roc antwortete nicht; sie saßen in atemlosem Schweigen da, während das Ekwesh-Fahrzeug wie ein Messer durch die Wogen schnitt und auf sie zu raste, wobei weißer Schaum und Gischt um den schwarzen Bug spritzte, der mit gnadenloser Eleganz die Eisschollen durchpflügte. Der aufpeitschende Klang der Trommel schallte rollend herüber, doch die finstere Gestalt am Bug stand reglos da; die Maske war gesenkt, als ob der Kopf darunter in tiefes Nachdenken versunken wäre. Plötzlich hob sie sich, und der Trommelschlag veränderte sich, wurde abgehackt wie das Pochen eines aufgeregten Herzens. Die Maske schwankte hin und her, und die Gewänder darunter bauschten sich und wallten hin und her. Der Tanz des Schamanen wurde immer wilder; er sprang von einem Bein auf das andere, und das Gewand flatterte hinter ihm wie eine Schärpe. Er warf den Kopf mit der länglichen Maske zurück, bis die Kiefer aufklafften und ein markerschütterndes Knurren ausstießen. Jetzt sahen sie, daß das Gewand grau und weiß gestreift und die Maske von kurzen grauen Locken gekrönt war und in eine große schwarze Schnauze mit spitzen Reißzähnen und schwarzen Lefzen auslief.

»Ein Wolf«, murmelte Elof. »*Ouashkas*, der Wolfsklan! Ich kenne die Maske aus Mylios Unterlagen, doch im Westland begegnet man ihr selten.«

»Dann bereite dich auf ein ganz neues Erlebnis vor!« brummte Roc. *»Sie kommen!«*

Unentrinnbar im Spiel des Wassers und des Windes gefangen, jagten die beiden Fahrzeuge aufeinander zu wie große rivalisierende Hirsche, die im Wald des Nordlandes aufeinander losgingen. Elof umklammerte die Ruderpinne fest mit der Faust, maß die verrinnende Zeit an seinem immer schneller werdenden Herzschlag und kämpfte gegen den Drang an, zu kneifen und abzuschwenken; doch das würde sie jetzt nicht mehr retten. Der schwarze Bug ragte vor ihnen auf wie eine Axt über einem Zweig, bereit zum Schlag. Roc stieß einen Schrei aus und duckte sich; die *Seefeuer* hüpfte und schaukelte heftig auf der Bugwelle des anderen Schiffes, und Elof wurde hart gegen die Ruderpinne gedrückt. Er bewegte sie nur um eine Handspanne, doch der Kutter reagierte sofort, wie ein lebendiges Reitpferd; sein Bug schwang herum, die Segel drückten sich dichter an den Wind, und das kleine Boot neigte sich heftig zur Seite. Roc jubelte triumphierend, als der schwarze Rumpf harmlos an ihnen vorbeiglitt, wobei die aufgemalten Tierfratzen zornig zu ihnen herüberstarrten. Die furchterregende Gestalt des Schamanen stieß ein wehklagendes Wutgeheul aus, und Langbogen hoben sich über die Reling über ihnen. Doch Roc, immer noch kniend, hatte längst den Bogen angelegt und gespannt, und die Entfernung betrug jetzt nur noch einige Schritte; er schoß, ein Schrei erschallte, und eine schwarzgekleidete Gestalt stürzte zwischen die beiden Schiffsrümpfe, und zwar so nah bei ihnen, daß sie beinahe dem Deck der *Seefeuer* aufgeschlagen wäre. Das hielt den Kampf für die Dauer eines Herzschlags auf, und jeder winzige Aufschub bedeutete einen Gewinn. Die Zeit reichte, damit sich die beiden Schiffe ein wenig voneinander entfernten und damit Elof die Ruderpinne um eine kleine Spur weiterbewegen konnte. Das kleine Boot glitt in Schräglage noch weiter weg von dem Ekwesh-Schiff, gerade als der erste Pfeilhagel losgeschickt wurde. Eigentlich auf das Deck gezielt, prallten die Geschosse statt dessen gegen die erhobene Flanke und streiften die Segel, ohne jedoch größeren Schaden anzurichten. Bevor noch das letzte niedergegangen war, sprang Roc hinter dem Schanzdeck auf und legte den Bogen erneut an; er traf nichts, doch Elof zielte über den Heckspiegel und traf eins der brüllenden Gesichter über dem Steuerruder. Weitere Pfeile zischten durch die Luft und knallten gegen die Bohlen der *Seefeuer*, dann waren sie an dem feindlichen Gefährt vorbei.

»Kerys, das hast du großartig gedeichselt!« keuchte Roc. »Aber was nun? Sie werden uns jeden Moment einholen und nach uns schnappen.«

»Werden sie das wirklich?« fragte Elof ruhig. Doch er hatte noch nicht zu Ende gesprochen, da kam das schwarze Schiff auch schon in einem ausholenden Bogen heran; die Mannschaft war emsig mit dem großen Rahsegel beschäftigt, bis es in eine fast parallele Stellung zum Schiffsrumpf schwenkte und sich die schwarze Fläche nach außen blähte wie ein Kinderdrachen. Mit majestätischer Leichtigkeit legte sich das Kriegsschiff zur Seite und jagte gleitend hinter dem hopsenden Kutter her.

»Zumindest sind wir beinahe außer Schußweite ...«, setzte Roc an und duckte sich gleich darauf blitzschnell, als ein Schwarm von Pfeilen dicht über das Deck fegte. »Das ist doch widernatürlich!« schimpfte er. »Einfach so gegen den Wind zu schießen!« Sein Blick haftete auf dem Schamanen, der immer noch an seinem Platz hüpfte und sprang. »Das liegt an diesem Schwein!« schrie er. »Er lenkt die Pfeile mit seiner Magie ...« Etwas Schwereres knallte gegen die Bohlen; große schwarze und weiße Federn ragten zitternd aus dem Heckbalken. »Und sie haben ein Katapult dabei!«

Er war im Begriff, ungeachtet aller Gefahr aufzuspringen und zu schießen, doch Elof zog ihn herunter. »Warte!« befahl er, wobei er leicht zusammenzuckte, als ein weiteres Katapultgeschoß mit einem gespenstischen Zischen sein Haar streifte. »Fertig machen zum Wenden! Jetzt sind wir dran, sie auf die Probe zu stellen ...«

Mit berechneter Schnelligkeit warf er sich gegen die Ruderpinne, und der Kutter schwenkte noch härter in den Wind und ging so weit in Schräglage, daß sie beide an die Reling sprangen – Pfeile oder nicht – und sich hinauslehnten, um etwas Gegengewicht zu schaffen. Hinter ihnen zögerte man auf dem Kriegsschiff offenbar einen Augenblick, dann drehte es langsam und behäbig in die neu vorgegebene Richtung bei.

Was dann geschah, war in seiner Plötzlichkeit verblüffend. Das straffe schwarze Segel schien zu zittern, dann erschlaffte es unvermutet, um sich gleich darauf wieder zu straffen; das große Gefährt bekam bedenkliche Schlagseite, dann ertönte ein explosionsartiger Knall, der sogar gegen den Wind trug, die überbeanspruchten Schote rissen, und das Segel peitschte frei hin und her wie ein Bettuch an der Leine. Der schwarze Rumpf schlingerte und ruckte, und der Schamane, der sich mit einem Satz auf dem Vorderdeck in Sicherheit bringen wollte, wurde wie ein Stein von einer Schleuder weit hinaus geworfen. Sein Gewand blähte sich auf, als er auf das Wasser prallte; sie beobachteten, wie er einen Augenblick lang herumzappelte und die Wolfsmaske abwarf, sich jedoch nicht von dem mit Wasser vollgesogenen Pelz befreien konnte und hinuntergezogen wurde. Mitten aus dem Durcheinander an Deck des Kriegsschiffes wurde ihm eine Rettungsleine zugeworfen, doch in dem kalten Wasser kam diese Hilfe zu spät. Er verschwand in einem Strudel und tauchte nicht wieder auf. Nur die Maske schaukelte mit aufklaffender Schnauze zwischen dem Treibeis.

Elofs Lachen geriet zu einem Knurren. »Siehst du, Roc? Verstehst du? Das war genauso, wie wenn wir den Wind verlieren, doch bei diesem plumpen Gefährt wirkt es sich schlimmer aus. Sie können nicht so hart an den Wind gehen und hätten es sich niemals träumen lassen, daß wir es können. In einem einzigen Augenblick, in dem ihr Segel lose flatterte und hierhin und dorthin schlug, sind sie also um das entscheidende Stück zurückgeworfen worden.«

Roc nickte grimmig. »Und es gibt einen Schamanen weniger. Jetzt werden sie ihre Pfeile vergeuden. Aber deshalb werden sie uns nur um so verbissener verfolgen, und dann sind da noch die anderen in ihrem Kielwasser ...«

Elof preßte die Lippen fest aufeinander. Er hielt das Ruder jetzt lockerer; die *Seefeuer* lief ein wenig aus dem Wind und nahm die schnellstmögliche Fahrt auf, die der Kurs erlaubte. »Dann wollen wir mal sehen, wie sie sich im Eis bewähren. *Das Rennen beginnt!*«

Das war der Anfang der verrücktesten aller verrückten Wettfahrten, ein furchterregendes Dahinjagen zwischen Eisschollen und schwimmenden Inseln, auf der Flucht vor den Dienern des Eises auf eben jenem Wind, den dieses ausgebrütet hatte. Das Schiff des Wolfsklans brauchte nicht länger als zehn Minuten, um sein Segel wieder zu beherrschen und erneut die Verfolgung der *Seefeuer* aufzunehmen; das war die

Führung, nach der sie sich richteten, und die anderen Schiffe waren nicht weit hinter ihnen. Elof steuerte durch enge Wasserrinnen, zwischen dichtem Treibeis hindurch und um wuchtige Brocken herum, und immer suchte er eine Stelle, die der Kutter unbeschadet passieren konnte, während ein größeres Schiff vielleicht in Schwierigkeiten geraten würde; doch bald stellte er fest, daß das nicht so einfach war, wie er gedacht hatte. Denn das Wolfsschiff war wie alle Ekwesh-Kriegsschiffe schmal und lang, und sein Bug war zum Zwecke des Rammens anderer Schiffe verstärkt; außerdem gab es zahlreiche Hände an Bord, die gefährliches Eis mit den langen Rudern aus dem Weg schoben. Mehr als einmal beobachteten Elof und Roc, wie diese sich an einer unbeweglichen Scholle bogen und schließlich zerbrachen oder einer Springfeder gleich zurückschnellten und den Mann, der sie hielt, in das mörderisch kalte Wasser schleuderten, das ein Menschenleben in Sekundenschnelle verschlang. Doch sie ließen sich nicht entmutigen, so heiß brannte ihr Durst nach Rache. Die *Seefeuer* krängte durch die Ausläufer des Packeises, das kalte Meer klatschte gegen ihre Flanken, doch das Wolfsschiff kam trotz allem immer näher, bis sie wieder einmal nur etwas über Bogenschußweite voneinander entfernt waren, und selbst mit den waghalsigsten Manövern hätte Elof sie nicht abzuschütteln vermocht.

Doch in der ganzen Zeit, während er das kleine Boot im Zickzackkurs zwischen den Eisschollen hindurchsteuerte, waren seine Gedanken anderswo. Selbst als er die riesige Eisinsel vor ihnen bemerkte, vom Wetter zur Skulptur einer phantastischen verkrümmten Kralle geformt, wühlte er in seinen umfassenden Erinnerungen nach irgendeinem Wissensfetzen, der ihnen in ihrer verzweifelten Lage nützlich sein könnte. Es war jetzt fast Sommer, sofern man in diesen Regionen davon sprechen konnte; die Eisinseln würden nicht schmelzen, doch zumindest würde das Treibeis frei bleiben und sie sehr wahrscheinlich nicht einklemmen. Das war immerhin ein kleiner Trost. Was hatte er über Eisinseln gehört, vor langer Zeit in Asenby? Der größte Teil von ihnen lag verborgen unter der Wasseroberfläche, wie schon ein altes Sprichwort besagte. Aber es gab noch etwas anderes; selbst die Robbenfischer wichen ihnen sorgsam aus, obwohl ein Zusammenstoß ihren elastischen Fellbooten keinen Schaden zufügen würde... Warum also? Er knirschte mit den Zähnen und steuerte die dahingleitende *Seefeuer* auf den glänzenden Brocken zu.

Roc war vor Erschöpfung im Sitzen eingenickt, doch die Veränderung im Klatschen des Wassers weckte ihn, und er sah das Ungetüm aus Eis, das ihnen entgegenzurasen schien. Er riß die blutunterlaufenen Augen weit auf, doch nach einem Blick auf Elof blieb er gespannt sitzen und ließ ihn steuern. Elof fuhr immer näher an den Koloß heran, und noch näher, bis der Eisberg mit der gebogenen Zacke vor ihnen aufragte wie das riesige Abbild des Bugs eines Ekwesh-Schiffs; er wagte einen kurzen Blick nach hinten und winkte Roc heran. »Komm, übernimm du das Steuer!«

»Ich? Hier?«

»Ja! Halt es einfach in derselben Stellung, in der es jetzt ist; laß ein wenig nach, wenn ich es dir sage! Beeil dich!«

Roc kletterte nach hinten und ergriff die Ruderpinne, während Elof sich mit steifen Gliedern zur Reling bewegte und sein Schwert zog. Er wiegte Gorthawer in der Hand, und dann, als sie unter dem gekrümmten Vorsprung hindurchfuhren, schwang er sich auf die Reling, verschaffte sich einen festen Stand und streckte einen Arm nach oben, um mit aller Kraft, die er aufbringen konnte, zuzustoßen – einmal, zweimal, wieder und wieder, und das Eis klirrte wie Metall. »Jetzt!« brüllte er, und Roc lenkte den Bug weg von der Insel; er drehte sich um und winkte den Ekwesh trotzig zu. Ein Katapultgeschoß zischte an seiner Schulter vorbei und bohrte sich zitternd in die Eiswand hinter ihm; ein Schwarm Pfeile folgten ihm. Schnell sprang Elof von der Reling und duckte sich; er schob Gorthawer in die Scheide und ergriff die Ruderpinne.

»Was soll das Ganze?« erkundigte sich Roc mit ruhigem Ernst. »Außer daß es mich aus dem Schlaf geschreckt hat, meine ich?«

»Eine Vermutung…«, antwortete Elof geistesabwesend, während er den Blick schnell abwechselnd von vorn nach hinten wandern ließ, als ob er keinesfalls die Ekwesh aus den Augen lassen wollte, welche Gefahren auch vor ihnen liegen mochten. »Eine Art Würfelspiel… vielleicht, um unsere Gegner besser einschätzen zu können… wir werden sehen, jetzt gleich…«

Das Wolfsschiff näherte sich nun der Insel, und wie zuvor wurden die Ruder zum Abstoßen ausgefahren. Da es höher aus dem Wasser ragte, konnte es nicht unter der gekrümmten Spitze hindurchfahren, wie es Kutter getan hatte, sondern schwenkte so dicht wie möglich davor ab. Die Ruder stießen gegen die Klaue. Eisstücke brachen ab und stürzten herab, einige ins Wasser, einige auf das Deck, doch die schwarzgekleideten Krieger schenkten ihnen wenig Beachtung. Dann erschallten ein warnender Schrei und ein Klirren von der Reling her, als die ganze Spitze des Eisbergs an der Stelle abbrach, wo Gorthawer die Kerbe geschlagen hatte. Doch sie stürzte in einiger Entfernung von dem schwarzen Rumpf ins Wasser.

Roc fluchte. »Immerhin war es den Versuch wert!«

Elof schüttelte heftig den Kopf. »Warte! Warte, dann wirst du sehen…«

Er deutete – nicht zum Schiff, sondern zur Insel, und Rocs Mund klaffte vor Entsetzen auf. Die verstümmelte Klaue neigte sich nach hinten, weg von dem Kriegsschiff, und kippte rückwärts ins Meer. Und von unten erhob sich …

Einen Augenblick lang schien das Kriegsschiff auf grünem Gras zu schwimmen. Dann tauchte die gewaltige Masse in blendendem Weiß weiter aus dem Wasser auf, direkt unter dem Heck des schwarzen Schiffes. Den Männern an Bord blieb keine Zeit, sich zu bewegen und sogar kaum zum Schreien, bevor das ganze schlanke Gefährt nach oben geschleudert wurde, mit Getöse umgekippt und mit der Nase voraus über den Eisberg in das schäumende Wasser rutschte. Dort trudelte es einen Augenblick lang, das zerschmetterte Heck ragte nach oben, und in den aufgewühlten Fluten ringsum zappelten und strampelten dunkle Flecke. Gerade als die *Seefeuer* durch die Wasserrinne davonglitt, neigte es sich langsam immer weiter nach vorn und versank.

»Ich bin froh, daß ich uns nicht zu Feinden habe«, sagte Roc düster. »Das hast du dir hervorragend ausgedacht!«

»Ich hatte gehofft, daß es so geschehen würde.« Elof hielt angestrengt das Steuerruder, während das brodelnde Wasser sich des Kutters bemächtigte und dieser wie der Schwimmer einer Angelschnur in der schmalen Wasserrinne hüpfte; er bemühte sich, den Bug von den Eisschollen zu beiden Seiten abzuwenden. »Ich bin davon ausgegangen, daß ihr Kapitän noch nie durch solche Eisinseln gesegelt ist. Ich hörte die Fischer sagen, daß sie sich von ihnen fernhalten, weil sie unstabil sind; sie schmelzen, sie verwittern, ihr Gleichgewicht verlagert sich, und der geringste Lufthauch kann sie zum Kippen bringen. Als ich diesen Vorsprung sah, kam mir der Gedanke, daß wir den Lauf der Dinge etwas beschleunigen könnten, und wir haben gut daran getan. Sieh nur, dort!«

Doch Roc hätte keine Warnung gebraucht; auch er

hatte die schwarzen Segel der anderen Verfolger gesehen, die sich wie riesige Fledermäuse über den Eisschollen blähten, entschieden näher, als sie rechtmäßig hätten sein dürfen.

»Sie haben eine andere Fahrrinne gefunden!« zischte Roc. »Jawohl, und sie führt genau auf uns zu. Vielleicht kreuzt sie sogar die unsere!«

Elof nickte, blickte jedoch hinauf zu den Segeln. »Das ist ein Risiko, das wir eingehen müssen; wir können zwischen dem Treibeis nicht schneller fahren, selbst wenn wir es wagen würden.«

Doch bald wurde deutlich, daß Roc recht gehabt hatte; die nach Süden verlaufende Wasserrinne führte immer näher an die ihre heran, und es dauerte nicht lange, bis das erste der Piratenschiffe dicht genug herankommen war, daß sie es deutlich erkennen konnten. Einige Male schwirrten Pfeile aus den Reihen der Männer an der Reling heran, und zweimal sahen sie, wie mit einem Katapult gezielt und geschossen wurde, doch Pfeile und Bolzen landeten weit vor ihnen im Wasser oder glitten übers Eis, ohne Schaden anzurichten. Roc hielt sich die Hand über die Augen. »Ich sehe gar keinen Schamanen am Bug, du?« Sie beide verzogen das Gesicht zu einer Art wölfischem Grinsen.

»Aber die beiden Fahrrinnen müssen sich irgendwo dort vorn treffen«, bemerkte Elof. »Nicht mehr weit entfernt. Dann werden wir sie, ob mit oder ohne Schamane, noch dichter auf den Fersen haben als die anderen, und diesmal sind sie vorgewarnt; diese Wasserrinne bereitet ihnen keine Schwierigkeiten.«

»Was können wir also tun?«

»Abhauen, entweder in dieser Rinne, sofern sie weiterführt, oder in einer anderen. Vielleicht stoßen wir auf eine, die schwieriger zu befahren ist, die uns näher ans Eis heranführt.«

»Eine angenehme Alternative!« murrte Roc. »Doch so soll es sein!«

Es waren nur noch etwas mehr als tausend Schritte, da trafen die beiden notdürftigen Fahrrinnen aufeinander, ohne sich jedoch zu kreuzen, und nun wand sich die neue Wasserstraße allmählich in Richtung Nordosten. Elof betrachtete das dunkle Schiff, das jetzt beinahe parallel zu ihnen fuhr, und mit einer ganz leichten Berührung der Ruderpinne steuerte er die *Seefeuer* durch den Kanal, auf die hohe Wand des Eises zu. Für ihre Verfolger mußte das wie ein letzter Akt der Verzweiflung aussehen, und Elof mußte sich andauernd selbst in Erinnerung rufen, daß es das nicht war. Es würde hoffentlich der Zeitpunkt kommen, da sich die Schwerfälligkeit des schwarzen Schiffes gegen die anderen auswirken mußte und der Kutter ihnen entkommen konnte. Das war keine ganz unvernünftige Hoffnung, doch es war die einzige Hoffnung, die sie hatten.

Während der restlichen Zeit des Tages glitt der Kutter mit hoher Geschwindigkeit nach Norden, wobei er wie ein Wasservogel durch die von weißem Schaum gekrönten Fluten schaukelte; der einzige Wasservogel übrigens, denn am Himmel war keinerlei Leben. Ganz im Gegensatz zum Meer; dort sahen die Reisenden immer wieder auf flachen Eisschollen dunkle Flecken, wie Tinte auf Papier, die bei ihrem Herannahen aufmerksam die Köpfe hoben. Und wenn sie ihnen zu nahe kamen, so nahe, daß sie das Muster auf dem glatten Fell erkennen konnten, dann stießen die Robben einen kehligen Alarmschrei aus und watschelten davon, um sich ins Wasser fallen zu lassen. Einmal hob ein massiges, aufgedunsen wirkendes Ungeheuer von der halben Länge des Kutters nur das majestätische Haupt, das von einem wie aufgeblasen wirkenden, hüpfenden Kamm gekrönt wurde, und brüllte den Eindringlingen eine heisere Herausforderung entgegen.

»Heute nicht, Bruder«, murmelte Roc. »Heb dir das

für die Ekwesh auf...« Doch auf einer weiteren Eisscholle sahen sie eine größere Anzahl ausgestreckter rötlicher Formen, von denen jede größer und massiger als das Ungeheuer war, und als sie die Köpfe hoben, stieß Roc einen Schrei aus, denn einige waren mit riesigen vorstehenden Fangzähnen bewaffnet. »Wie Dolchzähne!« entfuhr es Roc, und flink nahm er seinen Bogen zur Hand.

»Laß sie in Ruhe!« wies Elof ihn schnell an. »Ich habe von ihnen gehört; in der Sprache des Nordens ist die Bezeichnung dafür *Valros*. Es sind harmlose Muschelsucher, sofern sie nicht gereizt werden. Außerdem würdest du diese Tiere mit deinen Pfeilen wenig beeindrucken, ihr Fell ist dick. In Nordeney ist es geschätzt zur Herstellung von Tauen.«

Im Schatten der blauen und weißen Eisklippen schwanden jedoch auch diese Anzeichen von Leben. Grausam und düster schimmerten sie, und sie ragten hoch auf wie Berge, so erschien es jedenfalls, und ebenso majestätisch. Doch sie waren nackter als der kahlste Fels, und es war nichts auf ihnen oder um sie herum als ihre eigene Masse; kein Baum, keine Pflanze, nicht einmal jene Art von Geröll, die normalerweise Gletscher vom Land her herantrugen, nichts außer dem Schnee, aus dem sie im wesentlichen bestanden und dem sie ihren Ursprung verdankten. Hier befaßte sich das Eis mit nichts anderem als mit Eis und mit dem Wasser, das es bald zu solchem zu gefrieren hoffte; alles andere war unerwünschtes Beiwerk. Dadurch war ihre scheinbare Erhabenheit in Elofs Augen irgendwie falsch, und er betrachtete sie mit Verachtung und Trotz im Herzen, wo sonst vielleicht Ehrfurcht gewesen wäre.

Nur einmal, als der Kutter eine Stelle mit klarerem Wasser erreichte, wo die Sonne bis in die blaue Tiefe strahlte, bemerkten sie große blasse Formen, die wie Eisgeister aussahen und unter ihnen dahinglitten. Es dauerte nicht lange, da tauchten sie mit lautem Prusten nicht weit von ihnen entfernt auf; die weißen Fontänen, die sie ausstießen, verrieten sie eindeutig als eine weißhäutige Art von Tümmlern oder kleinen Walen, und plötzlich erschienen sie ihnen wie eine herzerwärmende Gesellschaft in dieser Eiswüste. Doch sie spielten nicht wie Tümmler, und plötzlich tauchten sie unter und waren verschwunden; sie hatten die schwarze Form gesehen, die in der Wasserrinne herangeflitzt kam, hatten vielleicht das Echo des Quietschens der Katapultwinden durch den Schiffsrumpf hallen hören. Elof duckte sich beim Schnappen und Zischen eines Schusses, obwohl das Geschoß hinter ihrem Boot ins Wasser platschte, ohne Schaden anzurichten. Dann wandte er sich beunruhigt an Roc. »Wieso haben wir das aus dieser Entfernung gehört?« Er blickte zum Stander, zum Windflügel, und sah, wie der eine schlaff flatterte und der andere sich träge drehte.

»Der Wind flaut ab!« schrie Roc. »Ausgerechnet jetzt, nachdem er tagelang so brav geweht hat ...« Er blickte plötzlich zu den Klippen und dann zu Elof, und rote Flecken zeigten sich auf seinen blassen Wangen. »Du vermutest doch nicht etwa, *sie* ...«

»Ausgerechnet jetzt«, wiederholte Elof. »Unsere Verfolger können Ruder einsetzen, wir nicht. Ja, sie wissen, daß jemand hier ist, die Meister des Windes. Aber sie können ihn nicht von einer Minute auf die andere anhalten, deshalb laß uns das bißchen, das uns bleibt, so gut wie möglich nutzen.« Er schwenkte das Ruder herum, und der Kutter jagte noch dichter unter den überhängenden Klippen dahin. »Direkt in die Umarmung des Eises ...«, sagte er grimmig, als sie in eine breitere Bucht kamen. Roc antwortete nicht; er starrte zu den Klippen hinauf. Aus der Ferne hatten sie wie eine massive weiße Wand ausgesehen, doch aus der Nähe wirkten sie uralt, brüchig; ihr Antlitz war von einem gespenstischen Blau beleuchtet, durchzogen von Rissen und Spalten, durch die weiße Lawinen polterten und mit wildem Gestöber ins Wasser stürzten. Einen solchen Anblick, edel und gleichzeitig verkommen, mochte ein alter Lord bieten, der von der Jugend in ein Alter voller Grausamkeit und Verfall übergegangen war und an dem Verschwendungssucht und Unmoral Spuren hinterlassen hatten. Vor einem solchen Hintergrund erschien selbst das schwarze Schiff in ihrem Kielwasser beinahe unschuldig, lediglich als ein Gefährt menschlicher Hinterhältigkeit.

»Endlich fallen sie zurück, bei Kerys Pforte!« Roc schlug sich mit der Faust in die Hand.

»Jawohl, und zwar ganz erheblich!« bestätigte Elof zwischen zusammengepreßten Zähnen hindurch. »Mit ihrer Takelage und ihrem Gewicht brauchen sie entschieden mehr Wind, um voranzukommen. Und im Schutz der Bucht reicht er nicht aus. Während er für uns …«

Roc erwiderte sein Grinsen, tippte sich zum Zeichen seines Verstehens auf die Nase und blickte hinauf zum Windstander. Gleich darauf erstarb das Grinsen auf seinem Gesicht, und er stieß einen kehligen Schrei aus; ein Schatten legte sich wie ein Umhang über den Kutter und das Meer ringsum. Elof drehte sich blitzschnell um, und im ersten Moment konnte er sich nur ducken, so riesig und überwältigend war die Bedrohung. Sie peitschte alles Denken aus seinem Gehirn, und für einen Augenblick war er nur noch ein Tier oder etwas noch Geringeres. Es hatte den Anschein, als bewege sich die gesamte Klippe und neige sich über das Heck des Kutters, um sich auf diese winzigen Geschöpfe zu stürzen und sie zu verschlingen.

Seine Geistesgegenwart kehrte zurück, und er sah, daß es sich nur um einen Teil der Klippe handelte, der sich entlang eines Risses abspaltete, der zuvor bereits dagewesen und durch den die Lawinen gerollt waren. Doch dieser Teil hatte die Größe eines ausgewachsenen Hügels, und obwohl er sich mit alptraumhafter Langsamkeit neigte, verdeckte er beinahe schon den ganzen Himmel. Unter diesem sich über sie beugenden Schatten sah er nur einen schwachen Funken der Hoffnung auf ein Entkommen. Während sich seine Glieder so schwer wie mit Blei beladen anfühlten, warf er die Ruderpinne mit Schwung herum und sprang wie durch zähes Öl auf, um den kalten Windflügel mit beiden Händen zu umfassen.

Wieder spürte er ein riesiges Gewicht und dahinter die Gegenwart eines gegen ihn gerichteten Willens, sich ihm widersetzender Hände, deren Kraft jedoch fast augenblicklich schwand, die von ihm abließen. Er warf sich mit der ganzen Wucht seiner Angst gegen den Windflügel, und dieser bewegte sich um gut zwei Grad. Dann blieb er unvermittelt stehen. Elofs Hände glitten über das Muster, und einen Augenblick lang glaubte er, über Bord gefallen zu sein. Grünes Licht waberte um ihn herum, wolkig und eisig. Er konnte nicht atmen; er versank und trudelte zwischen silbernen Fäden und immer kleiner werdenden Luftblasen. Und aus der waldgrünen Tiefe stieg ihm etwas entgegen…

Rock schrie und zog ihn herunter, sonst wäre er vielleicht tatsächlich hinabgestürzt, als sich die Segel plötzlich aufblähten und die *Seefeuer* krängte und herumschwang. Sie schoß zu dem gegenüberliegenden Arm der Bucht, im Wettrennen mit dem Schatten des über ihnen schwebenden Todes auf dem von Eisbrocken übersäten Wasser. Elof, der vor Schreck über die unvermutete Auswirkung keuchte, warf einen einzigen kurzen Blick zu dem vordersten Kriegsschiff zurück; er sah, wie sich die Ruder zu seinen Seiten hoben und mit wildem Eifer ins Wasser schlugen. Doch ob sie die Verfolgung oder den Rückzug vorhatten, sollte er niemals erfahren, denn in diesem Augenblick brach das Stück von der Klippe ab.

Es polterte als einzelner großer Brocken mit Donnergetöse und einer Wolke aus aufstiebendem Schnee von dem Gletscher. Es glitt nicht herab wie bei einem Erdrutsch, sondern neigte sich nach vorn wie ein versteinerter Riese, um starr, mit dem Gesicht zuerst, in die schwarzen Fluten der Bucht zu stürzen. Mit lautem Klatschen spritzte das Wasser inmitten eines Hagels von zerschmettertem Eis himmelwärts und fiel dann mit ohrenbetäubendem Brüllen in einem weiten Bogen zurück, um die Bucht zu füllen und sich rachsüchtig zu den Klippen hinauf zu erheben und mit den Eisschollen, die es in Bewegung gesetzt hatte, gegen das ungerührte Antlitz des Gletschers zu schlagen.

Wenn sich der abflauende Wind nicht gedreht hätte, wäre die *Seefeuer* der Vernichtung unter diesem riesigen herabfallenden Brocken nicht entgangen. Wie die Dinge nun abliefen, erreichte sie gerade noch den Arm der Bucht, als die Masse ins Wasser schlug, und sie entging ganz knapp dem Schicksal, von der ersten gewaltigen Woge hoch in die Luft geschleudert zu werden. Doch die nachlassende Brise trug das kleine Gefährt gerade noch, bevor die große Woge gegen die Wand klatschte, aus deren Reichweite und wieder hinaus ins offene Meer. Die Woge jagte hinter ihm her, eine Flut von tosender Schwärze, gekrönt von Zähnen, die wie weißes Glas aussahen, doch die erste Kraft war bereits verbraucht, sonst wäre der kleine Kutter bestimmt nicht davongekommen. So hatten Elof und Roc gerade noch Zeit, die Ruderpinne und den Lukendeckel festzuklemmen und sich selbst anzuschnallen, bevor die Brecher über ihr Heck klatschten. Während einer Zeitspanne, die ihnen wie Jahrzehnte erschien, war alles eine einzige wilde Bewegung, ein tobendes Durcheinander; ein endloser Strom eisbefrachteter Fluten fegte über sie hinweg wie alle Gebirgsflüsse dieser

Welt zusammen. Es war wie das Ertrinken oder vielmehr – noch schlimmer – wie das Ersticken hinter einem Vorhang aus strömendem Wasser, denn die Eisbrocken, die es mit sich trug, schlugen beißend auf sie ein, und die eisige Schwärze ließ sie voller Todesangst nach Luft schnappen, ohne daß sie genügend davon bekamen. Eis wurde hochgeschleudert und donnerte gegen den Schiffsrumpf. Die scharfe Kante einer Eisscholle ragte über ihren Köpfen auf und zupfte an den hinteren Maststagen wie ein Finger an Harfensaiten. Dann waren sie an ihr vorbei, und der Kutter hüpfte über die nun folgenden kleineren Wellen, die nach außen strebend dahinplätscherten wie das Gekräusel in einem Kinderteich.

Elof und Roc lösten sich aus ihren Halterungen und drehten sich gleichzeitig um, um zu sehen, was hinter ihnen geschehen war. Das Bild der puren Gewalt, das sich ihnen dort bot, machte sie vor Schreck benommen. Der riesige Brocken war bei dem Aufprall zerbrochen, und zwei riesige Eisinseln schaukelten und drehten sich langsam in der Bucht, umgeben von unzähligen kleineren Stücken. Doch jenseits der Öffnung der Bucht lag eine große Meeresfläche schwarz und nackt da; durch die riesige Flutwelle war fast das gesamte Eis weggetrieben worden.

»Die Ekwesh ...«, krähte Roc heiser, als das Tosen etwas nachließ.

Elof spuckte einen Mundvoll Meerwasser aus und hustete heftig, bevor er sprechen konnte. »Unter dem Eisbrocken. In tausend Stücke zerschmettert, so wie wir es wären, wenn wir den Windflügel nicht gehabt hätten. Deren Meister nehmen wenig Rücksicht, wenn sie nur uns einen Schlag versetzen können!« Er blickte sich plötzlich um. »Aber wo sind die anderen beiden? Sind sie ebenfalls ...«

»Ich befürchte nein«, antwortete Roc betrübt und streckte deutend die Hand aus. Hinter der von Treibeis freien Fläche erhoben sich dunkle Masten wie blattlose Bäume vor dem grauen Himmel. »Sie fahren nicht unter Segeln.«

»Sie hatten Zeit, das Verhängnis kommen zu sehen«, sagte Elof grimmig. »Sie haben die Segel eingezogen und die Ruder gebraucht… und jetzt rudern sie uns hinterher, schneller, als wir segeln können…« Er sah verzweifelt hinauf zu den Segeln, doch sie hingen durchnäßt und schlaff in der Flaute, und Gaffel und Baum schlugen müßig hin und her. »Nicht der leiseste Hauch…« Er richtete sich mühsam auf, vor Erschöpfung taumelnd, rieb sich die Stellen, wo die Seile gescheuert hatten, und stolperte unsicher zum Hintersteven. Der Windflügel befand sich immer noch in seiner Halterung, doch auch er schwang träge hin und her und ließ sich mit dem Finger mühelos anstoßen, ohne den geringsten Widerstand zu leisten. Reglosigkeit senkte sich wie Rauchglas auf die windstille See.

Rocs Stimme drang wie aus weiter Ferne und verzerrt an sein Ohr, als ob er aus tiefem Wasser zu ihm spräche. »Kann dieses Ding nicht etwas tun? Sieh doch nur, wie schnell diese Schweinehunde vorankommen! In wenigen Minuten haben sie uns eingeholt.«

Elof schüttelte den Kopf. »Nichts… gar nichts… es gibt keinen Wind, den es umwandeln könnte. Die Eigenschaft, die ich ihm eingegeben habe, befähigt es, einzufangen, zu steuern… Doch es kann nichts einfangen, das gar nicht da ist!« Ratlos und verzweifelt lehnte er sich gegen den Windflügel, fühlte den Wirbel des Musters, den Strudel hinunter in die grüne Tiefe und den schwarzen Schatten unter ihnen, näher, immer näher, zwei schwache Schimmer, blasse Lichtpunkte…

Plötzlich straffte er sich, schnappte nach Luft und umklammerte den Windflügel mit zitternden Händen, als fürchtete er sich davor, ihn loszulassen. »Kommt Wind auf?« schrie Roc, und gleich darauf: »Nein,

Mann! Was hast du vor?« Elof hörte ihn, doch es war zu spät; er hatte den Windflügel aus der Halterung gerissen. Nun hob er ihn für einen Augenblick an seine Stirn, dann schwenkte er ihn hoch über dem Kopf.

»Da dich der Wind im Stich läßt«, keuchte er, »zeig uns, welche Kunst du sonst noch beherrschst.« Und mit heftigem Schwung schleuderte er das Ding von sich weg, direkt in den Weg der herannahenden Schiffe. Es flog weit hinaus über das Wasser; Roc zuckte zusammen, als ob er erwartete, die ruhige Fläche könnte wie ein großer dunkler Spiegel zerschmettert werden. Doch das schwarze Wasser schluckte den Gegenstand, fast ohne sich zu kräuseln, und er fluchte. Elof nahm kaum Notiz davon; sein Werk war vor seinen geistigen Augen immer noch vorhanden, fallend, sinkend, in der kalten grünen Tiefe schwebend, hinunter zu einem sich erhebenden Schatten…

Die Kräuselwellen vergingen, der Spiegel lag wieder still da, den Schlag der schwarzen Ruder erwartend. Zwei kurze Atemzüge lang hatte es den Anschein, als würde nichts geschehen; dann blubberte an der Stelle, wo der Windflügel verschwunden war, ein kleiner Wasserstrudel auf. Elof schluckte, was ihm Schmerzen bereitete, denn seine Kehle und sein Mund waren plötzlich sehr trocken. Nach einem weiteren Atemzug beugte sich Roc ruckartig vor und zog beunruhigt die Augen zusammen. An derselben Stelle brach etwas anderes an die Oberfläche durch, ebenfalls wieder fast ohne Kräuselung des Wassers, etwas Kleines, Rundes und Gleißendes, das dunkel schimmerte wie die See ringsum, doch es war keine Luftblase. Langsam und gleichmäßig stieg es auf und wuchs zu einer sich verjüngenden, spitzen Form an. Elof wurde im ersten Moment von Enttäuschung gepackt; dieser glatte schwarze Kopf, vielleicht so groß wie der eines Pferdes, gehörte sicherlich einer jener besonders großen

Robben, die sie gesehen hatten und die neugierig jede Störung an der Wasseroberfläche erforschten. Dann hob sich der Kopf, Dampfwolken stoben aus schmalen Nüstern; die Augen öffneten sich blinzelnd, und gebannt und mit einem Schauder des Entsetzens bemerkte Elof, daß sie nicht wie die üblichen kleinen, beidseitig des Kopfes sitzenden Augen einer Robbe waren, sondern groß, mit einem katzenhaften grünen Funkeln, und nach vorn gerichtet wie die seinen. Sie verdrehten sich nach allen Seiten, während der riesige Kopf hin und her schwang; Wasser rann aus einem Kamm aus struppigem Fell, der wie eine Pferdemähne über den schmalen Hals verlief. Er tauchte immer weiter aus dem gespenstisch stillen Wasser auf, wie eine alptraumhafte Vision, die aus einem Spiegel steigt, höher und immer höher auf einem unglaublich langen Hals. Dieser schien überhaupt nicht enden zu wollen, als ob die Sagen stimmten, die von einer endlosen, die Erde umgürtenden Schlange erzählten. Doch es war keine Schlange; unter der Wasseroberfläche wurde ein breiter, walähnlicher Körper sichtbar, und darum herum die schattenhaften Umrisse von vier Gliedmaßen, die den Flossen einer Robbe glichen, sowie ein langer, spitzer Schwanz. Als sich die Rundung des Rückens schließlich an die Oberfläche wälzte, war der Kopf bereits höher als der Mast der *Seefeuer*, ja sogar höher als die Mastspitze des Ekwesh-Kriegsschiffs ragte er auf, schwanengleich und anmutig, unglaublich majestätisch, unendlich schauderhaft. Die Ruderschläge verlangsamten sich, die langen Ruder klapperten gegeneinander, als ob die Ruderer von ihrem Takt abgelenkt wären und diese Erscheinung erstarrten, deren Spiegelbild sie in dem ruhigen Wasser sahen; dann wurden die Ruder kraftvoll ins Wasser getaucht, um die schnelle Fahrt abzubremsen. Sie kamen gleitend zum Stillstand und verharrten sanft schaukelnd auf der Stelle.

»Was ist das?« keuchte Roc atemlos. »Doch nicht ...«

Elof hielt ihm eine Hand vor den Mund. »Keinen Laut!« flüsterte er ihm ins Ohr. »Lenke seine Aufmerksamkeit nicht auf uns! Jawohl, das muß der Gierige Meeresschlund sein – Amicac persönlich!«

Er spürte, wie Roc erstarrte, und auch ihm selbst war nicht viel besser zumute, angesichts dieses langen Kopfes, dieser geheimnisvollen Augen. Es war ein Anblick, bei dem sich einem das Herz zusammenzog; er gemahnte daran, wie anders die Ordnung des Ozeans war – ein Ungeheuer, das Ungeheuer beherbergte. Diese großen Kriegsschiffe waren gute siebzig Schritt lang, doch das Geschöpf vor ihnen war mindestens ebenso lang und um ein Vielfaches massiger. Es schwamm jetzt zwischen den Kriegsschiffen und dem Kutter, reglos, abgesehen von kurzen Zuckungen der Gliedmaßen unter der Wasseroberfläche und dem aufmerksamen Drehen des Kopfes. Elof hielt die Luft an. Er hatte keine Ahnung, was es als nächstes tun, in welche Richtung es sich drehen würde, doch seine Feinde, die das Herbeirufen dieses Geschöpfes miterlebt hatten, wußten es ebensowenig. Aber sie waren nicht ängstlich, die Ekwesh; ihr Kodex verlangte, daß sie ihren Gegnern Niederlagen und Tod zufügten. Nach einer ersten atemlosen Stille brach ein wildes Geheul unter ihnen los; auf dem vorderen Schiff sprang ein mit einem Wolfsgewand bekleideter Schamane auf den Bug, um sich vor dieser neuen Erscheinung mit seinem einschüchternden Gehabe zu präsentieren, während hinter ihm schroffe Befehle erschallten, die Winden von Katapulten quietschten und Füße über das Deck polterten, als die Bogenschützen Kampfaufstellung nahmen. Die Trommeln dröhnten, und die Ruder schlugen in einem kräftigen, gleichmäßigen Rhythmus, der die schwarzen Schiffe in schneller Fahrt voran brachte; die eiskalte Luft schien zu klirren, und Schwärme von Pfeilen flogen von ihren Decks wie

Blätter in einem plötzlichen Windstoß. Gegen Schiffe oder Menschen hätte ein solcher Pfeilhagel Schreckliches ausrichten können, doch der Gierige Meeresschlund war größer als der größte Wal, und dieser wuchtige Rücken war mit einem dicken Fell oder sogar einem Knochenpanzer bedeckt; die wenigen Pfeile, die ihn trafen, erzeugten lediglich einen kleinen Stich, der ihn allenfalls ärgerte. Er warf den Kopf zurück, stieß ein tiefes Fauchen aus, und der lange Hals zuckte so schnell nach unten, daß der Flug der Pfeile im Vergleich dazu langsam erschien. Im Gegensatz zu seiner gesamten Körperlänge wirkte der Kopf klein, doch er war dreimal so groß wie der einer riesigen Katze und viermal so groß wie der eines Wolfes; mit aufgerissenem Maul scharrte er über die Decks und verstreute die hilflosen Bogenschützen wie Spreu. Einer, der zu langsam oder zu kühn war, um zu versuchen, mit einem Sprung sein Leben zu retten, wurde gepackt und in die Luft gehoben. Ein wallendes Gewand flatterte zwischen den Kiefern; es war ein Häuptling oder Schamane, der in ihrem Biß zappelte. Katapultbolzen surrten vom Deck; mit ihnen war schwieriger zu zielen, doch dank besonderer Geschicklichkeit oder durch Zufall traf einer diesen schmalen Hals und bohrte sich tief in die eisenharten Muskeln.

Die malmenden Kiefer teilten sich und ließen ihre Beute achtlos auf das Deck fallen, woraufhin ein gellender Schmerzensschrei die Luft durchschnitt. Dann war es, als ob die See rings um den Gierigen Meeresschlund kochte, aufgewühlt von Gliedmaßen und Schwanz, als das riesige Ungeheuer sich aufbäumte und nach vorn schnellte, um seine Peiniger in der Art einer echten Schlange anzugreifen. Die gewaltigen Flossen schlugen krachend auf das Deck, die scharfen Krallen bohrten sich in die Planken, und dann hievte der Meeresschlund inmitten eines wilden Aufruhrs, begleitet von Geheul und Geschrei, seinen massigen

Körper aus dem Wasser und aufs Deck, wie eine Robbe auf eine Eisscholle. Der Mast wurde zur Seite geknickt wie ein Zweig, die Balken knirschten und bebten, und unter diesem ungeheuren Gewicht wurde das ganze große Schiff tief ins Wasser gedrückt. Elof sah, wie die entsetzten Männer an den Rudern von ihren Bänken sprangen, doch das Wasser schwappte bereits über das hohe Schandeck, und sie wurden von den brodelnden Fluten weggespült oder von dem durch die nachgebenden Schiffsbohlen des zerschmetterten Decks aufspritzenden Wasser von überall weggerissen, wo sie sich festzuhalten versucht hatten. Das zerstörte Schiff schlingerte, drehte sich und krängte, und gemeinsam mit seinem Zerstörter versank es außer Sicht; das Meer schlug in Strudeln über der Stelle zusammen, wo es gewesen war, und ließ das Treibeis hüpfen und wirbeln, und nur ein paar wenige Wrackstücke tanzten über seinem Grab.

Eine ganze Weile lang geschah nichts weiter, und Elof vermutete, daß der Wüterich in die Tiefe abgetaucht war, wie es vielleicht ein Wal tun würde, um Zuflucht vor den Quälgeistern Menschen zu suchen. Das letzte Kriegsschiff hatte es anscheinend ebenso eilig wie das andere; seine Ruder zogen kraftvoll und schnell durchs Wasser, und das schlanke Gefährt glitt bald darauf über das Grab seines Kameraden. Elof und Roc sahen hilflos zu, wie die Ekwesh auf ihren Kutter zuhielten; vielleicht würde diesen Menschenfressern das gleiche Schicksal wie den anderen beschieden sein, doch sie würden alles daransetzen, sich zuerst ihre Beute zu schnappen. Dann huschte erneut ein Schatten durch Elofs Denken; er starrte hinab in den schwarzen Ozean und erkannte, was geschehen mußte. Er konnte es sich nur mit Mühe verkneifen, seinen Feinden eine Warnung zuzurufen, so nahe und unentrinnbar näherten sie sich dem Verhängnis. Der gewaltige Körper schoß von unten herauf, und das Kriegsschiff der Ekwesh schien zu explodieren, als ob ein Vulkan unter seinem Kiel ausgebrochen wäre. Sie sahen, wie der Rumpf durch die Wucht hochgeschleudert wurde und mit der Seite in eine Wand aus Gischt krachte; gleich darauf war alles in einer tosenden Hölle versunken. In alle Richtungen trieben Bruchstücke von Rudern und Balken und die hilflosen Gestalten von Menschen in diesem brodelnden Hexenkessel Meer, aufgewühlt von Gliedmaßen und Flossen, die den schwarzen Schiffsrumpf in Stücke schlugen. Die Mannschaft stürzte klatschend ins Meer wie Ameisen, die aus ihrem Bau aufgescheucht wurden, und wie zerdrückte Ameisen verendeten die meisten der schreienden Schwimmer unter dem Aufprall der dicken Balken, oder sie wurden von dem gierigen Maul gepackt, das hierhin und dorthin schoß, obwohl vielleicht diejenigen das schlimmste Schicksal zu erleiden hatten, die zunächst verschont blieben und noch ein paar Sekunden länger zappeln konnten, denn die Kälte bemächtigte sich ihrer etwas langsamer, und das Wasser schluckte sie lebend und bei vollem Bewußtsein.

»Wir müssen von hier verschwinden!« brüllte Roc aus voller Kehle, um den Tumult zu übertönen, während der Kutter auf dem brodelnden Meer schaukelte und hüpfte. »Als nächstes wird dieses Scheusal uns schnappen …«

»Es gibt immer noch keinen Wind!« rief Elof, der hilflos mit der Ruderpinne und den schlaffen Segeln kämpfte. »Wir treiben … treiben nur! Ich kann überhaupt nichts tun …« Unvermittelt tat der Kutter einen Satz und hob sich unter ihm, und ein Schwall schwarzen Wassers schwappte fast bis zur Höhe des Schandecks, eine schaumlose Welle, die den ersten Schwung des inzwischen bekannten explosionsartigen Auftauchens darstellte. Sie packte das kleine Fahrzeug wie eine Hand und schob es voran, wobei es sich bedenklich zur Seite neigte und wild schaukelte. Elof mußte mit der Ruderpinne einen Ringkampf ausfechten, um es am Kentern zu hindern. Weitere Wellen trugen sie von dem wogenden Blutbad hinter ihnen weg, räumten die Eisschollen vor ihnen zur Seite und steigerten ihre Geschwindigkeit.

»Wir fahren wieder auf das Eis zu!« murrte Roc mißmutig.

»Das kann man nicht ändern!« antwortete Elof, obwohl er plötzlich einen kalten Luftzug am Hals spürte. Wenigstens wurden sie nicht in diese schreckliche Bucht zurückgetrieben, sondern um den Arm herum, wo die Klippen weniger schroff und hochaufragend waren.

»Hauptsache, wir kommen aus dem Sichtfeld von…« Die Eisschollen trieben hier schneller zusammen, doch die Wellen, auf denen sie ritten, räumte den Weg vor ihnen davon frei und machten sie auf diese Weise unschädlich. Die Geschwindigkeit des Kutters verringerte sich zu einem ruhigen Gleiten, und sie entspannten sich ein wenig. Plötzlich quietschte der Baum und schwang herum, das Segel flatterte und knisterte von herabfallendem Eis. Erneut spielte ein Luftzug um Elofs Kopf; er war wirklich, eine Bewegung in der Flaute. Er hatte sogar das Gefühl, als zauste er ein wenig an seinen Haaren, so durchnäßt und von Salz verklebt, wie es war. Er las denselben Anflug von Hoffnung in Rocs Gesicht, und zusammen sahen sie hinauf zum Windstander. Auch er bewegte sich leicht – flatterte sogar ein wenig…

»Westwind!« stöhnte Roc. »O nein – nicht hier…«

»Ich fürchte, so ist es«, seufzte Elof und ließ sich erschöpft auf die Ruderpinne sinken. »Wir müssen von hier wegkommen; es wird Stunden dauern, und die Sonne geht schnell unter…«

Rocs Schrei schreckte ihn auf; er drehte sich blitzschnell um und vergaß den Wind, so entsetzt war er über den Anblick dieser feurigen Silhouette, die sich vor den sich verdunkelnden Wolken abzeichnete und mit königlicher Ruhe die Meeresödnis ringsum überschaute. Darunter blieb nicht die geringste Spur eines Aufruhrs, und auf der ganzen weiten Wasserfläche war nicht das kleinste Anzeichen ihrer Verfolger mehr zu sehen. Nichts konnte sie vor dem Blick aus dieser luftigen Höhe verbergen, und er wurde von einem seltsamen Drang ergriffen. Er richtete sich auf und taumelte zum Heck, begegnete diesem ruhigen Starren, versuchte zu ergründen, was dahinterstecken mochte, Leben oder Tod, und spürte die kalte Berührung von Ehrfurcht und großer Bewunderung in seinem Denken.

»Das ...«, hauchte Roc, gleichermaßen erschüttert. »Welche Art ... Tier ist das? Keine Meeresschlange, das steht auf alle Fälle fest ...«

»Ich kann es nicht sagen«, flüsterte Elof, ohne sich umzuwenden. »Irgendein ... Vetter der Robben, glaube ich; ein Riese seiner Gattung ...«

»Woher kommt er? Das hast du bewirkt, nicht wahr? Was hast du getan?«

»Der Windflügel ... in meiner Einfalt habe ich dem Flügel sein Abbild verliehen, nicht ahnend, welche Eigenschaft der Befehlsgewalt darin enthalten sein könnte. Als ich also den Wind meinem Willen beugte ... habe ich auch ihn herbeigerufen. Während der ganzen Zeit muß er uns sehr nah gewesen sein, allerdings tief unten; zum Glück haben wir den Windflügel nicht häufiger benutzt oder einfach nur zum Spaß mit ihm gespielt! Jedesmal habe ich ... etwas gespürt, obwohl ich es nicht verstand; erst jetzt, beim letzten Mal, ging mir ein Licht auf. Dann rief ich ihn in meiner Verzweiflung an, ohne zu wissen, wie er sich verhalten würde. Und ich weiß es immer noch nicht!«

»Er hat keinerlei Anstalten gemacht, jemanden anzugreifen, bevor diese Irren ihn mit ihren Pfeilen spickten«, gab Roc zu bedenken. »Das ist doch immerhin etwas. Er saß einfach da, so wie jetzt, als ob er auf etwas wartete...«

Elof gab einen tiefen Seufzer von sich, als ob ihn eine plötzliche Erkenntnis durchdrungen hätte. Er senkte den Blick und vollführte eine so tiefe und höfliche Verbeugung, wie er es vermochte. Als er den Blick wieder nach oben richtete, schob sich der lange Hals zwischen das Treibeis und sank tiefer, langsam und geschmeidig, den stolzen Kopf waagerecht haltend. Die Eisschollen stoben vor ihm auseinander wie ängstliche Schafe, und er zog eine weiße Spur über dem dunklen Meer hinter sich her wie einen Königsmantel. Schließlich ragte nur noch der Kopf aus dem Wasser heraus, und mit verblüffender Plötzlichkeit tauchte er unter und war verschwunden.

Elof wandte sich nach einer geraumen Weile um, immer noch auf wackeligen Beinen, und stellte fest, daß Roc ihn mit unergründlicher und nachdenklicher Miene ansah. »Nun?« forderte Elof ihn zum Sprechen auf. »Ich nehme an, du hältst mich wohl für verrückt, einen solchen höflichen Kratzfuß zu machen?«

Roc überlegte einen Augenblick und kaute gedankenversunken auf seiner Lippe herum. »Zufällig hatte ich ziemlich genau dasselbe im Sinn. Das heißt, wenn ich mir beim Niederknien nicht den Kopf an einem Balken gestoßen hätte. Ich halte nichts davon, großes Getue um die eigene Würde oder so zu machen...«

Elof seufzte und ließ sich schwerfällig nieder. »Dann hast du also dasselbe empfunden? Das freut mich. Dieser Kopf... dieses *Gesicht*... als ob, als ob...«

Er brachte den Satz nicht zu Ende. Ein heftiger Stoß erschütterte die *Seefeuer,* er wurde platt aufs Deck geworfen, und Eisstücke hagelten vom Segel auf ihn herab. Die Schiffsplanken bebten, als etwas Gezacktes am Kiel entlangscharrte wie eine riesige Säge; dann folgte ein zweiter kräftiger Stoß, der an der Takelage rüttelte. Die Stage sangen wie Harfensaiten, dann rissen sie an den Stellen, wo die Eisschollen sie durchgescheuert hatten, und schnellten frei. Die Gaffel neigte sich und brach in einem Durcheinander von Segeltuch zusammen, der Mast wackelte, knickte am Fuß ein und stürzte um. Elof konnte nur die Hände über den Kopf schlagen und hoffen; er spürte und hörte das Knacken und Umstürzen und das Brechen der Reling, die seine Fußknöchel fesselte, und das Gewirr von Seilen und Winden, das ihm schmerzhaft in den Rücken schlug und ihn vermuten ließ, sein Ende sei gekommen. Doch beim nächsten Atemzug blickte er auf und sah sich von Angesicht zu Angesicht Roc gegenüber, der nur ein paar Zentimeter von ihm entfernt unter einem großen Wust grauen Segeltuchs hervorlugte. In Rocs Gesicht erkannte er dasselbe überwältigende Entsetzen und die Angst; sie wechselten kein Wort, doch ihre Gedanken befanden sich in einem düsteren Austausch. Vom Gierigen Meeresschlund vollkommen in Bann geschlagen, hatten sie alle anderen Gefahren rings um sie herum völlig vergessen; für diese flüchtige Unachtsamkeit würden sie vielleicht einen hohen Preis zahlen müssen. Jeden Augenblick konnten die schwarzen Fluten über das Schandeck schlagen und ihre Herzen in ihrer eisigen Umarmung zum Stillstand bringen, wie sie es mit so vielen anderen getan hatten.

Sie richtete sich auf, ohne auf ihre Schmerzen zu achten, und blickten sich eifrig um. Das Deck fühlte sich sonderbar ruhig und schwer unter ihnen an, und darauf lag der Mast wie ein gefällter Baum; die Segel waren darunter ausgebreitet und schleiften zur Hälfte im Wasser. Doch das Wasser war nicht schwarz; selbst in diesem Dämmerlicht war es blaßblau, wie eine Parodie auf wärmere Klimazonen. Sie schwankten zur Seite, blickten einen Moment lang in die Tiefe und wandten sich gleichzeitig um – immer noch ohne ein Wort zu sprechen –, um zur anderen Seite hinüberzusehen, und darüber hinaus, und nach oben. Jetzt wußten sie, warum das Deck so still war; Wind und Wasser und ihre eigene Torheit hatten sich zu dem Zweck verschworen, sie bis zum Grund zu versenken, doch es gab keinen Grund. Sie waren auf den Rand der Meeresgletscher aufgelaufen, lagen auf den Eisläufern des Eises.

VIERTES KAPITEL

Die Große Pforte

Roc riß den Blick los von den Gipfeln über ihnen und zog die Felljacke fester um sich. »Nun, wie lange wird es dauern, bis sie uns holen kommen, was meinst du?«

Zuerst verstand Elof die Frage nicht, so benommen war er durch die massive Gegenwart des Eises. Selbst jetzt, da er an Deck des Schiffes stand, glaubte er etwas von jenem grausamen, beißenden Schmerz zu spüren, den die Berührung mit ihm stets verursacht hatte; die Luft brannte ihm beim Atmen in der Nase, die bereits durch die Kälte angegriffen war, und es brachte auch wenig Linderung, als er sein Halstuch höher zog. »Uns holen kommen ...?« Dann begriff er, was Roc meinte, doch er vermied es, es auszusprechen, und während er darüber nachdachte, spürte er ein plötzliches Aufflackern von Wärme. »Weißt du ... vielleicht finden sie uns nicht so ohne weiteres ...«

Roc zog skeptische eine Augenbraue hoch. »Sie sind doch nicht blöd; sie brauchen nur die Augen aufzumachen, oder nicht?«

Elof sah ihm ins Gesicht. »Genau das können sie nicht! Sie verfügen über wahrnehmende Sinne, die uns abgehen; sie sind sich unserer Existenz bewußt, das ja... aber sie können uns nicht sehen, jedenfalls nicht so, wie wir es verstehen.«

»Sie sind aber ganz gut zurechtgekommen, als sie diesen Eisbrocken fallen ließen, findest du nicht?«

»Nur mit Hilfe des Sehvermögens ihrer Vasallen! Und selbst damit haben sie nicht gut genug gezielt, oder?« Er ließ den Blick über die kalten Klippen im grauen Licht schweifen. »Wir sind zu klein, als daß ihr Geist uns erfassen könnte. Selbst für Tapiau waren wir nur Schatten, und ... diese hier sind noch viel weniger auf lebendige Wesen eingestellt als er. Sie können lediglich durch das Annehmen lebendiger Gestalt lebendige Sinne erlangen, und das behalten sie sich als letzte Zuflucht vor.«

Roc packte ihn an den Schultern. »Willst du damit sagen, daß wir immer noch Zeit haben? Warum stehen wir dann hier herum? Laß uns dieses Schiff wieder flott bekommen!«

Aber das war nicht so einfach. Als erstes und am dringendsten mußten sie das Segel einholen, das bleischwer von Wasser und bereits teilweise überfroren war, und es aus dem Gewirr von Tauen um den umgestürzten Mast befreien. Dann mußten sie in die Bilge hinuntersteigen, die sie, als die unerfahrenen Seeleute, die sie waren, nicht häufig genug gereinigt hatten; deshalb mußten sie sich beim Licht einer flackernden Lampe durch Schlick und Gestank arbeiten, um den Schiffsrumpf nach irgendwelchen Beschädigungen abzusuchen. Sie fanden weniger, als sie befürchtet hatten, doch einige Fugen waren auseinandergegangen, und Roc machte sich unverzüglich daran, ihren kleinen Vorrat an Pech auf dem Ofen zu erhitzen, während Elof zurück an Deck ging und sich an jene Reparaturen machte, die Roc nicht durchführen konnte, nämlich die zerstörte Takelage abzubauen und überall, wo es notwendig war, die Taue auszuwechseln. Während der Arbeit sah er immer wieder hinauf zur Sonne, die jetzt wie ein glühendroter Messingschild über dem Rand der Eisklippen stand. Er überlegte beiläufig, wie lange der Tag wohl noch dauern würde und wie es ihnen in der Dunkelheit ergehen mochte. Die an diesem Ort herrschenden Mächte haßten und fürchteten die Sonne, so schwach sie auch sein mochte, und gebärdeten sich besonders schrecklich, wenn sie nicht schien. Unter ihm bebte und dröhnte der Schiffsrumpf unter Rocs Kalfathammer; es war das einzige Geräusch, das nicht von Wind und Wellen erzeugt wurde, und Elof hatte den Eindruck, als ob die Klippen ringsum sein Echo zurückwürfen. Bestimmt spürten die Mächte es zumindest als Erschütterung des Eises. Er war sehr erleichtert, als es endlich aufhörte, und gleich darauf tauchte Roc von unten auf, pech- und schlickverschmiert und vor Anstrengungen keuchend. Elof half ihm beim Heraufklettern und holte ihm einen Becher Wein.

»Das reicht ...«, ächzte Roc. »Genausogut hätten wir ihnen zubrüllen können: *›Kommt her, hier sind wir!‹*, bei all dem Lärm.«

»Wahrscheinlich«, pflichtete Elof ihm bei. »Es ließ sich jedoch nicht vermeiden. Bist du jetzt fertig? Gut! Das war ein hartes Stück Arbeit für dich ...«

»Für dich war es auch nicht so leicht«, bemerkte Roc und verzog das Gesicht, als er Elofs aufgerissene und blutende Hände sah. »Und wenigstens war ich nicht der Kälte ausgesetzt. Was nun? Nehmen wir uns jetzt den Mast vor?«

»Wenn du dich stark genug fühlst ...«

»Ich werde es schon schaffen.«

Und sie schafften es tatsächlich, obwohl das Heben des Mastes bestimmt keine leichte Sache war, selbst mit einem Flaschenzug. Sie waren beide nicht mit dem Vorteil besonderer Körpergröße gesegnet, und wenn sie nicht die Muskelkraft von Schmieden und eine außergewöhnliche Ausdauer besessen hätten, wäre es ihnen womöglich niemals gelungen. Die Sonne ging bereits unter, als der Mast schließlich aufrecht stand und befestigt war und sie zumindest alles so weit in Ordnung gebracht hatten, daß das Vorsegel aufgezogen werden konnte. Doch nun war Roc, der die schwerere Arbeit des Kalfaterns verrichtet hatte, vor Erschöpfung dem Zusammenbruch nahe.

»Komm, raff dich noch einmal auf!« ermunterte ihn Elof, während sie sich an dem bereits abgekühlten Ofen erwärmten. »Jetzt brauchen wir nur noch in See zu stechen, das ist alles …«

»Muß mich ausruhen«, murmelte Roc. »Bloß 'ne Minute … meine Arme wollen sich nicht bewegen …« Er ließ sich neben den Ofen plumpsen und rollte sich zusammen.

»Na gut!« seufzte Elof. »Ich werde Wache halten … Aber vergiß nicht, vielleicht haben wir nicht mehr als ein paar Minuten Zeit …« Er zog die Felljacke fest um sich und kletterte wieder hinauf an Deck, wo er aufmerksam das unberechenbare Wasser betrachtete, das unter dem geflickten Rumpf schwappte und gluckerte und ihn auf der Eisscholle leicht schaukelte. Es war schwierig, an dieser unechten Küste die Gezeiten zu erkennen, doch es schien mehr oder weniger Flut zu herrschen; bessere Voraussetzungen konnten sie nicht erwarten. Er könnte eine Art Federseil zurechtbasteln, wie sie die Korsaren benutzt hatten, um ihre Schiffe zu Wasser zu bringen, aber das erforderte eine geeignete Befestigungsmöglichkeit, einen starken Halt …

Elof schluckte. Es bliebe ihnen nicht erspart, daß zumindest einer von ihnen bis zu den Hüften in dieses grausame Wasser steigen und an Land waten mußte. Roc kam dafür nicht in Frage, denn in seinem geschwächten Zustand würde ihn das Meer womöglich umbringen. Elof fühlte sich selbst kaum kräftiger, aber er wußte, daß er keine Wahl hatte. Es gab Dinge dort draußen, denen der Tod allemal vorzuziehen war. Schnell machte er sich daran, sich mit der notwendigen Ausrüstung zu versehen, band sich ein langes Seil um die Taille und glitt zaghaft über den Rand des Schiffes. Erst als seine Füße das Wasser berührten, wurde ihm bewußt, daß er Roc über sein Vorhaben gar nicht in Kenntnis gesetzt, sondern ihn einfach schlafen gelassen hatte. Er zögerte, beschloß jedoch, nicht umzukehren; je länger Roc sich ausruhen konnte, desto besser, redete er sich zu seiner Beruhigung ein. Doch in Wahrheit fürchtete er, daß er, wenn er jetzt umkehren würde, nicht ein zweitesmal den Mut aufbringen würde.

Der Biß des Wassers an seinen Beinen war im ersten Moment kaum zu ertragen und verschlug ihm beinahe den Atem, doch nach einer Weile hatte er das Gefühl, daß er es aushalten könnte. Er kletterte weiter hinunter, wobei er aus Angst vor dem Eis unbeherrscht zitterte. Und er hatte allen Grund dazu; es war, als ob seine Stiefel geschmolzenes Glas berührten, und fast hätte er sich die Lippe blutig gebissen, so tief gruben sich seine Zähne hinein, um ein Aufschreien zu verhindern. Eine Zeitlang konnte er sich nur an den Schiffsbalken festhalten, und er verfluchte seine eigene Torheit. Er hätte Roc schicken sollen; Roc hätte diesen qualvollen sengenden Schmerz nicht gespürt; niemand außer ihm spürte ihn. Warum nur? Wurde der Brand durch die in ihm wohnende Zauberschmiedekunst entfacht? Doch der Schmiedemeister war problemlos über das Eis geschritten; vielleicht hatte dieses finstere Geschöpf, wie andere Anhänger des Eises, den Schmerz begrüßt, ihn beinahe als Auszeichnung empfunden, einen besonderen Ruf darin vernommen... Nun gut, was der Schmiedemeister Mylio ertragen konnte, das konnte auch der Schmiedemeister Elof Valantor ertragen. Er bearbeitete seine Willenskraft etwa so, als ob er mit gehärtetem Stahl umginge, stemmte sich mit dem Rücken gegen den Schiffsrumpf, nahm das schlaffe Seil und machte einen steifbeinigen, taumelnden Schritt nach vorn. Er hatte sich keinen Augenblick zu früh bewegt; seine Beine wurden bereits gefühllos, gehorchten ihm kaum noch. Er wäre auf dem glasartigen, rutschigen Grund gestürzt, wenn er sich nicht mit den schweren Metallpickeln, die er zur Hilfe mitgenommen hatte, hätte halten können. Doch bereits nach ein paar Schritten erreichte er eine Untiefe und suchte nach einer geeigneten Stelle im flachen Wasser. Er wählte eine, wo es keine scharfen Kanten gab, die das Seil hätten durchscheuern können, hakte den großen Hammer von seinem Gürtel, schlug mit dem Pickel eine kleine Vertiefung vor und trieb ihn dann mit einigen gewaltigen Schlägen tief hinein; den anderen schlug er ein paar Schritte entfernt von dieser Stelle ein, wickelte das Seil um diese beiden Stützen und richtete sich mit einem Seufzer auf. Der Wind frischte wieder einmal auf und wehte über die hohen Klippen herab; voller Unbehagen blickte er zu ihnen hinauf. Wer wußte schon, welche Auswirkungen das nun wieder haben mochte? Doch mit einem so günstigen Hebelansatz könnte er die *Seefeuer* in wenigen Minuten zu Wasser bringen …

Plötzlich blinzelte er und zog einen Handschuh aus, um sich die müden Augen zu reiben; sah er etwa Trugbilder in diesem trüben Halblicht? Er war überzeugt, daß das nicht der Fall war; etwas hatte sich dort oben am Hang bewegt, in der Kerbe zwischen den beiden niedrigsten Klippen. Er fluchte und drehte sich um, um zum Schiff zurückzukehren, doch dann zögerte er; er fürchtete sich, fürchtete sich vor dem, was über ihn herfallen könnte, während er sich schutzlos im Wasser befand. Die Schmerzen in seinen Gliedmaßen waren jetzt beinahe etwas Großartiges, rein und schön wie eine Flamme; sein Kopf war ganz benommen davon. Er mußte es sehen, mußte es wissen … Mit einem wilden Knurren zog er das Schwert Gorthawer, und mit dem Hammer in der anderen Hand stolperte er den kurzen Hang hinauf. Ein- oder zweimal blickte er sich um, um sich davon zu überzeugen, daß mit dem Kutter noch alles in Ordnung war. Doch das geschah nicht oft, denn der Hang erforderte seine ganze Aufmerksamkeit, und mehrmals mußte er sich auf alle viere niederlassen und krabbeln; der Schmerz in seinem Kopf ließ ihn beinahe laut auflachen. Schließlich, als er den Scheitel des Passes erreicht hatte, kehrten einige Fetzen seiner Vernunft zurück, und mit einem Aufblitzen von Angst und Wut begriff er: Er war hierher gezogen worden, er war einem Ruf gefolgt. Vorsichtig, den bohrenden Schmerz verdrängend, schleppte er sich in den Schatten einer zerklüfteten Eissäule, richtete sich auf und blickte auf die Weite unter ihm hinab.

Er hatte das Eis schon einmal gesehen, doch nur an seinen landeinwärts gelegenen Ausläufern. Er hatte seine grausame Schönheit bewundert, strahlend wie ein Juwelenschatz und genauso gefährlich; doch das hier war ein neuer Anblick. Er sah eine Fläche, die sich bis an einen unendlich erscheinenden Horizont erstreckte, nur durch einige wenige niedrige Hügel unterbrochen, die sich grau gegen das Zwielicht am Himmel abhoben, als ob sie als Schatten daraufgemalt worden wären. Nichts bewegte sich in dieser Ebene außer einem mäßigen Wind, der pulverige Schneewehen vor sich hertrieb, die zu kalt waren, um liegenzubleiben und sich mit dem Rest zu verfestigen, und der im Wind raunte wie eine Verhöhnung des leisen Seufzens aller wachsenden Dinge. Hier wuchs überhaupt nichts, nicht einmal Schimmel oder die bescheidenste Flechte; alles war von einheitlicher Gestaltung. Hügel, Ebene, Schnee – alles war von einer einzigen Gleichförmigkeit; Formen ohne Bedeutung, Bewegung ohne Leben. Die Flocken, die vor seinen Augen tanzten, wurden größer, dichter, doch die eine, die auf seiner Hand zu nichts zerschmolz, hatte ebensoviel Bedeutung, soviel Identität wie diese endlose Weite vor ihm, denn alles bestand aus ein und demselben Grundstoff, war nicht mehr, nicht weniger. Als ungebundenes Wasser war es in ständiger Bewegung gewesen, fließend, verdunstend, kondensierend; es war ein lebenswichtiges Glied in jener großen Kette gewesen, die das Leben darstellte, und es hatte eine eigene Schönheit gehabt. Doch was war es als Eis? Gefroren zu einer einzigen Form, einer hübschen Form allerdings, doch unfähig, dieser Schönheit etwas hinzuzufügen oder sie zu vermehren. Eine Schneeflocke war das Gegenteil eines Saatkorns, eines Gedankens; er konnte nichts hervorbringen, er war lediglich ein Ende in sich. Vielleicht überdauerte er bis ans Ende aller Zeit, und auch dann wäre er nicht größer und nicht geringer, als er jetzt war. Wie er da so im Dämmerlicht auf dem einsamen Grat stand, wußte er, daß er ins tiefste Innere des Eises geblickt hatte, der Pracht entledigt, mit der es sich oft umgab, und daß er dort die absolute Unfruchtbarkeit gefunden hatte. Es war nicht Ehrfurcht, die ihn die Augen bei dieser Erkenntnis senken ließ. Er dachte zurück an den Palast des Sommers und die Unsterblichen, denen Tapiau dort Zuflucht geboten hatte. Genau wie sie war auch das Eis unsterblich – und nutzlos. Was konnte es sein, das in so vielen Mächten das Bedürfnis, den Lauf der Zeit zu behindern, erzeugt hatte? Vielleicht ihre Angst vor sich selbst, vor ihrer Unfähigkeit, mit irgendeiner neuen Ordnung fertigzuwerden?

Dann blickte er schnell auf, denn ihm war, als ob sich ein Vorhang vor seinen Augen gesenkt hätte. Ein heftiges Schneegestöber verdunkelte das letzte bißchen Licht am Himmel, und er war in einem konturenlosen Grau verloren. In atemloser Panik kauerte er sich für einen Augenblick nieder, und daran hatte er gut getan; über den Grat hinweg sah er eine sich bewegende Gestalt, die wie der Schatten eines Mannes in einem dunklen Gewand wirkte, mit einer hohen Kapuze, die tief in das Gesicht gezogen war. Doch es war ein gewaltig großer Schatten, und er schien zu schweben, wie von einem Windhauch getragen, der entschieden sanfter hätte sein müssen als der tatsächlich wehende. Er glitt an ihm vorbei, höher als der Mast des Schiffes, und die spitze Kapuze wippte mit einer langsamen Regelmäßigkeit, die alles andere als erhaben wirkte; er hatte gallertige Dinge auf diese Weise in klarem Wasser schwimmen sehen, pulsierende Dinge, die einen Menschen verbrennen und umschließen konnten. Er wich zitternd zurück, damit das Schattenwesen ihn im Vorbeischweben nicht berührte.

Es bewegte sich entlang des Grats, immer noch langsam nickend, und als es beinahe auf seiner Höhe war, hielt es inne und drehte sich, als ob es sich in dem immer stärker werdenden Schneegestöber umsehen wollte. Er hatte entsetzliche Angst, daß es sich den Hang hinunter begeben könnte, und umklammerte den Griff seines Schwertes, obwohl er keine Ahnung hatte, ob er damit gegen diese Erscheinung etwas würde ausrichten können. Er hatte so etwas schon einmal gesehen, auf dem Großen Eis, und zwar in übelster Gesellschaft; ob es aber genügend körperhaft war, um durch eine Klinge verletzbar zu sein…

Der Wind heulte ungeduldig; der Schatten schwebte wie im Sog des Wirbels von Schneeflocken dahin und verschwand hinter dem Rand des Passes. Elof wartete lange genug, um sicher sein zu können, daß er wirklich weg war, bevor er selbst den steilen Eishang hinunterrannte, ohne sich die Zeit zu einem behutsamen Abstieg zu nehmen, sondern mit solcher Geschwindigkeit rutschend, daß er befürchtete, er könnte an dem Schiff vorbeischießen und im Wasser landen. Doch seine Felljacke blieb an einer Eiszacke hängen, die diese zerriß und ihn abbremste, und er erreichte die Küste auf wackeligen Beinen. Er schnappte sich das Seil, das er um die Stützen gewickelt hatte, und sprang ohne zu zögern ins Wasser, wobei er Gorthawer zückte, um sich notfalls zu wehren. Er kletterte auf das Schiff, und seine Erleichterung, als seine Füße das Eis verließen, war so groß, daß er beinahe wieder ins Wasser gefallen wäre. Roc, den das Gepolter seines Hochkletterns aufgeweckt hatte, kam taumelnd an Deck, um ihm zu helfen.

»Erstaunlich, wie gut so eine kleine Ruhepause einem müden Menschen tun kann...«, setzte er an, doch Elof unterbrach ihn.

»Wickle das einmal um den hinteren Spill, Roc, und komm schnell wieder hierher! Wir müssen schleunigst aufbrechen – sie kommen!«

»Tun sie das, bei allen Höllen?« brauste Roc auf und hastete über das Deck. Elof stand während der kurzen Zeit, bis Roc wieder bei ihm war, in sich zusammengesackt und keuchend da, dann legten sie gemeinsam das Seil in einer Schlaufe um die Winde.

»Jetzt!« schrie Elof, während er an der Winde kurbelte. Sie ließ sich anfangs leicht drehen, bis das Seil gestrafft war, dann blieb sie mit einem Ruck stehen, als sich das Gewicht des Schiffes bemerkbar machte. Roc warf sich mit dem ganzen Gewicht auf die Kurbel, die Winde quietschte, und sie spürten, wie das Boot unter ihnen etwas bebte und ruckte.

»Soll ich... von außen schieben?« krähte Roc, dessen Adern unter den dichten Stirnfransen hervortraten. Das Schiff machte einen Satz, das Seil wurde für einen Augenblick schlaff und spannte sich wieder surrend.

»Nein... das bringt nicht viel... bei einem so großen Boot!« japste Elof, der – ebenso wie Roc zuvor – das Gefühl hatte, sein Arm würde ihm nicht gehorchen. »Mach weiter...«

Plötzlich hörten sie ein Knirschen und Scharren unter dem Rumpf, ähnlich dem Geräusch, das beim Auflaufen auf das Eis entstanden war. Das Boot hob sich, und sie strengten sich noch mehr an, bis sie merkten, daß es aus eigenen Stücken rutschte. Im nächsten Augenblick wurden sie auf die Bohlen des Decks geschleudert, als es unter ihnen hüpfte und ruckte.

»Segel...«, brachte Elof gurgelnd hervor, während er sich an die Seite griff, wo der Schwertschaft beim Aufprall auf das Deck gegen eine Rippe geschlagen hatte, und gemeinsam krochen sie nach vorn, um das Vorsegel zu hissen, dessen Takelage sie vollkommen instandgesetzt hatten.

Die Wucht des Schneesturms zerrte daran und füllte es, so daß sie wild herumwirbelten; mit einem Jubelschrei ergriff Elof die Ruderpinne und ließ das Segel weiter aus, bis es sich wie ein Schwanenflügel ausbreitete. Die *Seefeuer* schoß vor, ausgelassen wie ein junges Pferd, das auf einer frischen grünen Wiese losgelassen wird, und glitt über das aufgewühlte Wasser, als ob es niemals festgesessen hätte; flink und leicht jagte es vor dem Wind des Eises. Das Wasser klatschte hallend an den Schiffsrumpf, und es war kein unheimliches Plätschern zu hören, das darauf hingedeutet hätte, daß dieser sich füllte. Das kleine Gefährt verhielt sich ausgeglichen und brav.

»Wir haben es geschafft!« murmelte Roc, als ob er es kaum glauben könnte, und dann wiederholte er jubelnd: »Bei Kerys Pforte, wir haben es tatsächlich geschafft!«

»Noch nicht ganz«, erwiderte Elof geistesabwesend, denn er mußte sich auf das Steuern des Kutters konzentrieren. »Wir müssen erst noch sehen, ob wir das Hauptsegel hissen können. Dann müssen wir noch gut fünfzig Meilen Packeis hinter uns bringen, und in der Dunkelheit...« Roc packte seinen Arm und deutete so heftig nach hinten, daß er nicht anders konnte, als einen Blick zu riskieren. Die hohen Klippen waren jetzt Schattenmauern, so düster und kalt unter dem aufsteigenden Mond, wie sie bei Tageslicht blaß und eisig waren. Doch über ihren Spitzen brannte das Eisglühen, und dazwischen schossen die grellfarbenen Streifen des Nordlichts hindurch – ein Banner und eine Herausforderung. Am feurigsten war das Glühen über der Erhebung, der der Kutter soeben entronnen war, und in seinem gespenstischen Licht sahen Elof und Roc etwas, das sich bewegte. Doch es war nichts über dem Eis, wie Elof es begegnet war, auch nichts auf ihm, sondern etwas in seinem Inneren, wie eine Prellung unter aufgeschürfter Haut; ein Schattenfleck, ein Strom aus einer dunklen Flüssigkeit, der unter der glitzernden Oberfläche floß, ungehindert und schnell. Es ergoß sich den Hang hinunter, den Elof hochgestiegen war, und verbreitete sich über die Erhebung; ein langer Seitenarm streckte sich davor aus. Plötzlich zuckte ein häßlicher Blitz aus grellgrünem Licht über die Küste, und sie sahen, wie grüne Flammen zwischen den Stahlstützen, die Elof zurückgelassen hatte, züngelten, sie sahen, wie das harte Metall sich verformte und schmolz wie Kerzenwachs, und Metallbäche flossen als spuckende Rinnsale über das Eis. Es barst mit einem lauten Knall, und gleich darauf noch einmal, und füllte die Luft mit hellen Scherben; plötzlich zog sich ein Spalt durch die ganze Erhebung, wurde breiter und breiter, bis mit einem ohrenbetäubenden Dröhnen die ganze Masse auseinanderbrach und wie eine Lawine ins Meer stürzte.

»Aufhören, bitte!« sagte Roc schnell. »Wir sind schon weg, glaub uns, wir sind schon weg!«

Und tatsächlich, obwohl diese Reise noch viele Gefahren für sie bereithielt, wurden sie von diesen feurigen Klippen nicht mehr angegriffen. Sobald sie eine einigermaßen freie Fahrrinne erreicht hatten, nahmen sie die Abdeckung von der Laterne und hißten das Hauptsegel, nachdem sie das Tauwerk so gut wie möglich repariert hatten. Sie hielten den Atem an, als der wieder aufgerichtete Mast es mit dem schneebefrachteten Wind aufnehmen mußte. Doch er stand fest wie immer, abgesehen von einem Dehnen der Stage, das sie vorausgesehen hatten und dem sie begegnen konnten. Während die Nacht sich also ihrem Ende zuneigte, fuhren sie ebenso schnell und leicht durch die Wasserrinnen, wie sie gekommen waren. Elof steuerte das Boot mit äußerster Genauigkeit, doch er konnte nicht jede Berührung mit dem Eis vermeiden, und bei jeder Erschütterung des Bugs, bei jedem Kratzen oder Rumpeln zuckten sie zusammen. Etwa jede Stunde überprüfte einer von ihnen den Schiffsrumpf, und obwohl die *Seefeuer* lauter als vorher ächzte und quietschte, drang kaum mehr Wasser durch die arbeitenden Fugen herein. Links und rechts glitten die großen Eisinseln an ihnen vorbei, doch da diese vom selben Wind wie sie selbst nach Süden getrieben wurden, konnten sie ihnen leichter ausweichen oder entrinnen. Als die Sterne verblaßten und fahles Licht über den Rand des Ozeans kroch, hielten sie aufmerksam Ausschau nach schwarzen Segeln, doch sie entdeckten keine.

»Du hast uns ein gutes Stück weiter nach Osten wie auch nach Norden gebracht«, bemerkte Roc nachdenklich. »Ich vermute, wir haben eine Absperrung durchbrochen und unsere Verfolger hinter uns gelassen.«

»Das hatte ich gehofft«, sagte Elof leise, ohne den wachsamen Blick von dem immer dünner werdenden Eis rings um sie herum zu wenden. »Doch wem galt diese Absperrung, frage ich mich? Und wie weit müssen wir segeln – sofern wir können?«

Roc gab darauf keine Antwort; denn obwohl der kleine Kutter so mühelos wie zuvor auf den Wellen ritt, waren sie sich doch beide im klaren darüber, daß sie sich nicht mehr im selben Maße wie zuvor auf ihn verlassen konnten. Er mochte einen unversehrten Eindruck machen, doch er war schwer mitgenommen und vermutlich an etlichen Stellen beschädigt worden, die ihnen verborgen bleiben mußten – jedenfalls solange, bis die ständige Beanspruchung durch Wind und Wasser, der jedes Segelboot ausgesetzt ist, eine Schwäche zum Vorschein brachte und ernst werden ließ. Und dann konnten sie wenig oder nichts dagegen tun, solange sie auf dem Wasser waren; nur in einer Werft oder allenfalls an einem Strand mit günstigen Voraussetzungen hätten sie eine Möglichkeit zur Reparatur. Die beiden Reisenden segelten immer weiter aus der Umklammerung des Eises heraus, und doch waren sie nicht frei. Es hatte ihnen eine Aufgabe auferlegt, die zwingender war als jeder Erlaß eines menschlichen Königs; sie mußten innerhalb einer bestimmten Zeitspanne Land erreichen oder ihre letzte Ruhe unter dem Meer des Sonnenaufgangs finden. Und wie lang diese Zeitspanne war, hatte man ihnen nicht verraten.

An diesem Tag und noch während der Nacht wurden sie von Schnee verfolgt, und aus Angst, er könnte sich zu einem Schneesturm auswachsen, veränderten sie ihren Kurs in aller Eile in südöstliche Richtung. Es waren schwere Stunden für sie, denn die See tobte wild, der Wind war rauh und böig, und der kleine Kutter vibrierte in dieser doppelten Umarmung ganz bedenklich. Dichte Schneeschwaden wurden über das Deck gepeitscht, Reif überzog die Taue und setzte sich in jeder Ritze fest, und eisige Böen schlugen ihnen ins Gesicht, so daß sie kaum noch atmen, geschweige den sehen konnten. Sie fühlten und hörten, wie die Balken des Schiffes arbeiteten, und das war keineswegs ein Grund zur Beruhigung; doch trotz all ihrer Wunden nahm es die *Seefeuer* tapfer mit den Unbilden des Wetters auf. Als die Sonne höherstieg, ließ der Schneefall allmählich nach, als ob ihn diese anwiderte, und sie machten sich erneut ans Wasserschöpfen und Abdichten.

Doch in den folgenden Tagen gab es auch genügend Ablenkungen von ihren Sorgen. Nachdem sie die Gefilde des Großen Eises verlassen hatten, kehrte offenbar Leben ins Meer zurück, und sie fühlten sich nicht mehr ganz so abgeschieden vom Leben der Warmblütler. Seevögel waren nach wie vor selten, doch dann und wann sahen sie Wesen mit zarten Flügeln vor den Wolken, die hoch außerhalb jeder Reichweite dahinzogen. Robben aller Arten waren nichts Ungewöhnliches; sie schnellten aus den Fluten hoch oder sonnten sich auf großflächigen Eisschollen. In der Nacht waren ihre Schreie über viele Seemeilen zu hören, unheimlich und gleichzeitig seltsam melodiös und mit einem wehmütigen Beiklang, der Elof ans Herz rührte. Ein- oder zweimal sahen sie auch große weiße Bären, die ihnen nachjagten, indem sie mit gesenkten, wackelnden Köpfen über die Eisschollen tappsten und tatsächlich dazwischen herumschwammen; allerdings waren sie gewiß zu sehr Geschöpfe des Landes, um lange in dieser abscheulichen Kälte überleben zu können. Den sonderbarsten Anblick von allen bot jedoch eine Gruppe von Wesen, die Elof wegen ihrer grauen Rücken und des schnellen Schwimmens zuerst für eine Art großer Tümmler hielt. Doch als sie vor dem Bug der *Seefeuer* herumkreuzten, erkannte Elof, daß die Rücken gefleckt waren und die großen gespaltenen Schwänze die gerundete Form eines Fächers hatten und – am auffälligsten von allem – daß sie ein einziges langes, speerartiges Horn hatten, das leicht aus der Mitte versetzt aus dem Kopf ragte und das sie beim Schwimmen auf bösartige Weise nach unten gerichtet hielten. Elof und Roc konnten sich leicht vorstellen, daß sie damit die strapazierten Planken der *Seefeuer* rammen könnten, mit dem Tonnengewicht eines Wals dahinter; doch so neugierig sie auch waren, hielten sie sich doch in respektvoller Distanz, und sie sahen solche Tiere niemals wieder.

Es wehte immer noch ein gleichbleibend kräftiger Wind, doch er fegte immerhin den Himmel sauber. Elof und Roc spähten jedesmal bei Einbruch der Dunkelheit aufmerksam nach hinten, denn sie hofften zu sehen, daß das Eisglühen am Himmel verblassen würde. So geschah es auch, zumindest hinter ihnen, doch es hielt sich beharrlich am östlichen Himmel zu ihrer Backbordseite, auf den majestätisch vorbeiziehenden grauen Wolken schimmernd, bis Elof, der allein und düsterer Stimmung Nachtwache hielt, sich verzweifelt fragte, ob es sich nicht absichtlich ausbreitete, um ihren Weg zu behindern. Er wußte, daß dieser Gedanke unsinnig war, es konnte sich nicht so weit verschieben, sich nicht so schnell bewegen, und hätte sie bestimmt ohne Umschweife zermalmt, wenn es dazu in der Lage gewesen wäre. Und doch war es da und streckte die Arme nach ihnen aus wie die blassen Tentakel eines Seeungeheuers... Etwas zuckte ihm durch den Kopf, ein Gedanke, der fast zu schnell war, als daß er ihn hätte erfassen können...

Er hatte es! Immer, immer bemühte sich das Eis mit aller Macht, sich so weit wie möglich nach Süden auszubreiten, also mußten jene Klippen, die er betreten hatte, die Grenze der Reichweite der Gletscher gewesen sein, hier draußen auf dem Meer. Was war es dann also, das sie backbords sahen? Es gab immer noch Eisinseln um sie herum – könnte eine größere Anzahl von ihnen ein solches Glühen verursachen? Sicher nicht; wenn das Eis dort also eine größere Reichweite hätte als auf dem Meer ...«

»Dann, zur Hölle, ist es kein Meer!« rief Roc mit Nachdruck aus, als er im Morgengrauen an Deck kam. »Dort drüben ist Land!«

»Land unter dem Eis!« wies Elof seine Begeisterung in trockenem Ton in Grenzen. »Vielleicht ist es trotz allem weit entfernt; das Eis hat sich womöglich in das Land hineingeschoben, wie es nördlich von Morvanhal geschieht, nur noch weiter. Die Legende berichtet, daß es östlich der Meere tatsächlich weiter nach Süden reicht; deshalb wurde Groß-Kerys gegründet, als das Eis die alten Königreiche der Menschheit im Norden vertrieb; heute sind sie in den Tiefen der Zeit in Vergessenheit geraten. Und bei seinem weiteren Vordringen in Richtung Kerys trieb es die Leute von dort weg; sie ließen sich in Brasayhal nieder und gründeten dort Morvan sowie unsere eigene Heimat.« Er runzelte die Stirn; plötzlich kam er sich klein und hilflos angesichts dieses kriechenden, unausweichlichen Vordringens vor. »Roc, das war vor vier- oder fünftausend Jahren. Wer weiß, wie weit es inzwischen gekommen ist? Vielleicht gibt es dort überhaupt kein Land mehr …«

»Dort ist etwas!« rief Roc, der aufsprang und in das heller werdende Licht im Osten blinzelte. »Sieh doch nur! Die Wellen brechen sich! Eine Untiefe! Es ist Land, ich sage es dir!«

»Es kann doch nicht so nahe sein!« widersprach Elof verdutzt und kletterte neben Roc auf die wackelige Reling. Doch er konnte nicht leugnen, was er sah. Über die ganze weite Fläche im Osten erstreckte sich eine heftige Dünung; weiße Wellenkämme und Gischt brachen sich an einer schroffen Küste aus schwarzem Felsen, und dahinter verlief in der Ferne eine dunklere Linie, die tatsächlich eine Hügelkette hätte sein können. Dann bemerkten sie beide gleichzeitig, daß sich die seichte Stelle bewegte, daß die Hügel in Wirklichkeit glänzende Schlangenrücken waren, glitschig und runzelig, tobend und sich überschlagend wie echte Wellen; die Gischt war der Dampf, den sie mit dem Atem aus gewaltigen Lungen ausstießen. Es war nicht das erstemal, daß sie Wale sahen, doch noch nie waren diese insgesamt so riesig gewesen. Die Bugwellen tosten tatsächlich wie Brecher um ihre stumpfen Köpfe, und Schaum brodelte um ihre Schwänze. Elof betrachtete sie argwöhnisch, doch als er sah, daß sie in gehöriger Entfernung südlich an dem Kutter vorbeizogen, wurde er nachdenklich. »Vielleicht bringen sie günstige Bedingungen mit sich, Roc. Ich habe gehört, daß sich große Wale niemals in kaltem Gewässer aufhalten. Es könnte sein, daß wir endlich in eine wärmere Klimazone kommen.«

»Das wird höchste Zeit!« brummte Roc und machte eine Handbewegung zur Luke hin. Er brauchte nicht mehr zu sagen; sie beide hörten das laute Schwappen des Wassers dort unten, obwohl sie die Bilge erst am Abend zuvor mit großer Sorgfalt ausgeschöpft hatten. »Aber vielleicht sind die Neuigkeiten, die sie überbringen, letztendlich doch nicht so gut; wenn das da hinter ihnen keine Hügel sind, dann sind es Wolken. Und dazu noch schmutzig-schwarze…« Elof warf ihm einen Blick zu, und er las aus seiner gefurchten Stirn dieselbe Angst, die auch an ihm nagte. Es war jetzt Frühsommer, eine Zeit also, in der entlang der Küsten ihres Heimatlandes die kalte Luft des Eises mit den warmen Luftströmungen aus dem Süden zusammentrafen und daraus häufig heftige Stürme entstanden.

Elof saß eine Weile lang schweigend da, doch schließlich zuckte er mit der Schulter. »Nun, was bleibt uns anderes übrig, als durchzuhalten? Wir müssen in Richtung Land abdrehen, Sturm oder nicht – Eis oder nicht.« Wie zur Unterstreichung seiner Worte glitzerte das Meer unter den Wolken für einen Moment grau, und kurze Zeit später dröhnte ein Donnergrollen über den Wellen, als ob eine Kaskade aus Steinen niederginge. Elof holte tief Luft; er roch förmlich die Blitze in der lebhaften Brise. »Los, wir ziehen besser alle Segel ein. Und packe eine Notausrüstung zusammen.« Das bedeutete all jene Dinge, die sie vielleicht an Land brauchen würden, die sie auf keinen Fall untergehen lassen durften, aber das ließ er unausgesprochen. Das träge Ächzen der Balken war eine ausreichend beredte Sprache.

Der Sturm näherte sich, als ob dem Himmel ein dunkler Mantel übergezogen würde. »Siehst du?« Roc streckte deutend die Hand aus. »Schmiedewolken nennt man so etwas…« Elof lächelte schwach bei dieser alten Bezeichnung, die vom Volksmund in Nordeney gebraucht wurde und die nur allzu zutreffend war. Die hohen Kuppen der Gewitterwolken waren oben abgeflacht und ähnelten riesigen Ambossen, und ihre Sockel waren in Regenwolken verborgen, die brodelten und waberten wie der rußige Qualm in einer Schmiede. Blitze zuckten über die Gipfel, und er dachte an das Abbild Ilmarinens in jenem Saal bei den Duergar, des Meisters aller Meister, des Schmiedes der Mächte, der eigenhändig die Berge formte; auf einem solchen Amboß mochte er arbeiten, solche Stürme mochten sein Feuer anfachen. Seine Hand schob sich zu dem wertvollen Panzerhandschuh an seinem Gürtel und dem Schwert an der anderen Seite. Einmal hatte er es gewagt, in diese Schmiede einzudringen, sich einen Teil dieser Kraft zunutze zu machen – die pure Anmaßung, wie so vieles, das er getan hatte. Jetzt konnte er nur hoffen, eine Bresche mitten hindurch zu schlagen. »Fertig!« rief er und sah, wie Roc sich emsig an den Winden zu schaffen machte. Sie waren so weit nach Süden gesegelt, wie sie nur konnten; wenn sie jetzt quer durch den Sturm führen, würde das ihre Zeit darin nur noch verlängern und die Möglichkeit zu sinken vergrößern. Sie konnten also genausogut direkt in ihn hinein steuern und hoffen, daß irgendwo dort das Land lag. Langsam, behutsam führte er das Ruder herum.

Es war das schlimmste Unwetter, das sie während ihrer ganzen Zeit auf See erlebten; rings um sie herum zuckten Blitze durch den strömenden Regen. Die heftigen Böen peitschten die Wellen so hoch auf, daß sie über den Bug des Kutters schlugen und zu riesigen Gischtschwaden zerstoben, die von den Blitzstrahlen silbern erleuchtet wurden. Das Boot raste in tiefe Wellentäler, als ob es untergetaucht werden sollte, während der Donner wie ein bösartiges Lachen über ihnen dröhnte. Doch dank seiner hervorragenden Bauweise – und nicht so sehr dank seines seemännischen Geschicks, wie Elof vermutete – überstand das tapfere kleine Boot jede Talfahrt und stieg erneut auf. Das

Knarren und Ächzen der Balken übertönte sogar das Getöse des Sturms, als ob sie unter den Schmerzen wiederaufgerissener alter Wunden litten, und hin und wieder war ein Klappern wie von einem Gerippe zu hören. Doch trotz all dieser Wunden hielt sich das Gefährt tapfer, auch dann noch, als sie schließlich gezwungen waren, die Segel an dem arg geschundenen Mast zu streichen, und sich mit Hilfe von Seilen rutschend und taumelnd über das sturmgepeitschte Deck bewegten, um einen notdürftig gebastelten Treibanker auszuwerfen und so den Bug im Wind zu halten. Dann konnten sie nichts anderes mehr tun, als sich an ihren Posten am Ruder und an der Reling festzuschnallen und sich mit geneigten Köpfen dem Wind und ihrem Schicksal zu ergeben.

Doch das war der schlimmste Teil; danach ließ der Sturm rasch nach, und als er vorüber war und sich die wogenden Fluten von Schwarz zu Grau verwandelten, merkten sie überrascht, daß sie in das Licht eines bewölkten Nachmittags blinzelten. »Zwei oder drei Stunden hat der Spuk gedauert!« japste Roc matt. »Länger nicht.«

Elof saß zusammengesunken an der Ruderpinne. »Es erschien wie eine Ewigkeit, nicht wahr?« Dann raffte er sich mühevoll auf. »Roc, wir müssen den Rumpf überprüfen ...«

Roc verzog das Gesicht und schob ihn zurück. »Bleib ruhig sitzen, du hattest auf deinem Platz am Ruder am meisten durchzustehen. Ich werde nachsehen, während du deine Kräfte zu sammeln versuchst. Vielleicht wirst du sie bald wieder brauchen«, fügte er hinzu, während er die Luke entriegelte und unter Deck verschwand.

Nach kurzer Zeit tauchte er mit einem zutiefst besorgten Gesicht wieder auf. »Es wäre besser, wenn du doch mal kommen würdest. Ich habe noch nie erlebt, daß Fugen so arbeiten; es hält einfach keine Abdichtung, und wir nehmen von Minute zu Minute mehr Wasser auf...«

Elof sah zum Mast hinauf, stellte die Ruderpinne fest und stolperte hinter Roc hinunter. Tatsächlich klafften zwischen fast allen Fugen Spalten; je tiefer unten er nachsah, desto schlimmer wurde es. »Das dürfte eigentlich nicht so sein... es sei denn...« Er bückte sich in den geschwärzten Schlick am Bug und fuhr mit den Händen langsam und vorsichtig über den großen Balken, der den Kiel bildete. Nach einem Drittel der Länge hielt er inne, drückte die Finger fest auf das Holz und befühlte noch einmal dieselbe Strecke wie zuvor. Seine Hände waren fast gefühllos von dem dreckigen Wasser, doch das Blut, das an ihnen herunterrann, war noch kälter. »Roc!« sagte er, als er wieder zum Sprechen fähig war. »Ich weiß, warum sie soviel Wasser aufnimmt; der Kiel hat einen Riß!«

»Was?« brüllte Roc. »Das kann doch nicht sein! Dann wäre sie doch sofort auseinandergebrochen...«

»Nicht auf einmal; aber bei jeder Welle... Das hat das Eis getan; nun hat es uns also doch noch erwischt...«

»Können wir ihn nicht irgendwie zusammenklammern? Flicken?«

»Er ist über dieses Stadium hinaus. Sie füllt sich immer mehr mit Wasser, immer schneller. Innerhalb einer Stunde, vielleicht auch weniger...«

»Zurück an Deck!« brummte Roc. »Der Gestank weicht mir das Gehirn auf!«

Elof seufzte, während er hinter ihm hinaufkletterte. »Wie du meinst, obwohl es jetzt nicht mehr viel nachzudenken gibt...«

»Ist das wirklich so?« Roc warf den roten Haarschopf zurück und wandte sich zu seinem Kameraden um. »Komm doch mal rauf! Und jetzt sage mir ehrlich, was glaubst du, ist das?«

Elof kletterte in das graue Licht hinauf und spähte

in die Richtung, in die Roc deutete. Am östlichen Horizont lag ein rauchfarbiger Dunst, der sich nicht von Hunderten anderer Wolkenbänke unterschied, außer daß sein hoher Kamm… Er mußte kräftig schlucken, ehe er sprechen konnte.

»Das ist Land«, sagte er leise. »Etwa vierzig Meilen entfernt, und mindestens zwei von diesen Erhebungen sind Berge…«

»Können wir es schaffen?« fragte Roc dumpf.

Elof schüttelte mit düsterer Miene den Kopf und schluckte die Bitterkeit hinunter, die in seiner Kehle hochstieg. »Sobald wir die Segel hissen, wird sie auseinanderbrechen. Wir könnten es vielleicht auf einem Floß oder auf den Balken des Wracks schaffen, auf einem Sparren oder einem Lukendeckel…«

»Das dürfte schwierig sein, bei dieser Kälte und unserer Erschöpfung! Wir würden es niemals durchstehen! Zur Hölle, ich kann mich jedoch nicht mit einem solchen Schicksal abfinden! Nachdem wir schon so weit gekommen sind… Gibt es keine andere Möglichkeit?« Sie spürten jetzt, wie der kleine Kutter jede Sekunde ein wenig tiefer sackte.

»Doch, die gibt es, bei der Großen Pforte!« fuhr Elof auf. »Roc, nimm deine Sachen zusammen, und zwar schnell!«

Anstatt einer Antwort zog Roc ein Bündel unter der Ruderbank hervor und warf es sich auf den Rücken, wobei Pfeile klirrend gegeneinanderschlugen. »Und was ist mit deinen?«

»Ich habe alles bei mir«, antwortete Elof mit funkelnden Augen. Der Kutter neigte sich plötzlich zur Seite, und sie schwankten an die Reling. »Das hier wird unserem Zweck genügen – wenn du dir zutraust, dich etwa eine halbe Stunde lang daran festzuhalten.«

»Wenn es um mein Leben geht? Wie mit dem Griff des Eises werde ich mich daranklammern! Aber was erreichen wir damit?«

»Folge mir!« schrie Elof, machte einen Satz auf das Geländer und sprang ins Meer. Roc schüttelte nur kurz den Kopf, bevor er es ihm gleichtat.

Sie tauchten gleichzeitig aus den Fluten auf und japsten in der Kälte des Wassers. »Ich hätte mir den Pelz umhängen sollen...«, prustete Roc.

»Nicht nötig!« rief Elof ihm zu und rieb sich das Salzwasser aus den Augen. »Sieh nur, unsere *Seefeuer* neigt sich, diese treue Freundin, die sie uns immer war! Wir müssen sehen, daß wir unter ihr verschwinden, sonst werden wir ihr in die Tiefe folgen.« Während des Sprechens wühlte er in seiner Tasche und stieß einen Triumphschrei aus, als er einen Gegenstand herauszog, der in der trüben Luft glitzerte.

»Bei den Klauen des Teufels...«, platzte Roc heraus, doch er wurde von einem Schwall Wasser übertönt, der gegen das Deck des Kutters klatschte.

»Halt dich jetzt gut fest!« schrie Elof und fuhr sich mit dem Metall über die Stirn.

Er glaubte zu fühlen, wie sich Eiseskälte in ihm verbiß. Er schauderte und hatte den Eindruck, daß das Wasser um seine reglosen Gliedmaßen herum brodelte. Dumpf drang ein widerwilliger Schrei an seine Ohren, und ihm fiel ein, daß er für einen Augenblick stillhalten mußte; dann spürte er ein Gewicht an seiner Seite, und Arme schlangen sich um seine Mitte. Nun trat er mit den Füßen aus und stieß sich ein gutes Stück voran. Die See wogte hinter ihm auf, und er war sich der langgestreckten Masse bewußt, die langsam in die grüne Tiefe glitt, doch er vergaß das kurze Aufflackern von Besorgnis in seinem Innern, das von dem rauschenden Jubel des Wassers überdeckt wurde. Er hatte diese Gestalt wegen ihrer Kraft gewählt, und da er sie schon zuvor einmal für kurze Zeit angenommen hatte, hoffte er, daß er sie länger würde beibehalten können. Er hatte allerdings nicht berücksichtigt, daß sie eine allmähliche Veränderung seiner Wahrnehmungen mit sich bringen würde. Sein Seh- und Geruchsvermögen ließen nach, doch ein sonderbares neues Empfinden erfüllte sein Gemüt, das etwas mit Hören und auch etwas mit Sehen zu tun hatte; es zeigte ihm eine Welt der schwebenden Formen, zappelnd und huschend, zwischen schimmernden Wirbeln und Strömungen hängend, eine Welt der Schönheit und der Geheimnisse, über die er nur Mutmaßungen anstellen konnte. Er verspürte den verlockenden Drang, hinunterzutauchen, um alle jene Wunder zu erforschen, die er hinter dieser fremdartigen Kulisse, in diesem anderweltlichen Meer wähnte; dieses Verlangen wurde so stark, daß er gefährlich nahe daran war, seine Last zu vergessen, und, von panischer Angst ergriffen, verdrängte er diese neuartige Empfindung aus seinem Geist. Wenn er den Kopf weit genug aus dem Wasser hob, konnte er dunkel die Küste ausmachen, und in diese Richtung trieb er, in dem überdeutlichen Bewußtsein, wie wenig Zeit ihm blieb. Sein Denken vernebelte sich bereits, waberte unter der Anstrengung, die Maske dieser Erscheinungsform beizubehalten; früher oder später würde sie von ihm abfallen und wäre dann nur sehr schwer wiederzuerlangen. Er schwamm weiter, ohne von der Welt voller Wunder um ihn herum Notiz zu nehmen, ungeachtet des Gewichtes, das auf seinem Rücken lastete, und der explosionsartigen Ausbrüche seines eigenen Atems.

Die Strömung kam mit erschreckender Wucht, ein Brodeln, wärmer als das Wasser ringsum, das ihn hochhob und in der Richtung, in der er sich vorwärtsbewegte, ein ganzes Stück weiterschleuderte. Er hob die Augen über die Wasseroberfläche, und plötzlich sah er deutlich das hohe, zerklüftete Hindernis, das vor ihm aufragte. In einem Anfall panischer Angst streckte er die vorderen Gliedmaßen aus, um es abzuwehren – und stellte fest, daß es Menschenhände waren. Die Maske war von ihm abgefallen, und seine schwere Kleidung zog ihn hinunter. Er hörte einen von Roc ausgestoßenen schrillen Schrei, spürte eine Hand, die das Schulterteil seines durchtränkten Fells packte, und riß sich im wirbelnden Wasser davon los. Er fuchtelte blindlings herum, doch überall war nur Wasser – und scheuernder, scharfkantiger Stein. Die Brandung warf ihn dagegen, zog ihn zurück, warf ihn wieder dagegen – doch diesmal gelang es ihm, sich festzuhalten und den Griff nicht zu lockern, obwohl ihm die Haut von den Fingern gerissen wurde und seine Beine gegen den harten Fels schlugen. Er ließ sie von den Wogen treiben, bis seine Füße einen Halt gefunden hatten, dann stemmte er sich mit verzweifelter Kraftanstrengung ab und hievte sich hoch, bis die Rückströmung ihn nicht mehr mit sich reißen konnte, und krallte sich fest in den Stein, während die nächste Welle wie grünes Glas brüllend über ihm zusammenschlug; dann zog er sich unter Schmerzen zu einem sicheren Halt hinauf.

Erst jetzt, vor Anstrengung und der Kälte des Wassers schwer keuchend, hatte er Gelegenheit, den Blick zu heben. Er stellte fest, daß er auf einem langen Streifen zerklüfteten schwarzen Felsgesteins kauerte, einem von vielen Vorsprüngen einer rauhen Küste, die nur aus schroffen Klippen bestand, sonderbar geformt vom Meer, das sie belagert hielt. Hurtig kletterte er höher, aus der Reichweite der Wellen, und stand auf, um die See und die Felsen ringsum zu überblicken, bereit zum Sprung zurück, sobald er irgendeiner Gestalt ansichtig würde. Es war nichts Lebendes zu erblicken außer einigen Möwen, die in der bewegten Luft ihre Kreise drehten. »Roc!« schrie er aus voller Lunge, um das Tosen der Brandung zu übertönen, und noch einmal und noch viele Male, bis seine vom Salz schwer in Mitleidenschaft gezogene Kehle schmerzte. Ein Schwall eisiger Angst schlug über ihm zusammen, und er kletterte mühsam die Felsen weiter hinauf, höher und höher, doch von jedem neuen Aussichtspunkt aus ergab sich kein anderes Bild, und seine Rufe wurden ebenfalls nicht beantwortet. Er hob den Blick verzweifelt zu der Erhebung über sich; sie wäre nicht schwer zu erklimmen und würde ihm einen weitreichenden Überblick verschaffen. Kaum hatte er diesen Gedanken zu Ende gedacht, setzten sich seine erschöpften Glieder auch schon zum Aufstieg in Bewegung.

Auf den schmalen Graten lag etwas Schnee, und er fragte sich kurz, ob er wohl jenseits des Gipfels das Eis antreffen würde; doch als er die Hand nach einem Halt suchend ausstreckte, schlossen sich seine Finger um grobe Pflanzen und ziemlich weiche Erde. Mit größerer Zuversicht kletterte er über den Rand und hielt einen Augenblick lang inne, um sich umzusehen. Es war eine kahle Landschaft, die sich seinen Augen darbot, kalt und karg, ein gewelltes Gebiet felsiger, von Geröll übersäter Hügel und Täler, die in düstere Schatten aus Braun und Purpur gehüllt waren. Aber sie lebte. Ihre Farben waren die von struppigem Gras und blühenden Sträuchern; Töne einer Moorlandschaft nicht unähnlich derjenigen von Starkenmoor in seiner Heimat in Nordeney; in den Tälern gab es hier und da Büschel von grünen Gewächsen und Gruppen von niedrigen Birken, während überall an den Hängen ein dichtes, dorniges Gestrüpp mit gelben Blüten wuchs. Ganz in seiner Nähe war ein solcher Busch, und er stellte fest, daß es eine ihm unbekannte Art war. Erst da wurde ihm vollkommen klar, was er getan hatte; er hatte die Zerrissenen Meere überquert und war in das weit im Osten liegende Land des Altertums gekommen, der erste Mensch, dem das in annähernd tausend Jahren geglückt war. Und er hatte für sein Unterfangen einen folgenschweren Schritt getan, den ungeschehen machen zu können er sich jetzt verzweifelt wünschte, so unerträglich war die Bitterkeit, die ihm in der Kehle hochstieg.

Von der Erhebung aus spähte er in alle Richtungen – hinaus aufs Meer, über die Klippen und die kleinen Strände, die sich an ihren Fuß schmiegten. Er hatte eine weite, klare Sicht, und doch erblickte er nichts dergleichen, was er zu erblicken gehofft hatte, kein Anzeichen einer menschlichen Gestalt. Er rief immer wieder, doch seine Stimme hallte lediglich als Herausforderung für die Möwenschreie über das kahle Land, das leblose Meer. Schließlich sackte er am Rand der Klippe zusammen und legte den Kopf in die Hände. Er war jenseits der erleichternden Wirkung von Trauer, von Tränen; die Leere, die sich vor seinen Füßen auftat, war weniger schroff als die Leere in seinem Inneren, und die Einsamkeit erschien ihm endlos. Verlorene Liebe, verlassene Heimat, aufgegebene Freunde – und jetzt hatte er auch noch seinen ältesten Freund dem Schicksal preisgegeben, hatte versagt und ihn in dieser einen schwierigen Lage nicht zu retten vermocht, jenen Mann, dem er selbst schon vielmals sein Leben verdankte. Sein Leben; was bedeutete es ihm noch? Alles, was er unter größten Mühen errungen hatte, hatte er weggeworfen. So saß er an der öden Küste, in keiner besseren Verfassung, als ob er seine jämmerliche Behausung in den Großen Marschen, eine halbe Welt und viele, viele Jahre entfernt, niemals verlassen hätte. Schlimmer noch, denn dort hatte er wenigstens seine Zuflucht und zumindest das Nötigste zum Leben gehabt sowie die Last einer Schuld, die er hoffen durfte zu tilgen. Hier hatte er – ja, was hatte er eigentlich? Sein Schwert, seinen Hammer, sein Bündel mit seinem wertvollsten Hab und Gut, all das hing an seiner Seite, doch irgend etwas fehlte. Er hob vorsichtig die Hände und fuhr sich mit den Fingern durch die salzsteifen Haare. Auf seinem Kopf war kein Helm. Er wußte jetzt, daß er ihn schon nicht mehr aufgehabt hatte, als er über den Fels geklettert war; er hing ihm auch nicht um den Hals, denn er hatte ihn in seiner Eile nur unvollkommen befestigt. Der Verlust bereitete ihm tiefstes Entsetzen, und doch hätte er darüber gelacht, wenn er nur seinen Freund lebend wiedergefunden hätte. Der Himmel senkte sich auf seine Schulter herab, und er bestand aus härterem Granit als der Boden unter seinen Füßen.

Doch es dauerte nicht allzulange, bis er den Kopf wieder hob. Wenn er noch ein geringes tun konnte, dann sollte er es tun; eine Torheit entschuldigte nicht die andere. Er mußte nach dem Verlorenen suchen. Der Tarnhelm hatte ihn fast bis zur Küste begleitet, es wäre dumm, ihn so ohne weiteres abzuschreiben. Er hatte ihm nicht als Mittel dienen können, ihn über den Ozean zu bringen, denn er selbst hatte diese Küste noch nie zuvor gesehen und konnte ihr Bild nicht in seinem Denken hervorrufen; doch nun hatte er sie gesehen. Wenn er den Helm finden könnte, würde er ihm vielleicht bei der Rückkehr dienen, obwohl ihn die damit zusammenhängende Entfernung entmutigte. Bryhon Bryheren hatte sie über das Eis zurückgelegt, doch in kleinen Reiseabschnitten, mit Ruhepausen dazwischen. Mitten auf dem Ozean konnte er nicht rasten. Bis jetzt war noch etwas Proviant in seinem Gepäck; solange dieser reichte, würde er nach Roc suchen. Die Wolken rissen ein wenig auf; die Sonne, die immer noch verborgen war, schickte lange Strahlen über das Land und berührte die Gipfel mit einem überraschend warmen Licht, während sie kalt auf die grünen Wellen und stahlfarbenen Gipfel der fernen Eisinseln schien. Er betrachtete das Meer eine Zeitlang und beobachtete das Heranschwappen und Zurückweichen der Brandung, die ihn an Land getragen hatte, und wie sie sich mit dem Wind veränderte. Wenn Roc noch am Leben wäre, hätte er mittlerweile irgendwo in der Nähe angespült werden müssen; wenn er tot war, könnte das immer noch geschehen. Die wahrscheinlichste Stelle dafür war wohl ein

Strand am Fuß der Klippe, ein wenig von jener entfernt, wo er seinen Aufstieg begonnen hatte, breiter und nicht so steil wie die anderen, die er sehen konnte; von ihr aus gelangte man in ein flaches Tal, einen Einschnitt zwischen den Klippen, in dessen Schutz Büsche und Birken gediehen, die gerader gewachsen waren als üblicherweise die anderen hier. Dennoch zauste jetzt offenbar der Wind an ihnen…

In jenen Büschen war Bewegung. Zu viel, um nur von einem einzigen Mann erzeugt zu werden – doch zwischen dem dunklen Blattwerk blitzte kurz, aber deutlich etwas Rotes auf, das ohne weiteres Rocs Haarwust hätte sein können. Er beugte sich vor, eifrig darauf bedacht, zu rufen oder zu winken, und doch zögerte er. Was immer sich dort bewegte, es würde in kurzer Zeit auf den Strand hinaustreten; dann konnte er es genau sehen. Wenn es Roc wäre…

Er war es! Er sprang auf, als die stämmige Gestalt vorsichtig aus dem Gebüsch hervortrat, wie in Erwartung von etwas Unangenehmem. Elof winkte und rief ihm etwas zu, und er sah, wie der andere zusammenzuckte, zu ihm heraufblickte und zurückwinkte – doch es war kein normales freudiges Winken, sondern eine warnende, mahnende Geste, drängend, düster. *Gefahr! Komm herunter!* Oder sollte sie bedeuten: *Verbirg dich?* Elof drehte sich halb um, zögerte…

Und erhaschte einen kurzen Blick auf eine Rüstung und kupferfarbene Haut, als er auch schon von einem großen Gewicht niedergeworfen und sein Gesicht zu Boden gedrückt wurde. Mit erschütternder Plötzlichkeit, als ob inzwischen keine Zeit vergangen wäre, fand er sich zurückversetzt in die Tage seiner Kindheit, vor etwa fünfundzwanzig Jahren, als die Plünderer sein Dorf überfallen hatten und er hilflos zusehen mußte. Doch jetzt verfügte er trotz seiner Erschöpfung über die kräftigen Arme eines Schmieds, und als diese nach hinten gedrückt wurden, zappelte und strampelte und kämpfte er. Er ließ einen Arm in die Richtung schnellen, in die er gezogen wurde, spürte, wie sein Angreifer aus dem Gleichgewicht geriet, und stieß noch einmal zu. Die starken Hände konnten sich losreißen, der andere Mann wurde nach hinten geschleudert, doch es war kein Laut zu hören, der verraten hätte, daß er zu Boden gestürzt war, sondern nur das Rieseln von lockerer Erde und Steinen, ein entsetzter Schrei und einen Augenblick später ein sattes Klatschen in der Tiefe. Der zweite Angreifer zögerte; Elof schwang herum, packte die Hand, die ihn festhielt, und drehte sie nach hinten. Der Mann ließ ihn mit einem Aufschrei los, und Elof war mit trommelnden Fäusten über ihm. Er sprang auf, als ein weiterer mit ausgestrecktem Speer herbeirannte, packte den Schaft und schlug ihn dem anderen mit aller Kraft über die Knie; dann stürzte er sich mit dem zweiteiligen Prügel auf den Speerträger. Doch als er ihn zum tödlichen Schlag erhob, strich eine andere Klinge an seinem Hals vorbei, eine weitere stach ihn unter dem Ohr in den Hals, und eine schmalere Klinge stieß ihn schmerzhaft in die Nierengegend. Er ließ den Knüppel fallen und erhob sich langsam. Die Gesichter der herbeirennenden Männer, hart und dunkelhäutig und nicht nur nach Verwundungen, sondern auch nach rituellen Schnitten vernarbt, waren ihm in ihren Zügen nur allzu vertraut; er war von einer Bande von Ekwesh-Kriegern, bewaffnet mit Bogen, Speer und Schwert, eingekreist.

Ekwesh! Bis dahin war es ihm in den Wirren der Zeit nur natürlich vorgekommen, daß er gegen seine lebenslangen Feinde zu kämpfen hatte – doch jetzt durchbohrte ihn die Erkenntnis, was das bedeuten könnte, wie ein Katapultgeschoß. Einen wahnwitzigen Augenblick lang fragte er sich, ob er vielleicht einmal um die Welt bis in die Heimat der Ekwesh gesegelt war; der Sage nach war es ein so unwirtliches Land wie dieses hier. Aber er wußte, daß das nicht sein konnte. Doch wieso waren sie dann hier? Sein Blut kochte immer noch; halbwegs war er entschlossen, ihre Reihe zu durchbrechen und davonzulaufen. Vielleicht würde er es schaffen. Doch dann würden sie die ganze Gegend durchkämmen und womöglich Roc gefangennehmen. Es war besser, zu warten, die richtige Zeit abzuwägen...

Ein breiter Mann in einem pelzbesetzten Umhang trat vor; sein Gesicht war zwischen Wangen- und Kieferknochen mit den Narben eines Häuptlings in Form von Flügeln versehen. Er deutete auf seinen Packsack und auf den Schwertgürtel. Elof tat nichts. Zwei Krieger ließen ihre Waffen fallen, ergriffen ihn und rissen ihm den Packsack von den Schultern. Elof dachte an den Hammer an seiner Seite; wenn er diesen vor ihnen verborgen halten könnte... Ein Krieger zerrte an der Schließe seines Schwertgürtels; Elofs Hand fuhr mit wütender Schnelligkeit zu dem Griff, und er versuchte, die Männer abzuwehren, die ihn festhielten. Er erreichte damit nichts, doch das hatte er auch nicht erwartet. Das Handgemenge dauerte nur eine Minute lang und endete damit, daß Elof am Boden lag und mit eisenbeschlagenen Stiefeln getreten wurde, doch jedenfalls lag der Hammer sicher unter seinem Pelz versteckt. Der Häuptling befahl ihm mit einer Handbewegung aufzustehen, und Elof erhob sich schwankender und unsicherer, als es sein Zustand erfordert hätte; wenn sie nur für einen kurzen Augenblick in ihrer Wachsamkeit nachlassen würden... Der Häuptling packte ihn bei den Armen und riß diese weit auseinander, dann betasteten die langen Finger seine Jacke, und er stieß ein zufriedenes Grunzen aus, als er den Hammer herauszog und ihn Elof vors Gesicht hielt. »Du bist Soldat?« fragte er in einer kaum verständlichen Form der Südsprache.

»Nein!« fauchte Elof; dann gewann er wieder die Beherrschung über seinen Zorn, da ihm einfiel, in welch übertrieben hohem Ansehen Soldaten bei diesem räuberischen Volk standen und mit welcher Verachtung sie all jene behandelten, die keine so hochgeachtete Beute darstellten. »Das heißt – ich bin einer, wenn ich einer sein muß. Doch eigentlich bin ich Schmied.« Das Gesicht des Häuptlings zeigte keine Regung. »Ein – ein Former, ein *Schamane* des Metalls …« Er gebrauchte das Ekwesh-Wort, und der Häuptling zuckte zurück, als ob er auf eine Mokassinschlange getreten wäre. Er spuckte auf den Boden und machte wilde Handbewegungen in die Richtung der anderen; diese untersuchten Elof daraufhin von Kopf bis Fuß. Er biß die Zähne zusammen, als der Häuptling sein wertvolles Bündel durchwühlte, wohl wissend, wie gefährlich die Schätze waren, die es enthielt. Der Häuptling zog die Fußfesseln und den halben Armreif heraus, bewunderte die Gegenstände einen Augenblick lang, und zu Elofs Erstaunen packte er sie wieder in das Bündel und reichte ihm dieses zurück.

»Trag das, zumindest jetzt«, sagte er. »Überleg gut, was du sagst!« Er sprach mit einem mißtönenden, kehligen Akzent, aber immer noch besser als jeder andere Ekwesh, den Elof je gehört hatte; außerdem sprach er in einem seltsam gehobenen oder altertümlichen Stil, und manche Worte konnte Elof nur erraten. »So. Jetzt sprich für dich selbst, und dann äußere dich vor *Iltasya*.«

Elof war ein wenig der Ekwesh-Umgangssprache mächtig, doch diesen Ausdruck hatte er noch nie gehört. »Mein Schiff ist dort draußen gesunken«, sagte er und deutete hinaus zu dem Treibeis. »Ich habe es mit Mühe und Not geschafft, mich ans Ufer zu retten.«

»Wir haben den Untergang des Segelboots beobachtet«, sagte der Häuptling. »Wachen haben die Küste abgesucht. Du kommst vom Westen-jenseits-des-Meeres? Von Br-Bras'eal?« Er verballhornte den Namen. »Allein?«

Elof überlegte blitzschnell; von den beiden Ekwesh, die ihn zuerst überfallen hatten, war einer tot, der andere noch bewußtlos. Die übrigen konnten Roc nicht gesehen haben; zwei suchten die Klippe ab, doch offensichtlich galt ihre Suche den Gefallenen. »Meine Mannschaft ist ertrunken, glaube ich. Ich habe gerufen, für den Fall, daß sich doch jemand ans Ufer retten konnte, aber ...« Er schüttelte betrübt den Kopf. »Es war eine lange Strecke zu schwimmen ...«

Das wäre es in der Tat gewesen – für einen Menschen. Der Häuptling musterte ihn eine Zeitlang. »Die anderen Wachen werden sie finden, falls sie noch leben; laß uns jetzt gehen!« Er wandte sich seinen Männern zu und klatschte in die Hände. *»Quakia'ma!«* Auf dieses eine Wort hin formierten sich die Reihen um Elof; zwei von ihnen trugen ihren bewußtlosen Kameraden. Sie marschierten den Hang hinab und schlängelten sich dabei durch das dornige Gebüsch, das sie verborgen hatte. Währenddessen blickten sie sich ständig in alle Richtungen um und stachen in jedes mögliche Versteck mit Speeren hinein, unternahmen jedoch nicht den Versuch einer ernsthaften Suche. Elof fragte sich, was es mit den ›anderen Wachen‹ auf sich haben mochte; wenigstens waren sie jetzt noch nicht hier. Roc hatte Zeit, sich zu verstecken. Doch wer waren die anderen bei ihm, die er nicht gesehen hatte? Es hatte den Anschein, daß die Ekwesh, obwohl sie sich in diesem Landstrich bestens auskannten, vielleicht doch der einen oder anderen Herausforderung ausgesetzt waren. Und Roc war frei; vielleicht konnte er ohne Hilfe nicht viel ausrichten gegen elf bewaffnete Männer, doch mit Hilfe ... Das war immerhin etwas; ja, das war sogar ganz entschieden etwas!

Sie marschierten den ganzen Nachmittag hindurch, mehr oder weniger ständig in südliche Richtung, entlang einer unveränderten Küste und immer in Sichtweite des von Eisbrocken übersäten Meeres, bis in den langen Sommerabend, bis nicht mehr das geringste bißchen Licht vorhanden war, um ihnen den Weg zu weisen. Dann hielten sie an, und Elof, dessen Gliedmaßen geschwächt und dessen Gang unsicher war nach den vielen Wochen auf dem kleinen Kutter, fiel stöhnend zu Boden und hielt sich die verkrampften Muskeln an Waden und Füßen; doch er war froh, daß er trotz allem bis zum Ende durchgehalten hatte, obwohl es bestimmt nicht viel genutzt hätte, wenn er diese grimmige Bande zwischendurch um eine Rast gebeten hätte. Und doch war ihm aufgefallen, daß einiges an ihnen ungewöhnlich war. Zum einen waren ihre Rüstungen aus steifem schwarzen Leder um einiges dicker und schwerer, als es sonst bei den Ekwesh üblich war, und der Häuptling trug ein kurzes Kettenhemd unter seinem Umhang. Das Klanzeichen auf ihrer Ausrüstung war auf eine stilisierte Darstellung, mit einigen wenigen fließenden Strichen skizziert, beschränkt, und sie trugen weniger baumelnden Zierat aus Metall, wertvoll oder nicht. Lediglich der Häuptling war mit Goldringen in den langen Ohren und mit bronzenen und goldenen Spitzen an den aus dichtem schwarzen Haar geflochtenen Zöpfen angetan. Er selbst war an sich schon ungewöhnlich und ähnelte keinem der Häuptlinge, denen Elof bisher begegnet war; er war weder ein bösartiger alter Mann noch ein heißblütiger junger Fanatiker. Dieser hier war ein grobschlächtig gebauter Mann mittleren Alters, von steinerner Ungerührtheit, granitener Härte und grimmigem Aussehen, doch weder er noch seine Männer befleißigten sich der hemmungslosen Brutalität, mit der die meisten Ekwesh ihre Gefangenen zu behandeln pflegten. Elof war während des Marsches weder gefesselt, noch wurde er geschlagen, und auch dieser Umstand war bemerkenswert, doch in gewisser Weise war es auch etwas Beunruhigendes. Sie behielten ihn ständig im Auge, und er vermutete, wenn er irgendwelche Anzeichen des Schlappmachens oder des Erwägens einer Flucht gezeigt hätte, hätte er beides zu erleiden gehabt; nicht notwendigerweise als Züchtigung, sondern einfach als kühl berechnetes Mittel zum Zweck.

In jener Nacht errichteten sie ein großes Feuer aus Buschwerk, zu groß für jemanden, der etwas zu verbergen oder zu befürchten gehabt hätte, und bereiteten auf Rosten über der Glut eine Mahlzeit zu. Elof, der an der Leeseite des Feuers zwischen zwei muskulösen Speerträgern saß und vom Bratqualm eingeräuchert wurde, fragte sich, wie lange der Proviant in seinem Packsack wohl noch reichen würde, als einer von ihnen ihm eine große Holzschale mit irgendeinem Getreidebrei, eine Scheibe Brot und einen Brocken gebratenen Fleisches reichte. Elof nahm die Schale und das Bot hungrig entgegen, doch als er das Fleisch ablehnte, wurde es ihm zugeworfen. »Essen!« bellte der Soldat, und zwar mit einer Aussprache, die viel schlimmer war als die des Häuptlings. »Ist lange Strecke, aufbrechen bei erste Morgengrauen…«

»Verdammt soll ich sein, wenn ich das esse!« platzte Elof heraus und warf in seiner Empörung alle Selbstbeherrschung über Bord. »Welches Aas ist das, vielleicht das Fleisch eines hilflosen Leibeigenen…«

Der folgende Schlag drehte ihn um die eigene Achse und streckte ihn flach auf den Rücken nieder; Blut rann ihm aus dem Mund und über die brennende Wange. »Diese Worte schluckst du hinunter, oder ich schlage dir die Zähne ein, du Schamane des Drecks!« Es war der Häuptling, der über ihm stand und vor Zorn tobte; offenbar war er quer über das Feuer gesprungen. »Wir sind die Stolzen! Wir essen niemals Menschenfleisch!«

Elof stützte sich auf einen Ellbogen und starrte ihn an. Er hätte sich nicht so aufbrausend gebärden dürfen, doch nachdem es nun einmal heraus war, wäre es vielleicht gefährlich gewesen, irgendwelche Zeichen von Schwäche zu zeigen. »So?« sagte er so sarkastisch, wie es seine geschwollenen Lippen zuließen. »Was sagen eure Schamanen dazu, Stolzer? Und der Verborgene Klan?«

Wie er erwartet hatte, bäumte sich der Häuptling daraufhin förmlich auf; die Speerträger sprangen hoch und stellten sich mit gezückten Waffen neben ihn. »Was glaubst du von *Tlasuka* zu wissen, Schamane aus dem Westen-jenseits-des-Meeres?« Er sprach sehr leise, und seine Finger spannten sich in der Nähe des Kurzschwertes an seinem Gürtel. »Gehörst du vielleicht zu ihren bleichen Meistern?«

Elof bemühte sich, seine hochmütige Haltung beizubehalten. »Bestimmt nicht; ich bin ihnen jedoch begegnet, in menschlicher und nichtmenschlicher Form. Und obwohl sie behaupten, das Eis rinne in ihren Adern und ihren Eingeweiden, weiß ich, daß das eine Lüge ist. Ich habe den Inhalt von beidem verspritzen sehen.«

Er war angewidert von dem Geheul, das seine Worte hervorriefen, bis ihm klar wurde, daß es Gelächter war. Selbst der Häuptling hielt sich die Seiten vor Vergnügen. Offensichtlich, so überlegte er ein wenig verdutzt, hatte er gewisses Maß an Ekwesh-Humor entwickelt. »Wie viele?« brachte der Häuptling japsend hervor, als er wieder einigermaßen sprechen konnte. »Fünf Kerben?« Weiteres Gelächter, und Elof begriff; witzig war für sie grobes Prahlen, je grober, desto besser.

»Fünf Kerben und eine!« antwortete er schroff und mit ungerührtem Gesicht, begleitet von erneutem Geheul. »Aber in diesem einen Fall habe ich nur die Schulter erwischt, und sie ist mir entkommen.«

Schweigen senkte sich herab wie ein scharfes Beil. Er war zu weit gegangen. Doch er war jetzt in Fahrt, und er würde keinen Rückzieher machen. »Wenn es euch um einen Beweis geht, dann braucht ihr mir nur mein Schwert wiederzugeben.«

Ruckartig straffte sich der Häuptling und rieb sich gereizt die Augen. »O nein, Wort-Schamane!« sagte er. »Du bist unser Gefangener, du bleibst, wo du bist! Nicht frei, um *hala'yu* zu erjagen!« Dieses Wort verstand Elof nur allzugut; es bedeutete ›Todbringer‹, aber auch ›Ruhm‹ und ›Ehre‹. »Aber eines sollst du über uns wissen: in unseren Adern fließt kein Eis. Wir bewahren die Gesetze unserer Vorfahren, die Pflichten unserer Vorfahren, aus jener Zeit, da die Klans sich zusammenschlossen, zur Eroberung von ...«

»Und bedeuten diese Pflichten auch, für das Eis die Knechte zu spielen?« brauste Elof auf.

Der Häuptling schnappte nicht nach dem Köder und versagte es sich, ein zweitesmal das Gesicht und die Beherrschung zu verlieren. Er hielt Elofs Blick mit verächtlicher Teilnahmslosigkeit stand. »Uns bindet nichts außer unser Wort und unsere Ehre. Unsere Häuptlinge sind nicht Knechte der Schamanen! Und wir nehmen kein Menschenfleisch zu uns, das ist bei uns verboten! Wir sind die Stolzen, die *Kok'uen*, der Klan des Raben ...«

»Des *Raben?*« Elof starrte den Häuptling an, weder fähig zu glauben, was er gehört hatte, noch seine Bedeutung völlig zu begreifen. Sicher bedeutete es überhaupt nichts; alle Ekwesh-Klans nannten sich nach den Totem-Tieren aus jener Vergangenheit, als sie friedliche Jäger und Sammler gewesen waren. Doch vor langer Zeit, als Kermorvan ihn darüber aufgeklärt hatte, wer der Rabe wirklich war, hatte er hinzugefügt, daß er auch von vielen Ekwesh verehrt wurde. In welchem Fall ... »Auch ich folge dem Ruf eines Raben«, sagte er leise. »Er ist das Wappenzeichen und Symbol meines Landes. Könnte es sich um ein und denselben handeln?«

Köpfe wandten sich erstaunt zu ihm um, doch der

Häuptling brummte nur. »Ich habe gehört, daß der Rabe von einigen von euch als Totem betrachtet wird. Laß uns herausfinden, wem sein Wohlwollen gilt.«

Elof lächelte still vor sich hin. »Mir hat er sein Wohlwollen geschenkt.«

Wie er erwartet hatte, riefen diese Worte aus dem Mund eines Gefangenen eine große Woge verächtlicher Erheiterung hervor; er wartete, bis sie abgeebbt war, und als er wieder sprach, war sogar er selbst überrascht über den stolzen Klang seiner Worte. »Er hat nicht nur mir sein Wohlwollen geschenkt, sondern auch meinem Land und meinem König! Er klopfte an meine armselige Tür in einem Ödland ähnlich diesem hier, ehe ich überhaupt wußte, wer er war, als ein hochgewachsener Reiter in schwarzem Panzer auf einem gewaltigen Schlachtroß...« Einige der Krieger fielen ihm mit ungläubigem Grölen ins Wort, doch ihre Stimmen wurden unsicher, als sie merkten, daß sie allein blieben, und sie verstummten ganz und gar, als Elofs Blick sie traf. Der Häuptling und die anderen hörten ihm schweigend zu und zeigten keinerlei Regung, abgesehen von dem Flackern des Feuers, das sich in ihren Augen spiegelte. »Er gewährte mir Beistand, von dem ich nicht gewußt hatte, daß ich ihn brauche... und der mir dabei geholfen hat, ein großes Unrecht wiedergutzumachen, und dank dessen ich schließlich von einem unbedeutenden Schmied zu einem der größten in meinem Land wurde. Mehr als einmal ist er zu mir gekommen, manchmal in anderer Verkleidung, doch immer mit Hilfe und Rat...«

»Welcher Art waren die Verkleidungen?« Die Stimme des Häuptlings war leise, doch seine Frage knallte wie ein Peitschenhieb.

»Er kam als alter Mann, mit Bart und Mantel, auf einen Stock gestützt... als alter Wanderer...« Elof seufzte, und er wurde von düsteren Gedanken durchtobt, da sein eigener Stolz sich aufzulehnen drohte.

»Zuletzt in seiner Verkleidung als Krieger. Ich hätte klüger daran gehandelt, damals auf ihn zu hören und niemals hierherzukommen ...«

»Klüger, ja!« pflichtete ihm der Häuptling ernst bei und betrachtete ihn eine ganze Weile lang, bevor er fortfuhr: »Schamane, du brennst im Inneren, und die Flamme ist rein. Ich glaube nicht, daß du lügst. Auch wir kennen den Raben in diesen Erscheinungsformen, als Krieger und weisen Schamanen, obwohl kein lebender Mensch ihn so zu Gesicht bekommt. Wir folgen seinem Pfad, dem geraden Pfad des Kriegers, ungeachtet des Preises – entgegen aller geraunter Lügen, entgegen des uns abgesprochenen Glaubens. Obwohl man uns dem Untergang ausgesetzt hat, um einen abgelegenen Landstrich zu bewachen, wo weder Blut fließt noch Ruhm zu erlangen noch Beute zu machen ist, obwohl sie uns keinen ehrenhaften Standort am Meer zubilligen, dienen wir Stolzen so, wie es uns von unseren Vorfahren auferlegt wurde.« Das Gesicht des Häuptlings glich einer unergründlichen Kupfermaske, und seine Stimme war unbarmherzig wie der Winterwind. »Wir weichen nicht von unserem Wort und unserer Pflicht ab. *Iltasya nimmt sich aller Fremden an*, wird gesagt, *zu Iltasya mußt du gehen*. Kommt der Rabe jetzt immer noch zu dir? Ich glaube nicht.« Er erhob sich und kehrte zu seinem Häuptlingsplatz auf der angenehmeren Seite des Feuers zurück. »Iß und schlaf, du mußt morgen sehr früh zu einem langen Marsch aufbrechen.«

Das erwies sich in der Tat als zutreffend. Die Ekwesh behandelten ihren Gefangenen mit größerer Zuvorkommenheit und sogar mit so etwas wie Ehrfurcht, doch während der Tagesstunden trieben sie ihn so gnadenlos an wie zuvor. Es war außerdem ein einsamer Marsch, denn nur wenige hatten die sprachlichen Voraussetzungen oder die Neigung, sich mit ihm zu unterhalten, und was er von ihren Gesprächen verstand, drehte sich hauptsächlich um Beutezüge und Blutvergießen. Nur der Häuptling kam hin und wieder zu ihm, um ihm Fragen zu stellen, zum Beispiel warum er gekommen war und was er suchte; meistens sagte Elof seinerseits ebenfalls nichts oder wechselte geschickt das Thema, denn er wußte, daß die Ekwesh die direkte Verweigerung eines Gesprächs oder eine ablehnende Haltung als Beleidigung auffaßten, und diese hitzigen Leute zu beleidigen, anstatt zumindest scheinbar auf sie einzugehen, könnte sich als tödlicher Fehler erweisen. Sie mochten einen geraden Weg verfolgen, dennoch waren sie eine Rasse von Kriegern; ihr Befehl, Soldaten lebend abzuliefern, würde sie nicht daran hindern, sein Blut in einer kurz vor dem Tod endenden Art und Weise zu vergießen. Er nahm die Stichworte des Häuptlings auf, paßte sich dessen geflissentlich ruhiger und offenen Sprechweise an und stellte fest, daß dieses gut aufgenommen wurde. Es wäre übertrieben zu behaupten, daß so etwas wie Sympathie zwischen den beiden entstand, dafür waren sie einander zu fremdartig, doch sie fanden zu einem gewissen Grad von Verständnis, um so mehr, als jeder versuchte, sich in der Sprache des anderen zu üben. Sie unterhielten sich freimütiger miteinander, als sie es vielleicht mit irgend jemandem ihrer eigenen Wesensart getan hätten. Der Häuptling war ein ziemlich verbitterter Mann, sowohl hinsichtlich seines Volkes als auch seiner eigenen Person; seit Generationen bemühten sie sich jetzt schon darum, den beiden sich ausbreitenden Reichen der Ekwesh zu dienen und außerdem ihre eigenen Vorstellungen von dem, was richtig und angemessen war, zu verwirklichen, und es war unausweichlich, daß sie dafür hatten leiden müssen. Ihr Kodex war hart und gnadenlos, doch er enthielt den Gedanken von einer Ordnung, die auf mehr beruhte als dem ständigen blutigen Sieg über andere und auf einer Pflicht gegenüber schwächeren Menschen, die nicht nur Versklavung und Ausbeutung, den Erwerb und die Vermehrung von Gewinn zum Ziel hatte. Diese Einstellung hatte ihnen bei der Vereinigung der einzelgängerischen, streitsüchtigen Stämme und der Errichtung einer Art zusammengehörenden Reiches Einfluß verschafft. Aber außerhalb dieses Reiches wurden sie dadurch auch zu schlechten Vertretern der Interessen des Eises, denn dieses strebte nach Zwietracht und Chaos, indem es den Namen des Raben schmähte und seine Anhänger von ihm abtrünnig zu machen versuchte. Je mehr sein Einfluß bei den Ekwesh zunahm, desto tiefer fiel das Ansehen des Raben-Klans; ihre eher zielgerichtete Grausamkeit wurde ihnen als Feigheit ausgelegt, ihr behutsamer Umgang mit erbeutetem Gut brachte ihnen die Namen ›Schlappschwänze‹ und ›Traumtänzer‹ ein. Elof verstand nun, daß seine Neigung, dieser kleinen Gruppe Achtung zu zollen, nicht wirklich von Dauer sein konnte, obwohl sie ihm eine bessere Behandlung eingebracht hatte. Die Raben-Leute waren bestrebt, sich mit einer Darbietung von Diensteifer und Untertanentreue auszuzeichnen, und er bot die erste Gelegenheit dazu. Selbst wenn sie ihn hätten laufenlassen wollen, hätten sie es nicht gewagt.

Am Ende dieses gnadenlosen Tagesmarsches fiel Elof wieder erschöpft zu Boden. Während er zusammengekauert dalag, überlegte er, daß sie seiner Schätzung nach gute fünfzig Meilen über Berge und unwegsame Steppe, abgesehen von gelegentlichen Tierpfaden, zurückgelegt hatten. Nur ein einziges Mal, auf einer sumpfigen Wegstrecke, hatte er geglaubt, die Bruchstücke einer alten Straße tief versunken unter dem Schlamm ausmachen zu können. Doch während des Marsches am nächsten Tag, zu dem sie ebenso früh und eilig aufgebrochen waren, sah er kleine Anhäufung und Kreise von roh behauenen Steinen, die er als Überreste von einfachen Gebäuden erkannte, vielleicht von Ställen und Schafpferchen; unter dem Gras und Heidekraut spürten seine Füße ein gerilltes Pflaster. Dies war also einst bewohntes Land gewesen. Und es dauerte nicht lange, da stieß er auf eindeutigere Überreste, nämlich solche Ruinen aus verwitterten Mauern und Giebeln ohne Dächer, die die Leute von Nordeney ›Ekwesh-Fußstapfen‹ nannten, Spuren, die sie in der Landschaft hinterlassen hatten. Doch diese hier sahen uralt aus und schienen aus einer Zeit zu stammen, die weit vor dem Überfall der Ekwesh auf Nordeney gelegen haben mußte. Wie lange hatten sie dieses Land besetzt gehalten? Und wie, wie waren sie nur hierhergelangt?

Elof zügelte seine Ungeduld. Vielleicht konnte er den Häuptling dazu bringen, ihm etwas zu verraten, doch er war ein ganzes Stück von ihm entfernt und marschierte an der Spitze der anderen, als ob auch er ungeduldig wäre; es blieb ihm nichts anderes übrig, als bis zum Abend zu warten. Doch sie machten keinen Halt; als die Sonne im fernen Westen hinter den Wolken versank und die Eisinseln auf dem Meer glitzern ließ, stieß der Häuptling, der die Kuppe eines flachen Hanges erreicht hatte, einen triumphierenden Schrei aus. Elof begriff, was das zu bedeuten hatte, und er spürte neue Ängste in sich aufwallen; sie hatten ihr Ziel erreicht, mit allem, was es für ihn bereithielt. Welchen weiteren Bedrohungen würde er sich ausgesetzt sehen? Doch die Großartigkeit des Anblicks, der sich ihm bot, vertrieb alle geringeren Belange aus seinem Geist.

Zunächst konnte er ihn gar nicht richtig in sich aufnehmen. Er sah lediglich eine weite Meeresbucht, in der jede Menge Eisbrocken trieben, und dahinter einen sie umfangenden Landarm mit drei kleineren Bergen, niedrig und zerklüftet, die durch einen schmalen Grat verbunden waren; seine steilen Seiten fielen zu einem flachen braunen Landstreifen am Ufer ab. Dann stahl sich ein langer Strahl der tiefstehenden Sonne durch die Wolken und ruhte für einen Augenblick auf dem mittleren Gipfel und tauchte ihn in einen warmen glutroten Schein; Elof erkannte, daß dies kein Werk der Natur war. Eine hochaufragende Burg krönte den Grat, und ihm erschien sie wie das gewaltigste Bauwerk, das er jemals gesehen hatte.

Und damit hatte er recht, denn zu jener Zeit gab es auf der ganzen Welt kein gewaltigeres, abgesehen von den Zitadellen des Eises. Und es war im selben Stil errichtet, wie Elof allmählich bewußt wurde, während er und die Männer, deren Gefangener er war, die letzten paar Meilen zurücklegten, die sie noch von den Bergen trennten. An deren Fuß ragten zwei riesige eckige Türme aus demselben sandfarbenen Stein auf, und ihre flachen Kapitelle reichten bis zu drei Vierteln der Höhe der Bergkämme. Dazwischen war eine breite Mauer und auf dieser eine große Galerie, die die beiden Türme verband und die von vielen eleganten, spitzen Säulen gesäumt war. Unter dieser gab es noch einige weniger aufwendig gestaltete offene Galerien, doch die untere Hälfte der Mauer war glatt, abgesehen von einem einzelnen Bogen in der Mitte. Dieser war bestimmt sehr groß, an der höchsten Stelle höher als die Masten eines großen Schiffes, doch im Vergleich zu der Höhe der Mauer erschien er klein, wie nichts anderes als eine ganz gewöhnliche Pforte. Und man sah, daß sich hinter dieser ungeheuren Mauer noch eine weitere von derselben Bauart erhob, mit einer Galerie zwischen zwei Türmen, doch diese war niedriger und schmaler, und die überhängenden Ziergiebel der Türme befanden sich auf einer Höhe mit dem Grat. In jeder Ecke stand eine Statue, und zwischen den Statuen verlief ein prächtig gearbeitetes Geländer aus behauenem Stein. Doch über all dieser Riesenhaftigkeit ragte noch eine dritte Ebene auf, rund wie das Fundament einer nicht zu sehenden Säule als Stütze des

Himmels, wie eine Krone, die in ihrer Herrlichkeit den Stirnen der Mächte angemessen war. Es war ein unglaublich hoher Palast, größer als die Zitadelle von Kerbryhaine oder der Palast von Morvanhal, der sein Zuhause war. Fenster und Balkone unterbrachen seine Mauern, Statuen standen rings um das Dach, aus jeder Linie sprachen Erhabenheit und Macht – vor allem Macht. Dieser Ort war als Mittel zur Einschüchterung gedacht, und in der Tat wirkte er einschüchternd. Solange der warme Schein der Sonne auf die Mauern fiel, erschien er prächtig und vornehm, geeignet als Hof für die lebendigen Mächte, doch die Sonne glitt allmählich hinter die Wolken, und während Elof immer näher dorthin geführt wurde, wurde die Luft trübe und kalt, und das Feuer erlosch. Das Ganze erschien nun wieder wie ein niedriges Gebirge, das von Schatten eingehüllt war, und nur wenige Lichter waren an den hoch aufragenden Mauern zu sehen. Nur am Fuß des Grats leuchtete blaß und flackernd der Schein von vielen Fackeln, erwärmt von der Glut unzähliger Feuer, als ob unterhalb der Burg ein ausgedehntes Dorf aus dem Boden geschossen wäre – oder fast schon eine Stadt, den Ausmaßen nach –, das sich wie ein Hund zu Füßen seines Herrn anschmiegte. Und zu diesem Lichtermeer wurde Elof von seinen Bewachern geführt.

Der Klang schroffer Stimmen sowie von Flöten und Trommeln drang von weitem an sein Ohr, und er ahnte, daß es sich hier um ein riesiges Lager der Ekwesh handeln mußte. Es stellte sich tatsächlich heraus, daß es das war, und noch mehr, denn anstelle von Zelten und behelfsmäßigen Unterkünften gab es viele wie Schiffe geformte Langhäuser aus groben geteerten Holzbalken, von dicken Zäunen eingegrenzt, über deren Toren die Zeichen und Symbole einzelner Klans angebracht waren. Seine Neugier überwog nun die Angst, denn er hatte noch nie zuvor eine Ekwesh-Siedlung gesehen; außerdem verspürte er so etwas wie Traurigkeit und

Wut, denn die Holzhäuser mit ihren bemalten Wänden ähnelten jenen seines Heimatdorfes, das die Ekwesh verwüstet hatten. Es waren ihre eigenen Vettern, ihr eigenes Fleisch und Blut, die zu schmähen und zu verraten sie veranlaßt worden waren. Und die Kluft zwischen Zivilisation, und sei sie auch noch so bescheiden, und Barbarbei war nur allzu offensichtlich. Das Vieh tummelte sich frei und unbeaufsichtigt zwischen den Häusern, und der Versuch, eine Kanalisation zu errichten, war entweder fehlgeschlagen oder gar nicht erst unternommen worden; man schritt auf Brettern durch den Dreck, und es herrschte ein unerträglicher Gestank. Das gesamte Leben spielte sich anscheinend im Freien ab, zwischen Lärm, Gedränge und dem Dröhnen von Trommeln, das auf den freien Plätzen zwischen den umzäunten Flächen ertönte; als sie an einem davon vorbeikamen, sah Elof einen Schamanen, der gemeinsam mit Kriegern einen rituellen Tanz vollführte. Es war eine unheimliche Gestalt, nur mit einem langen, aus Lederstreifen bestehenden Rock bekleidet; der hagere Körper war mit dem Zeichen des Moskito-Klans in vielen Farben bemalt, und das weiße Haar flatterte wild, während er zwischen den Kriegern herumwirbelte und eine um einiges kleinere Gestalt von einem zum anderen stieß. Es war ein Mädchen, das lediglich einige Fetzen um die Hüften trug; sein kurzgeschorenes Haar war lehmverklebt, doch seine Haut schimmerte in einem viel helleren Braun als die der anderen. Das verriet die Kleine als Mischling, und demnach war sie nach den hier herrschenden Bräuchen eine Leibeigene. Er fragte sich, welches Schicksal ihr wohl bestimmt sein mochte, doch dann erinnerte er sich mit einem heftigen Stich in der Magengrube, daß sein eigenes Schicksal in diesem Augenblick für ihn entschieden wichtiger sein mußte.

Sie bahnten sich einen geschlängelten Weg durch die Außenbezirke der Ansiedlung, durch ein Labyrinth von Schlamm und Schmutz, wobei sie sich häufig durch einen Sprung in Sicherheit bringen mußten, wenn Reiter in schnellem Galopp heranstoben, und einmal begegneten sie einer Reihe von Leibeigenen, die wie Ponys im Laufschritt angetrieben wurden. Das eingezäunte Gelände, das sie schließlich betraten, war weitläufig, doch es brannten nur wenige Feuer dort; das Tor, vor dem der Häuptling anhielt und rief, war breit, doch das Licht dahinter düster und rauchig. Knappe Worte wurden gewechselt, und Elof wurde grob ins Dämmerlicht gestoßen. Seine angestrengten Augen konnten nur mit Mühe eine Doppelreihe von Gestalten ausmachen, die um eine Feuerstelle herumsaßen, viele davon weißhaarig und gebeugt. Wieder flogen Worte hin und her, dann erschallte derbes Gelächter. Er wurde an den Armen gepackt und wieder nach draußen gezerrt; neben ihm war der Häuptling, dessen Gesicht zu einer zufriedenen Fratze verzogen war. »So!« sagte er mit unverhohlenem Genuß. »Du stellst einen hohen Preis dar, und einen erwarteten! Du bringst uns Glück, Schamane aus dem Westen! Komm, wir gehen zu *Itlasya!*« Er deutete in die Dunkelheit, wo der obere Teil der Burg verborgen war.

Dann verließen sie die Ekwesh-Stadt und begaben sich den Hang hinauf bis zu dem am nächsten stehenden Turm. Es war ein leichter Aufstieg, denn in den Stein waren Stufen gehauen, alt, ausgetreten und verwittert, doch sinnvoll geformt und dem Zweck dienlich. Die Luft blies merkwürdig kalt von unten herauf. Als Elof hinabblickte, sah er jenseits der Stadt einen Hafen, in dem viele Schiffe, große und kleine, hinter einer breiten Mole lagen; diese Ummauerung war nötig, denn die gesamte Bucht war gefleckt von Eisinseln in verschiedenen Stadien des Zerfalls, als ob eine Laune der Strömung sie zu ihrem letzten Schmelzen hereingetrieben hätte. Er erschauderte und war froh, als sie durch eine schmale Pforte in die Schwärze des

Turms traten. Fackeln loderten auf und flackerten im Luftzug, und ihr Licht fiel auf eine schmale Treppe, steil und zwischen hohen Mauern eingezwängt. Elof schluckte, da er daran dachte, wie hoch der Turm von außen ausgesehen hatte, doch er wurde von groben Händen in den Rücken gestoßen und vorwärts gedrängt. Einer hinter dem anderen stiegen sie in ein widerhallendes dunkles Gewölbe hinauf, nur von schwachen Mondstrahlen, die durch die Fensterschlitze hereinfielen, graublau erleuchtet; die Mauer zur Rechten stürzte in die Leere hinab. Sie kletterten an der inneren Wand des Turms hinauf, über Stufen, die sich entlang seines hohlen Herzens hochschraubten.

Nachdem sich seine Augen einigermaßen an die Düsternis gewöhnt hatten, sah er, daß es nicht gänzlich hohl war, dieses Herz; eine sonderbare Gerätschaft aus Seilen und Flaschenzügen hing in der Mitte und erstreckte sich in dem hohen Schacht nach oben und nach unten. Sie kam ihm vor wie eine riesige Hebevorrichtung zum Befördern schwerer Lasten oder Menschen; daß es an diesem Ort eine solche Einrichtung geben könnte, erschien sinnvoll, und sie schien in einem einigermaßen guten Zustand zu sein. Doch wenn das der Fall war, warum benutzten die Ekwesh sie dann nicht? So unerschrocken sie auch sein mochten, immerhin hätten sie sich damit einige Zeit ersparen können, ein beachtlicher Vorteil in dieser unangenehmen Dunkelheit. Lag es daran, daß sie nicht dazu in der Lage waren? Das war durchaus wahrscheinlich, schließlich war dies nicht ihr Zuhause. Hier flüsterten alle Stimmen vor Ehrfurcht; die wenigen Worte, die gesprochen worden, verhallten in der höhlenartigen Finsternis über ihnen, und nach einer Weile sprach niemand mehr, sondern konzentrierten sich alle auf den anstrengenden Aufstieg. Die einzigen Laute waren Keuchen und Ächzen, deren Echo von den Mauern zurückgeworfen wurde, sowie das eintönige

Tapsen schwerer Sandalen auf den Stufen. Er schien immer mehr zu verebben, dieser unaufhörliche Rhythmus, je mehr Stunden sich bleiern dahinschleppten, bis er vergaß, daß er die Beine bewegte, daß der ferne Schmerz von seinen müden Gliedern stammte. Raum und Zeit verschmolzen miteinander, und er schwebte hinauf, stieg aus der Vergangenheit, die unten lag, hinauf in die Zukunft über ihm, und alles lag im Schatten, düster und unbestimmt in einer seltsamen Unterwasser-Beleuchtung. Irgendwo weit oben erklang tiefes Glockengeläut.

Plötzlich war es, als ob sich die Welt zur Seite geneigt hätte, der weite Raum über ihm tat sich mit einemmal auf. Benommen hob er den Blick, und dieser reichte so weit und so hoch in das blaue Dämmerlicht, daß dort das Himmelsgewölbe hätte sein können. Allmählich, als der durch die Erschöpfung hervorgerufene Trancezustand nachließ, wurde ihm bewußt, daß er nicht mehr nach oben stieg, sondern über den glatten und ebenen Boden eines prächtigen Saals zu einem hohen Bogentor stolperte, wo hohe Feuer brannten und das Metall von Wachen in Rüstungen in rotes Licht tauchten. Waffen wurden gehoben, ein schroffer Ruf wurde ebenso schroff erwidert; er verstand lediglich wieder einmal den Namen *Iltasya*. Weitere Wachen drangen durch das Tor heraus und trieben die Männer des Raben-Klans genauso grob, wie diese ihn getrieben hatten, in einen noch dunkleren Gang dahinter. Die Decke war nicht zu sehen, doch dem Echo nach zu urteilen war sie nicht ganz so hoch. Ein Schrei und ein Klirren ließen ihn zusammenzucken; das Licht einer hochgereckten Fackel fiel auf eine schwere Tür, die aufgeworfen wurde und den Blick auf ein kleineres Gemach freigab, dessen Wände aus staubigen Mauern ohne Fenster bestanden. Die Wächter packten seine Arme und warfen ihn auf die Bodenfliesen. Finsternis schlug über ihm zusammen.

In seiner Erschöpfung begrüßte er sie beinahe, so geruhsam erschien sie ihm. Es war ein unglaublich gutes Gefühl, reglos und schweigend dazuliegen, so hart dieses Lager auch sein mochte. Dumpf kam ihm zu Bewußtsein, daß er seinen Packsack nicht mehr hatte, doch er war zu erschöpft, um sich deswegen Sorgen zu machen. Seine Augenlider flatterten, sein Kopf sank herunter; er bemühte sich, den Schlaf abzuwenden und herauszufinden, wo er war und was als nächstes geschehen würde. Doch welchen Sinn hatte das? Er konnte den Lauf der Dinge nicht beeinflussen, also war es besser, ihnen ein wenig ausgeruht entgegenzusehen…

Donner und Blitz rissen ihn aus seiner Benommenheit; seine Augen brannten und waren verklebt, und seine Gliedmaßen waren steif und schmerzten, als er gewaltsam auf die Beine gerissen und vorwärtsgestoßen wurde, so daß er durch den Flur stolperte und taumelte; dort war es immer noch düster, und er vermutete, daß er beinahe eine Stunde lang geschlafen hatte. Ekwesh-Wächter mit Schwertern und Lanzen umringten ihn, und es beunruhigte ihn, daß keiner von ihnen das Zeichen des Raben trug, dafür viele nur ein nichtssagendes Muster aus weißen Streifen; er hatte zu viele von dieser Sorte in Morvanhal gesehen – es waren anerkannte Mitglieder des Verborgenen Klans. Doch obwohl sie ihn recht rücksichtslos antrieben und um eine Ecke nach der anderen und über viele widerhallende Treppen schubsten, waren sie nicht ausgesprochen brutal; es schien vielmehr so, als ob sie mit kaltblütiger Sorgfalt besonders darauf achteten, daß ihm kein größeres Leid geschah, so wie man vielleicht mit einer wertvollen Fracht umgehen würde. Doch die Grausamkeit lauerte in ihren unergründlichen dunklen Augen; anerkannt oder nicht, sie alle gehörten dem Verborgenen Klan an, wenn überhaupt irgend jemand. Im Schatten am oberen Treppenabsatz war eine große doppelflügelige Tür von gelbem Licht eingerahmt; sie öffnete sich, und der grelle Schein war schwindelerregend. Er wurde mitten hineingestoßen, geblendet und töricht blinzelnd; er streckte die Arme aus, um einigermaßen das Gleichgewicht zu behalten, und seine Hand schloß sich um etwas, das unverkennbar bearbeiteter Samt war, üppig und wertvoll. Ein schwerer, aromatischer Duft erfüllte die Luft, und eine angenehme Wärme kroch an ihm hoch. Einer der Ekwesh schob sich an ihm vorbei und erhob das Wort; seine rauhe Stimme war zu einem atemlosen, ehrfurchtsvollen Flüstern gedämpft. Elof hörte keine Antwort, doch er wurde sofort weitergestoßen, und die Jacke wurde ihm vom Leib gerissen, ebenso wie seine zerfetzte Kleidung und die von Dreck und Salz steifen Stiefel. Er war im Begriff, sich zur Wehr zu setzen, doch als sich seine Sicht klärte, stellte er mit Erstaunen fest, daß er über die glänzenden Fliesen eines geräumigen Badegemachs wankte, dessen in den Boden eingelassenes Becken beinahe bis zum Rand mit dampfendem Wasser gefüllt war. Er starrte es ungläubig an; ein Bad war genau das, wonach sein geschundener Körper am dringendsten verlangte, und er war nahe daran, dieses Tantalos-Trugbild für echt zu halten. Bevor er jedoch noch lange zögern konnte, packte ihn ein Wächter mit grimmigem Gesicht und stieß ihn grob ins Wasser. Die Hitze und der Aufprall nahmen ihm den Atem, und er tauchte japsend und zappelnd auf; seine Augen brannten von den Ölen, die dem Wasser zugesetzt waren. Seine mit Wasser gefüllten Ohren vernahmen nur das zurückweichende Klirren und Tapsen von Sandalen auf dem Stein; er drehte sich um und sah, daß sich die Türflügel sanft schlossen. All seine Bewacher waren verschwunden.

Dieser Umstand allein machte seine Lage schon um einiges besser, und obwohl er immer noch verwirrt und beunruhigt war, ertappte er sich dabei, wie er sich wohlig der Wärme des Wassers hingab. Was immer ihm auch bevorstehen mochte, es war besser, wenn er ihm ausgeruht und entspannt entgegentreten würde; es konnte kaum schlimmer kommen, als es bisher der Fall gewesen war. Mit einem Stöhnen aus tiefster Seele ließ er sich bis zum Hals ins Wasser sinken, zuckte ein wenig zusammen, als es seine Kratzer und Prellungen berührte, und blinzelte mehrmals, um seine Sicht zu klären. Er wollte seinen Augen nicht trauen. Nur ein einziges Mal hatte er bisher in seinem Leben so prunkvoll ausgestattete Räume gesehen, nämlich die alten königlichen Gemächer von Morvan; doch sie waren staubig und schlecht beleuchtet gewesen, und Kermorvan hatte sie umgestalten lassen, um sie seinem eher nüchternen Stil anzupassen. Hier bestand der Boden aus poliertem Stein, so schwarz wie Onyx; die Wände waren in glattem Weiß gehalten, jedoch mit Samtbehängen in den verschiedenen prächtigen Blautönen der Nacht, eingefaßt von schmuckvollen Bordüren in Gold und Silber; wenn es irgendwo Fenster gab, so waren sie verborgen. Das Badegemach wurde erleuchtet von Lampen, die in jeder Ecke auf reich verzierten Ständern ruhten und mit duftenden Ölen gefüllt waren, und obwohl er nirgendwo ein Feuer sah, fühlte sich der Rand des Badebeckens warm an. Viele Flakons mit Körperölen und Salben standen dort, die ihren Duft mit dem der schweren Luft mischten. Übermütig griff er nach einem, doch als er ihn berührte, wackelte und klirrte das Glas, so sehr zitterte seine Hand. Die große, schöne Frau, die im Schatten der Wandbehänge gesessen hatte, erhob sich aus ihrem Sessel, bückte sich schnell und fing den Flakon auf, bevor er umkippen konnte.

»Vorsichtig, junger Schmied. Das ist seltenes und wertvolles Zeug, mit dem Ihr hier so achtlos umgeht. Beugt Euch nach vorn und senkt den Kopf.«

Elof, dessen Kinn vor Überraschung heruntergesackt war, war unfähig, sich zu bewegen, ganz zu schweigen davon, zu gehorchen; denn er konnte an nichts anderes denken als an seinen sofortigen hilflosen Tod. Wenn er bekleidet und auf den Beinen gewesen wäre, hätte er sich nach irgendeiner Waffe oder einem Fluchtweg umgesehen, doch jetzt hielt ihn eine absurde und lähmende Verletzlichkeit in Schach. Die große Frau schnaubte ungeduldig, drückte seinen Kopf auf die Brust herunter und groß ihm eine beträchtliche Ladung der Essenz aus dem Flakon über den Kopf und die Schultern und in das Wasser um ihn herum. Ein seltsamer Duft stieg davon auf, düster und etwas bitter, und es kitzelte auf seiner Haut; doch wo es ihn berührte, waren seine schlimmsten Schmerzen wie weggeblasen, und er ließ sich wieder ins Wasser gleiten, vollkommen den Gegebenheiten ausgeliefert.

»*Louhi …*«, sagte er oder wollte er sagen; es kam jedoch nur ein abscheuliches Krächzen aus seiner Kehle.

Die Frau setzte ein verzerrtes Lächeln auf, zum Zeichen, daß sie es zur Kenntnis genommen hatte. »Natürlich. Das Eis ist überall auf der Erde, im Süden und Norden, im Westen und Osten; warum habt Ihr nicht erwartet, mich hier anzutreffen?« Sie setzte den Flakon ab und begab sich eilig wieder zurück zu ihrem vorherigen Platz. »Genießt Euer Bad, junger Schmied, und macht Euch so sauber, wie es Euch beliebt. Zweifellos werdet Ihr Euch danach besser fühlen, und ich auch. Das soll keine Beleidigung sein! Aber Ihr habt in der letzten Zeit einiges durchgemacht, das unausweichlich Spuren hinterlassen mußte, und ich leide unter einer extremen Empfindlichkeit solchen Dingen gegenüber. Auch was andere Sinneseindrücke betrifft, nicht nur den Geruch«, fügte sie mit schmachtender Wehmut hinzu, »da ich sie von Natur aus nicht gewöhnt bin. Mir fehlt die lebenslange Übung, ihre aufdringliche Botschaft zu übergehen, wie es euch Sterblichen gegeben ist. Jedesmal, wenn ich diese Gestalt annehme, stürmen sie mit überwältigender Eindringlichkeit auf mich ein und stellen eine andauernde Qual dar.«

»Dann wundert es mich, daß Ihr die Ekwesh ertragen könnt«, brummte Elof, in dessen Kopf sich noch immer alles drehte.

Als Antwort zuckte Louhi mit den wohlgeformten Schultern. »Das gelingt mir nur unter größten Schwierigkeiten. Ich gebe mich mit ihnen nur über die Vermittlung zivilisierterer Diener oder aus der Ferne ab; Ihr habt vielleicht gehört, wie sie mich nennen – *Iltasya,* die Alte Unsichtbare. Aber sie sind nützliche Handlanger, und sie sind tapfer. Wie auch Ihr, junger Schmied! Ihr seid über das Meer des Sonnenaufgangs gesegelt, bis an die östliche Küste – und das alles vergebens!«

Elof straffte sich, verharrte jedoch unverändert in seiner halb liegenden Haltung. »Wer will das beurteilen? Ihr vielleicht? Aber Ihr könnt doch nicht so sicher sein, meine Absichten genau zu kennen, oder?«

Louhi, deren Gesicht ernst und teilnahmslos, fast traurig war, wandte sich zu einem niedrigen Tisch aus schwarzem, weißgeädertem Marmor neben ihr um und nahm einen Gegenstand von ihm auf, der das goldene Lampenlicht auffing und verstärkte, mild und schön. Elofs Herz vollführte einen schrecklichen Satz. Es war seine Hälfte des zerbrochenen Armreifs. Also hatte man ihr sein Gepäck gegeben… Sie trat wieder vor und raffte ihr weißes Gewand zusammen, um sich neben das Badebecken zu knien; zu seinem großen Erstaunen streckte sie die Hand mit dem halben Armreif aus und reichte ihn ihm. Doch dann griff sie sich an den Hals und zog eine dünne Goldkette hoch, die sie dort trug; von ihrer Brust hob sich das Gegenstück zu dem halben Armreif. Und auch dieses legte sie in seine schlaffe Hand, bevor er etwas sagen konnte. Sein Blick ging von dem golden zu ihr, und er spürte die Wärme dieses Stücks im Gegensatz zu der Kühle seiner Hälfte; dann hielt er die beiden zusammen und redete sich dabei eifrig ein, daß das Ganze ein Trick sei, eine Fälschung, daß so etwas leicht innerhalb weniger Stunden nachgeahmt werden konnte, sofern sich ein ausreichend geschickter Juwelier damit beschäftigte ...

Aber es war keine Nachahmung. Die beiden Teile paßten zueinander, und das nicht nur äußerlich. Elof erkannte die Einheit seiner eigenen Arbeit besser als jeder andere, und bei der Berührung spürten seine Finger den plötzlich wiederbelebten Fluß der Kräfte im Inneren des Metalls, seine Augen sahen den zuckenden Glanz, der wie kleine Fische in einem Teich hierhin und dorthin schoß, und zwar unabhängig vom Einfall des Lampenlichts. Dies war wahrhaftig das erste Geschenk, das er seiner Geliebten gemacht hatte, und auch das letzte – das Anfertigen und das Zerbrechen. Er blickte hinauf zu der hellhaarigen Frau; hätte er in ihrem Gesicht so etwas wie Häme gesehen, wäre er wahrscheinlich auf sie losgegangen, doch ihre Miene war ausdruckslos. »Ihr habt ... ihr das abgenommen?« preßte er zwischen zusammengebissenen Zähnen hervor. »Wo habt Ihr sie eingesperrt, Wolfsbrut? Wo ist sie?«

Doch Louhis Gesicht blieb unbewegt. »Sie hat es mir gegeben«, lautete ihre ruhige Antwort. »Ohne daß ich sie in einen Käfig hätte einsperren oder ähnliche barbarische Dinge hätte tun müssen.« Sanft nahm sie die Stücke aus Elofs kraftlosem Griff und legte sie auf den Tisch, ohne auf sein verspätetes Schnappen zu achten. »Seht Ihr«, sagte sie ohne eine Spur von Schadenfreude, »ich habe bekommen, was ich so lange gesucht habe. Und ich fürchte, Ihr braucht Euch nicht einzubilden, Ihr könntet es jemals wieder von mir zurückerlangen.«

In diesem Augenblick kam Elof in den Sinn – in jenen Teil, der noch zum Denken fähig war –, daß

Louhi den Ort für diese Begegnung mit viel Feingefühl ausgewählt hatte. In seinem Volk war niemand außer der obersten Schicht besonders zimperlich, was Nacktheit anging; niemand außer dieser konnte es sich leisten. Doch obwohl er nicht von hoher Geburt war, war ihm diese Situation unangenehm, er fühlte sich erniedrigt und bedrückt. Unter dem Blick dieser kalten blauen Augen war er unsicher wie ein Kind und hatte keine Lust, das schützende Wasser zu verlassen, doch solange er sich darin aufhielt, war er ebenfalls verletzlich und leicht zu beherrschen. Er war sich vollkommen im klaren über seine Lage, und er hatte keine Möglichkeit, sie zu ändern. Wegen dieser ruhig vorgebrachten, unverzeihlichen Worte hätte er Louhi am liebsten mit eigenen Händen gewürgt, um das Leben in ihrem Körper zu ersticken oder sie gegenüber ihrer Anhängerschaft als Geisel zu nehmen. Doch so nackt und in seinen Bewegungen eingeschränkt, wie er nun mal war, stand ihm kaum der Sinn danach. Er hätte sich niemals schnell genug aus dem Becken hieven können. Er würde lächerlich wirken. Wahrscheinlich würde er sowieso auf diesem glasartigen Boden ausrutschen und sich den Schädel spalten. Und was würde er damit erreichen? Welchen Unterschied würde es eigentlich machen? Welchen Unterschied machte überhaupt irgend etwas? Er hatte keine Mühe, Louhis Worten Glauben zu schenken; aus ihrem sanftmütigen Getue sprach die Wahrheit. Kara war in ihrem Zorn und ihrem Unglück dem drängenden Ruf gefolgt und aus der Gemeinschaft der Menschen zurück in die Sicherheit ihrer Bande geflohen, in den Schutz von ihresgleichen. Er konnte es ihr kaum verübeln. Tiefe Traurigkeit, so tief wie die Wurzeln der Welt, drückte auf sein Denken, eine Niedergeschlagenheit wie eine wabernde Nebelmauer, die sämtliche Farbtöne des Lebens verdunkelte und entfernt erscheinen ließ. Er war zu sehr von ihr durchdrungen, als daß Wut oder Kummer Erleichterung gebracht hätten; er war jenseits von Besorgnis und Gefühlen. Er lehnte den Kopf müde gegen die unterste Stufe zurück und schloß die Augen.

Er zuckte zusammen, als Louhi wieder sprach, denn es hatte den Anschein gehabt, als wären weitere Worte nicht mehr nötig. Außerdem war sie wieder dicht herangekommen; sie kniete und blickte mit unverändert ernster Miene zu ihm herab. »Ich muß feststellen, daß ich Mitleid für Euch empfinde, junger Schmied...« Elof fuhr angewidert und wütend auf, doch sie hielt beschwichtigend eine Hand hoch. »Nein, das ist keine Heuchelei, sondern die Wahrheit. Welchen Grund sollte ich haben, mich bei Euch anzubiedern? Was ich sagte, war so gemeint. Erging es mir selbst nicht auch schon einmal so wie Euch jetzt, und zwar durch Euch? Glaubt mir, ich würde mich niemals darüber lustig machen; ich weiß, wie einem in einem solchen Fall zumute ist. Aber gebt Euch nicht allzu schnell der Verzweiflung hin. Ich sagte, Ihr braucht nicht zu hoffen, sie jemals wieder von mir zurückzuerlangen, und auch das war genau so gemeint. Aber es ist möglich, daß ich sie abtreten werde.«

»Abtreten?« Elof hatte mehr denn je das Gefühl, sich in einem Schwebezustand zu befinden.

»Genau. O nein, nicht ganz, nicht für immer. Würdet Ihr das tun, wenn Ihr die Wahl hättet? Für eine gewisse Zeitspanne... die Lebensspanne eines Sterblichen.« Sie drückte die vollen Lippen fest zusammen, bis alle Farbe aus ihnen gewichen war. »Ich biete so etwas nicht leichtfertig oder frohen Herzens an. Allein der Gedanke daran ist... schmerzlich, aufwühlend. Betrachtet Euer eigenes Inneres, dann werdet Ihr verstehen. Und doch mußte ich schon einmal erleben, daß sie von mir ging, und für mich ist ein Leben keine allzu lange Zeit... obwohl so ein Leben erheblich verlängert werden kann, junger Schmied. Sofern Ihr bereit seid, Euch mit Kara in meinen Diensten zu vereinen.

Denkt darüber nach!« sagte sie beinahe flehend, bevor Elof auch nur seine wirren Gedanken sammeln konnte, ganz zu schweigen davon, daß er kein Wort herausbrachte. »Warum nicht? Denkt über das nach, was Ihr hier gesehen habt. Ist dieser Herrscher, den Ihr das Eis nennt, hier nicht entschieden weiter nach Süden vorgedrungen als bei Euch? So ist der größte Teil der Welt, Elof. Eine große Veränderung steht bevor, und ihr Gleichgewicht ist sehr anfällig. Noch einen kleinen Schritt weiter, ein ganz geringer Vorstoß, dann kippt das Gleichgewicht und läßt sich nicht wiederherstellen.« Sie richtete sich auf den Knien auf und blickte in eine unendliche Ferne; dann warf sie das seidig wallende hellblonde Haar zurück. »Ich hatte gehofft, diesen Vorstoß in Eurem Land unternehmen zu können, junger Schmied, da es mir dort leichter erschien als hier. Ihr habt mich über meinen Irrtum aufgeklärt, Ihr und die Euren. Doch auch hier wird er stattfinden. Das Eis wird weiterhin vordringen, nicht allzu weit, junger Schmied, nicht allzu weit; aber weit genug, um noch ein klein wenig mehr von der Sonnenwärme zurückzuwerfen und auf diese Weise das Klima der Welt um eine winzige Spur weiter abzukühlen. Das wird reichen! Wenn das in die Waagschalen geworfen wird, werden sie aus dem Gleichgewicht geraten! Von diesem Zeitpunkt an brauchen wir uns nicht mehr zu bemühen, das Eis weiter voranzutreiben. Es wird ein reiner Wachstumsprozeß sein, ein sauberes Wachstum ohne den verderblichen Einfluß des Lebens. Sein Vordringen wird die Welt noch mehr abkühlen, und diese Abkühlung wird das Vordringen des Eises wiederum begünstigen; so wie ein Schneeball, der einen Hang hinabrollt, unaufhaltsam zu einer gewaltigen Lawine anwächst, so werden die Ausläufer des Eises dank der Kraft ihrer eigenen Bewegung anwachsen, um diese Welt einzunehmen und von der Verderbnis zu säubern. Ein eisiger Frieden wird sich darauf herabsenken, und unsere Zeit wird wieder kommen! Dann werden wir wirklich frei leben, frei von dem Zwist, der uns verschlingt, frei von allen Nöten, Bedürfnissen, Entwürdigungen, befreit aus dem brennenden Grab, das ihr Menschen Fleisch nennt.«

Langsam ließ sie sich heruntersinken und lehnte sich zur Seite, um sich auf einer Hand aufzustützen, wobei ihre Haare ihr Gesicht verdeckten. Vor Entsetzen sank Elof tiefer ins Becken, doch die Wärme des Badewassers brachte ihm kein Wohlbehagen, so erschüttert war er, da er sich das Wissen über das Eis in Erinnerung rief, das er bei den Duergar erworben hatte. Was sie gesagt hatte, war durchaus einleuchtend; es könnte genauso eintreten… Aber wann? Wie bald? Wieviel Zeit blieb noch?

Plötzlich blickte sie zu ihm herab; ihr hoher Busen hob und senkte sich heftig, doch ihr Gesicht war reglos wie immer. »Es wird nicht alles auf einmal geschehen, junger Schmied. Nicht innerhalb eines Menschenlebens, auch nicht innerhalb von zweien, obwohl es nicht aufgehalten werden kann. Ihr könntet glücklich und zufrieden leben. Selbst Eure Freunde könnten in Ruhe ihr Leben genießen, wenn sie keinen Krieg gegen mich anzetteln, denn ich habe keine Veranlassung mehr, sie zu behelligen.«

»Und was ist mit jenen, die Ihr hier behelligt?« fragte Elof schroff, wobei seine Worte in seinem Inneren hohl widerhallten.

Sie schüttelte traurig den Kopf. »Mit denen? Über die braucht Ihr Euch keine Gedanken zu machen. In ihrer grenzenlosen Dummheit verdienen sie nichts anders als das Verhängnis; sie buhlen geradezu darum. Sie werden das Eis über sich selbst bringen. Ich kühle das Wasser in diesem Land, sammle das Treibeis an seinen Pforten, lasse die Flüsse gefrieren, die das Land nähren. Die Ekwesh dienen lediglich als lebendiger

Speerkopf des Eises, und der Schaft ist eine halbe Welt breit und wird von vielen Händen geführt. Hübscher junger Schmied, ich und die meinen befinden sich kurz vor dem Sieg, doch durch diesen Sieg werden wir nur das zurückgewinnen, was uns ungerechterweise vor langer Zeit entrungen wurde. Wir sehnen uns danach, ja; aber ist ein solches Sehnen so verwerflich, wenn man verbannt und enteignet ist? Könnt Ihr denn gar kein bißchen Mitgefühl, kein Verständnis für uns aufbringen? Habt Ihr Euch denn nicht genauso verhalten, indem Ihr Eure weiten Wanderungen unternahmt? Zugegeben, unterwegs haben wir einige schreckliche Dinge getan, aus Eile oder Not oder schlichter Dummheit; aber gilt das nicht auch für Euch? Doch wir werden bekommen, wonach wir uns sehnen, und vielleicht werdet auch Ihr es eines Tages bekommen.«

»Wenn Ihr mir das geben wolltet, wonach ich mich sehne«, sagte Elof dumpf, »dann brächtet Ihr mich hier und jetzt um. Das wäre ein Akt der Güte.«

Sie hielt seinem Blick stand und schüttelte den Kopf. »Einst hätte ich das vielleicht getan. Aber Schmied, ich habe mich für Euch erwärmt. Ihr seid tapfer, und Ihr beherbergt eine Kraft in Euch, auch wenn Ihr sterblich sein mögt, die in der Masse der gewöhnlichen Menschen, gleich welchen Alters, nur sehr selten zu finden ist. Und ich habe viel über Euch erfahren, jawohl, und zwar von Kara. Ihr habt die Macht zu lieben erweckt, junger Mann, und das ist nichts Geringes. Unseresgleichen kennen die Liebe, doch sie ist von einer anderen Art. Sie hat nichts gemein mit diesem triebhaften Verhalten der Sterblichen, dieser Leidenschaft, die die niedrigsten, lächerlichsten Instinkte anspricht, dieser schmutzigen Vereinigung des Fleisches. Es ist kein verzweifeltes Grapschen nach Glück, das durch die eigene Sterblichkeit, das unweigerliche Ende, noch wertvoller wird; sie ist kein Feuer, das dazu verdammt ist, aufzulodern und zu erlöschen, keine Schneeflocke, die schmelzen muß, sobald man nach ihr greift. Denn die Kraft, durch die die niedrige Liebe an die höhere heranreicht, das ist etwas Seltenes, etwas, das nicht leichtfertig weggeworfen werden darf. Ich wiederhole, Elof, ich hätte Euch gern an meiner Seite.« Sie erhob sich, groß und schön wie eine sonnenhelle Wolke, und wandte sich wieder dem Tisch zu, wo sie sich daran machte, in den Dingen zu wühlen, die dort lagen. »Ihr seid ein Schmied mit einer überragenden Begabung, wie ich in diesem Zeitalter noch nie einer begegnet bin. Dieser Helm… ich habe die in ihm steckende Macht bewundert. Doch ich sehe ihn nicht mehr, Ihr habt ihn offenbar verloren. Ein schrecklicher Verlust, doch vielleicht lebt Ihr lange genug, um einen zweiten zu schaffen. Und dieser Panzerhandschuh… vielleicht findet man so etwas noch bei den Duergar, aber kein anderer Mensch verfügt darüber. Und dasselbe gilt für diesen Hammer. Und das hier… das sind sicher die verhängnisvollen Fußfesseln… es fällt mir schwer, Euch einen Vorwurf deswegen zu machen, junger Schmied, wirklich. Ihr habt mein Mitgefühl, wenn Ihr mir das Eure auch versagt. Und dieses Schwert, das Ihr Gorthawer nennt…« Sie zog es schwungvoll mit einem Sirren aus der Scheide, doch in ihrer Hand schwieg die schwarze Klinge. Sie stieß ein verbittertes Lachen aus. »Zumindest das habt Ihr es mich spüren lassen.«

Sie wog es einen Augenblick lang in der Hand, dann tat sie plötzlich einen weiten Satz nach vorn und ließ es stoßend und schneidend durch die Luft sausen, wobei sie die geschmeidigen Bewegungen des formalen Schwertspiels vollführte und den gelenkigen Körper wie einen Bogen bewegte; ihr Gewand spannte sich eng um ihre Gestalt, und sie öffnete es am Busen und an der Seite. Elof beobachtete sie fasziniert, während sie in dem Badegemach auf und ab tänzelte und die Dampfschwaden durcheinanderwirbelte, bis sie schließlich mit einem silberhellen Lachen innehielt und keuchend dastand. Einige aus der Ordnung geratene Strähnen ihres glatten Haars klebten an dem feuchten Gesicht, und ihre Wangen und die Brust glühten in einer ungewohnt rosigen Farbe. »Zumindest das...«, wiederholte sie, und ihre blauen Augen blickten eindringlich. »Kein Wunder; es ist eine großartige Klinge, eine edle Waffe.« Sie bückte sich neben ihm wie ein tauchender Vogel. »Hier habt Ihr mich verwundet, an der Schulter. Glaubt Ihr, ich hasse Euch deswegen? Ich kann Wunden vergessen, wenn sie verheilt sind.« Sie streckte plötzlich die Hand aus, und ihre langen, kräftigen Finger verschränkten sich um seine; ihre Wärme war verblüffend. Sie hob seine Hand widerstandslos zu ihrer Schulter und schob damit den lockeren Träger ihres Gewandes herunter. »Seht nur, nicht einmal eine Narbe ist geblieben.«

Das stimmte, wo Gorthawers Hieb getroffen hatte, war die Haut milchweiß, ohne Spur, ohne Makel, überzogen von einem leichten Schimmer von Schweiß. Sie zog seine Hand über die Stelle und hinunter zur Wölbung ihrer Brust; das Gewand fiel bis zur Taille herab. Farbe tönte die Haut, und sie atmete heftig durch geteilte Lippen; ihre blauen Augen waren halb von den bebenden Lidern bedeckt. Ihre Brust schob sich fest und feucht in seine gewölbte Hand, und er streichelte die Brustwarze mit kreisenden Bewegungen; sie streckte die andere Hand aus, berührte seinen Hals und ließ sie dort für einen Augenblick zitternd liegen, dann liebkoste sie seinen Nacken und sein Ohr, die Halskuhle und die Brust. Sie keuchte leise, warf den Kopf zurück und zog seine Hand an sich. Erst da versuchte er, sie ihr zu entreißen, doch sie war nicht weniger kräftig als er. Dann entspannte sie sich, zog seine Finger über ihre Rippengegend, zu den festen Muskeln ihres Bauches und tiefer; sie löste die Schärpe um ihre Taille und teilte das Gewand, so daß es weiche

Löckchen entblößte, bis sie es zwischen den Schenkeln einklemmte. Unvermittelt wich sie zurück und erhob sich; nun stand sie da, mit geöffnetem, bis zu den Hüften herabgefallenem Gewand, das an ihrem feuchten Körper klebte, sah ihm eindringlich in die Augen und funkelte ihn mit einem Glitzern an, das dem des Nordlichtes glich. Plötzlich hing ein schwerer Duft in der Luft – ob er aus dem Wasser oder von ihr aufstieg, vermochte er nicht zu sagen –, der sein Denken zu verschwommenen Wirbeln aufwühlte. »Hasse, wenn du willst, Elof!« sagte sie sanft, beinahe in einem melodischen Singsang. »Doch hasse mit Leidenschaft! Das sind die großen Zwillinge, Schmiedemeister, das ist die große Einheit – Haß und Liebe, Eis und Feuer. Und wenn die Kraft der Sterne versiegt ist, wenn Recht und Unrecht gleichermaßen vergessen sind und die Dunkelheit alles für sich beansprucht, dann werden sie zusammenliegen und eins werden…«

Verlust und Trauer, die in ihrer Schönheit ertranken, erloschen in ihrem Blick. Dann streifte sie das Gewand vollends ab und stand nackt und schön wie die Vision ihres wahren Ichs inmitten von Strömen herabfallender Sterne. Doch sie erschien noch schöner als diese Vision, denn sie war gegenwärtig und wirklich, obwohl ihre Haut durchsichtig wie milchiges Eis schimmerte. Als sie über die Stufen schritt und bis zur Hüfte ins wogende Wasser tauchte, hielt Elof die Luft an, als ob sie in der Wärme schmelzen könnte. Doch die Hand, die ihn berührte, die über seinen Körper fuhr und ihn mit kreisenden Bewegungen streichelte und liebkoste, war noch wärmer als das Wasser, und die Lippen, die sich auf seine drückten, brannten heiß wie Feuer, hinterließen flammende Spuren auf ihm, während er schwebte, und loderten ihrerseits heißentbrannt auf. Er schloß die Arme um ihre Glut, seine leidenschaftlichen Liebkosungen entfesselten ihren Strom. Und als sie sich fester an ihn drückte, einen Schenkel um ihn schwang und ihn an sich zog, fiel ihm ein, was er einmal gehört hatte: daß tief im Inneren des Eises die Feuer der Erde vielleicht noch immer brannten, ein Vulkan brodelte, der mit sengender Kraft ausbrechen könnte. Sie verschmolzen miteinander, sie zog ihn in den Vulkan, und sie brannten gemeinsam.

Nach einer Weile, als sich das tosende Wasser beruhigte, nahm sie ihn bei der Hand, führte ihn aus dem Becken und durch den Raum bis zu der Nische, wo sie gesessen hatte; dort zog sie schwere Vorhänge zurück und enthüllte eine geschnitzte Tür. Sie öffnete sich in den überwältigenden Luxus eines geräumigen Schlafgemachs mit aufwendigen Galerien und üppigen Wandbehängen in golden und Safrangelb, außer an der Stelle, wo ein hohes, schmales Fenster in die Schwärze hinaus schimmerte. An der gegenüberliegenden Wand stand ein großes Bett mit seidenen Kissen und Decken. Auf einem Tischchen standen eine Karaffe und Gläser, und in eines davon goß sie gelben Wein, nach Honig riechend und schwer, und huschte kurz in den Baderaum zurück, bevor sie sich wieder zu ihm gesellte und sich ebenfalls ein Glas füllte. Sie gingen Hand in Hand, dabei an ihrem Wein nippend, zum Bett, und dort schüttete er, während sie sich hinlegte, ein wenig Wein über ihre Brust und leckte ihn auf. Die Zeit verging, während sie sich in den Kissen wanden und herumwarfen und bebend und schweißnaß Höhepunkte erlebten; jeder erforschte die Grenzen des anderen, bis sie sich schließlich zu erschöpften Spielchen fallenließen und von diesen seufzend in Schlaf sanken.

Nach einiger Zeit bewegte sich Elof, wie man es im Tiefschlaf tat; doch seine Hand fiel schlaff herab. Einige Zeit später, als er sich behaglich ausstreckte, glitt eines seiner Beine sanft unter dem anderen hervor, aber er bewegte sich nicht weiter, und sein Atem wurde ruhig. Es verging vielleicht eine Stunde, bevor er sich erneut rührte, und es geschah langsam; er drehte die Hand, die sie zwischen ihren Schenkeln eingeklemmt hatte, behutsam, doch beharrlich, bis sie sich ebenfalls bewegte und drehte. Dann lag er still neben ihr, obwohl er hätte davonschleichen können, und er lauschte angespannt ihren Atemzügen. Er blieb noch eine weitere Viertelstunde oder so ruhig liegen, bevor er sich sachte über die Kissen schob und den Fuß auf den dicken Teppich am Boden setzte; nachdem er vollends dem Bett entstiegen war, stand er nicht auf, sondern bewegte sich auf allen vieren, wobei er mit einem schiefen Schmunzeln dachte, daß er seinen Beinen ohnehin nicht hätte trauen können, so wackelig fühlten sie sich an.

Die Tür ließ sich so geräuschlos öffnen, wie er gehofft hatte, doch erst als er sie wieder hinter sich geschlossen hatte, zog er sich am Rahmen auf die unsicheren Beine und holte tief und schaudernd Luft. Erleichterung und Abscheu durchtobten ihn mit solcher Wucht, daß er sich beinahe übergeben hätte, und seine Empfindungen wurden nur noch schlimmer bei der unausweichlichen Erinnerung daran, wie heftig er auf sie reagiert hatte. Seine Kleidung lag noch an derselben Stelle, wo sie ihm weggerissen worden war. Er hob sie auf und zwang sich, sie anzuziehen oder wenigstens die Fetzen schaudernd um sich zu schlingen, so gut es ging; sie waren teilweise vollgesogen mit verspritztem Badewasser, teilweise in noch schlimmerem Zustand. Dann kehrte seine Geistesgegenwart zurück, und er tapste zu dem kleinen Tisch. Sie hatte alle Lichter bis auf eins gelöscht, und er stand in tiefer Dunkelheit. Er streckte zaghaft die Hand aus und berührte nur nackten Marmor. Panik wallte in ihm auf, doch er zwang sie nieder; sie war nur für einen ganz kurzen Augenblick verschwunden gewesen, wenn also nicht irgendein Dienstbote die Sachen weggebracht hatte ...

Er machte sich daran, die Wandbehänge zur Seite zu schieben, und hinter dem auf der gegenüberliegenden Seite sah er sich einer glatten, schmucklosen Tür gegenüber, die nach einem kleinen Seitengemach aussah. Doch sie war verschlossen, und er fand weder einen Schlüssel noch irgend etwas, aus dem er einen Haken hätte machen können. In seiner Verzweiflung löste er den schweren Gürtel, an dem Gorthawer gehangen hatte, zwängte die kräftige Schließe zwischen Tür und Rahmen und machte sich daran, sie auseinanderzudrücken, wobei er sich gegen die Wandbehänge lehnte, um das Knirschen und Knarren des Holzes zu dämpfen. Sobald er einen genügend breiten Spalt geschaffen hatte, zwängte er die Finger hinein, und kurz darauf konnte er die ganze Hand hindurchschieben, und es gelang ihm, das genarbte Leder seines Packsackes zu fassen. Diesen durch den schmalen Spalt zu ziehen war weniger einfach, doch die Angst trieb ihn weiter; er schaffte es, und als er seine Habseligkeiten durchwühlt hatte, drückte er ihn erleichtert an sein Herz. Wie er gehofft hatte, hatte Louhi in ihrer Eile alle kleineren Gegenstände hineingestopft. Panzerhandschuh, Fußfesseln – sie waren da, und sogar die beiden Hälften des Armreifs, eine noch an der Kette. Fehlten also Gorthawer und sein Hammer; mit großer Anstrengung konnte er das Schwert greifen, und damit reichte er gerade eben bis zum Hammergriff. Wenn er doch nur etwas zum Einhaken gehabt hätte; wenn der Spalt doch ein klein wenig breiter gewesen wäre …

Er zwang seinen breiten Arm in den Spalt, spürte, wie das Holz bebte, schob weiter … und landete lang hingestreckt zwischen den Behängen, als mit einem Krachen, das sich wie eine Ohrfeige anhörte, die ganze Tür nachgab und aus den Scharnieren sprang. Er strampelte sich frei und zog – immer noch auf den Knien – die Tür zur Seite. Der Hammer fiel von einem Regalbrett zu Boden, doch als er gerade danach greifen wollte, schlug die innere Tür zurück, und Louhi stand vor ihm.

»So!« sagte sie, und der Klang ihrer Stimme, beherrscht und ruhig, ließ das Blut in seinen Adern gefrieren. Immer noch unbekleidet, immer noch schön, war sie dennoch ein furchterregender Anblick; die blauen Augen glitzerten wie versunkenes Eis, die todesweißen Lippen waren verzerrt. »Ein wildes Tier kehrt zu seinem Dreck zurück. Ein geheiligtes Vertrauen ist damit zerschmettert, denn diese unsterbliche Taounehtar hat sich erniedrigt. Sie öffnete die Schatzkammer ihres Körpers, ihres Tempels, einem Tier, nahm die Entwürdigung hin, ertrug die Beschmutzung, die Verderbnis...« Vor Ekel wand sie sich wie eine Schlange, ihre Stimme wurde zu einem unverständlichen Zischen, und ein Speichelfaden rann aus einem ihrer zuckenden Mundwinkel. Elof wich zurück, von Angst gepackt, wie er es selten in seinem Leben gewesen war. Einen Augenblick lang wirkte sie vollkommen unmenschlich, ein sich bewegendes Fenster mit Blick auf eine Landschaft, die noch öder war als das leibhaftige Eis, und doch von lodernder Rache beseelt. Sie sah aus, als wäre sie im Begriff, ihm an die Kehle zu springen. Und mit sich sträubenden Haaren mußte er mit eigenen Augen sehen, wie sich die ihren in ihrem blassen Seidenblond kerzengerade stellten wie eine weiße Satansmähne.

Gegen diese Flut nichtmenschlichen Zorns war die Klinge in seiner Hand vermutlich wirkungslos; Flucht war der vorherrschende Gedanke in seinem Kopf und eine unheimliche Todesangst. Doch er konnte den Hammer nicht vergessen und griff entschlossen danach. Obwohl Louhi sich außer Reichweite befand, bückte sie sich noch schneller und berührte mit den Händen den nassen Boden. Es war, als ob das Fenster aufgerissen worden wäre und ein Wintersturm hereindrängte. Mit schrecklicher Plötzlichkeit, die in Elofs um Atem ringenden Lungen schmerzte, schwand alle Wärme aus der Luft, und innerhalb eines Augenblinzelns jagte ein weißer Film wie trübes Glas über die Wandbehänge und Tapeten in der Nische. Über dem Marmor gefror das Wasser in dem Badebecken und an ihren Körpern zu festem Eis. Der Hammer ließ sich nicht bewegen, er war am Boden festgefroren. Elof schrie laut auf, so sehr schmerzten seine Knie, als das Eis sich ihrer bemächtigte; er konnte sich gerade noch losreißen und fiel zur Seite, gegen die Wand. Dort war der Boden trockener, und das Eis folgte ihm nicht; doch Louhi umklammerte die von Dampf eingehüllten Vorhänge, und sie wurden hart wie Glas. Auf allen vieren kroch er zurück, wobei er die schwere Feuchtigkeit seiner Kleidung spürte, und wußte, daß sie ihn nur zu berühren brauchte, dann wäre er sofort gefangen in einem Käfig aus brennendem Eis, das vielleicht ausreichen würde, sein Blut buchstäblich gefrieren zu lassen oder sein Herz in der Erstarrung zum Stillstand zu bringen. Jetzt erkannte er, daß sie den Ort ihrer Begegnung mit entschieden mehr Bedacht gewählt hatte, als er vermutet hatte, und wie raffiniert sie dafür gesorgt hatte, daß er ihrer Gnade ausgeliefert war. Das Bad hatte ihn sowohl körperlich als auch geistig verwundbar gemacht. Sie schritt jetzt mit dem gemessenen Tapsen eines Schneetigers aus, und er konnte sich nicht einmal richtig auf die Beine erheben. Die Füße rutschten auf dem schwarzen Eis unter ihm weg, während er zur Tür krabbelte.

Plötzlich stieß sie einen Schrei aus, ein gellendes Kreischen, und von draußen drangen als Antwort darauf das Klappern von Stiefeln und schroffes Brüllen herein. Die Tür erbebte unter einem Schlag und flog auf, und die Öffnung füllte sich mit Ekwesh-Wachen. Gegen sie hätte Elof das Schwert erheben können, doch er wußte, daß es keinen Sinn hatte; es waren zu viele, und einige waren mit Bogen bewaffnet. Er wich langsam zurück und ließ den Blick durch den Raum schweifen, um vielleicht irgendwo eine winzige Chance für ein Entkommen zu entdecken; sie bewegten sich nicht und gaben sich damit zufrieden, ihm für ihre Herrin den Weg zu versperren. Jetzt hatte er die Wand im Rücken, und alle Fluchtwege waren blockiert... alle? Etwas stieß gegen seine eingezogene Schulter; das mußte die Kante eines Fensterbogens sein, doch wohin ging dieses Fenster, wohin öffnete es sich? Das war nicht wichtig, wenn die Alternative ein schneller Tod war. Er griff nach den eiskalten Vorhängen, verkrallte die Fäuste darin, und ohne Rücksicht auf mögliche Verletzungen schleuderte er sich mit kraftvollem Schwung gegen das, was dahinter sein mochte.

Er erhaschte einen kurzen Blick auf schmale, bleiverglaste Fenster, die in hundert Farben leuchteten, bevor seine Schulter, geschützt durch den vom Rauhreif steifen Samt, dagegen und hindurch krachte. Er rollte sich über den Rahmen und hinaus, wobei er sich immer noch mit den Füßen strampelnd an die Vorhänge klammerte und spürte, wie diese allmählich seinem Gewicht nachgaben. Scharfkantiger Stein kratzte an seinem Bein entlang, und er sah hinunter, um einen Halt für die Füße zu finden.

Leere tat sich brüllend unter ihm auf, und der Schreck dröhnte wie Donner in seinen Ohren; wie ein Schlag nahm er ihm den Atem und erstickte einen Schrei in seiner Kehle. Einer in einem Spinnennetz gefangenen Fliege gleich zappelte er und trat gegen die äußere Wand dieses festungsähnlichen Bergs, und unter ihm klaffte knurrend der Rachen des Nichts. Die Tiefe war schwindelerregend, dunstig und verschwommen, und er drehte sich über ihr. Der plötzlich in seinen Handflächen austretende Schweiß berührte den eisüberkrusteten Stoff, und er rutschte ein Stück abwärts, fing sich mit einem Ruck und spürte, wie das

Tuch riß. Er schluckte mühsam und suchte mit den Füßen nach dem Vorsprung, den er gefühlt hatte; er fand ihn, kaum breiter als sein Stiefel. Er stemmte das Bein dagegen, um nicht weiter zu schaukeln, und griff mit der Schwerthand verzweifelt nach oben, um einen Halt zu ertasten. Alles, was er fand, war ein kleiner Mauerspalt, kaum breit genug, daß sich seine Finger darin verkrallen konnten. Mit der Kraft der Verzweiflung hielt er sich dort fest und zog sich keuchend an dem kalten Stein hinauf. Die Vorhänge bauschten sich plötzlich auf, sackten in sich zusammen und fielen an ihm vorbei ins Nichts; er klammerte sich an den Stein, damit er von ihnen nicht mitgerissen würde. Eine Hand hatte sie dort oben gekappt, allerdings den Bruchteil einer Sekunde zu spät; er konnte höchstens während der Dauer eines Herzschlags dort gebaumelt haben, obwohl es ihm wie Stunden erschien. Er blickte nach oben und sah, daß er sich unter einem Mauersims befand; er konnte weder das Fenster sehen, noch konnte er von dort aus gesehen werden. Offenbar war es tief in einen Einschnitt eingelassen, vielleicht zum Schutz gegen Unwetter. Doch er hörte kehlige Rufe; offenbar vermuteten sie, daß er abgestürzt war, aber bestimmt würden sie sich nicht mit einer Vermutung zufriedengeben. Sie brauchten nur etwas auf ihn herunterzuwerfen, vielleicht sogar Wasser herunterzuschütten…

Er bemühte sich, den Schweiß zurückzuhalten, der seine Hände glitschig machte, und arbeitete sich Stück für Stück an dem Sims entlang, um direkt unter dem Fenster wegzukommen, wobei er sich mit Füßen und Händen vorsichtig weiterschob. Gorthawer wog wie ein tonnenschweres Gewicht in seiner Hand, doch er wagte es nicht, ihn durch den Gürtel zu schieben, aus Angst, er könnte dabei den Halt verlieren. Nach einigen Minuten legte er das Schwert auf den Sims und zog es Stück für Stück nach, so wie er selbst sich bewegte. Nach einer Weile beruhigte sich sein Atem, und er fühlte sich in der Lage, einen Blick den Sims entlang zu werfen, um herauszufinden, wohin er ihn führte. Zu seinem Erstaunen stellte er fest, daß er auf die schattenhaften Umrisse von Bäumen sah, bleifarben im ersten grauen Licht des Tages, an einem steilen Hang nicht weit entfernt. Sehr vorsichtig wandte er den Kopf zur anderen Seite, wobei er ihn nach hinten bog, um den Körper nicht von der Mauer lösen zu müssen, und dort bot sich ihm dasselbe Bild. Dann begriff er; dies war die rückwärtige Seite der Festung, die nicht in majestätischen Abstufungen emporragte, sondern in einer durchgehenden geschwungenen Mauer, die außerdem viel schmaler war. Es drängte ihn, sich umzuwenden und zu sehen, was hinter ihm lag, doch er wagte es nicht; dazu wäre noch Zeit genug, wenn er erst diese entsetzliche Gratwanderung hinter sich gebracht hätte. Dann erhaschten seine Augen eine Bewegung, und er bemerkte etwas, das wie ein Seil aussah und von dem Fenstereinschnitt heruntergelassen wurde; gleich darauf zappelte eine magere Gestalt daran, anscheinend barfuß, doch mit einem Schwert, das ihr über die Schulter hing. Der Ekwesh erreichte den Sims und krallte sich mit Fingern und Zehen fest. Der Anblick wäre für Elof fast zuviel gewesen, so gefährlich sah dieser akrobatische Akt aus, und er brachte ihm seine eigene Situation erst so richtig zu Bewußtsein. Sobald sich der erste Mann von dem Seil gelöst hatte, glitt ein zweiter daran herunter, und nach ihm ein dritter. Doch dieser dritte, der sich vielleicht zuviel zugetraut hatte oder dessen Hände glitschiger waren, verlor den Halt, strampelte und zappelte wild, um das Gleichgewicht wiederzuerlangen, und stürzte dann mit einem Schrei, bei dem sich Elofs Magen umdrehte, hinunter ins Nichts. Sein Schrei hallte lange Zeit nach, und Elof mußte seine ganze innere Kraft zusammennehmen, um nicht hinter ihm her in die Tiefe zu sehen. Ein weiterer Krieger glitt an dem Seil herab, anscheinend dem Schicksal seines Kameraden gegenüber vollkommen gleichgültig, und gesellte sich zu den anderen; über seinem Kopf erschien noch einer. Elof biß die Zähne in die Unterlippe und schob sich so schnell, wie es sein Mut zuließ, an dem Sims entlang; seine genau bemessenen, verkrampften Bewegungen erforderten mindestens ebensoviel Anstrengung wie eine wilde Hetzjagd, und er fühlte, wie seine vielfach mißbrauchten Beinmuskeln heftig zitterten. Doch die Wächter gewannen an Boden, und der Anführer ließ bereits mit einer Hand los, um das Langschwert vom Rücken zu ziehen, während die anderen ihre Lanzen in Stoßbereitschaft brachten. Elof erkannte, daß es keine Möglichkeit für ihn gab, sich umzuwenden, um sich mit der rechten Hand gegen seine Feinde zu wehren. Es war ein seltsames Gefühl, Gorthawer in der Linken zu halten, die normalerweise den Panzerhandschuh trug, doch ihm blieb keine Wahl. Er hievte sich weiter, wobei er sich nur mit der rechten Hand festhielt; der Anführer kam in seine Reichweite, und holte – wie Elof gehofft hatte – zu einem weiten Schlag aus. Er ließ Gorthawer herabsausen, um zu parieren, mit einem Schlag, den er von der Mauer weg führte, so daß er, als sich die Klingen trafen, gegen diese geschleudert wurde, während der Ekwesh von der Wucht des Aufpralls nach außen gedrängt wurde. Sein Griff lockerte sich und rutschte ab, und auch er stürzte brüllend in die Tiefe. Noch während seines Falls wurde ein Speer knapp an Elofs Schulter vorbeigestoßen, und zwar dicht an der Mauer; doch das schwarze Schwert war noch näher, es wurde von unten hochgerissen und schlitzte den Arm des Speerführers auf. Der Speer flog in weitem Bogen davon, und der, der ihn gehalten hatte, hinterher. Jetzt ging Elof zum Angriff über: zwei tastende Schritte zurück und ein gerader Stoß unter der nächsten Klinge hindurch, der deren Besitzer zwischen den Rippen traf; dieser schrie auf und ließ den Speer fallen, hing jedoch keuchend an der Mauer und versperrte seinen nachfolgenden Kameraden den Weg. Elof beobachtete mit Abscheu, wie der nächste seine Klinge hob und den Verwundeten kaltschnäuzig wegstieß. Dieser griff jedoch noch im Fallen nach dem Bein des anderen und riß ihn mit in die Tiefe. Der folgende Krieger starrte ihnen nach; dann gelang ihm ein geschickter Schachzug, indem er seinen Speer entlang der Mauer schleuderte; doch Gorthawer schlug ihn zur Seite. Obwohl der Werfer eine Axt am Gürtel trug, machte er keine Anstalten, sich weiterzubewegen, und seine Kameraden hinter ihm drängten auch nicht nach. Elof, den eine plötzliche Woge des Selbstvertrauens durchflutete, schob sich mit einer – wie ihm schien – unglaublichen Geschwindigkeit weiter, und bald hatte er seine Verfolger ein entscheidendes Stück hinter sich gelassen.

Wie er erwartet hatte, wurden weitere Fenster aufgerissen und alle möglichen Gegenstände nach ihm geworfen, Wasser, Müll, Fleischabfälle und anderer Unrat, selbst prächtige Möbel; doch die Werfenden waren auf Mutmaßungen bezüglich ihres Ziels angewiesen, und ihre Trefferquote war erbärmlich. Netze und Ketten, die von den zinnenartigen Verzierungen über ihm herabgeschwungen wurden, waren noch am nächsten daran, ihn aus dem Gleichgewicht zu bringen, doch einmal, als er sich an einem kunstvoll geformten Wasserspeier mit der Hand einen sicheren Halt verschafft hatte, gelang es ihm, ein solches Netz zu packen, und indem er ruckartig daran zerrte, zog er den überraschten Angreifer geradewegs über die Brüstung. Danach wurden keine Netze mehr herabgelassen, doch es gab auch keine solchen Wasserspeier mehr in seiner Reichweite, und allmählich ließen seine Kräfte ernsthaft nach. Er fürchtete, von den Bäumen aus mit Pfeilen beschossen zu werden, doch nichts dergleichen geschah; vermutlich waren sie zu dicht, als daß man aus ihnen ein genaues Ziel hätte anpeilen können. Doch vor ihm versperrte ein wuchtiger Turm den Weg, offenbar der Wachturm an diesem Ende der Mauer; er sah, daß der Sims, auf dem er stand, um diesen herum verlief, an jeder Ecke vorbei an Wasserspeiern, doch genauso deutlich sah er, daß der Vorsprung, an dem er sich mit den Händen festhielt, dort nicht mehr war. Und wenn er auf dem Sims weiterging, wäre er für kurze Zeit von den Zinnen über ihm deutlich zu sehen und Schüsse könnten genau gezielt werden. Die gegenüberliegende Seite war nicht so ungünstig, denn der Hang dort war so steil, daß die Baumwipfel fast bis zu dem Sims reichten; wenn es noch schlimmer als schlimm käme, könnte er sich in diese hinüberschwingen. Aber diese nackte Wand, ohne Griff... Er kämpfte gegen ein Zittern an, damit er nicht dadurch den Halt verlöre, den er jetzt immerhin noch hatte. Er drehte den Kopf nach hinten und sah Licht in der dunstigen Luft; die gezackten Baumwipfel an dem Hang hoben sich klar dagegen ab. Die Sonne stieg über die Hügel, und sie wäre seine Verbündete.

Nach kürzester Zeit hatte er den Turm erreicht, nachdem er sich lediglich noch unter ein paar halbherzig abgefeuerten Geschossen hatten ducken müssen; doch bevor er ihn näher erforschte, ruhte er sich einige kostbare Augenblicke lang aus, so gut er konnte. Sollten sie doch warten, vielleicht würde ihre Aufmerksamkeit dann nachlassen! Er hielt Gorthawer vor die müden Augen und sah in seinem schwarzen Schimmer die Spiegelung eines winzigen offenen Streifen reinsten Feuers zwischen dem Hügel und dem Himmel. Ein goldener Strahl fiel plötzlich durch den Dunst, und dann noch einer, und sie tauchten den Turm, die Baumwipfel, die Mauer in ein blendend helles, warmes Licht... In diesem Moment, da die von der Nachtwache übermüdeten Augen ihrer Beobachter irritiert sein mußten, unternahm er seinen nächsten Schritt, streckte die Hand weit über den Abgrund und zog sich hinüber auf den Turm. Es war schlimmer als vorher, viel schlimmer. Das Gewicht des Schwerts lastete im verkrampften Griff seiner Hand, Gesicht, Brust und Knie waren flach gegen den rauhen Stein gedrückt – so schleppte er sich weiter, so schnell er es wagte, doch er wußte, daß er bei weitem zu langsam war. Und während er das dachte, sauste ein Pfeil sirrend über seinen Kopf und ließ Staub von dem Gestein aufwirbeln. Er sah nach oben und bemerkte zwei Bogenschützen, die die Wehrmauer erklommen hatten und sich vorbeugten, um zu schießen. Andere rannten herbei und gesellten sich zu ihnen, und so sinnlos es auch sein mochte, in einem verzweifelten Aufwallen von Trotz hob er Gorthawer …

Plötzlich war die Klinge matt. Ein Schatten hatte sich vor die Sonne geschoben, weit ausgebreitete Flügel glitten an ihren Strahlen zu ihm herab und streiften die Köpfe der verdutzten Bogenschützen; einer schlug wild um sich und fiel hinter die Brustwehr zurück. Ein anderer beugte sich hinaus, um erneut zu zielen, und er stürzte schreiend von seinem erhöhten Standplatz, krachte gegen den Sims und trudelte kopfüber in die Bäume. Elof, dessen Herz einen Satz vollführte, hob die Hand und duckte sich gleich darauf, als Flügel direkt über ihm ohrenbetäubend schlugen und teilweise mit Schwimmhäuten versehene Klauen die Luft durchpflügten. Er warf eine Hand hoch, und mit einemmal, so unvermittelt, wie er gekommen war, war der große Schwan verschwunden. Erst da wurde ihm bewußt, daß er immer noch das Schwert in der Hand hielt. Das war Kara gewesen, daran bestand nicht der geringste Zweifel, doch was hatte sie beabsichtigt? War sie ihm zu Hilfe gekommen, oder hatte sie ihn umbringen wollen? Sie war nahe daran gewesen, auch seinen Absturz zu verursachen; viel hatte dazu nicht gefehlt. Und doch ... und doch ...

Fluchend, halb weinend und verwirrt schleppte er sich auf unsicheren Beinen zur Ecke des Turms, wo er feststellen mußte, daß der dort angebrachte Wasserspeier so groß war, daß er ihm den Weg versperrte. Um seine Hand frei zu haben, mußte er zuerst Gorthawer hinüberreichen und dann behutsam hinterherklettern. Er schaffte es ohne Zwischenfall und empfand Erleichterung, als er die Baumwipfel um einiges näher sah; doch als er nach unten griff, um sein Schwert aufzuheben, war es nicht da. Er blickte auf und sah direkt in ein Paar strahlend blaue Augen. Ein Fenster öffnete sich über dem schmalen Sims, und darauf stand Louhi, einen Fuß ausgestreckt, so sicher wie auf einem normalen Steinfußboden, obwohl der Wind heftig an ihrem Gewand und ihren Haaren zerrte. Ihr Mund war verzerrt, ihre Lippe blutig gebissen; er war überrascht, auf diesen Wangen, die wie milchiges Eis aussahen, Spuren von Tränen zu sehen. Und sie hielt das schwarze Schwert in der ausgestreckten Hand.

»Das ist also das Ende, junger Schmied«, war alles, was sie sagte, ehe sie zustieß.

Es kann nur wenigen Menschen vorbehalten sein, zweimal einen solchen Todeskampf durchzumachen; er gehörte dazu. Er stieß einen halberstickten Schrei aus und krümmte sich zusammen, als ob er etwas, das aus ihm herauszuquellen drohte, zurückhalten wollte. Er riß ihr das Schwert aus der Hand und drückte es mit fester Umklammerung an sich. Überall war Eis und ergoß sich in seine Eingeweide; seine Beine gaben unter dem Gewicht nach, und er stürzte von dem Sims in die Leere. Nach einem grauenvollen Augenblick des Schwebens war die Welt erfüllt von einem Peitschen und Krachen, dem Geruch von Pinien und einem übelkeiterregenden, betäubenden Aufprall. Dann schlug ihm etwas in den Rücken, und es war wie eine erneute Todesqual, als das Schwert aus seinem Fleisch gezerrt wurde. Dumpf hörte er Louhi von oben rufen: »*Bringt mir alles, was er bei sich hat! Und dann verbrennt den Kadaver! Aber zuerst – spießt seinen Kopf oben an der Pforte auf!*«

FÜNFTES KAPITEL

Zum Herzen der Welt

Er lag zwischen goldenen Schatten, unberührt von der Sonne, reglos. Er war eingehüllt in tiefe Nacht, wie in ein Leichentuch, und nichts drang in sein Bewußtsein außer der Wahrnehmung, daß unter seinem Herzen ein Feuer loderte und heißes Leben aus ihm herausrann. Es strömte in seine Kehle, er mußte husten; er wurde steif im Todesringen, während weiße Flammen ihn umzüngelten und jedes Denken verbrannten. Doch als sie zurückwichen, wurde sein Geist ein wenig klarer; sein Körper fühlte sich kalt, taub und so schwer an, daß er zu keiner Bewegung fähig war, so als ob er sich in Metall verwandelt hätte. Dunkel erinnerte er sich an die lange Krankheit, die er wegen des hohen Blutverlustes durchgemacht hatte, obwohl die Wunde, die ihn verursacht hatte, auf geheimnisvolle Weise geheilt war. Eine Erkenntnis, die seltsamerweise nicht in ihm selbst gereift zu sein schien, sagte ihm, daß er versuchen mußte, den Blutfluß irgendwie zu hemmen. Doch in der Dunkelheit schwebend, nur von Schmerz erleuchtet und gezeichnet, konnte er sich nicht vorstellen, wie er das bewerkstelligen sollte; losgelöst von seinen Gliedmaßen, von seinen Sinnen, vergaß er, wie sie zu gebrauchen waren. Statt dessen führte ihn der Instinkt nach innen, in die Glut des Feuers und darüber hinaus, zu einer Flamme, die in ihrem Kern noch heller brannte und strahlte, am Begegnungspunkt von Geist und Herz. Wie in die Werke, die er mit den Händen schuf, floß dieses geheime Feuer nun in ihn ein und ergoß sich in seine Adern wie Lötsilber entlang einer gerissenen Naht, um zu versiegeln, zusammenzufügen, zu festigen und zu verschweißen. Es schluckte das andere, das weiße Feuer und löschte es, dämmte seine Ausbreitung ein, brachte das Herausrinnen seines Lebens zum Stillstand. Allmählich wurde ihm bewußt, daß sich seine Kehle klärte, er spürte, wie sein Atem tiefer und gleichmäßiger wurde, und die stechenden Nadeln des Empfindens kehrten in seine schweren Glieder zurück. Er öffnete die Augen mit flatternden Lidern, sah den vertrauten Boden aus Tannenholz und sackte vor Schwäche in sich zusammen. Er war zu erschöpft, um sich auch nur darüber zu wundern, was mit ihm selbst gerade geschehen war. Die Schmerzen waren immer noch da, doch das war entschieden besser als die tödliche Gefühllosigkeit, die jetzt vergangen war. Wenn er sich in Metall verwandelt hatte, dann hatte er soeben eine neue Härtung erfahren.

Doch während der Heilungsprozeß in seinem Körper weiter fortschritt, wurden seine Gedanken immer aufgewühlter. Sie stoben durcheinander wie trockene Tannennadeln im Wind, zitternd, verwelkend, weit verstreut. Nur zwei Bilder blieben starr und deutlich: die dunklen Flügel, die im aufsteigenden Licht leuchteten, und die Tränen, die auf einer milchblassen Wange schimmerten. Kara! Er war sich ihrer jetzt in jeder Gestalt sicher. Sie war gekommen, doch mit welcher Absicht – um ihn zu retten oder anzugreifen? Beides war möglich, doch er befürchtete das Schlimmste – um so mehr, wenn sie von seinem Treiben mit Louhi erfahren hatte. Obwohl es ihr doch sicher klar sein mußte, daß er nur nachgegeben hatte, weil er nach einer Möglichkeit für eine Gestaltumwandlung suchte… Nein, so war es nicht! Er redete sich das zu seiner eigenen Rechtfertigung ein, und er belog sich damit selbst; er hatte Louhi begehrt, er hatte sich nach ihr verzehrt, während er sie gleichzeitig haßte, und die Erinnerung daran war eine zermürbende Qual. Was war nur in ihm vorgegangen, als er mit einem nicht-menschlichen Schatten höchste Lust empfand? Nein, zumindest das war Unsinn! Der Körper war kein Trug gewesen, es war der in Menschengestalt gekleidete Ausdruck dessen, was sie wirklich war, gefährlich und schön; und die Gefahr hatte den sinnlichen Reiz nur noch erhöht. Hatte das allein ausgereicht? Sicher nicht. Vielleicht hatten diese Salben und Tinkturen, mit denen sie ihn behandelt hatte, wie Drogen gewirkt, doch höchstwahrscheinlich hatte sie das nicht nötig gehabt. Zu lange hatte er die Liebe entbehren müssen, hatte immer nur an Kara gedacht und andere Frauen kaum wahrgenommen; kein Wunder, daß Louhi ihn so sehr reizte, als sie sich ihm an den Hals warf. Und doch... und doch war da noch etwas anderes gewesen. Es konnte doch wohl nicht der Gedanke daran sein, daß Kara und sie... wenn die beiden... Er verdrängte heftig den halb vollendeten Gedanken und verfluchte sich dafür; doch wenn er ehrlich war, dann war da etwas gewesen... Ihre Verletzbarkeit! Ausgerechnet das war es! Er hatte sich aus all diesen Gründen zu ihr hingezogen gefühlt, selbst noch aus dem schlimmsten; doch vor allem hatte er Mitleid mit ihr empfunden, plötzlich und instinktiv, ein Gefühl, das bis jetzt tief in seinem Herzen vergraben gewesen war. Er empfand etwas, das ihm während der wilden Leidenschaft ihrer Vereinigung nicht ein einziges Mal zu Bewußtsein gekommen war, ein plötzliches Aufwallen von Mitgefühl für dieses verlorene Geschöpf, diesen halb geformten Schatten eines größeren Wesens, gepeinigt von den Bedürfnissen eines Körpers, den sie sowohl verachtete als auch nicht begreifen konnte. Auch sie sehnte sich nach Liebe, doch bei all ihrer hochmütigen Prahlerei konnte sie diese Liebe nicht bekommen, außer durch Gewalt. Kara gehörte keinem von ihnen, welche Bande sie ihr auch auferlegen mochten, sondern war im Herzen nur sie selbst. Jetzt, da es zu spät war, hatte er es endlich begriffen; doch er bezweifelte, daß Louhi es jemals begreifen würde. Bis jetzt hatte er in ihr nur jemanden gesehen, der versuchte, ihn für seine Zwecke zu umgarnen, doch jetzt fragte er sich, ob sie sich vielleicht in der gleichen Weise zu ihm hingezogen gefühlt hatte …

Schwach und fiebrig, eingehüllt in seine Phantasien, hörte er die Schritte erst, als es zu spät war; jene, die sie erzeugten, waren erfahrene Jäger und daran gewöhnt, sich anzuschleichen. Nur ein plötzliches Knacken von Zweigen etwas höher am Hang und ein kehliges, triumphierendes Bellen ließen ihn aufhorchen. Er wäre am liebsten aufgesprungen, zögerte jedoch; es wäre besser, wenn sie ihn noch für bewußtlos hielten und deshalb vielleicht etwas argloser wären, besonders wenn sie vorhatten, ihn wegzutragen. Doch man ließ ihn liegen. Verwirrt hob er die Lider einen ganz kleinen Spalt und sah sie: hochgewachsene Ekwesh-Krieger, die müßig herumstanden, mindestens vier oder fünf. Einer deutete mit dem Speer zu einem länglichen dunklen Fleck auf dem steil ansteigenden Waldboden, und sie lachten, ein kurzes, grausames Lachen. Dann verstand er; dieser seltsame Fleck war sein eigenes Blut, und sie hielten ihn bereits für tot. Um so besser, daß er sich still verhalten hatte; wenn sie ihn einfach liegenließen, wenn sie darauf verzichteten, seinen Leichnam zu plündern … Dann stieß einer von ihnen seinen Speer in die weiche Erde und nahm eine kurze Axt von seinem Gürtel; Louhis Worte schossen ihm mit entsetzlicher Deutlichkeit ins Gedächtnis; sie waren im Begriff, ihren Befehl auszuführen, und er wußte nicht einmal, ob er überhaupt in der Lage war, sich zu bewegen.

Doch die Schritte knirschten auf den Nadeln, eine Handbreit von seinem Kopf entfernt; er hatte keine andere Wahl, als einen Versuch zu wagen. Mit einem qualvollen Stöhnen vor Anstrengung hob er sich auf die Arme und warf sich zur Seite, um dem Schlag auszuweichen, den er befürchtete. Doch es folgte keiner. Es gelang ihm, den Kopf zu heben, und voller Verwunderung sah er, daß der Mann mit der Axt mit erhobener Waffe erstarrt war; er hatte die Augen weit aufgerissen, und die Narben des Klanzeichens hoben sich deutlich von seinen grauen Wangen ab. Seine Kameraden stießen lediglich gellende Schreie des puren Grauens aus. Ein blutleerer Leichnam, so schien, war zum Leben erwacht, und es gab weniges, das die Ekwesh mehr fürchteten als die Toten; denn wenn ihre Opfer wiederauferstehen konnten, dann hatten sie in der Tat Grund zur Angst. Speere schepperten, als sie ins Gebüsch flüchteten, und die Axt fiel ihrem Träger aus der Hand. Wenn Elof im Vollbesitz seiner Kräfte gewesen wäre, hätte er in diesem Augenblick die Flucht gewagt, doch die Anstrengung des Aufstehens hatte ihn so sehr erschöpft, daß er nur rückwärts gegen einen Baum taumeln konnte, wobei er unter dem übelkeiterregenden Gestank des verklumpten Blutes in seiner Kehle würgte und daran zu ersticken drohte. Dumpf wurde ihm bewußt, daß der wertvolle Augenblick verstrich, sah, wie die Angst in diesen kalten Augen flackernd in ungebändigten Zorn umschlug, Zorn darüber, zum Narren gehalten worden zu sein und Angst gezeigt zu haben. Gleichzeitig zückten sie ihre Waffen, um diese Schmach zu rächen, und mit Gesichtern, die zu höhnisch grinsenden, wütenden Fratzen verzerrt waren, kamen sie langsam, verächtlich auf ihn zu und umzingelten ihn.

Der Laut, der in diesem Augenblick ertönte, hätte der Schrei eines Vogels sein können, ein leises und doch schrilles Pfeifen, und sie schenkten ihm keine Beachtung. Doch Elof hörte es nicht zum erstenmal; es erweckte lebhafte Erinnerung in seinem benommenen Geist und gab ihm ein, wie er sich jetzt am besten zu verhalten hatte. Er warf sich flach in sein eigenes Blut. Plötzlich erfüllte ein leises Säuseln die Luft, und seine Feinde wandten sich verunsichert um. Dann kreischten sie entsetzt auf und warfen die Arme hoch, um ihre Köpfe zu schützen; der Steinhagel, der pfeifend durch die Bäume auf sie herabprasselte, ließ sich jedoch von solch schwachen Schilden nicht aufhalten, und jeder Stein, der traf, riß eine tiefe Wunde. Elof sah, wie bei einem der Krieger das Gehirn aus dem Schädel quoll, ein anderer vollführte einen grotesken Tanz unter einem Dutzend von Einschlägen und sackte als toter Klumpen zusammen. Der Mann mit der Axt wirbelte um die eigene Achse, seine lederne Rüstung war von drei Pfeilen durchbohrt; einen zog er heraus, sank zu Boden und starb mit ihm in der Hand. Elof, der dem Steinhagel trotzte, um die Axt des Gefallenen an sich zu nehmen, fand, daß diese irgendwie vertraut aussah, eine fachmännische, wenn auch grobe Arbeit. Ekwesh rannten kreuz und quer über die Lichtung, doch sie fanden keinen Weg hinaus. Einem hing ein Arm schlaff von der Schulter, ein anderer wurde von Pfeilen und geschleuderten Steinen gefällt, ein weiterer versuchte sich mit einem Sprung in die Büsche zu retten, hielt mit einem wahnsinnigen Schrei inne, fiel vornüber und rammte sich den Speer, der zuvor seinen Bauch durchbohrt hatte, noch tiefer in den Leib.

Dieser Anblick war zuviel für Elof in seinem geschwächten Zustand; er mußte sich heftig übergeben und wäre beinahe in Ohnmacht gefallen, so große Schmerzen bereitete ihm das. Er lag hilflos da, als Füße über die Lichtung raschelten, und er wurde von starken Armen gepackt und hochgehoben. Ein starker Geruch strömte ihm in die Nase, vertraut und doch auf unerfreuliche Weise verändert, ein Geruch, den er als streng und abstoßend empfand, was er üblicherweise nicht war. Das gab ihm genügend Kraft, um die Augen zu öffnen. Doch er glaubte, vom Fieberwahn befallen zu sein, denn das erste Gesicht, auf das sein Blick fiel, war dasjenige Rocs.

»Immer mit der Ruhe!« sagte Roc atemlos, während Elof vor Schreck in den Armen zusammensackte, die ihn festhielten. »Ich habe alle Höllenqualen durchgestanden, um dich hier rauszubekommen, laß dir ja nicht einfallen, jetzt ins Gras zu beißen! Seht ihr, verdammt noch mal!« fügte er, an die schattenhaften Gestalten hinter ihm gewandt, schnell hinzu. »Er kann nicht einmal sprechen, ganz zu schweigen vom Gehen. Wir müssen ihn tragen...«

»Noch nicht!« warf eine strenge, tiefe Stimme hinter ihm ein, während er zur Seite gedrängt wurde. Eine stämmige Gestalt nahm seinen Platz ein, etwas kleiner als er, doch genauso breit oder noch breiter. Eine kräftige Hand packte Elofs Haare und drückte seinen Kopf zurück, so daß ein Gesicht direkt in das seine starren konnte; ein dunkelbärtiges Gesicht mit so vielen Runzeln und Furchen, das aus braunen Seilen geformt zu sein schien, mit Augen wie schwarze Opale, die unter dichten Brauen brannten. Ein feines Netz aus geflochtenem Gold krönte die Stirn, und der zerzauste Bart stand struppig über einem breiten goldenen Kragen. Die Augen blickten eindringlich in die seinen, und die eingefallenen Wangen schienen noch hohler zu werden, als ob sie von einem inneren Feuer verzehrt würden. In diesem Blick war keine Spur von Güte oder Gnade, vielmehr war er erbarmungslos, stolz, argwöhnisch, und vor allem war er gierig. »Nun?« sagte eine Stimme, deren Klang ebenfalls einigermaßen vertraut war; doch aufgrund des Gesichts, ja, selbst aufgrund des Geruchs, hatte Elof bereits die Rasse des Sprechenden erkannt. Die Worte trieften von Sarkasmus. »Welchen Beweis kannst du uns zeigen, Schmied unter den Menschen? Mit welchen Wundern kannst du uns in Erstaunen versetzen?«

Elof brachte mit Mühe einige Worte heraus. »Nichts...

nichts aus diesem hier.« Er griff unter sein zerrissenes Hemd und zog den kleinen ovalen Onyx heraus, den der große Duergar Ansker ihm einst um den Hals gehängt hatte. Knorrige Finger zogen daran, rieben ihn, und die trüben Augen kamen näher heran und gafften mit ungläubigem Staunen.

»Wo hast du das gestohlen? Mit welchem Recht trägst du es?«

Elof zwang sich aufzustehen, obwohl die Bäume um ihn herum heftig zu schwanken schienen. Er sah dem dunklen Mann ins Gesicht und erwiderte selbstbewußt: »Ich bin der Schmiedemeister Elof Valantor. Willst du mir nicht deinen Namen nennen? *Ti shkazye khto?*«

Duergar-Stimmen drückten raunend ihr Erstaunen darüber aus, daß ein Mensch eine ihrer Sprachen beherrschte, und er entspannte sich ein wenig; er hatte befürchtet, sie würden ihn nicht verstehen. Der Goldgekrönte musterte ihn eine Weile, dann nickte er kurz. *»Ieh tyak, uznye. Ildryanye korolye! Iye!«*

»Dann höre meine Antwort, Lord Ildryan. Dieser Stein wurde mir in meiner Eigenschaft als Geselle rechtmäßig verliehen, nachdem ich zwei lange Jahre Dienst getan hatte; und durch das Ablegen der Meisterprüfung wurde dieses Recht bekräftigt.« Wieder hörte er Worte des Erstaunens, vermischt mit ungläubigem Kichern; doch er konzentrierte seinen Blick auf Ildryan. »Für mich und meinen Gehilfen beanspruche ich die Wahrung dieses Rechts! Ist mir das gewährt? Oder wollen wir hier herumplänkeln, bis die Menschenfresser zurückkehren? *Khazhto myetdylas!*«

Aus den Schatten ringsum drängten sie sich im Kreis um ihn herum, und das Kichern verstummte allmählich. Elof bemerkte jetzt erst, daß der Goldgekrönte erstaunlich ärmlich gekleidet war für einen Angehörigen des Alten Volkes, und erst recht für eine hohe Persönlichkeit; er trug ein Hemd aus einem feinmaschigen Kettengewirk nach Duergar-Art, mit Gold verziert, doch es sah aus, als ob es von einer anderen Größe umgeändert worden wäre, damit es ihm paßte, und die ledernen Beinkleider waren abgewetzt und fleckig. Die Bekleidung der anderen war nicht weniger schäbig und sogar noch schmutziger. Beutel mit Wildfleisch, Bündel von Wurzeln, sogar einige erlegte Hasen hingen an ihren Gürteln, und viele ihrer Kettenhemden schienen ihnen nicht zu passen. Lediglich ihre Waffen waren von hochwertiger Machart und reich verziert, auch wenn sie an derben Fellgehenken hingen. Er merkte, wie in seinem Kopf allerlei Gedanken durcheinanderschwirrten, so rätselhaft erschien ihm das alles, und plötzlich konnte er nur noch dieses eine dunkle Gesicht sehen. Es schien frei im Raum zu schweben, und er zwang sich, dem Blick dieser unergründlichen Augen standzuhalten, bis er sich schließlich senkte, begleitet von einem schnellen, unwilligen Nicken. »Wir verschwenden in der Tat zuviel Zeit!« murrte die Stimme. »Der Preis ist angenommen! *Talyazkha na zyevar! Nash skaryenje!*«

Elof sank vor Erleichterung in sich zusammen; Roc stützte ihn und fragte nach der Bedeutung dessen, was gesprochen worden war. »Er hat gesagt, wir sollen mit ihm gehen«, krächzte Elof und fügte so leise, wie er nur konnte, hinzu: »Eigentlich war es eher ein Befehl... und er hat uns zur Eile angetrieben!« Dieser Gedanke erschien ihm mit einemmal richtig komisch; er konnte kaum einen Fuß vor den anderen setzen, und das alberne Klingeln in seinen Ohren übertönte alles, was Roc sagte. Sein Unwohlsein wuchs. »Aber was hat er damit gemeint, daß der Preis...« Plötzlich drehten sich die Bäume um ihn herum, und der Boden hob sich unter seinen Füßen.

Während des Großteils der folgenden Zeit schwebte er unbehaglich in dem Schattenbereich zwischen Bewußtsein und Bewußtlosigkeit; undeutlich nahm er wahr, daß er auf irgendeiner Art von Trage oder Sänfte, die auf breiten Schultern schaukelte, getragen wurde; Streifen hoher Bäume zogen an ihm vorbei und dazwischen Mond und Sterne. Dann und wann wirbelte er wieder in jenen schrecklichen Fluten herum oder sah Louhis von Rachedurst verzerrtes Gesicht vor sich, oder er spürte die grauenvollen Todesqualen des Schwertstoßes, oder er wandelte auf Pfaden, die noch dunkler und wirrer waren. Dann, sehr plötzlich, blickten seine Augen hinauf zu einem Kreis aus blauem Himmel, und er war vollkommen wach.

Roc beugte sich über ihn, eine Wasserflasche in der Hand; als Elof sich bewegte, nickte er so kurz wie Ildryan und lehnte sich an einen Baum zurück, zeigte aber ansonsten kein Anzeichen von Erleichterung. »Nun«, sagte er. »Gut geschlafen, was?«

Elof veränderte seine Lage und blickte sich um. Er sah nichts anderes als Büsche und darüber, zwischen schwarzen Umrissen von Zweigen und Blättern, Flecken von blauem Himmel, übersät mit den rosafarbenen Wolken des Sonnenuntergangs, und die Spitze einer Klippe oder eines Felsens oder grauen Steins. Das gab ihm ein angenehmes Gefühl von Frieden. Die Luft war erfüllt von einem starken Harzgeruch, und als er sich erneut bewegte, stellte er fest, daß er auf einem länglichen Haufen aus weichen Fichtennadeln lag, die ein angenehmes Waldbett abgaben. Im Hintergrund waren Bäume, doch Roc saß am Fuße des einzigen in ihrer Nähe, einer dicken Fichte, mit Gorthawer und ihren Packsäcken neben sich. »Ja«, antwortete Elof, und obwohl seine Kehle trocken war, hatte er den Eindruck, daß seine Stimme bereits kräftiger klang. »Ja, das habe ich. Ich fühle mich … gestärkt.«

»Das ist anzunehmen«, sagte Roc ernst, »bei der Geschwindigkeit, mit der du genesen bist. Wir dachten schon, Louhi hätte alles verpfuscht, aber das hat sie nicht, was?« Er bemerkte den verstörten Ausdruck, der über Elofs Gesicht huschte, und lehnte sich zurück. »Beruhige dich, mein Junge, entspann dich! Im Moment sind wir hier einigermaßen sicher. Ildryan und seine Jungs behaupten, daß Louhi dieses Gebiet nicht beherrscht. Sie haben sich an einem netten schattigen Plätzchen hier in der Gegend eingeigelt und warten auf die Nacht. Aber ich dachte, die Sonne könnte dir ganz gut tun, und offenbar waren sie auch nicht traurig darüber, uns loszuwerden.«

Elof richtete sich behutsam auf und spürte, wie sich sein Geist klärte. »Roc, wie bist du zu dieser Bande gestoßen? Was ist mit dir geschehen, nachdem ...«

»Nachdem du die Form verloren hast? Die Mächte mögen wissen, wie du sie überhaupt so lange beibehalten konntest, aber ich bin verdammt froh, daß es so war. Na ja, ich wurde weggetrieben, nach unten gerissen; dann sah ich den Tarnhelm, der an mir vorbeikam...«

»Du hast ihn gesehen? Hast du ihn erwischt? Roc, ist er geborgen ...«

»Mal schön langsam! Ja, ich habe ihn gefunden; ich sah, wie er zwischen den Felsen herumschwappte, und als er sank, tauchte ich danach. Ich wurde von einer Strömung mitgerissen, aber schließlich brachte ich ihn sicher ans Ufer. Er kam mir ziemlich nutzlos vor, ohne dich! Und ich wußte nicht, ob du am Leben oder tot warst! Dann haben mich unsere Freunde gefunden.« Er schnaubte durch die Nase. »Ich nenne sie Freunde, das heißt die nackte Wahrheit in schöne Worte kleiden. Sie halten nicht viel von den Menschen. Sie hätten mich auf der Stelle erledigt, wenn sie nicht auf den Helm gestoßen wären und begriffen hätten, daß es damit etwas Besonderes auf sich hat. Daraufhin waren sie bereit, mich anzuhören. Ich befürchte, ich habe ein bißchen aus dem Nähkästchen geplaudert, was diesen Helm und dich betrifft, um sie zu ködern, damit sie mir bei der Suche nach dir halfen; sonst hätten sie sich keinen Deut dafür interessiert. Doch die Ekwesh erreichten dich früher als wir ... Ich habe noch versucht, dich zu warnen, aber – na ja, es war zu spät. Und auf einmal warst du also Gefangener, und wir hatten die Bescherung!«

Elof lächelte. »Meine Schuld! Du hast dir zumindest Mühe gegeben.«

Roc verzog das Gesicht. »Wir haben beobachtet, wie sie dich geschnappt haben, aber die Duergar waren nicht bereit, die Wachen anzugreifen, nicht in dieser ungeschützten Landschaft; ich kann es ihnen nicht verübeln, es waren zu viel andere in der Gegend. Aber sie haben deine Spur sorgsam verfolgt, jeden Schritt, und als die Menschenfresser dich in die Burg brachten, waren wir nahe genug, um uns dir bemerkbar zu machen – und ich war nahe daran, mir die Haare einzeln auszureißen oder dir in diesen Turm nachzueilen. Aber sie sagten, an der rückwärtigen Mauer könnten wir noch näher herankommen und daß ich vielleicht den Berg besteigen und von dort aus hineinschlüpfen könnte, da dieser Ort so gebaut ist, daß vorn keiner hereinkommt ...«

»Heineinschlüpfen?« lachte Elof schwach. »Roc, mein Junge, was hast du denn gehofft, dort drinnen ausrichten zu können? Du mußt doch gesehen haben, daß es ein Bienenstock ist, in dem es von Menschenfressern wimmelt ...«

»Nun ...« Roc grinste etwas verlegen. »Ich dachte, ich könnte mich mal ein bißchen umsehen; wollte mich als Sklave verkleiden, wie ...«

»Arschloch!« brummte Elof, um seine wahren Gefühle zu verbergen. »Selbst wenn du wochenlang auf halbe Ration gesetzt würdest, hättest du immer noch das Aussehen des bestgenährten Sklaven, den ich je gesehen habe!«

Roc schmunzelte still. »Ach, vielleicht mästen sie sie ja hin und wieder. Aber ich bin dir dankbar, daß du mir die Plackerei erspart hast, mit deiner akrobatischen Meisterleistung …«

»Hast du das gesehen?«

»Ich war etwas weiter unten am Hang. Es konnte mir nicht entgehen, nachdem es Ekwesh regnete! Und dann dich! Bei den Zähnen des Teufels, ich dachte, diesmal hätte dein Stündlein geschlagen! Das Schicksal eines Draufgängers! Doch es empfahl sich immerhin, noch mal genauer hinzusehen, für alle Fälle; den Rest kennst du.« Er zuckte mit den Schultern. »Übrigens, es ist ganz gut so, daß sich diese Kauze nicht allzusehr für uns interessieren, sonst würden sie sich vielleicht Gedanken machen über die Narbe auf deiner Brust und eine andere auf deinem Rücken. Es war eine ziemlich schlimme Wunde, und wir alle haben gesehen, wie sie entstand. Man könnte fast sagen, es war eine tödliche Verwundung, und doch bist du jetzt hier, gesund und munter! Es ist also wieder mal geschehen, nicht wahr?«

Elof schluckte und nickte; er erinnerte sich an die unselige Kluft, die sich nach jenem sonderbaren Vorfall zwischen ihm und seinen Freunden aufgetan hatte. »Ja, ist es. Und ich weiß immer noch nicht, warum …«

Roc machte ein nachdenkliches Gesicht. »Sieh mal, du kannst verletzt werden, genau wie wir alle, das steht mal fest. Schon in deinen ersten Lehrlingstagen am Amboß, als du dir auf den Daumen gehauen oder dir die Finger verbrannt hast; ich habe es gesehen. Aber du hast deswegen nicht einmal geflucht, jedenfalls nicht laut, so sehr warst du bestrebt, dich wie dein Meister zu verhalten.« Er schmunzelte bei der Erinnerung daran, obwohl es Elof einen Schauder über den Rücken jagte. »Aber du hast ganz normal geblutet, und es dauerte so lang wie bei jedem anderen, bis deine Wunden verheilt waren. Als du erwachsen warst, erging es dir nicht anders. Mit Ausnahme dieser beiden Male. Also, was war so Besonderes ...« Dann riß er die Augen vor Verwunderung weit auf, und Elof merkte, wohin seine Gedanken trieben. »Beide Male wurden dir die Wunden mit einem Schwert zugefügt, und beide Male war es ein Schwert, das unter deinen Händen entstanden war ... Du, der du deinen Werken häufig mehr Macht eingibst, als du selbst meinst. Als ob so viel von deiner Kunst in sie eingeflossen wäre, daß sie dich nicht richtig verwunden können, sondern jede Verletzung schnell wieder heilen, sie mit dem Feuer versiegeln, das sie geschmiedet hat ...« Er pfiff leise vor sich hin. »Das klingt verdammt unwahrscheinlich, aber bei dir ... ja, bei dir könnte ich mir so etwas vorstellen.«

Elof schüttelte den Kopf. »Ach, Roc! Ich habe keiner der beiden Klingen eine derartige Eigenschaft eingegeben!«

»Deinem Blut wohnt eine besondere Zauberkraft inne!«

»Dann habe ich den Waldboden gründlich verzaubert! Hör zu, Roc, vielleicht ist es so, wie du vermutest. Wie soll ich das wissen? Aber eines weiß ich: es hat nicht verhindert, daß ich Blut vergossen habe. Ich bin schwach wie ein neugeborenes Kätzchen und dem Verhungern nahe; läßt sich irgendwo etwas zu essen auftreiben?«

Roc kicherte. »Sehr gut; du bist also auf dem Weg der Besserung.« Er zog das Gepäck heran, wühlte darin herum und reichte seinem Freund mit Blättern umwickelte Päckchen. »Laß mal sehen; wir haben Fleisch, Brot, irgendwelche Wurzeln, sonderbar, aber nahrhaft. Zumindest waren sie nicht kleinlich mit Essen, unsere neuen Bekannten; daran tun sie gut, bei dem verdammten Preis, den sie ...«

Elof, der gierig an dem harten grauen Brot herumriß, blickte ihn eindringlich an. »Preis? Jetzt fällt es mir wieder ein. Ildryan sagte etwas davon, daß er mit dem

Preis einverstanden sei ... Was für ein Preis ist das, Roc? Und wofür?«

Roc wickelte eine baumelnde Locke roter Haare um seine breiten Finger. »Nun ... das ist die unerfreuliche Seite der Geschichte. Ich wollte eigentlich nicht darüber sprechen, bevor ... na ja, bevor es dir besser geht.«

»Roc, es geht mir wieder gut. Um welchen Preis geht es?«

»Dir geht es gut? Du warst so grau wie das verdammte Brot, und du bist immer noch schwach. Ach, was soll das? Der Preis ... nun, das ist dein Helm ... nein, lehne dich gemütlich zurück und laß dir erklären!«

»Du hast ihn? *Und du verschacherst ihn einfach ...*«

»Elof, hör mir zu! Das war der Preis für unser beider Leben ...«

Elof brauste auf. »Roc, du hirnverbrannter Hundesohn! Der Helm ist der wirkungsvollste Gegenstand, der mir noch geblieben ist! Er gehört mir, zum Teufel mit deinen blödsinnigen Abmachungen! Ich muß ihn haben, hörst du mich? *Ich muß ihn haben!* Ich kann nicht hoffen, ohne ihn Kara jemals ...«

Roc verdrehte die Augen nach oben, bis fast nur noch das Weiße zu sehen war, und auf seinen Wangen stand flammende Röte. »Sie einfangen, darum geht es, ja? Wo ist denn all deine Reue geblieben, was, Herr Großetönespucker? Bist du nicht schon einmal zu weit gegangen, als du sie einfangen wolltest? *Und wären wir vielleicht hier, in dieser elenden Lage, wenn du es nicht getan hättest?*« Elof senkte den Kopf, und Roc stieß ungeduldig die Luft aus. »Ach, werter Schmiedemeister, es tut mir leid. Aber was hätte ich denn tun sollen? Ich hätte dich niemals allein retten können, und ich kann mit diesem Ding nicht umgehen! Welchen Sinn hätte es gehabt, mich daran festzuklammern und dich statt dessen zu verlieren? Sie hatten es sowieso schon; nichts konnte sie davon abhalten, es mir einfach abzunehmen und mich mit edlen Gefühlen, aber auf dem trockenen zurückzulassen. Oder mir die Kehle aufzuschlitzen. Und zumindest bis jetzt haben sie sich ehrenhaft verhalten; sie haben uns sonst nichts weggenommen, nichts aus unserem Gepäck entwendet.«

Elof nickte, doch im Innern seines Herzens fühlte er sich immer noch elend. Er aß wieder, doch ohne Appetit, während das letzte Sonnenlicht über den Büschen verblaßte und die ersten Sterne erschienen. Der Felsbrocken wirkte in der Dunkelheit noch höher, ein steiler Schatten vor dem leuchtenden Zwielicht. Er überlegte, daß bei den Duergar auch die äußere Erscheinung trügerisch sein konnte. Ihre Charaktere hatten viele Facetten, die sich nicht alle nach den Maßstäben der Menschen beurteilt ließen; sie konnten ein finsteres und argwöhnisches Volk sein, selbstsüchtig sogar gegenüber ihresgleichen, obwohl er nie erlebt hatte, daß sie auch nur halb so hemmungslos grausam gewesen wären wie die schlimmsten Vertreter der menschlichen Rasse. Vielleicht waren sie in Fällen wie diesem einfach weniger scheinheilig. Ansker und Ils stellten sich den Menschen gegenüber in ihrer unverfälschten Art dar, und für die meisten jüngeren Duergar galt das gleiche. Doch selbst Ils, die von Herzen großzügig war, hätte einen solchen Handel höchstens etwas hart, aber in keiner Weise verwerflich gefunden. »Wie du sagst, Roc, sie hätten den Helm einfach nehmen können, ohne Risiko… Aber was hätte er ihnen genützt? Denn wenn sie auch in der Zauberschmiedekunst genügend bewandert sind, um ihn zu benutzen, so kennen sie doch nicht die Wirkung. Sollen sie es doch versuchen«, fügte er grimmig hinzu.

»Es wird allmählich dunkel!« sagte eine schroffe Stimme. Er blickte auf. Da standen Ildryan und eine Gruppe seiner Gefolgsleute, und in den tiefer werdenden Schatten wirkten ihre gefurchten Gesichter noch weniger menschlich und die schwarzen Augen steinern und trübe. An Ildryans Hand baumelte der wertvolle Helm, und Elofs Herz machte einen Sprung und pochte wie wild; er bemerkte einige Beschädigungen an ihm, Dellen und hier und da aufgegangene Kettenglieder. Wutentbrannt stellte er fest, daß ein anderer das Schwert Gorthawer seiner Scheide einverleibt hatte. Der Herr der Duergar gab einem seiner Männer ein Handzeichen, woraufhin dieser sich durch das dornige Gebüsch, das er vorsichtig auseinanderschob, zum Fuß des Felsens arbeitete; die Dornen machten offenbar keinen Eindruck auf seine von Leder umkleideten Hände. Was er dann tat, geschah im verborgenen, vielleicht gab es dort noch einen zweiten Duergar außerhalb ihrer Sichtweite; jedenfalls war seine Absicht offenkundig. Denn vor ihren Augen vertieften und verdunkelten sich die Schatten auf der rauhen Oberfläche des Felsens und flossen ineinander, und ein ganzer Teil des Steins, der einen Herzschlag zuvor noch wie aus einem Stück erschienen war, schob sich langsam und lautlos nach hinten und schwang schließlich an einem unsichtbaren Scharnier zur Seite. Noch bevor sich diese steinerne Tür vollends geöffnet hatte, trat einer der Duergar mit einer Zunderbüchse in der Hand in die Dunkelheit; Licht flammte auf, die Wand wurde in einen Hauch von Rot getaucht, und plötzlich wurde daraus eine Blume aus sanftem Gold, aus deren Funken eine weitere und wieder eine weitere entstanden, eine dahinjagende Linie aus zuckenden Flammen, die ein mildes, warmes Licht auf ein geräumiges Gemach aus Stein warfen, sowohl lang als auch breit; die nackten Wände waren geschmückt mit Tier- und Jagdszenen in dunklen Farbtönen. Sie wirkten alt und verblaßt, doch an der hinteren Wand glänzte ein gewaltiges Gitterwerk aus Metall unbeeinträchtigt durch die Einflüsse der Zeit, und die Lampen glitzerten in ihrem eigenen Licht.

»Silber, golden und Kristall!« flüsterte Roc. »Dabei sind sie gekleidet wie Bauern ...«

Elof spürte, wie die Haare in seinem Nacken kribbelten; plötzlich war er der Lösung seines Rätsels sehr nah, und das Bild, das vor seinem geistigen Auge Form annahm, gefiel ihm überhaupt nicht.

»Kommt!« sagte Ildryan barsch. »Tretet ein in unsere uralten Hallen; seid unsere Gäste, wie ihr es bei unseresgleichen jenseits des Ozeans gewesen seid. Ihr dürft euch geehrt fühlen, denn seit vielen Generationen war es keinem Menschen gestattet, dieser Pforten ansichtig zu werden.«

Zwei Duergar beugten sich über Elofs mit Fichtennadeln ausgelegter Trage, doch er richtete sich schnell halb auf und kam ihnen zuvor. Ildryan furchte die Stirn. »Was zauderst du?« fuhr er ihn an. »Wohin sonst könntet ihr gehen? Hier gibt es keine *Zhaliki*, doch die Gegend ringsum wird von den Menschenfressern durchkämmt, sie dürsten nach Rache! Ihr Narren, sollen wir euch ihnen überlassen?«

Elof war sich unschlüssig. Die Wärme und das Licht waren verlockend, und er sehnte sich nach der Sicherheit alter Erinnerungen; er strengte die Augen an, und er hatte den Eindruck, als sähe er hinter der inneren Pforte einen Tunnel, der zu einem dunklen stehenden Gewässer hinabführte, einem sonnenlosen See, auf dem die tanzenden Flammen funkelten wie Edelsteine in einem Diadem. Es drängte ihn, sich an diesem ruhigen Ufer niederzulegen und auszuruhen, sich von Bedürfnissen, von den Gedanken, von der Liebe zu erholen. Von all diesem hatte er zuviel ertragen, es war in gebündelter Form Teil seiner Todesqualen gewesen, und jetzt verlangte es ihn nur nach einer Rast, nach Erholung. Doch jenes andere Bild wurde nur allzu deutlich. Er erinnerte sich an einen anderen König unter dem Fels, und wie es diesem widerstrebte, Fremde wieder ziehen zu lassen, sobald sie einmal Bergpforten wie diese durchschritten hatten. Diesem hier, mit seinem gierigen Gesicht und den brennenden, verzehrenden Augen, traute er noch weniger. Im Schutze eines solchen Horts, scheinbar abgeschirmt gegen die Unruhen der Welt draußen, könnte nur allzu leicht in Vergessenheit geraten, daß nicht nur dem eigenen Volk das Recht zu urteilen zustand oder daß es etwas Gutes, ein Recht, das mehr bedeutete als kurzfristige Vorteile, geben könnte.

»Was wollt Ihr von uns, Lord Ildryan?« fragte er ruhig. »Sollen wir Euch zeigen, wie man mit diesem Helm umgeht? Aber das war nicht Teil der Abmachung, nicht wahr, Roc? Nun, da Ihr uns dazu zwingt, werden wir uns streng an den Wortlaut dieser Vereinbarung halten. Ich werde Euch nicht im Gebrauch dieses Helms unterweisen, weder hier noch dort unten. Ich verpflichte mich, einen ebenso wertvollen Gegenstand für Euch herzustellen, wenn Ihr es wünscht, doch ich werde mich erst an die Arbeit machen, wenn ich meinen Helm wieder in Händen halte. Ebensowenig werde ich Eure Pforte durchschreiten, bevor er wieder in meinem Besitz ist. Behaltet den Helm, wenn es Euch beliebt, er wird Euch wenig nützen. Aber wenn Ihr vernünftig seid, laßt Ihr mich einen Ausgleich mit anderen Arbeiten schaffen ...«

»Du wirst den Helm nicht bekommen!« fauchte Ildryan. »Ihr, die ihr dort oben haust, ihr Geschöpfe des blendenden Lichts und der bewegten Lüfte, haltet ihr uns für blind? Oder für Narren? Wollt ihr uns den Preis abhandeln und uns mit irgendwelchem Schrott aus eurer Kesselflickerei entschädigen? Die Alten in eurem Land mögt ihr auf diese Weise zum Narren halten, aber wir werden dafür sorgen, daß wir bekommen, was uns zusteht. Ihr bekommt den Helm nicht, und auch sonst nichts von uns, außer notfalls unsere Waffen zu spüren! Hinein mit euch, oder ihr habt euer Leben verwirkt!«

Mattes Eisen schimmerte, als Pfeile an Bogen und Steine in Schleudern gelegt wurden, und die Duergar drängten vor; ihre Augen waren vor allem auf Roc gerichtet, weniger auf das kranke Geschöpf, das sie getragen hatten. Doch Elof sprang geschmeidig auf die Beine, direkt zu demjenigen, der Gorthawer an sich genommen hatte, warf ihn mit einem einzigen Schlag zu Boden und entriß ihm noch im Fallen den Gürtel mit der Scheide. Die blanke Klinge schmiegte sich singend in seine Hand, und leicht schwankend, aber trotzig stand er da. Roc trat schnell neben ihn und legte ihm die Hand auf die Schulter.

»Die Rasse der Duergar hat also wirklich vergessen, was Ehre ist«, schnarrte Elof mit einer so unheimlichen Stimme, das Roc zusammenzuckte. »Ebenso wie alles andere ...«

Ildryans Blick glühte, doch er hob kurz die Hand, und kein Schuß wurde abgegeben. »Wir vergessen nichts«, sagte er verächtlich, »auch nicht, wenn wir es mit menschlichem Dreck zu tun haben. Verschwindet jetzt von hier, wohin ihr wollt, zu den Klippen oder zum Eis, mir ist es gleichgültig. Doch wenn ihr noch einen Augenblick länger hier verweilt, dann werden wir euch als Eindringlinge und Spione abschlachten!«

»Und der Helm?« fragte Elof.

»*Adyitze!*« Auf Ildryans kurzen Befehl hin wandten sich die Duergar um und traten zu ihm ans Tor. Zähne schimmerten durch den zerzausten Bart, doch das hatte nichts mit einem Lächeln zu tun, und er räusperte sich und spuckte auf das Gras jenseits der Tür. Im flackernden Lichtschein schien seine gebückte Gestalt mit der Intensität seiner Boshaftigkeit zu wachsen. »Abmachung ist Abmachung! Was wir haben, behalten wir. *Dal'budye!*«

Während der Duergar dieses letzte verächtliche Schimpfwort ausspie, schwang der große Felsbrocken vor das sanfte Licht und trennte es leise wie ein Seufzen ab. Für einen Augenblick war die Oberfläche des Steins von glänzendem golden umrahmt, dann verblaßte und verschwand es. Die nackte Wut überwog Elofs Schwäche, er schwankte nach vorn und hämmerte mit dem Schwertknauf gegen den Stein. Doch er klang an einer Stelle so massiv wie an jeder anderen, und selbst seine geübten Augen und Hände konnten nicht die kleinste Ritze ausmachen.

»Komm, weg hier!« brummte Roc, und zog ihn zurück. »Du hast gehört, was er gesagt hat; eine Minute dürfte das Äußerste sein, was ihre Ehre zuläßt. Dann werden sie schießen...« Er deutete mit dem Daumen vielsagend nach oben, wo hundert oder tausend Schießscharten verborgen sein mochten; dann legte er sich Elofs Arm um die Schulter und schleppte ihn die Böschung hinunter, wobei er ihn mehr oder weniger trug.

An ihrem Fuße hielt er keuchend inne, und sie sanken inmitten gelb blühender Ginstersträucher nieder. Das erste, was Elof sagte, war: »Ich könnte diese Tür aufbrechen...« Seine Augen wanderten hangaufwärts. »O ja, sie ist noch durch etwas anderes geschützt als nur geschickte Verarbeitung. Ihr wohnte eine großartige Eigenschaft des Widerstands inne, etwas tief Verwurzeltes, sehr Altes und Starkes. Aber... Ja, gib mir Zeit, dann werde ich sie aufbrechen.«

»Aha«, sagte Roc ungerührt. »Und zu welchem Zweck? Damit ihre Bogenschützen besser zielen können? Du könntest diesen Ort selbst mit einer Armee nicht erstürmen, mein Junge. Und überhaupt, sie würden die Tür einfach sofort wieder instand setzen...«

Elof hustete und drückte sich die Hand auf die Brust, wobei ihm ein Wimmern entfuhr. »Würden sie das? Da bin ich nicht so sicher.«

Roc sah ihn an. »Wie auch immer, wenn du so erpicht darauf bist, hineinzugelangen, warum hast du dich dann so gesträubt einzutreten? Ich war auch mißtrauisch, jawohl – aber es sah so aus, als hättest du einen guten Grund, ihnen nicht zu trauen; vielleicht wegen der Waffen hinter ihrem Rücken oder weswegen auch immer.«

»Ich habe etwas gesehen, ja, das stimmt. Keine Waffen. Es waren die Gegensätze, Roc, das Gold und die schäbige Kleidung… Ils hat uns oft genug erzählt, daß das erste Eindringen der Menschen in diese Gegend, vor vielen tausend Jahren, den größten Teil ihres Volkes über das Meer getrieben hat. Diese Duergar müssen also die Nachkommen jener sein, die geblieben sind. Und wer mögen sie wohl gewesen sein, bei einem so eng miteinander verflochtenen Volk, die geblieben sind? Vor allem Außenseiter, Eigenbrötler, Sonderlinge, Exzentriker, gespaltene Persönlichkeiten – von denen es bei den Duergar nicht viele gibt. Eben jene, die sich am wenigsten in einer Gemeinschaft anpassen konnten. Und die Duergar müssen in Gemeinschaften leben, um ihr Wissen und ihr Können zu erhalten und zu fördern, mehr noch, als das bei uns der Fall ist. Also? Abgeschieden, geschwächt, ohne den festen Kern ihres Volkes, wurden diese Verbliebenen bestimmt noch schwächer, schwanden ihr Wissen und Können. Einige vereinigten sich schließlich, vielmehr wahrscheinlich ihre Nachfahren, doch es war zu spät; zuviel war verloren, und sie waren zu wenige, um es wieder neu aufleben zu lassen. Arme, bedauernswerte Überbleibsel! Sie hatten das gesamte Reich ihrer Vorfahren zur Verfügung, alle Reichtümer, die diese hatten zurücklassen müssen, doch es war ihnen bewußt, daß sie daraus nichts auch nur halb so Gutes schaffen konnten. Obwohl sie also mit Lampen und Türen aus Gold leben, Ildryan und seine Leute, ihre Nachfahren, müssen sie sich als Jäger und Sammler durchs Leben schlagen, da sie zu wenige und zu unbedarft sind, um ihre Berghänge ordentlich zu bewirtschaften. Deshalb wurden sie auch immer gieriger und habsüchtiger, schlimmer als die schlimmsten ihrer Sorte in unserem Land; sie hamstern lieber, als daß sie selbst etwas schaffen, und sie sind selbstsüchtig und neidisch. Ich wagte es nicht, unser Leben von solchen Wesen abhängig zu machen.«

»Dann müßte man meinen, sie wären mit Wonne auf dein Angebot, sie mit etwas anderem zu entschädigen, eingegangen…«

»Indem sie mir Einblick in ihre Schmiedewerkstätten gewähren und den Verfall ihrer Handwerkskunst bloßlegen? Mir, einem Menschen und einem Schüler eines echten Meisters ihrer Rasse?«

»Sie hätten etwas von dir lernen können…«

»Dafür sind sie zu stolz und haben zuviel Angst davor, betrogen zu werden. Wenn wir erst einmal ihre Pforte durchschritten hätten, hätten sie sich genügend Gründe einfallen lassen, uns dort festzuhalten, Ehre oder nicht Ehre.«

Roc runzelte die Stirn. »Das glaube ich dir gern. Ich bezweifele, daß sie selbst mit Ils oder irgend jemand anderem ihresgleichen anders verfahren wären, in ihrem düsteren Stolz.« Er seufzte, und seine roten Haare fielen ihm traurig ins Gesicht, als er betrübt den Kopf senkte. »Also gut, jetzt sind wir also hier, meilenweit von jeder Zivilisation entfernt, so hilflos treibend, wie wir es noch nie waren, dazu ohne den Helm. Das ist letztendlich bei meiner Vereinbarung herausgekommen, einer ziemlich beschissenen Vereinbarung, wie mir scheint.«

Elof lachte, obwohl er dabei einen heftigen Stich in den überbeanspruchten Bauchmuskeln spürte, und gab ihm einen Klaps auf die Schultern. »Das darfst du nicht sagen! Als ich unter der Axt lag, hielt ich es für eine ausgezeichnete Vereinbarung! Und ich habe meinen Packsack mit dem gesamten Inhalt und auch Gorthawer wieder! Wenn wir auch den Helm eingebüßt haben, so bleiben uns immer noch der Panzerhandschuh und alle anderen Dinge; wenn auch mein bedauernswerter Hammer bei Louhi geblieben ist, so habe ich im Austausch dafür die andere Hälfte des Armreifs, und der Preis dafür war meiner Ansicht nach gering. Und vor allem haben wir unser Leben! Das und noch ein bißchen Proviant; wir haben schon Zeiten durchgemacht, in denen wir das eine für das andere hergegeben hätten, was?«

Roc schmunzelte; offenbar kehrte sein Sinn für Humor allmählich zurück. »Das stimmt. Und wir hätten nicht lange gefeilscht! Aber ich ärgere mich immer noch über diesen ungeschickten Handel; diese Schweinebande hatte nicht einmal genügend Anstand, uns zu einem ordentlichen Weg zu geleiten.«

»Vielleicht gibt es keinen. Oder keinen, den sie als solchen erkennen. Aber sie haben uns etwas verraten, ohne es zu wollen; sie haben gesagt, daß Louhi dieses Gebiet nicht beherrscht, und später erzählten sie noch, daß seit vielen Generationen keinem Menschen mehr gestattet gewesen sei, ihre Pforte zu sehen.«

»Na und?«

Elof grinste. »Das bedeutet, daß Menschen sie einstmals gesehen haben. Und das wiederum bedeutet, daß Menschen und Duergar einst miteinander zu tun hatten, so gering diese Berührungspunkte auch gewesen sein mochten. Es muß also einmal Menschen in dieser Gegend gegeben haben. Und da diese zerlumpten Duergar allein bestimmt nicht in der Lage wären, die Ekwesh von diesem Land fernzuhalten, muß es mit ziemlicher Sicherheit auch heute noch welche geben. Und außerdem müssen das auch noch starke Menschen sein.«

Roc pfiff leise durch die Zähne und sah sich um. Die Sonne war inzwischen beinahe ganz untergegangen, abgesehen von ein paar blassen Streifen zwischen den dunklen Wolken und einem letzten Schimmer in leuchtendem Orange am Horizont, vor dem sich die Silhouetten der Bäume abzeichneten. »Vielleicht. Kann gut sein. Und Feinde der Ekwesh könnten sich für uns als gute Freunde erweisen. Aber wo sind wir? In welche Richtung sollen wir uns in dieser Wildnis wenden?«

Elof nahm all seine Kraft zusammen und stellte sich zitternd auf die Beine. »Wir befinden uns hier immer noch hoch in den Bergen. Wir müßten ohne große Schwierigkeiten einen Punkt finden, von dem wir einen guten Überblick haben. Komm!«

»Ja, schon, aber kannst du denn ...«

»Ich habe dir doch gesagt, es geht mir besser. Komm!«

Roc machte keinen Hehl aus seinen Zweifeln; doch er tat, was Elof von ihm verlangte, und versuchte ihn nur zu stützen, wenn er über eine Wurzel oder lockeres Gestein in der weichen Erde stolperte. Sie durchquerten einen kleinen, steinigen Bach, der sie umgurgelte und mit seinen kalten Fingern nach ihren Knöcheln leckte. Elof nahm einen tiefen Schluck von seinem Wasser und schien danach sehr erfrischt. Langsam, doch beständig stiegen sie weiter auf, und bald erspähten sie einen blassen Keil zwischen den Schatten der Felsen, ein Stück Himmel. In dieser Richtung kletterten sie weiter, um sich einen Aussichtspunkt zu suchen. Der Hang war sehr steil, doch er war mit grobem Gras bewachsen, dessen Büschel Händen und Füßen einen guten Halt boten, und bald näherten sie sich dem Gipfel. Auf dem Kamm legten sie eine Rast ein, um zu verschnaufen und den Mondaufgang abzuwarten, denn der bewölkte Himmel spendete nur wenig Licht zum Sehen. Doch als Elof hinabblickte, stellte er fest, daß das Gras am Nordhang entschieden weniger üppig wuchs; es waren nur spärliche, kurze Halme. An manchen Stellen ragte der nackte Fels aus der Erde. Das bereitete ihm Unbehagen, und er spähte mit angestrengten Augen in nördliche Richtung. Als der Mond dann aufging, sah er in seinem ersten Schein ein rauhes Gelände mit dunklen Hügeln und Bergen, ähnlich dem, durch das die Ekwesh ihn getragen hatten, nur unterbrochen von gewundenen Silberstreifen breiter Flüsse und dem Glitzern der schneebedeckten Berggipfel. Doch darüber erstrahlte ein anderes Licht, wie die silberne Gischt einer sich brechenden Woge; es hing blaß und klar dort und schien auf die Wolken, bis auch diese sich in Flüsse aus Eis zu verwandeln schienen. Es waren die Mauern des Winters, die über der Welt aufragten. Und Elof, mit seinem verwundeten Herzen, verfluchte den Tag, als er sie zum erstenmal gesehen hatte.

»Das verdammte Eisglühen!« sagte Roc. »So nah?«

Schweigend deutete Elof in die entsprechende Richtung. Zwischen den beiden entferntesten Schneegipfeln leuchtete ein Fleck von etwas, bei dessen Licht die weißen Kuppen vor Neid hätten erblassen müssen, ein glitzernder Frost-Juwel in der klirrendkalten Luft. »Sein Vorbote«, sagte er leise. »Oder sein Kind. Es ist da, und es kommt näher; es veranlaßt die Schneegipfel, ihrerseits neue Gletscher abzuspalten.«

»Soviel also zum Norden«, bemerkte Roc nach einer kurzen Weile. »Im Westen liegt die Burg und das Meer und lauern die Menschenfresser; dort können wir allenfalls hoffen, auf irgendeine Weise ihren Kordon zu durchbrechen und ein kleines Schiff zu stehlen. Davon hältst du wohl nicht allzuviel, nehme ich an. Das habe ich mir gedacht. Dann bleiben uns also nur noch der Osten und der Süden.« Sie drehten sich um und blickten über eine lieblichere Landschaft, wo die schroffen Erhebungen durch sanftere Hügel ersetzt wurden und ein verschlungenes Durcheinander von üppigen Büschen und Bäumen die Umrisse des Landes weicher erscheinen ließen. Es war keine Spur von Schnee zu sehen. Ein leichter Nebel oder vielleicht auch ein vorübergehender Regenschauer tauchte die Ferne in Dunst, doch wenn er die Augen anstrengte, sah er einen schwachen Schimmer, bei dem es sich um einen breiten Fluß oder einen See hätte handeln können. Vom Süden bis zum Osten war der Anblick derselbe, soweit ihr Blick reichte, eine im allgemeinen flache und meist dicht bewachsene Hügelkette und dahinter Dunst und Ungewißheit.

»Sieht gar nicht so schlecht aus«, bemerkte Roc. »Auf jeden Fall besser als der Norden.«

»Und wenn es vielleicht etwas noch Besseres gibt, möglicherweise sogar bewohntes Land, dann dürfte dieses im Süden liegen«, stimmte Elof ihm zu. »Dorthin führt unser Weg! Nach Süden!«

Während er das sagte, warf er einen letzten Blick hinauf zu den hohen Zacken. Er konnte seinem schmerzenden Herzen nicht versagen, dieses wunderbare Werk zu bestaunen, auf das er wenigstens einen kurzen Blick hatte erhaschen dürfen, diese kühnen Gipfel und die schwindelerregende Freiheit der Macht. Er bezweifelte, daß er jemals etwas Vergleichbares würde schaffen können, ohne die einzigartige Bibliothek des Schmiedemeisters Mylio oder das uralte Wissen der Duergar zur Verfügung zu haben. Schlimmer noch, er konnte sich kaum vorstellen, daß er ohne diese Hilfe Kara jemals wiederfinden würde oder, falls doch, sie dazu bewegen könnte, bei ihm zu bleiben. Er verabschiedete sich von den Erinnerungen an helles Licht, rauschende Luft, wohlklingendes Lachen und an ein freies gemeinsames Erleben fremdartiger Erscheinungsformen und Empfindungen, an eine Welt, die nicht durch menschliche Grenzen eingeengt war. So übel ihm jenes Leben auch mitgespielt hatte, so sehnte er sich doch danach, wie nach einem angenehmen Traum, der allzu schnell zerschmettert worden war. Doch diese Sehnsucht wurde auch schmerzlich überlagert von bitterem Hohn und tiefer Abscheu, die in ihm aufwallten, und diese widersprüchlichen Gefühle trieben ihn so schnell den Hang hinunter, daß Roc kaum mit ihm Schritt halten konnte.

So geschah es also, daß der Tarnhelm aus der Chronik entschwand. Doch obwohl er in dieser Geschichte von nun an nicht mehr vorkommt, gibt es andere Erzählungen, in denen er noch eine Rolle spielt, wie auch in den Legenden, die aus ihnen erwuchsen. Schließlich, nach vielen Jahren oder vielleicht sogar nach vielen Generationen, so scheint es, lernten die Duergar, zumindest einen Teil der in ihm steckenden Macht zu entfesseln, und obwohl manche behaupteten, darin bestünde die größte Leistung, geriet der wahre Schöpfer niemals ganz in Vergessenheit. Jedenfalls sah das schwindende Alte Volk des Nordens darin einen wertvollen Schatz, und sie reichten ihn schließlich weiter an jene vom Schicksal zu ihren Nachfolger bestimmten wenigen, die ihr Hab und Gut und den überschatteten Namen erbten, den sie verdienten, und die ihre tragische Geschichte schließlich zu einem Ende bringen sollten.

Von den drei großen Arbeiten aus Elofs von Verderbnis geprägten Jugendjahren war nunmehr eine zweite aus der Welt verschwunden. Wenn sie auch hervorragende Lehrstücke waren, die den größten aller Schmiedemeister ankündigten, so konnte doch jede auf ihre Weise den Makel nicht loswerden, der auf ihr lastete, und jede auf ihre Weise bewirkte großes Übel. Während die bedeutendste Arbeit von allen, das Geistschwert, ganzen Gruppen von Menschen unnötige Leiden und einen zu frühen Tod zufügte, wurde der Helm, das magische Instrument für eine geheimnisvolle Verwandlung, zu einem Werkzeug des Betrugs und Verrats, und der Armreif, geeignet zum Knüpfen von Liebesbanden und am wenigsten von allen mit einem Makel behaftet, fesselte die Liebe dennoch mit allzu engen Schlingen, die schließlich zu seinem Zerbrechen führten. Doch obwohl zerbrochen, ist die Überlieferung von seinem unrühmlichen Wirken noch nicht zu Ende.

Von Elofs und Rocs Wanderung nach Süden über Berge und durch Wälder sind keine Berichte erhalten. Sie hat bestimmt mehrere Tage gedauert, da sie unterwegs unglaublich viele Höhen und Täler zu überwinden hatten, doch alles in allem kam es dabei offenbar zu keinen besonderen Vorkommnissen; das einzige, was erwähnt wird, ist, daß das Land unbewohnt und der Wildbestand gering war. Was das für sie bedeuten mußte, läßt sich leicht ahnen, denn sie hatten nur das wenige an Proviant dabei, was die Duergar ihnen mitgegeben hatten, und sie waren nicht mit den nötigen Gerätschaften für die Jagd ausgerüstet, abgesehen von Rocs Bogen und einigen ihnen verbliebenen Pfeilen; außerdem schwächte die Anstrengung der Genesung Elofs Körper. Andererseits marschierten sie frei und waren am Leben, wohingegen sie bei anderen Gelegenheiten nur allzu oft tödliche Gefahren durchzustehen hatten, und sie beide waren mit starken Gemütern gesegnet, die ihre erschöpften Körper aufrechthielten. In den Wäldern herrschte offenbar sommerliche Wärme, die Luft duftete nach Harz, und Blumen leuchteten zwischen den Kiefernnadeln am Boden. Sie waren noch immer auf den Beinen und in keiner schlechten seelischen Verfassung, als sie das Ende des Waldes erreichten, wo sie zwischen einigen vereinzelten Bäumen hindurchtraten und auf einen kahlen, steinigen Hang gelangten, der dem Anschein nach zu einem niedrigen Hügelkamm führte. Es war ein warmer Mittag, und jenseits des Kamms glitten lediglich einige Wolken vorbei; es gab keine Baumwipfel mehr, und als sie sich nach beiden Seiten umsahen, hatten sie den Eindruck, daß auch dort der Wald lichter und spärlicher wurde. Mit wachsender Erregung und großer Mühe, die zitternden Gliedmaßen zu beherrschen, kletterten sie den Hang hinauf. »Wir wollen hoffen ... daß der Abstieg ... nicht so beschwerlich ist«, ächzte Roc, dessen Gesicht rot und glänzend wie eine

Beere war. Doch als sie in die Nähe des Gipfels kamen, stellten sie fest, daß es keinen Abstieg gab. Sie waren an den höchsten Punkt einer schroff abfallenden Klippe gelangt. Und es war nicht einfach ein gewöhnlicher Abgrund, wie sie ihn damals nach der Durchquerung des Meneth Aithen erreicht hatten, sondern eine lange unregelmäßige Mauer aus goldfarbenem Gestein; soweit ihre Augen von Osten nach Westen reichten, war sie fast völlig mit Wald bedeckt. Schließlich krochen sie vorsichtig bis ganz an den Rand des Abgrunds, wobei sie sich möglichst geduckt hielten, um sich nicht gegen den Himmel abzuheben, für den Fall, daß sie von unfreundlich gesinnten Augen beobachtet würden. Doch als sie ihn erreicht hatten, vergaßen sie all ihre Bedenken vor Staunen über das, was sich ihren Augen bot. Denn zu ihrer Rechten, im Westen, erkannten sie zunächst eine weitere solche Klippenkette und glaubten, über ein Tal zu blicken. Doch als sie sich ein wenig erhoben und nach Osten blickten, sahen sie, daß sich die Klippenkette von ihnen abwandte und tief in eine wolkenüberschattete Ferne abfiel, bis sie nur noch ein dunkler Streifen am Horizont war und schließlich damit verschmolz. Und unter ihnen lag das ganze weite Land ausgebreitet wie eine riesige Karte, eine grenzenlose natürliche Tapete. Denn wenn dies tatsächlich ein Tal war, dann mußte es das größte auf der Welt sein.

Um den Fuß der fernen Berge standen grüne Wälder, die in den helleren Farbtönen jahreszeitlich wechselnder Laubbäume leuchteten, doch diese wurden bald von flachen Hügeln, Ebenen und Weiden abgelöst, die ausgedehnter waren als alles, was Elof seit der Durchquerung des einsamen Gebiets jenseits des alten Morvan gesehen hatte. Durch sie floß ein Wasserlauf, der sich aus einer Aneinanderreihung von Seen zusammenzusetzen schien und der bald immer breiter wurde, da Seitenflüsse, die wie ein Geäst von Adern von den Hügeln herunterkamen, in ihn mündeten. Als die Hügel einen Bogen in die Ferne beschrieben, schlängelte er sich ihnen nach, wobei er immer breiter und noch breiter wurde, bis er in einen großen See überging. Und wenn die Ferne das Auge nicht täuschte, dann verbreiterte sich dieser noch mehr, wurde zu einem Meer, das gegen den Horizont wogte, als ob es sich über den gesamten Himmel ergießen wollte. Viele langgestreckte Inseln ragten daraus hervor. Doch es war nicht nur dieser Anblick, der Elofs Puls zum Rasen brachte, sondern das, was sich seinen Augen am Rand ihrer Reichweite bot: eine gewellte Landschaft, die sich zwischen den Weiden und dem Fluß erstreckte, ein regelmäßiges Mosaik aus vielen Farbtönen, überwiegend Grün und Braun. Auf dieser Seite des Flusses wiederholte sich dasselbe Muster nach Osten hin – Wald, Weiden, gefleckte Ebene, bis sie miteinander verschwammen; dieses Mosaik war so fein und das Gebiet, das es bedeckte, war so weit, daß es ihm schwerfiel zu glauben, all das könnten Felder sein. In der Umgebung großer Städte hatte er öfter solche Schachbrettmuster von Feldern gesehen, doch von hier aus wirkten die Flecken so zart und zahlreich wie die Flechten auf dem Stein, an den sich seine Hand klammerte. Sie sahen so klein aus, daß er sich beinahe versucht fühlte, den Arm auszustrecken und sie einfach wegzuwischen; er blickte tatsächlich auf das Werk von Menschen.

»Das ist ein üppiges Land«, bemerkte Roc mit ungewohnt leiser Stimme. »Üppig und weit. Damit verglichen kommt einem unsere Heimat ziemlich klein vor, nicht wahr?«

»Das kannst du annehmen!« entgegnete Elof gleichermaßen leise. »Wirklich, das kannst du annehmen, Roc! Oder ahnst du nicht, wo wir uns befinden? An welchen Ort wir gelangt sind, und auf welchem Weg? Ich kenne ihn, Roc – ich *kenne* diesen Ort. Ich kenne das Gestein dieser Felsen, geschichtet und gezackt wie dieser hier; ich kenne die Farbe dieser Felder, die Ausdehnung des Flusses dahinter, die Umrisse dieser hügeligen Insel dort; selbst jetzt, da die sich drehenden Winde um die Klippen spielen, kannst du es sehen … schau nur, in dem Wolkenwirbel dort.«

Roc warf ihm einen erstaunten Blick zu. »Obwohl du dein ganzes Leben eine halbe Welt von hier entfernt verbracht hast? Oder«, fügte er düster hinzu, »siehst du entlang dieses Flusses vielleicht in ein früheres Leben? Wie sonst, im Namen der Hella, könntest du jemals etwas von all diesem hier gesehen haben?«

»Auf Pergament und Papier, in Schriftrollen und Büchern, durch Beschreibungen in Worten! Sie haben mir all das gezeigt, mit einem Wort hier, zwei Worten dort; aber ich habe es nie in seiner Gesamtheit erkannt, habe nur Teile gesehen, niemals das ganze Bild. Doch jetzt, hier, erkenne ich es! Es sprang mir aus jeder Ecke dessen, was ich gelesen habe, entgegen, so stark hat es den Geist jener geformt, die es geschrieben haben. Ich fügte es Stück für Stück zusammen, aus hundert beiläufigen Erwähnungen, aus tausend zufälligen Vergleichen. Die Klippen, die bunten Felder, sie kamen in Lehrbüchern über den Bergbau vor, aus denen ich als Lehrling büffelte. Diese Insel dort stammt aus einer alten Abhandlung über das Erstellen von Landkarten; den Fluß und seine Strömung fand ich in verschiedenen Absätzen einer bleischweren Sammlung von Kaufmannsregeln. Der Wind wehte durch die Seiten alter Almanache. Roc, aufgrund der Ergüsse eines Scharlatans zum Thema Weissagung könnte ich dir jeden einzelnen Stern nennen, der aufgeht!« Er ließ den Blick feierlich über die Weite vor ihnen schweifen. »Dies ist eine Wiege, Roc, eine mächtige Wiege, denn sie barg große Anfänge. Es ist unsere Wiege, Roc; die Geburt und Aufzucht all dessen, das uns zu dem gemacht hat, was wir sind, unser Volk, unsere Geschichte, unsere Weisheit, unsere Dummheit. Alles, was uns seit unserer frühesten Jugend bewegt hat, begann hier; alles, was wir jetzt leisten, wird an der Höchstleistung dieses Ortes gemessen. Das da unter uns ist das Tal von Kerys, das größte aller Täler, und der Fluß, der in ihm fließt, ist der größte aller Flüsse, der Salzfluß, Yskianas, der Fluß im Herzen der Welt. In diesem Tal, an diesem gewaltigen Fluß, war unzählige Jahrhunderte lang das großartige und uralte Reich Kerys eingebettet, die Stadt des Niederlandes, das Herz der Welt.«

Roc wurde blaß, während er weiter diesen ehrfurchtgebietenden Eindruck auf sich wirken ließ, und seine Stimme klang gedämpft. »Wenn das so ist, dann ist mir jetzt etwas geschenkt worden, wonach ich mich schon lange sehne, seit ich in den Geschichten, die mir meine Mutter erzählte, diese Namen zum erstenmal hörte. Diese Dinge zu sehen, die du benennst, erschüttert mich zutiefst. Wie sehr würde uns Lord Kermorvan beneiden! Obwohl wir entkräftet und müde sind, würde er seinen Thron dafür eintauschen, daß er bei uns sein könnte. Aber… was erwartet uns jetzt?«

Elof schüttelte den Kopf, und seine Stimme sank zu einem Flüstern herab. »Ach, darauf geben die geschriebenen Worte keine Antwort. Fünftausend Jahre sind vergangen, seit die Flotten dieses Land verließen, um das unsere zu finden. Doch während einer noch längeren Zeit bestand es bereits; mehr als doppelt so lang, sagen manche, über tausend Jahre. Deswegen besteht es vielleicht immer noch; doch wenn das so ist…«

»Was ist los?« wollte Roc wissen. »Dein Gesicht sah gerade wie ein nasser Hochsommer aus, tief bewölkt…«

»Wenn das so ist…« Elof schluckte. »Wenn das so ist, dann macht das Eis ihm bestimmt schwer zu schaffen, da es so nah ist. Und seine Kraft muß schrecklich nachgelassen haben. Weißt du jetzt immer noch nicht, welche Festung das war, zu der sie mich geschleppt haben? Und doch hast du schon oft genug in ihrem Namen geflucht! Das war, das kann nichts anderes gewesen sein als die Große Pforte von Kerys, die legendäre Kraft aller Kräfte, zu dem Zweck errichtet, jedes feindliche Vordringen zum Eingang des Tales zu vereiteln. *Und wer beherrscht sie jetzt?*«

Rocs Hand krallte sich an den Stein, als wolle er ihn an sich reißen, ihn wütend den anderen entziehen. Elof merkte, daß gleichzeitig Schrecken und Wut in ihm tobten, und er verstand diese Regung sehr wohl. Für die Südländer, mehr noch als für die Nordländer, bei denen er aufgewachsen war, waren das Land der Vorfahren und alles damit Zusammenhängende etwas Geheiligtes, dem Anbetung gebührte, ein Denkmal im Gedächtnis der Menschen. Sie hatten es zum Maßstab all ihres Strebens und zur Bürgschaft für ihre Schwüre gemacht, um so mehr, als sie des Glaubens waren, es im undurchdringlichen Schatten der Zeit verloren zu haben. Und kein Teil Kerys' war ihnen heiliger als die Große Pforte. »Das ist das schlimmste von allem! Sie haben sie in ihren verdammten eiskalten Klauen! Und wenn sie gefallen ist, was steht dann noch? Werden wir auch hier nur ein Nest von ihren Vasallen finden?«

Er hielt inne und blies in plötzlicher Erleichterung die Backen auf. »Nein, bestimmt nicht! Sonst wäre das Land ebenfalls in einem heruntergekommenen Zustand! Nein, es muß so sein, wie du vermutest; es muß noch Menschen im Alten Land geben, wahrhaftige Männer und Feinde des Eises. Vielleicht sind sie froh, wenn sie erfahren, daß es ihresgleichen gibt, die denselben Kampf wie sie ausfechten, was meinst du?«

»Schon möglich«, pflichtete Elof ihm bei, während er mit angestrengten Augen das weite Gebiet nach irgendeinem Zeichen von Leben absuchte. »Auf jeden

Fall sollten wir uns einen Weg diesen steilen Abhang hinab suchen, denke ich. Wohin sollten wir sonst gehen?«

Roc zuckte mit den Schulter. »Ja, wohin? Wir hätten es bereits an der Großen Pforte versuchen sollen.« Er blickte über den Rand und erschauderte. »Verdammt soll ich sein, wenn ich da hinunterklettere! Aber dort im Osten ist es nicht ganz so steil, mehr ein Hang als eine Klippe. Und je eher wir für dich etwas zu essen bekommen und einen Platz zum Ausruhen finden, desto besser. Fühlst du dich kräftig genug für einen weiteren Spaziergang?«

Im Laufe des Tages ließen ihre Kräfte tatsächlich immer mehr nach, während sie über die zugewucherten Steilhänge kletterten; ihre Glieder zitterten vor Hunger, und obwohl weiter unten Wurzeln und Beeren nicht ganz so spärlich wie oben wuchsen, gab es dennoch wenig, was ihren Erschöpfungszustand gelindert hätte. Es war und blieb ein wildes Land, ohne ein Anzeichen menschlichen Wirkens darin. Doch besonders Roc wehrte sich gegen Niedergeschlagenheit und suchte die Landschaft ringsum unablässig und eindringlich mit zusammengekniffenen Augen ab, was ihn immer wieder über irgendwelche Hindernisse vor seinen Füßen stolpern ließ, ein- oder zweimal sogar in gefährlicher Weise nahe am Rand des Abgrunds. Seine Beharrlichkeit wurde jedoch belohnt, als die Sonne noch ziemlich hoch am Himmel stand, denn als sie gerade einen steilen, mit Gestrüpp bewachsenen Hang hinab zu einer tiefen Rinne in dem goldfarbenen Gestein kletterten, stieß er unvermittelt einen triumphierenden Schrei aus und deutete auf winzige flackernde Lichtpunkte in der Ferne.

»Das sind Kettenrüstungen, oder ich bin ein Affe Hellas!« frohlockte er. »Ja, sieh mal, Soldaten, und außerdem nicht auf Ekwesh-Art gekleidet!«

Elof hielt sich die Hand schattenspendend über die

Augen und blickte angestrengt in die angegebene Richtung. »Ja ... sie haben helle Haut ...«

»Ich vertraue deinem Wort!« sagte Roc gutgelaunt. Er trat vor, schwenkte die Arme und gab einen lauten Ruf von sich, der durch die vom Wasser zerfressenen Wände der Rinne nach unten schallte. Elofs scharfe Augen erkannten, daß die hellen Flecken nach oben gerichtete Gesichter waren, er sah deutend ausgestreckte und heftig gestikulierende Arme und ein wildes Durcheinanderwimmeln von Gestalten. Eine rannte im Laufschritt wieder den steilen Hang hinunter – womöglich ein Kundschafter.

»Ach, Roc«, sagte er kopfschüttelnd. »Ich frage mich, ob das klug war. Du bist doch üblicherweise nicht so vertrauensselig. Ich hätte sie lieber noch eine Weile aus einem Versteck beobachtet, um sie besser einschätzen zu können ...«

Roc zuckte die Schultern, und sein Gesicht drückte leichte Beschämung aus. »Nun ja ... vielleicht hast du recht, obwohl ich sicher bin, daß zumindest sie keine Freunde der Ekwesh sind. Verstecke du dich also, und behalte mich im Auge ...«

»Zu spät, fürchte ich. Sie haben zwei Männer gesehen, und nur einen anzutreffen würde in der arglosesten Brust Verdacht erwecken. Ich gehe mit dir hinunter. Nein, mach dir keine Sorgen um mich, der Hang sieht nicht allzu schwierig aus, und mir geht es auch schon viel besser ...« Er wußte, daß es ebenso wie die Sorge um seinen Zustand Rocs Ungeduld war, endlich Kerys zu sehen, der diesen zu solchem Eifer antrieb. Doch was er gesagt hatte, stimmte; die Sonne schien, die Luft war mild und erfüllt von den fremdartigen Düften der von der Sonne erwärmten Büsche, Lorbeer und Thymian und Myrte, und welche Zweifel er auch haben mochte, wie schwach seine Glieder auch sein mochten, es fiel ihm nicht schwer, beides zu überwinden. Als sie den Anfang der Wasserrinne erreichten, hörte Elof das ferne Klirren von Metall, herangetragen vom schwachen Wind, sowie das verrückte stählerne Glockenspiel von Rüstungen und das scharrende Klappern von Hufen über loses Gestein. Eine Staubwolke stob mit dem Tosen einer hereinbrechenden Flut über den Hang, und aus dieser jagte eine Schwadron Berittener in leichter Rüstung heraus und in der Rinne herauf; lange Reihen von Wimpeln flatterten an Lanzen, die aufrecht in Sattelhalterungen hinter jedem Reiter steckten. Dahinter rannte ein Fußtrupp von Soldaten, ebenfalls in Rüstungen, mit waagerecht vorgereckten Hellebarden. Die Reiter fächerten quer durch die Rinne aus, und Lanzen wurden geschwungen, während ihr Anführer, neben dessen Steigbügel der vorderste Mann des Fußtrupps rannte, herantrabte und hoch aufragend vor Roc und Elof innehielt.

»Nun, welches Wunder haben wir denn hier?« Er ließ sich nicht herab, sein Visier zu heben, doch es war die Stimme eines jungen Mannes, zackig und voller Verachtung. Er musterte ihre zerrissene und blutbefleckte Kleidung. »Wessen Männer sind das, daß er sie im Grenzland herumstreunen läßt? Oder könnte es sein, daß sie herrenloses Gesindel sind, nichtsnutzige, gesetzlose Aasgeier? Auf der Suche nach Beute?« Das drückte aus, für was er sie offenbar hielt. »Diese Männer da! Sie sollen Erklärungen zu ihrer Person und ihren Absichten abgeben. *Im Namen des Königs!*«

Knapp und unwirsch waren diese Worte, und die Wanderer tauschten aufgeregte Blicke; ihre Herzen pochten. Denn obwohl der Akzent des Sprechers in ihren Ohren fremdartig klang, so hatten sie seine Worte und den Sinn seiner Rede voll und ganz verstanden. So abgewandelt seine Sprache auch war, es war erkennbar eine Form des Südländischen.

»Ohne Zögern, Freund!« rief Elof aus und beobachtete, wie der Mann zusammenzuckte, lauschte und dann begriff. »Genau ihn hatten wir bei unserer Suche nach Euch im Sinn, denn wir sind von ihm mit einer Aufgabe betraut. Aber wir sind auf der Flucht vor den Ekwesh …«

»Oho!« rief der anführende Soldat zu Fuß weniger unfreundlich aus, obwohl seine Stimme rauh klang, und mit einem Blick hinauf zu dem Reiter trat er näher zu ihnen heran. Die anderen Männer des Fußtrupps beobachteten ihn mit geröteten Gesichtern und keuchend, doch er atmete offenbar einigermaßen mühelos. Das Gesicht unter dem Helm wies ein kantiges Kinn auf, verriet ein mittleres Alter und hatte die Farbe von Ziegelstein; seine Nase und seine Wangen waren von einem Geäst roter Adern durchzogen, und struppige, farblose Augenbrauen überschatteten sehr kalte blaue Augen. Seine Miene drückte immer noch Mißtrauen aus, obwohl er offensichtlich ihre Merkmale der Erschöpfung und Elofs blutbefleckte Kleidung zur Kenntnis nahm. »Ihr seid wohl mit den Menschenfressern aneinandergeraten, wie? Nun ja, was erwartet ihr denn, wenn ihr euch im Hochland herumtreibt? Genausogut könntet ihr auf Hellas Möse klettern; was für eine Art ist das, um zu meinem Lord König zu gelangen?« Plötzlich straffte er sich. »Oder wollt ihr mir erzählen, die Schweinehunde hätten euch aus dem Niederland verschleppt?«

»Sie haben uns ein Stück nach Norden geführt«, sagte Elof. »Vielleicht einen Wochenmarsch weit. Wir wurden an Land geworfen, nachdem unser Schiff gesunken war. Wir stammen nicht aus Eurem Land, Soldat, sondern von seinem zerrissenen Bruderland jenseits des Ozeans; wir kommen als Abgesandte und Freunde.«

Der Mann zu Pferde richtete sich so heftig im Sattel auf, daß seine Rüstung klirrte, und die anderen Soldaten stießen Schreie der Erregung und des Unglaubens aus, die jedoch sofort von einer gebieterischen Bewegung des Handschuhs ihres Anführers zum Verstummen gebracht wurden. »Ein Wunder, in der Tat«, bemerkte er, an den Soldaten zu Fuß gerichtet. »Ein Gesandter von der anderen Seite des Meeres behauptet er zu sein?«

»So ist es«, sagte Elof ruhig, doch mit Nachdruck. Er legte im allgemeinen keinen großen Wert darauf, in der richtigen Form angesprochen zu werden, doch er hatte nicht die Absicht, auf diesen jungen Gecken einzugehen, der nicht willens war, das Wort direkt an ihn zu richten.

»Nun denn«, sagte der Soldat zu Fuß und bemühte sich offenkundig, ausgesuchte Höflichkeit an den Tag zu legen. »Das ist gut, sehr gut. Denn, bei Verya, ein Gesandter hat keinen Grund, seinen Namen und seinen Stand vor einer rechtmäßigen Autorität zu verbergen, oder? Vor einem Hauptmann von höchstem Adel, wie seiner Lordschaft hier.«

»Nein, natürlich nicht!« bestätigte Elof, der im stillen immer ungehaltener wurde, obwohl er vernünftigerweise nicht erwarten konnte, daß man ihnen sofort Glauben schenken würde. »Ich nenne Euch beides gern. Ich bin Elof, genannt Valantor, Schmiedemeister und Zunftmitglied in meinem Land, und das hier ist Meister Roc, mein Freund und Helfer.« Er hob die Hand zum Hals, wobei er angestrengt zu verhindern suchte, daß sie zitterte, während sich der Hauptmann argwöhnisch aus dem Sattel schwang. »Zum Beweis hier das Zeichen meines Standes.«

Hauptmann und Feldwebel warfen einen Blick auf den geschliffenen Juwel, den Elof ihnen hinhielt, und sahen einander vielsagend an. »Ähm ...«, begann der Hauptmann unsicher; der Feldwebel hingegen hegte offenbar keinerlei Zweifel mehr. Er erteilte mit schnarrender Stimme einen Befehl, und hinter ihm kräuselten sich die Reihen wie gemähtes Gras. Die Reiter neigten sich tief hinunter zu ihren Sattelknäufen, die Männer zu Fuß knieten eilends nieder. Der Feldwebel tat es ihnen nach, ließ sich jedoch nur auf ein Knie nieder; der Hauptmann, der noch eine kurze Weile mit sich rang, verneigte sich von der Taille ab. Roc warf Elof einen schrägen Blick voller Ironie zu. »Beherrschst du noch mehr solche Kunststückchen?«

»Ich bin mir nicht ganz sicher, was ich getan habe«, gestand Elof. Er hatte nur gemurmelt, dazu noch im Dialekt des Nordens, doch die Soldaten waren so schnell wieder auf den Füßen, daß er fürchtete, sie könnten mitgehört haben. Dann begriff er; die Ehrbezeugung war zwar eindrucksvoll, aber nur oberflächlich gewesen, eine rein formale Begrüßung eines Fremden, dem sie die Auszeichnung eines beträchtlichen Zweifels an seiner Person angedeihen ließen. Diese Leute legten offensichtlich großen Wert auf Äußerlichkeiten.

»Immerhin zeigt uns das, daß sie von einer gesunden Ehrfurcht vor der Schmiedekunst beseelt sind«, stellte Roc fest. »Das müßte dir doch gefallen.«

»Und vielleicht auch etwas an dem Land an sich«, antwortete Elof ruhig. »Wir werden sehen.«

Hauptmann und Feldwebel berieten sich, während die Pferde in ihren Reihen stampften und scharrten. Jetzt wandte sich der Hauptmann wieder ihnen zu, um den Helm zu heben und ein kantiges, etwas jungenhaftes Gesicht unter blonden Locken und mit einem nervösen Zucken im Augenwinkel zu entblößen. »Nun, edle Herren«, begann er, jetzt eine Spur höflicher. »Ich bedauere, obwohl das kaum überraschend ist, daß ich keinerlei Hinweise auf die Ankunft solch unerwarteter Gäste bekommen habe. Das ist etwas zu Heikles für mich oder jeden anderen, möchte ich meinen, außer für meinen Lord König. Und für seinen Hofschmied.« Seine Augen, die von noch hellerem Blau waren als die des Feldwebels, forschten in Elofs Gesicht nach irgendeinem Anzeichen des Mißfallens wegen seiner Worte, und sie ihrerseits drückten Unbehagen aus über das, was sie dort lasen. »Ich werde Schritte in die Wege leiten, um Euch sofort zu ihm zu schicken, und zwar auf dem schnellsten Wege; das Gefährt, das uns an Land gebracht hat, wartet noch an der Flußquelle. Aurghes hier wird Eure Eskorte anführen. Zu Eurer eigenen Sicherheit vertraut Euch bitte in allen Dingen seiner Führung an, so sehr Euch das auch als Einschränkung erscheinen mag. Wie Ihr selbst Gelegenheit hattet zu erfahren, leben wir in unruhigen Zeiten. Wir werden Euch Pferde zur Verfügung stellen – oder, falls der Schmiedemeister nicht reiten kann«, fügte er in Anbetracht von Elofs blutbefleckter Kleidung hinzu und kam damit einem Zornesausbruch Rocs zuvor, »werden wir ihn selbstverständlich gern in einer Sänfte hinabtragen lassen ...«

Bei aller Höflichkeit war das ein Befehl. Elof zuckte mit den Schultern; er hatte keine Lust, sich wie ein Sack Kartoffeln schleppen zu lassen.

»Wenn es nicht zu weit ist, werde ich versuchen zu reiten. Doch ehe wir aufbrechen – wir mußten viele Tage mit sehr wenig Nahrung auskommen und empfinden einen gewissen Nachholbedarf ...« Der Hauptmann nickte kurz und gab dem Feldwebel ein Zeichen, der wiederum mit den Fingern in Richtung seiner Männer schnippte. Diese wühlten an ihren Gürteln und in den Harnischen herum und förderten die übliche Marschverpflegung in Form kleiner Rationen zutage, die patrouillierende Soldaten normalerweise bei sich haben. Es waren größtenteils junge Männer; einige waren sehr jung, und ihre Gesichter glichen weitgehend jenen ihrer Zeitgenossen in Morvanhal, ließen jedoch die Offenheit in ihren Mienen vermissen, die er eigentlich hier erwartet hätte. Als er ihnen dankte, lächelten sie weder, noch salutierten sie, und einige neigten die Köpfe auf eine so instinktive Weise, daß es ihn beunruhigte. Auf Anweisung des Hauptmanns stiegen dann zwei von ihrem Pferd ab und hielten Elof und Roc die Steigbügel hin; offenbar war vorgesehen, daß sie unterwegs essen sollten. Elof schwankte, als sie ihm hinauf halfen; der Sattel war nicht so, wie er es gewöhnt war, sondern hoch geschwungen und steif. Der Hauptmann ritt an ihm vorbei, und der Trupp formierte sich um sie herum. Roc lenkte sein Tier ungeschickt neben Elofs. »Alles in Ordnung?« brummte er. »Ich weiß, daß du als Junge auf einem ungesattelten Bullen geritten bist und all solche Sachen, aber …«

»Mir geht es gut«, sagte Elof ungeduldig. »Laß mich nur mal erst etwas essen …« Doch der Hauptmann brüllte ungeduldig einen Befehl, und der Trupp schwenkte wie ein einziger Soldat herum, reihte sich hintereinander auf und preschte mit Donnergetöse den Hang hinunter. Die Tiere der Reisenden ahmten es den übrigen nach und jagten mit solcher Geschwindigkeit los, daß sie ihre Reiter beinahe aus dem Sattel geworfen hätten. Auf diesen gut ausgebildeten Pferden wäre keine Flucht durch plötzliches Ausscheren möglich. Sie klapperten über den steinigen Hang und lösten mit den Hufen kleine Geröllawinen aus, und eine Wolke aus gelbweißem Staub stob um sie herum auf, in der Mücken funkelten. Doch nicht einmal das konnte Elof daran hindern, die Nahrung zu sich zu nehmen, die man ihnen gegeben hatte. Es waren alles andere als Leckerbissen, eine Art zähes dunkles Brot und Stücke noch zäheren Trockenfleischs und Käse, doch es erweckte so sehr seine Lebensgeister, daß er aufpassen mußte, sich nicht zu voll zu stopfen und Roc seinen Teil abzugeben.

Er brauchte diese Stärkung, denn der Ritt, der auf diese Weise begann, gab ihm Anlaß, seinen Stolz zu bereuen, und bevor er zu Ende war, sollte er im Sattel zusammenbrechen und von Roc, der neben ihm ritt, aufgefangen werden. Anfangs war er noch in der Lage, die Umgebung in sich aufzunehmen; er blickte hinab auf flaches, mit dichtem Gestrüpp bewachsenes

Land und dann auf die Spitzen eines dunklen Nadelwaldes, der im kühlen Abendwind lag; doch als der Trupp donnernd in ihn hineinritt, wurde ihm schwarz vor Augen, und seine Sicht verschwamm. Die Bäume sahen seltsam aus, gedrungen, viel niedriger und dünner als die Kiefern in seiner Heimat. Und obwohl ihn ihr vertrauter Duft umgab, war dieser merkwürdig gemischt mit anderen Gerüchen, die er nicht kannte. Selbst das leise Vogelgezwitscher in den Bäumen klang eigenartig. Seinem erschöpften Geist erschien es, als reite er durch die Zerrbilder eines Fiebertraums, fein gesponnen und düster; er zweifelte selbst an den Lichtpunkten, die in der Ferne flackerten und um einen großen schattenhaften Klotz hinter den Bäumen hierhin und dorthin zuckten. Er fürchtete sogar beinahe, daß der massige Schatten Roc neben ihm sich plötzlich verzerren und zu irgendeiner alptraumhaften Form zerfließen könnte. Erst als er den schroffen Ruf eines Wächters hörte, fast mit demselben Wortlaut wie in seiner Heimat, wurde ihm bewußt, daß der Schatten eine Mauer war und daß sie zu so etwas wie einer Befestigungsanlage gekommen waren; er hörte Laute, die er von Unternehmungen mit Kermorvan her gut kannte, und spürte die vertraute emsige Geschäftigkeit im Feuerschein eines betriebsamen Militärpostens.

»Halt! Wer da? Unter wessen Befehl?«

»Unter dem Befehl Lord Nithaids«, antwortete der Hauptmann kühl. »Und in seiner Angelegenheit. Anehan, Hauptmann zu Pferde, mit …« Er zögerte nur ein ganz klein wenig, doch Elofs Ohren entging es nicht. »… *Ankömmlingen,* um im Morgengrauen per Schiff in die Stadt aufzubrechen. Also laßt alles Entsprechende vorbereiten, und sorgt dafür, daß es schnell geschieht!« Sie klapperten weiter durch einen schmalen Bogen; die Mauer war hoch und hatte etwas Sonderbares an sich, doch im düsteren Licht der Lampe in dem Bogen konnte Elof nicht erkennen, was es war. Sie ritten durch eine enge Ansammlung von Gebäuden, flach und nüchtern, und in den Schatten eines Turms. Er war nicht besonders hoch, nicht mehr als vier oder fünf Stockwerke, doch von sehr massiver Bauweise und mit einer befestigten Brustwehr rund um das spitze Dach. Er erweckte in ihm die unangenehme Erinnerung an die Behausung des Schmiedemeisters und fügte seinem Alptraum einen weiteren hinzu. Die Reiter kamen durch ein zweites Tor und zu den Lichtern dahinter; dann herrschte wieder Dunkelheit um sie herum. Er konnte sich nicht erklären, warum die Hufe auf einmal ein so hohles Klappern erzeugten, und als man ihm aus dem Sattel half und er mit schweren Gliedern und am ganzen Leib zitternd abstieg, trat er hinunter in eine Dunkelheit, die wie tiefes Wasser war.

Er wachte zitternd unter einem Stapel rauher Decken auf, die nach Pferd rochen. Als er den Blick nach oben richtete, sah er lediglich das Dach eines Lederzeltes, das von Tau versilbert war. Jenseits seines geöffneten Eingangs war die Luft grau von breiten Nebelschwaden. Ein eiskalter Tropfen fiel auf seinen nackten Hals, und mit schläfriger Hast griff er um sich, um seine Kleidung zu suchen. Sie lag neben ihm, in einem so üblen Zustand, daß ihn schauderte, als er sie anzog, doch er war erfreut, als er seinen Packsack und das Schwert bei ihnen fand, alles unversehrt; wie immer der Hauptmann sie einschätzen mochte, bis jetzt waren sie noch keine Gefangene, denen man die Waffen abnahm. Stimmen ertönten in nächster Nähe, unbestimmt, doch erschreckend vertraut. Er rappelte sich auf die Beine, dann taumelte er und bemühte sich angestrengt, im Gleichgewicht zu bleiben. Einen Augenblick lang dachte er, er sei immer noch krank, bis ihm klar wurde, daß er auf schwankenden Bohlen stand, die sich wahrhaftig unter ihm hoben und senkten, begleitet von einer Melodie aus hundertfachem

Quietschen und Ächzen. Vorsichtig, immer noch um Gleichgewicht ringend, spähte er durch die Öffnung und trat hinaus.

Er befand sich an Deck eines Schiffes mit der Form eines schlanken Fasses, von jener altmodischen Sorte, die man Kogge nannte, mit hohem Bug und Heck, die zum Lachen gewesen wären, wenn sie nicht von Katapult-Plattformen gekrönt gewesen wären. Hinter dem Heck und dem Segel, das schlaff und feucht herabhing, schimmerte die Spitze des geheimnisvollen Turms durch den Nebel; also lagen sie immer noch am Kai vertäut. Vom Bug her, wo sich der Rauch eines Kohlebeckens mit dem Nebel vermischte, rief ihn Rocs Stimme zum Frühstück. Aurghes, der Feldwebel, war ebenfalls dort und saß wie ein Felsbrocken für sich allein da, und etwa acht Soldaten lagen oder saßen auf dem Deck verteilt herum, in Umhänge und Decken gehüllt; drei oder vier dunkelhaarige Männer, die sich mit Leinen und Tauen beschäftigten, verfluchten die Müßigen in einer rollenden Sprache. Die Soldaten verstanden sie offenbar nicht, sonst wären sie unter den Schmähungen bestimmt nicht so zahm geblieben, doch Elof verstand, was sie sagten; es hätte die Nordeney-Sprache seiner Kindheit sein können, so seltsam waren ihre Schnörkellaute und Zungenverdreher. Roc machte ihn mit ihrem Kapitän bekannt, Trygkar mit Namen, einem glattgesichtigen alten Mann mit einer so ausdruckslosen und unbewegten Miene, daß Elof vermutete, er genieße im stillen die ungehaltene Stimmung seiner Mannschaft.

»Wir warten nur noch auf die Brise im Morgengrauen«, erklärte er, »um diesen alten Kahn zu bewegen und dann flußabwärts zur Hauptstadt zu segeln. Welchen Fluß? Na ja, den Heryonas, damit kein Mißverständnis entsteht, den wir Nordländer Eran nennen. Ihr seid ins Heryonas-Tal geraten, Tel Eran. Unser Weg führt uns den Heryonas hinunter bis nach

Yskianas, und von Yskianas nach Kerys, zur Großen Stadt.« Ein kühler Hauch strich um Elofs Hals, als er diesen erlauchten Namen aussprach, als ob davon eine eigene Kraft ausginge. Plötzlich wanden sich die Nebelschlangen heftig im auffrischenden Wind. »Wenn Ihr gestattet, mache ich mich an die Arbeit, meine Herren«, sagte der Kapitän schnell und schritt an ihnen vorbei, um seiner Mannschaft bellend Befehle zu erteilen. Elof drehte sich um, um das Treiben zu beobachten, und entdeckte den Feldwebel hinter sich; offenbar hatte er sich lautlos wie eine Katze bewegt, um ihre Unterhaltung zu belauschen. Brüsk wandte er dem Mann den Rücken zu.

»So, nun brauchen wir keinen Meter mehr zu reiten«, brummte Roc, als das Rahsegel über ihnen schlug und flatterte. »Wodurch du wenigstens die Möglichkeit bekommst, dich ein wenig zu erholen...«

»Danke für deine Fürsorge, Roc, aber mir geht es jetzt wieder ganz gut.«

»Also dann, um deine Kräfte wieder zu sammeln. Du wirst sie womöglich brauchen; das trifft vielleicht auf uns beide zu.«

Darauf gab Elof keine Antwort. Sie stützten sich auf die Reling und sahen zu, wie sich die Kogge von der Festung an der Flußquelle entfernte, die jetzt plötzlich sehr plastisch aus dem dünner werdenden Nebel herausragte. Plötzlich beugte sich Elof spähend weiter vor und fluchte lautlos. »Siehst du das?«

»Was denn?«

Elof warf einen Blick aus dem Augenwinkel auf den Feldwebel. »Ich möchte nicht hindeuten. Schau dir einfach mal die Mauer genau an...«

»Kerys, ja! Man sieht es im Vergleich zu dem Turm und den Gebäuden; sie alle sind uralt, aus verwittertem Stein, doch diese Mauer ist nagelneu!« Er beobachtete einen Augenblick lang, wie sich das Licht der aufsteigenden Sonne auf der Oberfläche des Steins spielte, und sog die Luft durch die Zähne, als ob er einen ekelhaften Geschmack in den Mund bekommen hätte. »Also braucht Kerys jetzt auch auf eigenem Gebiet starke Mauern. Diese Räuber haben einen großen Wirkungsbereich.« Die Kogge glitt friedlich in die Mitte des Stroms, mühelos vor dem auffrischenden Wind fahrend, und der Kai verschwand bald hinter einer leichten Biegung des Flusses, verborgen durch die steile Seitenwand des Tals. Doch der Turm war noch eine ganze Zeitlang über den Kiefern zu sehen, und in ihrem Geist wirkte er noch länger nach.

Noch bevor der erste Tag zu Ende war, hatten sie die Nadelbäume hinter sich zurückgelassen. Da Elof es leid war, bei jedem Wort auf der Hut sein zu müssen, gab er sich damit zufrieden, still dazusitzen und die sich verändernde Landschaft des Tales zu betrachten. Am Tage und in ausgeruhtem Zustand war ihm diese Mischung aus Vertrautem und Unbekanntem nicht mehr beunruhigend erschienen. Bald bemerkte er andere Bäume zwischen den Kiefern, breitblättrige Sorten mit jahreszeitlich wechselndem Laub, und während die Stunden vergingen, stellte er fest, daß sie immer mehr die Vorherrschaft gewannen; gerade gewachsene Birken und einige Arten, die er nicht kannte, wurden durch Eschen und Ulmen ergänzt sowie durch Bäume, bei denen es sich um Kastanien handelte, wie er erfuhr, doch nur wenige erreichten die Höhe, wie er sie gewöhnt war. Dasselbe galt für die Buchen, und Elof gewann allmählich den Eindruck, daß dies ein armseliges Land für Bäume war, als die Kogge einen scharfen Schwenk durchführen mußte, um den Zusammenprall mit einer riesigen Weide zu vermeiden, die samt den Wurzeln aus dem Boden gerissen worden und aufgrund ihres Gewichts in den Fluß gestürzt war, dessen Lauf sie nun beinahe auf der ganzen Breite hemmte. Ihr blasses Haar lag immer noch ausgebreitet und schaukelnd auf dem Wasser, wie die Locken der

Saithana, Tochter von Vellamo, und Äste und Zweige scharrten am Rumpf der Kogge entlang, als diese daran vorbeifuhr. Danach gab es noch weitere Weiden, wuchtige, gebeugte Bäume, die die langen Äste ihrer Kronen im Wasser schwenkten wie gealterte, grübelnde Mächte des Waldes und ihre Schatten kühl und dumpf auf das Ufer warfen. Und als die Landschaft weniger hügelig wurde, kamen sie an den ersten großen Eichen vorbei, knorrig und uralt und majestätisch wie Könige der Vergangenheit; ihre ausladenden Äste breiteten sich über den Fluß aus und ließen ihn in ihrem Schatten gering erscheinen. Nicht einmal im Wald Tapiau'la hatte er größere oder ältere Exemplare gesehen, und seine Ehrfurcht wuchs noch, als er eine lange Reihe solcher Riesen sah, die sich vor ihm erstreckte und den Fluß wie eine Allee säumte. Als Roc zu den verwitterten Überresten eines hohen, halb im Dornengestrüpp versteckten Markierungssteins mit einer in Stein gehauenen Figur deutete, fand er seinen Verdacht bestätigt. Die Eichen waren nicht einfach so gewachsen, sondern man hatte sie am Ufer des Flusses gepflanzt, sicher zu einer Zeit, als dieser ein viel benutzter Verkehrsweg war. Sie fragten Trygkar danach; obwohl von Natur aus schweigsam, hatte er eine gewisse Zuneigung zu ihnen gefaßt, als er feststellte, daß sie die Sprache des Nordens beherrschten und erfahrene Seeleute waren. Er bestätigte ihre Erkenntnis. »Aber wie lange das zurückliegt, wer vermag das zu sagen? Ich nicht, meine Herren, ich nicht, und es gibt nur wenige, die den alten Eran besser kennen als ich. Das hier war zu Zeiten meines Großvaters eine wilde Gegend.«

So setzten sie ihren Weg flußabwärts fort, in schneller Fahrt vorangetrieben von dem regen Wind hinter ihnen und der Strömung unter ihnen; und sie sahen das weite Land eines großen Reiches, das sich vor ihnen auftat; allerdings waren von Menschenhand geschaffene Werke darin gering. Am nächsten Morgen waren die einzigen Bäume, die sie sahen, hohe Weiden, die in gleichmäßigen Abständen entlang des Ufers standen; hinter ihnen hatte sich das steile, bewaldete Tal zu den grünen Hügeln hin geöffnet, die sie von den Klippen aus gesehen hatten; ein leicht gewelltes Gebiet beherrschte nun das Bild. Im Laufe des Tages flachte sich auch dieses wieder ab zu einer ausgedehnten Weidelandschaft, die so langweilig flach und nichtssagend und dick mit einem grünen Teppich bedeckt war, daß selbst der Eran hinter der nächsten Biegung fast nicht mehr sichtbar war. Obwohl das Gras im Wind wogte und sich wellenartig kräuselte, so daß es aussah, als ob die Kogge nicht auf dem Fluß, sondern inmitten eines grünen Ozeans führe, fehlte ihm das Dröhnen und Klatschen des Meeres; es erzeugte vielmehr nur ein sanftes Rauschen, das trockene Spiel von Halm an Halm und Hülse an Hülse. Bald wurde die Gegend noch eintöniger, und auch der Gesang der Vögel konnte nichts daran ändern. Noch nie hatte er das trillernde Lied der Lerchen gehört, doch es war nur ein kläglicher Ersatz für die wilden Möwenschreie seiner Heimat. Ebensowenig konnte er sich für den derben Frohsinn der Raben und der Aasgeier erwärmen, und schon gar nicht für den Schrei von Raubvögeln, wenn sie sich todbringend auf ihre Beute herabstürzten. Sie bekamen weder andere tierische Geschöpfe noch Menschen zu Gesicht; obwohl das Land fruchtbar war, schien es unbewohnt zu sein, und obwohl hier und da Türme auf Hügeln oder Landzungen im Fluß aufragten, starrten ihre Fenster leer wie die Augenlöcher von Totenschädeln. Sie sahen nicht allzu alt aus, doch für die meisten der Mitfahrenden an Bord hätten sie aus dem Gestein der Felsen hergestellt worden sein und also aus einer so fernen Vergangenheit stammen können, daß kein Mensch ihre Geschichte kannte. Erst als sie dicht an einem solchen

Turm vorüberfuhren und im Gras an seinem Fuß noch immer sichtbare Spuren von den geschwärzten Überresten eines Dorfes entdeckten, begriffen die Reisenden allmählich.

»Das kann doch wohl nicht bedeuten, daß die Ekwesh so tief ins Land eingedrungen sind!« rief Elof verbittert aus. »Und vor so langer Zeit? Das alles hier liegt seit vielen Jahren in Schutt und Asche ...«

»Das glaube ich niemals!« sagte Trygkar hinter ihnen in der Sprache des Nordens. »Das ist nicht das Werk von Räubern und Plünderern, doch um so bedauerlicher ist es. Das hier, meine Herren, diese Verwüstung wurde zur Zeit des letzten ysmerischen Königs angerichtet, vielleicht noch als mein Großvater ein Junge war. Damals fand ein abscheuliches Blutbad statt, sagt man; aber schließlich verschonte die Bande, die sich ›Familie des Stiers‹ nannte, bei solchen Anlässen weder Kinder noch andere hilflose Wesen. Wenn jemand das doch tat, nannte man das ›Rebellen züchten‹. Dieses Gebiet hat sich niemals ganz von jenen Zeiten erholt ...«

»Der letzte Ysmerier?« Elof spitzte die Ohren. »Welche Dynastie herrscht denn jetzt hier?«

Trygkar ließ den blinzelnden Blick wie beiläufig in alle Richtungen schweifen, bevor er antwortete, aber der Feldwebel war ausnahmsweise einmal nicht an Deck. »Habt Ihr nicht zugehört? Louen, die Familie des Stiers. Und der Name paßt ausgezeichnet.«

»Wir kennen niemanden dieses Namens in unserem Land«, sagte Roc. »Immerhin, wenigstens sind es nicht die Bryherens – oder die Herens, wie sie früher hießen.«

Trygkar stieß einen Pfiff aus. »Seid vorsichtig, meine Herren! Es besteht eine Verbindung zwischen beiden. Die Louen sind ein Nebenzweig der Ysmerier, aber in ihren Adern fließt Heren-Blut; die Mutter des Königs war die letzte von ihnen. Auch deren Dynastie ist inzwischen untergegangen.«

»Es wird nicht schade darum sein, davon bin ich überzeugt!« murmelte Roc.

»Unter ihnen gab es einige schlimme Bösewichter, das kann man wohl sagen; habt auch Ihr auf der anderen Seite des Ozeans sie erlebt? Obwohl man sagen muß, daß sie sich gegen die Stiere stellten, wie sie sich gegen die Ysmerier gestellt hatten, und das war immerhin etwas; doch die Stiere schlugen sie…« Er verstummte. Aufghes war wieder aufgetaucht, und obwohl er zu weit weg war, um etwas zu hören, schwieg der alte Kapitän und war nicht zu bewegen, noch mehr zu sagen.

Während dieses ganzen langen Sommertags glitten sie durch die grasbewachsene Ebene, unter einem Himmel, an dem sich Sonne und Wolken abwechselten, und kein einziges Mal sahen sie ein weiteres Werk von Menschen. Als die Nacht hereinbrach, verdichteten sich die Wolken, und die Luft wurde kühler; nach dem abendlichen Mahl saßen Elof und Roc noch eine Weile am Kohlebecken, bevor sie sich in ihr Deckzelt zurückzogen, das nach der allgemeinen Einschätzung im Vergleich zu den geräuschvollen Unterdecks der Kogge die bessere Unterkunft darstellte. Am nächsten Morgen erwachten sie bereits vor der Dämmerung, vor Kälte zitternd, und drängten sich eifrig zum Kohlebecken, um ihren Anspruch an gebratenen Klumpen irgendeiner Art von stark gepfefferter Blutwurst und Bechern mit warmem, gewürztem Bier anzumelden. Am dunklen Himmel hingen graue Wolken, durchzogen von noch dunkler grauen Streifen, wie ein Spiegelbild der Grassteppe darunter. Der Sonnenaufgang überraschte sie unvorbereitet; ein Riß war in der Wolkendecke aufgeklafft, und die Sonne ergoß sich mit strahlender Herrlichkeit hindurch, wobei sie die Luft in dunstverhangenes golden verwandelte. Und beim Blick über die gelbgrünen Wellen der Steppe hatte man den Eindruck, als ob diese nun ihrerseits die Wolken spiegelte. Denn auch zwischen dem Gras öffnete sich ein goldener Spalt und schlängelte sich wie ein gekräuseltes Feuer am östlichen Horizont entlang.

»Der Yskianas!« sagte Trygkar leise. »Aber er wird sich beruhigt haben, bevor wir dort ankommen, meine Herren. Allerdings wird von dort an die Fahrt etwas rauher werden, nicht wie auf diesem sanften kleinen Strom.«

Elof lächelte. »Ich denke, wir werden es überstehen, Kapitän, nachdem wir das offene Meer überlebt haben.« Trygkar zuckte mit den Schultern und schwieg fürs erste; erst viel später fragte sich Elof, welche tiefere Bedeutung wohl in seinen Worte gesteckt haben mochte.

In der Nähe der Mündung des Heryonas sahen sie endlich in der Ferne Rauchwolken, die auf eine menschliche Besiedlung schließen ließen, und hier und da war das Weideland gesprenkelt mit Pferde- oder Rinderherden. Schließlich kamen sie am ersten Dorf vorbei, einer Ansammlung von schäbigen Hütten in einer flachen Senke, die offensichtlich von Viehtreibern und Hirten bewohnt wurden, da eine weite Fläche ringsum von Tierpferchen eingenommen wurde. Dahinter stieg eine Rauchfahne auf; doch als sie näher herankamen, wurde deutlich, daß sie zu groß war, um von einer Siedlung oder irgend etwas menschlichen Ursprungs zu stammen. »Ach, das ist ein Feuerberg!« rief Elof aus. »Genau wie in den Nordenbergen in meiner alten Heimat! Aber hoffentlich nicht gar so feurig!«

Zum erstenmal beteiligte sich der Feldwebel an der Unterhaltung, die er belauschte. »Dessen wäre ich nicht so sicher, meine Herren!« sagte er grimmig. »Mein Heimatdorf lag im Schatten eines solchen Berges, denn es gibt viele in diesem Land; wir werden an etlichen vorbeikommen. Nun, jenes Dorf liegt jetzt unter einer mannshohen Schicht Asche, und ich glaube, oben drauf werden bereits Reben angepflanzt. Ist Euch das feurig genug, meine Herren?«

»Das wird genügen«, antwortete Roc trocken. »Warum haben Eure Leute ihre Häuser so dicht daran gebaut, obwohl in diesem weiten Land gewiß kein Platzmangel herrscht?«

Der Feldwebel kratzte sich am Kopf. »Nun, diese Frage habe ich als Junge auch gestellt. Anscheinend war vor schrecklich langer Zeit, vielleicht vor dreihundert Jahren, dieser Berg noch nicht halb so groß. Und ich kann mir das vorstellen, bei Verya, denn ich habe auch andere gesehen, die sich immer mehr ausbreiteten. Aber das ist typisch für sie, nicht wahr?«

Nicht lange danach kam die erste Stadt in Sicht, oder vielmehr die trutzige Burg, die sie beherrschte; die Unterteilung in Straßenzüge hinter ihren Mauern wurde erst sichtbar, als sie viel näher herangekommen waren und die Dächer ausmachen konnten. Und diese Mauern waren eindeutig nicht neu; sie sahen so alt aus wie alles andere. Die ganze Siedlung war in erster Linie eine Festung und eine Verteidigungsanlage, offenkundig an einer Stelle errichtet, von wo sich die Flußmündung beherrschen ließ, um die herum sich viele weiße Segel wie Flügel tummelten. Als sie noch näher kamen, lösten sich zwei Langboote mit fünf Rudern an jeder Seite, unter flatternden Fahnen in Purpur und Weiß und schwer beladen mit Männern, von der Menge und steuerten auf sie zu. Auf Trygkars Befehl wurde ein dunkles Bündel knarrend zur Mastspitze hochgezogen und dort zu einem langen Banner, schwarz und golden gestreift, entrollt. Sofort drehten die Langboote bei und verschwanden zwischen den anderen Schiffen. »Von einem königlichen Gefährt wird kein Zoll erhoben«, grinste Elof. »Hast du die Farben unserer Flagge bemerkt; es sind dieselben wie die Kermorvans.«

»Ich habe mehr die Zahl der Männer bemerkt, die

unter den anderen Farben fahren«, entgegnete Roc mißmutig.

»Sie dienen dem Herrn von Berheryon«, erklärte Trygkar und deutete mit einer Neigung des weißhaarigen Kopfes in die Richtung der Burg. »Er bestraft jeglichen Handel aus dem oberen Landesteil, der nicht durch seine Stadt und seinen Zoll geht.«

»Und der König läßt das zu?« fragte Elof überrascht, da er keinen Zweifel daran hatte, wie Kermorvan reagieren würde, wenn sich irgendeiner seiner Adeligen einen solchen Vorteil verschaffen würde.

Trygkar sah sich um, aber der Feldwebel beobachtete sie mit einem wohlwollenden Blick aus den blutunterlaufenen Augen. »Der König braucht Frieden und Loyalität von den Lords der in seinem Reich verstreuten Burgen«, sagte er und kehrte mit einer vielsagend abweisenden Bewegung zu seinem Ruder zurück. Elof und Roc tauschten Blicke, doch auch sie hielten es für klüger, ihre Zungen zu hüten. Fürs erste waren jedoch unangenehme Gedanken vergessen; sie hatten die Stadt Berheryon jetzt hinter sich gelassen, und Yskianas, der Große Salzfluß, öffnete sich vor ihnen.

Es war eher, als ob sie ins Meer hinausführen, dachte Elof. Möwen tummelten sich kreischend am Ufer, und der auffrischende Wind trug den unverkennbaren Geruch von Salz mit sich. Das Gewässer sah mehr nach einer breiten Mündung oder einem See als nach einem Fluß aus; bereits hier maß die Breite von einem Ufer zum anderen etwa zweitausend Schritt, und es wurde immer noch breiter, nur daß eine eindeutige Strömung vorhanden war, auch in der Nähe der Ufer, wo er am langsamsten floß. Er ergriff die Kogge, als diese in die Strömung steuerte, und trug sie weiter, schaukelnd und schlingernd, bis Trygkars Mannschaft die Segel braßten; die Tropfen der Gischt, die Elofs Lippen trafen, schmeckten nach Salz. Voll im

Wind segelnd, konnte sogar die sonst so behäbige Kogge mit den am Himmel dahinziehenden Wolken mithalten, und die Ufer huschten schnell an ihnen vorbei. Vor Einbruch der Dunkelheit veränderte sich das Bild der Landschaft, und als sie am nächsten Morgen aufwachten, hätte man es für eine völlig andere Gegend halten können, durch die sie segelten. Es gab keine Weiden mehr, vielmehr glitzerte der Fluß zwischen steilen Hügeln mit vielen tiefen Einschnitten, durch die häufig Nebenflüsse flossen. An den Einmündungen solcher Nebenflüsse trafen sie häufig weitere Städte an. »Oder weitere Burgen!« murmelte Elof, als die Fahrrinne sie dicht unter einer vom Alter geschwärzten Befestigungsanlage vorbeiführte. »Anscheinend gehört beides hier zwingend zusammen. Man sieht nie das eine ohne das andere.« Sie befanden sich jetzt seit zwei Tagen auf dem Fluß, und er wurde ihres Anblicks allmählich überdrüssig, vom kleinsten Turm, der hoch auf einem Felsvorsprung über dem Wasser thronte wie das Nest eines Raubvogels, bis zur ausgedehnten und gewaltigen Festung, die eine ganze Hügelkuppe bedeckte oder im Flachland kauerte wie ein wildes Tier, das über seiner erlegten Beute die Zähne fletschte.

»Nun, so ist es bei uns doch auch«, bemerkte Roc. »Alles, was ein bißchen größer als ein Dorf ist, hat eine eigene Mauer, eine eigene Festung oder Zitadelle.«

»Ja, aber als Zufluchtsstätte, in erster Linie zur Verteidigung, niemals zur Beherrschung des Ortes, wie es hier der Fall ist. Jeder Bau ist gleichzeitig als Palast und als Heeresgarnison geplant worden, wie es in Morvannec anfangs war; es ist der Sitz eines Lords und der steinerne Kern seiner Macht. Selbst die größeren Städte scharen sich wie eine Schafherde um den Fuß einer Festung. Und diese Anlagen werfen einen weiten Schatten auf das Land; niemand, weder die Bewohner von Dörfern oder alleinstehenden Höfen noch

Einsiedler, kann hoffen, davon frei zu sein.« Er neigte den Kopf in Richtung der landwirtschaftlichen Fläche jenseits der Mauer und der Reihen kleiner Gestalten, die auf den Äckern schufteten. »Sieh doch nur, dort! Kein ordentliches Schachbrettmuster einzelner Felder und bäuerlicher Anwesen, wie man es bei uns um die Städte herum sieht. Nur eine weite Ausdehnung bebauten Landes und einige wenige schmale Streifen am Rand; dasselbe gilt für die Weinberge an den Hängen, es ist überall das gleiche Bild. Die Güter von Lords, Großgrundbesitz.«

»Jawohl, und wer bestellt das Land für sie, möchte ich wissen?« Roc betrachtete die Arbeiter, die unter der heißen Sonne schufteten. »Das möchte ich wissen, aber ich werde mich verdammt hüten zu fragen.«

Während der folgenden Tage kamen sie noch an vielen weiteren Städten vorbei, und, ob groß oder klein, sie alle boten mehr oder weniger den gleichen Anblick. Trutzige Befestigungsanlagen aus gelbem Stein oder einem seltsamen Flickenwerk aus Gelb und Braun, mit spitzen Dächern, meist mit roten Ziegeln oder aus schwarzem Schiefer, und darum herum drängte sich innerhalb hoher gelber Mauern dicht an dicht ihre Herde aus kalkgetünchten Häusern. Jenseits der Mauern mochten bei größeren Städten noch Elendsquartiere mit erbärmlichen Hütten stehen, sonst jedoch nichts; höchstens daß hier und da noch eine erhabene Ruine aus der Vergangenheit aufragte. In den Städten waren viele Häuser mehrere Stockwerke hoch, wie Pflanzen, die durch die Bedingungen gezwungen waren, in die Höhe zu sprießen; sie hatten wenige Fenster zur Außenseite hin und wirkten selbst oft wie Festungen. Der Große Fluß wurde jetzt schnell immer breiter, und die Städte am südlichen Ufer waren sogar für Elofs scharfe Augen längst nur noch eine verschwommene Masse. Die Kogge hielt sich jedoch nahe am nördlichen Ufer, so daß er die Ansiedlungen dort besser erkennen konnte, um so mehr, als Trygkar vor vielen von ihnen die Segel erschlaffen ließ oder sie ganz einholte, bis eine Fahne oder Trompete ihm die Genehmigung zur Weiterfahrt signalisierte. Bei anderen hingegen, auffälligerweise vor allem bei jenen auf vorgelagerten Inseln, ließ er alle Segel straffen und fuhr hinaus ins bewegtere offene Wasser; offensichtlich waren das Orte, an denen das königliche Banner nicht als Passierschein anerkannt wurde. An einer Stelle, wo zwei flache, klotzige Festungen die Wasserstraße, die hier zwischen einer Stadt auf einer Landzunge und einer auf einer vorgelagerten Insel hindurch verlief, flankierten, rief er die Soldaten an Deck und ließ starke Brustwehren an den Seiten hochziehen. Den Reisenden wurde keine Beachtung geschenkt, doch Elof lockerte Gorthawer in seiner Scheide, Roc holte seinen schweren Bogen aus dem Deckzelt, und gemeinsam gesellten sie sich zu dem wachsamen Feldwebel auf seinem Beobachtungsposten auf dem Heckturm. Sein grobes Gesicht verzog sich vor Überraschung, als er sie beide sah, und er entspannte sich ein wenig. »Ihr tut gut daran, Euch zu wappnen, meine Herren«, sagte er und musterte sie abschätzend mit seinen hellen, blutunterlaufenen Augen. »Denn ich zweifle nicht daran, daß man hier hemmungslos jedem die Kehle aufschlitzt, Gesandten wie gewöhnlichen Soldaten.«

»Dann ist es allerdings angebracht, daß wir uns an der Verteidigung beteiligen«, antwortete Elof kühl und blickte mit ausdruckslosen, zusammengekniffenen Augen ins Unbestimmte, während die Türme über der schiefergrauen Kulisse vorbeiglitten. »Denn ich meinerseits zweifele nicht daran, daß wir in derselben Farbe bluten.«

Der Feldwebel betrachtete sie mit noch größerer Überraschung. »Allerdings, meine Herren. Doch es gibt nicht viele, die so etwas sagen würden«, fügte er hinzu und schritt steif davon, um den Befehl zu erteilen, daß ein Teil der Bollwände zum Heck gebracht würden. Der alte Kapitän nickte zustimmend.

»In derselben Farbe bluten! Jawohl, das ist die richtige Sprache, die der da versteht; oder ich, nebenbei bemerkt. Das zeigt ihm, daß Ihr doppelt soviel wert seid wie die hochnäsigen Gecken, mit denen wir es im allgemeinen zu tun haben. Dieselbe Farbe!« Er lachte leise. »Nun, wir wollen hoffen, daß es nicht soweit kommt. Es dürfte eigentlich nicht geschehen, wenn wir einen ausreichend entschlossenen Eindruck machen; er ist kein Narr, dieses Lordchen hier. Zahlt seine Abgaben, führte die Zölle an den König ab, gibt kein falsches Wort von sich; aber immer wieder verschwinden ganze Schiffe in diesem Streckenabschnitt, und er lebt entschieden besser, als dieses kleine Hungerleider-Städtchen hier es ihm normalerweise erlauben würde. Meistens sind es Boote, die zu schwach oder zu unaufmerksam sind, um sich zu verteidigen; es bereitet keine Schwierigkeiten, ein solches Gefährt ganz und gar verschwinden zu lassen, wenn man eine flinke Werftmannschaft bei der Hand hat, um es in einzelne Balken zu zerlegen, und man von keinen Skrupeln wegen der Seelen an Bord geplagt wird. Nach allem, was berichtet wird, ist er nicht der einzige, der so handelt. Kein Wrackholz treibt an Land, und auch keine Leichen...« Der Kapitän beugte sich über die Brustwehr hinaus, um den weiteren Verlauf der Fahrrinne zu erkunden. »Aber jetzt wird er es nicht mehr versuchen, wir sind schon zu weit an ihm vorbei, und die nächste Stadt ist ziemlich nah. Trotzdem kann es nicht schaden, wenn wir die Bollwände fürs erste noch dalassen.«

Elof blickte zurück zu der fraglichen Stadt; sie erschien recht groß. »Eine üble Geschichte, das stimmt. Es ist sehr unwahrscheinlich, daß so etwas in unserem Land möglich wäre. Dort neigen wir dazu, uns in einer einzigen großen Stadt zu konzentrieren, und die im Land verstreuten Städte und Anwesen sind im Vergleich dazu schwach.«

»Nun, bei uns ist es nicht anders«, entgegnete Trygkar schmunzelnd. »Oder glaubt Ihr, diese Städte, die Ihr gesehen habt, wären groß? Dann steht fest, daß Eure Augen niemals Kerys erblickt haben. Die Stadt Kerys, Groß-Kerys, das Goldene Kerys; die größte Stadt, an der wir vorbeigekommen sind, nicht einmal Keruelan von den Fünf Burgen im Süden kann dem Vergleich mit Kerys standhalten. Was bezeichnet man dort bei Euch über dem Meer denn als Städte; fünf Bauernhütten und ein Kuhstall?«

Obwohl dies eine freundliche Spöttelei war, konnte Elof seinen Unmut nur mit Mühe im Zaum halten. »Die Weite und der Reichtum dieses Landes läßt sich nicht leugnen, Kapitän; beides ist bei uns zur Legende geworden. Doch das trifft auch für Groß-Morvan zu, das das Eis verwüstet hat; Roc und ich sind durch seine Ruinen gewandert. Wir brauchten einen Tag, um nur das südliche Viertel zu durchqueren.«

Trygkar runzelte die Stirn. »Also wirklich ein großartiger Ort, ein angemessenes Gegenstück zu Keruelan, oder diesem vielleicht sogar überlegen. Aber was Kerys betrifft, nun, selbst sein ärmstes Viertel – aber warum verschwende ich meine Spucke. Noch sieben Nächte, dann werdet Ihr es mit eigenen Augen sehen.«

»Eine Woche!« rief Roc aus, nachdem er diese ungewohnte Ausdrucksweise im Kopf verarbeitet hatte. »Aber ... wir befinden uns doch schon seit sechs Tagen auf diesem verdammten Schiff!«

Trygkar zuckte mit den Schultern. »So ist Kerys nun mal, und ich kann es weder größer machen noch schrumpfen lassen, um Euch entgegenzukommen; mein Schiff kann ich auch nicht zu schnellerer Fahrt antreiben, es macht bereits neun Knoten, mindestens, und eine größere Geschwindigkeit läßt seine Bauweise nicht zu.«

»Ich wollte weder Euch noch Euer Schiff beleidigen, Kapitän«, beeilte sich Roc zu versichern. »Ich war nur verdutzt, das ist alles, um so mehr, als mir ja klar ist, daß wir sehr schnell segeln. Neun Knoten! Aber natürlich, bei dieser Entfernung …«

»Etwa fünfzehnhundert Meilen«, bestätigte Trygkar nüchtern.

Roc pfiff durch die Zähne. »So lang wie das Südland und das Nordland zusammen!«

»Und das ist nur das Stadtgebiet von Kerys; das Land insgesamt dehnt sich noch etwa eineinhalbmal soweit aus, vielleicht sogar mehr. Die Grenzen sind unbestimmt, vor allem dort im äußersten Osten, wo sich die Menschenfresser herumtreiben.«

»Im Osten?« Elof packte den alten Kapitän am Arm. »Sprecht Ihr von den Ekwesh?«

»Jawohl, von wem sonst? Dort sind die Teufel zuerst aufgetaucht, und dann im ganzen Nordland, das einst meinem Volk gehörte, immer am Rockzipfel des Eises hängend. Erst waren es nur wenige, dann folgten kleinere Plünderzüge und gezielte Überfälle; die Angriffe wurden jedoch immer massiver und immer schwieriger abzuwehren – hundert Jahre lang peinigten sie uns und besetzten unsere Gebiete, bis eine riesige Streitmacht weit nach Westen vordrang und die Pforte überfiel. Wir hätten uns niemals träumen lassen, daß sie das wagen würden. Aber jedenfalls kamen sie aus dem Osten; manche vermuten, daß dort irgendwo ihre Heimat ist, weit, weit weg. Ich möchte es nicht wissen; ich verspüre kein Verlangen, sie zu besuchen, das kann ich Euch sagen …«

»Aber in unserem Land kamen sie aus dem Westen!« platzte Elof heraus, ohne sich darum zu scheren, daß er dem alten Kapitän ins Wort fiel; er kochte wie ein Hexenkessel mit Deckel. »Von der anderen Seite des

Meeres, über das Eis … aber immer aus dem Westen. Von dort, wo ihre Heimat vermutet wurde …« Er schluckte. »Ihr versteht, nicht wahr? Wie konnte es sein, daß sie sich auf dem Meer des Sonnenaufgangs befanden, ohne zuerst unser Land zu durchqueren? In der einen Richtung nach Osten, in der anderen nach Westen …«

»O nein!« rief Roc mit hohler Stimme aus. »In Hellas Namen, haben sie bereits soviel von der Welt eingenommen, diese Wilden, daß sie sich in zwei Richtungen um sie herum ausdehnen?«

»Das haben sie nicht«, erwiderte Elof leise. »Aber das Eis … ja, das schon. Und wohin dieses sie schicken kann, dorthin gehen sie. *Eine große Veränderung wird stattfinden,* hat sie gesagt, *das Gleichgewicht der Welt ist anfällig* … Die Mächte!«

»In der Tat, die Mächte!« wiederholte Roc mit finsterer Miene. »Das ist ihr Kampf, nicht der unsere; was können Wesen wie wir gegen … eine solche Kraft ausrichten? Genausogut könnten wir uns anmaßen, gegen einen dieser Feuerberge zu kämpfen. Halb um die Welt … Je mehr ich darüber erfahre, desto kleiner komme ich mir vor.«

Elof schüttelte den Kopf. »Für dich selbst vielleicht; wem erginge das nicht so? Aber für uns als Volk, als Stamm, Roc, stimmt das nicht. Wir sind nicht klein. Erinnere dich doch: wo Einheit und Ordnung herrschte, wo freie Menschen in freiem Geist zusammenhielten, konnte das Eis kaum Boden gewinnen. Es fürchtet sich vor der besonderen Kraft, die uns zu Menschen macht. Und wenn Morvanhal ihm Widerstand entgegensetzen kann, wenn in diesem riesigen Reich Kerys sowohl die Ordnung als auch die Freiheit aufrechterhalten werden kann …«

»Jawohl«, pflichtete Trygkar ihm bei. »Wenn. In der Tat, wenn!« Sie drehten sich zu ihm um, doch er hatte die Maske des Schweigens wie ein Tor aus massivem

Eisen herabfallen lassen. Die einzige Antwort, die er auf ihre Frage zu geben bereit war, lautete: »Ihr werdet sehen, junge Herren; Leuten wie mir steht es nicht an, sich dazu zu äußern. Bald genug werdet Ihr selbst sehen.«

In der folgenden Woche schien jeden Tag eine heiße Sonne und wehte ein kühler Wind; sie kamen flink voran, ohne daß das Segeln große Mühe bereitet hätte, und die sonst eher schwerfällige Kogge glitt munter am Flußufer entlang, wie ein altes Roß, das im freien Gelände mit saftigen Wiesen losgelassen wird und sich wieder wie ein lebhaftes Fohlen gebärdet. Und tatsächlich säumte eine grüne Weite die Ufer, Weideland, dessen gepflegte Üppigkeit einen krassen Gegensatz bildete zu der öden Gegend im Westen. Städte waren jedoch selten. Das Land schien vielmehr, wie in der Umgebung von Kerbryhaine, aufgeteilt zu sein in einige große landwirtschaftlichen Güter, deren Herrenhäuser die Landschaft beherrschten. An einem solchen kamen sie sehr dicht vorbei, einem alt und vornehm aussehenden Bauwerk aus altersdunklem Gestein, das auf einer Hügelkuppe thronte und den Fluß überblickte; am Ufer darunter kauerte ein Wehrturm, gedrungen und von brutaler Häßlichkeit, über einem gut geschützten Anlegesteg. Doch als die Kogge näher heranfuhr, spürten sie, daß von dem Haus eine sehr sonderbare Wirkung ausging, und bald erkannten sie auch den Grund; es war lediglich eine Fassade, eine Ruine, deren hinterer Teil nur noch aus einem kahlen Bauskelett bestand, das kaum noch aus dem Boden ragte.

»Ach, welche Schande!« stimmte Roc zu. »Ein großartiger Ort, und ausgerechnet diese kauernde Kröte von einem Turm hat man als erstes wieder aufgebaut!« Während er sprach, fuhr die Kogge nahe genug an den Turm heran, daß sie das aus geschälten Holzbalken zusammengezimmerte Gerüst sehen konnten, auf dem die Gestalten von emsigen Männern wie Ameisen in einem Baum herumwimmelten. Elof betrachtete die Baustelle einen Augenblick lang, dann schüttelte er grimmig den Kopf.

»Von Wiederaufbau keine Rede!« Er deutete auf die Mauer, an der sie vorbeiglitten. »Da wird etwas neu gebaut! Sieh dir die Mauer an; wird dir jetzt klar, woher das Schachbrettmuster kommt? Diese Steine sind zwar verwittert, aber nicht an der Stelle, an der sie sich jetzt befinden.«

»Willst du damit sagen…« Roc strich sich das rote Haar mit beiden Händen aus dem Gesicht. »Bei Hellas Titten, willst du damit sagen, sie reißen einen schönen, gesunden Bau ein, um diesen von Moos und Moder überwucherten Schrott zu errichten? Sie müssen vollkommen verblödet sein.«

»Oder verängstigt.«

»Verblödet, ich bleibe dabei. Wenn sie soviel Angst haben, warum tun sie sich dann nicht mit einem oder zwei Nachbarn zusammen, um eine ordentlich große Burg zu bauen? Eine, die der echten Verteidigung dient?«

Elof verzog das Gesicht. »Nun, selbst bei uns zu Hause verstehen sich die Nachbarn meistens nicht allzu gut. Und hier scheinen sie sich auch nicht zu vertrauen…«

»Moment mal!« warf Roc aufgebracht ein. »Wir haben dieses Muster bei der Hälfte aller Mauern entlang des Flusses gesehen – kann es sein, daß sie alle…«

»Nicht alle«, entgegnete Elof nachdenklich, »aber viele, glaube ich; Opfer aus einer Zeit, als den Menschen Stärke wichtiger war als Annehmlichkeiten oder Schönheit. Und ich fürchte, diese Einstellung herrschte eine sehr lange Zeit, woran die Ekwesh schuld sind.«

»Stimmt. Es gibt genügend Schwierigkeiten in diesem Land. Seht, dort kommen die Plünderer!« Ein langer Lastkarren, von einem Gespann mit vielen Pferden gezogen, glitt schwerfällig auf einer Straße heran, die sich von der Hügelkuppe zum Ufer herabschlängelte. Er wand sich auf merkwürdige Weise, denn er bestand aus mehreren aneinandergekoppelten Teilen, jeder mit eigenen Rädern versehen. Selbst aus dieser Entfernung waren deutlich die Steine zu erkennen, die er beförderte. Als er am Fuße des Turms ankam, schlurfte eine Gruppe von Männern heraus und machte sich ans Abladen. Elof sah nicht, was als nächstes geschah, doch plötzlich entstand neben dem Lastkarren ein wildes Durcheinander, und ein dröhnendes Gepolter schwebte übers Wasser herüber. Seine Ladung bestand tatsächlich aus Steinen, doch gut die Hälfte davon lag auf einem Haufen seitlich davon, inmitten eines aufsteigenden Staubgestöbers. Offenbar waren die Männer beim Abladen unachtsam gewesen. Einige lagen hingestreckt zwischen den Steinen, andere rappelten sich mühsam auf, wieder andere bemühten sich, die scheuenden Pferde zu beruhigen. Noch mehr Männer rannten herbei, doch nicht, um zu helfen. Roc beugte sich über die Reling und fluchte laut bei dem Anblick, der sich ihm bot, während Elof dafür zu sehr entsetzt war. Die Gestürzten wurden mit Fußtritten und Stößen auf die Beine gezwungen, und sie duckten sich unter einem Hagel von Schlägen auf Köpfe und Körper, die ihnen mit Knüppeln oder kurzen Peitschen zugefügt wurden; selbst einige derjenigen, die sich mit den Pferden beschäftigten, wurden weggezerrt und geschlagen, bis sie am Boden lagen. Dann bog die Kogge um die nächste Biegung, und die Szene entzog sich ihrer Sicht.

Roc starrte Elof an; sein Gesicht war vor Wut so blaß geworden, daß die Sommersprossen noch deutlicher als sonst hervortraten. »Nun«, sagte er mit gefährlich ausdrucksloser Stimme. »Was hältst du davon?«

Elof spürte, wie sich auch in seinem Gesicht die Muskeln strafften. »So ziemlich dasselbe wie du, nehme ich an. Sprich du es aus.«

Roc verzog das Gesicht zu einer finsteren Grimasse. »Zuerst die Landarbeiter, und jetzt diese hier. Vielleicht sind es freie Menschen, die sich für Geld verdingen und bereit sind, auch einmal Schläge einzustecken; aber ich zweifle daran. Bei Hellas Magenkuhle, ich zweifle wirklich daran! Wir hatten niemals Gelegenheit, Kerbryhaine kennenzulernen, bevor die Ekwesh und danach Kermorvan alles veränderten. Doch viele waren der Ansicht, daß es auf einem schlechten Weg war, da es keinen starken Herrscher gab, der all die kleinen Gutsherren auf ihrem eigenen Land im Zaum halten konnte. Pächter und Lehnsleute waren an ihr Land, an ihre Herren gebunden, und zwar um so enger, als sie keine freien Menschen mehr waren.«

Elof pfiff leise zwischen den Zähnen hindurch. »Und bei uns zu Hause wurde allgemeinen angenommen, Kerbryhaine sei im großen und ganzen wie Kerys gewesen ...«

»Jawohl. Was sich also dort abspielte, war hier vielleicht bereits vorher schon geschehen, womöglich aus denselben Wurzeln entsprungen.« Er schnaubte. »Leibeigenschaft, Vasallentum, wie immer man es nennen will; ich halte es für gewöhnliche Sklaverei, und dieser Ort stinkt danach!«

Elof sah sich um und stieß Roc in die Seite; er hatte die Augen, die ihn von hinten musterten, förmlich gespürt. Dort auf dem Heckturm stand der Feldwebel, anscheinend in ein Gespräch mit Trygkal vertieft; doch sein Blick war unablässig auf sie gerichtet. »Vielleicht. Kann gut sein; aber es ist besser, wenn wir fürs erste nicht mehr darüber reden. Mund zu ...«

»Und Augen offen!« brummte Roc. »Ganz wie du meinst, Schmiedemeister; ich bin sowieso nicht sicher, ob ich die passenden Worte fände!«

Aber in den folgenden Tagen geschah nichts Beunruhigendes mehr, es gab kaum noch bemerkenswerte Vorfälle; die Brustwehren wurden kein zweites Mal mehr hochgezogen und keine weiteren Städte mehr umfahren. Die Fahrt verlief ruhig, das Segeln stellte keine großen Anforderungen, und sie entdeckten am Ufer keine weiteren aufregenden Dinge mehr, abgesehen von den Feuerbergen, die der Feldwebel angekündigt hatte. In der Tat gab es überhaupt wenig Abwechslung jeglicher Art; sie sahen wenig, das neu für sie gewesen wäre, und wenn sie an etwas Auffälligem vorbeikamen, zum Beispiel einem Lavastrom, der sich direkt ins Wasser ergoß und Qualm aufsteigen ließ, dann hatten sie keine Gelegenheit, anzuhalten und es näher zu erforschen. Roc versuchte, das Beste aus diesem erzwungenen Müßiggang zu machen, während Elof wie ein wildes Tier im Käfig an Deck auf und ab schritt; so sehr dieser träge Verlauf der Tage seinem Körper auch Ruhe bescherte, so wenig Ruhe fand seine Seele. Das Auftauchen irgendeiner Stadt, so klein sie auch sein mochte, bot ihnen willkommene Zerstreuung; sie pflegten sich dann über die Reling zu beugen und die Augen anzustrengen, um Näheres über dieses rätselhafte Land zu herauszufinden. Doch sie erfuhren wenig, bis sie zum erstenmal bei Nacht an einer Stadt vorüberkamen; dabei fiel Elof auf, wie wenige Lichter zu sehen waren, angesichts der Ausdehnung des Ortes. »Genau wie Morvannec, als es von den Ekwesh eingenommen war«, bemerkte er, an Roc gewandt.

»Du willst doch wohl nicht ernsthaft andeuten …«

»Nein, nicht so weit im Landesinneren. Doch Morvannec war bereits von Seuchen heimgesucht worden und hatte zwei Drittel seiner Bevölkerung verloren. Auch hier scheint es so, als gäbe es weniger Menschen, als man erwarten würde – als es einmal gegeben hat, denn sie hätten wohl kaum ganze Straßenzüge mit Häusern gebaut, die sie gar nicht brauchten. Unbewohntes Land im Grenzgebiet, unbewohnte Städte im Inneren…«

Roc machte ein nachdenkliches Gesicht. »Nichts Erfreuliches. Doch es gibt noch andere Dinge als Seuchen, die ein Volk auf diese Weise schwächen können. Krieg zum Beispiel. Nicht unbedingt mit Feinden von außen. Erinnerst du dich an dieses ausgebrannte Dorf?«

Elof nickte. »Obwohl wir so etwas danach nicht mehr gesehen haben. Es könnte sein, daß die Stadt Kerys zu viele Menschen angezogen hat, so daß der Rest verarmt und in schwindender Zahl zurückblieb, wie es in Morvannec geschah, als die Menschen sich nach Morvan wandten.«

»Hmm. Was letztendlich das Banditenunwesen im Grenzgebiet erklären könnte; niemand von Bedeutung kümmert es, da alle mehrere Tagesreisen weit davon entfernt leben. Könnte sein, könnte auch nicht sein. Uns wird nichts anderes übrigbleiben, als abzuwarten und zu sehen, nicht wahr? Es wird nicht mehr lange dauern.«

»Nein!« brauste Elof auf. »Nicht mehr lange! Und dann…«

»Was dann? Hast du etwas Bestimmtes im Sinn?«

Elof schlug mit der zur Faust geballten Hand auf das Geländer der Reling – sanft zwar, doch es war die Sanftheit von gebändigtem Eisen. »Ich weiß nicht genau… ich bin mir nicht sicher. Es hängt sehr viel davon ab, was sie bereit sind zu tun – und warum sie es noch nicht getan haben. Wenn ich doch nur mehr über dieses Land wüßte!« Er spähte angespannt in die Nacht, als er ob den Horizont nach einem fernen Schimmern der Lichter von Kerys absuchte.

Doch er bekam keine derartige Vorwarnung. Sechs Tage später zogen sie sich abends mit der Erwartung in ihr Zelt zurück, vielleicht am nächsten Tag in der Ferne die Stadt zu erblicken. Doch im Morgengrauen wurden sie beide von einem Durcheinander brüllender Stimmen und dem ungewöhnlich lauten Quietschen und Rasseln der Takelage unsanft aus dem Schlaf gerissen; als sie in die kalte Luft hinauskrochen, stellten sie fest, daß die Kogge von einem Schwarm anderer Segel in allen möglichen Farben und Formen umringt war. Doch sie schenkten ihnen kaum Beachtung, denn über ihnen ragte ein großes Rahsegel golden in der grauen Düsternis auf, vom Wind weit gebauscht. Doch es wehte gar kein entsprechend starker Wind, weder jetzt noch zu irgendeiner anderen Zeit, denn das Segel war aus Stein und nicht an einem Mast angebracht, sondern an zwei schrägen Säulen aus demselben Stein, die zu beiden Seiten einer riesigen Pforte mit Fallgitter aus dunklem, sehr engmaschigem Metall standen; die Wogen des Yskianas klatschten gegen seine Stangen und dröhnten hohl in dem Bogen dahinter. Es war ein gewaltiges Fluttor in einer Mauer aus demselben goldfarbenen Stein, die höher als der höchste Mast davor aufragte.

Der Wind fuhr ihnen mit kalten Fingern über die Haut, doch sie verharrten an ihrem Platz; denn vor ihren Augen kroch ein Licht in derselben goldenen Farbe wie der Stein am wolkenverhangenen Himmel hinauf, und golden erschallten auch der Schrei ferner Trompeten und ein Ruf als Antwort von der Mauer. Trygkar erteilte seiner Mannschaft brüllend Befehle, und das Echo darauf war von den Nachbarschiffen zu vernehmen, während das schwere Klappern einer Sperrwinde in dem Bogen widerhallte und das Tor sich allmählich hob. Wasser tropfte aus Klumpen von Flußtang, die sich um die Stangen gewickelt hatten, doch der leuchtende Glanz des Metalls darunter war ungemindert. Elof nickte schweigend; diese Pforte war ein Werk höchster Schmiedekunst, so wie sie der Sage nach in diesem Land blühen sollte. Plötzlich erglühte unter all seinen anderen Sorgen eine plötzliche

Erregung, und die Glut wurde entzündet durch den Gedanken an den reichen Fundus an Wissen, der sich ihm hier womöglich offenbaren, und an einige der Entdeckungen, die er selbst machen mochte. Er spürte eine unvermittelte Erschütterung des Decks unter ihm, hörte das Quietschen der Takelage, als die Segel wieder in den Wind gedreht wurden, doch er schenkte dem keine weitere Beachtung, so ungeduldig war er, endlich das zu sehen, was jenseits dieser Pforte war. Alle anderen Schiffe wurden bereit gemacht, stattliche Handelsschiffe aller Formen und Größen, beladen mit vielerlei Waren, weitere Koggen, auf denen sich zahlreiche bewaffnete Männer drängten und deren Fracht aus militärischen Gerätschaften bestand, sowie ein Schwarm von Barken und Leichtern aller Größen. Zwischen ihnen hindurch glitten lange, schlanke Kriegsgaleeren, manche prächtig verziert und in leuchtenden Farben prunkend, einige sogar mit schmuckvollen Baldachinen auf dem Deck. Doch der Kogge mit dem königlichen Banner wurde von keinem der anderen Boote das Recht streitig gemacht, als erste durch die Pforte zu fahren; der Bug hob und senkte sich sanft, als sie Fahrt aufnahm. Elof und Roc grinsten sich wie aufgeregte Knaben an, und wie auf ein Kommando rannten sie gleichzeitig zu den Masten und kletterten die Strickleiter zum Ausguck hinauf. Die meisten Schiffe waren dort nur mit einem Sitzholm und vielleicht einem Gurt ausgestattet, den man sich um die Taille schlang, doch die Kogge in ihrer Eigenschaft als Kriegsschiff hatte eine gefestigte Plattform für Bogenschützen, und die Reisenden hatten einen einigermaßen bequemen Standplatz, um einen ersten Blick auf die Stadt im Herzen der Welt zu werfen.

Im ersten Augenblick jedoch empfand Elof einen Stich tiefster Enttäuschung. Durch die schmale Öffnung der Pforte sah er eine riesige Ausdehnung, seiner

Schätzung nach groß genug, um die beiden größten noch mit Leben erfüllten Städte seiner Heimat zu schlucken. Doch nach dem ersten Eindruck zu urteilen, war sie nicht halb so großartig. Die Sonne war noch nicht über die Rundung der Erde gestiegen, und die Ferne war lediglich ein schattenhafter Fries gegen den beleuchteten Himmel, unterbrochen durch die hoch aufragende Silhouette eines gezackten Berges; über den am nächsten gelegenen Teil der Stadt wälzte sich der Morgennebel wie träge Wellen hinunter zum Fluß, denn das Land war eben wie ein Brett. Er sah, daß es von einem Netz alter Mauern durchzogen war, um ein Vielfaches größer als jene, auf die Kerbryhaine so stolz war, doch da sie alle in der Ebene verliefen, waren sie bei weitem weniger eindrucksvoll als die von Kerbryhaine, die an einem uralten Vulkanfelsen anstiegen, oder die von Morvanhal auf dem hohen Felsvorsprung über dem Meer. Der massige Klotz des Berges in der Ferne ließ sie nur noch nichtiger erscheinen. Er entdeckte auch nichts annähernd Vergleichbares zu dem edlen Mauerwerk, dem Morvanhal unter anderem seine Schönheit verdankte und das in rostroten Terrassen steile Straßen säumte. Falls es hier so etwas gab, dann verlor es sich in dem Durcheinander weniger ansehnlicher Dächer. Schlimmer noch, er konnte keine Achse, kein Herz der Stadt entdecken, weder etwas der Zitadelle von Kerbryhaine Entsprechendes, elfenbeinfarben unter den mit Bronze und Gold verzierten Türmen, noch etwas im Stil des Palastes von Morvanhal in seiner düsteren Anmut, mit den gemeißelten Säulen und Galerien, die zum Farbton vor langer Zeit vergossenen Blutes verwittert waren, und auch nichts von der Art der kleineren Paläste auf den unteren Terrassen. »Dieser Ort hat sich selbst überwuchert«, sagte er leise, wie zu sich selbst, und drückte damit seine verächtlichen Gedanken aus, »sie ist durch ihre eigene Bedeutung zur Formlosigkeit aufgedunsen, zu nichts als einem Wirrwarr aus Mauern und Straßen.«

Doch dann ging die Sonne auf und warf die ersten ehrerbietigen Strahlen in Scharlachrot und Gold auf die wahrhaft königliche Erscheinung Kerys'. Was bisher eine schwarze Silhouette gewesen war, flammte plötzlich zum Leben auf und ließ Elof in ungläubigem Staunen erstarren; er wollte seinen Augen nicht trauen. Er drehte sich zu Roc um und sah diesen mit weit aufgerissenen Augen gaffen, wobei er sich mit einer Hand in seinem wilden roten Haarschopf verkrallt hatte. Die reine Ausdehnung der Stadt Kerys übertraf all ihre Erwartungen, doch dieser Umstand allein hätte sie nicht so sehr aus der Fassung bringen können. Es war das langsame Aufsteigen der Sonne über dem gezackten Bergrücken darüber, das ihren Blick bannte, denn der Berg war gar keiner.

Auf eine Mauer aus sandfarbenem Stein nach der anderen fiel das strahlende Licht, durch hohe Bögen und eingeschnittene Zinnen, auf Terrassen, Höfe und Galerien und Kolonnaden, umspielte Kanzeln jeglicher Form und Größe und zwei hohe, durch eine Mauer verbundene Türme, die das Ganze krönten, geschwungene und so geformte Türme, daß sie den Eindruck von zwei riesigen stilisierten Tierhörnern vermittelten. Allein schon die Höhe dieses gewaltigen Bauwerks war erstaunlich; es erhob sich über den Nebel wie eine einsame Insel im Ozean und sah ebenso alt und unverrückbar aus. Und all das war von der Sonne in ein goldenes Licht getaucht.

Dieser erste Anblick jagte dem Betrachter einen Schauder der Ehrfurcht durch Körper und Geist. Der rote Rand stieg höher und hing hinter diesen gemauerten Klippen wie ein Mantel aus Feuer, und noch höher, bis es den verblüfften Augen der Beobachter erschien, als ließe er sich zwischen den anmutigen Zwillingstürmen nieder, als wolle er auf jener Mauer verharren wie ein Edelstein, der in die Krone der Welt eingelassen wurde. Denn mit großer Sorgfalt waren diese Burg und die seewärtigen Mauern vor langer, langer Zeit von ihren Erbauern so angelegt worden, daß jeden Tag im Morgengrauen die Sonne von dem Tor aus gesehen werden sollte, das sich als erstes öffnete; man sollte den Eindruck haben, als hinge sie dort für eine Weile, und dasselbe Schauspiel umgekehrt sollte sich abends von jenem Tor aus betrachtet wiederholen, das sich als letztes schloß. Da sich die Bahn der Sonne im Laufe der Jahreszeiten veränderte, wählte man entsprechend auch immer andere Tore, denn es gab viele davon. Nicht der Anblick allein schlug Elof in seinen Bann, sondern die raffinierte Planung, die ihm zugrunde lag. Diese Wirkung war verknüpft mit einer ebenso tiefen Einsicht in die Pfade des Himmels und die Wege des menschlichen Geistes. Jene, denen die Weisheit fehlte, waren schlicht überwältigt, und jene, die sie hatten, waren dennoch durchdrungen von höchster Anerkennung für das damit verbundene Können.

Doch an der majestätischen Zitadelle an sich war nichts Ungeheuerliches, wie es vielleicht zu erwarten gewesen wäre; eine trutzige Wehranlage oder Burg in dieser Größenordnung hätte vielleicht eher töricht als großartig gewirkt, hätte vielmehr brutale Gewaltherrschaft als erhabene Kraft ausgedrückt. Sie hätte vielleicht wie eine Bedrohung die ausgedehnte menschliche Ansiedlung darunter überragt, doch in diesem Fall schien sie aus ihr heraus gewachsen zu sein. Dies war nicht einfach eine Anhäufung von Steinen, keine Burg oder Festung aus einem Guß. Dies war in mannigfaltiger Weise ein Palast, eine eigene Stadt auf hundert Ebenen, als ob eine erstaunliche Menge von Hallen und Türmen, hoch und schön, irgendwie in einem Gespinst aus Stein oder in dem Astgewirr eines versteinerten Baumes eingefangen worden wäre. Es war, als ob sich die Stadt der Sonne entgegenreckte und sich ihr als Thron anböte, als ob ihr bewegter Geist danach trachtete, die strahlende Quelle des Lebens zu umarmen.

Dieser großartige Anblick hielt die Reisenden fest in seinem Bann, während die Kogge in geschmeidiger Fahrt auf das Tor zuglitt. Dann, unvermittelt und ohne Vorwarnung, wurde der Bann gebrochen; die Kogge schlingerte heftig, während das Ruder kräftig herumgeworfen wurde; das Schiff krängte gefährlich für ein Gefährt mit einem so hohen Schwerpunkt. Roc und Elof klammerten sich mit aller Kraft an den schwankenden Mast, und ihre Füße trampelten nutzlos gegen die plötzlich steil geneigten Bodenplanken. Ein Soldat unten ihnen an Deck hatte weniger Glück; er rutschte über die Bohlen und krachte schmerzvoll gegen die Steuerbordreling. Dann richtete sich die Kogge mit solchem Schwung wieder auf, daß die Beobachter beinahe vom Ausguck geschleudert worden wären, und der Mann unten lag stöhnend in der Speigatt.

Aus südlicher Richtung kam das größte Schiff, das Elof jemals gesehen hatte, über den Fluß, mit einem gewaltigen Rahsegel, das sogar noch schwerer zu handhaben sein mußte als das der Kogge; es war eine riesige, breite Barke, bestimmt noch einmal um die Hälfte größer als die längste Fregatte seiner Heimat. Es lag tief im Wasser, so schwer war es beladen, und schlingerte selbst in dem ruhigen Gewässer des Yskianas störrisch. Auf den beiden Galeeren, die es eskortierten, war man sich offenbar unschlüssig, ob man dicht daneben fahren sollte, um notfalls Hilfe zu leisten, oder ob man sich lieber in sicherer Entfernung halten sollte, um nicht überrollt zu werden. Kleinere Fahrzeuge stoben davor auseinander, und Trygkar und seine Männer ließen einen Schwall von Flüchen vom Stapel, als das Ungetüm rücksichtslos vor dem Bug der Kogge durchs Wasser schnitt.

»Korn aus dem Süden!« fauchte der Kapitän angewidert, als ob das an sich schon eine Bezeichnung für etwas Verdorbenes sei. »Dieser aufgeblähte Schweinehund tut so, als hätte er laut einem Erlaß meines Lord Königs das Vorrecht vor allem anderen, was auf dem Wasser schwimmt, und benimmt sich, als wäre außer ihm niemand auf dem Fluß!« Das große Schiff glitt ungeachtet seiner Umgebung weiter, und er mußte das Steuer erneut herumschwenken, auch diesmal nicht gerade sanft, um die Kogge auf die Spur des anderen Schiffs zu bringen.

»Und trotzdem«, sagte Elof atemlos, während er sich noch immer an den Masten klammerte, »leuchtet mir in gewisser Weise ein, warum. Dieses Ungetüm war so sehr überladen, daß es bei der geringsten Kursänderung Gefahr gelaufen wäre, vollends zu kentern.«

»Warum, in Hellas Namen, mußten sie es dann so übermäßig beladen?« schimpfte Roc, während die Kogge in den Bogen glitt und das dumpfe Klatschen des Wassers um sie herum zu hören war.

»Weil sie soviel brauchen, vermute ich. Bedenke doch nur die Größe dieses Ortes! Und mit so schwerfälligen Fahrzeugen sind sie gezwungen, auf beste Windverhältnisse zu warten … Roc, ich habe nicht den Eindruck, daß diese Menschen hier besonders gute Seeleute sind. Ihre Schiffe sind von einer Bauart, wie sie bei uns längst nicht mehr üblich ist.«

»Kein Wunder, wenn sie nichts anderes als einen zugewucherten Fluß haben, um damit zu spielen. Bei dieser Verya, die so oft in ihren Flüchen vorkommt, unsere Vorfahren waren tapferer, als wir gedacht hatten, wenn sie die Überfahrt in solchen Kolossen bewerkstelligt haben. Oder vielleicht waren sie auch nur schlicht blöd.«

»Wie auch immer! Auf jeden Fall haben wir einiges Wertvolle, das wir ihnen beibringen können.« Die

Kogge glitt aus dem Bogen heraus und kam in ein breites Becken, das von einer steinernen Mole eingefaßt war; das gesamte Mauerwerk war alt und abgenutzt, an einigen Stellen bröckelte das Gestein ins Wasser. Doch während man hier auf Reparaturarbeiten offenbar keinen gesteigerten Wert legte, hielten die Verantwortlichen jedoch anscheinend auch nichts davon, bei lebenswichtiger Fracht Zeit zu verschwenden. Der große Getreidefrachter wurde bereits an der Anlegestelle vertäut, und eine Kette von buckeligen Gestalten schwirrte auf sein Deck; die ersten taumelten bereits wieder zum Kai zurück, tief nach vorn gebückt unter dem Gewicht schwerer Säcke. Niemand trieb sie an; vielleicht versuchten sie einfach, sich durch besondere Schnelligkeit ein paar Extra-Münzen zu verdienen, doch Elof hatte selten soviel beinahe greifbar in der Luft liegende gehetzte Emsigkeit und Trostlosigkeit gespürt. Er vernahm kein einziges Rufen oder Lachen, und schon gar kein Singen, wie es bei ihm zu Hause unter Dockarbeitern üblich war. Ob sie nun freie Männer oder Leibeigene waren, auf jeden Fall wurden sie von irgend etwas angetrieben. Dieser Anblick und der des zerfallenden Mauerwerks rief ihm wieder ins Gedächtnis, welche phantastische Vorstellung in ihnen zunichte gemacht worden war.

Sie schwiegen eine Zeitlang, denn es war beinahe unmöglich, diese beiden Bilder in Einklang zu bringen. Roc kleidete Elofs Gedanken in Worte, als er hinzufügte: »Vielleicht. Falls wir ihnen trauen können. *Falls!*«

Sechstes Kapitel

König und Schmiedemeister

Die Kogge machte keine Anstalten, einen der Anlegeplätze anzusteuern, sondern bewegte sich weiterhin in die Mitte der Wasserstraße, wo der Wind am beständigsten war. Als Elof den Blick nach vorn richtete, bemerkte er mit Erstaunen, daß die Fahrrinne direkt in die Umklammerung der Stadt führte, zwischen massive Mauern aus grauem Stein, nichtssagend und fensterlos, den Lagerhäusern in den Hafenanlagen ihrer Städte daheim ähnlich. Noch mehr überraschte ihn, daß diese Rinne nur eine von vielen war, die sich zwischen den Gebäuden hindurchwanden, bis sie in der Ferne nur noch als gleißende Streifen im Schatten der Zitadelle sichtbar waren. Hier und da fiel ihm sogar ein Mast vor den Dächern auf. »Dabei steigt das Gelände hier an, wenn auch nur geringfügig … könnte es sich um eine Art Schleusensystem handeln, wie sie bei den Duergar üblich sind?«

Diese Vermutung erwies sich als zutreffend, denn als die Kogge um eine Windung der Fahrrinne bog, erschlafften ihre Segel, und zwei schwere Schleusentore schlossen sich hinter ihr. Roc, der die dunklen, unter dem Gebirge verlaufenden Flüsse der Duergar nie gesehen hatte, beobachtete gebannt, wie das Wasser schäumend durch das Wehr rauschte; er war stets überaus angetan von allen raffinierten Gerätschaften und Vorrichtungen, für deren Handhabung keine Zauberei nötig war. Die Kogge stieg schnell höher, und als sich die Schleusentore auf der anderen Seite öffneten, glitt sie hinaus in eine neue Fahrrinne. Das brachte eine weitere Überraschung mit sich. Nach den schmucklosen Hafengebäuden fuhren sie jetzt zwischen Reihen von Gebäuden hindurch, bei denen es sich unverkennbar um Wohnhäuser handelte, obwohl dort zu dieser Stunde wenig Leben herrschte; da und dort rauchte lediglich ein Schornstein, und in der Ferne schrie ein Kleinkind. Die Straßen waren leer, und das Wasser der Fahrrinne glatt wie Glas, in dem sich die Gebäude und der blaue Himmel spiegelten; die Kogge glitt wie eine Wolke über die Spiegelungen der Dächer und hinterließ Flecken goldenen Lichts in ihrer Spur. Die Häuser an sich, zu größeren und kleineren Blocks aneinandergebaut, waren ansprechend und wohlproportioniert gestaltet, mit vielen Stockwerken und hohen Giebeln; einige hatten gekalkte Mauern, andere waren sogar mit glatten Kacheln in verschiedenen Pastelltönen gefliest, rosa und hellblau und apfelgrün. Doch die meisten sahen alt und verblaßt aus, und bei einigen wiesen die Kacheln Sprünge auf, waren zu einem fleckigen Braun verkommen und bröckelten von der Wand ab. Einige wenige Fassaden waren mit Schmuckbordüren zwischen den Stockwerken versehen, deren Muster so verschlungen und blumig waren, daß selbst Elof, der an alte Schriften gewöhnt war, darin erst nach und nach alte Sprichwörter und Sinnsprüche erkannte. Die Stadt erwachte allmählich zum Leben; eine Pumpe quietschte laut in einem Innenhof, Schornsteine rauchten, und die eine oder andere Gestalt schlurfte oder eilte durch die schmalen Gassen. Die leichte Brise trug den Duft von frischen Backwaren zu ihnen herüber, und obwohl diese sich offenbar von dem ihnen bekannten Weizenbrot unterschieden, war er nicht weniger verlockend; doch als der Geruch von gebratenem Fleisch von den Kohlewannen an Deck zu ihnen heraufstieg, waren sie so hingerissen, daß sich nicht einmal die Begeisterung über den Anblick damit messen konnte, und wie Verrückte glitten sie die Wanten hinunter.

Anfangs schlang Roc sein Frühstück in großer Hast hinunter, aus Angst, sie könnten schon bald die Zitadelle erreichen, doch Elof wies ihn darauf hin, daß deren Türme, die selbst vom Deck aus immer noch über den Dächern sichtbar waren, erst ein ganz kleines Stück näher gekommen waren. Bei dieser mäßigen Geschwindigkeit hatten sie noch gut einen halben Tag Fahrt vor sich. Das erwies sich allerdings als eine ungenaue Schätzung, denn ihre Sinne waren noch nicht auf den Maßstab dieser riesigen, ausgedehnten Festungsanlage eingestellt. Außerdem war die Kogge immer wieder zu langsamerer Fahrt gezwungen, wenn der Wind abflaute oder ein anderes Schiff an ihr vorbeiglitt, wobei frische Segel im hellen Sonnenlicht leuchteten und der Kogge den Wind aus dem fleckigen Rahsegel aus verstärktem Leinen nahmen. In solchen Augenblicken mußte Elof Roc beinahe mit Gewalt daran hindern, an Land zu springen, so begierig war er darauf, durch diese uralten Straßen zu schlendern. Die Fahrrinne führte sie immer wieder an anderen Gassen entlang, von einer Schleuse zur anderen, während das Gelände immer weiter anstieg. Stadtviertel um Stadtviertel spulte sich neben ihnen ab, durchteilt von den Wasserstraßen und den düsteren Einfassungen aus Mauerwerk, das jetzt an vielen Stellen zerbröckelt und sogar zum Bau von Häusern abgetragen worden war. Als sie tiefer in die Stadt gelangten, wurden die Gebäude allmählich immer verkommener und die Wohngebiete düsterer; die oberen Stockwerke ragten in die schmutzigen Gassen hinein, so daß sie sich beinahe trafen. Häufig verliefen dazwischen baufällige Stege, die wie trockene Knochen im Wind klapperten und eine erbärmliche Parodie auf die wie schwebend wirkenden Vorsprünge der Zitadelle darstellten. Doch dieses armselige Viertel, so groß es auch war, endete unvermittelt an der breiten Wasserstraße; auf der anderen Seite standen die nichtssagenden Backsteinmauern weiterer Lagerhäuser. Hier und da ergossen sich Wasserfluten durch schmale Schleusen in die Kanäle, und als Elof wieder zur Mastspitze kletterte, sah er riesige Schaufelräder, die sich unter künstlichen Wasserfällen drehten; dahinter rauchten einige hohe Schornsteine und spuckten Ruß und glühende Partikel in den Wind. Hier war offensichtlich eine Ansammlung von Fabriken mit Öfen für die Herstellung von Keramikwaren oder gebrannten Ziegeln. Auf der windabgewandten Seite schmiegte sich eine Gruppe von ordentlich aussehenden Häuschen um einen geschäftigen kleinen Markt aneinander, und dahinter standen wieder nüchterne Lagerhäuser, die ebenfalls einen Kanal säumten. Dann kamen weitere Häuser, weitere Kanäle und schließlich ein langgestreckter, erhabener Bau mit fünf Stockwerken, bei dem es sich unverkennbar um ein Zunfthaus handelte und der in einem Stil errichtet war, der dem solcher Gebäude in Morvanhal ähnelte. Weitere Zunfthäuser schlossen sich an und danach die hohen, schmalen Kontore des Handelsviertels, das wiederum demjenigen von Kerbryhaine glich. Dabei mußten sie an ihren alten Freund Kathel, den Kaufmann, denken, und sie fragten sich, wie es ihm wohl im umkämpften Westen gehen mochte. Doch es war ein anderes Viertel, das ihnen die Ähnlichkeit zwischen diesem Land und ihrer Heimat am deutlichsten zu Bewußtsein brachte.

Zunächst kamen sie zu einem schmalen Streifen dichten Waldes, einem Jagdgebiet, wie eine Insel eingeschlossen zwischen zwei gewundenen Kanälen, die vielleicht einstmals natürliche Wasserläufe gewesen waren. Die Kogge bog in den am weitesten entfernten ein, und sie sahen, daß dahinter eine Reihe von so glatten und fensterlosen, so verwitterten und zu einem häßlichen Grau verblaßte Mauern aufragte, daß man dort weitere Lagerhäuser hätte vermuten können, nur daß sie zu groß und in ihren Proportionen zu ausgewogen waren. Und während die Kogge elegant daran vorbeisegelte, mit zwei weißen Schwänen als Vorboten, erkannte Elof, daß ihre ausladenden Dächer nicht das ganze Gebäude überspannten, sondern sich zur Mitte hin öffneten, und auch daß die wenigen nach außen gehenden Fenster, alle in den oberen Stockwerken, zum größten Teil in leuchtenden Farben erstrahlten und mit prächtig geschnitzten Fensterläden versehen waren.

»Erinnert dich das an irgendeinen Ort?« erkundigte sich Roc.

Elof deutete zu einer Tür unter einem gemeißelten Vorbau, dessen Darstellung verwischt und zur Unkenntlichkeit verwittert war, eine bloße Ansammlung von Löchern und Kuhlen im Stein. »Du weißt die Antwort bestimmt. Mir fällt dabei das Haus von Kermorvans Vorfahren ein, eines von vielen vornehmen Häusern in Kerbryhaine. Ein Innenhof, Räume an vier Seiten, fast alle Fenster nach innen gehend, gut abgeschirmt gegen die Welt draußen, verborgen vor den Augen der Gegner aus dem eigenen Adelsstand sowie auch der Steuereintreiber.«

»Und abgeschirmt gegen die gewöhnlichen Sterblichen«, brummte Roc. »Das ist der echte Grund für diese Abgeschiedenheit, vermute ich; selbst den Anblick der Armut zu verbannen, damit man seinen Reichtum in Frieden genießen kann. Sieh doch nur, wie der Wald dieses ganze feine Viertel wie eine Mauer schützt.«

»Man kann ihnen daraus vielleicht keinen allzu großen Vorwurf machen«, entgegnete Elof. »Unter einigen Königen, sogar recht guten Königen, wirkte es sich möglicherweise ungünstig auf die eigenen Ziele oder das eigene Ansehen aus, wenn man in der Öffentlichkeit als zu reich erschien…«

»Und unter den nicht so guten Herrschern war es auch schlecht für die Gesundheit, wie? Nun ja, mag sein«, knurrte Roc ohne rechte Überzeugung. »Aber hör mal, ich habe Kermorvan einmal über diesen Stil befragt, da mir auffiel, daß er in Morvannec mit all seinen deutlich sichtbaren und öffentlich zugänglichen Palästen nicht üblich war; dort herrschte unter den Leuten, arm oder reich, stets gegenseitiges Vertrauen. Er erklärte mir, daß die Ursprünge dafür in den letzten Jahren von Morvan zu suchen seien, als diese Unsitte einriß wie vieles andere, eingeführt von den Umstürzlern, die dann die ersten Syndikatsmitglieder wurden; so etwas sei in Morvannec niemals üblich gewesen – *ebensowenig wie in Kerys!* Und du wirst zugeben, daß Kermorvan ein kluger Kopf ist; wenn er sagt, es verhält sich so und so, dann stimmt es!«

»Dann muß die Veränderung irgendwann nach der Spaltung des Landes eingetreten sein. Bei den Mächten, es war Zeit genug dafür!«

»Ja ... aber in beiden Ländern? Ist man hier wie dort demselben Pfad, demselben schlechten Pfad gefolgt? *Wieder einmal?*«

Elof runzelte die Stirn. »Nun ja, beide Völker stammen von derselben Wurzel ab; es wäre nicht verwunderlich, wenn sie sich in dieselbe Richtung entwickelt hätten – aber nein, du hast recht; ich kann es auch nicht glauben, zumal Nordeney und Morvannec sich ja sehr einschneidende Unterschiede erhalten haben. Es scheint eher, als ob ... als ob die anderen dieselben Symptome derselben Krankheit aufwiesen.«

»Aha«, brummte Roc. »Wie bei einer Erkältung, meinst du?«

Elof lächelte gequält. »Im frostigen Wind des Eises verkühlt – ja, so könnte man sagen. Seine Hände können manchmal gefühlvoll sein, und dann auch wieder nicht weniger grausam; und es hatte viele Generationen lang Zeit, die Regungen und Strömungen in den

Herzen der Menschen zu erforschen und zu versuchen, sie in die ihm genehmen Bahnen zu lenken. Vergiß nicht, daß dies nicht nur deine und Kermorvans Urheimat ist, sondern auch die von Bryhon Bryheren.«

Roc erschauderte. »Aber wenn sogar Kerys angesteckt ist, welche Aussichten bestehen dann noch für den Rest von uns?«

»Nur die besten! Erinnere dich doch an Tapiau, der die Menschen zu sehr verachtete, um uns verstehen zu können. Das Eis ist zehnmal schlechter dran, Roc; es haßt uns, es stellt die schlimmsten Mutmaßungen über uns an. Wenn wir diese nicht erfüllen, dann haben wir gute Aussichten, seinen Schlingen zu entgehen.«

»Aha!« sagte Roc trübsinnig und starrte die Mauern an, deren abweisende Farblosigkeit einen krassen Gegensatz zu dem dahinter verborgenen Reichtums bildete. »Doch wie schätzt du das hier ein, hm? Nach allem, was wir gesehen haben?«

»Als immer noch nicht ganz hoffnungslos«, antwortete Elof ruhig. »Solange die Krankheit das Herz noch nicht befallen hat. Und das, nehme ich an, werden wir herausfinden.«

Die Kogge glitt zwischen den hohen und einzeln stehenden vornehmen Häusern heraus und in einen weiteren bewaldeten Streifen, der sich entlang der ältesten Mauern erstreckte, die sie bis jetzt gesehen hatten und die seit langem den Unbilden des Wetters und dem Wuchern des Waldes überlassen worden waren. Nun verlief der Kanal nicht mehr gerade, sondern wand sich labyrinthisch zwischen den Gebäuden vor ihnen hindurch; es war offensichtlich, daß dieser Wasserlauf einst ein natürlicher Fluß gewesen war, bevor sein Ufer mit Stein befestigt und die Fahrrinne vertieft worden war. Die Gebäude hatten nun ein weniger ebenmäßiges und geradliniges Aussehen. Es gab keine vorherrschende Form oder Größe und keinen einheitlichen Stil wie in den Außenbezirken, außer daß sie alle mehrere Stockwerke hoch und aneinandergebaut waren, mit wenigen breiten Durchgängen dazwischen; doch hier und da führten Bogengänge zu Treppen und Gassen, die wie Wurmgänge durch die Gebäude verliefen, als ob der Platz zu wertvoll gewesen wäre, um ihn dem freien Himmel preiszugeben. Einige Bauwerke sahen sogar noch älter aus als die Mauer, andere waren zwar bröckelig, doch mit grellen Farben übertüncht; manche – und nicht immer die alten – waren verlassen und wie leere Totenschädel, während ihre Nachbarn in bestem Zustand prangten. Und viele Fenster waren erleuchtet, obwohl es erst früher Nachmittag war. Denn all diese Gebäude duckten sich in den Schatten der Zitadelle und hinter deren Türme; für sie war die Sonne bereits untergegangen.

Etwa eine halbe Stunde später erschienen hinter einer flachen Biegung des Flusses eine Reihe von Kais mit hohen Gebäuden dahinter. Stege und Galerien verliefen entlang ihrer Fassaden und ragten über den Fluß, und zwischen vielen standen komplizierte Hebe- und Schwenkvorrichtungen zum Entladen der Schiffe. Elof und Roc standen neben Trygkar an der Ruderpinne, während dieser mit einer herzhaften Mischung aus Fluchen und ernster Hingabe die Kogge den entferntesten Kai, ein finsteres Ungetüm aus grob behauenen Steinblöcken, entlang steuerte. Unter den Augen von zwei gelangweilt aussehenden Wächtern rannten Männer in dunkler Arbeitskluft herbei, um die an Land geworfenen Leinen aufzuheben, den Bug und das Heck der Kogge heranzuziehen, bis die langen Fender aus strohgefülltem Segeltuch knarrend und knirschend gegen die Steine stießen, und sie festzumachen. Die Mannschaft war bereits dabei, das Segel einzuholen, und während es raschelnd und flappend vom Mast glitt, enthüllte es – wie ein Vorhang, der vor einem Bild weggezogen wird – den erstaunlichsten Anblick, der sich Elof jemals geboten hatte.

»Die Festung von Kerys, Meister«, erklärte Trygkar. »Innerhalb der Alten Stadt, am Alten Hafen. Die Große Arterie der Stadt, das Herz des Herzen des Herzen, die Nabe, um die sich die ganze weite Welt dreht. Und für Eure geschätzte Person das Ende der Reise. Möge es Euch als erfreuliches Omen dienen. Ich bitte Euch, vergeßt den armen Seemann nicht!« Doch er schmunzelte beim Sprechen still in sich hinein, als ob er wüßte, daß er keine Antwort bekommen würde; offenbar war ihm sehr wohl bewußt, welchen tiefen Eindruck dieser Anblick auf einen Neuankömmling machte. Als ferner Berg oder irgendein wuchtiges Wolkengebilde, das sich wie eine tiefhängende Gewitterwand hinter den Dächern erhob, wäre es etwas leichter zu Erfassendes gewesen oder man hätte notfalls darüber hinwegsehen können. Doch über das hier konnte man nicht hinwegsehen, denn sie standen direkt an seinem Fuße, und dahinter löste sich der Himmel in Schichten aus blaugrauen Wolken auf, durchbrochen von Farbsprenkeln in Pfirsich und Gold, wie ein um eine Krone drapierter Königsmantel.

In der Tat ragte die Festung von Kerys wie eine Krone auf, eine Krone mit vielen Zacken und Verzierungen und Juwelen; diese Juwelen waren Gebäude von ganz eigener Schönheit und Größe. Sie hatten jede erdenkliche Form und Gestaltung, flach und lang und robust, eckig und trutzig, gedrungen und festungsartig, hoch und anmutig und von Zinnen gekrönt; Palast und Burg, Saal und Heiligtum, alles war vertreten, hoch oben an diesem Hang verteilt wie Früchte in einem Baum, mit Hunderten kleinerer Formen, die in ihrem Schatten verstreut waren. Bei der Betrachtung aus der Ferne hatte Elof nicht erkannt, wie groß sie in Wirklichkeit waren, und auch nicht, wie schön in ihrer unterschiedlichen Art; nicht ein einziges würde in den üblichen von Menschen errichteten Städten seinesgleichen finden. Die Große Pforte mochte größer sein als jedes einzelne von ihnen, doch sie war bei weitem nicht so schön. Sein Blick schweifte über eine lange Treppe, die vom Sonnenlicht herausgehoben wurde wie der verzweigte Ast eines großen Baumes; sie gehörte zu einem der hohen, sich nach oben verjüngenden Wachhäuser in der Mauer, die um den Fuß des Hügels herum bis zur Höhe einer mit einer Brustwehr versehenen Festungsmauer verlief, einem halbmondförmigen Vorsprung, der den Hang mit Würde und Stärke beherrschte. Und weiter wanderte sein Auge um diese herum und über die Windungen der Treppe hinaus, zwischen kleineren Hallen hindurch und hinauf zu einer großflächigen Fassade mit zwei breiten Türmen, deren Form sich in den Türmen darüber wiederholte. Die Treppe teilte sich davor, führte um den steilen Dachfirst herum und hinter diesem zu den beiden Seiten einer weitläufigen Terrasse. Darauf stand ein palastartiger Bau mit geschwungenen Seitenarmen nach links und rechts, ein Herrschaftssitz mit großen Fenstern, der nichts von einer Festung an sich hatte. In mehreren gebogenen Stufen war er an den Hang gebaut worden, durchzogen von der Treppe, bis er in einer einzelnen konischen Turmspitze endete. Von dort aus führte die Treppe weiter über eine Brücke, die wie der Regenbogen geschwungen war, bis zum ersten Absatz einer in Terrassen abgestuften Pyramide, die auf der obersten wiederum von Türmen gekrönt war.

Soviel sah er, wenn er mit den Augen einer einzigen Treppe folgte, von einem einzigen Tor ausgehend; doch in der Mauer waren mindestens ein Dutzend solcher Tore und ebenso viele Treppen, und um die meisten davon drängten sich die Gebäude noch dichter. Elof konnte nicht die Hälfte dessen erfassen, was er da vor sich sah; die Zeit stand ihm nicht zur Verfügung. Er machte einen Satz, als der Landesteg krachend auf den Kai hinabgelassen wurde und der Feldwebel den Wachen brüllend befahl, Aufstellung zu nehmen.

Die Soldaten polterten heran und formierten sich an Deck, und plötzlich, nach zwei Wochen fauler Zwanglosigkeit, nahmen sie wieder das Aussehen von Wachtposten an. Der Feldwebel schritt über den Landesteg, um mit den Wachen am Kai zusprechen. Elof richtete das Wort an Trygkar, ohne sich zu ihm umzuwenden. »Kapitän?«

»Jawohl, Schmiedemeister?«

»Ihr stammt aus dem Norden, und das Meer liegt den Nordländern von Geburt aus im Blut. Seid Ihr es zufrieden, Euer ganzes Leben lang auf Flüssen und Kanälen zu fahren?«

»Zufrieden genug«, sagte Trygkar mit Bedacht. »Wir waren noch nie allzu versessen aufs Meer, da wir nicht wußten, mit wem oder was wir jenseits davon zu rechnen hätten. Und ob es uns nun im Blut liegt oder nicht, die Menschenfresser versperren uns jetzt ohnehin den Weg dorthin, wie zu so vielem anderen. Und nicht nur sie.«

Die Wachen, die einen aufgeregten Eindruck machten, holten jemanden aus einem der hinteren Gebäude. Elof biß sich auf die Lippe; während der letzten Tage hatten sie dem Schiffsführer viel von ihren Reisen berichtet, und er hatte ihren Erzählungen gebannt und anscheinend auch neidisch gelauscht. Doch bisher hatte sich keine Gelegenheit ergeben, bei der sie ihm gefahrlos hätten auf den Zahn fühlen können; und auch jetzt war wenig Zeit, ihn zu überreden. »Befragt Euer Herz, Kapitän. Schlummert dort nicht, tief begraben, die Sehnsucht, einmal eine große Reise zu unternehmen, ohne Beschränkung durch Ufer und Grenzen; wie die Sterne am Himmel zu wandern, ungehindert auf den Winden der Welt zu segeln? Ein Land mit angenehmen Lebensbedingungen und freie Artgenossen zu finden, um im Kampf gegen unseren gemeinsamen Feind mitzufechten?«

»Nicht mit dieser Kogge hier, Meister …« Trygkar

grinste, als ob er einen überschwenglich begeisterten Knaben vor sich hätte, doch Elof war nicht entgangen, daß seine hellgrünen Augen plötzlich in die Ferne geschweift waren und zum grauen Horizont blickten.

»Und wenn ich ein geeignetes Schiff für Euch auftreibe?« raunte Elof leise.

»Ein seetüchtiges Schiff? Man würde damit nicht durch die Pforte kommen, und es gibt keine unbesetzte Stelle an der Meeresküste, wo man eines bauen könnte. Woher wollt Ihr also ein solches Gefährt nehmen?«

»Natürlich von den Ekwesh!« erwiderte Elof ungeduldig. »Wenn Ihr nur eine Mannschaft zusammenbekommen könnt!«

»Von den ...«, wiederholte Trygkar und lachte leise. »Bei Saithanas Bauch!« Er schüttelte den Kopf in fröhlicher Ungläubigkeit.

»Dann macht Ihr also mit?«

Der Feldwebel salutierte vor zwei dicken Männern, die von hinten herankamen, augenscheinlich irgendwelche Vertreter einer offiziellen Stelle. Sie musterten ihn flüchtig und warfen erstaunte Blicke auf die Reisenden.

Trygkar verstummte plötzlich und preßte die Lippen zusammen, bis sich sein schmaler Schnauzbart borstig aufrichtete. »Bei den Hörnern des Stiers, mit solchen Männern wie Euch beiden könnte ich es mir glatt überlegen. Es dürfte keine Schwierigkeit sein, eine Mannschaft aufzustellen, nicht unter uns alten Nordländern! Vielleicht mache ich mit, aber wann soll es losgehen?«

»Wer weiß? Es hängt viel davon ab, was uns hier widerfährt ... und unter anderem auch von den Anweisungen Eures Herrn. In einem Tag, in einem Jahr ...«

»Wenn es nur nicht zehn Jahre dauert ... dann bin ich nämlich zu alt. Benachrichtigt mich, wenn Ihr Bescheid wißt – was immer mein Herr sagen mag. Dann werden wir sehen.« In seiner sanften Stimme schwang plötzlich ein leidenschaftlicher Unterton mit. »Freunde, wenn es sich irgendwie machen läßt, dann bin ich Euer Mann! Ich mag vielleicht nicht der Hellste sein, aber ich möchte diesen letzten Anlauf nicht unversucht lassen, und wenn ich tatsächlich zehn Jahre lang warten muß!«

»Vielleicht wird es nicht so lange dauern«, sagte Elof ruhig. »Aber wie lange auch immer, ich werde Euch auf jeden Fall rufen, wenn es soweit ist, Kapitän!«

»Wenn Ihr jetzt gestattet, werde ich mich wieder meinen Aufgaben widmen ...«

Einer der Matrosen war im Begriff, das Bündel aufzunehmen, das all ihr Hab und Gut enthielt, doch Elof kam ihm geschickt zuvor; der Feldwebel drängte sie über den Landungssteg, wobei ihnen die Eskorte dichtauf folgte. Er hörte, daß Roc scharf die Luft einsog, als er den Fuß auf den ausgetretenen Stein des Kais setzte. Endlich berührte er das Land seiner Vorfahren! Doch sie sollten nicht lange dort bleiben. Der Feldwebel führte sie zu einem hohen Kran im hinteren Teil der Hafenanlage und schob sie fast die wenigen Stufen zu dem Podest darunter hinauf, einem großen gemauerten Quadrat als Unterbau für einen Holzboden mit einem flachen Geländer darum. Das Ganze ähnelte so sehr einem Galgen, daß Elof sich dabei ertappte, wie seine Augen die Bohlen nach einer verborgenen Falltür absuchten; er schalt sich selbst ärgerlich, daß er sich sehr töricht benahm, und wandte sich der Tür an der Rückseite zu. Dann zuckte er beunruhigt zurück, erneut von einem Argwohn durchdrungen, den er nicht näher zu bestimmen vermocht hätte, als er auch schon spürte, wie etwas unter seinen Füßen sich straffte und das Podest bebte. »Haltet Euch fest, meine Herren!« warnte der Feldwebel, während er selbst nach dem Geländer griff. Roc stieß einen entsetzen Fluch aus, als mit einem fürchterlichen Quietschen der gesamte Mechanismus, sie selbst, ihre Eskorte und alles andere buchstäblich vom Boden gerissen wurden.

Die Türflügel schwangen auf, und Roc fluchte erneut. Eine lange Rampe aus glattem Stein, mit zwei parallelen Längsrillen, ragte vor ihnen zwischen den Gebäuden senkrecht auf. In den Rillen verliefen zwei dicke Kabel, die so straff gespannt waren, daß sie surrten; als er sich nach hinten umblickte, stellte er fest, daß diese in einen freien Raum unter dem Podest und dort durch ein Gewirr von Flaschenzügen und Rädern liefen. Sie standen auf einer Art von Hebebühne, die mit einer Winde betätigt wurde und auf einen rechteckigen Förderantrieb montiert war, der sie in der Waagerechten hielt, während sie an der Rampe hochgehievt wurde; er spähte über den Rand und sah, daß sich kleine Eisenräder in Schlitzen drehten. Ein plötzlicher Ruck hätte ihn beinahe über den Rand geworfen. »Vorsichtig, meine Herren!« warnte der Feldwebel. »Mit dieser Vorrichtung geht der Aufstieg schneller und müheloser als über tausend Treppen, aber es ist keine ruhige Fahrt. Man muß sich in die Leinen legen, wie man sagt – obwohl dieser Ausdruck nicht von denjenigen stammt, deren Hände die Arbeit verrichten.«

»Hände? Wollt Ihr damit sagen, daß Menschen dieses Gewicht hochziehen?«

»Mit einer Winde, genauer gesagt«, erklärte der Feldwebel schulterzuckend. »Mit bezahlten Arbeitern käme das zu teuer, aber es herrscht niemals Mangel an kräftigen Schurken aus den Gefängnissen, auch wenn ihnen ab und zu der Rücken gekitzelt werden muß.« Elof hoffte, daß der andere den Unmut in Rocs Miene nicht bemerkt hatte; offenbar dachte sein Freund dasselbe wie er. Wasserkraft wäre für diesen Zweck besser geeignet und billiger gewesen, selbst wenn die Baukosten dann höher gewesen wären; entweder war das Wissen um diese Energiequelle in Kerys verlorengegangen oder niemand legte mehr Wert darauf. Er wollte nicht darüber nachdenken, welche der beiden Möglichkeiten zutraf. Jedenfalls beherrschten sie nicht die Kunst, Stahlseile zu starken – sich nicht dehnenden – Kabeln zu ziehen und zu flechten, das stand fest. Sie fuhren jetzt hoch hinaus, über die Dachfirste; die Plattform wurde vom Wind ergriffen und schwankte. Nach dem ersten Schreck machte dieses Gefühl Elof und Roc, die noch vor kurzem auf dem Ausguck am Schiffsmast gestanden hatten, so gut wie nichts mehr aus, doch die Soldaten klammerten sich mit angespannten Gesichtern an den Stützen fest, und selbst der Feldwebel war unter seiner ziegelroten Gesichtsfarbe eine Spur blasser.

Jetzt befanden sie sich bereits über der äußeren Mauer der Festung und glitten an ihren zahlreichen Dächern vorbei. Elof war erstaunt, daß eine solche Masse an Steinen in eine solche Höhe gebracht werden konnte; diese Türme, die in den Himmel zu ragen schienen, widersprachen all seinem Wissen von der Kunst des Bauens. Während sie an den Terrassen und Galerien vorüberkamen und Plätze und Straßen sich in Stufen den Hang hinauf erstreckten, wuchs seine Bewunderung für diese Konstruktion immer mehr. Aus der Ferne wirkte die Festung gewaltig und eindrucksvoll, während sie aus der Nähe entschieden weniger massig aussah, eher wie ein leichtes, luftiges Gebilde mit feinen Umrissen, und nicht so sehr wie ein wuchtiger Klotz; mit Bogen, die wie die erstarrte Flugbahn eines Pfeils anmuteten, mit Stützpfosten, die wie in Stein gemeißelte Wogen geschwungen waren, und mit leichteren, schwebenden Pfeilern, die wie die Fontäne eines Springbrunnens aufstiegen oder in flatternder Erregung aufstoben wie ein Schwarm Vögel aus einem Weizenfeld. Sie waren von erstaunlicher Zierlichkeit, diese Pfeiler, sowohl hinsichtlich ihrer optischen Leichtigkeit als auch der Durchsicht, die sie boten, bis sie sich mit den gemeißelten Blättern, mit denen sie verziert waren, wie gebeugte Pflanzenschößlinge gegen den Himmel abhoben. Dächer von enormer Höhe liefen schmal nach oben zu und waren mit einer Seite an den Hang gebaut; viele der Spitzen und Türme, die so massiv aussahen, erwiesen sich größtenteils als durchbrochene Arbeiten aus Säulen und Schnitzereien, fein und kunstvoll ausgeführt.

Und als die Plattform sich dem höchsten Punkt ihrer Fahrt näherte und sie sich zwischen den einzelnen Gebäuden befanden, stellte Elof fest, daß auch diese höchste Handwerkskunst darstellten und nicht nur aus einer Fassade mit trügerischer Pracht bestanden. Wenn die Festung tatsächlich so gestaltet gewesen wäre, wie sie aus der Ferne erschien, wäre sie von nahem von unerträglicher Häßlichkeit gewesen; die Straßen, durch die sie von ihrer Eskorte gedrängt worden waren, wären lichtlose Schluchten gewesen, tief und muffig, die vornehmen Bogen und Tore hätten dunklen Höhlengängen geglichen – insgesamt wäre es ein düsterer, schrecklich luftloser und bedrückender Ort gewesen. Statt dessen vermittelte er den Eindruck von Helligkeit und Geräumigkeit, eingefangen in einem leichtestmöglichen Käfig aus Stein. Riesige Fenster in den Mauern verringerten deren Gewicht, und die Säulen dazwischen stützten das Dach; die Scheiben waren Kunstwerke aus farbigem Glas, durch die die Strahlen der untergehenden Sonne fielen, in den Straßen und an den Mauern spielten und die Festung in eine glitzernde Sammlung von Juwelen verwandelte. Es war versucht worden, das gesamte Bauwerk aus jedem Blickwinkel und aus jeder vernünftigen Entfernung schön und harmonisch erscheinen zu lassen, und zwar sowohl die einzelnen Bauteile als auch das große Ganze, zu dem sie sich zusammenfügten. Dafür war vielleicht einiges an Robustheit geopfert worden; vielleicht hätte es den Unbilden des endlosen nordischen Winters nicht standgehalten, da es dort dem vom Eis geschickten Wind und Schnee unmittelbarer ausgesetzt gewesen wäre. Aber schließlich war es für die Voraussetzungen im Süden gebaut worden, und bei all seiner Anmut war es ein Ort, den selbst starke Streitkräfte vergebens angreifen und vor dem weniger starke allein wegen des Anblicks die Flucht ergreifen würden; darüber hinaus war es ein geeigneter Hort für die Entfaltung aller möglichen friedlichen Künste.

Nachdem sie sich an verschiedenen Mauern entlanggewunden hatten, gelangten sie schließlich zu einer weiteren solchen Plattform mit der entsprechenden Rampe. Als sie sich unter ihnen hob, legte sich Roc zum Schutz gegen den blendenden Dunst die Hand vor die Augen, und als er die etwas verschwommene Großartigkeit des Anblicks auf sich wirken ließ, seufzte er in tiefer Zufriedenheit. »Nun, wie auch immer, das hier entspricht genau den Legenden, die man sich über dieses Reich erzählt, oder vielmehr, es übertrifft sie vielleicht noch. Findet man hier nicht die Wurzeln von Kerbryhaine, von Morvan und dem heutigen Morvanhal, ja sogar der kleineren Städte in Nordeney, deiner Heimat, mit ihren bemalten Häuschen? Findet man in den gemusterten Fenstern nicht dieselbe Stilrichtung? Es kann kein Zweifel daran bestehen, daß dies eine Festung unseres Volkes ist.«

Elof nickte langsam. »So ist es; denn sie verkörpert sehr viel Weisheit und Können und geistige und handwerkliche Raffinesse. Dies muß einmal ein Hügel von beträchtlicher Größe gewesen sein, doch was sieht man jetzt noch davon? Nichts mehr. Als ob sie ihn eingeschmolzen und aus dem heißen Blut der Erde neu geformt hätten. Einigen dieser Gebäude haftet etwa Sonderbares an – Feldwebel!«

»Zu Diensten, meine Herren.«

»Diese Gebäude dort unten – ja, dieses dort und jenes... Blickt einmal durch die großen Fenster hinunter, was seht Ihr? Genau! Nichts. Die Räume sind reine Attrappen, einige haben Gemälde oder Behänge an den Wänden, doch es gibt kaum ein Möbelstück darin.«

»Das braucht Euch nicht zu wundern, mein Herr; diejenigen, die darin wohnen, sind mit wenig zufrieden. Das sind Totenkammern.«

»*Wie bitte?* Das alles?«

»Die meisten, jawohl, mein Herr. Denn welche angemessenere Grabstätte könnten sich die Könige, die die Festung erbauten, wünschen als diese Hallen, die ihrer Großartigkeit und Macht gerecht werden? Ihr ganzes Leben haben sie ihrem Erbauen gewidmet und sie so prächtig gestaltet, wie es nur möglich war. Dieser Ort war schon immer so etwas, wie ich gehört habe, meine Herren, Ehrenmal und Palast und Festung zusammen, eine lebendige Darstellung ihrer Macht. Wie das alte Sprichwort besagt: *Die Kraft von Kerys liegt in seinen mächtigen Grabstätten.*«

»Solange sie nicht ebenfalls dort begraben liegt!« sagte Roc leise, als sich der Feldwebel wieder von ihnen abwandte. »Welche Ansammlung von Reichtümern, die sie um ihre trockenen Knochen herum aufgehäuft haben!«

Elof nickte. »Was braucht selbst der großartigste Mensch letztendlich mehr als ein Fleckchen Erde, wenn er nur einen ruhmreichen Namen hinterläßt? Und jeglicher Prunk der ganzen Welt kann diesen Ruhm nicht steigern. Erinnerst du dich an Dorghael Arhlannen, an seine Schlichtheit, und an das Gefühl, das es dennoch vermittelte?«

»O ja, und ob ich mich daran erinnere! Dieses vergoldete Gebeinhaus nimmt sich im Vergleich dazu bescheiden aus – wupp, wir sind am Ende unserer Fahrt angekommen!«

Es gab weitere Straßen, weitere hoch aufragende Gebäude und wieder eine Rampe; diese war jedoch kürzer und endete vor einem großen Tor in der Einfassungsmauer; auf dem dunklen Holz der Türflügel zeichnete sich das Bild eines Stierkopfes mit einer vergoldeten Sonne zwischen den Hörnern als verwittertes Relief ab. Die Plattform kam quietschend und bebend zum Stillstand, und Elof glaubte das ferne Stöhnen und Ächzen erschöpfter Männer zu hören, das durch die Schlitze unter der Hebevorrichtung heraufschallte. Dann erteilte der Feldwebel seinen etwas mitgenommenen Männern brüllend Befehle, und sie formierten sich noch dichter als zuvor um Elof und Roc herum. Als sich die Türflügel knarrend öffneten, sahen die Reisenden, daß sie endlich den Scheitel dieses in Stein gemeißelten Hügels erreicht hatten, denn abgehoben gegen den Abendhimmel, höher noch, als Elof vermutet hatte, ragte seine gewaltige Krone empor, die Hörner des Stiers, die die Sonne hielten.

Kies knirschte unter ihren Füßen, als sie schnell und fast unsanft von der Plattform und über einen großen Platz getrieben wurden. Elof rutschte und stolperte, denn er starrte gebannt die Türme an. Sie sahen eine Spur neuer aus als die anderen unter ihnen, und ihre Ähnlichkeit mit Hörnern war kein Zufall; ihre nach außen gerichteten Seiten war flach und scharfkantig, doch die Innenseiten waren mit Bedacht zu einer ebenmäßigen, fortlaufenden Rundung geformt, als ob sie an der Stirn eines riesigen Stiers angebracht wären. Darunter, an der Stelle von Augen, standen zwei runde Gefechtskanzeln, mehrere Stockwerke hoch und mit anmutigen Kolonnaden versehen, die über die vordere Mauer des Palastes verliefen; diese Mauer war größer und schöner als jede andere am Hang darunter. Mitten in dieser Mauer öffnete sich ein gewaltiger Bogengang, und darüber war ein breiter Balkon, dessen Dach in der Form eines hohen Helms, gekrönt mit einem Ring, gestaltet war. Der Helm glänzte silbern, und der Ring hatte den Glanz von feinem Gold und das Feuer von sonnenbeschienenen Edelsteinen. Auf Elof wirkte diese Krone, ebenso wie die überwältigenden Türme, eher gewöhnlich als vornehm; sie vermittelte den Eindruck, als gehöre sie gar nicht zu dem Palast, der eine kraftvolle Ruhe ausstrahlte, beinahe so, als ob sie nachträglich hinzugefügt worden wäre – vielleicht sogar erst vor kurzem. Dann runzelte er in einer plötzlichen Erkenntnis die Stirn. Dieser Balkon befand sich in der Mitte zwischen den beiden Türmen. Wenn sie die Sonne einfingen, dann mußte es so aussehen, als stünde diese über dem Balkon, und der Helm würde einem Kopfschmuck gleichen. Wie würde ein Mann wirken, der darunter erscheinen würde?

In dem Bogengang warteten Wachen; es war eine große Zahl von Männern mit strahlenden goldfarbenen Kettenpanzern und langen Speeren, deren Schäfte in grellem Rot leuchteten, genau wie die hüpfenden Schweife auf ihren Helmen. Einer von ihnen trug einen schwarzen Überwurf, in den mit schwerem Goldfaden das Bild der Sonnenkuppe zwischen Hörnern eingestickt war. Er trat gemächlich vor, ohne Überraschung zu zeigen, ein schlanker Mann mit ergrauendem Blondhaar, und der Feldwebel salutierte ehrfurchtsvoll. Obwohl ihr Aufstieg so schnell vonstatten gegangen war, war die Botschaft von ihrer Ankunft offenbar noch schneller heraufgedrungen, und sie wurden erwartet. Der Mann mit dem Überwurf neigte den Kopf höflich vor Elof. »Ich bin Irouac, Offizier des Königs. Er wird Euch unverzüglich anhören, meine Herren, wenn Ihr mir bitte folgen wollt. Ich fürchte jedoch, Euer Schwert… In seiner Gegenwart sind keine Waffen gestattet, niemandem, nur seiner Wache. Ich persönlich werde es für Euch verwahren; außerdem muß ich Euer Gepäck durchsuchen.«

Elof knirschte mit den Zähnen, und seine Faust schloß sich unwillkürlich um Gorthawers silberverzierten Griff, doch er wußte, daß nichts erreicht wäre, wenn er Widerstand leistete. So behende, wie er es fertigbrachte, schleuderte er sein Bündel vom Rücken und reichte es Irouac, dann zog er langsam das Schwert aus der Scheide an seinem Gürtel. Die Augen des Offiziers wurden groß, als er seine Schneide berührte, und er legte die Hand behutsam um den spindelartig gedrehten Griff. »Eine edle Waffe ist das! Wie ich erfahren habe, seid Ihr Schmied. Habt Ihr sie selbst hergestellt?«

»Wiederhergestellt. Sie wurde vor langer, langer Zeit geschmiedet, von einer mir unbekannten Hand. Sie gelangte als … Erbschaft in meinen Besitz.«

»Ein wertvolles Erbe, das muß ich sagen! Es könnte sich dabei durchaus um eine legendäre Klinge aus dem Altertum handeln, wie zum Beispiel Belan, die Glaiscav gehörte, oder Talathar; dieser würde ihre Farbe entsprechen.«

Elof lächelte; hier sollte offenbar sein Wissen vorsichtig auf die Probe gestellt werden. »Das stimmt in der Tat; *Talath* ist ein Wort aus dem Alt-Nordischen und bedeutet Dunkelheit, Beginn der Dunkelheit. Doch wessen Klinge mag das gewesen sein?«

Irouac forderte sie mit einer Handbewegung auf, vor ihn zu treten; die Wachen mit dem roten Helmputz scharten sich um ihn und ließen ihre Eskorte unbeachtet draußen auf der Treppe stehen. »Hier entlang, werte Herren! Der König wird Euch in der Großen Halle empfangen, gleich hinter dieser Tür da … *Öffnen!* Wessen Schwert, mein Herr? Nun, ich hatte eher gehofft, daß Ihr das wüßtet, denn das letzte, das über diesen Helden bekannt ist, ist die Tatsache, daß er zu einer Reise übers Meer aufbrach, um das Land zu suchen, aus dem Ihr kommt; Talathar war Lord Vaydes Schwert, Vayde des Großen. Ist er demnach einfach dem Meer zum Opfer gefallen? Hat er es niemals bis zu Euch geschafft, sondern wurde er tatsächlich von dem Heldentod ereilt, der ihm vorausbestimmt war? Wer weiß?. Hat diese Klinge einen Namen?«

Elof schluckte mit trockener Kehle; er war sich bewußt, daß Roc, der neben ihm stand, ihn sprach- und fassungslos anstarrte. »Vayde ist wirklich bei uns angekommen, Herr«, antwortete er mit Mühe. »Viele sind der Ansicht – obwohl ich nicht weiß, aus welchem Grund –, daß ich entfernt mit ihm verwandt bin. Und die Klinge hat einen Namen, und zwar einen, den ich ihr gegeben habe; er lautet Gorthawer. Wißt Ihr, was das bedeutet?«

»Aber ja«, sagte Irouac. »Es bedeutet…« Dann zögerte er, leckte sich über die Lippen und ließ beinah die Klinge fallen, die er in den Händen hielt. »Es bedeutet *Einbruch der Nacht*.«

Der Offizier eilte weiter. Elof folgte ihm, doch er nahm kaum Notiz von den hohen Torbogen der düsteren, fensterlosen Vorhalle, und auch nicht von den üppigen Wandgemälden, deren Farben jetzt vom Schatten gedämpft waren, außer an den Stellen, wo die schrägen Strahlen der untergehenden Sonne durch die Fenster der Galerie darüber hereinfielen und bunte Farbklekse auf die Wände warfen. Er war in Gedanken ganz woanders, wanderte einsam durch eine endlose graue Marschlandschaft. Unter einem kalten, schweren Himmel, während ihm der Geruch von Salz in die Nase stieg und die scharfen dunklen Binsen wie feindliche Speere raschelten und die Blüten wie frisch verspritztes Blut das Gras sprenkelten, sah er die vielen Leichen, die der Sumpf in der Frühlingsschmelze freigegeben hatte, gespaltene Körper aus einer tausend Jahre zurückliegenden Vergangenheit, dreißig oder mehr an der Zahl, und ein unversehrtes Skelett, das immer noch ein Schwert mit einer schwarzen Klinge umklammert hielt. Ein plötzlicher geistiger Sprung, und er befand sich im Morvannec der damaligen Zeit, in jener schrecklichen, ruhmreichen Nacht, als ein freies Volk seine Freiheit erneut mit Blut erkaufte, als das Licht zum erstenmal auf jene große Statue des Wächters gefallen war und ihm ein Gesicht gezeigt hatte, das dem seinen so ähnlich und gleichzeitig so unähnlich war. Vaydes Gesicht, Vaydes Klinge – und Korentyn, der Vayde gekannt hatte, hatte sogar seine Stimme erkannt... Und doch war er nicht Vayde, welche Windungen und Biegungen der Fluß des Schicksals auch beschrieben haben mochte, wer auch seine Eltern sein mochten – eine Frage, die ihn kaum interessierte –, und noch nie war er sich dessen sicherer gewesen. Vayde war der Überlieferung nach von riesenhafter Gestalt, und das zeigte auch das Abbild des Wächters. Vayde war nach allen Chroniken, die Elof zu Rate gezogen hatte, ein Krieger, ein Intrigant, ein Mann von unberechenbarem und furchterregendem Temperament gewesen, wie sein von Zorn geprägtes Antlitz verriet, der Verfechter einer eiskalten und tödlichen Gerechtigkeit. Schlimmer noch: wahrscheinlich war er ein Totenbeschwörer und Magier, der in seinem sonderbaren Turm mit sonderbaren Mächten verkehrte, die sein Leben zur doppelten Zeitspanne eines gewöhnlichen Menschenlebens verlängerten, und nur zufällig war er auch ein begabter Schmied gewesen. Er hatte sich mit bedingungsloser Treue in den Dienst so mancher guten Sachen und so manches guten Königs gestellt, und dabei nicht selten ruchlose Taten begangen, die diese niemals gutgeheißen hätten. Was von all diesen Eigenschaften konnte Elof an sich selbst entdecken? Wenig oder gar nichts. Wenn er sich selbst gegenüber ehrlich war, dann war ihm allenfalls eine gewisse Skrupellosigkeit zu eigen, aber nicht einmal halb soviel. Es war in diesem Zusammenhang niemals von Liebe die Rede, und Elofs Leben war schließlich größtenteils von der Liebe bestimmt. Wenn Vayde wirklich jemals geliebt hatte, dann war es keinem Chronisten eingefallen, diesen Umstand zu erwähnen. Es gab ungenaue Berichte darüber, wie er schließlich sein Ende gefunden hatte, doch alle stimmten darin überein, daß dies im Laufe einer bewaffneten Auseinandersetzung geschehen war, als Kerbryhaine die Flüchtlinge von Morvan, denen seine Gunst galt, vertrieb. Dieser Vorfall konnte sich damals durchaus in den Marschen abgespielt haben …

Zusammenzuckend kehrte er in die Gegenwart zurück. Roc hatte ihn am Ellbogen angestoßen. Als er sich umsah, stellte er fest, daß sie an der Schwelle zu einem großen, düsteren Saal mit steingefliestem Fußboden standen; nur an der gegenüberliegenden Wand gab es ein Fenster, durch den der Abendhimmel in feurigem Rot hereinleuchtete. Ein Gewirr von Stimmen hing schwer in der dämmerigen Luft. Entlang der Wände wurden Laternen und Fackeln entzündet, und ihr flackerndes Licht fiel auf eine beträchtliche Zahl von Menschen, die an langen Tischen saßen, herumwandelten oder es sich einfach irgendwo bequem gemacht hatten und sich mit den Absätzen gegen die Binsenmatten stemmten, die den größten Teil des Steinfußbodens bedeckten. »Er ist noch nicht da!« hauchte Irouac dankbar. »Kommt weiter! Kommt! Man darf ihn nicht warten lassen!« Er führte sie schnell durch die Mitte des Saales, wo Reihen von Säulen einen Mittelgang kennzeichneten, der von Lampen, die vor raffiniert in die Säulen eingearbeiteten gebogenen Metallspiegeln angebracht waren, hell erleuchtet war; sie zeigten, daß die Steinfliesen unter den Matten stark abgetreten waren. Irouac ließ sie etwa zwanzig Schritt vor einem großflächigen weißen Podest haltmachen; es war nicht sehr hoch, doch darauf stand ein gewaltiger geschnitzter Stuhl aus Eichenholz und einem Material, das wie gelbliches Elfenbein aussah – offensichtlich eine sehr alte Arbeit. Seine Rückenlehne ragte etwa bis zur doppelten Größe eines Mannes auf, und der schwere Elfenbein-Baldachin darüber war so geformt, daß er aussah, wie ein im Winde wehendes Tuch, ein Tuch, das prächtig mit eingelegtem Gold verziert war; jede Armlehne war ein kleiner Elfenbeintisch, und ihre geschnitzten Kanten waren durch das Darüberreiben vieler Ärmel beinahe glattgeschliffen. Die Schnitzereien zeigten Abbildungen, die wie Szenen aus einem Märchen anmuteten, und Elof bemühte sich gerade, sich einen Reim darauf zu machen, als in die Menge zu beiden Seiten emsige Bewegung kam, eine Trompete einen einzelnen klaren Ton schmetterte und eine Stimme rief: »Platz da! Alles zur Seite! Hier kommt Nithaid von Lonuen und Ysmerien, der Große König des Landes Kerys und seines gesamten Volkes! *Der König kommt!*«

Im Hintergrund entstand ein wildes Raunen und Rascheln, Stuhlbeine und Füße scharrten über den Boden, und überall machte sich Erregung breit. Elof vergaß für den Augenblick seine anderen Sorgen und wartete neugierig darauf, diesen König aus einer uralten Dynastie zu Gesicht zu bekommen, diesen entfernten Verwandten seines Freundes Kermorvan. »Meinst du, er wird ihm ähnlich sein? So wie Prinz Korentyn?« flüsterte Roc.

»Äußerlich? Wer vermag das zu sagen?« flüsterte Elof zurück. »Hoffen wir, daß er ihm in Geist und Seele ähnlich ist; es gibt schließlich so etwas wie Blutsbande.«

»Schon, aber das ist keine Garantie; einige Mitglieder von Kermorvans Familie waren ziemlich widerliche ...«

Er unterbrach sich, denn die Menge zu ihrer Rechten trat eilends auseinander. Viele warfen sich zu Boden und schlugen mit der Stirn auf die Matten; die anderen fielen auf die Knie, und ganz wenige, darunter Irouac, verneigten sich tief. Er zupfte Roc aufgeregt am Ärmel; Roc warf Elof einen fragenden Blick zu, und dieser bäumte sich innerlich auf bei dem Gedanken, sich auf eine Art und Weise niederzuwerfen, wie es kein Mensch vor seinem eigenen hochgeehrten König tat. Doch da er nicht beleidigend wirken wollte, fand er einen Kompromiß, indem er sich langsam auf ein Knie niederließ; Roc tat es ihm nach, und mit erhobenen Köpfen erhaschten sie beide einen ersten Blick auf den Monarchen dieses riesigen Landes.

Doch erstaunlicherweise war nicht er es, der als erster erschien. Ein kleines Mädchen in einem roten Kleid, ein Kind von höchstens zehn Lenzen mit einer goldenen Netzhaube um das kastanienbraune Haar, hüpfte sorglos durch den freigeräumten Gang, blieb stehen, drehte sich um und kicherte. Hinter ihr stolzierten zwei größere Knaben herein, hochgewachsen, in steifer Haltung und angetan mit Kleidung in grellem Grün und Gold und mit goldenen Bändern um die Köpfe; obwohl sie fünfzehn oder sechzehn Jahre alt und damit beinahe Männer waren, drückten ihre Gesichter – obzwar wohlgestaltet – einen Hochmut aus, wie es nur bei unreifen Jugendlichen der Fall sein konnte. Elof erkannte, daß sie schwer an dem großen Gewicht des Erbes trugen, das auf ihren Schultern lastete, zumindest in der Öffentlichkeit. Nun ja, vielleicht war es in seinem eigenen Fall nicht anders gewesen. Vielleicht hatte auch er auf dem Höhepunkt der blinden Überschätzung seiner eigenen Wichtigkeit einen ebenso unerfreulichen Eindruck gemacht; und ein Vater wie dieser bedeutete bestimmt eine schreckliche Bürde für seine Söhne.

Nithaid, der Große König von Kerys, hatte auf den ersten Blick nicht die geringste Ähnlichkeit mit seinen Verwandten auf der anderen Seite des Meeres, weder mit den vergangenen noch mit dem gegenwärtigen. Elof beobachtete erstaunt, wie dieser Mann mittleren Wuchses, nicht größer als er selbst und sogar noch breiter, ein Klotz von einem grobschlächtigen Menschen mit einem faßrunden Bauch, seine Kinder aus dem Weg scheuchte, dann stampfend und keuchend mit schnellen Schritten auf das Podest stieg und sich mit einem beunruhigenden Plumps auf dem ehrwürdigen alten Thron niederließ. Die Gewänder, die ihn umwallten und sich bauschten, bestanden aus dunklem Samt und waren reich verziert mit Gold und Silber, doch weder neu noch besonders sauber noch ausgesprochen gut geschneidert; vielmehr hingen sie ihm bequem und locker um die breiten Schultern. Er trug keine Kopfbedeckung, und sein Haarschopf war so dicht und wallend wie Kermorvans, jedoch schwarz anstatt bronzefarben und von grauen Strähnen durchzogen; sein Bart war von derselben Farbe, nur noch dichter, und reichte bis auf die sich hebende und senkende Brust. Kermorvan hingegen zog es vor, glattrasiert zu gehen wie die meisten einflußreichen Leute in seinem Land, einschließlich Elof und Roc; in der Tat trieb er es in dieser Hinsicht bis zum Extrem, indem er sich mit der Schneide seines Schwertes rasierte, wenn er nichts anderes zur Verfügung hatte. Aber Kermorvans Antlitz war mager und auf eine raubvogelhafte Weise gutaussehend, während Nithaids Gesichtszüge ohne Haare wie die eines Frosches ausgesehen hätten, wie Roc es später ausdrückte. Seine Haut war blaß, seine Backen hingen fett und schlaff herab, und sein Mund war ein breiter, dünnlippiger Spalt; seine Nase war schmal und gerade, doch an der Spitze etwas fleischig, und seine Stirn, obgleich hoch, war ständig in Furchen gelegt. Seine Augen standen merkwürdig schräg unter dichten Brauen, doch in ihnen war eine gewisse Ähnlichkeit mit Kermorvan zu erkennen; sie waren von demselben nebelgrauen Blau und derselben leidenschaftlichen Wachsamkeit, die von großer geistiger Energie zeugte. Nachdem sie über die unterwürfige Menge geschweift waren, blieben sie auf Elof und Roc haften und weiteten sich, als ob sie etwas Überraschendes erblickten. Jede andere Empfindung verbargen sie jedoch wie eine Mauer aus Stein. Plötzlich grinste er, wobei sich seine Zähne leuchtend weiß gegen den Bart abhoben; es war ein fröhliches Grinsen, mit dem unschuldigen Schalk eines Kindes, das sich an seiner eigenen List erfreut, doch die Augen darüber waren eindringlich, nachdenklich, nun denen Kermorvans noch ähnlicher. Die Kinder sahen ihn ebenfalls an, das kleine Mädchen gebannt, mit weit aufgerissenen Augen, die Knaben mit einer Mischung aus Beunruhigung und Mißfallen. Elof vermutete nun, daß die Kunde von ihrer Ankunft ihnen weit vorausgeeilt war und daß der gesamte Hof diesem Ereignis entgegengefiebert hatte, so daß sogar die Kinder davon gehört hatten. Nithaid stieß unvermittelt ein wortloses Blöken aus, wie ein plötzlich abgebrochenes Lachen, und seine riesige Hand krachte wie ein Hammer auf die Seitenlehne des Throns nieder. Elof spürte, wie der gesamte Hofstaat erschreckt zusammenzuckte; dann hoben alle lauernd den Blick und standen nach und nach auf.

»Also?« Obwohl seine Stimme einen bäuerlichen Klang hatte, zumindest verglichen mit der Irouacs, war sie weder so tief noch so rauh, wie sein Aussehen vermuten ließ; sie war sogar klar und wohlklingend, mit der gemessenen Melodie eines geübten Sprechers. Er sprach die Worte, als ob er sie auf der Zunge zergehen ließe und ihren Geschmack genösse, wobei er die einzelnen Silben etwas in die Länge zog und in seinem Tonfall ständig die Anmutung eines Schmunzelns mitschwang. »Das sind also die Gesandten, ja? Der Schmiedemeister Elof Valant' und sein Begleiter Roc, hm?« Sein leichter Akzent ließ ihn die Endsilbe von Elofs zweitem Namen verschlucken. »Seid willkommen in Eurem Heimatland, meine Herren Gesandten – obwohl ich gehört habe, daß Euch die Wilden zunächst einen etwas unfreundlichen Empfang bereitet haben. Das ist eine weitere Beleidigung, die wir zur gegebenen Zeit wiedergutzumachen haben.« Er musterte voller Unbehagen Elofs blutbefleckte Kleidung. »Bevor wir über andere Dinge sprechen – braucht Ihr ärztliche Betreuung?«

Elof verneigte sich höflich. »Nein, König Nithaid, obwohl ich Euch für Eure Aufmerksamkeit danke. Mir geht es jetzt wieder einigermaßen gut.«

Nithaid deutete auf den unzulänglich geflickten Riß in seinem Wams. »Seid Ihr dort verwundet worden? Bei den Hörnern des Stiers, es ist ein Wunder, daß Ihr noch am Leben seid.«

Elof lächelte wehmütig. »So geht es mir manchmal, Majestät. Meine Wunden verheilen schnell, ohne daß ich weiß, wie oder warum.«

»Na ja, natürlich seid Ihr ein Schmied«, knurrte Nithaid, »und Schmiede sind ein zähes Gezücht, wie man bei uns auf dem Land sagt. Nun berichtet, wie Ihr hierhergekommen seid. Und mit welchem Anliegen.«

Elof sammelte seine Gedanken; dieser unerschütterliche Charakter war bestimmt nicht leicht zu beeindrucken. Ihm war nicht entgangen, mit welcher Ehrfurcht seine Höflinge ihm begegneten. »Majestät, das werde ich gerne tun. Auch wir in den verschiedenen Gebieten im Westen, jenseits des Meeres, sind vom Eis und seinen Handlangern bedroht. König Kermorvan hat mich mit dem Auftrag ausgeschickt, in das Land unserer Vorfahren zu gelangen und dort etwas zu finden – und möglicherweise zu bergen –, etwas Wertvolles, das dem Eis genommen und unserer Vermutung nach hierher gebracht wurde.«

»Etwas also, das Ihr nicht benennen wollt? Jedenfalls nicht vor dem gesamten Hofstaat. Nun gut. Aber verratet mir doch eins: Sind Schmiedemeister in Eurem Land so verbreitet, daß sie mit derart gefährlichen Missionen betraut werden?«

»Nein, Majestät. Doch ich betrachte das Genommene als mein Eigentum.«

»Dann handelt es sich also um einen Gegenstand, dem eine bestimmte Macht innewohnt? Na ja, wir wollen es fürs erste auf sich beruhen lassen. Eine schwierige Aufgabe, und eine gefährliche. Ihr habt bestimmt etliche Abenteuer durchgestanden; berichtet uns davon.«

Damit hatte Elof nicht gerechnet, und er errötete wie ein Kind; er warf Roc einen flüchtigen Blick zu und sah, daß dieser den Kopf schüttelte. Doch um Nithaids Aufforderung nachzukommen, erzählte Elof von einigen ihrer Erlebnisse und stellte überrascht fest, wie gebannt die Höflinge seinen Worten lauschten, wie die Barthaare des Königs zuckten und seine Wangen Farbe bekamen. Bei der Beschreibung, wie das Ekwesh-Schiff unter der Eis-Insel zerschmettert wurde, brüllte er buchstäblich vor Lachen, warf den Kopf zurück und japste vor Vergnügen. Selbst die Prinzen legten ihre hochmütigen Mienen ab und lauschten hingerissen, während das kleine Mädchen Elof einfach nur mit weit aufgerissenen Augen anstarrte. »Und ich war nicht dabei!« prustete Nithaid halberstickt und schlug auf die Armlehne seines Throns. »Fahrt fort, Mann, fahrt fort!«

»Und so setzten wir unseren Weg nach Süden fort«, kam Elof schließlich zum Schluß, »bis Eure Patrouillen uns fanden. Das ist alles, Majestät. So seht Ihr uns jetzt vor Euch, in einem jämmerlichen Zustand, in dem es nicht leicht ist, unsere Aufgabe zu Ende zu bringen. Wir haben den Herrscher dieses Landes aufgesucht in der Hoffnung, daß er uns entweder gegen die Mächte des Eises Beistand leisten oder uns zumindest darin behilflich sein würde, in unsere Heimat zurückzukehren, wo wir um Hilfe von unseren Leuten bitten können.« Er legte eine kurze Pause ein, doch Nithaid lehnte sich nur in seinem Thron zurück und strich sich mit den dicken Fingern über die Bartenden; seine aufmerksamen Augen musterten sie beide, doch er sagte nichts. »Jedenfalls, Majestät«, faßte Elof zusammen und legte dabei seine feierlichste Haltung an den Tag, um den offiziellen Charakter seiner Mission zu unterstreichen, »sind wir, abgesehen von unserer vordringlichen Aufgabe, auch Diplomaten im Dienste unseres Königs und überbringen die Zusicherung unseres guten Willens jedem Reich gegenüber, das im Widerstreit mit dem Eis liegt, sowie unsere ganz besondere Freundschaft für den Stamm unserer Vorfahren, das Volk von Kerys, dessen Name bei uns immer noch hoch geachtet wird. Ihm bietet unser König die Erneuerung alter Bande an, ungeachtet der weiten Entfernung und der Jahrhunderte, die uns bis jetzt trennten; er ist bereit zu jedem Bündnis und zu jeder Hilfe, die er zu geben in der Lage ist. Überdies bittet er im Namen des guten Willens zwischen den Herrschern und Mitgliedern der ysmerischen Dynastie um freie, ungehinderte Passage für seine Gesandten sowie um jede Hilfe, die Ihr ihnen angedeihen lassen könnt. Dies alles geschieht durch die Übermittlung von Elof Valantor, seinem Berater und Hofschmied, und Roc, seinem Vertrauten und Sonderkurier, und wird unterbreitet von Keryn Kermorvan, Herr der Ysmerier, letzter König der Morvan-Linie, erster König des neuentstandenen Morvan und des Volkes von Nordeney, Kerbryhaine und Morvanhal zusammen.«

Er hielt inne. Er hatte etwas Falsches gesagt, ein Wort zuviel, daran bestand kein Zweifel. Äußerlich hatte sich nichts geändert, niemand hatte sich gerührt. Nithaid saß immer noch da und strich sich über den Bart, doch die Atmosphäre hatte sich auf dramatische Weise gewandelt. Die Stille war mit Spannung geladen, wie die erste Windbö in der Ruhe vor dem Sturm. Plötzlich erschien ihm die Luft im Saal übelriechend, erfüllt vom Ruß der Fackeln und Laternen und dem Geruch von menschlichem Schweiß, vermischt mit dem beinahe faßbaren Gestank der Angst.

»Was habe ich Euch da sagen hören?« erkundigte sich Nithaid sanft, und seine Stimme klang wie geschmiert, beinahe ölig. »König, war es das? Letzer *König* von irgendwo, erster *König* von woanders und Herrscher über ein Volk, von dem noch nie jemand gehört hat. *König* …« Plötzlich beugte er sich vor und grinste voller Genugtuung. »Nun, mein gebildeter Schmiedemeister, Ihr müßt noch etwas dazulernen, und das ist folgendes: Es gibt nur einen einzigen rechtmäßigen König des Volkes von Kerys, wohin immer dieses das Schicksal verschlagen haben und wo immer sich dieses niedergelassen haben mag, welche Grenzen auch dazwischen verlaufen mögen, seien es Meere oder das Eis oder die Feuer der Hella. Und dieser König bin *ich! ICH!*«

Seine Stimme war zu einem Gebrüll von erstaunlicher Klangfülle angeschwollen, zu einem zornigen Kreischen, einem Sturmschrei, der seine Höflinge zusammenknicken ließ wie Schößlinge im Gewitter. »Nithaid, aus der alten Dynastie der Ysmerier! Kraft Geburt, Bestätigung des Adels und eigener Stärke! Kein Emporkömmling! Kein Abkömmling eines Rebellen und Abtrünnigen! Nicht der letzte Zipfel der Blutlinie, nicht der selbsternannte Herrscher eines öden Fleckchen Landes! Schreibt Euch das hinter die Ohren! Und lernt die Lektion gut, bevor meine Stimmung umschlägt und ich sie Euch ins Fell einbrennen lasse!« Er sackte keuchend zurück, immer noch grinsend vor überschwenglichem Vergnügen an seinem eigenen Zornesausbruch. »Und, beim schwarzen Bauch der Hella, sobald ich die Eishexe und ihre Menschenfresser von der Pforte mit Peitschenhieben vertrieben habe, werde ich mit einem Teil der Flotte von Kerys über den Ozean segeln und Eurem Prinzlein zeigen, was es bedeutet, König zu sein!«

Elof, der entsetzt und stumm dastand, sah, wie Rocs Gesicht vor Wut so rot anlief, daß es die Farbe seiner

Haare hatte; doch hier hatten sie es mit einem gefährlichen Tier zu tun, und Wut war nicht die richtige Reaktion, um damit fertigzuwerden. Er packte Rocs Arm und spürte, wie sich dieser spannte; Nithaid entging diese Geste nicht. Nach einer Weile murmelte er gedankenverloren, mehr wie zu sich selbst, vor sich hin. »Natürlich brauchen wir nicht den ganzen Ort in Schutt und Asche zu legen. Nur zurechtzustutzen, das ist alles; uns ein bißchen der Ländereien anzunehmen, die Bauern in Reih und Glied zu stoßen und sie so zurechtzutrimmen, daß sie ihre Steuern und Abgaben brav entrichten, hmm. Ein paar Adelige werden wir brauchen, um die Sache in die Hand zu nehmen. Oder vielleicht auch einen guten Vizekönig, da die Entfernung so groß ist; wenn dieser Kermorvan bis jetzt seine Sache ordentlich gemacht hat, könnten wir ihn sogar zum Oberaufseher machen, solange er die nötige Unterwerfung zeigt und pünktlich zahlt. Ein neuer Fundus von Sklaven wäre gar nicht schlecht – und auch von Holz; gibt es in Eurem Land brauchbares Holz, Freundchen?«

»Mehr, als Kerys und Morvanhal zusammen verbrauchen könnten«, sagte Elof ungerührt. »Und große Vorräte an allen anderen Dingen, die Euer Volk womöglich benötigt, sofern wir in Freundschaft darum gebeten werden. Ich fürchte allerdings, Ihr müßtet feststellen, daß Sklaven bei uns Mangelware sind.«

Die eindringlichen Augen waren immer noch unablässig auf Elof gerichtet, doch es wurde nicht gesprochen. Statt dessen wandte er sich um und machte eine gebieterische Handbewegung in Richtung Irouac, der sich mit Bedacht in einige Entfernung von den anderen gestellt hatte. Der Offizier eilte herbei und legte Schwert und Bündel auf die Armlehne des Throns. Nithaid streckte die Hand nach dem Bündel aus und wühlte darin herum; dann kippte er sich den Inhalt in den Schoß. Elof trat einen Schritt vor, öffnete den

Mund in der Absicht, zu protestieren, und spürte im selben Augenblick rote Speerschäfte an seiner Kehle. Hinter ihm fluchte Roc. Nithaid sah ihm kurz ins Gesicht, dann rief er: »*Amylhes!*«

Eine Gestalt löste sich aus der schattenhaften Masse der Höflinge und trat vor. Er trug eine Tracht im Schwarz der Schmiedezunft, die ihn als Hofschmied erkennbar machte, ähnlich der Elofs, nur um einiges aufwendiger, an der Brust und den Ärmeln mit prächtigen Mustern und Zeichen in Gold und Silber bestickt und mit Edelsteinen verziert. Für Elof sahen sie bemerkenswert bedeutungslos aus, und er vermutete, daß sie nur dazu dienten, Leichtgläubige zu beeindrucken. Ansonsten war der neu Hinzugetretene eine sehr wenig eindrucksvolle Erscheinung; er war mittelgroß, farblos und nicht besonders gepflegt, sein schütteres weißes Haar war glatt aus dem schmalen Gesicht zurückgebürstet, und die fleckigen Zähne waren irgendwie zu groß dafür, so daß er ständig starr und freudlos und hämisch zu grinsen schien. Er neigte in kühler Ehrerbietung den Kopf vor Nithaid. »Zu Diensten, mein König!«

Nithaids große Hand verteilte das Durcheinander von Schmuck und Werkzeugen in seinem Schoß. Elof konnte einen gequälten Seufzer nicht unterdrücken, als er sah, wie mit den wenigen Dinge, die ihm wirklich wertvoll waren, so grob umgegangen wurde. Amylhes hatte es offenbar gehört. »Was haltet Ihr von diesen Sachen?« wollte der König wissen. »Ist er so etwas wie ein Schmied?«

Der Hofschmied nahm jedes einzelne Stück in die Hand und hielt es sich dicht vor die Augen, wobei er blinzelte und die Dinge angestrengt von jeder Seite betrachtete und vor Konzentration das Gesicht verzog und die Luft durch die Zähne einsog. Er schnalzte vor Staunen mit der Zunge, als er zu Gorthawer kam, und als er den Blick davon hob, hefteten sich die wäßrig blauen Augen mit so plötzlicher und unverhohlener Boshaftigkeit auf Elof, daß dieser unwillkürlich zusammenfuhr. Er zuckte mit den Schultern und entblößte die Pferdezähne zu einem Lächeln. »Hm, ja, das ist ganz nettes Zeug, aber schlicht und barbarisch in der Ausführung, stillos und ohne Schmuck. Altmodisch. Derb. Was soll das sein?« Er neigte sich vor und wühlte in dem Werkzeugbündel herum, und zu Elofs Entsetzen zog er den Panzerhandschuh mit dem Kristall in der Handfläche heraus.

»Damit schütze ich meine Hand beim Umgang mit... heißen Dingen«, erklärte Elof vollkommen wahrheitsgemäß. Der Schmied warf den Handschuh zurück und richtete sich mit einem schrillen, verächtlichen Lachen auf.

»In diesem Land sind wir nicht so verweichlicht, mein Lieber! Ich habe als Lehrling, als ich halb so alt war wie Ihr, gelernt, Verbrennungen hinzunehmen und sogar Gefallen daran zu finden. Und Ihr behauptet, der Schmiedemeister zu sein!«

»Ich trage das Zeichen«, sagte Elof ruhig, obwohl die Speere noch vor seiner Kehle gekreuzt waren. »Werft einen Blick darauf, wenn Ihr mögt. Aber ich bin nicht *der* Schmiedemeister, sondern nur einer von vielen. Allerdings diene ich als Hofschmied, das gebe ich zu.«

Amylhes zuckte mit den Schultern. »Hier würdet Ihr das bestimmt nicht, junger Mann. Nicht in Eurem Alter. Hier muß man im Schweiße seines Angesichts etwas leisten, bevor man Meister wird ...« Nithaid, der bei der Erwähnung eines fremden Hofes die Stirn gerunzelte hatte, fiel ihm ins Wort.

»Einer von vielen, wie? Nun gut. Könnt Ihr etwas mit ihm anfangen, Amylhes, das möchte ich von Euch wissen.«

Amylhes kräuselte die Nase, als ob ihn ein übler Geruch belästigte. »Na ja, da ich nie genug Helfer habe –

ja, vielleicht schon, nach einer gewissen Einarbeitungszeit. Er hat ordentliche Muskeln. Und zumindest brauche ich ihm nicht beizubringen, Gold von Messing zu unterscheiden …«

Nithaid schwenkte ungeduldig die Hand. »Dann sei er also Euer. Und was machen wir mit dem anderen; er sieht auch einigermaßen kräftig aus?«

Elof stand fassungslos da, unfähig, ein Wort herauszubringen. Amylhes schwere Lider senkten sich halb über die Augen, und er schob den Kopf vor wie eine Schildkröte. »Vielen Dank, mein König. Doch da er sich so vorlaut und ungefügig benimmt, könnte er sich vielleicht als widerspenstig erweisen und mit Eifer danach trachten, sein Ursprungsland zu suchen …«

»Daran habe ich auch schon gedacht«, warf der bullige Mann schroff ein. »Nun, ich lasse nicht zu, daß er alberne Geschichten über diesen dreckigen Tyrannen, dieses Prinzchen in seiner Heimat verbreitet. Ich habe genügend Probleme, ohne noch eine weitere Fliege zerquetschen zu müssen. Sorgt dafür, daß Ihr ihm sichere Fesseln anlegt.«

»Mein König, Fesseln aus Eisen und Stahl werden einen halbwegs ausgebildeten Schmied kaum halten … Wäre es nicht vielleicht besser …«

Nithaid verzog das Gesicht zu einer hämischen Grimasse. »Ach so, also gut, meinetwegen. Wenn es sein muß.«

Der Schmied machte eine Handbewegung, und plötzlich spürte Elof, wie er gepackt und nach vorn zu Boden geworfen wurde; er nahm all seine Kraft zusammen und schleuderte einen seiner Angreifer weg, doch im selben Moment stürzten sich etliche andere auf ihn, und während er noch zappelte und um sich trat, schlug etwas Hartes auf seinen Hinterkopf; es war kein heftiger Schlag, doch er reichte, um ihn benommen zu machen. Einige Augenblicke vergingen, in denen in seinem Kopf alles wirr durcheinanderwirbelte; ein Holzknebel wurde ihm zwischen die Zähne geschoben, und seine zerrissene und schmutzige Hose wurde über die Waden bis zu den Knien hochgeschoben. Er begriff immer noch nicht, was vor sich ging, bis sich seine Sicht wieder einigermaßen klärte und er Amylhes sah, der sich mit der schwarzen Klinge in der Hand über ihn beugte …

Er hörte einen deftigen Fluch aus Rocs Mund und die Geräusche eines wütenden Kampfes. Dann durchzuckte ein Stich wie ein sengender Pfeil sein Bein, genau in der Kniekehle. All seine Muskeln verkrampften sich vor Qual. Feuer tobte in einem Kopf, das Herz schlug ihm wie ein Hammer gegen die Rippen, so daß er glaubte, sterben zu müssen, und sich nichts sehnlicher als den Tod wünschte, bis er unter einer Flut dumpfer Todesqualen wußte, daß er nicht sterben würde. Der Griff der Hände, die ihn festhielten, wurde nicht lockerer; er hielt die Luft an, und in der nächsten Sekunde wiederholte sich die Folter in der anderen Kniekehle. Irgendwann kam ihm in dem brüllenden Feuer zu Bewußtsein, daß der Knebel zwischen seinen Zähnen splitterte, dann wogte tosende Röte auf und schlug über ihm zusammen.

Er blinzelte, und plötzlich empfand er eine segensreiche Kälte und fließende Nässe; er lag unverändert mit dem Gesicht nach unten auf den Steinen, doch sie waren patschnaß. Jemand hatte Wasser über ihn gegossen. Er hob den Kopf ein wenig, sah, wie einer der Wachtposten weiteres Wasser aus einem Ledereimer auf Roc spritzte, und streckte sich halb besinnungslos auf der Binsenmatte aus, während ihm ein Rinnsal aus Blut aus der Nase floß; er bewegte sich und stöhnte. Irgendwo schluchzte ein Kind; Elof sah sich verwirrt um und bemerkte die Kleine, die neben dem Thron kniete und ihn mit weit aufgerissenen Augen entsetzt anstarrte und offenbar Nithaids plumpe Versuche, sie zu trösten, gar nicht wahrnahm.

»... geschieht andauernd. Schau doch, es hat ihm nicht schlimm weh getan, jetzt sieht er dich an! Du hast keinen Grund, traurig zu sein; in ein paar Minuten ist er wieder vollkommen in Ordnung. Wir wollten doch nur verhindern, daß er wegläuft, weil er vielleicht nützlich sein könnte. Du mußt lernen, dich eines Tages um deine eigenen Leibeigenen zu kümmern, wenn du eine richtige Prinzessin sein willst. Komm jetzt, hier ist ein hübsches Geschenk für dich...« Und ohne großes Aufhebens nahm er die beiden Hälften des Armreifs und streifte sie über die zitternden Unterarme des Mädchens.

Elof hatte das Gefühl, als ob etwas in ihm buchstäblich einen Knacks bekäme. Er schlug wild um sich und versuchte aufzustehen; er wollte schreien, ein Geheul der Wut und der Pein ausstoßen, doch sein Mund war voll von dem gesplitterten Knebel, und als er das Bein bewegen wollte, durchzuckte ihn ein solcher Schmerz, daß er sich beinahe gegen den Knebel erbrochen hätte. Er zwang sich, ruhig zu sein; sein Bein hatte ihm den Gehorsam verweigert und war schlaff über den Stein gescharrt, so wie er es bei sterbenden Wesen, Menschen und Tieren, gesehen hatte. Der Schmerz ließ etwas nach, und er lag japsend da, während ihm überall kalter Schweiß ausbrach. Doch als die Todesqualen vergingen, empfand er plötzlich eine erschreckende Erschlaffung des Unterschenkels, die noch schlimmer war. Angst ballte sich in seiner Kehle zusammen. Wie durch eine Nebelwand hörte er Nithaid säuseln: »Jetzt ist alles wieder gut, nicht wahr? Fürs erste kannst du das Stück in zwei Teilen tragen, und wenn du älter bist... nein, behellige Meister Amylhes nicht damit, er ist ein vielbeschäftigter Mann. Lauf jetzt, und zeig dich damit deinen Kindermädchen!«

Elof focht einen wahnwitzigen Kampf mit der verschwommenen Angst in seinem Geiste aus; er konnte es einfach nicht fassen, was mit ihm geschehen war.

Langsam zwang er sich, sich ein wenig zu erheben und auf den Ellbogen zu stützen, wobei er würgend den in seiner Kehle aufsteigenden Mageninhalt hinunterschluckte; dann betrachtete er sein ausgestrecktes Bein. Ein kurzer Blick reichte; er sank so kraftlos zu Boden, daß er mit dem Kopf auf den Stein knallte und ihm schwarz vor Augen wurde. Es war nicht abgetrennt worden, wie ihm etwas in seinem Inneren zugeflüstert hatte. Doch in seiner Kniekehle waren tiefe Wunden, die noch immer bluteten, und er wußte, daß das etwas fast ebenso Furchtbares bedeutete. Amylhes hatte einfach die große Sehne in jeder Kniekehle durchgetrennt und so dafür gesorgt, daß er seine Beine nicht mehr beherrschte. Sie hatten ihn unheilbar gelähmt und zum lebenslangen Krüppel gemacht.

Er würde niemals wieder laufen können.

Nithaid und der Hofschmied betrachteten ihn. Aus den Augen des älteren Mannes sprach unverblümte Schadenfreude, nicht jedoch aus denen Nithaids; seine Miene zeigte eher den zufriedenen Ausdruck eines Mannes, der dafür gesorgt hatte, daß eine unerfreuliche geschäftliche Angelegenheit über die Bühne gebracht worden war. Ein Schauder von Wut durchfuhr Elof wie der Wind den Wald und blies seine Angst wirbelnd hinweg. Und tatsächlich dachte er zurück an den Wald, an den mit Fichtennadeln bedeckten Boden. Was war ihm dort gelungen? Was hatte er dort in Gang gesetzt, um seine Heilung herbeizuführen? Getrieben von seiner Wut wühlte er tief in seinem Geist, suchte nach jener Quelle, die er damals angezapft hatte, jener inneren Kraft, die er in seine Arbeit fließen ließ. Er stellte sie sich vor wie ein wertvolles, reines Metall, das sich weißglühend aus der Esse ergoß und in seine Adern strömte, bis sie vor Hitze grell leuchteten; das sich ausbreitete und nach der verletzten Stelle in seinem Fleisch suchte, um in diese hineinzufließen, zu heilen und wiederherzustellen.

Beinahe im selben Augenblick, obwohl er es kaum glauben konnte, ließ der Schmerz nach, die schreckliche Schlaffheit der Beine schwand allmählich. Wenn er diesen Prozeß in Gang halten könnte... Dann ertönte hinter ihm ein beunruhigter Schrei. »Majestät! Er blutet nicht mehr!«

»Was?« hörte er Amylhes ausrufen. »Unmöglich. Laßt mich sehen! Es sei denn, er stirbt...«

»Nein, edler Herr. Ich habe mit eigenen Augen gesehen, wie der Blutfluß plötzlich nachließ und dann ganz aufhörte – einfach aufhörte, ohne zu verkrusten oder irgend etwas. Und die Wunde, die Ränder, seht doch nur!«

»Was für ein Geschöpf ist das?« hörte er Nithaid murmeln, und er wurde am Handgelenk gepackt. »Er sagte, er sei mit der Gabe gesegnet, schnell zu genesen, und bei den Mächten, das war keine Lüge; wenn es doch nur eine gewesen wäre! Ist es nicht gefährlich, wenn wir ihn bei uns festhalten, Amylhes? Sollten wir ihn nicht einfach kurzerhand umbringen und seine Asche in alle Winde verstreuen?«

Amylhes schnaubte wütend. »Ich habe ein besseres Rezept. Und er selbst hat uns die Mittel dazu geliefert!«

Schnelle Schritte erschallten, und von der anderen Seite des Raums hörte er Rocs warnenden Schrei. Als er nach oben blickte, sah er den Schmiedemeister Amylhes, der sich zu ihm herabbeugte; doch es war das, was dieser in den Händen hielt, das sein Herz gefrieren ließ. *»Nein!«* schrie Elof durch den Knebel; er vergaß seine Schmerzen und versuchte mit aller Kraft, sich zu erheben, wobei er wie ein Wahnsinniger zappelte und etwas suchte, mit dessen Hilfe er sich hochziehen oder wegrollen könnte. Doch auf den knappen Befehl des Schmieds hin packten ihn noch mehr Hände; er knurrte wie ein Wolf und biß um sich, doch ein Speerschaft drückte ihn zu Boden. Dann durchzuckten zum zweitenmal unvorstellbar schmerzhafte Stiche seine Beine.

So schrecklich die ersten Qualen auch gewesen waren, bis jetzt hatte er noch nicht geschrien. Doch jetzt tat er es und zerschmetterte damit den Knebel. Die Schmerzen waren diesmal nicht schlimmer, doch die Folterung des Herzens und des Geistes war etwas ganz Entsetzliches, das er nicht ertragen konnte. Er klammerte sich ebenso an den Tod, wie er sich an das Leben geklammert hatte; sein Wille war darauf gerichtet, daß sein Herz bersten, seine Seele wie eine Kerze in der Kälte ausgeblasen würde und die Schatten ringsum sich seiner bemächtigen würden. So schlimm auch all das war, was sie ihm bereits angetan hatten, das hier war noch schlimmer. Er heulte sein Leid wie ein wildes Tier hinaus, denn keine Worte hätten es ausdrücken können. Doch in irgendeinem Winkel seines Geistes war ein seltsam verrückter, von ihm abgeschiedener Teil seines Wesens zu beängstigend klarem Denken fähig. Hatte Kara seinen Todeskampf genauso empfunden wie er, wo immer sie sein mochte, nah oder fern? Hatte auch sie gespürt, daß Metallstangen in ihren erhabenen Geist stießen, die Zahl ihrer Tage bemessen war? Hatte sie ihn daraufhin verflucht, da sie wußte, daß er dahintersteckte? Denn Amylhes war der Wahrheit nähergekommen, als er selbst ahnte. Er selbst hatte die Fesseln geschmiedet, die ihn bis ans Ende seiner Tage gefangenhalten würden und die mit Gewalt zu öffnen er niemals wagen würde. Er hatte versucht, Kara zu fesseln; und was noch weit schlimmer war, er hatte sich selbst gefesselt. Denn er hatte diese silbernen Fußfesseln geformt, die Amylhes durch die Wunden in seinen Beinen, direkt zwischen die Knochen, gestoßen und fest zuschnappen lassen hatte.

Die Verschlüsse waren raffiniert erdacht, wer wüßte das besser als er selbst? Da sie dafür vorgesehen gewesen waren, Kara zu fesseln, hatte er sie so gestaltet, daß sie sich niemals mehr würden öffnen lassen, wenn sie einmal zugeschnappt waren. Wie Amylhes offenbar erkannt hatte, hatte er die Fußfesseln auch so stark gemacht, daß sie unmöglich aufzubrechen sein dürften. Kara hätte es vielleicht mit ihren besonderen Kräften geschafft; doch wenn sie in ihnen gefangen gewesen wäre, hätte sie diesen Wunsch gar nicht mehr verspürt. Elof wäre es vielleicht auch gelungen, doch er hätte es nicht getan, denn zusammen mit ihnen hätte er auch Kara zerbrochen. Als sie sich schlossen, schloß sich damit ein Kreis, der sich niemals irgendwo anders als an der dafür vorgesehenen Stelle hätte schließen dürfen, nämlich um Karas Fleisch, denn in diese Fußfesseln hatte er mit einem Haar, einer Feder – und nur damit – einen Teil des Schicksals dieses Fleisches eingewoben. Wenn sie sich um ihre Knöchel geschlossen hätten, wäre das gleichgültig gewesen; wenn sie dort irgendwie zerbrochen worden wären, hätte das ihr Genommene zu ihr zurückkehren können. Nur der Bann der besonderen Eigenschaften wäre damit gebrochen. Doch wenn sie jetzt zerbrächen, würde der Lebensfaden ihres Daseins durchtrennt; die Wirkung, die das auf sie haben würde, ließ sich nur erahnen. Vielleicht würde es nicht ihren Tod bedeuten, wie es bei einem gewöhnlichen Sterblichen der Fall wäre, doch die Veränderung, die sie prophezeit hatte, würde mit Sicherheit eintreten, und zwar in einer Art und Weise, die er sich nicht vorstellen konnte. Und ganz bestimmt wäre sie für ihn verloren. Das war das Risiko, auf das er sich bewußt eingelassen hatte; das war es, was Kara ihm ins Gesicht geschleudert hatte. Und noch nie war ihm seine eigene leichtsinnige und rücksichtslose Torheit deutlicher vor Augen geführt worden als jetzt. Wenn diese Fesseln nicht zerbrochen würden, würden seine Wunden niemals heilen.

Er schrie, oder vielleicht weinte er auch wie ein

Kind; er wußte es nicht. Er bemerkte kaum, daß Hände ihn mit betäubenden Salben einrieben und grobe Verbände um seine Wunden legten. Erst als Amylhes Gesicht in die Leere der Welt vor ihm schwamm, erwachte seine Wahrnehmung. Dann verging der Anfall ganz plötzlich, und er erhob sich auf einen Ellbogen. Er sah die Söhne des Königs, die ihn mit höhnisch-vergnügten Mienen betrachteten; offenbar genossen sie das Schauspiel, das sich ihnen bot. Er sah Roc, der neben ihm saß, sich den Kopf hielt und Elof in sprachlosem Entsetzen anstarrte, fassungslos darüber, was seinem Freund angetan worden war. Er schenkte keinem von ihnen größere Beachtung als dem Feuer zwischen seinen Knochen. Einen Moment lang glaubte er, ein anderes Gesicht vor seinen Augen schwimmen zu sehen, ein gefurchtes, grimmiges Gesicht. Ein kalter Wind von Haß und Rache durchwehte ihn und verlieh ihm plötzlich Kraft. Er stützte sich auf einen Arm und sah den Hofschmied mit klarem Blick an. Dann sprach er, und der Mann wich unwillkürlich einen Schritt zurück.

»Amylhes!« Der Name drang kratzend aus seiner Kehle. »Ich nenne Euch einen Lügner und Narren und einen Betrüger gegenüber Eurem Herrn. Ihr habt mich im ersten Augenblick, als Ihr mir gegenübertratet, als das erkannt, was ich bin, nämlich als Schmied mit größerem handwerklichen Können und mehr Wissen, als es Euch jemals beschieden sein wird. Ihr fürchtet mich, weil ich der Welt vor Augen führen könnte, wie schwach Ihr in Wahrheit seid, und Ihr haßt mich, weil ich nicht umhin konnte, es Euch selbst zu zeigen. Deshalb habt Ihr Euren Herrn angelogen und mich als Sklave für Euch beansprucht, um meine Arbeiten als die Euren auszugeben oder mich zumindest von anderen Menschen fernzuhalten und mich schließlich stillschweigend loszuwerden. All dieses hattet Ihr vor, damit ich Euch nicht bloßstellen könnte!«

Er fühlte sich in einer Art Schwebezustand, wie körperlos, als ob das Feuer seinen Leib zu Asche verbrannt und der Wind diese in alle Richtungen verweht hätte. Er existierte lediglich als Gefühl und in der Form der Worte, die es hervorbrachte. »Doch Ihr hattet nichts von mir zu befürchten, Amylhes. Jedenfalls anfangs nicht, jetzt allerdings sehr wohl. Für Eure niederträchtigen Zwecke habt Ihr mich zum Krüppel gemacht; doch das ist nicht der zehnte Teil des größeren Bösen, das Ihr getan habt. Ihr seid ein mit einem Makel behaftetes Werk, Amylhes, und ich werde Euch zerschmettern.«

Der Ton, in dem er seine Worte vorbrachte, hatte das Geraune der Höflinge verstummen lassen; seine Worte hallten mit düsterer Bestimmtheit zwischen den Steinmauern wider. Der Hofschmied lief feuerrot an und wurde gleich darauf leichenblaß; er war halb erstickt an seinem Haß, so daß er keine Entgegnung herausbrachte. Doch Elofs Blick war auf den König gerichtet, auf Nithaid, dem seine Worte in Wirklichkeit gegolten hatten und der nachdenklich auf dem großen Thron zusammengesunken war; und es war Nithaid, der ihm antwortete, und zwar ohne eine Spur jenes Zorns, von dem er kurz zuvor noch durchtobt gewesen war. »Es steht einem Sklaven an, seine Zunge besser im Zaum zu halten, Meister Valant'«, sagte er ernst. Er deutete hinaus in die dunkle Halle, zu einer Säule, an der etwas hing, das im trügerischen Flackern des Lichts rot schimmerte. Im ersten Moment sah es erschreckend wie ein toter Körper aus, bis Elof merkte, daß es sich um eine Rüstung mit einer bronzefarbenen Brustplatte handelte. »Amylhes ist kein schlechter Schmied. Er hat einige hervorragende Werke für mich geschaffen, zuletzt diese Rüstung, eine bessere, als je ein König seit der alten Zeit und seit dem Verlust der Künste unserer Vorfahren sie sein eigen nannte.«

»Sind sie verloren?« fragte Elof ruhig, obwohl er

plötzlich vor Schwäche zitterte. »Jenes Schwert, mein Schwert, das dieser Schurke gegen mich gerichtet hat, nehmt es ihm ab und seht es Euch an. Seid vorsichtig – jawohl, es hat eine scharfe Klinge, nicht wahr? Und ist es etwa kein gelungenes Werk? Tausend Jahre konnten diese Klinge nicht stumpf machen; ich weiß es, denn es ist noch älter. Doch als es schartig und verbogen war, war ich fähig, es nachzuschmieden; wäre er dazu in der Lage gewesen? Ich verfüge über einen Schatz an Können und Wissen, der niemals verlorengegangen ist, König, und über einen weiteren Fundus, den ich für mich selbst erarbeitet habe. Doch haltet mich nicht für einen prahlerischen Aufschneider, Majestät; laß uns den Beweis antreten. Mein Schwert soll sich mit seiner Rüstung messen!«

Der Hofstaat geriet in Aufruhr. Nithaid sah ihn einen Moment lang mit weit aufgerissenen Augen an, dann stieß er ein bellendes Gelächter aus. »Bei Veryas süßen Äpfeln, zumindest versprecht Ihr einen gerechten Wettstreit. Was sagt Ihr dazu, Hofschmied?«

Amylhes sah mit betonter Mißachtung über Elof hinweg. »Mein König, selbst eine Schlange mit gebrochenem Rückgrat kann noch gefährlich sein. Wenn Ihr meinen Rat hören wollt, so empfehle ich Euch, keinesfalls auch nur das geringste Risiko einzugehen …«

»Risiko?« erkundigte sich Nithaid ruhig, doch mit einem Funkeln in den angsteinflößenden Augen. »Warum sprecht Ihr auf einmal von einem Risiko? Nach der Art, wie Ihr diese Rüstung vor mir gepriesen habt …«

»Mein König«, erwiderte Amylhes in selbstsicherem, aber vorsichtigem Ton, wie ein Mann, der es gewöhnt ist, Fallen auszuweichen. »Ihr selbst nanntet meine Rüstung die beste und stärkste seit der alten Zeit. Doch selbst damals wurden Könige getötet, auch wenn sie mit den wirkungsvollsten Rüstungen angetan waren – nicht zuletzt durch die tückischen Hände von Verrätern. Es würde mich grämen, Euch leichtfertig solchen Gefahren ausgesetzt zu sehen. Stellt das Werk im Bedarfsfall in einer Schlacht auf die Probe, doch nicht für eine so läppische Sache.«

»In einer Schlacht!« wiederholte Nithaid, und plötzlich glichen seine blauen Augen sehr denen Kermorvans. »In einer Schlacht, jawohl, das wäre passender, nicht wahr? Wenn sie dort versagt, bedeutet das, daß auch ich versagt habe, und in keinem Fall würde die Angelegenheit weiter verfolgt. Interessant!« Seine Stimme hatte einen milden Klang angenommen, der Elof aufschrecken ließ. »Doch wie immer habt Ihr recht, ich darf das Risiko nicht eingehen. Nicht aus Angst, falls das jemandem in den Sinn gekommen sein sollte, sondern weil ich mein Königreich nicht leichtfertig aufs Spiel setzen darf, jedenfalls nicht, solange meine Söhne noch so jung sind, solange die Eishexe vor unseren Toren lauert und jetzt auch noch dieses ausländische Prinzchen ein Auge auf uns geworfen hat.« Er schüttelte den Kopf über die vielen Unbilden des Lebens und blickte dann auf. »Deshalb, Schmiedemeister Amylhes, meine ich, daß Ihr die Rüstung anlegen und die Herausforderung an meiner Stelle annehmen werdet.«

In den hinteren Reihen der Höflinge wurde ein Prusten laut, das sich wie ein schnell unterdrücktes Lachen anhörte. Amylhes' von der Kapuze überschattete Augen waren unergründlich, doch er verneigte sich. »Ein großartiger Gedanke, mein Lord; doch ich habe die Rüstung mit großer Mühe so gefertigt, daß sie allein Eurer Statur paßt ...«

»Ach was, Amylhes!« polterte Nithaid. »Solche taktvollen Äußerungen sind überflüssig. Wir haben so ziemlich die gleiche Größe, und Ihr könnt Euch so polstern, daß Ihr es mit meinem Bauch und allem anderen aufnehmen könnt. Ihr habt einige Tage Zeit, um Euch vorzubereiten, bis Euer Gegner soweit wiederhergestellt ist, um Euch entgegenzutreten. Das ist also abgemacht, wie? Gut. Sehr gut! Wachen! Führt die beiden ab; sorgt dafür, daß sie alles für ihre Heilung Nötige sowie alles andere, das sie brauchen, bekommen, aber bewacht sie gut. Ihr haftet mit Euren Köpfen für die ihren! Und da wir gerade dabei sind, laßt ihre Speisen vorkosten. Es wäre doch schade, wenn ihnen vor dem vereinbarten Tag etwas zustieße, nicht wahr? Nun denn, hinweg mit Euch!«

Der vereinbarte Tag brach schneller an, als irgend jemand von ihnen erwartet hatte. »Nithaid scheint seinen gerechten Wettstreit kaum erwarten zu können!« bemerkte Elof.

»Gerechter Wettstreit!« schimpfte Roc, während er Elof half, sich mit einem schmerzhaften Schritt nach dem anderen zu einer Bank zu schleppen. »Das ist der reinste Mord! Sage ihm, daß du noch nicht wieder gesund bist; weigere dich! Du kannst auf deinen Krücken nicht einmal aufrecht stehen, ganz zu schweigen davon, deine Beine mit Gewicht zu belasten, geschient oder nicht ...«

»Roc, ich bin mir dessen bewußt. Und er ebenfalls. Glaubst du, daß er sich darum schert? Ob ich kräftig genug sei, einen Schlag auszuführen, das war alles, was er wissen wollte!« Sie drehten sich zu Nithaid um, der lässig hingegossen auf seinem Thron saß; er winkte ihnen leutselig zu und wandte sich mit einigen Bemerkungen an seine Söhne, die neben ihm standen. Elof war froh, daß wenigstens dem kleinen Mädchen das Zuschauen erspart geblieben war. Höflinge traten zu ihnen, halfen ihm beim Aufstehen und führten ihn zu einer Art von Kampfring. Sie wirkten auf grausame Weise erheitert, doch nicht unfreundlich; Elof vermutete, daß sich der Hofschmied keiner großen Beliebtheit erfreute, und sie würden seine Niederlage mit Freude begrüßen. Doch bei den Wetten, die ringsum abgeschlossen wurden, wie Elof hörte, galten seine Aussichten als sehr ungünstig.

Begleitet von einem erregten Raunen teilte sich die Menge, und aus der Dunkelheit schritt eine Gestalt heran, die nur schwer als Amylhes zu erkennen war. Von Kopf bis Fuß war er mit bronzefarben schimmerndem Metall gepanzert, das Nithaids bulliger Statur angepaßt war; die Brustplatte schmückte von der unteren Rippe bis zum Hals das verschnörkelte und aufwendig in Goldeinlegearbeit ausgeführte Zeichen der Stierhörner, die die Sonne hielten. Die gleiche prächtige Verzierung bedeckte ebenfalls alle anderen Flächen einschließlich der Arme und Beine, denn anstatt von einer Kettenpanzerung waren diese von Metallschalen umschlossen, mit überlappenden, beweglichen, mit dem Sonnensymbol versehenen Platten, um Gliedmaßen und Gelenke zu schützen, wie es auch auf der Stirn und an den Seiten des mit einem Visier ausgestatteten Helms der Fall war. In einer Hand hielt er eine schwere Keule in passendem Farbton, mit vielen schmalen Rippen und einer Sonnenscheibe am Kopf. »Eine Plattenpanzerung!« zischte Roc. »Eine ganze Rüstung in Plattenpanzerung. Und dazu massiv, dem Klang nach zu urteilen!«

Elof blickte starr geradeaus und sagte nichts, doch in ihm stieg Übelkeit hoch, die schlimmer war als jeder Schmerz. Er hatte mit einem gewissen Teil Plattenpanzerung gerechnet, doch nicht damit, daß die ganze Rüstung daraus bestehen würde. Sie war entschieden leichter herzustellen als eine Kettenpanzerung, und verglichen mit dieser, wenn sie von den besten Schmieden geschaffen wurde, reichlich schwerfällig. Nur wenigen Männern, die im Kampf unter anderem auf Bewegung setzten, war es angenehm, sich in einen so schweren und hinderlichen Käfig einzusperren; die meisten bevorzugten eine Panzerung aus einzelnen Kettengliedern, ergänzt durch Körperplatten. Die Ritter und Krieger des alten Morvans, mit ihrer schnellen, geschmeidigen Art zu kämpfen, beschränkten sich auf möglichst wenig Platten; Kermorvan benutzte nur leichte Platten an den Schultern, den Ellbogen und Knien und manchmal die Brustplatte mit dem Wappen seiner Familie. Platten mochten ihren Träger gegen einige Schläge schützen, behinderten ihn aber andererseits, wenn er anderen ausweichen wollte. In diesem Fall war die Fähigkeit des Ausweichens unbedeutend; wenn Elof nicht gleich beim ersten Schlag die Prahlerei seine Gegners entlarven konnte, könnte er einem Angriff nicht ausweichen, da er unfähig war, sich zu bewegen. Diese Keule würde seine Schmiedekunst für immer zerschlagen, und somit alle Hoffnung und alle Ängste und alle Narrheiten, die damit zusammenhingen.

»Laß mich es machen!« zischte Roc ihm aufgeregt zu. »Ich habe die nötige Kraft, ich werde dem Schweinehund den Kopf abschlagen, bevor er auch nur eine Bewegung machen kann ...«

»Und deiner würde gleich darauf fallen! Nein, Roc, du hast dir bereits eine böse Schramme am Kopf zugezogen, als du versuchtest, mir zu helfen; achte lieber auf dich selbst, anstatt meine Niederlage noch zu verschlimmern, indem du sie teilst.«

»Das war eine Kleinigkeit. Ich habe eine Beule am Kopf als Preis für die Möglichkeit eingesetzt, diesen dürren Hals umzudrehen. Vermutlich hatte ich denselben Gedanken wie du; nur daß ich deine Beine vielleicht hätte retten können, und ... und noch etwas Wichtigeres. Diese Fußfesseln ...« Er stöhnte. »O je, bei den Mächten, welchen Sinn hat das alles? Was können wir überhaupt noch zu erreichen hoffen?«

Elofs Herz rutschte wie eine glühende Kohle nach unten; wenn selbst Roc der Verzweiflung nahe war ... Doch nun sprach Nithaid. »Ihr da, gebt dem Mann sein Schwert! Und Ihr, sein Freund, Ihr könnt ihm fürs erste als Stütze dienen.« Er ließ unausgesprochen, was deutlich in der Luft lag: wenn Elof versagte, würde

Amylhes schnell dafür sorgen, daß dieser niemals mehr eine Stütze brauchte.

»Hör zu, Roc«, sagte Elof plötzlich, als sie sich in einen trotz des Sommerabends draußen von vielen Lampen erhellten Kreis schleppten. »Sobald ich es sage, laß mich los! Ja, laß mich einfach los! Nur für einen Augenblick. Du wirst sehen, warum...« Doch dann hob Nithaid gebieterisch die Hand, und Amylhes sprang mit Geklirre vor, um sich in nur zwei Schritt Entfernung vor Elof aufzubauen. Irouac legte ihm Gorthawers kühlen Griff in die Hände, und damit die Erinnerung an den letzten gewaltigen, zerschmetternden Schlag gegen ein anderes, noch größeres Übel, an den Blitz, der die Klinge eingetaucht und tief in massives Eisen getrieben hatte. Elof machte einen tiefen, bebenden Atemzug, und Nithaid ließ die Hand fallen.

Amylhes trat weiter vor, begleitet vom Scheppern von Metall, und hob die Keule hoch. *»Jetzt!«* schrie Elof, während er mit Gorthawer nach oben ausholte und die Arme mit Schwung aus Rocs Griff befreite; beide Hände trafen sich am Schaft, und mit einem melodiösen Sirren schwang die schwarze Klinge hoch über seinen Kopf. Amylhes sah unwillkürlich nach oben, und trotz seiner drahtigen Stärke lastete das Gewicht der Keule und der Rüstung schwer auf seinem Arm. Er verpaßte den Augenblick seines Schwungs, und in diesem Bruchteil einer Sekunde ließ Elof, der schwankte und dessen Beine bereits nachgaben, Gorthawer zischend herabsausen.

Selbst in seinem geschwächten Zustand besaßen seine Arme eine Kraft, mit der es selbst unter den Schmieden nur wenige aufnehmen konnten. Der Hieb der schwarzen Klinge war wie jener Blitzschlag, mit dessen Hilfe sie damals neu geschmiedet worden war. Er traf die Keule, trennte ihren Kopf ab wie einen Maiskolben vom Stiel und fiel auf den Helm darunter, wobei sie das Visier wegschleuderte. Die Brustplatte klingelte wie eine Glocke, als die Klinge darüberrutschte und mit hellem Geklirre auf die Bodenfliesen traf. Durch die Wucht des Aufpralls wurde das Schwert Elofs Händen entrissen, und er taumelte. Roc versuchte, ihn aufzufangen, doch er stürzte auf den Stein, und Todesschmerzen durchzuckten seine halbgeheilten Beine. Das schwarze Schwert schlidderte über den Boden und landete direkt vor Nithaids Füßen. Amylhes Gesicht, von dem Visier entblößt, zeigte einen Ausdruck verblüffter Erleichterung.

Doch nur einen Augenblick lang. Dann huschte der Ausdruck großer Überraschung darüber; er öffnete den Mund, um zu sprechen oder zu schreien, würgte, hustete und strauchelte in einem Wirrwarr von Metall, während er mit dem Kragen der Rüstung kämpfte. Blut quoll ihm aus dem Mund, und blutverschmiertes Werg drang aus der gespaltenen Brustplatte, die von der Brust bis zur Taille wie dünnes Blech aufgeschlitzt war. Er sackte mit lautem Klirren und Scheppern auf den Steinboden; Metallplatten scharrten schrill über die Fliesen, während seine Beine eine Zeitlang am Boden strampelten. Dann wurde er allmählich still.

In dem gespannten Schweigen, das folgte, erhob sich Nithaid schwerfällig von seinem Thron und bückte sich mit einem kurzatmigen Grunzen, um Gorthawer aufzuheben; behutsam fuhr er mit dem Daumen über die Klinge, mit der der Hieb ausgeführt worden war. »Kein bißchen stumpf«, verkündete er, als ob ihn das nicht im geringsten überraschte. Elof, der sich bemühte, nach dem durchdringenden Schmerz wieder zu Atem zu kommen, konnte nicht antworten. Nithaid stieß mit der Stiefelspitze gegen den Leichnam. »Da liegst du nun, Amylhes«, sagte er trocken, »trotz deiner Begabung als Ränkeschmied. Narr! Hieltest du mich für so blind, daß ich den besseren Mann nicht würde erkennen können? Doch du warst schon immer ein Intrigant und wolltest die Dinge erzwingen. Wachen! Schafft diesen Unrat hinaus. Samt Rüstung und allem!«

Elof fand seine Stimme wieder, obwohl ihm schwarz vor Augen war. »Ihr wußtet es? Ihr *wußtet* es? Warum habt Ihr mich dann zu diesem Kräftemessen gezwungen?«

Nithaid zuckte mit den Schultern. »Wie ich sagte, es handelte sich um einen gerechten Wettstreit. Gleichzeitig bin ich dabei, wie sich herausstellte, einen mittelmäßigen Schmied losgeworden, auf eine Weise, die mir seine mächtige Verwandtschaft nicht zur Last legen kann. Ich konnte ja nicht vollkommen *sicher* sein, nicht wahr?« Er schob Gorthawer in die Scheide und tätschelte sie begeistert. »Und ich habe einen neuen Hofschmied gewonnen, der keine Familie hinter sich hat und keine Schwierigkeiten bereiten oder auch nur irgendwelche Schritte unternehmen wird, die mir nicht gefallen. Übrigens wird es Eure erste Aufgabe sein, mir eine neue Rüstung herzustellen. Und ich besitze jetzt ein überaus bemerkenswertes Schwert.«

»Das Schwert gehört mir!« platzte Elof wütend heraus.

»Und Ihr gehört mir, Valant'!« erwiderte Nithaid ungerührt. »Und damit auch Eurer gesamter Besitz.«

»Ich gehöre Euch keineswegs! Ihr mögt mich hereingelegt und mich durch List zum Ausführenden Eurer Mordabsichten gemacht haben; aber Ihr könnt mich nicht zwingen, für Euch zu arbeiten.«

Nithaid gab den Wachen ein Handzeichen, und sie zerrten Elof schnell zum Fuß des Podestes. Der pochende Schmerz bereitete ihm Schwindel und Übelkeit und ließ ihn verstummen. Er fühlte, daß Blut aus einer aufgeplatzten Wunde rann. »Damit wir uns nicht mißverstehen, Ihr und ich«, sagte der König. »Ihr gehört mir, ob nun als ausländischer Leibeigener oder als Untertan des rechtmäßigen Königs von Kerys und all seiner Domänen, das macht keinen Unterschied. Doch es könnte einen Unterschied machen. Wenn Ihr mir gute Dienste leistet, dann wird es Euch beiden gutgehen. Wenn Ihr Euch mir jedoch widersetzt – nun ja, ich würde einen Schmiedemeister wie Euch nicht mit den üblichen Methoden gefügig machen. Ich würde in Eurem Fall lediglich das Gesetz anwenden, das für jeden Mann gilt, der auf sich selbst angewiesen ist, nämlich: Wer nicht arbeitet, hat auch nichts zu essen.« Sein Blick schweifte zu Roc. »Was jedoch diesen vor Kraft strotzenden Kerl da betrifft…«

Roc ließ ein Brummen aus tiefster Kehle vernehmen. »Tut Eurer Schlechtigkeit keinen Zwang an!«

»Diesen vor Kraft strotzenden Kerl, so wollte ich gerade sagen, möchte ich nicht einfach nutzlos vergeuden. Auch Ihr würdet arbeiten müssen – doch Ihr müßtet Schwerstarbeit verrichten, gefesselt zwischen Verbrechern, oder notfalls würdet Ihr geblendet werden. Da ich vermute, daß auch Ihr so etwas wie ein Schmied seid, würden wir an Euch jahrelang eine gute Arbeitskraft haben, nachdem Hunger und Durst ihren Zweck erfüllt haben; aber mir wäre es lieber, Ihr würdet Euch um Euren Freund kümmern. Vielleicht braucht er Euch, und er kann nicht fliehen. Allein würdet Ihr nicht weit kommen, wenn Ihr es versuchtet, denn wie ich seiner Erzählung über Eure Reise entnommen habe, seid Ihr kein besonders guter Seefahrer. Der eine kann nicht entfliehen, der andere kann die Freiheit, die er erlangen könnte, nicht nutzen. Was lehren Euch Eure eigenen Anstrengungen?« Er beugte sich mit ernster Miene vor und musterte sie mit einem Blick, aus dem plötzlich Eifer sprach. »Aber versteht mich nicht falsch! Das Eis ist Euer Feind, wie es auch mein Feind ist. Und bedroht es uns hier nicht aus noch geringerer Entfernung als in Eurer Heimat? Also, brauchen wir Euch dann nicht dringender hier? Es wäre mir entschieden angenehmer, Euch als treue Diener zu betrachten, die mir mit all ihrem Geschick und ihren wertvollen Eigenschaften, die Ihr unter Beweis gestellt habt, zunutze sein könnten. Ihr seid gekommen, um mich um Hilfe zu bitten, und ich habe Eure Bitte nicht abgeschlagen. Ich habe die Absicht, diese Räuber zurückzuschlagen, die Pforte zu stürmen, um wieder von ihr Besitz zu nehmen, und die Eishexe an ihrem eigenen schönen Haar aufhängen zu lassen. Aber um das zu tun, muß ich dieses Land vereinen und meine Macht ausbauen. Helft mir dabei, und es wird euch wohl ergehen! Wenn Ihr mein Vertrauen gewinnt, werde ich vielleicht sogar dafür sorgen, daß diese Fessel weggehauen werden…«

Elof schüttelte heftig den Kopf; allzu heftig, denn der Saal um ihn herum schwankte und drehte sich. »*Nein, König! Niemals!* Das könnt Ihr niemals. Dies sind die Tiefen der Schmiedekunst, die Ihr nicht begreift. Laßt die Fesseln in Ruhe! Ich habe mich damit abgefunden. Aber der zerbrochene Armreif… ich kann einen anderen, ebenso hübschen für die kleine Prinzessin schmieden. Gebt mir wenigstens dieses Stück zurück, denn es bedeutet eine wertvolle und bittere Erinnerung für mich.«

Nithaid pochte sich mit einem gesplissenen Daumennagel gegen die Zähne. »Dasselbe, was Beathaill für mich bedeutet – alles, was mir von ihrer Mutter geblieben ist. Ich werde ihr nicht wieder wegnehmen, was ich ihr geschenkt habe, und ich weiß, daß sie es nicht für irgendeine Entschädigung hergeben wird. Jedenfalls jetzt noch nicht; vielleicht in einigen Jahren, wenn sie angemessen verheiratet ist; dann wird sie es möglicherweise beiseite legen. Ich kann Euch nur raten zu warten. Aber was ist das schon, Mann, so wertvoll es auch sein mag, verglichen mit dem, was Ihr gewinnen könnt? Ein Mann Eures Schlages könnte sogar eines Tages einen Titel erlangen, und Grundbesitz; Ihr würdet ihn bestimmt tausendmal besser verwalten als irgendein anderer, der in den Reichtum hineingeboren wurde ...«

Schwäche und die nackte Verzweiflung wallten in Elof auf; sein Atem ging schnell, und aus Angst, er könnte ohnmächtig werden, warf er die Hand hoch, um Nithaid in seinem Gedankenflug aufzuhalten. »Nein, König! Das Eis ist unser Feind, doch ansonsten haben wir kaum etwas gemein. Ich habe Euer Land kennengelernt und gesehen, wie Ihr es regiert, und verglichen mit dem König, in dessen Diensten ich stehe, seid ihr ein Räuberhauptmann, Nithaid – nicht mehr!« Ein Murmeln entsetzter Stimmen erhob sich unter den Höflingen, und viele zuckten zurück; doch obwohl Nithaid die Augen zu schmalen Schlitzen verengte, unterbrach er Elof nicht. »Um Eure Ziele zu erreichen, habt Ihr mich verstümmeln lassen, habt Ihr mich zum Gehilfen bei Euren mörderischen Machenschaften gemacht und mir Dinge weggenommen, die wertvoller sind, als Ihr ahnt. Ich werde Euch dienen, weil ich es tun muß, unter Zwang, nur als Sklave. Niemals aufgrund meiner freien Entscheidung, niemals als treu ergebener Diener; Ihr besitzt die Münze nicht, mit der Ihr das von mir erkaufen könntet! Ich werde die Werke großer Schmiedekunst in Eure Hände legen, doch nur solange, wie diese gegen das Eis eingesetzt werden. Wenn Ihr diesen Kampf aufgebt, wenn Ihr von dem Zwist nichts mehr wissen wollt, dann werde ich Euch auf die Weise dienen, die Euch gebührt. Ich werde Euch zermalmen, Nithaid!«

Die Stille, die herrschte, nachdem er geendet hatte, war ebenso spannungsgeladen wie während seiner Rede. Nithaids Hände umklammerten die Armlehnen des Thrones; sie zitterten, und die Knöchel traten weiß hervor, als ob sie das Elfenbein zerquetschen wollten. Sein Gesicht war blutlos, seine Augen blickten starr geradeaus, und seine Lippen arbeiteten an halbgeformten Worten. Eine dicke Haarsträhne war ihm unbeachtet vor die Augen gefallen, und diese waren immer noch zu unmenschlichen Schlitzen zusammengezogen. Dann warf er plötzlich den Kopf zurück und stieß ein wölfisches Bellen aus, das eigentlich ein schallendes Lachen sein sollte. »Ihr werdet mich zermalmen? Wie denn, mein Guter, wie denn? Mit den Krücken? Indem Ihr auf mich draufhüpft? Ho, es wäre bestimmt überaus vergnüglich, den Versuch zu beobachten!« Er beugte sich weit nach vorn vor Erheiterung, umschlang sich selbst mit den Armen und schlug sich auf den Rücken, bis ihm Tränen über die Wangen und die Nase in den Bart rannen; nachdem seine Höflinge sich seiner Laune sicher waren, fielen sie in sein Lachen mit ein, und einige ahmten auch das Humpeln eines Krüppels nach. *»Genug!«* blökte Nithaid plötzlich und schlug dabei mit der Hand heftig auf die Armlehne des Thrones. »Bringt erst einmal seinen Mut auf; zumindest einigen würde das nicht schlecht anstehen. Dann könnt Ihr Euch über ihn lustig machen. Ihr aber, Valant', hört mich an! Dient mir als was immer Ihr wollt, solange Ihr mir überhaupt dient. Und was Euren Plan betrifft, mich umzubringen, nun, wenn Ihr glaubt, bereit dazu zu sein, dann gebe ich Euch die Genehmigung, es zu versuchen.«

Bei diesen Worten erhob sich Elof auf die Arme, obwohl sie unter ihm zitterten und das Blut in seinen Ohren rauschte. Er streckte eine Hand aus, und er konnte ihr Zittern nicht verhindern. »Ich höre Euch, König. So sei es denn! *So sei es!*«

Die Wände um ihn herum drehten sich, schneller und immer schneller, und die Fackeln loderten auf und tanzten wie Moorfeuer. Und wie damals im Sumpf stieg Dunkelheit um ihn auf, drückte seine Gliedmaßen mit ihrem Gewicht nieder, legte sich würgend auf seine Brust, hüllte ihn ein und verschlang ihn.

Siebtes Kapitel

Insel der Zauberer

Also begann unter Blutvergießen, Schmerzen und Verzweiflung die Zeit von Elofs Sklavendasein, und mit Blut und Schmerzen sollte sie auch enden. Doch dieses Ende lag noch in weiter Ferne, und es war dazu bestimmt, außerdem das Ende vieler anderer Dinge zu sein. Weder Elof noch Roc konnten es vorausahnen, und für sie waren die ersten Tage schwarze Tage, so schwarz wie nur irgendwelche seit ihrer Jugend. Sie wußten, daß sie nicht mit Hilfe von Kermorvans oder Ils' Seite rechnen konnten; ihre Freunde mußten annehmen, sie seien einfach in der unendlichen Weite des Ozeans verschwunden, und wenn sie deswegen auch trauern mochten, so hätten sie sich selbst oder andere wahrscheinlich kaum den Gefahren derselben Reise ausgesetzt. »Und ich hoffe sehr, daß sie es nicht tun werden!« sagte Roc düster. »Denn sie würden nur arglos den Ekwesh in die Arme laufen und hätten nicht einmal die dir zur Verfügung stehenden Möglichkeiten, Hilfe zu erlangen.« Er fluchte und versenkte den Kopf in den Händen. »Was ist denn eigentlich mit seiner Merkwürden los, dem Meister Rabe? Jetzt wäre ich sogar für Hilfe in seinem Stil dankbar, obwohl mich allein der Gedanke daran um Jahre altern läßt. Kannst du ihm nicht irgendwie eine Nachricht zukommen lassen?«

Elof saß zusammengesunken auf einer Pritsche, die verkrüppelten Beine unter sich eingeknickt, starrte in die Dunkelheit und seufzte. »Seit ich zu dieser Reise aufbrach, lief alles so gründlich schief, wie noch nie zuvor. Er hatte mich gewarnt, doch ich hörte nicht auf ihn. Er wird mir jetzt nicht helfen; vielleicht kann er es gar nicht.« Er lauschte eine Weile auf das Wasser des Flusses, das weit unten gegen das Ufer klatschte, und lehnte den müden Kopf an die Holzwand zurück. »Nein, mein alter Freund, das ist etwas, mit dem ich mich abfinden muß ...«

»Nun, das mag für dich zutreffen, aber ich brauche mich nicht damit abzufinden, verdammt noch mal!«

Elof schüttelte den Kopf über Rocs ungestümen Ausbruch. »Ich habe nur von mir selbst gesprochen, Roc; das Ganze hat nichts mit dir zu tun, jedenfalls nicht mehr als damals in der Marsch. Du bist nicht zum Krüppel gemacht worden, dich hindert nichts an der Flucht.«

Roc schnaubte wie ein Ochse. »O doch! Nithaid, diese Ausgeburt einer räudigen Hündin, hat mit seinem Pfeil genau ins Schwarze getroffen. Erstens bin ich nicht so weit mit dir gekommen, um dich jetzt zu verlassen; warum, zum Teufel, hätte ich dann überhaupt soviel Schweiß vergossen? Und zweitens, wohin sollte ich fliehen? Zu den Duergar? Zu den Ekwesh? Oder in die Tiefe des schönen blauen Meeres? Ich bin unfähig, ein Schiff zu segeln, und noch weniger vermag ich, einen Kurs zu bestimmen. Nein, mein Junge, ich sitze im selben Boot wie du. Hier bin ich, und hier bleibe ich, bis wir einen Weg finden, um dich loszukaufen.«

»Aber begreifst du denn nicht?« stöhnte Elof. »Du bist das Hauptdruckmittel, das er gegen mich in der Hand hat. Wenn du nicht ebenfalls sein Gefangener wärst, könnte ich mich einfach weigern, für ihn zu arbeiten, selbst wenn er mich halb zu Tode foltern ließe ...«

»Was er mit Sicherheit tun würde! Und schließlich nicht nur halb, wenn du dich ihm dann immer noch widersetzen würdest. Er scheut vor nichts zurück, wie wir nur allzugut wissen. Bildest du dir ein, ich könnte fliehen, wenn ich weiß, was das für dich bedeuten würde? Könntest du das an meiner Stelle?«

Elof verzog das Gesicht. »Ich möchte gerne glauben, daß ich nicht dazu in der Lage wäre. Nun gut, Roc, du hast mir etwas voraus.«

»Nein; die Umstände bestimmen nun mal unsere Rollen. Und es steht sicher nicht dafür, dir die Kehle aufschlitzen zu lassen, nur um deine Schmiedekunst vor seinen Klauen zu bewahren; letztendlich ist er eben doch ein König unserer Stammesbrüder und der Feind unserer Feinde.«

Elof lachte verbittert. »Das habe ich mir auch eingeredet, und deshalb ersuchte ich um seine Hilfe; doch ich hätte durch die Zustände in dem von ihm regierten Land gewarnt sein sollen. Ich nannte ihn einen Räuberhauptmann, und er ist in der Tat ein Räuber, der lediglich durch Gewalt und Angst und Schrecken herrscht, und das einzige Gesetz sind seine Launen und sein eigensüchtiger Wille. Er haßt das Eis, vermute ich, so wie er alles und jeden hassen würde, der seiner absoluten Macht gefährlich werden könnte. Um das Böse, das davon ausgeht, die Bedrohung, die es für alle Menschen darstellt, schert er sich keinen Deut; soll es doch sein Unwesen treiben, wie es mag, solange es ihn ungeschoren läßt! Und vielleicht trifft es so ein, Roc, eines Tages könnte genau das geschehen. Wenn er sich Louhi nur beharrlich genug widersetzt – und er verfügt über die dazu nötigen Kräfte, sofern er nur sein Reich zusammenhalten kann –, könnte sie zu dem Schluß kommen, daß unser Land letzten Endes doch das leichtere Ziel darstellt.«

Rocs Beunruhigung war seiner Stimme deutlich anzuhören. »Man wird ihn also kaum dazu bewegen können, sich mutwillig mit ihr anzulegen. Und ein plötzlicher Überfall, nach jahrelangem Frieden… Bei den Mächten, Elof, was sollen wir nur tun?«

»Was wir tun können!« Elof spürte, wie in seinem Inneren eine Wandlung vor sich ging, etwas Tiefergreifendes als eine bloße Laune. Seine Stimme klang in Rocs Ohren plötzlich schroff, grimmig und dunkel wie von der Zeit zerfressenes Eisen. »Er ist ein Narr, sich ohne Notwendigkeit den Haß eines Schmiedemeisters zuzuziehen. Denn wenn Nithaid uns einigermaßen ehrenhaft behandelt hätte, hätten wir unsere wirkungsvolle Schmiedekunst in seinen Dienst gestellt; seine Ziele hätten sich mit den unseren gedeckt. Ich hätte womöglich selbst eine so unheimliche Hand wie die seine gestärkt, wenn ich keinen anderen Weg gesehen hätte, um das Land zu einigen. Doch jetzt werden wir beide widerwillig unsere Zeit absitzen und diese dazu nutzen, nach einem Mittel zu suchen, um für dich und für mich die Freiheit zu erlangen. Und sollten wir etwa keines finden, wir, die wir uns in unserer Jugend sogar dem Willen der Mächte widersetzten? An jenem Tag werden alle Vereinbarungen außer Kraft gesetzt, werden alle offenen Rechnungen beglichen, dann mögen sie auf der Hut vor uns sein. Er hat bereits eine ganze Menge auf dem Kerbholz; wenn er jetzt noch den Kampf gegen das Eis einstellt, könnte ihn das Gewicht seiner Schuld zermalmen!«

»Große Worte!« sagte Roc besonders bissig, denn auch er war überwältigt von der düsteren Stimmung, die der Ton seines Freundes in der Dunkelheit verriet und die so gar nicht zu Elof paßte, wie er ihn kannte. »Doch das Aussprechen allein wird nicht dazu führen, daß sie Wirklichkeit werden!«

Die Stimme wurde etwas sanfter, langsamer, doch noch sicherer. »Wir werden dafür sorgen, daß sie in die Tat umgesetzt werden! Du und ich, wir werden es schaffen!«

Wir werden unser Unglück in die Schranken weisen,
wir werden es einschmelzen, du und ich;

Aus dem Leiden wird Rache geschaffen, geschmolzen im
Schmiedefeuer des Schmerzes;
Wir werden es auf unseren Ambossen hämmern,
bevor die inneren Feuer erlöschen;
Und die Rache werden wir zur Freiheit härten,
die jede Kette zerreißen wird!
Je straffer ich gefesselt bin, desto freier
werde ich dereinst von dannen schreiten!
Je fester ich gebunden bin, desto weiter
werde ich fliegen!
Je grausamer ich verkrüppelt werde, desto freier
werde ich sein …

Seine Stimme erlosch allmählich, wie die letzte glühende Kohle eines ersterbenden Feuers; sie war fast nur noch ein Flüstern am Rande des Schlafes, das sich mit dem Rauschen des Windes in den Bäumen mischte.

Und er wird es sehen!
Um so deutlicher wird er es sehen. Und wenn er
es sieht … wird er …

König Nithaid hatte sich seinen wertvollen Sklaven gegenüber nach seinen Maßstäben großzügig verhalten. Vielleicht hatte er auch seine eigene Sicherheit nicht ganz unberücksichtigt gelassen. Nach Elofs Zusammenbruch hatte er diesen in ein Gemach des Palastes bringen und dort versorgen lassen, anstatt ihn in eins seiner Verliese zu werfen; allerdings war jede Tür und jedes Fenster sorgsam bewacht worden. Nach einem Tag oder so, als Elofs Kräfte allmählich zurückkehrten, war ihr alter Bekannter, der Feldwebel Aurghes, mit einem Trupp der Königlichen Wache, zu der er befördert worden war, aufgetaucht und hatte sie mit zurückhaltendem Benehmen zu einem leichten Langboot und dann hinaus zu einer der Inseln bringen lassen, die im Umkreis von etwa zwanzig Meilen vor der Stadt im Yskianas lagen. Ihre südliche Küste machte einen unwirtlichen Eindruck, mit gelben Klippen, die zu einem rauhen, wenig fruchtbaren Land mit Gestrüpp und kleinen Wäldchen aufragten; an den höheren Hängen wuchsen Eichen, Kastanienbäume und Fichten. Die nördliche Küste stieg jedoch weniger steil an, und über einen breiten Teil davon führte ein sanft geschwungener Hang, glatt und mit Gras bewachsen, zu einem Hügelkamm mit großen Gruppen von alten, knorrigen Eichen, die wie groteske Tänzer zu allerlei Verrenkungen verzerrt waren und sich in der vom Fluß her wehenden Brise wiegten.

Dort hatte er sie in einem alten, leeren Gebäude untergebracht, das halb aus Holz, halb aus Stein errichtet war, in einer lieblichen Senke in den Bergen der Insel, neben den Stufen eines tosenden Wasserfalls und durch die Eichen gut geschützt. Einst, so erzählte er ihnen, war es ein behagliches Jagdhaus gewesen und von jenen benutzt worden, die zur Jagd auf die Insel kamen, auf der es einen reichen und vielfältigen Bestand an Wild gab, einschließlich kleiner Herden seltener Geschöpfe, nahe Verwandte jener riesigen Mammuts, die sowohl in Elofs Heimat als auch in diesem Land vorkamen; allerdings waren sie hier nicht größer als Hunde. In späteren Zeiten war das Haus manchmal als Unterkunft für Adelige benutzt worden, die zur Verbannung unter erträglichen Bedingungen verurteilt worden waren. Das, so sagte er, war vielleicht der Grund für den etwas zweifelhaften Ruf, den die Insel bei den unwissenden Bauern genoß; und ganz bestimmt legte jetzt niemand mehr Wert darauf, hierher zu kommen. Da weder Nithaid noch sein Vater noch sein Großvater sich jemals mit einer so gemäßigten Bestrafung zufriedengegeben hatten, war das Gebäude vollkommen vernachlässigt und allmählich dem Verfall anheimgegeben worden, so daß nur noch ein einziger Raum einigermaßen benutzbar war, und zwar einer, der direkt an den Fels dahinter stieß. Doch dank dieses Verfalls war andererseits genügend von dem Holz weggefault, um – für Elof und Roc unverkennbar – im Keller den unversehrten Raum einer großartigen Schmiede in dem Stein zu enthüllen. Hier, unter der Feuerstelle des Hauses, stand ein Ofen mit gewaltigen Ausmaßen, doch gut geformt, mit den Überbleibseln von etwas, das einst ein hoher, durchdacht geführter Kamin gewesen sein mußte; ringsherum standen noch mehrere kleinere Öfen. Hier gab es feste Fundamente für große Ambosse, wie sie sie außer im Turm des Schmiedemeisters Mylio nirgends gesehen hatten; und wie an jenem unheimlichen Ort gab es auch hier erkennbare Vorrichtungen für große Wasserräder und viele Rinnen, aus denen Wasser von oben herabfließen konnte. »Es muß in der Tat ein Meister gewesen sein, der das hier gebaut hat!« sagte Elof voller Bewunderung. »Wieso hörte man auf, es zu benutzen?«

»Dazu kann ich nichts sagen«, erklärte der Feldwebel, dem diese Frage offenbar unbehaglich war. Sein Verhalten, obgleich nicht direkt unfreundlich, war merklich wortkarger und strenger geworden, als ob er unterstreichen wollte, daß er es jetzt mit Sklaven und nicht mehr mit Gesandten zu tun hatte. »Das muß dreihundert Jahre zurückliegen, oder vielleicht auch noch mehr. Lord Nithaid hat befohlen, daß Ihr den Ort wieder für Euch herrichtet.«

»Ganz allein?« erkundigte sich Elof ironisch, wobei er mit den Krücken aus grünem Birkenholz, das die Wachen für ihn geschnitten hatten, gegen die Steine klopfte. Mit den geraden Schienen, die seine Beine stützten, konnte er sich über kurze Strecken erstaunlich gut bewegen, indem ihm die große Kraft seiner Arme zur Hilfe kam.

Der Feldwebel schnaubte verdrossen durch die Nase

und reichte ihm einen Stapel von Wachstafeln. »Morgen werden wir mit der ersten Ladung Steine und allem anderen Nötigen wiederkommen. Wenn es etwas Besonderes gibt, das Ihr in dem Gebäude braucht, schreibt es hier nieder. Lord Nithaid stellt Euch alle Werkzeuge zur Verfügung, die Ihr dabeihattet, und zusätzlich all jene aus Amylhes Schmiede; sie werden verpackt und hergeschickt werden, sobald die Schmiede fertiggestellt ist.«

»Vorher!« brauste Elof auf und kritzelte wild auf einer der Tafeln herum. »Ich muß Eisenteile für das Gebäude schmieden. Und die Sachen müssen von einem Schmied eingepackt werden. Wenn Amylhes eine Bibliothek besaß, dann möchte ich diese ebenfalls hier haben, mit der Gewähr, daß sie hier sicher untergebracht ist. Und außerdem alle anderen Bücher, die Nithaid entbehren kann, ob über die Schmiedekunst oder andere Themen.«

Der Feldwebel schnaubte erneut. »Ich bezweifle, daß es viele gibt; was sollte ein König in diesen Zeiten mit Büchern anfangen?« Er ließ den Blick über die lange Liste schweifen, die Elof hingekritzelt hatte, und seine struppigen Augenbrauen schossen hoch. »Bei der Pforte, ich möchte lieber nicht derjenige sein, der ihm das überreicht. Wenn er in Wut gerät, ist niemand vor ihm sicher!«

»Das habe ich bemerkt«, sagte Elof mit flacher Stimme. »Aber das sind die Dinge, die ich für die Schmiede haben muß, wenn ich gute Arbeit leisten soll. Wenn er mit weniger zufrieden ist, dann ist das seine Entscheidung. Richtet Nithaid das aus!«

Kopfschüttelnd stapfte der Feldwebel den Hang hinunter zu dem Boot und überließ es Roc und Elof, sich eine Schlafstelle in dem letzten verbliebenen Raum einzurichten. Dort, endlich allein und in der Lage, ungestört zu reden, während die langen Sonnenstrahlen der sommerlichen Abenddämmerung verblaßten, hielten sie eine verzweifelte Beratung ab. Es erwies sich, daß es die erste von vielen sein sollte, die sie während der folgenden Wochen und Monate, die sich schließlich zu Jahren ausdehnten, abhalten würden.

In der Morgendämmerung des folgenden Tages kehrten die Wachen zurück. Zur Verwunderung des Feldwebels hatte der König, als ihm die Liste gezeigt wurde, nur gegrunzt und ihn angewiesen, alles zu besorgen, mit der ergänzenden Bemerkung, daß es keine vergeblichere Maßnahme als eine halbe Maßnahme gäbe. Alles, was Elof angefordert hatte, war ihm geschickt worden, einschließlich des wertvollen Bündels mit seinen Werkzeugen, wie er zu seinem Entzücken feststellte. Er riß es auf und stieß einen Seufzer der Erleichterung aus, als er sich vergewissern konnte, daß es unberührt war. Auch der Panzerhandschuh war noch da; offenbar hatte man seiner Erklärung geglaubt. Doch zum Mißfallen der beiden Schmiede umfaßte ›alles andere Nötige‹ nicht nur das zum Bauen erforderliche Material, sondern auch eine Gruppe von Sklaven zur Verrichtung der eigentlichen Arbeit, stumpfsinnige und grobschlächtige Bauern, von der ständigen Schufterei und mangelhafter Ernährung gezeichnet, die Gesichter von der Sonne dieses südlichen Landes rot verbrannt. Obwohl die Wachen nicht ausgesprochen brutal waren, trieben sie diese jämmerlichen, zerlumpten Geschöpfe wie Vieh zur Arbeit an, bis Roc spürte, wie sein Blut kochte, und Elof nicht weniger. Doch gleichzeitig befaßte er sich mit jeder Kleinigkeit und legte hier und da und an allem in seiner Reichweite Hand an, um es richtig hinzurücken, Wachen und Sklaven nicht ausgenommen, bis alles zu seiner Zufriedenheit war. Ungeduldig wegen seiner eigenen Schwäche trieb er sie so mit solcher Heftigkeit an, daß selbst die eingeschüchterten Sklaven Flüche auf sein Haupt herabbeschworen. Schließlich, als er vor ungezügeltem Eifer dem Wahnsinn nahe war, stürzte er sich mitten in ihre Reihen und versuchte – ungeachtet seiner Krücken und seiner Behinderung – mit seinen starken Armen ganze Steinblöcke zu verrücken. Schließlich mußte Roc ihn förmlich wegzerren, damit er sich nicht noch weitere Verletzungen zuzog; daraufhin setzte er sich am Rande des Geschehens nieder und zog sich die Kapuze übers Gesicht.

Man hätte ihn für wütend halten können, doch in Wahrheit weinte er, und er verachtete sich, weil er weinte. Was seinem Körper angetan worden war, wäre für jeden Menschen schwer hinzunehmen gewesen, doch für Elof, der seit seiner Jugend stets ungeduldig auf körperliche Schwäche reagiert hatte, war es eine entsetzliche Folterqual, und es hätte ihn beinahe seelisch zerbrochen. Es war eine Folterqual, die er nicht vergessen konnte, nicht eine Sekunde lang, nicht einmal im Schlaf. Jede Nacht träumte er davon, frei und kräftig und unermüdlich herumzurennen; dann zuckten und zappelten seine verkrüppelten Beine, und die Schmerzen, die ihm die Narben bereiteten, weckten ihn auf. Da er sich selbst schon wegen der Torheit verachtete, die all dieses verursacht hatte, fühlte er sich nun, nachdem man ihm nun auch noch diese körperliche Schmach angetan hatte, noch weniger als Mann. Er hatte schnell gelernt, mit Krücken zu gehen, nicht weil er sich mit seinem gegenwärtigen Schicksal abgefunden hätte, sondern weil er sich eben nicht damit abfinden konnte. Es war dieselbe Ungeduld, die ihn weiterhin anstachelte und ihn veranlaßte, die Sklaven anzutreiben. Doch als die Zeit für eine Mahlzeit kam, gab er ihnen aus dem Vorrat an recht genießbarem Proviant, den Nithaid ihm hatte schicken lassen, reichlich zu essen, obwohl die Wachen protestierten, daß die Leibeigenen besser verpflegt würden als sie selbst. »Warum nicht?« erkundigte er sich kalt. »Wenn ich die Fesseln mit ihnen teilen muß, dann sind sie meine Brüder, und ich werde auch alles andere mit ihnen teilen, das ich habe. Ihr, die Ihr Euch als freie Diener schätzen könnt, müßt zufrieden sein mit dem, was Euch Euer Meister zukommen läßt – oder Ihr tauscht Euer Los mit dem eines Sklaven. Ich bin sicher, er wird dankbar auf Euren Vorschlag eingehen.«

Die Soldaten maulten noch eine Weile, unternahmen danach aber kaum noch den Versuch, ihn irgendwie zu behelligen. Sie fürchteten ihn wegen seines Einflusses bei Nithaid, mehr jedoch noch wegen der Tatsache, daß er ein Schmiedemeister von erwiesener Macht war, was für sie etwas Einmaliges und Angsteinflößendes war; wenn er kein Sklave gewesen wäre, hätten sie vor ihm wie vor Amylhes salutieren und auf die Knie fallen müssen. Durch Gespräche mit ihnen wußte er, daß er das erwarten konnte, und nachdem Amylhes' Bibliothek angekommen war und er einige Bücher daraus gelesen hatte, verstand er auch, warum.

In diesem Land war die Schmiedekunst lange ein Werkzeug im Kampf um die Macht gewesen, und die Geheimnisse der Meisterschaft wurden deshalb um so eifersüchtiger bewacht; sie waren zu etwas geworden, das nur an einige ganz wenige Auserwählte weitergegeben wurde, und zwar unter dem Siegel äußerster Verschwiegenheit. Je weniger Schmiedemeister es gab und je weniger verbreitet ihr Wissen war, desto größer wurde die Macht der verbleibenden wenigen. Viele Generationen lang hatte dieser Prozeß seinen logischen Lauf genommen; ihre Zahl verringerte sich immer weiter, bis es letzten Endes jeweils nur noch einen einzigen wirklichen Schmiedemeister zur selben Zeit im Land gab, und dieser war ein mächtiger Diener des Königs. Doch mit der schwindenden Zahl der Schmiedemeister verringerte sich auch die Bandbreite ihrer Erfahrung und damit ihr Wissen; es ging viel verloren, und nur wenig wurde hinzugefügt. Auf diese Weise wurde das Können der Gesellen und Lehrlinge immer spärlicher und demzufolge auch das der Meister, die aus ihren Reihen hervorgingen. Es war ein langsamer Prozeß, doch er vermutete, daß er schon seit einer Zeit anhielt, die lange vor der Gründung seines Heimatlandes Nordeney lag, also etwa eintausend Jahre zurückreichte. Er stellte fest, daß er Amylhes jetzt besser verstehen konnte und beinahe Mitleid für ihn empfand; jeder Mann, der so hoch aufgestiegen war wie er, wäre unweigerlich noch viel mehr der ränkeschmiedende Intrigant bei Hofe gewesen als der Schmied. Und wenn sich ein solcher Mann einem anderen gegenübersah, dem man auf den ersten Blick anmerkte, daß er über mehr Macht und größere Fähigkeiten verfügte und dazu nur halb so alt war – wie konnte es anders sein, als daß er ihn als Rivalen betrachtete?

»Aber Nithaid hat ihn durchschaut!« gab Roc zu bedenken. »Wahrscheinlich hat er das immer schon, und trotzdem hat er ihn nicht daran gehindert, dich zum Krüppel zu machen…«

»Warum sollte er?« fragte Elof verbittert. »Kam es ihm denn nicht sehr gelegen, einen schlechten Schmied gegen einen besseren einzutauschen, einen freien Mann gegen einen Sklaven, einen gesunden Menschen gegen einen abhängigen Krüppel? Und das alles, ohne selbst einen Finger krumm zu machen.«

Roc verzog das Gesicht. »Also das war es, was du meintest! Er hat es so berechnet. Die ganze Zeit über hat er dich die Dreckarbeit für sich verrichten lassen.«

»So war es«, bestätigte Elof kühl, während er mit den Fingerspitzen geistesabwesend über die Mauersteine der Schmiede fuhr. »Er ist klug, dieser Nithaid; zu klug für Amylhes, zu klug für mich, da ich ihn erst durchschaute, nachdem die Tat geschehen war. Er hat mich in jeder Hinsicht vernichtet, dieser schlaue Schurke; er hat mir all das gestohlen, dessen Wert ich noch immer am höchsten schätzte. Er hat mich sowohl zu seinem Opfer als auch zu seinem Handlanger in Sachen Mord gemacht. Deswegen drohte ich ihm an, ihn zu zermalmen, und ich werde es tun, Roc, ich werde es tun.«

»Aber heute nicht«, entgegnete Roc schnell, während sein Blick zu den sich nähernden Booten schoß.

Elof lächelte dünn. »Nein, mein Freund, heute nicht. Mein Verstand mag zwar arg in Mitleidenschaft gezogen sein, aber er ist nicht ganz zerstört. Heute kommt er, um nachzusehen, was ihm so hohe Kosten verursacht. Er soll es sehen! Und möge ihm seine Klugheit die angemessene Hochachtung für wahrhaftige Schmiedekunst eingeben!«

»Das könnte ich mir gut vorstellen«, sagte Roc erleichtert. »Sie ist ziemlich eindrucksvoll, diese Schmiede; fast so nobel wie die Werkstatt des alten Mylio oder wie deine eigene im Zunfthaus – hoffentlich lebe ich lange genug, um eines Tages wieder den Fuß dort hineinzusetzen. Wer hätte gedacht, daß sich diese alte Ruine wieder so hübsch herrichten lassen würde?«

»Nun, ich wußte es!« lächelte Elof. »Gleich vom ersten Augenblick an erschien sie mir so, wie du sie jetzt vor dir siehst, genau so, wie sie einst war ...«

»Ach ja?« fiel Roc ihm scharf ins Wort, doch Elof war bereits verstummt. »Wie konntest du dir da so sicher sein?«

Sie sahen einander eine Zeitlang fragend an. »Ich weiß es nicht genau«, gab Elof zu. »Ich habe es einfach... gesehen, das ist alles. Das ist alles!« wiederholte er mit Nachdruck, als Roc den Mund öffnete, um weitere Fragen zu stellen. »Komm! Die Boote legen an. Komm!« Er griff nach seinen Krücken, schlug mit übertriebenem Schwung die Fensterläden zu und schwang sich durch die Tür. Roc verdrehte die Augen nach oben zu den nackten Dachsparren, in der müßigen Bitte, daß ihm Geduld beschieden sein möge, und stapfte hinter ihm her.

Nicht weniger schwungvoll schwang Nithaid seinen schweren Körper über das Dollbord, sprang auf den kreideweisen Sand und blinzelte zu ihnen hinauf. Hinter ihm sprangen die Wachen ins seichte Wasser. Der König deutete mit einer gebieterischen Handbewegung den Hang hinauf und setzte sich mit großen Schritten in Bewegung; die Wachen eilten ihm mit vorgebeugten Oberkörpern hinterher, um mit ihm schrittzuhalten, wobei die Schweife auf ihren Helmen im Wind wippten. Er erreichte die Schmiede mit gerötetem, schweißüberströmtem Gesicht, stand schweigend da, die Hände in die Hüften gestemmt, und starrte sie an; die Wachen, etwa ein Dutzend Männer, umringten ihn, die roten Speere gesenkt, doch zum sofortigen Einsatz bereit. Elof ließ sich durch nichts anmerken, daß er sie wahrgenommen hatte, und neigte höflich den Kopf vor Nithaid. »Euer Sklave bedauert seine Unfähigkeit, Euch entgegenzukommen«, sagte er mit ausgesuchter Höflichkeit. »Oder die üblichen Ehrenbezeugungen zu vollführen. Die Krücken, Ihr versteht…« Für einen kurzen Moment prallten ihre Blicke aufeinander, doch Nithaids Lächeln war nur Täuschung und eine schlaue Darstellung von Gönnerhaftigkeit.

»Nun, ich werde unter den gegebenen Umständen wohl kaum darauf bestehen, meint Ihr nicht? Ihr könnt davon ausgehen, daß Ihr aller derartigen Verpflichtungen mir gegenüber enthoben seid, Valant'. Ich bin für Euch ein ganz gewöhnlicher freier Mann, ja?« Er deutete ungeduldig auf die Schmiede. »Also, warum plänkeln wir hier dann noch herum?«

Doch er warf einen unbehaglichen Blick auf die frisch gestrichene Tür, während er eintrat, und viele der Wachen schreckten sichtlich davor zurück. Denn Elof hatte in ungewöhnlich bearbeitetem Messing Muster und Zeichen darauf angebracht, und besorgt stellten sie im stillen Mutmaßungen über deren Bedeutung an. In der Mitte war eine große Darstellung der Sonne im Stil von Nordeney, und der Ausdruck ihres Mittelauges war in der Tat finster und unheilvoll. Was sie dann sahen, nachdem sich ihre Augen an das Halbdunkel unter dem provisorischen Dach aus Segeltuch und Brettern gewöhnt hatten, war nicht weniger beunruhigend. Zwei große Wasserräder beherrschten die Schmiede, und als der König eintrat, öffnete Roc die Schleusen; Wasser rann sprudelnd und rauschend durch die Rinnen unter dem Dach und stürzte auf Schaufeln aus nichtrostendem Eisen, woraufhin seltsame Gerätschaften unter widerwilligem Knirschen und Quietschen in Bewegung gerieten. Wie ein Riese seufzend, holte ein Blasebalg, der größer als ein Mensch war, tief Luft und stieß sie wieder aus, und überall im Raum loderten knisternde Flammen in den Feuerstellen auf. Das rote und weiße Licht tanzte um die sonderbar gestaltete Eisenkonstruktion, die das Dach stützte, bräunte die Balken und verlieh den verzerrten, fratzenhaften Masken der kauernden Untiere, die die Träger bildeten, gespenstisches Leben. Mahlräder und Drehbänke, Zermalmer und Siebe, betrieben von Flaschenzügen verschiedenster Größe, wurden zischend lebendig, und mit wuchtigem Schwung sprang ein hoher Klotz aus geschwärztem Stahl hinauf zu den Stützen, glitt plötzlich aus der Halterung und fiel mit einem so lauten Krachen auf einen großen Amboß herab, daß die Luft erzitterte. Kleinere Hämmer schlugen einen versetzten Rhythmus auf Blöcken von klingendem Eisen, scharfe Töne, die sich in die Ohren bohrten und einen Gedanken vom anderen trennten. In diesem Tumult von Geräuschen stand Nithaid ungerührt und reglos auf seinen stämmigen Beinen; seine Wachen drängten sich um ihn, als ob sie erwarteten, daß er sie beschütze. Elof gab Roc ein Zeichen, und dieser schloß die Schleusen wieder; die unvermittelt eintretende Stille war nicht weniger schrecklich als der

Krach. Doch Nithaid zeigte sich immer noch nicht beeindruckt.

»Das ist ein hübsches Schauspiel!« bemerkte er skeptisch. »Aber ich habe in der Arena bessere gesehen, Valant'. Ein netter Anblick, aber was man damit tun kann, das ist das Entscheidende. Ihr könnt mit solchem Spuk vielleicht Krähen vertreiben, niemals jedoch die Eishexe! Mich hat der Spaß meines Sklaven schon viel Geld gekostet, und jetzt fordert er noch mehr! Es ist Zeit, daß wir Ergebnisse sehen, mein Guter!«

Elof lächelte ruhig. »Dann blicke einmal hinüber zu diesem Amboß!« Nithaid wandte den Blick in die angegebene Richtung, blinzelte, stolzierte dann mit einem unterdrückten Fluch dorthin und hob einige Stücke eines Plattenpanzers mit etwas Kettenpanzer am Rand von dem Amboß. Sie hatten ungefähr den gleichen bronzenen Farbton wie die von Amylhes', ansonsten aber keine Ähnlichkeit damit. Jedes Glied war überaus fein und kunstvoll gearbeitet und mit dem nächsten verbunden, so daß der Kettenpanzer, als Nithaid sich ein Stück davon auf die Hand legte, beinahe eine durchgehende Fläche ergab und an der Verbindungsstelle mit der Platte kein Übergang erkennbar war… »Ihr habt mir befohlen, eine Rüstung für Euch anzufertigen«, erklärte Elof leise. »Dies sind die Probestücke dafür, hergestellt aus jenen Materialien, die Amylhes verfügbar hatte. Ich brauche mehr, und bessere. Es wird eine Rüstung sein, in der sich Plattenpanzerung und Kettenpanzerung vereinen, von der Art, wie sie in Morvanhal üblich sind; der Kettenpanzer wird sich unter dem Aufprall eines Schlages schließen. Je größer die Wucht eines Hiebes ist, desto fester wird er zusammengestoßen werden. Dem Maschengewirk als Ganzes wohnt die Eigenschaft der Kraft und Einheit inne, doch jedes einzelne Glied ist mit der Eigenschaft der freien und ungehinderten Bewegung ausgestattet; seit einiger Zeit weiß ich den Wert davon zu schätzen. Nun, soll ich so weitermachen, wie ich begonnen habe? Wenn Ihr mir das Erforderliche schickt ...«

»Ihr werdet es bekommen, Ihr werdet es bekommen!« flötete Nithaid geistesabwesend, während er hingerissen über den Kettenpanzer strich, als wäre es kostbare Seide. »Jawohl, stellt das Stück fertig, so bald Ihr könnt!« Dann sammelte er sich wieder und fügte unwirsch hinzu: »Ich habe es eilig. Der Sommer neigt sich dem Ende zu, und wenn die Herbstnebel fallen, werden die Räuber dreister; der König muß zu einem neuen Feldzug aufbrechen, wenn er nicht die weitere Unterstützung der Adeligen überall im Lande, die die Kosten tragen, verlieren will. Ich hasse es, in einer Rüstung zu kämpfen, in der ein Mann gestorben ist, und was ich einmal verliehen habe, paßt meinem Bauch nicht mehr. Also, schreibt alles auf, was Ihr braucht – aber verschwendet nichts, das rate ich Euch!« Er blickte sich mißtrauisch um. »Wie diese schweren Dachbalken, die Ihr unverschämt angefordert habt. Für jeden von ihnen hätte man eine Kavallerie-Schwadron einen Monat lang unterhalten können! Wenn man überhaupt eine so große auftreiben könnte, heißt das. In diesem Land herrscht ein gewaltiger Mangel an großen Holzbalken. Warum habt Ihr nicht einfach den Eichenwald dort oben auf dem Hügel abgeholzt, wie es meine Männer Euch geraten haben?«

Elof schnaubte ungehalten durch die Nase. »Jawohl, um beim nächsten Wintersturm das ganze Dach zu verlieren, wenn es nicht geschützt ist! Wie auch immer, Ihr spürt doch die Hitze des Feuers, selbst unter diesem hohen Dach; es bedarf gut abgelagerten Holzes, damit es die Hitze einer Schmiede längere Zeit aushält.« Er versagte sich die Bemerkungen, daß er die Bäume einfach zu gerne mochte; zum Glück war es höchst unwahrscheinlich, daß dem König ein solcher

Gedanke käme, obwohl Nithaids Geist nicht nur wach, sondern auch von regem Mißtrauen geprägt war. Es kostete Elof stundenlange harte Arbeit, ganz zu schweigen von der unglaublichen Geduld, die er aufbringen mußte, um den anderen davon zu überzeugen, daß das Holz und die Materialien, die er anforderte, unbedingt nötig waren. »Nun denn«, brummte Nithaid, während er einen letzten strengen Blick durch die Schmiede schweifen ließ, »zumindest könnt Ihr nicht behaupten, ich hätte Euch irgend etwas verweigert, Schmiedemeister. Wenn mein Hof so vollkommen wäre wie diese Schmiede, würde ich ein brauchbares Reich zurechthämmern, glaubt mir!«

»Würdet Ihr das?« fragte Elof kühl. »Ein Meister verachtet seine Werkstoffe nicht, König. Und obwohl die Schmiede immerhin wieder in einem so guten Zustand ist, wie sie einst war, ist sie bei weitem nicht vollkommen; ich brauche mehr Feuer! Heißeres Feuer, mehr Hitze, als ein normales Feuer hervorbringt. Hitze, um störrische Metalle zu schmelzen, um andere freizusetzen und aus ihrer Mischung neue Substanzen zu gewinnen. Zumindest brauche ich einen ganz bestimmten Ofen, um meine Studien und Versuche betreiben zu können. Amylhes hat bestimmt nicht ein Zehntel der Bücher in seiner Bibliothek verstanden, und auch für mich findet sich darin viel Neues, mit dem ich mich eingehend befassen muß.«

»Ach, tatsächlich? Und was bezweckt Ihr damit?«

»Was ist damit bezweckt, wenn ein Kind auf die Welt kommt? Ich habe erlebt, daß sich die abwegigsten Nebensächlichkeiten als wertvoll erwiesen. Wenn Wissen in meiner Reichweite herumbaumelt, dann muß ich danach schnappen, König, so wie Ihr nach der Herrschaft schnappt. Ich bin von einer einzigen Leidenschaft beseelt, und die liegt in tiefer Finsternis.«

»Dann laßt doch die Flamme Eures Herzens auflodern, um Euer Schmiedefeuer anzufachen! Nein, Ihr werdet keine kostspielige Konstruktion von mir bekommen; wenn Ihr eine größere Hitze wollt, müßt Ihr sie Euch selbst beschaffen. Und kümmert Euch inzwischen um diese Rüstung!«

Während Nithaids Boot ablegte und seine Wachen hastig in das andere kletterten, riß Elof die Fensterläden weit auf und sog die kühle Luft tief in sich ein. Roc grinste, als die Sonnenstrahlen in die Schmiede fluteten und den ganzen Ort luftiger, heller, schöner erscheinen ließen. »Du hattest recht, so war die Schau viel gelungener, da alles in Dunkelheit getaucht war! Das hat den Widerling ganz schön erschüttert, auch wenn er so ungerührt getan hat. Und sieh doch nur, wie eilig es die Wachen haben, von hier zu verschwinden! Sie sind bestimmt nicht wild darauf, so bald wieder nach Elan Ghorenhyan zu kommen!«

»Insel der Zauberer, so nennen sie sie doch, nicht wahr? Um so besser! Sollen sie nur eine tiefe Scheu davor haben, desto weniger für Nithaid spionierende Augen und Ohren werden uns hier belästigen. Und mit den Balken werden wir die Schmiede innerhalb einer Woche fertiggestellt haben.« Er wurde grüblerisch. »Abgesehen vom Ofen. Aber jeder gewöhnliche Ofen wird für unsere Zwecke kaum genügen. Er hatte recht, Roc; wir müssen selbst dafür sorgen...«

Die nötigen Dinge für die Rüstung trafen am nächsten Tag ein, von einem nervösen Bootsmann am Ufer aufgestapelt; es hätte nicht viel gefehlt, daß er die Flucht ergriffen hätte, als Elof sich ihm näherte. Nun machte sich Elof ernsthaft an die Arbeit, indem er starre Drähte aus Bronze und vielen anderen Metallen formte, sie bog und zu komplizierten Formen verschlang, wozu er leise bestimmte Worte sang; die meisten ließ er jedoch frei und biegsam, während er andere für die verletzlichen Flächen der Gelenke zu einem dichten Kettengewirk verband, das ihm geschmeidig wie ein dicker Stoff in den Händen lag, sich jedoch verhakte und sperrte, wenn er draufschlug. Das Formen der Platten war eine leichtere Arbeit, doch er erledigte sie mit ebensoviel Hingabe und schmückte die Flächen mit Mustern, die sorgsam so gewählt waren, daß sie jeden Stoß oder Aufprall ablenken würden. Dann verband er sie Stück für Stück mit dem Kettenpanzer und paßte sie gründlich derselben Form an, die Amylhes benutzt hatte. Es war eine schwere und stumpfsinnige Arbeit, die kaum einem Schmiedemeister wie Elof angemessen war, doch er warf sich mit solchem Eifer darauf, daß die Rüstung etwa drei Wochen später, als die Sklaven mit den neuen Dachbalken zurückkehrten, beinahe fertig war. Sie stand in einer Ecke der Schmiede auf der Form, ein groteskes, plumpes Gebilde, dessen Ähnlichkeit mit Nithaid seinem gepeinigten Geist erneut Qualen bereitete, die um so schlimmer waren, als er bis jetzt den Helm noch nicht geformt hatte und es kopflos war. Es verfolgte ihn Tag und Nacht, und er wäre es gern losgeworden; doch um seines Stolzes willen wollte er die Arbeit nicht noch mehr beschleunigen. In seinem Inneren wuchs jedoch eine seltsame Laune, und als Roc, der die Arbeiten am Dach beaufsichtigt hatte, den fertiggestellten Helm sah, war er entsetzt. »*Das* willst du ihm doch nicht etwa schicken?«

Elof zuckte mit den Schultern. »Warum sollte ich nicht? Er wird darin eine bessere Arbeit erkennen als jede andere, die er jemals zu Gesicht bekommen hat.«

»Mag sein, aber …« Roc fehlten die Worte. Und tatsächlich ließ sich die Wirkung des Helms nicht so leicht beschreiben. Er hatte denselben dunkelbronzefarbenen Ton wie die Rüstung und war hübsch mit Gold verziert; doch er war alles andere als ein schöner Anblick. Er saß in der Form eines Stierkopfes auf den breiten Schultern der Rüstung, lebensecht nachgebildet, so gut es nur jemand konnte, der in seiner Jugend solche Tiere gehütet hatte; seine Hörner waren nach unten, zur Stirn hin, gebogen, um Schläge abzuwehren, wie zum Angriff gesenkt. Doch das Gesicht hatte durchaus auch etwas Menschliches an sich, obwohl es schwierig war, dieses in einzelnen Zügen zu erkennen; der Anblick war insgesamt abstoßend, bedrückend, bedrohlich, in seinem Wesen brutal und gleichzeitig hellwach, überaus bestialisch in seiner Menschenähnlichkeit. Oder vielmehr in seiner Ähnlichkeit mit einem bestimmten Mann; denn der ganze Gesichtsschnitt und vor allem der Ausdruck der vorstehenden goldenen Augen, kalt und angsteinflößend, war unverkennbar. Obwohl dieser Helm eine Arbeit von meisterlichem handwerklichen Geschick war, der große Macht innewohnte, war er eine Verhöhnung, die genauer und tödlicher als jeder Pfeil treffen mußte, ein verzerrtes Abbild von Nithaid.

Elof wischte alle Einwände, die Roc vorbrachte, zur Seite; die Rüstung wurde verpackt und noch am selben Abend mit dem heimkehrenden Arbeitstrupp an Nithaid gesandt. Roc stöhnte auf, während sie beobachteten, wie das Boot vom Ufer ablegte, aber Elof schmunzelte nur. »Selbst er wird uns deswegen nicht umbringen, da dieses Werk doch einen so überzeugenden Beweis für den Wert liefert, den wir für ihn darstellen. Doch ich wünschte, ich könnte dabeisein, wenn man es ihm zeigt, um zu beobachten, welche widerstreitenden Gefühle in ihm toben, wie er zerrissen sein wird zwischen Gier und Stolz. Du hast gesehen, wie er das unvollendete Stück mit gierigen Augen begutachtet hat; was er jetzt wohl dazu sagen wird?«

»Na ja«, seufzte Roc, »vielleicht platzt ihm eine Ader vor Wut, das wäre wenigstens etwas. Wir können nur hoffen. Doch darüber mache ich mir nicht die größten Sorgen, sondern über *dich*. Du warst immer ein zuverlässiger Mensch, in all den Jahren, solange ich dich kenne, von dem Augenblick an, da du den Klauen des

Schmiedemeisters entronnen bist; eher der ernste Typ, nicht unbedingt der große Spaßmacher, aber trotzdem ein angenehmer Kamerad. Und jetzt? Auf einmal zeigst du diese launige, spöttische Seite, und dein Spott hat recht scharfe Zähne. Was ist denn nur in dich gefahren? Du veränderst dich.«

Elof legte die Stirn in Falten, und einen Augenblick lang hatte auch sein Gesicht den Ausdruck einer Stiermaske. »Du solltest lieber sagen, man hat mich verändert. Ständig unter Schmerzen leidend, meines Schwertes und der Freiheit, ja sogar der Fähigkeit zu gehen beraubt, was bleibt mir da anderes übrig, als meinen Späßen einen scharfen Biß zu verleihen? Aber ich bin immer noch ich selbst, Roc, keine Angst.«

»Du bist immer noch der Mann, den ich kenne, das stimmt«, brummte Roc. »Aber es gibt Anzeichen auf einen fremden Charakterzug, mit dem ich noch nicht vertraut bin und den ich fürchte; vor allem deinetwegen.«

Doch als die Wachen am nächsten Morgen wiederkamen, brachten sie Nachrichten vom König, die keiner von ihnen beiden erwartet hatte, und noch einiges andere. Nithaid, so ging aus dem Bericht des Feldwebels hervor, hatte die Rüstung lange Zeit schweigend betrachtet, als ob sie ihn in Erstaunen versetzte, während der Hofstaat den Atem anhielt. Dann hatte er ein wütendes Gekrähe ausgestoßen, wie ein jähzorniges Kind, hatte darauf bestanden, daß man ihm die Rüstung unverzüglich anlegte, und war während des restlichen Abends darin scheppernd überall im Palast herumgelaufen. »Und wenn mich nicht alles täuscht, hat er auch darin geschlafen«, prustete der Feldwebel heraus. »Auf jeden Fall habe ich beobachtet, wie er gleich im ersten Morgenlicht darin zu einem Ausritt aufbrach.« Er bedachte sie mit einem beinahe schelmischen Blick. »Eine Respektlosigkeit, wie ich sie noch nie erlebt habe, diese Ähnlichkeit! Ihr seid ein gerissenes Paar, Ihr zwei, trotz Eurer geschliffenen Worte! Halunken mit den besten Manieren!«

»Wollt Ihr damit sagen«, fragte Elof scheinheilig, »daß Ihr die Darstellung für geschmeichelt haltet?«

»Na ja, klar!« trompetete der Feldwebel. »Der König kommt darin recht gut zum Ausdruck, das läßt sich nicht bestreiten! Und er weiß es! ›Wartet nur, bis die Adeligen mich darin zu Gesicht bekommen‹, hat er mehrmals gesagt, ›das wird sie so einschüchtern, daß sie keine Zicken mehr machen. Und die Wilden an den Ufern des Veryas, sie werden die Beine in die Hand nehmen und losrennen.‹ Glaubt Ihr mir nicht? Na, dann glaubt mir wenigstens folgendes: Er hat mir jede Menge bestes Fleisch und allerlei Leckereien für Euch mitgegeben, so viel, daß Ihr zwei Tage lang feiern könnt, und ein ganzes Faß Wein nur für Euch. Meiner Meinung nach könnten so sehr Begünstigte ruhig einen Schluck spendieren, das viele Reden macht schließlich durstig ...«

»Bedient Euch, herzlich gern!« sagte Elof, müde auf seine Krücken gestützt.

»Meinst du nicht, Nithaid könnte sich vielleicht lediglich eine List ausgedacht haben?« gab Roc zu bedenken, als der Feldwebel betont wichtig zum Boot zurückstapfte.

»Könnte sein«, sagte Elof. »Schlau genug ist er bestimmt ... aber nein, du hast ja gehört, was der Feldwebel gesagt hat. Ihm hat die Maske auch nicht schlecht gefallen. Unter was für ein Volk sind wir da geraten? Was für ein Land ...«

An diesem Abend stieg Elof allein zur Hügelkuppe hinauf, und obwohl er nichts vom übermäßigen Trinken hielt, nahm er eine große Kanne Wein mit. Dort saß er lange Zeit auf einem Felsvorsprung und beobachtete die Sonne, die am scharlachrot und rauchfarben glühenden Himmel unterging, den Blick nach Westen gerichtet, wo so vieles war, das er verloren hatte.

Roc, der spürte, was in ihm vorging, ließ ihn bis lange nach Einbruch der Dunkelheit allein; als er sich schließlich nach ihm auf die Suche machte, fand er seinen Freund ohnmächtig zwischen den Wurzeln einer Eiche ausgestreckt. Er bewegte sich und stöhnte, als ob er von einem Alptraum heimgesucht wäre, doch am nächsten Tag war er zwar ein wenig angeschlagen von der Menge Wein, erinnerte sich jedoch an nichts, nur seine Beine, die bereits sehr gut verheilt waren, waren um die silbernen Fesseln herum wundgescheuert und bluteten wieder, als ob jemand daran gezerrt hätte.

Doch von jenem Tag an wurde Elof ruhiger und machte zumindest äußerlich den Eindruck, als hätte er sich mit seinem Los einigermaßen abgefunden. Er stimmte Roc bereitwillig darin zu, daß ihr Dasein auf der Insel mit dem Namen Elan Ghorenhyan an sich nicht besonders hart war; jeder von ihnen hatte in seinem Leben schon wesentlich Schlimmeres durchgemacht. Die Schmiede war recht behaglich und gegen schlechtes Wetter ganz gut geschützt. Vielleicht lag sie etwas einsam, aber nicht mehr als der Turm des Schmiedemeisters, in dem sie einen Teil ihrer Jugend verbracht hatten. Und es war tausendmal besser, als in Nithaids Palast gefangengehalten zu werden. Sie bot sogar einen kleinen Trost für sein schlimmstes Leid. Die Trauer über den Verlust Karas brannte immer noch in seiner Brust, aber wenigstens weilte er hier um einiges näher bei ihr, als wenn er zu Hause geblieben wäre; und das verstärkte die Wahrscheinlichkeit, daß er sie eines Tages vielleicht doch wiedersehen würde. Weiter mochte er nicht denken. Und auch Louhi war er hier näher; dieser Ort war ein guter Ausgangspunkt, um ihren Niedergang zu bewirken, und diese Aufgabe lag seinem Herzen am zweitnächsten.

Als der Herbst anbrach und kalte Winde aus dem Norden die Fluten des Großen Flusses aufpeitschten und die Insel umtobten, vergrub er sich noch tiefer in seinen Studien; diese waren sehr ergiebig, denn Nithaid hatte ihm nicht nur Amylhes' Bibliothek geschickt, sondern auch Schriftstücke und dicke Wälzer aus dem Palast. Zum größten Teil waren sie dreckig und in schlechtem Zustand, mit braunen Flecken und nach Schimmel riechend und manchmal sogar von Ratten angenagt; offensichtlich hatte der Feldwebel recht gehabt mit seiner Vermutung, daß im Palast wenig Bedarf an Büchern bestünde, und schon gar nicht an so schwierigen und umfangreichen Texten wie diesen. Für Elof waren sie jedoch von großem Wert, denn es waren nicht nur Werke über die Schmiedekunst darunter, sondern auch tiefgründige geschichtliche Abhandlungen und ausführliche Chroniken, eingehende Studien über die Erde und den Himmel und das Wasser, die seinen ruhelosen Geist von den Zwängen seines geschundenen Körpers befreiten und ihn beladen mit Fragen kreuz und quer durch die Welt schickten. Er arbeitete lange an guten Waffen und Rüstungen für Nithaids Höflinge und Adlige, doch das waren für ihn Kleinigkeiten, die sein Denken nur zur Hälfte in Anspruch nahmen. Während er abkühlende Brustplatten unter den Schlägen des Hammers in alle Richtungen drehte oder an den Schleifscheiben die Schneiden von Schwertern und Hellebarden schärfte, beschäftigte sich sein Geist mit merkwürdigen, rätselhaften Einzelheiten, die er gelesen hatte, reinigte und verfeinerte diese und fügte sie zu umfassenderen, kräftigeren Erkenntnisstrukturen zusammen.

So verging die Zeit – ein Jahr, von einem Herbst zum nächsten, und danach ein weiteres Jahr. In der Chronik findet sich wenig über diese Jahre der Gefangenschaft; die Chronisten gehen lediglich in der beiläufigen und oberflächlichen Weise darauf ein, wie sie alles behandeln, das ihnen nicht wichtig erschien oder auf das Elof nicht stolz sein konnte. Diese ganze

Zeit lag in der Düsternis geballter Gewitterwolken, doch dann und wann fiel ein helles Licht auf irgendein Ereignis, und in der Überlieferung hebt es sich wie ein deutlich ausgearbeitetes Relief gegen den Rest ab. Und genauso mußten solche Ereignisse Elof und Roc während ihres Sklavendaseins erschienen sein, wie seltene Blitze aus einem bedrückenden Himmel.

Wenn die Chronisten einige Vorkommnisse in allen Einzelheiten wiedergeben, während sie andere ganz außer acht lassen oder nur flüchtig streifen, so ist das nicht verwunderlich. Während all der Jahre seines Sklavendaseins tobte ein leidenschaftlicher Zwist im ganzen Land Kerys. Die Ekwesh fielen immer öfter in dieses Gebiet ein, anfangs in kleinen Gruppen und manchmal überraschend mit schlagkräftigen Armeen. Sie trachteten nie danach, Territorium an sich zu reißen oder auch nur länger als unbedingt nötig an einem Ort zu verweilen; sie kamen, um zu zerstören und zu plündern, und wenn sie ihr schauriges Werk verrichtet hatten, zogen sie weiter. Sie zu verfolgen war wie eine Jagd auf Quecksilber, doch es mußte irgend etwas gegen sie unternommen werden. Die Herren der Grenzgebiete, die am meisten unter ihren Überfällen zu leiden hatten, wurden mit Nithaids Führung immer unzufriedener; wofür sie eigentlich Abgaben an ihn entrichteten, wollten sie wissen, wenn er ihnen keinen Schutz gewährte? Doch diesen Schutz konnte er einfach nicht allen und jedem angedeihen lassen. Er mußte mehr oder weniger raten, wo der nächste Anschlag stattfinden würde, und dort seine Streitkräfte zusammenziehen oder Gefahr laufen, sie nach und nach zu verlieren. Oft, zu oft, irrte er sich, weil – so vermutete er – feindliche Augen ihn und seine Truppenbewegungen beobachteten. Das tat Elof auch, doch er verriet nie, wem seine Beobachtungen galten; und nur deshalb wird es erwähnt.

Diese großen Ereignisse behandelten die Chronisten

nur am Rande und aus der Ferne, wie auch Elof sie sah, und das nicht ohne Grund; denn letzten Endes war er es, um den es ging. Für die Bewohner von Kerys, die während dieser Zeit lebten, die zusehen mußten, wie ihre Felder verwüstet und ihre Häuser verbrannt wurden, wie ihre Familien umgebracht wurden und zuletzt vielleicht auch ihr Blut gefror, wenn sie es in den gleichgültigen Schnee vergossen, war es der Zusammenbruch einer Welt, und doch waren es kleine Dinge, das Fallen einer Feder, das Öffnen einer lange verschlossenen Tür, in denen die Wurzeln anderer Begebenheiten lagen, verglichen mit denen die Streitigkeiten beinahe wie eine Lappalie erschienen. Nicht einmal die Mächte, die von ihrem seltsam erhabenen Standpunkt aus die winterlichen Gemetzel oder die etwas weniger blutigen Auseinandersetzungen, die sich daran anschlossen, als Nithaid, der Stier mit der schwarzen Klinge, die Räuber bis zu der Schneegrenze zurückschlug und auf jeden verbrannten Baum einen Kopf aufspießte, als grausame Verhöhnung des Frühlings – nicht einmal sie konnten die Ereignisse mit der Sicherheit der Chronisten einschätzen. Denn ihr Urteil in seiner ganzen bitteren Ironie ist das der Zeit, und diese beherrscht so weitreichend Leben und Tod, daß beides letztendlich von geringer Bedeutung ist. Vielleicht hatte alles seinen tieferen Sinn, doch wenn das der Fall war, dann war er selbst den Mächten verborgen. Denn auch sie leben innerhalb der Grenzen der Zeit, und diese ist mächtiger als sie.

Elof und Roc ihrerseits verfolgten eifrig Nithaids Feldzüge, sofern irgendwelche Nachrichten darüber bis zu ihnen gelangten, und waren selbst für jede noch so knappe Kunde oder jedes Gerücht dankbar, das ihnen die Wachen, die ihnen Verpflegung brachten, übermittelten. Wenn der Feldwebel kam, war er die ergiebigste Nachrichtenquelle von allen. Die erste Botschaft, die er überbrachte, legte das Muster fest; daß nämlich Nithaid seinen spektakulärsten Sieg seit vielen Jahren über die Räuber errungen hatte, indem er in einer Reihe von aufeinanderfolgenden offenen Feldschlachten die Zahl einer starken gegnerischen Streitkraft immer weiter verringerte und sie über die Steppe im Norden zurückschlug; er selbst führte dabei den Kampf zu Pferde an, wie es seine Gewohnheit war, angetan mit der furchterregenden neuen Rüstung, der keine Waffe etwas anhaben konnte, wobei er mit einem schwarzen Schwert ein blutiges Gemetzel anrichtete, von dem bei den einfachen Soldaten das geflüsterte Gerücht ging, es sei das Geschenk eines finsteren Magiers. Im nächsten Frühling ging bereits die Sage, daß die Rüstung denjenigen, der sie trug, in einen wilden Tier-Menschen verwandelte, der über die Kraft von zehn Männern verfügte, und die Ekwesh fürchteten ihren Gegner inzwischen als einen Krieger der Mächte; viele flohen bereits beim Anblick des sich nähernden bronzefarbenen Brustpanzers mit dem Stierwappen. Elof wußte, daß all diese Erzählungen und die Kunde von den vielen Siegen der folgenden Jahre unvermeidlich Louhi zu Ohren kommen mußten, und schon der Gedanke daran, daß Gorthawer nun von Nithaids fetter Hand geführt wurde, ließ die Galle in ihm aufsteigen; es erfüllte ihn mit grimmiger Genugtuung und nährte seinen Drang, ihre Pläne zu durchkreuzen.

So waren er und Roc also alles andere als müßig. Sowohl im Text der Chronik als auch in Anmerkungen und Zeichnungen gibt es Hinweise auf ihre vielen Arbeiten und die vollbrachten Werke während dieser ersten Jahre ihrer Gefangenschaft; und wenn diese auch an sich nicht aufsehenerregend waren, so waren sie doch von unschätzbarem Wert für Nithaid und die Verteidigung seines Reiches. Zusätzlich zu den vielen hervorragenden Waffen, die die beiden Schmiede für die Adligen herstellten, schufen sie auch viele Vorlagen und Musterstücke, die weniger begabte Schmiede in großer Anzahl und zu geringen Kosten nachmachen und ihren Werken mit Hilfe feststehender Formeln sogar einfache Eigenschaften eingeben konnten, so daß jeder gewöhnliche Soldat ebenfalls bestens bewaffnet und gerüstet sein konnte. Es wird berichtet, daß auf diese Weise viele Leben gerettet wurden, und Nithaid genoß bei seinen Männern ein immer höheres Ansehen.

Als im zweiten Winter eine Stadt aufgrund ihrer unzulänglichen Befestigungsanlage, deren Mauern vom Frost gesprengt wurden und unter dem Gewicht des Schnees zusammenbrachen, in einer blutigen Schlacht den Ekwesh in die Hände fiel, wurde Elofs Interesse an der Kunst des Bauens geweckt, und er wandte auf sie einige Techniken des Schmiedens an, darunter die Prinzipien des Fließens und Brechens. Er schuf viele Entwürfe, und unter Nithaids Befehl und dem Ansporn der Angst wurden Soldaten und Sklaven zu fieberhafter Arbeit angetrieben, um sie in eine endgültige Form umzusetzen. Mauern wurden durch genau berechnete und zweckentsprechend gestaltete Strebepfeiler verstärkt und Tore mit raffiniert geformten Rampen versehen, so daß der Druck eines Angriffs sich gegen die Angreifer selbst richten würde, indem sie in Engpässe zwischen den Mauern gerieten oder in ein Labyrinth von Seitengängen gezwungen wurden, die unmerklich immer schmaler wurden, oder über Brücken, die dem Anschein nach fest wie Felsen waren, jedoch in Sekundenschnelle zum Einsturz gebracht werden konnten; die Tore öffneten sich häufig zu noch schlimmeren Fallen, indem sie die Angreifer in die Schußlinie der Verteidiger aus einem unerwarteten Winkel brachten oder sie gegen eine anderes, stärkeres Tor prallen ließen. Und im folgenden Sommer begann man mit dem Bau einer kaum überwindbaren Mauer durch den nordwestlichen Teil des Landes, die die verschiedenen

Festungen und befestigten Städte miteinander verband und die die Große Pforte als Verteidigungsanlage ersetzen sollte. Es sollte keine glatte Wand werden, sondern ein kompliziertes, kreuz und quer verlaufendes Gewirr von Ecken und Biegungen, manchmal nach dem bereits bekannten Muster durch eine Brücke oder einen Tunnel verbunden und mit verborgenen Fallen und Hindernissen versehen. Dies, wie alles andere, war Elofs ruhelosem Geist entsprungen, doch am Bauen selbst hatte er keinen Anteil, besuchte die Baustelle nicht einmal, denn Nithaid hatte ihm nach wie vor verboten, die Insel zu verlassen. Es stellte sich jedoch immer deutlicher heraus, daß der Bautrupp zumindest in mittelbarer Verbindung mit ihm stehen mußte, und deshalb genehmigte der König widerwillig, daß Roc zu der Baustelle ging und die auftretenden Probleme und Fragen an Elof weiterleitete. Anfangs wurde er dabei streng bewacht und in seiner Bewegungsfreiheit eingeschränkt, doch im dritten Herbst ihrer Gefangenschaft erwies sich das als zu hinderlich, und es wurde ihm gewährt, mit nur einigen wenigen Wachen zu reisen und mehr oder weniger nach seinem Belieben überallhin zu gehen. Er genoß diese Ausflüge aus vielerlei Gründen, und oft machte er bei seiner Rückkehr einen gepflegten und wohlversorgten Eindruck, doch Elof verübelte ihm nicht, daß er sich bei diesen Anlässen Zerstreuung suchte. Wenn ihm die Gesellschaft von Frauen gefehlt hätte, hätte Nithaid ihm diese zukommen lassen, wie er es mit allen anderen Annehmlichkeiten tat, doch er zuckte vor der Vorstellung zurück, als das verkrüppelte menschliche Wrack, als das er sich selbst sah. Er hatte auch wenig Lust, mit Sklavenmädchen zu schlafen, die es nicht wagen würden, ihn abzuweisen; und stets war Kara ein Flügelschlag quer durch sein Herz.

Im übrigen hatte er immer mehr Arbeit, als er bewältigen konnte, und als diese etwas nachließ, entwickelte er ausgeprägte eigene Interessen, die beinahe in Besessenheiten ausarteten und jede freie Minute ausfüllten, die er finden konnte. Es war die Suche nach einer größeren Hitze als die in seiner Schmiede erreichbaren. Viele der Texte, mit denen er sich umgeben hatte, enthielten Hinweise auf große Geheimnisse seiner Kunst, durch die sich angeblich hohe Hitzegrade herbeiführen oder entfesseln lassen konnten. Und eingesponnen in ein solches, wie eine Perle in einer Muschel, lag vielleicht das Geheimnis seiner Befreiung. Als der vierte Winter seiner Gefangenschaft hereinbrach, bekam seine Suche eine neue Dringlichkeit, denn es war bereits vor Jahresende bitterlich kalt; eisige Schneestürme fegten über Land und Fluß, und obwohl sich nur wenig Schnee auf die Insel legte, war sie doch für viele Tage hintereinander von der Stadt abgeschnitten, und obwohl die Schmiede warm blieb, neigten sich seine Brennstoffvorräte mehrmals dem Ende zu. Die Bäume der Insel stellten eine große Versuchung für ihn dar, doch er brachte es noch immer nicht über sich, sie zu fällen.

Also machte er sich daran, alles zu lesen, was er über das Wesen der Hitze finden konnte, und ging bei seiner Lektüre von den winzigsten Dingen der Natur zum großen Himmelsgefilde über; und doch hatte er den Eindruck, daß er nicht viel klüger wurde. Er beschäftigte sich mit dem seltsamen Zusammenhang zwischen Sonne und Glas; er betrachtete sie durch Rauchglas, schnitt dickes Glas in so scharfe Scheiben, daß sie ihr Licht in Streifen von wundervollen Farben teilte, er bündelte ihre Strahlen mit sorgsam geschliffenen Kugeln und Kugelsegmenten, bis feurige Hitze entstand. Doch selbst als er diese dann mit seinem Panzerhandschuh auffing, brachte es ihm nicht die heiße Strahlung, die er brauchte, und außerdem war die Sonne alles andere als konstant. Er dachte über den Panzerhandschuh an sich nach und erwog, neue Kristalle zu formen, die alle Formen von Hitze in sich aufnehmen und so steuern würden, wie es der eine in dem Panzerhandschuh tat, jedoch mit größerer Ausdauer und Intensität. Er hatte keinen Erfolg, sondern brachte nur solche schwächeren Kristalle zustande, wie sie die Duergar für ihre niemals erlöschenden Lampen benutzten. Von da an wurde der ständige Lichtschein der Schmiede zu einem neuen Orientierungspunkt für die Schiffer auf dem Fluß, doch einer, über den sie den Kopf schüttelten und vor dem sie ausspuckten. Und als er in dem übrigen Wissensschatz wühlte, den er dem alten Ansker und Ils verdankte, begann er mit Erkundigungen über die spezifischen Eigenarten einiger besonderer Metalle, die im allgemeinen für Schmiede keinen großen Nutzen hatten, da sie zu schwer oder selbst für Schmuckgegenstände zu weich waren. Doch einige der alten Texte bestätigten, was die Duergar angedeutet hatten, nämlich die unheimlichen Gefahren, die bei der Bearbeitung und Aufbewahrung solcher Materialien lauerten. Diese Erkenntnis erregte ihn, denn er vermutete darin die Verheißung einer gewaltigen Kraft, doch gleichzeitig führte er seine Forschungsarbeit eher zaghaft und sehr behutsam fort.

Sein Interesse wuchs an einem Material, das Steinblut genannt wurde und ein pechartiger Sickerstoff war, der in einigen südlichen Regionen des Landes aus dem Boden trat und auch in seiner Heimat vorkam, wenn auch seltener. Im allgemeinen war es nicht sehr geschätzt, denn es brannte in Lampen schlecht und roch abscheulich; nur die Ärmsten verwendeten es, doch als er den Bericht eines frühen Schmiedes las, erfuhr er, daß es bei dem Versuch, es zu reinigen, seltsame Substanzen gebildet hatte, einige davon sehr leicht entflammbar. Obwohl er seine Methoden der Reinigung wesentlich verfeinerte, bleib es schlecht verwertbar, und die Ergebnisse waren enttäuschend. Die

Aufbewahrung des aus dem Steinblut gewonnenen Extrakts erwies sich als unglaublich gefährlich, und mehr als einmal wäre die Schmiede beinahe bis auf die Grundmauern abgebrannt. Doch das brachte ihn auf den Gedanken, es für andere Zwecke einzusetzen, und durch die Mischung mit einer Vielzahl anderer Substanzen gelang es ihm im fünften Sommer seines Sklavendaseins, Nithaid eine Waffe von verheerender Wirkung in die Hand zu geben.

Zunächst nahm er Teer in zäher Form, mischte ihn mit Schwefel, Wachs und pulverisierten seltenen Metallen zu einer klebrigen Paste, die zu einer Kugel gedreht und brennend von einem Katapult abgeschossen wurde. Wo diese landete, blieb sie haften und brannte und konnte nicht ohne weiteres entfernt oder gelöscht werden; wenn ein solches Geschoß gegen Wände oder Dächer aus Holz prallte, hatte es eine entsetzliche Wirkung, und wenn es zwischen dicht gedrängten Fußtrupps oder Reitern landete, konnte es höchste Panik auslösen. Mit Hilfe dieser Waffe konnte die Belagerung eines abgelegenen Turms aufgehoben und die Stadt eines kleinen Adligen, der in seiner Verzweiflung versucht hatte, sich mit den Räubern zu verbünden, blutig genommen werden. Doch die Ekwesh hatten inzwischen die Hauptarme des Flusses erreicht und genügend Schiffe gekapert, um eine echte Gefahr für den Verkehr darauf darzustellen. Elof gewann durch Destillation eine dünnere Substanz, die auf der Oberfläche schwamm, wenn sie in Wasser geschüttet wurde, und dort in Brand gesetzt werden konnte, um ein flammendes Hindernis gegen feindliche Schiffe zu bilden. So wirksam diese Maßnahme auch war, so hatte sie doch erhebliche Nachteile, vor allem den, daß die Flammen anfällig dafür waren, vom Wind nach hinten getrieben zu werden, bevor das eigene Schiff aus ihrer Reichweite war; außerdem konnten die Ekwesh, nachdem sie die Taktik durchschaut hatten, rechtzeitig das Weite suchen. Wenn es von einer Brustwehr geschüttet wurde, explodierten die Flammen häufig noch vor der Mauer und hüllten sowohl Verteidiger als auch Angreifer ein. Als die Kunde davon Elof zu Ohren kam, arbeitete er unermüdlich und angestrengt, indem er wieder einmal in seiner Erinnerung an die Zeit bei den Duergar und ihre geheimnisvollen Waffen forschte und noch eine weitere Essenz aus dem Steinblut gewann, diesmal ein dünnes Gelee, das durch eine Pumpe gedrückt werden konnte. Selbst mit den groben Röhren, die verwendet wurden, um die Bilge kleinerer Fischerboote zu reinigen, konnte man diese Masse durch die Luft schleudern, um das Segel eines Gegners zu zerfetzen, wo ein Pfeil mit dem geringsten Funken sie in Brand setzen würde. Von größeren Schiffen aus konnten Spezialpumpen eine dichte Wolke davon in die Luft sprühen, die gleichermaßen Segel, Kleidung und Deck tränken würde; wenn man besonders waghalsig war, konnte man auch einen heißen Draht an der Mündung der Pumpe anbringen und dann alles im Umkreis in hohen Flammen, die es mit dem Atem eines Drachen aufnehmen konnten, auflodern lassen. Nach einiger Zeit veranlaßte der bloße Anblick von Pumpen und Feuerpfeilen selbst die hartgesottensten Räuber, zurückzuweichen und den Angriff zu verzögern, wenn nicht gar, ihn ganz aufzugeben. Auch am Land war diese Waffe wirkungsvoll, da sie in der Lage war, ihren tödlichen Auswurf hinter eine belagerte Mauer oder bis in die hintersten Reihen eines Angriffstrupps zu schleudern und so dessen Schlagkraft zu spalten. Des Schmiedemeisters Feuer, wie es genannt wurde, war nicht der letzte Schluß einer Waffe; ihre Herstellung war gefährlich, ihre Aufbewahrung war gefährlich, und am gefährlichsten war ihre Anwendung in der Panik einer Schlacht, wo sie mehr als einmal den Tod jener forderte, die unachtsam damit umgingen. In der Kälte des fünften Winters, als die Bösartigkeit des Eises einen neuen Höhepunkt erreicht hatte und die abgehärteteren Ekwesh im Vorteil waren, brannte ihre Flamme schwächer und weniger verläßlich. Dennoch, Elof hatte die Leute, die ihn gefangenhielten, mit dem schrecklichsten Kriegsgerät ausgestattet, das jenes alte Land jemals gesehen hatte; seine Auswirkungen sollten sich als sehr dauerhaft und weitreichend erweisen.

Das waren also die Dinge, mit denen sich Elof während der ersten fünf Jahre seiner Gefangenschaft beschäftigte. Er wandte sich jedoch nicht ganz und gar von der Welt ab, im Gegenteil, er zeigte noch immer ein beinahe fanatisches Interesse am Fortgang von Nithaids Feldzügen, sofern er irgend etwas darüber erfuhr. Doch je höher sein Ansehen als Zauberer stieg, desto spärlicher waren die Nachrichten, die zu ihm gelangten. Selbst die Wachen scheuten sich jetzt davor, länger als unbedingt nötig bei ihm zu verweilen und mit ihm zu reden, mit Ausnahme einiger ganz weniger, die ihn noch aus der Anfangszeit kannten; nur der Feldwebel pflegte auf eine Karaffe Wein und einen kleinen Schwatz zu bleiben, und manchmal, wenn der starke Wein ihm zu Kopf gestiegen war, ließ er einige Worte darüber fallen, in welch hohem Ansehen er wegen seines Wagemuts bei seinen Leuten stand. Ansonsten bekam Elof nur noch sehr wenige Menschen zu Gesicht. Der König hatte angeordnet, daß niemand ohne ausdrückliche Erlaubnis den Fuß auf die Insel setzen dürfe, und die meisten waren froh, es dabei zu belassen. Als ein Fischer während eines Wintersturms dort Schiffbruch erlitt, hätten Elof und Roc ihn nur allzugern bei sich aufgenommen, doch der Schiffbrüchige wollte nicht in die Nähe des ›Turms der Zauberer‹ kommen, sondern verbrachte lieber die ganze Nacht in peitschendem Regen und heulendem Wind im Freien und schien unendlich erleichtert zu sein, am nächsten Morgen von einem Wachboot aufgelesen zu werden, dem er sich durch Zeichen bemerkbar gemacht hatte.

Das, was einem Besucher am nächsten kam, erschien eines frühen Morgens, als sie von einem lauten Gepolter, das aus der Schmiede heraufdrang, aus dem Schlaf gerissen wurden. Als sie sich eilends erhoben und zu den Waffen griffen, stellten sie fest, daß eins der kleinen Mammuts hereinspaziert war und sich an einigen übriggebliebenen Früchten gütlich tat; es lieferte ihnen eine wilde und Scherben fordernde Jagd zwischen den Werkbänken, wobei es Rüssel und Schwanz in der Schwebe hielt und ohrenbetäubend schrie und trompetete, bevor sie es schließlich hinausscheuchten. Darüber hinaus wurden sie zwischen einem Monatsende und dem nächsten selten gestört.

Elof hatte also noch einen weiteren Grund, über Rocs häufige Ausflüge froh zu sein. Er begrüßte sogar Nithaids gelegentliche Besuche, wenn dieser neue Arbeiten in Auftrag gab und er ihn seinerseits in einer geschickt gesteuerten Unterhaltung über den Stand des Krieges und das Vordringen des Eises ausfragen konnte. Anfangs verhielt sich Nithaid wortkarg und gab nur knappe Antworten, doch im Laufe der Jahre erschien er immer häufiger in der Schmiede, und manchmal ganz ohne ersichtlichen Grund. In der ersten Zeit brachte er hin und wieder den einen oder den anderen seiner Söhne mit, um ihm irgendeinen Gegenstand zum Geschenk zu machen, den er in der Schmiede hatte anfertigen lassen, Rüstungen oder Waffen, die einem jungen Prinzen angemessen waren; doch oft blieb er, nachdem das Geschäftliche erledigt war, noch lange zum Gespräch da, obwohl die Jungen, deren Gier fürs erste befriedigt war, sich langweilten und lautstark zur Rückkehr drängten. Allmählich dämmerte es Elof, daß auch der König diese Besuche bei Männern genoß, mit denen er sich unverblümt unterhalten konnte und von denen er ebenso unverblümte Antworten bekam, ohne Angst und ohne das Buhlen um seine Gunst. Er verbrachte so manchen Abend viele Stunden in der Schmiede, trank gewürzten Wein mit dem Mann, der geschworen hatte, ihn umzubringen, und schluckte Worte harter Kritik am Zustand seines Reiches. Es waren seltsame Abende, denn zwischen König und Gefangenem herrschten nicht die geringsten freundlichen Gefühle; manchmal war die Luft von ihrem Haß wie von Schwefel erfüllt. Doch gleichzeitig bestand auch eine Art Kumpelhaftigkeit zwischen ihnen, das Gefühl, in derselben Schlacht Seite an Seite zu stehen und an einem gemeinsamen Strang zu ziehen; Elof war begierig, alles zu erfahren, was ringsum geschah, und manchmal hatte es beinahe den Anschein, als suche der König bei ihm Rat. »Und er braucht nicht einmal darum zu bitten!« bemerkte Roc zynisch. »Das erspart es ihm, sich erniedrigen zu müssen. Er weiß, daß du nur allzu bereit bist, ihm die Meinung zu sagen.« Das stimmte, denn obwohl Elof seine Qualitäten auf dem Schlachtfeld hoch einschätzen mochte, machte er niemals einen Hehl daraus, daß er für seine Art der Herrschaft nichts als Verachtung übrig hatte. Das geschah nicht nur, um eine Laune von ihm zu befriedigen; es war vielmehr eine Art Taktik von ihm, daß er Nithaid provozierte, um dadurch mehr zu erfahren.

»Das arme Volk dieses Landes?« brauste Nithaid eines dunklen Nachts im sechsten Winter auf, als Elof ihn wieder einmal mit einem Zornesausbruch überschüttete. »Was tut Ihr den Leuten denn Gutes, da Ihr so sehr darauf erpicht seid, mich tot zu sehen? Wo wären sie denn ohne mich? In Fetzen gerissen zwischen den Zähnen der streitenden Barone, das wären sie! Und danach eine leichte Beute für das Eis. Wer, meint Ihr, würde meinen Platz einnehmen? Ihr vielleicht, wie? Ist es das, was Ihr anstrebt? Bildet Ihr Euch ein, sie würden einem hinkenden Kesselflicker folgen?« Er senkte die fleischige Nase geräuschvoll in sein Weinglas und stieß einen tiefen, donnernden Seufzer aus. Die Furchen in seinem Gesicht wirkten tiefer denn je, und Elof bemerkte mit einem überraschten Zucken der Mundwinkel, wieviel grauer das Haar seines Gegenübers seit ihrer ersten Begegnung geworden war. »Nein, Valant', wenn Ihr den armen Arbeitstieren wirklich helfen wollt, dann werdet Ihr bei Euren Leisten bleiben und alle Spinnereien vergessen. Sie sind dazu geboren worden, zu schuften und geschlagen zu werden, es liegt ihnen im Blut; sie sind nicht mit so viel Feinfühligkeit gesegnet, daß sie Schmerzen auf dieselbe Weise empfinden könnten wie höhergeborene Menschen. Oder auch nur wie Schmiedemeister! Wenn ein starker König ein Reich regiert, in dem Ruhe herrscht, dann geht es ihnen am besten; das wissen sie auch, alle, mit Ausnahme einiger Quertreiber, und diesen Zustand werden sie von mir bekommen. Der Thron ist kein bequemer Sessel, aber ich beabsichtige noch nicht, ihn zu räumen, weder für Euch noch für irgend jemanden sonst. Zumindest solange meine Söhne noch nicht das entsprechende Alter erreicht haben ...«

Als er gegangen war, sah Roc Elof mit einer schiefen Grimasse an. »Das, was er da von sich gegeben hat, hat sich in meinen Ohren gar nicht gut angehört!«

»In meinen auch nicht«, pflichtete Elof nachdenklich bei; er erinnerte sich nur allzugut an die freudig geröteten Gesichter der beiden Knaben, während sie seiner Folterung zusahen, und an die leuchtenden, gierigen Augen. »Du hast doch bestimmt einiges über diese Jungen gehört. Sind sie wie ihr Vater?«

»Ich habe allerlei gehört«, brummte Roc angewidert. »Bei Hofe wird genügend über sie geklatscht. Jawohl, es wird erzählt, daß sie genauso seien wie er, aber ich glaube es nicht. Sie sind zu zweit, Geraidh und Kenarech, und nicht weit voneinander entfernt, wobei das Alter den geringsten Ausschlag gibt.«

»Also eifersüchtig?«

»Ja, so habe ich es gehört, obwohl sie einander so ähnlich sind. Einer auf den anderen, doch noch mehr jeder auf den Vater, trotz der vielen Geschenke, die sie von ihm bekommen, und der Art, wie er sie verwöhnt. Doch sie zeigen es nicht; sie sind sehr darauf bedacht, vor ihm die ergebenen Söhne und einträchtigen Brüder zu spielen, und vor dem gewöhnlichen Volk die unbekümmerten Aufschneider – doch das hindert sie nicht daran, ihren Zungen vor den Dienern freien Lauf zu lassen oder vor den Sklavenmädchen anzugeben, mit denen sie ins Bett steigen. Auf diesem Weg kommt mir aller Klatsch zu Ohren, denn die Mädchen mögen sie überhaupt nicht; geile junge Schweine, dazu noch mit dreckiger Phantasie – das sind die Worte, mit denen sie beschrieben werden. Innerhalb der Streitkräfte haben sie jedoch eine erhebliche Anhängerschaft, und auch beim Volk. Nithaid ist in ihren Augen ein zu strenger Zuchtmeister, und sie werfen ihm darüber hinaus vor – du wirst es kaum glauben –, daß er die Ekwesh nicht längst vertrieben hat. Es hat fast den Anschein, als ob die Knaben sich nach Kräften bemühten, diese Einstellung zu fördern...« Er machte eine vielsagende Pause.

»Willst du damit sagen, sie haben bereits ein Auge auf die Nachfolge geworfen? Bevor sie überhaupt das entsprechende Alter erreicht haben?«

»Es würde mich nicht im geringsten überraschen. Nithaid war in ihrem Alter nicht weniger scharf darauf; doch er arbeitete schwer, um das Königreich zu erben, und kämpfte hart und brutal für seinen Vater, um die aufständischen Adligen und die Ekwesh-Räuber niederzuschlagen. Diese beiden sind offenbar nicht aus demselben Holz geschnitzt; sie wollen alles auf die leichte Art erringen, und zwar sofort. Es wurde davon gesprochen, einigen der besonders ungehaltenen Adligen entgegenzukommen und ihnen um des Friedens willen eine örtlich beschränkte Unabhängigkeit zu gewähren…«

»Oder um ihrer Unterstützung willen«, sinnierte Elof. »Aber sehen die jungen Narren denn nicht ein, daß das zu keinem Ziel führt, sondern nur den Zwecken der Ekwesh dient? Sie sind von demselben skrupellosen Ehrgeiz besessen wie Nithaid, jedoch ohne mit dessen Weitsicht oder Willenskraft gesegnet zu sein. Sie sind bereit, die Zukunft zu verkaufen, um den Augenblick zu erwerben… Ich bin froh, daß ich mir bei der Herstellung dieser Rüstung so viel Mühe gegeben habe, Roc. Es wäre mir nicht recht, wenn Nithaid etwas zustoßen würde, noch nicht!«

Dieser Gedanke tröstete ihn bis zu einem gewissen Grad über den Verlust Gorthawers hinweg; denn so wurde sein Schwert wenigstens in den Kampf getragen, wie er selbst es nicht mehr tun konnte, und ihm kam zu Ohren, daß Nithaid mit der schwarzen Klinge in der Hand größere Taten vollbrachte als jemals zuvor. Dieser sechste lange Winter seiner Gefangenschaft war die erste Zeit während Nithaids Regentschaft, in der kein einziger Ekwesh-Überfall erfolgreich in das Herzland eindrang; die meisten wurden in dem wilden Gebiet im Norden abgewehrt und zurückgeschlagen, und die wenigen, die durch die Verteidigungslinie schlüpften, scheiterten an den neuen Befestigungsmauern, ohne Schaden anrichten zu können. Doch weder Klinge noch Mauern konnten das Wetter beeinflussen, und wo die Ekwesh nicht hingelangen konnten, besorgten die Unwetter das ihre. So entstanden Belagerungszustände durch Sturmfluten und Treibschnee, und nach ihnen kam, leiser und tödlicher, der Frost, um in stillen Nächten die Steine zu zerreißen und die tödlichen Hände auf die Herzen jener zu legen, denen es an ausreichendem Schutz und Brennmaterial mangelte. Das war jedoch nicht die einzige Folter der Nacht; die Kälte trieb rudelweise hungrige

Wölfe aus den unbewohnten Landstrichen heran, und ebenso die riesigen Waldbären samt anderer wilder Tiere, einige davon von bisher nicht bekannter Stärke und Roheit. Aus Pferchen und Ställen drangen immer wieder schreckliche Schreie, die von vor Angst wahnsinnigen Tieren ausgestoßen wurden, und die meisten Menschen fürchteten sich, zu ihnen zu gehen, obwohl ihre ganze Habe und ihre Lebensgrundlage in Gefahr waren, um so mehr, als viele, die es doch wagten, nicht zurückkehrten und im ersten Licht des nächsten Morgens zerfetzt zwischen ihren Herden gefunden wurden. Die Tiere, die so etwas angerichtet hatten, wurden niemals gefangen und nicht einmal deutlich gesichtet, und es waren so mannigfaltige unglaubliche Berichte über sie im Umlauf, daß es schien, als sei ihre Zahl sehr groß; doch die Art der Überfälle war stets dieselbe; die Schädel waren zerschmettert und das Gehirn verzehrt. Oftmals wurden auch Wanderer auf überwucherten Pfaden auf diese Weise angegriffen, und zwar von etwas, das auf einem dicken Ast über ihren Köpfen lag und mit einer gewaltigen Pfote nach unten schlug; doch auch dieser Vorgang wurde niemals eindeutig beobachtet. Und bei Sturm und Schneegestöber stapften noch viel seltsamere Wesen einher, und Männer, die es gewagt hatten, sich von ihren Siedlungen zu entfernen, blieben vermißt, bis die Schneeschmelze ihre abgenagten Knochen freilegte. In klaren Nächten lauerten dürre Schatten mit spinnenartigen Gliedmaßen im Gestrüpp auf unachtsame Wanderer oder kletterten unter einem verhangenen Mond durch unverschlossene Fenster, um den Lebenssaft aus den dahinter Schlafenden zu saugen.

»So etwa muß es beim Niedergang von Morvan gewesen sein, Roc«, sagte Elof in einer solchen Nacht gegen Ende des Winters, als sie vor dem Schlafengehen ihre Tür öffneten, um den Yskianas zu betrachten, der im Licht der Sterne funkelte. Das gegenüberliegende Ufer schimmerte weiß vor Schnee, doch auf der Insel bedeckte nur eine dünne Schicht das Gras. »Erinnerst du dich, was Korentyn darüber sagte?«

»Ja, das tue ich. Aber Kerys ist noch weit vom Niedergang entfernt. Die Gletscher befinden sich noch ein ganzes Stück von den Außenmauern weg.«

»Aber bei Bedarf können sie sich sehr schnell vorwärts bewegen. Und Louhi sprach davon, daß lediglich das Gleichgewicht ein klein wenig verschoben zu werden brauchte, um die Welt kälter zu machen... aber wie? Dieses große Land unter sich zu begraben ist selbst für das Eis keine leichte Sache.«

Roc machte ein nachdenkliches Gesicht. »Wenn es ein Zufrieren des Yskianas bewirken könnte, wie es mit dem Großen Wasser von Morvan geschehen ist... aber nein, das kann nicht funktionieren...«

»Nein. Seen sind eine Sache, Flüsse, auch wenn sie die Breite eines Sees haben, eine andere. Das äußerste, das Louhi und ihre Konsorten unternehmen könnten, wäre, die Schleusentore der Großen Pforte einzufrieren und den hereinströmenden Hauptfluß zu dämmen, und ich vermute, sie hätten erhebliche Schwierigkeiten, das zu erreichen, bis das Eis selbst vom Meer her nach Süden käme...«

Seine Stimme bebte; er hustete und würgte, kam wieder zu Atem, und plötzlich wirbelte er die Krücken herum und schwang sich hastig durch die Tür hinaus in die Dunkelheit. Roc, der erstaunt hinter ihm herstürzte, sah, wie er eine Hand zum Himmel streckte, als ob er nach dem Mond oder den Sternen greifen wollte. Doch dann sah auch er den Schatten, der über dem Schnee schwebte, und die Gestalt, die ihn warf und die sich schwarz vor dem schimmernden Himmel abzeichnete, während sie zu ihnen herabschwebte. Sie kam tief herunter, immer tiefer, den langen Hals anmutig vorgereckt, die Mondstrahlen in sanftem Gleitflug durchquerend und die stille Luft mit dem langsamen Rhythmus ihrer Flügelschläge erschütternd; sie schwebte dicht über Elofs Kopf, so dicht, daß der von ihren ausgebreiteten Flügeln verursachte Luftstrom seine zerzausten Haare hochhob, doch für eine Berührung nicht ganz nah genug. Verzweifelt griff er nach oben, die Arme zu einer ungestümen Umarmung ausgebreitet, und schrie, so laut er konnte, einen Namen, der wie ein Todesschrei klang. *»Kara! Bleibe! Kara! Bleibe doch nur eine kleine Weile!«* Er vollführte die Bewegung des heftigen Umfangens, doch vergebens, denn sein Schrei war noch nicht ganz verhallt, da hoben sich die dunklen Schwingen über den Dachfirst und verschwanden zwischen den schneebehangenen Kronen der Eichen. Er sackte auf das gefrorene Gras und brüllte vor Zorn und Enttäuschung laut auf. *»Diese verdammten Leichenbeine ... Kara! Ach, Kara!«*

Er rief ihren Namen immer wieder und wieder, doch der große Schwan kehrte nicht zurück. Seine starke Stimme trug hinaus in die eisige Stille der Nacht, über den Fluß im Herzen der Welt, und es schien, als zitterten die Fluten zur Antwort und als schwankten die Spiegelungen der Sterne. Doch es war nichts weiter als ein Windhauch, der heranwehte und die blattlosen Bäume über ihm bewegte und das Gras unter ihnen rascheln ließ. Elof, der nach seinen Krücken tastete, sah mit trübem Blick darauf hinab.

»Roc«, sagte er in einem vollkommen veränderten Tonfall, unbestimmt und zerstreut. »Ich habe dieses Gras in letzter Zeit wenig beachtet. Jetzt fällt mir auf, daß kaum noch Schnee darauf liegt ...«

Roc zuckte mit den Schultern und half ihm wieder auf die Beine. Die plötzliche Vision hatte ihn beinahe ebenso sehr erschüttert wie Elof; er war froh über jedes andere Gesprächsthema. »Hier liegt nie viel Schnee, es ist jeden Winter dasselbe ...«

»Ja ... bei Hellas Feuern! Was für ein Idiot war ich doch, daß ich daran nicht gedacht habe! Und diese

Schmiede, so warm und behaglich ... Roc, wer immer es gewesen sein mochte, der sie als erster gebaut hat, er muß ein großartiger Schmied gewesen sein, der sich eine ihm angemessene Schmiede, eine ebenso großartige Schmiede errichtete. Das hätte ich auf den ersten Blick erkennen müssen!«

Roc sah ihn mit einem fragenden Blick an. Er hatte offenbar fast schon vergessen, was er gesehen hatte. »Aber du hast es doch erkannt! Wir beide haben es erkannt. Also?«

»Legt das nicht die Vermutung nahe, daß auch er eine sehr große Hitze brauchte?«

»Kann sein; ja, kann durchaus sein. Doch woher immer er sie bekommen haben mag, sie ist nicht mehr da.«

»Wirklich? Komm mit hinein – komm!« Er humpelte zu der Werkbank, die mit den Aufzeichnungen über seine derzeitigen Studien bepackt war und sich unter dem Gewicht von Büchern und Notizen bog. »Ich habe so viele Formen der Hitze erforscht!« Er nahm Stapel von Pergamentfetzen, Tafeln und Holzplatten hoch und schleuderte ein Stück nach dem anderen zur Seite. »Die Sonne! Kristalle! Steinblut! Seltene Metalle! Und während der ganzen Zeit habe ich vollkommen vergessen, was so offensichtlich auf der Hand lag!« Er zog eine Landkarte aus dem Durcheinander, räumte mit einem einzigen Schwenk seiner Krücke einen Teil des Tisches von Werkzeugen frei und breitete die Landkarte darauf aus.

»Roc, du bist inzwischen weit genug im Land herumgekommen, um mir sagen zu können ... diese *Loskveneth,* diese Feuerberge, ähnlich denjenigen, die wir gesehen haben, wo genau liegen sie? Nein, deute nicht mit dem Finger drauf, markiere die Stelle mit diesem Kohlestift hier ...«

»Nun ...«, setzte Roc langsam an und fuhr dann mit wachsender Verstörtheit fort: »Muß es jetzt gleich sein? Ich brauche mein Bett, ich bin zu müde, um mich zu erinnern. Ich weiß nicht, wo sie im einzelnen sind – es gibt zu viele, große und kleine; es hat den Anschein, als hätten sie sich in letzter Zeit ausgebreitet, und an manchen Orten stehen viele von ihnen dicht zusammen...«

»Nur die größten – und zeichne die Stellen ein, wo sie in Gruppen stehen – ja, so...«

Gähnend strengte Roc seinen müden Geist an und zeichnete Kreise mit dem Kohlestift, hier und da, wie es ihm in den Sinn kam, in keiner bestimmten Reihenfolge. Doch nach einer Weile hielt er inne, betrachtete die Karte blinzelnd und fluchte.

»Ja?« fragte Elof eifrig.

»Das... du hast das vorausgesehen, nicht wahr? Bestimmt hast du es vorausgesehen, deine Katzenaugen verraten es. Oder... hat dir jemand etwas ins Ohr geflüstert?«

»Was vorausgesehen?« grinste Elof.

Rocs Mundwinkel zuckten ungeduldig, und er machte einen einzigen heftigen, kratzenden Strich quer über die Landkarte und hielt sie Elof unter die Nase. *»Das!«*

Elof pfiff leise durch die Zähne. »Daß sie ein Muster ergeben würden, ja. Ich habe einiges über die Strömung von Erdfeuern vom Schmiedemeister gelernt, und noch mehr bei den Duergar – daß es im Innern der Erdhülle riesige, sich verlagernde Kraftfelder gibt, daß die Hülle entlang vieler Linien gerissen ist...«

»Wie Sprünge in ermüdetem Metall, meinst du?«

»Ja, so ähnlich. Und genau entlang dieser Linien brechen die Erdfeuer am stärksten aus. Eine solche verlief in unserer alten Heimat durch den Meneth Scahas und durch den Gebirgszug von Nordenbergen, während es in unserem Ostland fast keine davon gab, und auch keine Feuerberge. Hier indessen... Aber ich hatte keinesfalls vorausgesehen, daß die Linie *so* verlaufen würde!« Sein Finger fuhr dem dunklen Kohlestrich nach, der die gekennzeichneten Feuerberge in einer einzigen geraden Linie verband, schnurgerade durch das Land Kerys. Und nach etwa zwei Dritteln der Strecke entlang dieser Linie verlangsamte sich der Finger und hielt schließlich inne, und ein Beben der Erregung schwang in Elofs Stimme mit. »Und auch nicht, daß Elan Gorhenyan direkt darauf liegen würde!«

»So genau läßt sich das nicht sagen!«

»Ziemlich genau! Irgendwo hier, irgendwo in dieser Gegend ...«

»Ach ja?« unterbrach Roc ihn, als er sah, wie Elof aufgeregt wie ein Jagdhund eine heiße Fährte verfolgte. »Kennen wir inzwischen nicht jeden Winkel dieser Insel – wer könnte sie besser kennen als wir? Haben unsere Füße nicht jeden Fleck auf ihr berührt – jawohl, auch deine – während all der Jahre, die wir nun schon hier sind?«

»Die Wärme, der halbgeschmolzene Schnee!« gab Elof heftig zurück.

»Nun gut, aber wie sollten wir daran gelangen? Haben wir die Schmiede nicht sogar in Ruinen und bis auf die Grundmauern abgetragen gesehen und ihren Wiederaufbau miterlebt? Wo könnte also irgend etwas verborgen sein?«

Elof sah ihn einen Augenblick lang an, dann schnippte er mit den Fingern und schwang sich auf seinen Krücken herum. Er wandte sich dem letzten Raum zu, der noch von dem alten Haus übrig war und der als Rocs Schlafzimmer diente. Aber Rock packte ihn am Arm.

»Nein, verdammt noch mal! Du wirst nicht anfangen, die Wände und den Boden herauszureißen, bevor ich zumindest noch diese Nacht meinen Schlaf bekommen habe! Wenn irgend etwas hier ist, dann wird es morgen früh nicht verschwunden sein.«

Elof starrte ihn dann, dann brachte er ein halbherziges Lächeln zustande und hob die Hände zu seiner Verteidigung hoch. »Nun gut, verschieben wir es bis morgen früh!« Und er gab sich den Anschein, als freue er sich nicht weniger als Roc auf den Schlaf; es sah ganz so aus, als hätte er das Erscheinen das Schwanes tatsächlich ganz und gar vergessen. Doch mehr als einmal wurde Roc während der Nacht durch das ruhelosen Pochen der Krücken auf den Boden der Schmiede geweckt sowie durch eine murmelnde Stimme, die vor sich selbst immer wieder dieselben Fragen wiederholte und deren Ton immer verzweifelter wurde. »Die Feuer... *was hat sie hierhergeführt*... was hat sie gemeint... was konnte sie hoffen zu erreichen... würde es sich nicht gegen sie wenden... war es Hohn... war es das? *War es das?*«

Roc empfand Mitleid für seinen Freund, und er war um ihn besorgt, trotzdem zwang er sich, sich herumzudrehen und sich die Ohren mit der Decke zuzustopfen. Doch er fluchte laut, als er im ersten frühen Morgenlicht von Elof geweckt wurde; dieser hing gebeugt auf seinen Krücken und riß ein Stück Holz aus der hinteren Wand. Roc griff nach einem Stiefel und holte zum Werfen aus, doch er hielt inne, ließ sich in seine Decken zurücksinken und starrte die Fläche an, die sich offenbarte.

Sie war einst mit derselben Art von sandigem Putz bedeckt und fest mit dem Fels ringsum verbunden gewesen; damals mußte die neue Oberfläche schwer von der alten zu unterscheiden gewesen sein. Doch jetzt war der Putz verfallen, und er zerbröselte wieder zu feuchtem Sand, nachdem das gewaltige Gewicht der Jahre plötzlich von ihm abgehoben worden war. Darunter war eine Ansammlung schwerer Steine; einige sahen aus, als wären sie auf natürliche Weise dorthin gefallen, andere wirkten wie hastig und nervös von Hand aufgeschüttet. Elof war bereits dabei, diese wegzuziehen, und er fand darunter eine Schwärze, die keine Leere war. Er nahm einen weiteren Stein von dem Stapel, und die Hälfte davon rutschte in den Spalt, der sich aufgetan hatte. Doch der Aufprall erzeugte ein metallisches Scheppern, das nicht nur von Gestein stammen konnte. Roc legte verdutzt den Stiefel aus der Hand und griff nach seinen Kleidern.

Es war später Vormittag, als die beiden Schmiede die Tür freigelegt hatten, denn es war tatsächlich eine Tür, ganz aus Metall und mit Stahl eingefaßt und in einer Bogenöffnung im Stein leicht schräg nach hinten geneigt. Offensichtlich befand sich dahinter ein Weg nach unten. »Eine Treppe, möchte ich wetten!« sagte Elof atemlos, während er mit den Händen über die Fläche fuhr, die zwar fleckig, aber trotz der Feuchtigkeit nur leicht von Rost zerfressen war. »Die Schlösser hier waren bestimmt schon voller Dreck, als diese Mauer hochgezogen wurde, sie sind vollkommen fest; aber ich denke, wir können den Stein um die Scharniere herum ausschneiden oder, wenn das nicht geht, die Zapfen mit dem Meißel durchtrennen...«

»Nun mal schön langsam!« knurrte Roc. »Erstens einmal möchte ich mein Frühstück; zweitens, wenn du recht hast, wer weiß, was hinter dieser Tür verborgen sein mag? Vielleicht bekommen wir mehr Erdfeuer, als dir lieb sein kann.« Als Antwort schlug Elof mit seiner Krücke kräftig gegen den Mittelteil der Tür, und Roc nickte, als er hörte, wie das hohle Dröhnen allmählich verklang. »Nun gut. Aber da ist immer noch die Sache mit dem Frühstück.«

Elofs erster Gedanke erwies sich als der beste; das Gestein war hart, aber ihre Meißel waren härter. Sie drangen mit einem glatten Schnitt bis zu den Vertiefungen vor, in die die Riegelbolzen hineinragten, und durchtrennten diese. Elof ruckelte sie frei, betrachtete sie und kratzte mit einem scharfen Stichel über die freigelegten Zapfen. »Eine gute Arbeit, kaum von Rost angefressen. Bestimmt wurde sie mit entsprechenden

Eigenschaften versehen, doch es liegt auch zum großen Teil an einer wohldurchdachten Legierung, möchte ich annehmen. Wie sieht es wohl mit den Scharnieren aus?« Bevor Roc ihn daran hindern konnte, schob er die Finger unter den Rand der uralten Tür und hob sie an. Roc sprang mit einem Schrei auf; er hörte deutlich das Knacken in Elofs Muskeln, und eine Sekunde später das lautere Knacken von Holz, als sich der Steg von Elofs Krücke unter dem Gewicht bog. Doch er kam zu spät, um das Unheil abzuwenden; er konnte sich nur noch mit seinem ganzen Körpergewicht gegen die Tür werfen, als diese sich mit einem ohrenbetäubenden metallischen Quietschen hob. Sie hob sich auf halbe Höhe, begleitet von einem Dreck- und Geröllhagel, und dort klemmte sie; im selben Moment brach die überbeanspruchte Stütze unter Elofs Armkuhle vollends und stieß wie ein stumpfes Messer in seinen Arm.

»Es hätte dein Herz sein können, und es wäre dir recht geschehen!« tobte Roc, während er Holzsplitter aus dem Fleisch seines Freundes zog, und zwar nicht sanfter, als unbedingt nötig. »Jetzt bist du schon im fünften Jahr in diesem Zustand und weißt immer noch nicht, was du tun kannst und was du bleiben lassen mußt.«

Elof ächzte und murmelte jammernd vor sich hin, während die Wunde verbunden wurde, obwohl er bis zu seinem Ausbruch in der vorangegangenen Nacht während der letzten beiden Jahre kaum noch über seine Behinderung geklagt hatte. Er starrte unverwandt in die Öffnung hinab, die sein übereiltes Handeln geschaffen hatte. Sie glich einem Brunnenschacht, dessen Dunkelheit der des Himmels entsprach, denn ihre Arbeit hatte den ganzen kurzen Tag in Anspruch genommen. Sobald Roc mit dem Verbinden fertig war, griff Elof ohne die geringsten Anzeichen von Schmerzen nach einem anderen Paar Krücken, zündete eine schlichte Öllampe an und beugte sich über den schrägen Metallrand und über die Dunkelheit. »Es ist tatsächlich eine Treppe!« rief er mit grimmiger Genugtuung aus.

»Bei großzügiger Auslegung!« fügte Roc hinzu, während er fassungslos die grob behauenen Steinblöcke, die von Erde und herabgefallenem Geröll bedeckt waren, sowie den undeutlich erkennbaren Erdboden, zu dem sie führten, betrachtete. »Bemühe ein einziges Mal deine Vernunft und laß mich vorangehen!« Elof grinste und hatte keine Einwände. Roc nahm sich einen dicken Speer aus einer Halterung an der Wand der Schmiede und ließ sich vorsichtig über die Metallrampe hinunter, die von dem Rand zur ersten Stufe führte. Dann spürte er den harten Griff von Elofs Hand auf seiner Schulter.

»Warte einen Augenblick! Riechst du nichts?«

Roc zuckte mit den Schultern. »Abgestandene Luft; überrascht dich das?«

»Abgestanden, aber nicht feucht; kein Schimmel, kein Salpeter, wie wir es in Morvan angetroffen haben, obwohl es dort trocken war.«

Roc nickte. »Es ist warm, das stimmt; ich fühle es in der Luft. Und da ist noch etwas...« Er hakte die Lampe an den Speerkopf und ließ sie in die Dunkelheit baumeln. Ihr Licht schwankte aufreizend über schattenhafte Formen an den Wänden, dann wurde es schwächer, als die Flamme um den Docht zuckte und flackerte. »Schlechte Luft.«

»Aber atembar. Die Lampe brennt immer noch, und zumindest sind keine Grubengase um uns herum, die sich entzünden könnten.« Vor schmerzhafter Anstrengung keuchend, ließ sich Elof auf die Stufen hinab; Roc nahm taktvoll keine Notiz davon, doch beim Weitergehen räumte er ihm den Weg frei. Elof mühte sich hinter ihm her, indem er die Krücken nacheinander von einer Stufe auf die nächste stellte und sich an jedem Vorsprung abstützte, um sich wieder ins Gleichgewicht zu bringen; doch bevor einer von ihnen beiden den Boden erreicht hatte, hielt er inne. »Fühl das mal!« flüsterte er, und Roc, der die Hand nach dem Stein ausstreckte, erstarrte bei dem entfernten Kribbeln und Beben, das in ihm beinahe das Gefühl erweckte, als berühre er die Flanken eines lebendigen Tiers. Er kannte dieses Gefühl gut; es war genau dieses Beben, das von dem steinernen Fundament des Turms des Schmiedemeisters, wo er aufgewachsen war, ausgegangen war.

»Da sind in der Tat Erdfeuer!« nickte er und verzog das Gesicht beim Anblick des Schmutzflecks, den seine Hand hinterlassen hatte. »Du hattest recht. Und sieh nur, da!« Er trat hinunter auf den Boden und schwang die Laterne an der Wand vor ihnen entlang. Dunkle Gegenstände standen aufgereiht auf Steinregalen, die direkt in die Wand gehauen worden waren, Töpfe und Tiegel und Gießformen, dick eingehüllt von uralten Spinnweben, die der feine Schmutz in schwarze Spitze verwandelt hatte. Ein überzogener Block, wie ein versteinerter Tisch, stand in der Mitte des Raumes. »Das muß eine unterirdische Werkstatt gewesen sein! Sieh doch nur, die vielen Regale, an allen Wänden… Und diese Abzugsschächte dort, voller Geröll, dort müssen Feuerstellen gewesen sein, doch die Kamine wurden offenbar verstopft oder sind eingefallen… Vorsicht, der Boden ist abschüssig.«

»Das ist er, in der Tat«, bestätigte Elof grinsend. »Und was glaubst du, wohin er führt?«

»Natürlich zu einer weiteren Tür!« verkündete Roc. »Ich kann sie auch sehen, eine gute, solide Arbeit, tief in den Stein eingelassen – eine Schiebetür, die in den Stein gleitet, würde ich sagen. Sieht so aus, als wäre dort tatsächlich der Ofen, den du gesucht hast.«

Elof nickte geistesabwesend und fuhr mit den Fingern über die Gegenstände auf den Regalen. Abgesehen von dem Schmutz hätten sie seine eigene Ausrüstung oder die eines jeden wahren Schmiedemeisters sein können, ein Durcheinander von unfertigen Stücken, alten Gießformen, Metallresten und jeder Menge auf Rollen gewickelten Drahts – war es wirklich Draht? Er fühlte sich so fein an wie Haar – genauer gesagt, er glich auf beunruhigende Weise Haar. Er machte sich im Geiste eine Notiz, bei der ersten sich bietenden Gelegenheit das Durcheinander zu sichten; wer konnte sagen, welche faszinierenden Überbleibsel seine Vorgänger womöglich zurückgelassen hatten? Doch dann hörte er, wie Roc in ein explosionsartiges Fluchen ausbrach, und er humpelte über den steil abfallenden Boden ihm nach.

Der Grund für seinen Ausbruch wurde offensichtlich, als er die Laterne hoch hielt. Die Luft hier war noch um einiges schlechter, falls das möglich war, und das Licht warf nur einen schwachen Schimmer auf die Wand rund um die Ofentür. Doch das reichte, um das Rad zu erkennen, mit dem der Mechanismus der Tür offenbar in Gang gesetzt werden mußte, und das Stück einer zerbrochenen Kette, das davon herabbaumelte. Er deutete zur Decke hinauf. »Wahrscheinlich ist sie durch diese Löcher da oben gelaufen; vielleicht handelt es sich um eine Art Gegengewichtssystem, das von oben bedient wird. Das wurde vermutlich mit der ursprünglichen Schmiede zerstört, entweder durch natürlichen Verfall oder durch Gewalteinwirkung oder beides. Verdammt! Wir müssen dieses ganze Ding wieder instand setzen, bevor wir zu dem Ofen gelangen können!«

Elof schmunzelte und wandte sich um, wieder die Steigung hinauf. »Also, wer wird hier jetzt ungeduldig? Wenn es sein muß, dann muß es sein. Aber heute habe ich für einen Tag genügend Türen geknackt. Laß uns hinaufgehen und nachsehen, ob wir oben Spuren der Öffnungen oder der Kamine finden; ich könnte einen oder zwei Atemzüge frische Luft vertragen…«

Als er die Treppe erreicht hatte, blickte er sich nach hinten um, doch Roc war immer noch in seine Überlegungen versunken und hörte ihm nicht zu. »Wenn sich das Rad noch bewegen ließe…«, murmelte er. »Es könnte ja sein…« Er schob den Speerschaft durch die Radspeichen und stemmte sich mit aller Kraft dagegen. Nichts geschah; das Rad machte nicht die geringsten Anstalten, sich zu bewegen. Doch Roc, der sich die Haare aus der Stirn strich, wollte sich von seinem Vorhaben nicht abbringen lassen; jetzt warf er sich mit dem ganzen Gewicht auf den Speer, seine Füße hoben sich vom Boden und baumelten frei in der Luft.

»Laß es sein, Roc!« rief Elof. »Dazu haben wir noch Zeit genug.«

»Nein, bei Hella! Noch einen Augenblick!« keuchte Roc durch zusammengepreßte Zähne. Elof fragte sich, ob die schlechte Luft dem kleineren Mann womöglich schneller in den Kopf gestiegen war. »Ich habe es gleich geschafft…« Und tatsächlich war ein ganz schwacher Laut zu hören, ein Summen und Ächzen eines uralten Räderwerks und dahinter das tiefere Rumpeln, das er in den Wänden gespürt hatte. »Es bewegt sich… es dreht sich…«

Elof seufzte und wandte sich um, um seinem Freund zu helfen. Doch dann fiel sein Blick auf die Feuerstellen in den Wänden. Sie sahen eigentlich nicht aus wie… Etwas, das Aufblitzen einer Erkenntnis, zuckte auf einmal durch seinen Kopf. Er schrie laut auf und schwang sich in großen, eiligen Sätzen zur Wand. Wie es geschehen mußte, rutschten seine Krücken auf dem schmierigen, schrägen Boden unter ihm weg, doch er warf sich nach vorn, während sich die dunkle Tür ächzend und quietschend in Bewegung setzte; er prallte krachend gegen das Rad, klammerte sich an eine Speiche und sackte in sich zusammen, wodurch sein Gewicht Rocs Hebelkraft entgegenwirkte. »Nein!« brüllte er. »Siehst du denn nicht? Das sind keine Feuerstellen! Das sind Auslaßventile, und dieser Dreck, das ist *Ruß* ...«

»*Was?*« brüllte Roc zurück, doch er ließ sich von dem Speer fallen, und dieser fiel klappernd zu Boden.

»Das da ist nicht der Ofen, wir befinden uns *im* Ofen!«

Plötzlich war ein schrilles Zischen zu hören, und Roc taumelte schnell zurück, als eine weiße Schwade um den Rand der Tür herum aufstieg. Dann machte sich Elofs Gewicht bemerkbar, das Rad drehte sich um das entscheidende bißchen zurück, und das Rumpeln hörte auf. Roc stolperte zu ihm, hustend und mit zerknirschter Miene. »Beim Bauch der Hella, was hätte ich da beinahe angerichtet? Was hätte ich da bloß *angerichtet?* Wir wären wahrscheinlich bis zum Festland geschleudert worden, und niemand hätte uns gesehen, nur ein Blitz, eine Rauchschwade ... und lebt wohl, ihr beiden Schmiede ...«

»Und ein Hagel heißer Glut auf Nithaids fettes Genick!« hustete Elof und kämpfte gegen einen hysterischen Lachanfall an. »Bei den Mächten! Diese Dämpfe, sie haben auch mich erwischt! Sie müssen hier Pfützen bilden wie Wasser ...«

Roc löste ihn von dem Rad und brachte seine Krücken in die richtige Stellung, und mehr oder weniger schleppten sie sich gegenseitig die Schräge hinauf. Als sie ins Freie gelangten, streckten sie sich dankbar auf dem kalten Boden unter einem Himmel aus, der inzwischen schmutzigtrüb geworden war und nur noch wenige Sterne zeigte. Roc machte sich selbst immer noch leise Vorwürfe. »Warum habe ich das nicht gesehen, verdammt noch mal!«

»Diese Dämpfe sind eine ausreichende Erklärung dafür!« hustete Elof, während er seine geschundenen Beine tätschelte.

»Vielleicht, aber du hast es *gesehen* ...«

»Ich war weiter oben an der Schräge, es dauerte länger, bis sie auf mich wirkten. Und selbst auf Krücken bin ich größer als du. Ach, wir hätten es beide sofort erkennen müssen, wegen des Rußes; aber er war so alt, daß er festgebacken und kaum von Erde zu unterscheiden war. Oder der Türmechanismus – so konstruiert, daß er von oben zu öffnen war, und das aus gutem Grund. Wir haben es einfach nicht erwartet, darin lag ein Teil des Problems; wer hätte sich einen so großen Ofen vorstellen können? Wofür wurde er wohl benutzt, das ist die Frage, die mich beschäftigt.«

»Genau, mich auch. Ich habe ganze Schmiedewerkstätten gesehen, die nicht größer waren, man hätte dort drin arbeiten können...« Er unterbrach sich, und sie sahen einander an. »Ich glaube nicht, daß es wirklich so war, du vielleicht?«

Elof schüttelte in ehrfürchtiger Ungläubigkeit den Kopf bei der Vorstellung einer riesigen Gestalt, die sich schattenhaft vor der furchterregenden Helligkeit dieser geöffneten Tür abhob, während der Hammer sich hob und herabfiel und die Dämpfe ihn umwirbelten, kraftvoll arbeitend an... »Dieser Block! Am Boden! Das könnte der Amboß sein!«

»Diese Gegenstände auf den Regalen – Sachen, die warm und in Reichweite gehalten werden sollten! Bei den Mächten! Was für ein Geschöpf mag das gewesen sein, das hier arbeitete?«

Elof schüttelte erneut den Kopf. »Kein menschliches. Kein Wesen aus Fleisch und Blut könnte in einem solchen Ofen bei voller Hitze lange überleben, umgeben von diesen Dämpfen. Nein, dieser Gedanke ist völlig abwegig, es sei denn... Ja!«

»Was?«

»Ein besessener Schmied! Sehr besessen! Bereit, hier herabzusteigen, um zu arbeiten – bevor der Ofen abgekühlt war... Ja, er hat bestimmt viel geleistet. Sehr viel...«

Roc runzelte die Stirn. »Vielleicht, wenn er von allen

guten Geistern verlassen war. Und mit zwei gesunden Beinen gesegnet, um hinauszurennen, sobald seine Kleidung Feuer gefangen hatte!« Anscheinend hatte er bemerkt, wie Elof in der Dunkelheit zusammengezuckt war, denn er fügte sanfter hinzu: »Es hat keinen Sinn, dich vor dieser Wahrheit zu verschonen. Denn das ist genauso wahr wie die Tatsache, daß du mir wieder einmal das Leben gerettet hast, gesunde Beine oder nicht.«

»Ach, das kannst du auf das Konto Glück verbuchen; am Schluß werden wir alles gegeneinander aufrechnen. Ich habe bekommen, was ich wollte, Roc; ich habe jetzt meinen Ofen. Wir werden den Radmechanismus wieder in Gang setzen, die Luftschächte reinigen und die ganze Einrichtung wieder in Betrieb nehmen! Es gibt jede Menge Versuche, nach deren Durchführung ich dürste ...«

»Da wir gerade von dürsten sprechen«, unterbrach Roc ihn. »Ich habe für einen Tag genug geschuftet. Ich brauche jetzt etwas zu trinken und einen Bissen zwischen die Zähne, und dann werde ich mich aufs Ohr hauen – vor der Feuerstelle, nachdem du mein nobles Schlafzimmer auseinandergenommen hast! Und du solltest dasselbe tun, wenn du klug bist ...«

»Nein, ich habe noch immer den Gestank dieser Dämpfe in mir. Ich werde noch eine Weile hier draußen sitzen bleiben.«

»Wie du willst. Aber schlafe bei diesem Frost nicht ein, sonst bedarf es mehr als dieser Schmiede, um dich morgen früh aus der Starre aufzutauen. Angenehme Ruhe!«

Die Tür fiel krachend zu, und Elof blieb allein mit sich selbst unter den Wolken. Er senkte den Kopf beinahe bis zu den Knien und versuchte, seine tobenden Gedanken zu zügeln; er grübelte über die Schmiedekunst, über die Schmerzen und die Erniedrigung, die sein Zustand als Krüppel mit sich brachte, über halb zu Ende gedachte Fluchtmöglichkeiten, die dieser Ofen jetzt vielleicht bieten könnte…

Dann hob er den Blick.

Roc kam herbeigerannt, als er den Schrei hörte, und fand seinen Freund halbwegs auf den Füßen, wobei er ein Bein nutzlos über den rutschigen Boden schleifte; Elof starrte gebannt in die Nacht. Roc nahm das ganz schwache Schimmern von etwas wahr, das langsam herabflatterte, wie eine dunkle Schneeflocke. Dann machte er einen Satz, als Elof seine Krücken zur Seite drehte und sich so heftig auf die Knie fallen ließ, daß einer der Holme brach; wütend tastete er in dem mit einer dünnen weißen Schicht bedeckten Gras herum.

»Was ist los, Mann?« wollte Roc erschreckt wissen, während er sich bückte, um ihm zu helfen. Er schnaubte überrascht, als er sah, was Elof mit einem triumphierenden Keuchen hoch hielt. »Ist das alles? Etwas, das eine Krähe verloren hat?«

Die lange Feder schwankte in Elofs Griff, und er suchte den Himmel mit den Augen ab. »Das ist zu groß für eine Krähe. Sollte ich das Gefieder eines Schwans nicht besser kennen als jeder andere? Und welchen anderen Schwan hast du auf der ganzen Welt gesehen, der so schwarz ist?«

Roc sog nachdenklich die Unterlippe zwischen die Zähne. »Kannst du irgend etwas sehen?«

»Nein, nichts… gar nichts. Nicht einmal einen Stern. *Kara!*«

Der Schrei kam so unvermittelt, so aus tiefstem Herzen, daß Roc aufsprang. Doch für Elof selbst klang er wie ein jämmerliches Winseln, und er verstummte sofort. Welche Frau würde einem so kläglichen Ruf folgen? »Hilf mir auf!« murmelte er, während er die Feder mit den Augen verschlang.

»Was mag das zu bedeuten haben?« fragte Roc, während er ihm die Krücken reichte. »Ist es ein Zeichen oder…«

»Ein Zeichen? Ja. Doch wofür steht es … Hoffnung? Verachtung? Roc, ich … ich weiß nicht, was ich denken soll. Aber daß sie überhaupt in dieser Gegend ist, so tief im Landesinneren, bedeutet vielleicht nichts Gutes. Bereitet Louhi einen Überraschungsangriff vor?« Auf seinen Krücken schwankend, hob er die Faust zum Himmel. »Wollte sie mir ihre Verachtung bekunden? *War es das?* Der Fluch des ewigen Lichts auf meine Hilflosigkeit und auf jenen, der sie mir zugefügt hat! Ihr strengen Mächte des Lebens und des Todes, seid meine Richter! Verdient der Kummer der Menschen nichts anderes als Gelächter? Sind wir in unserem Unglück lediglich Spielzeug eurer Verachtung? Dann möge die Welt zerschmettert werden, wie es letzten Endes ohnehin geschehen muß, um alle Todesqualen abzukürzen! *Und die Feuer der Hella, die in ihrem Herzen lodern, mögen uns alle verzehren!*«

ACHTES KAPITEL

Reinigendes Feuer

Der Angriff, denn Elof befürchtete, fand nicht statt. Er schickte ohne weitere Erklärung eine Warnung an Nithaid, die von diesem sehr ernst genommen wurde; es spricht für das Ansehen, das er beim König genoß, daß dieser seinem Rat stets Beachtung schenkte. Nithaid ermahnte seine Markwarte zu besonderer Wachsamkeit, doch sie berichteten, es gäbe keine Anzeichen dafür, daß ihre Feinde verstärkte Anstalten machten, ihre Armee zusammenzuziehen. Im Gegenteil, die Ekwesh-Streitkräfte teilten sich in immer mehr kleinere Truppen auf, vermieden offene Feldschlachten und kehrten zu ihrer Gewohnheit der Raubzüge zurück. Mit Vorliebe griffen sie in kleineren Banden schwächere Ziele an, wie sie es im Falle von Elofs Dorf in Nordeney getan hatten; sie waren offenbar nicht mehr so sehr erpicht darauf, befestigte Ortschaften und größere Städte zu belagern. Nithaid war wieder einmal emsig damit beschäftigt, seine Streitkräfte von einer Stadt in die nächste zu verlegen, um jeweils die Truppen der Adeligen zu verstärken, doch er sah sich kaum noch echten Kämpfen ausgesetzt. Nach Elan Gorhenyon sandte er eine ärgerliche Antwort zurück.

Elof runzelte besorgt die Stirn. Was mochte denn Karas Aufgabe sonst gewesen sein, wenn nicht die, die Voraussetzungen für einen Angriff auszukundschaften? Denn sie mußte mit einer Aufgabe unterwegs gewesen sein, und zwar mit einer schwerwiegenden, sonst hätte Louhi sie nicht frei umherschweifen lassen, da sie sehr wohl wußte, daß sie diese Freiheit für ihre eigenen Zwecke ausnützen könnte. »Warum ist sie dann gekommen?« murmelte er vor sich hin, während er zum Himmel hinaufstarrte, der soeben seinen saphirfarbenen Glanz verlor und den trüben Schimmer einer Perle annahm. Drei Nächte lang hatte er jetzt bereits gewartet, frierend und verloren auf einer Bank vor der Steinmauer der Schmiede sitzend, schlaflos nach vielen Stunden harten Arbeitens an der Wiederherstellung des Ofens; doch er hatte nichts gesehen, nicht einmal einen Flügelschlag vor den verblassenden Sternen. »Was hat sie gesucht?«

»Ist es dir jemals in den Sinn gekommen«, klang Rocs Stimme hinter ihm, »daß es du hättest sein können?«

Elof sah sich überrascht um; seinem Freund war sein Schlaf so wertvoll wie alle anderen Annehmlichkeiten, und er stand selten so früh auf, wenn es keine dringende Veranlassung gab. »Natürlich, sie wich von ihrem Auftrag ab, um zu mir zu kommen. Ob das jedoch aus Verachtung geschah oder aus Boshaftigkeit oder aus… einem ganz anderen Grund… ich habe immer noch keine Ahnung…«

»Nein«, sagte Roc und wagte sich behutsam weiter vor. »Ich meine, daß sie vielleicht gar nicht von ihrem Auftrag abwich… sondern ihn erfüllte. Daß eine gewisse Dame ihr den Befehl gegeben hatte, *dich* aufzusuchen…«

»Mich?« Elof lachte. »Bestimmt nicht, Roc. Früher wäre das denkbar gewesen; doch was sollte die Kriegsherrin des Großen Eises jetzt von mir wollen? Warum sollte sie nach sechs langen Jahren immer noch Jagd auf einen verkrüppelten Schmied machen? Wie konnte sie überhaupt wissen, daß ich noch am Leben bin, ganz zu schweigen davon, daß ich mich ausgerechnet an diesem Ort hier aufhalte? Und ganz bestimmt würde Kara niemals…«

»Du willst es einfach nicht wahrhaben, wie?« fuhr

Roc ihn jetzt weniger behutsam an. »All deine raffinierten Mauern und Waffen haben das Kriegsgeschehen erheblich beeinflußt; du kannst nicht annehmen, daß Louhi davon sehr begeistert ist! Es dürfte für sie nicht allzu schwierig sein, sich vorzustellen, welchem Geist all diese Dinge so plötzlich entsprungen sind, wer da die Hand im Spiel hat. Wer käme dafür eher in Frage als du? Es ist, als ob du ihnen deinen Namen aufgeprägt hättest, und jeder, der Augen hat zu sehen, kann ihn lesen!« Elof schwieg, und Roc zügelte seine Lust, noch weiter zu schimpfen. »Außerdem hatte sie Gefangene, die sie durch Folterung zum Sprechen bringen konnte, vielleicht lieferten ihr sogar Spione aus Bryhons Bande Hinweise; und was erfuhr sie von ihnen? Gerüchte, ja, aber solche, die nachdenklich stimmen; zwei ausländische Zauberer, ein Krüppel – sie könnte denken, sie habe dich dazu gemacht ... Und Gorthawer, bei der Großen Pforte! Nithaid mit einer neuen Rüstung angetan und ein schwarzes Schwert schwingend! Spätestens bei dieser Nachricht wußte sie Bescheid. Hast du dich mal gefragt, wie sie darauf reagieren mußte?«

»Warum war ich nur so blind?« stöhnte Elof, und die Frage war mehr an ihn selbst gerichtet. »Warum habe ich das nicht selbst erkannt?«

»Weil du einfach nicht glauben wolltest, daß Kara Jagd auf dich machen könnte«, sagte Roc düster.

Elof schüttelte den Kopf. »Ich kann es immer noch nicht glauben. Nicht in Louhis Auftrag, selbst nicht, nachdem ...« Er biß sich heftig auf die Lippe. »Warum hat sie sich uns gezeigt, wenn sie uns jagt? Ich kann es nicht glauben!«

»Und doch hat einst nicht viel gefehlt, daß sie uns auf Louhis Geheiß umgebracht hätte«, erwiderte Roc leise, »wenn sie damals auch tapfer genug war, diese Bande zu durchbrechen ...« Er verzog das Gesicht, so ungern sprach er das aus, was er zu sagen hatte. »Allerdings nur mit deiner Hilfe. Doch du stehst nicht mehr zur Verfügung, warum sollte sie da jetzt mehr Kraft aufbringen?«

»Wegen der Dinge, die geschehen sind!« sagte Elof und verkrampfte die Hand vor der Brust. »Viele Jahre sind vergangen, eine längere Zeit, als diese unendliche Gefangenschaft schon andauert, dieses Eingesperrtsein in eine verkrüppelte Hülle! Sollten sie denn gar nichts bewirkt haben?«

Roc sah ihn ernst an. »Aus dem Munde eines anderen Mannes, und wenn es um eine andere Frau ginge, würde sich das vielleicht noch törichter anhören. Doch vielleicht hast du zufällig recht; ich hoffe es. Aber kannst du es wagen, dich darauf zu verlassen? Und ist es nicht ohnehin gleichgültig? Ob unsere Verfolgung geplant war oder sie uns zufällig gefunden hat – meinst du, sie könnte es vor Louhi geheimhalten?« Stille senkte sich auf sie herab, abgesehen von den vielen kleinen Geräuschen der Nacht. Eine ganze Zeit verging, bis Elof schließlich den Kopf schüttelte.

»Nein. Du hast recht. Louhi würde ihren Willen zerbröckeln wie trockene Baumrinde.« Er schlug mit der Faust gegen den Türpfosten. »Deshalb hat sie uns das Zeichen dagelassen! Sie konnte sich selbst nicht helfen, aber sie wollte uns zumindest warnen! Uns wissen lassen, daß wir entdeckt worden sind, daß etwas anderes folgen könnte – doch was, frage ich mich.«

Roc kratzte sich mit dem Daumen am Kinn. »Ein Blitzangriff, könnte ich mir vorstellen, ein unvermuteter, schneller Überfall, um dich zu entführen oder zu töten. Dort oben! Sie lieben doch die Höhe, vielleicht lauern sie bereits hinter den Hügeln …«

Elof runzelte die Stirn. »Bestimmt nicht! So dumm sind sie nicht! Wenn der erste Angriff fehlschlägt, sind wir alle gewarnt. Nithaid würde mich sofort an einen anderen Ort bringen lassen, vielleicht in die Stadt Kerys, und wie würden sie mich dort, in diesem Haufen quirligen Lebens, wiederfinden? Louhi hegt sicher einen anderen, einen unfehlbareren Plan; vielleicht wird dadurch alles langsamer gehen – sie denkt in Zeiträumen wie das Eis –, aber auf jeden Fall wird sie ihr Ziel sicherer erreichen. Ich habe allerdings keine Ahnung, was sie wirklich vorhaben mag.«

»Aber wir müssen dahinterkommen!« brauste Roc auf. »Dann können wir wenigstens etwas unternehmen; wir können doch nicht einfach hier herumsitzen und warten!«

Elof erhob sich mit Hilfe seiner Krücken. »Jeder Zug könnte sich als der falsche erweisen, solange wir noch so sehr im dunkeln tappen. Es gibt nur eine Möglichkeit, nämlich sowohl Louhi als auch Nithaid zu entfliehen! Wie wir es geplant haben. Kara hat nichts weiter getan, als uns die Dringlichkeit vor Augen zu führen.« Plötzlich runzelte er die Stirn und schob eine Hand unter das Brustteil seines Wamses. »Es sei denn…«

»Es sei denn was?«

»Ich bin mir nicht sicher. Ich weiß nur eines: Wir haben jetzt diesen Ofen und keine Entschuldigung, ihn nicht zu benutzen!« Er drückte den Rücken durch, wobei er bedenklich schwankte, und schlug Roc auf die Schulter.

Roc stöhnte. »Willst du dir nicht wenigstens eine oder zwei Stunden Schlaf gönnen, damit du es dir nicht ganz abgewöhnst?«

Elof lachte. »Warst nicht du es, der unbedingt etwas unternehmen wollte? Also, los! Beweg dich, das Eis ist dir auf den Fersen!«

Die Schmiede dröhnte, als er ein letztes Mal den Hebel des Blasebalgs bediente und die aufgehäuften Kohlen hell erglühten. Er packte mit Hilfe einer Zange eine Eisenstange und zog sie heraus, Funken versprühend und weiße Flammen spuckend, kurz davor, selbst zu brennen; dann schwang er sich auf seinen

Krücken herum, legte sie auf den Rand des Ambosses und hob einen schweren Hammer hoch. Mit schnellen, federnden Schlägen ließ er ihn auf das Metall sausen und gönnte ihm keine Ruhe, indem er das Werkstück in alle Richtungen drehte, wobei er die ganze Zeit über eine Melodie vor sich hin summte, eine leichte, fließende Weise, jedoch mit einem unheimlichen Unterton, der sich in seinem Geist zu Worten formte.

Horche auf die Worte desjenigen, der dich formt!
Erkenne den Klang, der in dich hineingeschlagen wird!
Trachte danach, das zu bewahren, was dir auferlegt wird!
Versage nicht; lasse dich nicht von den Flammen verzehren!
Alle Feuer der Erde sollst du eindämmen;
Die Hitze der Hölle sollst du bannen!
So wirst du endlich auf meine Worte hören,
Höre, der von mir erwählte Augenblick ist gekommen!

Der Stahl wand und drehte sich unter den unablässigen Schlägen, als ob er ein lebendiges Wesen foltere, bis er ihn schließlich über die Spitze des Ambosses legte und ihn mit zwei genau gesetzten Hammerschlägen beruhigte und dann schnell in den Löschtrog warf; selbst dort schrie er im Dampf auf. Nach einigen Minuten zog er ihn heraus und, gestützt auf seine Krücken, wandte er sich der geöffneten Tür des Ofens zu. Sehr langsam und behutsam kletterte er über den Rand, indem er sich auf die Hände gestützt hinüberschwang und mit den schwachen Schienbeinen schmerzhaft anschlug; doch an derlei Dinge hatte er sich inzwischen gewöhnt. Er hätte sich ein Geländer gewünscht, mit dessen Hilfe er sich die Treppe hinunter bewegen könnte, doch jedes Metall, von dem er sich vorstellen konnte, daß es der Hitze des Ofens standhalten könnte, würde andererseits diese Hitze zu lange speichern und zu einer tödlichen Gefahr werden. Er mußte sich mit den groben Griffen begnügen, die er in den Stein gehauen hatte, und mit Rillen in den Stufen und dem abschüssigen Boden danach, in denen er für seine Krücken etwas Halt fand.

»Alles in Ordnung mit dir?« schallte Rocs Stimme von unten herauf, wie es in den vergangenen paar Wochen schon so oft der Fall gewesen war.

»Ich schaffe es leicht!« lautete Elofs kurzatmige Antwort, wie ebenso viele Male zuvor. Sie beide wußten, daß das nicht wahr war, doch es gefiel Elof, so zu tun, als ob es stimmte; bevor sie die verborgene Schmiede entdeckt hatten, hatte er sich zumindest teilweise mit seinem Zustand abgefunden, doch die Schwierigkeiten, die ihm das Arbeiten hier bereitete, belebten seine Haßgefühle aufs neue. »Hier!« sagte er, als er schließlich unten angekommen war und Roc die Stange zuwarf; dieser fing sie geschickt auf und machte sich daran, sie zu säubern und zurechtzufeilen, bis sie beinahe dem Mechanismus angepaßt war, an dem er arbeitete. Elof humpelte langsam über den abschüssigen Boden zu ihm, dann lehnte er sich an die Wand und wischte sich über die Stirn.

»Du bist ein hervorragender Kunstschmied«, sagte er, nun etwas fröhlicher, und beugte sich über Rocs Schulter. »Besser hätte ich selbst es auch nicht fertigbringen können.«

»Außer daß es bei dir brav Männchen gemacht hätte!« erwiderte Roc vergnügt und griff nach einer feineren Feile. Noch ein paar Schläge, dann kroch er auf Händen und Knien in die wieder geöffnete Höhle, bis nur noch sein nicht unbeträchtliches Hinterteil herausragte. »Und wie du es geschafft hast, daß es so genau paßt ...«

»Ich habe die Stange sorgfältig gemessen, das war das erste«, sagte Elof. »Ich wußte, um wieviel sie sich in der Hitze ausdehnen würde; und solange sie heiß war, befragte ich nach Duergar-Art die Kristalle und wußte dadurch, wo ich jeden einzelnen Schlag plazieren mußte..«

»... übersteigt meine Fähigkeiten vollkommen, wollte ich sagen.« Plötzlich klirrte eine Kette. »So, das war's! Es sieht ordentlich aus und sitzt genau an der richtigen Stelle! Also, da haben wir unseren Luftschacht-Mechanismus, mit Gegengewicht und allem. Der Ofen steht dir zu Versuchszwecken jederzeit zur Verfügung.« Er tauchte wieder auf und schüttelte sich Schmutz aus dem dichten Haarwust. »Pfui! Wie möchtest du deinen Ruß? Gepreßt, gebacken oder einfach locker und pulverig? Bitte, ganz nach Belieben!«

»Es gibt sehr viel davon...«, bemerkte Elof nachdenklich.

»Fällt dir das jetzt erst auf? Es gab Zeiten, als wir hier unten arbeiteten, da dachte ich, wir würden den gesamten Fischbestand im Großen Fluß vernichten, wenn wir uns darin waschen würden.«

»Ja... aber warum? Es ist mehr hier, als normalerweise sein dürfte, wenn unser Vorgänger mit den Erdfeuern nur Kohle oder Holz verbrannt hat; und einiges davon ist zu sauber. Als ob... als ob der Ruß ein Teil dessen wäre, was er schuf... fast so, als ob er versucht hätte, ihn irgendwie zu gewinnen...«

Roc zog die Augenbrauen hoch. »Ruß? Welchen Nutzen mag der für einen Schmied haben? In diesem Falle ist es eher ein Fluch!«

»Du hast weder bei den Duergar noch in Morvanhal eingehende Studien betrieben. Die reinen Rückstände solcher Feuer haben vielerlei Nutzen. Zum einen können sie Stahl verwandeln, wenn sie tief in seine Kristalle eingeschmolzen sind; auf diese Weise wurde Kermorvans Schwert hergestellt, so daß es ohne die geringste Schramme durch glattes Eisen schneiden kann. Und wenn sie sehr rein sind, können daraus viele seltsame Substanzen gebildet werden; es war

Marja, die mich vor langer Zeit daran erinnerte. Holz oder Kohle bringt diesen Stoff hervor, aber noch leichter läßt er sich aus Steinblut gewinnen, das ihm verwandt ist. Die Duergar kennen viele Methoden. Einige echte Schmiedemeister stellten im Altertum in Kerys Versuche mit diesem Zeug an, und ich fand viele ihrer Berichte in Amylhes' Bibliothek; vielleicht gelingt es mir, ihre Methoden noch zu verfeinern. Tatsächlich war es das, was ich hier als erstes ausprobieren wollte, denn dieser Ofen eignet sich so hervorragend dafür ... so daß ich mich jetzt, bei allen Mächten, allmählich frage, ob der Schmied, der hier gearbeitet hat, nicht dieselbe Spur verfolgte ...« Plötzlich schnippte er mit den Fingern und griff mit einer so heftigen Bewegung zu einem der Simse in der Mauer hinauf, daß er beinahe das Gleichgewicht verloren hätte. Wolken von Ruß stoben auf, als er mit der Hand ungeduldig darüberfuhr. »Hier ist es nicht ...«, murmelte er und fuhr über einen anderen. »Hier auch nicht ...«

»Willst du uns beide ersticken?« fragte Roc unter Husten, doch Elof schenkte ihm keine Beachtung, sondern strich weiterhin über die Regale, bis sich seine Hand schließlich um eben jene Spindel mit der aufgewickelten glatten Faser legte, die er ganz zu Anfang ihrer Entdeckung gefühlt hatte.

»Das hier ist es!« zischte er. »Bei allen Mächten, das kann doch nicht sein! Und doch, was sollte es sonst sein? Versponnen ... *versponnen!*«

»Jedenfalls ist es kein Haar, das steht einmal fest«, murmelte Roc, während er an einer losen Strähne zog und nichts anderes damit erreichte, als daß er sich in den Finger schnitt. »Ist das dann vielleicht eine deiner seltsamen Substanzen, ja? Man weiß nie, es könnte durchaus sein. Ich habe noch nie zuvor so etwas gesehen oder davon gehört, und ich möchte wetten, du auch nicht.«

Elof rieb das glänzende Zeug zwischen den Fingern.

»Diese Wette könntest du verlieren«, sagte er leise. »Ich glaube – ich bin nicht sicher, wohlgemerkt – aber ich glaube, daß ich es schon mal gesehen und davon gehört habe.«

»Bei den Duergar, vermute ich«, brummte Roc mürrisch, doch Elof schüttelte den Kopf. »Sie kannten etwas Ähnliches, aber sie stellten es nicht her. Sagt dir das Aussehen dieses Materials nichts? Und die Art, wie es sich anfühlt... bei den Mächten, es verbrennt mir die Hand!«

»Mir kommt es ziemlich kalt vor!« murmelte Roc überrascht, während er zaghaft darüberstrich. »Einfach schwarz, glänzend, fein und scharf wie...« Seine Stimme versagte, und als er zu Elof aufblickte, waren seine roten Wangen unter der Rußschicht blaß geworden. *»Gorthawer?«* flüsterte er, und Elof neigte den Kopf.

»Erinnerst du dich, was ich dir mal erzählt habe, von jenem Augenblick, als die Blitzstrahlen hineinfuhren – und was ich damals sah?«

Rocs Stimme war nun sehr leise geworden. »Das ist überhaupt keine einheitliche Substanz, sondern ein Gemisch aus vielen feinen Fasern, irgendwie gebündelt...«

»... und zu einem Schwert verarbeitet. Zu meinem Schwert, und davor zu dem eines anderen. Wessen, wage ich kaum zu denken...«

Roc pfiff durch die Zähne und wog die Spindel in der Hand. »Darin liegt also das Geheimnis jener Klinge, was?« Er drehte sie zwischen den kräftigen Fingern. »Stärker als Stahl, das könnte gut sein. Wahrscheinlich war es also ein Schmied von Kerys, der sie hergestellt hat, indem er Fasern wie diese miteinander verband...«

»Nein!« widersprach Elof dumpf und starrte an seinem Freund vorbei ins Nichts. »Nicht wie diese...«

»Aber du sagtest doch...«

»Nicht *wie* diese. Genau diese.«

Roc ließ die Fasern fallen, als ob sie sich in Schlangen verwandelt hätten. »*Was?* Red doch keinen Unsinn, Mann! Wie kannst du dir so sicher sein?«

»Sie haben genau dieselbe Dicke; ich habe dieses Schwert zu lange in der Hand gehalten, um das Material nicht wiederzuerkennen. Ich fühle es, Roc; ich spüre selbst jetzt, da wir hier stehen, die Klinge in meinem Griff.«

»Ich glaube, du hast den Verstand verloren!« fauchte Roc und wich gleichzeitig zurück. »Hier muß es immer noch irgendwelche schädlichen Dämpfe geben...«

»Nein, Roc. *Man kann nie wissen,* hast du gesagt. Aber in diesem Fall weiß ich es genau, es ist nicht nur ein Gefühl. Wende dich mal zu den Regalen hinter dir um und betrachte noch einmal, was wir gesehen haben, als wir zum erstenmal hierherkamen...«

»Alte Gefäße, Tiegel, Gußformen... Schwertgußformen, bei Hellas Zöpfen!« Er nahm eine davon von dem Regal und hielt sie hoch; dann wandte er sich mit dem Ausdruck dämmernden Begreifens Elof zu. »Sie gleicht sehr der Form von Gorthawer... sehr! Aber nicht ganz, nicht vollkommen...«

»So ist es«, bestätigte Elof leise. Das Licht der Kristallampe wurde allmählich schwächer, das Tageslicht, daß sie gespeichert hatte, verblaßte langsam; aus den Ecken des uralten Ofens schoben sich Schatten immer näher heran. »Das hier war mit einem Makel behaftet. Du bist nicht groß genug...« Und er griff über Rocs breite Schulter zu einer Stelle, wo der kleinere Mann plötzlich einen Schimmer in dem aufgewirbelten Ruß entdeckte. »Derjenige, der hier gearbeitet hat, war größer als wir beide, und – wie ich vermute – ein besserer Schmied. Aber sogar er hatte seine Fehler...« Und er zog aus dem lange Zeit vernachlässigten Regal, eingehüllt in eine Rußwolke, ein Zwillingsexemplar der schwarzen Klinge, mit nacktem Griffzapfen und schimmernd, wie er es anfangs aus dem Sumpf geborgen hatte, aus der Hand eines Mannes, der seit Jahrhunderten tot war; nur mit dem Unterschied, daß es irgendwo in der Nähe der Mitte gesprungen und verzogen war, als ob eine ungeduldige Hand es verbogen und wütend zur Seite geschleudert hätte.

»Vayde?« Rocs sonst eher polternder Ton war einem trockenen Flüstern gewichen, und seine Stimme bebte. Elof hatte erlebt, wie unerschrocken er sich mit den meisten Dingen auseinandersetzte, doch er fürchtete die Toten.

»Nein!« schrie Elof, auch er verzweifelt, weil der einzige Freund, der ihm noch geblieben war, vor ihm zurückwich und sich den Stufen näherte. »Ich sage dir: *nein!* Ich bin kein anderer als der, der ich bin, der, den du kennst… Alv, Elof! Niemand anderer! Nicht der Geist irgendeines vor langer Zeit Verstorbenen – zumindest darüber war ich mir niemals sicherer als jetzt.«

»Aber zwischen dir und ihm besteht irgendeine Verbindung«, entgegnete Roc schwer atmend, und plötzlich schrie er: »Willst du das jetzt etwa abstreiten? Wagst du es? Hat er dich nicht in der Marsch besucht? Hat seine Macht dich nicht während all der Jahre begleitet und dein Schicksal bestimmt? Tanzt du nicht nach der Pfeife eines Toten? Es war sein Schwert, das du an dich genommen, sein Schmiedeofen, den du gefunden hast; *es ist sein Gesicht, das du trägst.*«

Elof stand wie vom Donner gerührt in der rußigen Luft und schwankte hilflos und verwirrt unter dem Angriff. »Ich weiß es nicht!« schrie er. »Ich weiß gar nichts! Roc, ich bin ebenso erschüttert wie du… oder noch mehr. Hilf mir, Roc! Sonst bin ich wahrhaftig verloren…«

Roc hielt inne und fuhr mit den Händen über die Schmiedeschürze; Schweiß hatte den Ruß auf seinen

Handflächen verkrustet. Er keuchte wie jemand, der eine weite Strecke im Laufschritt zurückgelegt hatte. »Ich will keinen Hehl daraus machen«, brachte er mühsam hervor, »daß ich drauf und dran war, diese Stufen hinaufzurennen und die Tür zuzuschlagen.«

»Und dann?« sagte Elof verbittert. »Wolltest du dann die anderen Türen öffnen?«

Roc senkte den Kopf. »Ich weiß es nicht. Vielleicht habe ich halbherzig mit dem Gedanken gespielt... Aber ich hätte mich bestimmt eines Besseren besonnen, wenn ich erst einmal wieder frische Luft um die Nase gehabt hätte...« Er nahm die Lampe auf, die jetzt nur noch ganz schwach in der Dunkelheit leuchtete. »Zum Teufel, Mann, laß uns schnellstens von hier verschwinden, ins Freie; dieser Dreck legt sich auf unseren Verstand. Ich wünschte bei Hella, ich wäre niemals hier heruntergekommen! Und ich werde es nie wieder tun! Und du solltest es ebensowenig.«

»Ich stimme dir zu, mein Freund«, seufzte Elof, während Roc ihm behutsam beim Hinaufsteigen half. »Aber ich muß. Was hier einmal getan wurde, muß erneut getan werden; sonst ist unser düsteres Schicksal womöglich mit noch größerer Sicherheit besiegelt. Hast du vergessen, worum es uns geht?«

»Nein, aber was macht dich so zuversichtlich, daß wir die Lösung in dieser Zaubergrube finden? Die Herstellung eines weiteren Schwerts? Das allein wird nicht genügen, um uns die Freiheit zu bescheren.« Elof schüttelte den Kopf, zu erschöpft zum Sprechen. »Was dann? Wieder einmal ein Tarnhelm? Bildest du dir ein, du könntest einen zweiten solchen aus diesem Zeug hier formen, einen besseren als aus Metall? Denn ich kann mir nichts anderes vorstellen, das dir soviel Sicherheit gibt.« Wieder schüttelte Elof den Kopf. Doch als sie zur Tür gelangten, griff er in sein Wams, wo er Karas Feder aufbewahrte, und zog etwas heraus, das ihm aus der Hand rutschte und wie ein goldenes Blatt zu Boden flatterte. Roc bückte sich danach und starrte ihn mit noch größerer Scheu an als zuvor.

»Das kann nicht dein Ernst sein… doch, anscheinend schon. Nun, ich habe schon mehrmals gesagt, ich traue dir alles zu, aber *das*…« Ein Schatten huschte über sein Gesicht. »Du meinst doch nicht etwa, *ich* könnte…« Mehr brachte er nicht heraus.

Doch Elof schüttelte den Kopf und lächelte. »Nein, wirklich nicht! Haben wir nicht oft genug darüber gesprochen, daß du jederzeit ohne weiteres als freier Mann von dannen ziehen kannst? Nithaid hat wenig Interesse an dir. Ich bin für dich der Klotz am Bein, und es fällt mir zu, das Risiko einzugehen oder die Gefahr eines Versuchs auf mich zu nehmen. Aber wie die Sache auch ausgehen mag, es bleibt dir nicht erspart, eine bestimmte Rolle zu übernehmen, eine schwierige und gefährliche…«

Roc grinste und rieb sich die Hände; seine Angst wich allmählich. »Wenn wir nur endlich etwas damit erreichen!«

»Vielleicht. Aber wer weiß, wieviel Zeit uns noch bleibt? Kara hat uns gezeigt, daß Eile geboten ist, was immer ihre Absicht dabei gewesen sein mag, und möglicherweise wies sie uns auch den Weg. Doch der Zeitpunkt ist noch nicht gekommen, daß wir ihn einschlagen!« Er schlug die schräge Tür des Ofens zu und drehte an den Schrauben, die sie fest andrückten; dann wandte er sich dem wiederhergestellten Mechanismus zu und machte sich daran, das Rad in Gang zu setzen.

Das leise, langgezogene Quietschen der Türen in ihren Laufschienen schallte herauf und machte Elof eine Gänsehaut. Dann war es, als ob zwischen den Zahnrädern ein Drache hustete, und der Stein erbebte unter einem fernen, gewaltigen Brüllen. Roc riß wachsam die Augen auf, während er immer noch an dem Rad drehte und das Wasserrad in Bewegung setzte, mit dem die Belüftung betrieben wurde. Sie beide beobachteten angespannt, wie eine Reihe hoher Zapfen sich entlang des Ofens aus dem Boden hob, Stiele aus dunklem Metall, mit goldenen Blättern versehen. In der nächsten Sekunde erzitterten die Blätter am ersten Stiel und rollten sich zusammen, und gleich darauf die am zweiten. Doch erst als sich die des dritten fest zusammengerollt hatten, drehte Elof das Rad zurück, um die Türen unten zu schließen. Das Heulen der Belüftung erstarb, und ein letzter Dampfschwall quoll puffend aus den Schächten, beißend und giftig, bevor Roc es gelang, sie zu schließen und das Grollen der unruhigen Erde darunter zu ersticken. »Sie funktionieren, bei allen Mächten!« rief Elof aus, während er mit triefenden Augen die welkenden Blätter betrachtete. Er hatte sie aus einer Verbindung etlicher verschiedener Metalle, die in Schichten aufeinanderlagen und oft hauchdünn waren, geformt und ihnen viele besondere Eigenschaften eingegeben, wovon die der Festigkeit nicht die geringste war. Jede einzelne Schicht war sorgfältig so ausgewählt worden, daß sie sich unter dem Einfluß der Hitze, die aus den Wurzeln im Ofen und über die Stiele in die Blätter aufstieg, mit unterschiedlicher Schnelligkeit ausdehnte und so jedes Blatt in diese oder jene Richtung drehte und den Beobachter oben als Meßvorrichtung für die Intensität des Feuers unten diente. Er runzelte leicht die Stirn. »Es ist heißer, als ich dachte, nach einer so kurzen Befeuerung! Wir müssen sehr gut aufpassen, Roc; Vayde oder wer immer früher in dieser Schmiede gearbeitet hat, war ein mutiger Mann!«

»Oder ein hirnverbrannter! Es sei denn, die Erdfeuer brannten in jenen Tagen noch nicht so heiß. Seither ist viel Zeit vergangen, vergiß das nicht.«

»Kann sein – aber ist es nicht wahrscheinlicher, daß sie sich abgekühlt haben, so nah an der Luft?«

»Warum sollten sie, wenn sich sonst nichts abgekühlt hat?«

»Wie meinst du das?«

»Erinnerst du dich nicht? Trygkar hat uns doch erzählt, daß die Feuerberge seit den Tagen seines Großvaters heißer geworden seien; und ich habe von anderen dasselbe gehört. Als ob das Land es Zug um Zug mit dem Eis aufnehmen wollte … Ach, du solltest das Ganze in Ruhe lassen, Mann, im Augenblick ist es ungefährlich! Komm jetzt heraus und schnappe ein wenig frische Luft, und wir wollen uns zur Feier des Tages auch einen kleinen Tropfen genehmigen; ich trockne vollkommen aus, wenn ich nicht einen Becher Wein in mich hineinschütte!«

Doch sie mußten sich ein ziemlich weites Stück von der Schmiede entfernen, denn der letzte Ausstoß des Abzugschachtes hing noch als dunkle Wolke in der Luft, und die Eichen ließen in der Dunkelheit die Blätter hängen. Elof betrachtete in dumpfer Benommenheit alles um sie herum, bis die belebende Brise am Fluß die Wolke wegblies wie eine düstere Vision; erst da war ihm nach Feiern zumute. »Auf unsere Arbeit!« sagte er kurz und stieß mit seinem Kelch klingend gegen den Rocs. »Denn obwohl ich jetzt weiß, daß das, was ich brauche, hergestellt werden kann, und obwohl ich den nötigen Ofen dazu habe, wird es vielleicht noch eine Weile dauern, bis wir wieder Anlaß zu Trinksprüchen haben.«

Hierin erwies er sich als wahrer Prophet; denn seine Versuche zogen sich über das ganze Frühjahr bis in den Sommer hin, und sie verliefen immer enttäuschender. Viele bis ins kleinste ausgedachte Vorgehensweisen mußte er wieder verwerfen; er erprobte alle möglichen Zusammensetzungen, Zufügungen, Weglassungen auf der Suche nach dem richtigen Weg, um diese haarähnliche Faser mit dem dunklen Schimmer nachzumachen. Oft hing eine dunkle Wolke über der Schmiede, und die kleinen Tiere der Insel flohen aus ihrer Umgebung. Einmal war die Quelle unter der Schmiede vergiftet; die Fische starben im weiteren Verlauf des Gewässers, und Schwäne mieden die stillen Teiche; auch die kleinen Mammuts kamen nicht mehr zum Trinken und Wasserprusten. Zusätzlich zu seiner üblichen Enttäuschung bereitete Elof dieser Umstand besonderen Kummer, und er nahm sich vor, in Zukunft vorsichtiger zu sein. Er ergriff sogar Maßnahmen, um die Bäume gegen die Luft aus dem Ofen zu schützen. Doch sonst tat er nicht viel, um die äußeren Hinweise auf die Vorgänge in der Schmiede zu vertuschen, und wenn der König ihm mehr Aufmerksamkeit geschenkt hätte, wäre sein Treiben unvermeidlicherweise entdeckt worden. Nithaid hatte jedoch andere und dringlichere Sorgen, denn die Ekwesh fuhren mit der Art des Kampfes fort, zu der sie übergegangen waren, indem sie nämlich in kleinen Banden das Land heimsuchten und damit zwar eigentlich weniger Schaden anrichteten als zuvor, doch für beträchtliche Verwüstung und Panik wegen ihrer Unberechenbarkeit sorgten. Sie hatten auch keinen Anlaß, ihre Raubzüge während der Sommermonate einzuschränken, wie es der Zusammenschluß zu einer Gesamtarmee erforderlich gemacht hätte, da abwechselnd ein Teil jedes Stammes die von Sklaven durchgeführten Erntearbeiten beaufsichtigen mußte, während der Rest mit Plündern beschäftigt war.

Nur dort, wo Elofs neue Befestigungsanlagen errichtet worden waren, wurden die Plünderungen vereitelt, denn die Räuber wagten es kaum, sich die Zeit für die Belagerung einer derart stark verteidigten Stadt zu nehmen, und die labyrinthischen Hindernisse erschwerten ein schnelles Einfallen und einen ebenso schnellen Rückzug, auf denen ihre Strategie beruhte. Wenn es Nithaid gelang, eine solche Bande von Plünderern, die gerade mit dem Überfall auf eine Stadt beschäftigt war, aufzureiben oder zwischen den engen Wehranlagen und seiner Armee in die Falle zu treiben, dann machte er sie bis zum letzten Mann unschädlich;

doch meistens blieb ihm nichts anderes übrig, als mit seinen schwerfälligen Streitkräften auf gut Glück von einem Ort zum anderen zu ziehen, auf der Jagd nach den Räubern, die hin- und herschossen wie Fische und sich nur den Köder von der Angel schnappten. Nur wenn ihm der Zufall hold war, konnte er manche von ihnen in einen offenen Kampf verwickeln, und das geschah immer seltener. An vielen Orten ließ er Garnisonen zurück, doch die einen verfielen in ungestörten Müßiggang, andere wurden von einem Gegner, der in ungewöhnlich großer Zahl anrückte, überwältigt, wieder andere wurden durch wiederholte kleine Scharmützel zermürbt; alles war gleichermaßen entmutigend. Oft sah er sich gezwungen, Auseinandersetzungen zwischen seinen Landadeligen zu schlichten, wenn sie hörten, daß ihr eigenes Gebiet überfallen wurde, während sie weit weg in irgendeinem Grenzstreifen eine vermeintliche Bedrohung abwenden mußten. All diese Zustände wurden immer schlimmer, und sein Ansehen, das aufgrund Elofs Schöpfungen und seiner eigenen unermüdlichen Energie einen beträchtlichen Aufschwung genommen hatte, erlitt wieder große Einbußen. Selbst unter seinen eigenen Soldaten wurden mürrische Stimmen laut, und man erinnerte sich bereitwilliger denn je daran, daß er trotz all seiner Behauptungen, von ysmerischem Blut zu sein, den Thron letztendlich unrechtmäßig innehatte, und daß aufgrund eines ysmerischen Großvaters seine Kinder einen größeren Anspruch darauf hatten als er. Und wegen seiner häufigen Abwesenheit vom Hof wurden auch dort derartige Äußerungen ganz offen ausgesprochen und von seinen Söhnen nur dem oberflächlichen Schein nach unterbunden. So berichtete Roc, denn er begab sich so häufig wie eh und je in ferne Gegenden, um bei der Errichtung von Befestigungsanlagen zu helfen; Elof blieb dann einsam mit seiner düsteren Arbeit zurück.

Als er Anfang des nächsten Winters von einer solchen Reise zurückkehrte, im siebten Jahr von Elofs Sklavendasein, traf er seinen Freund an ihrem Tisch sitzend an, mit einer Menge Fasern vor sich und einem merkwürdigen Lächeln im Gesicht. Er war mit einem der feinen Gewänder angetan, die Nithaid ihnen geschickt hatte, als ob er etwas feiern wollte; doch Roc entging weder, wie steif und zaghaft er sich erhob, noch die Tatsache, daß er neue Krücken aus Stahl hatte, noch daß die rückwärtige Wand der Schmiede schwarze Flecken aufwies, als ob große Hitze auf sie eingewirkt hätte. Als Elof ihm zur Begrüßung die Hand reichte, nahm er statt dessen seinen Arm und bemerkte, wie Elof zusammenzuckte, als er die Verbände darunter berührte; als er ihn eingehender betrachtete, fiel ihm außerdem auf, daß die Haut seiner Wangen wie frisch verheilte Wunden glänzte und straff gespannt und pergamentartig aussah.

»Du hast es getan, nicht wahr, du blöder Kerl?« zischte Roc ihn an und verstärkte vor Wut seinen Griff. »Du bist ganz allein zum Arbeiten hinuntergegangen – und hast deine verdammte Kleidung in Brand gesteckt, was?«

»Das war die einzige Möglichkeit ...«, erwiderte Elof schwach, während er sich wieder setzte und sich den Arm festhielt. »Die einzige Möglichkeit, die ich noch nicht ausprobiert hatte ... Je geringfügiger eine Wunde ist, desto langsamer heilt sie, so ist das mit mir, glaube ich. Keine schlimmen Verbrennungen, aber viele Versengungen, das ist alles ... Und es ist geschafft, Roc! Geschafft! Ich habe das Steinöl mit Mineralien zu seiner feinsten Form verbrannt und zu einem zarten Netz verwoben, zu Kristallen, die dünner sind als ein Faden. War es das nicht wert, vom Feuer eins ausgewischt zu bekommen? Die Faser ist neu entstanden! Und damit unsere Hoffnung!«

Roc schüttelte resigniert den Kopf. »Die Faser vielleicht, aber alles übrige? Wie willst du an die Materialien kommen, die du brauchst? Kristalle brauchen Zeit zu wachsen, und wo kannst du ausreichend Gold finden für ...«

»Das war auch meine große Sorge«, sagte Elof und setzte erneut ein hintergründiges Lächeln auf. »Aber nun nicht mehr. Nithaid ist zurückgekehrt; hast du davon gehört?«

»Ja, er hat mich zum Palast bestellt, um sich einen Bericht über den Zustand der Befestigungsanlagen geben zu lassen. Er steht unter ziemlichem Druck, möchte ich meinen; er verläßt das Schlachtfeld nur, um das Herzland noch fester in den Griff zu bekommen und mehr Geld für seine Feldzüge einzutreiben. Es geht das Gerücht, daß er das Prägen neuer Münzen plant ...«

»So ist es«, bestätigte Elof, noch immer lächelnd. »Aber er braucht meine Hilfe dazu. Letzte Woche hat mich dieser Schleimer, sein Schatzmeister, mit einer großen Truhe voller Gold aufgesucht; seine Knie schlotterten förmlich bei meinem Anblick. Trotzdem hat er mich aufgefordert, meine ganze Kunstfertigkeit anzuwenden, um das Zeug zu strecken und ein Viertel mehr dabei herauszuholen, und zwar so, daß es nicht einmal die Münzmeister merken würden. Ist es nicht wundervoll, zu welch hohem Ansehen ich unter den Fittichen dieses Königs gekommen bin? Er macht mich zu seinem Sklaven, seinem Mörder und jetzt zu seinem Falschmünzer; eine bemerkenswerte Karriere, findest du nicht?«

»Sag ihm, daß du das nicht tun kannst!« bedrängte Roc ihn wütend. »Das ist nichts anderes als die Wahrheit ...«

»Ich habe ihm die Antwort übermitteln lassen, daß ich es kann und daß ich es machen werde«, entgegnete Elof vergnügt.

Roc schüttelte den Kopf vor Überraschung und

Mißfallen. »Aber Mann … kannst du es denn wirklich machen?«

»Ich glaube schon – obwohl das weniger mit meinem Können zu tun hat als mit der Unfähigkeit ihrer Münzmeister. Sie würden es wahrscheinlich nicht einmal merken, wenn das Gold um die Hälfte mit anderen Materien gestreckt würde, solange sie ihren Prägestempel einigermaßen gut hineindrücken können.«

»Um die Hälfte …«, platzte Roc heraus, und dann schmunzelte er. »Ich hoffe, daß du recht hast, mein Junge!«

»Was die Münzmeister betrifft?«

»Was deinen Plan betrifft. Mache das Beste aus diesem Gold, denn ich fürchte, du wirst es brauchen. Aber wie kommst du an das andere Zeug?«

»Ich habe ausrichten lassen, daß ich es für die Münzen brauche. Die erste Bootsladung wird heute morgen eintreffen.« Roc sah ihn mit weit aufgerissenen Augen an und brach in schallendes Gelächter aus.

»Er hat deine Verbrecherinstinkte allzugut gefördert, scheint mir!«

Doch Elofs Lächeln veränderte sich nicht, und Roc begriff plötzlich, daß es vor Selbstverachtung erstarrt war. »Das hat er. Und wenn mich das eines Tages dazu veranlassen sollte zu vergessen, daß ich Schmiedemeister bin und kein gewöhnlicher Gauner und Mörder, dann hat er mich dazu gebracht.«

Der folgende Winter war strenger als die vorigen, und für Elof begann das achte Jahr seines Sklavendaseins inmitten hoher Schneeverwehungen und eisigen Stürmen. Er nahm kaum Notiz davon; er war zusammen mit Roc zu sehr von der Arbeit am Gold des Königs beansprucht, oder er schuftete allein tief unten in der Ofenkammer. Roc war froh zu sehen, daß seine Verbrennungen heilten und daß er sich keinen solchen Gefahren mehr aussetzte; offenbar hatte er eingesehen, daß es jetzt einen triftigen Grund gab, sich in einem so guten und gesunden Zustand zu halten wie nur möglich. Nur manchmal, wenn er nachts nicht schlafen konnte, ging er hinaus und stand dann bis zu den Hüften im Schnee, den nun nicht einmal mehr die von den Erdfeuern aufsteigende Wärme schmelzen konnte, und ließ den Blick über den Himmel schweifen, ob dieser nun wolkenverhangen oder frostklar war; und Roc brachte es nicht übers Herz, ihn deswegen zu schelten. Doch er sah keine Flügel mehr. Es schien, daß Kara auf ebenso geheimnisvolle Weise verschwunden war, wie sie erschienen war. Truhen voller Gold wurden zum Festland geschickt und in der Münzmeisterei ohne Beanstandung angenommen, um so mehr, als Elof dem verfälschten Gold eine Eigenschaft eingegeben hatte, die einen neugierigen Geist umwölken würde. Die neu geschaffenen Rohlinge klangen zwischen den Prägestöcken so rein und schwer wie pures Gold. Auf der einen Seite wurden sie nach altem Brauch mit der Sonne zwischen den Stierhörnern versehen; auf der anderen trugen sie jedoch Nithaids Abbild, der in seiner Rüstung über einem sterbenden Ekwesh-Krieger stand, denn nach seinem Wunsch sollten die Münzen das Vertrauen in sein Reich und seine Herrschaft verkörpern.

»Und das tun sie auch!« sagte Elof verbittert. »Denn es ist im Kern ebenso falsch. Noch falscher, als er selbst ahnt!« Er ließ eine Münze durch seine Finger auf den Tisch gleiten, und von dort rollte sie unbeachtet zu Boden; dann rieb er sich die Hände, als wolle er den Schmutz wegwischen. Er griff nach seinen Krücken und hievte sich daran hoch, schwang sich zur Tür und schlug diese hinter sich zu, begleitet von einem eisigen Luftzug. Roc blickte ihm nach und schüttelte traurig den Kopf; doch er unterließ es nicht, die Münze aufzuheben und sie sorgsam in seiner Innentasche zu verstauen.

Elof schleppte sich durch den Schnee und kletterte

mühsam bis zum höchsten Punkt des Hügels hinauf, wobei er in tiefen Zügen die saubere Luft in sich einsog, als wolle er sich von dem ihm anhafteten Schmutz der Unehrlichkeit reinwaschen. Ein kalter Nordwind hatte den Himmel in eine Onyx-Kuppel mit Diamantsplittern verwandelt, glitzernd und hart. Die Eichen sahen plötzlich uralt aus, denn Schnee bedeckte an Stelle des Laubwerks die Äste und drückte sie mit seinem Gewicht nach unten. Im Sommer war dieser kleine Hain ein Ort des Friedens für ihn, ein grünes Schattenplätzchen, wo er liegen und sich vom Summen der Insekten und den Tausenden von schwankenden Farbtönen der breiten Blätter in den Schlaf lullen lassen. Starr und kalt, wie er jetzt war, verhieß er wenig Frieden; und doch bereitete es ihm eine seltsame Erleichterung, wenn er den schmerzenden Kopf gegen die kühle, knorrige Rinde lehnte und wußte, daß irgendwo darunter der Keim des Wachstums und die Hoffnung auf Leben erhalten war, das sich auf den nicht mehr fernen Frühling vorbereitete. Er hatte gut daran getan, diese alten Bäume zu verschonen.

Du hast in der Tat sehr gut daran getan.

Elof machte einen Satz von dem Baumstamm weg, als ob ihn dieser verbrannt hätte, und hätte dabei beinahe das Gleichgewicht auf den Krücken verloren. Die Stimme war unglaublich schwach und kam aus weiter Ferne zu ihm, flink wie der Wind über unendlichen Wäldern, das Raunen unzähliger schaukelnder Baumwipfel und wie dieses mit den Böen an- und abschwellend; und doch vernahm er im Geiste jedes Wort klar und deutlich, und er wußte genau, wer da sprach. »Du wieder!«

Ja, ich. Und ich freue mich, daß du dich an mich erinnerst. Moos und Kriechpflanzen machen sich in der schlauen Schmiede breit, die du in meinem Reich gebaut hast. Tote Blätter wehen über den Boden, sammeln sich und verfaulen zu fruchtbarer Erde. Samen quellen auf und spal-

ten sich zwischen den Mauerritzen; Wurzeln greifen unter die Bodensteine, kleine Tiere bauen sich unter der kalten Erde Tunnel. Die Frühlingsstürme werden das Dach endgültig zum Einsturz bringen. Du kannst gegen den Wald Mauern bauen, aber du kannst ihn nicht lange im Zaum halten.

»Was tust du hier, so weit von deinem Reich entfernt?« erkundigte sich Elof, während er beobachtete, wie sein Atem gegen den Baumstamm dampfte. »Wenn du nur gekommen bist, mich zu verhöhnen ...«

Ich bin nirgendwohin gekommen. Ich bin hier, so wie ich überall bin, wo auch nur der kleinste Baumschößling steht. Und mir steht nicht der Sinn danach, dich zu verhöhnen oder dein Herz in Fesseln zu legen wie zuvor. In der Welt, wie sie jetzt ist, haben wir ein gemeinsames Ziel, und ich habe dich nur angesprochen, um dich zu warnen.

Elof schnaubte. »Mich zu warnen? Wovor könntest du mich warnen, du, der mich so in die Falle hat laufen lassen?«

Höre mich dennoch an! Die Sache des Lebens ist zu ernst, als daß irgendwelche Feindseligkeiten seine Verteidiger jetzt spalten dürften!

»Wenn du mir irgendeine Art von Hilfe leisten könntest, würde ich dir vielleicht glauben!«

Du mußt mir glauben! Ich kann dir keine Hilfe geben; es kostet mich äußerste Kraft, auch nur zu dir zu sprechen, in diesem Land der Menschen, die die Bäume getötet haben! Ich kann dich nur warnen!

»Dann ... eine Botschaft; könntest du nicht vielleicht eine Botschaft in meine Heimat überbringen, an Keryn Kermorvan, ihren König? Dort gibt es Bäume genug.«

Doch niemanden, der auf ihre Stimmen hört. Nur wenige hören mich – außer vielleicht am Rande ihres Denkens –, die nicht längere Zeit in meinem Reich gewohnt haben oder auf andere Weise Umgang mit meinen Mächten gehabt haben. Du hast das Blut des Wurms geschmeckt, der die Verkörperung einer kleineren Macht ist. Und du hast deine Schmie-

dekunst, die das Geschenk einer Macht an die Menschen ist. Nur wenige haben so viel; in deinem Ostland kein einziger.

Elof holte tief Luft. »Aber du kannst in jenes Land blicken? Dann sage mir doch wenigstens, wie es meinen Freunden dort geht. Wie ist es um das Reich bestellt? Ich bitte dich…« Eine Zeitlang kam keine Antwort; es herrschte tiefe Stille. Dann erhob sich mit einem plötzlichen Windstoß die große Stimme erneut.

Ich blicke dorthin, und ich sehe, daß alles in Ordnung ist. Obwohl Bäume gefällt werden, werden andere gepflanzt; das Land ist wohl bestellt und liegt nicht brach. Ein friedliches Land, ein Land, das in die Zukunft schaut, ein klug regiertes Land; wenn alle so wären, hätte ich weniger Ärger mit eurer Sorte. Ich sehe, daß Menschen und Duergar sich in Harmonie unter den Bäumen begegnen und ihre Herren lobpreisen, die sie aus dem Westen geholt haben. Von der Stadt sehe ich wenig, weil es dort soviel Stein gibt, doch an der Küste stehen zwei weitere Wächter. Dir würde ihre Ähnlichkeit auffallen. Mehr kann ich nicht sehen.

Die plötzliche Wärme der Tränen, die ihm über die Wangen rannen, verwirrte ihn. »Ich danke dir, Herr des Waldes. Das ist mehr als genug! Wovor wolltest du mich also warnen?«

Vor einer weiteren Sache, die ich nicht deutlich vor mir sehe. Denn im Reich des Eises wächst noch weniger als zwischen den Steinen, die die Menschen aufeinanderschichten. Doch da bewegt sich etwas; Moos und Flechten fühlen es, und auch die Samen, die unter dem gefrorenen Boden schlummern, bis zum Tag seines Rückzugs. Sie sind meine Spione, und durch sie erfahre ich so allerhand. Das Eis bereitet sich darauf vor, die Welt endlich aus dem Gleichgewicht zu bringen, und hier ist der dafür vorgesehene Ort. Ich kann es hier nicht mit Taounehtar aufnehmen, wo es so wenig Bäume gibt; aber du, der du den Willen der Mächte auf deinem Amboß gebrochen hast, vielleicht kannst du es. Es ist dir auferlegt, es zu versuchen!

»Aber wie? Was wird das Eis tun? Es ist zu weit entfernt, um eine Speerspitze bis nach Kerys zu treiben, wie einst in Morvan …«

Es ist näher, als du denkst. Taounes Grundeis nagt schon an den Wurzeln meines Hochlandwaldes, und er ist bereits in Mitleidenschaft gezogen. Dieser Winter wird lange dauern, doch der nächste wird endlos erscheinen. Und dann, irgendwann in den sommerlosen Monaten, die darauf folgen werden, werden die Gletscher selbst ihr Gewicht in die Waagschale werfen …

Plötzlich brach die Stimme ab und wurde schroff und schrill wie eine Sturmbö.

Jemand ist hier, der zuhört! Ich sage nicht mehr, du weißt jetzt genug … denke gründlich und mit der angemessenen Angst darüber nach.

Die Stille war so unvermittelt und absolut wie das Zuschlagen einer fernen Tür.

»Warte! Wer hört zu?« Elof zappelte wild herum, suchte den Schatten der Bäume ab, kämpfte um sein Gleichgewicht und stürzte in den harten Schnee, wobei seine Krücken scheppernd über den Boden rutschten. Die eisige Kälte an seinem Hals traf ihn so plötzlich, daß er sie mit Entsetzen wahrnahm; er spürte, wie sein Herzschlag raste und sein Atem flach wurde, so stark war das Gefühl einer fremden Anwesenheit, des Beobachtetwerdens – ganz aus der Nähe, beharrlich. Sein Geist wurde überflutet von allerlei schrecklichen Vorstellungen, dünn und schemenhaft, von Ungeheuern, die in Nächten wie dieser durch abgelegene Gegenden zu spazieren pflegten. Er mußte unbedingt aufstehen, aufspringen und weglaufen, und er wußte, daß er es nicht konnte, daß er einen Alptraum durchlebte. Er versuchte mit aller Kraft, Roc zu rufen, doch seine Kehle war trocken, seine Stimme versagte; von Panik ergriffen drehte er sich in alle Richtungen, griff nach seinen Krücken und bemühte sich um einen Halt für die Füße. Doch sobald es ihm gelungen war, sich zu erheben, hielt er inne, schwankte wie vom Blitz getroffen und streckte eine Hand aus – nicht zum Schlagen, sondern zum ungläubigen Berühren…

Sie stand am Rand des Hains, ein blasses Gesicht über einem Mantel aus Schatten, die Augen weit aufgerissen und leuchtend. Doch er war sich nicht sicher, was er darin las, ob es Liebe oder Haß war, Mitleid, Abscheu, Verachtung – alles zusammen oder nichts davon. Sie sah ihn in seiner ganzen Schwäche und Schande, zerbrochen, an die Krücken geklammert, und er hatte keine Ahnung, was sie denken mochte. Noch einen Augenblick, noch den Bruchteil eines Herzschlags, dann hätte er vielleicht das Geheimnis ihres Blickes gelöst, wäre auf den Grund jener Teiche gekommen, dunkler als die Dunkelheit – ihre Augen, die für ihn so lange verloren gewesen waren, die ihm so viel bedeuteten, an die er sich so schmerzlich erinnerte. Doch während er die Hand ausstreckte, wurde ihr Mantel zu einem Wirbel von Bewegungen; während er ihren Namen rief, schlug ihm heftiger Wind ins Gesicht, und ein Schatten zog vor dem Mond vorbei. Und als Roc entsetzt von der Hütte herbeigerannt kam, traf er Elof verloren und mit leerem Blick in den Himmel starrend an.

In wenigen kurzen Worten erzählte er seinem Freund, was sich zugetragen hatte; Roc konnte nichts anderes tun, als den Kopf zu schütteln. »Das übersteigt mein Fassungsvermögen, beides – sofern du nicht beides nur geträumt hast…«

»*Nein!* Es war mehr wie ein Erwachen. Das Leben hier könnte der Traum sein – und ich wünschte bei allen Mächten, es wäre so!«

Roc kratzte sich am Kopf und schmunzelte. »Tut mir leid, ich bin einfach zu realistisch. Ich bleibe jedoch jetzt eine Weile mit dir hier, wenn du willst, und beobachte den Himmel; obwohl deine Augen schärfer sind als meine und ich nicht glaube, daß sie noch mal wiederkommt. Jedenfalls nicht heute nacht, meine ich«, fügte er schnell hinzu. »In einer anderen Nacht jedoch ganz bestimmt. Und bis jetzt ist sie jedes Mal ein Stück näher gekommen; das ist doch immerhin etwas, nicht wahr?«

Elof scharrte mit einer Krücke im Schnee. »Danke für diesen Trost; ich sollte ihn annehmen. Ich könnte… wenn sie nicht unmittelbar nach Tapiaus Warnung gekommen wäre! Was meinte sie nur? Welchen Zweck verfolgte sie – und tat sie es aus eigenem Antrieb, oder steckte Louhi dahinter?«

»Wie soll ich das wissen? Aber das ist eine Frage, über die sich besser hinter geschlossener Tür bei etwas warmem Wein nachgrübeln läßt. Oder besser noch, über die man erst einmal schlafen sollte. Sehnst du dich nicht nach deinem Bett?«

Anfangs widersetzte sich Elof, doch bald ließ er sich von Roc wegziehen. Doch immer wieder blickte er sich in alle Richtungen um, während sie den Weg ins Tal zurücklegten, wo die Schmiede stand und durch die geöffnete Tür eine goldene Wärme über den Schnee vergoß. Als sie um eine Ecke bogen, warf Elof einen zögernden Blick zurück – und blieb wie angewurzelt stehen, wobei sich seine Krücken tief in den Schnee bohrten.

»Was ist los?« fragte Roc. »Siehst du sie wieder?«

»Nein!« flüsterte Elof. »Siehst du, dort?«

»Was denn? Den Hang, das Wasser, das Ufer. Schnee auf Schnee und die erste klare Nacht, die wir seit wer weiß wie langer Zeit haben…«

»Ja, sie ist klar, klar wie Glas… und genauso spröde. Sieh nach oben, Mann, sieh nach oben! Zum Ufer, zu den Hügeln, zum fernen Horizont – dort ist die Nacht nicht klar. Ein unheimliches Wort ist darauf geschrieben, wenn man die Augen hat zu sehen.« Roc sah es und hielt erschüttert die Luft an. Denn auch er kannte diesen Anblick nur allzugut, und eine Flut von Erinnerungen kehrte zurück. Ein anderes Licht als das des Mondes oder der Sterne beleuchtete die Gipfel der am weitesten entfernten Berge; obwohl es schwach und zart war, war es unverkennbar. Wie das Licht eines fernen Sees, unglaublich still, setzte sich die Strahlung des Eises an der Nacht vorbei und durch sie hindurch fort, und die Lichter der Morgenröte tanzten und flackerten.

»Aber es ist kaum näher als zuvor!« rief Roc aus. »Die Entfernung ist für einen direkten Angriff immer noch zu groß, was immer Tapiau dir gesagt haben mag…«

»Es gibt andere Möglichkeiten des Nahseins. Vielleicht hat er Karas Gegenwart gespürt, denn ihr muß etwa von dem Eis anhaften. Oder hat er vielleicht gemeint… Roc, was für ein Wind war das, der die Wolken so schnell dahingetrieben hat?«

»Warum? Ein verdammter Nordwind, fühlst du das nicht? Direkt vom Eis, brrr…«

»Ja! Auf der ganzen Linie entlang des Horizonts, damit das Eis klar und hell leuchten kann. Wie ein Signal… oder ein Banner…«

Roc zuckte verächtlich die Schultern. »Über diese Entfernung? Davon lassen wir uns nicht einschüchtern!«

»Bestimmt nicht. Aber sind wir denn überhaupt damit gemeint? Wie mag es wohl aus der Nähe aussehen? Erinnerst du dich, was Kermorvan und ich dir damals auf dem Gletscher erzählt haben?«

Roc pfiff durch die Zähne. »Als ob der Himmel gefroren wäre und die Sterne herabgekommen wären, um zu tanzen. Eine hübsche Zerstreuung für die Mächte des Eises!«

Elof nickte. »Der Angriff, den ich vorausgesehen habe – ich möchte wetten, da ist er! Das ergäbe einen Sinn! Seit zwei Jahren braut er sich zusammen, werden die Streitkräfte aufgebaut – und diese Plünderzüge sind nichts als ein Ablenkungsmanöver, das sich Louhi ausgedacht hat; auf diese Weise wird ihre Gier gestillt, und ihre Kräfte werden geschont!«

»Während Nithaid sich immer mehr verausgabt!« murmelte Roc. »Wir müssen ihn warnen.«

»Wird er mir noch einmal Glauben schenken, nach meiner letzten Warnung? Zur Hölle, vom Festland aus werden sie dieses Schauspiel nicht einmal sehen, sie sind zu tief unten! Ein paar Lichter am Himmel und Worte in meinem Kopf – du kannst dir denken, wie wenig ihn das beeindrucken wird!«

»Wie auch immer, wir müssen es versuchen!«

Elof runzelte die Stirn. »Ja, aber vor Tagesanbruch können wir wenig tun! Niemand außer Nithaid selbst oder einigen wenigen Wächtern würden bei Nacht in die Nähe von Elan Ghorenhyon kommen!«

»Nicht einmal, wenn wir die gesamte Schmiede in Brand stecken würden!« brummte Roc mißmutig. »Und sie befinden sich alle in dem Palast. Dann ist es also leider nicht anders machbar. Gleich im ersten Morgengrauen, und hoffen wir, daß es dann noch nicht zu spät ist!«

Doch es bestand keine Notwendigkeit dazu. Wenn es auch sonderbar erscheint, daß die Chronisten den Ereignissen einer einzigen Nacht so große Bedeutung beimessen, so sollte man doch nicht vergessen, daß durch die kleinste Verschiebung der Gewichte das Zünglein an der Waage bewegt wird. Es ist überliefert, daß während Elofs und Rocs Unterhaltung über Kerys und dem Wilden Land Lichter am Himmel tanzten, wütende Funken in Rot und Gold; die Strahlen sprangen von Hügel zu Hügel wie die ersten Funken eines tobenden Waldbrandes, und ihnen folgten die goldenen Blitze der Signalspiegel. Noch während Elof mit einem dieser Spiegel den Wachtposten auf der Hafenmauer ein Zeichen gab, gaben königliche Boten ihren Reittieren die Sporen und jagten über die rutschigen

Steine der Hafenanlage, und ehe er seine Warnung vollends übermittelt hatte, sah er, wie sich unterhalb der Mauer die Masten der großen Koggen bewegten, als diese von den Docks geschoben und zu den Ladekais gezogen und bereit gemacht wurden, um die Truppen wieder an Bord zu nehmen, die sie gerade erst nach Hause und zu ihren Familien entlassen hatten. Der Überfall hatte bereits begonnen.

Weitere Nachrichten folgten bald. Der erste Angriff hatte sich im Labyrinth von Elofs Verteidigungsanlagen erschöpft, wobei von deren schwacher Besatzung ein schreckliches Blutbad angerichtet worden war; doch auch die eigene Seite hatte große Verluste hinnehmen müssen, und sie fürchteten, daß ein zweiter derartiger Überfall ihre Zahl so sehr verringern würde, daß sie nicht mehr in der Lage wären, die Mauer zu bemannen. Es gab Anzeichen dafür, daß sich der Feind erneut zum Angriff formierte, der vermutlich noch heftiger sein würde als der erste; doch seltsame Tiere trieben sich in der Umgebung herum, und noch seltsamere Schrecknisse traten ein, und Spurensucher und Kundschafter, die ausgeschickt wurden, um Genaueres herauszufinden, kehrten nicht zurück. Nithaid wurde dringend gebraucht, und noch am selben Nachmittag stach er mit so vielen Männern, wie er nur von der Stadt abziehen konnte, in See und beauftragte seine Kommandeure, von den anderen Gebieten Abgaben einzuziehen und dann zu folgen.

Elof und Roc beobachteten vom erhöhten Standplatz der Schmiede aus das Auslaufen der Flotte, und zu ihrer Überraschung sahen sie, wie die Kogge des Königs vor der Leeseite der Insel Elan Ghorhenyan den Anker warf und Nithaid sich zum Ufer rudern ließ. Seine Begrüßung war unförmlich. »Was hatte es mit Eurer Warnung auf sich?« blökte er zu ihnen herüber, noch bevor das Boot scharrend auf den Strand auflief. »Wieso wußtet Ihr, daß sich etwas zusammenbraute?«

Elof erzählte ihm lediglich von den Lichtern über dem Eis und erwähnte weder Tapiau noch Kara, und der König zupfte sich ärgerlich am Bart. »Das sieht nicht gut aus!« murmelte er. »Und Ihr könnt mir nicht mehr sagen? Habt Ihr nicht noch irgendwelche schlauen Dinge in Eurer Trickkiste?«

Elof sah ihn eine Zeitlang forschend an. Sein grobschlächtiges Gesicht wirkte plötzlich wie aus der Form geraten, noch feister als sonst. Er war dicker geworden, unter seinen Augen hingen dunkle Tränensäcke, und sein Atem roch nach abgestandenem Wein. »Ich habe nichts fertig, das ich Euch zeigen könnte, König.«

Enttäuschung und Verzweiflung huschten wie Wolken über Nithaids Gesicht, und die Adern an seinen Schläfen traten hervor. *»Nichts?«* brüllte er, dann warf er einen Blick auf die Männer im Boot und dämpfte die Stimme. »Überhaupt nichts? Womit habt Ihr Euch denn während der vergangenen Wochen beschäftigt? Was glaubt Ihr denn, warum ich Euch diese gute Behandlung angedeihen lasse? Ihr seid immer noch ein Sklave, bei Verya, und Ihr werdet mir wie ein solcher dienen! Müßt Ihr mit der Peitsche daran erinnert werden?«

»Ich befasse mich mit einer bestimmten Sache«, antwortete Elof wahrheitsgemäß, »die sich im Kampf gegen das Eis als sehr nützlich erweisen könnte. Aber das Werk ist noch unvollendet ...«

»Dann vollendet es, Mann! Bringt es noch heute zu Ende, während ich zusehe!«

»König, ich würde es tun, wenn ich es könnte, glaubt mir. Aber Ihr müßtet doch inzwischen wissen, daß sich die Arbeit eines Schmieds nicht beschleunigen läßt. Es wird noch einige Wochen dauern. Doch wenn es fertig ist, das verspreche ich, werdet Ihr der erste sein, der es zu sehen bekommt und den ich damit überraschen werde.«

»Sofern ich noch hier bin«, murmelte Nithaid und

fügte dann hinzu. »Wenn ich nicht mehr hier bin, seid Ihr meinen Söhnen Rechenschaft schuldig, vergeßt das nicht! Sie werden mir ohnehin bald auf dem Thron folgen. Ich werde alt; allzuviel bin ich nicht mehr fähig zu ertragen…« Er holte tief Luft, dann straffte sich seine Haltung, er drehte sich auf dem Absatz um und stolzierte zurück zum Boot. Schließlich rief er noch über die Schulter zurück: »Ich bekomme es zu sehen, sobald ich zurückkehre, bedenkt das!«

»Dort geht ein ängstlicher Mensch«, bemerkte Roc nachdenklich, während sie dem König nachblickten, der in dem Ruderboot zum Schiff zurückgebracht wurde. »Er sucht nach einem Strohhalm, an den er sich klammern kann. Jetzt wird er vermutlich gerade den Ruderern erzählen, daß er sich mit dem Zauberer beraten hat, damit diese ein entsprechendes Gerücht verbreiten, durch das dann seine Truppen motiviert werden…«

»Und auf diese Weise kann er, falls etwas schiefgehen sollte, alles mir anlasten!« sagte Elof mit einem verbitterten Lächeln. »Nun denn, an die Arbeit! Ich habe ein Versprechen gegeben, das es einzuhalten gilt! Zumindest haben wir nun einige Wochen Ruhe, bevor wir erneut gestört werden.«

Es stellte sich heraus, daß er in dieser Hinsicht nicht recht hatte. Es waren noch keine drei Wochen vergangen, da schreckte Rocs Schrei Elof in der Tiefe seiner Schmiede auf und veranlaßte ihn, schleunigst nach oben zu eilen; die leichten Hämmer und Former, mit denen er gerade gearbeitet hatte, fielen ihm dabei aus der Lederschürze. Er stützte sich auf den Fenstersims und blinzelte hinaus in die helle Morgensonne. »Du hast recht!« bestätigte er überrascht. »Eine königliche Barke, angemalt wie ein Paradiesvogel und unter dem Zeichen der Sonne segelnd! Aber Nithaid hat doch noch nie ein so aufwendiges Schiff benutzt, um uns zu besuchen…« Er und Roc sahen einander an.

»Dann muß es also jemand sein, der größeren Wert auf Pomp und Luxus legt ... Ich wette, das sind *sie!*«

»Ohne Zweifel!« sagte Elof trocken. »Ich kann sie jetzt sogar sehen; und sie sind offenbar unterwegs hierher.«

»Dann räume schnell auf und zieh dir irgend etwas einigermaßen Feierliches an! Je mehr sich diese beiden einem Zauberschmied gegenübersehen, und je weniger einem Sklaven, desto besser!«

Elof nickte nachdenklich.

Als vom Hügel der schmetternde Klang eines Horns ertönte, öffnete Roc schwungvoll die schwere Tür der Schmiede; Elof lächelte vor sich hin, als er das Beben in dem Geschmetter wahrnahm. Offenbar machte es jemanden ziemlich nervös, daß er hier sein mußte. Die beiden hochgewachsenen Gestalten, die über die Schwelle traten, hätten in ihrem Verhalten und ihrem prunkvollen Putz jedoch kaum mehr Hochmut ausstrahlen können; sie waren in Rot- und Grüntöne gekleidet. Vielleicht war es pures Interesse, das sie veranlaßte, vor dem großen Sonnenzeichen über der Tür oder der Düsternis im Innern zu zögern. Elof hatte die Fensterläden geschlossen und fachte das Feuer, neben dem er jetzt saß, mit dem Blasebalg an. Er hatte ein Gewand angelegt, das Nithaid ihm geschenkt hatte und das er normalerweise haßte; es war im Schwarz der Schmiedezunft gehalten, mit weiten Ärmeln und einer großen Kapuze, um die Brust und die Manschetten mit Goldstickerei versehen, die Symbole aus der Schmiedekunst darstellte, und er hatte den Verdacht, daß es einst Amylhes gehört hatte. Doch jetzt diente es seinen Zwecken vortrefflich; er zog sich die Kapuze über den Kopf, und als er sich von der Feuerstelle erhob, hatte er das sichere Gefühl, jeder Zoll ein Zauberer zu ein, zumindest äußerlich. Gegen die Krücken konnte er nichts machen, doch um ihre Wirkung zu mindern, hielt er einen schweren, langen Hammer wie ein feierliches Insigne in der Hand. Sein Anblick, schattenhaft gegen die mannshohen Flammen des Schmiedefeuers abgehoben, ließen die Prinzen in ihren Schritten innehalten.

»Seid gegrüßt, hohe Herren!« sagte er, und seine Stimme hallte unter den hohen Dachbalken der Schmiede wider. »Ihr erweist der Insel der Zauberer mit Eurer Anwesenheit eine große Ehre. Wie ergeht es dem König, Eurem Vater, bei seinen Feldzügen? Hat er Euch eine Nachricht für mich mitgegeben?«

Aus dem Augenwinkel sah er Roc hinter den Prinzen, der sich bemühte, nicht zu lachen; offensichtlich dachte er, Elof trachte lediglich danach, diese beiden aufgeblasenen Jüngelchen aus der Fassung zu bringen. Doch Elof hatte ernstere Gedanken, und er ging ihnen nach. Waren diese die neuen Herren von Kerys, mit denen er hier sprach? Die Vorstellung, daß Nithaid tot sein könnte, ließ eine schmerzliche Flamme in seinem Herzen auflodern. »Geschieht es auf seine Anweisung hin, daß Ihr heute den Fuß auf diese Insel setzt?«

Der ältere der beiden – Geraidh, war das nicht sein Name? – musterte Elof mit betonter Gleichgültigkeit von oben bis unten und wandte sich dann einer Werkbank zu, um lässig eine kunstvolle Goldarbeit in die Hand zu nehmen, einen in feinem Draht eingefaßten Edelstein. »Recht hübsch!« bemerkte er. »Jetzt verstehe ich, warum er Euch soviel Gold anvertraut. Aber schließlich habt Ihr Euch ja als vertrauenswürdig erwiesen, nicht wahr? Wieder und immer wieder, und doch habt Ihr Grund, ihn zu hassen – ist es nicht so, Meister Valant?«

»Ich habe niemals etwas anderes vorgetäuscht, Prinz.«

Geraidh musterte ihn mit scharfem Blick, verblüfft über die lockere Art, in der dieser Sklave mit ihm sprach. Doch er versagte sich eine Bemerkung, sondern stand nur da und strich sich durch den lockigen schwarzen Bart, obwohl in seinen Augen ein Feuer loderte. »Ihr haßt einen Mann, und doch dient ihr ihm getreu…« Er sah sich um. »Und das für einen kläglichen Lohn, wie mir scheint… was meinst du, Kenarech?«

Der jüngere Prinz kicherte. »Ich würde nicht einmal meine Hunde in einer solch armseligen Hütte wie dieser unterbringen. Ihr seid ein Rätsel, Zauberer; Gold fließt durch Eure Hände, und doch scheint es, als bliebe ziemlich wenig daran haften. Ich glaube, unser hochverehrter Vater erweist sich als ein wenig ungerecht.«

»Genau«, bestätigte Geraidh sinnierend. »Ich bin der Meinung, ein solcher Diensteifer verlangt eine angemessene Entlohnung. Ihr wißt doch, daß er uns das Königreich gemeinsam zugesprochen hat, Meister Valant? Nun, wenn mein Bruder einverstanden ist, so glaube ich, wir können Euch mit Sicherheit mehr bieten als das hier.«

Kenarech kicherte wieder. »Natürlich. Wir lassen Euch frei, Zauberer – wie findet Ihr das?«

»Das ist das mindeste!« fügte Geraidh überschwenglich hinzu und warf gleichzeitig seinem Bruder einen tadelnden Blick zu. »Die Freiheit allein ist ein geringes Entgelt. In früheren Zeiten hätte ein König einen Schmied allein für die ausgezeichnete Rüstung in den Adelsstand erhoben. Ich meine, der Status eines Barons wäre angemessen – natürlich nur den Titel betreffend, mit einem festen Einkommen anstelle von Grundbesitz, um Euch aller Verpflichtungen zu entheben. Und um Euch zu ermöglichen, Euch bei Hofe aufzuhalten und dort Eure Kunst auszuüben.«

Kenarech schmunzelte. »Sagt an, würdet Ihr nicht lieber einem besseren Herrn dienen? Einem, der Euch mehr nach Eurem Geschmack entlohnen würde?«

Geraidh straffte sich und warf seinem Bruder einen zornigen Blick aus den dunklen Augen zu. Elof deutete ihn als Warnung. Wenn es ihm gelingen würde, sie zum zwangloseren Reden zu bringen… Sie müßten sich dafür in dem Glauben wiegen, sich auf sicherem Boden zu bewegen. Er neigte langsam den Kopf und legte den Hammer aus der Hand. »Das habe ich in der Vergangenheit getan. Und gern würde ich es wieder tun.«

Die beiden jungen Männer entspannten sich sichtlich, und Kenarech lächelte seinen Bruder spöttisch an. »Dann werdet Ihr uns also zu Diensten sein, Zauberer.«

»Das könnte geschehen«, sagte Elof vorsichtig, »wenn es dem Willen Eures Vaters entspricht.«

»Ja!« kicherte Kenarech. »Es entspricht in der Tat seinem Willen – seinem letzten Willen. Denn er hat sein Testament gemacht. Es ist niedergelegt und von Zeugen beglaubigt.«

Elof biß sich auf die Lippe. »Wollt Ihr damit sagen, daß er tot ist?«

»Könnt Ihr mit Euren dunklen Künsten nicht herausfinden, ob daran etwas Wahres ist oder nicht?« erkundigte sich Geraidh höhnisch. »Und wenn es so wäre?«

»Ja, in der Tat, wenn es so wäre?« sagte Elof ruhig und zuckte mit den Schultern. »Wenn ich mich nicht irre, würdet Ihr es mir sagen.«

Kenarech blickte sich nervös in alle Richtungen um. »Schickt Euren Gehilfen weg! Das ist nicht für die Ohren von Sklaven geeignet…« Elof, der innerlich lächelte, betrachtete Geraidh, doch er sah nichts anderes als erregte und lauernde Aufmerksamkeit. Nun gut; trotz all ihrer Verachtung hatten sie schnell vergessen, daß auch er Sklave war. Mit einer gebieterischen Handbewegung schickte er Roc hinaus; Roc zupfte sich an der Stirnlocke und lieferte eine übertriebene Darstellung von Unterwürfigkeit, indem er sich tief verneigte und Kratzfüße vollführte. Zum Glück schenkte ihm keiner der beiden Prinzen die geringste Aufmerksamkeit. Sie hielten die Augen gebannt auf Elof gerichtet. Auf Kenarechs glatte Stirn waren Schweißperlen getreten; er versuchte zu sprechen, doch seine Stimme war zu einem heiseren Krächzen verkümmert. Geraidh verengte die Augen zu Schlitzen, und er warf die Goldarbeit in die Luft und fing sie linkisch auf. Er war ein ebenso stämmiger Mann wie sein Vater, doch größer und schlanker und mit seinen vierundzwanzig Jahren eine entschieden eindrucksvollere Gestalt. Abgesehen von den Augen; die seinen waren schmal, und ihnen fehlte Nithaids sprühende Lebhaftigkeit. »Nach seinem Willen erben wir Euch wie alles andere. Wir können mit Euch ganz nach Lust und Laune verfahren, Zauberer. Es kann nicht in Eurem Interesse liegen, unser Mißfallen zu erregen, davon bin ich überzeugt. Mehr brauche ich nicht zu sagen.« Plötzlich lächelte er, ein sympathisches, mitreißendes Lächeln. »Ihr seht, es ist nicht meine Art, meine Herrschaft auf Angst und Schrecken zu gründen. Noch die meines edlen Bruders. Wir sind nicht so… sollen wir sagen… einfältig wie unser Vater. Wir würden niemals unnütz Blut vergießen oder das Leben von Menschen aufs Spiel setzen. Wir glauben an Gerechtigkeit und Frieden.«

»Ich würde mich freuen, einen solchen einzigartigen König in diesem Land zu sehen«, sagte Elof geschliffen.

»Dann werdet Ihr also Eure Zauberkunst in unseren Dienst stellen, Meister Valant?« brach es aus dem ungeduldigen Kenarech heraus. Sein Bruder zischte ihn mit zusammengepreßten Zähnen an, und er fügte hinzu. »Ich meine, da das im Testament so festgelegt ist. Helft uns, und Ihr werdet unsere Großzügigkeit erfahren…«

Geraid gebot ihm mit einer ärgerlichen Handbewegung zu schweigen. »Dieser Zauberer ist ein weiser

Mann. Ich bin überzeugt davon, daß er und ich uns einander verstehen; er wird uns bei weitem bereitwilliger dienen, als es jemals bei Nithaid der Fall war.« Er verstummte für eine kurze Zeit, zupfte sich mit dem Ausdruck tiefster Nachdenklichkeit den Bart und wechselte einen Blick mit seinem Bruder, bevor er fortfuhr. »Natürlich erst, wenn die Zeit gekommen ist. Nein, Zauberer, sie ist noch nicht gekommen; unser Vater ist noch am Leben. Wir haben die Nachricht erhalten, daß er die schlimmsten Angriffe der Eishexe zurückgeschlagen hat, und zwar um den Preis vieler Leben, und es finden angeblich Friedensverhandlungen statt. Er bleibt nur, um sich zu vergewissern, daß ihre Streitkräfte auch tatsächlich allesamt zurückgezogen werden. Bald wird er zurückkehren und wieder seinen Thron einnehmen.«

»Vielleicht für viele Jahre!« zischte Kenarech, und in seiner Stimme schwang eine Enttäuschung mit, die die Nähe von Tränen ahnen ließ. Er war kleiner als sein Bruder, und obwohl er kaum mehr als ein Jahr jünger war, verlieh ihm seine pummelige Gestalt ein knabenhaftes Äußeres, das sein gestutzter Schnauzbart nur noch unterstrich. »Etwas Besseres könnte Euch doch gar nicht widerfahren, nicht wahr, Schmied? Noch viele Jahre, in denen er den Daumen fest auf Euch hält und Ihr Euch nicht von diesem Ort entfernen dürft! Noch Jahre, bis Ihr in unsere Dienste treten könnt!« Er starrte mißmutig ins Feuer. »Und wir könnten uns auch nichts Besseres vorstellen! Jahre der Sauferei, der endlosen Geldeintreiberei, des Essens, Schlafens, des Atmens der von Krieg verseuchten Luft ...«

»Des unmäßigen Blutvergießens!« warf Geraidh ein. »Schrecklich, natürlich; aber absolut notwendig – Ihr versteht.«

»O ja, natürlich!« jammerte Kenarech und lümmelte sich auf eine Bank. »Um dieses ganze Ödland an unserer nördlichen Grenze zurückzugewinnen – absolut!

Was macht es schließlich schon aus, daß es seit zwei Generationen nicht mehr uns gehört und daß es uns niemals gefehlt hat? Oder das Tor, das zu einem Strafposten für widerspenstige Soldaten geworden war, so weit ab lag es von jeglicher Zivilisation! Sollen den Wilden diese Dinge doch gegönnt sein, mögen manche Leute sagen; was soll die sture Bekämpfung auch des kleinsten Übergriffs? Schließlich besteht die Grenzbevölkerung doch ohnehin aus Halbwilden; sollen sie sich doch gegenseitig die Köpfe einschlagen, dann kann der Rest des Landes wenigstens in Frieden leben! So mögen manche Leute sprechen, wir jedoch niemals!« Er schnaubte. »Wir halten zu unserem Vater, unterstützen jeden seiner Schritte. Wir können es kaum erwarten, jedesmal wenn die Wilden einem hinterwäldlerischen Bauern eine Kuh stehlen, mit einer gewaltigen Streitkraft in den abgelegensten Gegenden zuzuschlagen! Auf diese Weise wiegeln wir sie auf und müssen erneut Unsummen dafür ausgeben, um sie im Zaum zu halten. He, Geraidh, ist es nicht so? Wir haben Angst, daß die Eishexe kommt und uns überwältigt.«

Geraidh lächelte dünn, wie ein nachsichtiger Erwachsener, der sich in den Geist eines kindlichen Spiels hineinversetzt. »Ich liege nachts wach und sorge mich deswegen«, bemerkte er. »Macht ja nichts, daß ich in meinem ganzen Leben noch nicht gesehen habe, daß sich das Eis auch nur einen Zoll nähert; unser Vater tut sehr gut daran, diesen ganzen Aberglauben um die von den Wilden angebeteten Hexe zu nähren. Wie sonst könnte er soviel Unterstützung zusammentrommeln?«

»Eben, wie sonst?« lachte Kenarech. Sein Bruder ließ ihn offenbar gewähren, als ob er darauf vertraute, daß sich Elof schon die richtige Meinung über ihn bilden werde. »Denn wenn er sich nicht mit dem Eis auseinandersetzen muß, dann ist es der niedere Adel in den

Grenzgebieten, der ihm zu schaffen macht. Nun herrscht bei manchen Leuten die Ansicht, daß man dieses Pack einfach machen lassen soll, was es will, damit es sich in seinen endlosen kleinen Scharmützeln gegenseitig die Schädel spaltet; schließlich bringt es bei weitem nicht soviel Steuern auf, wie diese Kampfgeplänkel kosten! Aber nein, jeder Wilde muß umgebracht und jeder kleine Grundbesitzer zur Linientreue gepeitscht werden, sage ich, damit das Königreich bis zum kommenden Jahrzehnt völlig an den Bettelstab gebracht wird! Wenn es sein muß, werden wir …« Er schluckte das, was er noch hatte sagen wollen, unausgesprochen hinunter und spuckte mit einem boshaften Gesichtsausdruck ins Feuer.

Geraidh, der eine kriegerische Miene zur Schau gestellt hatte, entspannte sich und nickte schweigend. »Unser geschätzter Vater ist zweifellos ein Mann von großem kämpferischen Ehrgeiz. Wenn er mit den Wilden Frieden schließt, wird er sich als nächstes die Einigung der Grenzgebiete vornehmen; das wird ein blutiges Geschäft werden! Und doch spricht er bereits davon! Und danach? Nun, er träumt von dem Land jenseits des Meeres, aus dem Ihr, soviel ich weiß, stammt. Natürlich wünscht Ihr Euch sehnlichst, daß er seinen Herrschaftsbereich dorthin ausdehnt. Sein Ehrgeiz ist grenzenlos, und selbstverständlich« – der Prinz zuckte mit den Schultern – »ist er absolut berechtigt dazu. Schließlich ist er der König. Es ist kein Verrat, wenn man sich Vorteile zunutze macht, wie wir es bei verschiedenen Gelegenheiten empfohlen haben …«

»Ihr sprecht also von einem weniger öffentlichen Vorgehen?« mutmaßte Elof, der sich schwer auf seine Krücken stützte. Das Gerücht über einen Friedensschluß hatte ihn erschüttert, und er konnte im Augenblick kaum etwas anderes denken.

»Ich sehe, Ihr versteht. Er hat jedoch solcherlei Vorschläge nicht beachtet, wie es sein gutes Recht ist.

Daran läßt sich natürlich nichts ändern. Unser Vater ist der rechtmäßige König, und wir sind seine getreuen Söhne. Es gibt jedoch Leute, darunter viele Großgrundbesitzer aus dem hohen Adel und Männer von großem Reichtum und Einfluß, die finden, daß die Herrschaft unseres Vaters allmählich zu teuer wird, und das nicht nur aufs Geld bezogen; daß er Leben einfach wegwirft wie seine leeren Weinkannen. Sie beklagen sich darüber, wenn man den Gerüchten glauben will, daß er seine Feldzüge mit ihren Steuergeldern und ihren Söhnen durchführt, und es werden Stimmen laut, die sagen, sie seien diesen Zustand gründlich leid. Das ist gefährliches Gerede; man spricht sogar von Rebellion, und bei Hofe breitet sich diese Ansicht in letzter Zeit entschieden zu weit aus. Wir haben uns natürlich mit allen Mitteln bemüht, sie zu unterbinden, doch diese Dinge sind besonders schwer im Zaum zu halten. Vor allem zu Zeiten, in denen der König abwesend ist. Versteht Ihr, was ich damit sagen will?«

»Natürlich«, sagte Elof mit einer leichten Verneigung. Nachdem er miterlebt hatte, wie sehr Nithaid in diese beiden, sein eigen Fleisch und Blut, vernarrt war, empfand er jetzt beinahe eine körperliche Übelkeit. Er durchschaute ohne Schwierigkeiten, worauf sie hinaus wollten, und es überraschte ihn nicht; doch diese unglaubliche Undankbarkeit von ihnen selbst zu hören war kaum zu ertragen.

»Wir befürchten insbesondere, daß die Vorbereitungen zu einem derartigen törichten Aufstand bereits so weit gediehen sind, daß er vor seiner Rückkehr ausbrechen könnte. In einer solchen Zeit müssen wir mit großer Umsicht handeln. Eine Persönlichkeit wie Ihr könnte sich als überaus wichtig erweisen, da Ihr den Erfolg oder Mißerfolg einer solchen Revolte entscheidend mitbestimmt – indem Ihr zum Beispiel für Nithaid bis zu dessen Rückkehr eine mächtige Kriegsmaschine baut, wie gemunkelt wird. Ihr könntet von den Aufständischen entführt und für ihre Ziele mißbraucht werden…«

»Vielleicht sogar durch Folter!« fügte Kenarech frohlockend hinzu. »Solche Männer schrecken vor nichts zurück!«

Geraidh nickte und zupfte sich am Bart. »Das ist möglich. Mir gefällt der Gedanke nicht, aber es ist möglich. Wenn soviel auf dem Spiel steht… Deshalb sind wir gekommen, um Euch zu warnen und um uns persönlich davon zu überzeugen, wem Eure Loyalität in dieser Hinsicht gilt, sollte eine solche irregeleitete Gruppe an Euch herantreten oder Euch gar unter Druck setzen.« Er legte eine erwartungsvolle Pause ein.

»Ihr könnt versichert sein«, antwortete Elof langsam, »daß meine Loyalität genau so geartet ist, wie Ihr sie Euch nur wünschen könnt; und sollte es zum Allerschlimmsten kommen, dann hoffe ich, Euch und Eurem Bruder auf genau dieselbe Weise dienen zu können wie Eurem Vater. Zufällig…« Er stützte sich auf seine Krücken und legte die Fingerspitzen gegeneinander, während er das plötzliche Aufflackern von Interesse in ihren Gesichtern beobachtete. »Zufällig arbeite ich zur Zeit tatsächlich an einem solchen Gerät, das im Falle eines Aufstandes für jede Seite von ausschlaggebendem Vorteil sein könnte, sofern sie klug genug ist, damit umzugehen, und ausreichend Unterstützung genießt. Ich hätte ein wesentlich besseres Gefühl, wenn Ihr darüber Bescheid wüßtet…«

»Und uns vielleicht der Sache annehmen würden?« schlug Kenarech vor. Sein Bruder warf ihm einen schrägen Blick zu.

»Es wäre sicherlich hilfreich, wenn wir über einige Einzelheiten informiert würden; vielleicht wäre sogar eine Vorführung möglich – sofern Ihr das nicht für Nithaid aufheben wollt.«

Elof lächelte. »Ja, das hatte ich eigentlich vor; doch unter den gegebenen Umständen erachte ich es für wichtiger, daß Ihr vorab unterrichtet seid. Vorausgesetzt, alles wird mit strengster Vertraulichkeit behandelt…« Er sah Kenarech an und warf dann einen vielsagenden Blick zu Geraidh.

»Das versteht sich von selbst«, entgegnete der ältere Prinz in scharfem Ton, wobei auch er seinen Bruder mit einem mißmutigen Blick bedachte.

»Dann werde ich Euch mit Vergnügen vorführen, woran ich gerade arbeite. Sobald es fertig ist.«

Die beiden eifrigen Gesichter umwölkten sich mit Ungeduld und Enttäuschung. »Warum nicht jetzt gleich?« wollte Kenarech wissen. »Gebt uns zumindest eine annähernde Vorstellung…«

»Wenn wir solchen verräterischen Unternehmungen vorbeugen wollen«, warf Geraidh verschwörerisch ein, »dann müssen – *müssen* – wir vor seiner Rückkehr eine gewisse Einsicht in die Dinge haben.«

»Vor der Fertigstellung gibt es nichts zu zeigen«, erwiderte Elof bestimmt, während er an die glänzende Schönheit dachte, die verborgen in dem abkühlenden Ofen unten hing. »Was meint Ihr, wann er zurückkehren wird?«

»Spätestens in drei Wochen, nehme ich an. Nun, könnt Ihr es in dieser Zeit schaffen, Zauberer?« Der Tonfall enthielt eine unausgesprochene Drohung, doch Elof lächelte, als hätte er nichts davon gemerkt.

»Ich glaube schon«, sagte er. »Ich muß Berechnungen anstellen und Versuche durchführen. Wenn ich Euch eine Nachricht zukommen lassen dürfte, in spätestens vierzehn Tagen… Durch meinen Leibeigenen; er ist vollkommen vertrauenswürdig«, fügte er hinzu, als sich ihre Mienen verfinsterten. Er beobachtete, wie in beiden Gesichtern Gier und Vorsicht miteinander stritten, so deutlich wie Metalle, die keine Legierung eingehen können.

Schließlich nickte Geraidh. »Nun gut. Aber seid auf der Hut! Es ist nicht ausgeschlossen, daß Ihr von Verschwörern umgeben seid. Wir haben bis jetzt noch nicht einmal gewagt, unseren Vater zu warnen, da eine solche Nachricht nur allzu leicht abzufangen wäre und die Aufständischen wachsam machen würde. Im Augenblick besteht auch keine dringende Notwendigkeit, ihn damit zu belasten.«

Elof lächelte breit und verneigte sich. »Ihr braucht keine Angst zu haben, daß ich mich in dieser Angelegenheit nicht hilfsbereit zeigen werde. Was könnte ich mir schließlich Besseres wünschen, als die Dankbarkeit der voraussichtlichen Erben und eine gerechte Belohnung für meine Arbeit zu genießen? Dasselbe wünsche ich Euch, werte Prinzen.«

Kenarech kicherte. »Wenn unser Vater zurückkehrt, werden wir dafür sorgen, daß Ihr Eure Belohnung bekommt. In einer Form, die einen schlauen Zauberer entzücken muß, was?« Er kicherte erneut und schnalzte mit der Zunge. »Was immer Ihr begehrt – was immer nach Eurem Geschmack sein mag –, erlegt Euch keine Beschränkungen auf, fordert, was Ihr wollt, Ihr werdet alles bekommen!« Sein Schnauzbart zuckte, während sich sein Mund bei diesem Gedanken lüstern verzog.

Geraidh schüttelte tadelnd den Kopf. »Dieser gelehrte und kluge Mann wird wohl kaum Wert auf derartige Dinge legen!« sagte er mit ruhiger Bestimmtheit. »Komm, Bruder, wir wollen uns entfernen, bevor du ihn noch weiter beleidigst. Wir erwarten Eure Nachricht, mein Herr, und legen unser Leben und das Wohl dieses armen blutenden Reiches in Eure Hände. Komm jetzt, Kenarech!«

Elof verneigte sich tief, als der große junge Mann seinen Bruder in Richtung Tür drehte; Kenarech erwiderte seine Verbeugung mit einem lässigen, leutseligen Winken, doch Geraidh musterte ihn einen Moment lang forschend aus zusammengekniffenen Augen und neigte dann ebenfalls langsam den Kopf. Elof blickte ihnen nach, als sie durch die Tür hinaus und auf den Hang traten, und er war gerade im Begriff, sich auf seinen Stuhl sinken zu lassen, als Geraidh noch einmal hereingestürmt kam und nahe an ihn herantrat. »Meine Handschuhe!« bemerkte er übertrieben laut. »Ich muß sie irgendwo liegenlassen haben… Ach, da sind sie ja!« Sie lagen auf der Bank neben Elof. Als Geraidh sich hinunterbeugte, um sie aufzunehmen, verweilte er kurz in dieser Haltung und flüsterte: »Hört auf mich, weiser Mann! Ihr habt das Geplapper meines Bruders gehört; sicher habt Ihr Euch Eure eigene Meinung über seine Verschwiegenheit gebildet. Man sollte ihm nicht trauen. Ich rate Euch, wenn Ihr die Botschaft übermittelt, richtet sie ausschließlich an mich persönlich!«

Kenarech steckte den Kopf durch die Tür herein. »Wo bleibst du denn, Bruder?«

»Ich habe meine Handschuhe vergessen. Und ich sprach gerade noch darüber, daß ich beabsichtige, demnächst ebenfalls eine Rüstung in Auftrag zu geben, sobald die Zeiten etwas ruhiger geworden sind.«

»Nein, Herr Zauberer!« lachte der jüngere Bruder. »Stellt zuerst eine für mich her, denn der da wird sich kaum dazu hergeben, ein Pferd zu besteigen, ganz zu schweigen davon, eigenhändig zu kämpfen! Lieber drückt er sich im Warmen herum und denkt sich ein Komplott aus…«

Geraidh schob ihn mit Nachdruck hinaus, und Elof ließ sich auf den Stuhl plumpsen und bettete den Kopf in die Hände. Als Roc wieder erschien, nachdem er beobachtet hatte, wie ihr Boot endgültig abgelegt hatte, hob er den Blick zu seinem Freund. »Fülle mir einen Becher mit Wein, ja? Ich habe einen schlechten Geschmack im Mund, den ich unbedingt hinunterspülen muß…« Er kippte den Inhalt des ganzen Bechers in einem Zug hinunter. Roc füllte ihn erneut, und Elof nickte zum Dank.

»Wenn ich daran denke, mit welcher Affenliebe der König an diesen beiden falschen Schlangen hängt…! Wie das alte Scheusal sich während der vergangenen Jahre halb ins Grab gebracht hat bei dem Bemühen, ihnen ein gesichertes, vereintes und befriedetes Königreich zu hinterlassen…« Elof schüttelte wütend den Kopf. »Fast empfinde ich Mitleid für den Mann!«

»Er hat die Saat ausgesät, jetzt soll er die Früchte auch ernten!« sagte Roc streng. »Es ist bestimmt auch keine angenehme Sache, von einem solchen Mann großgezogen zu werden; ich möchte wetten, seine Liebe und Hingabe machen ihn zu einem doppelt erbarmungslosen Tyrannen und zerquetschen jeden, dem sie gelten.«

Elof nickte. »Man kann wohl sagen, daß sie zerquetscht sind, aus ihrer natürlichen Form gebracht!«

»Du weißt noch nicht alles!« brummte Roc. »Dieses kleine Schwein Kenarech tat auf dem Rückweg zum Boot so, als wolle er mir eine Münze zuwerfen, und wühlte in seinem Beutel herum. Nun, ich spielte den blöden Handwerksgehilfen und stand da und wartete, und verdammt will ich sein, wenn er mir nicht zuflüsterte, daß ich dich vor seinem Bruder warnen solle, weil dieser dich betrügen und verraten werde, so wie er *ihn* betrüge, und daß du die Nachricht nur an ihn allein schicken sollst. Oder, falls du dich nicht darauf einlassen wolltest, soll *ich* sie ihm heimlich und persönlich überbringen; und dann schenkte er mir ein Goldstück, nicht weniger, als Anzahlung!« Roc warf die Münze auf den Tisch. »Noch etwas Gold für dich, verdammt!«

Sie lachten, doch Elof wurde gleich wieder ernst. »Ich frage mich, ob Kenarech wirklich ein solcher Narr ist, wie sein Bruder annimmt; Geraidh hat nicht daran gedacht, dich zu bestechen, was der sicherere Weg gewesen wäre, an die Nachricht zu kommen, wenn du ein gewöhnlicher Leibeigener gewesen wärest. Obwohl er sich bemühte, mir einzureden, daß er später auch noch Verwendung für mich haben würde, indem er diese Rüstung erwähnte...«

Roc goß erneut Wein ein. »Sie sind beide aus demselben Holz geschnitzt; wenn es nach mir ginge, könnte Hella sie holen!« Er sah Elof neugierig an. »Du wirst ihnen doch nicht wirklich helfen, oder? Vielleicht, um dich an Nithaid zu rächen?«

»Und Kerys dem Eis auszuliefern? Wohl kaum! Ich könnte sie einfach an Nithaid verraten, denn welche wirkungsvollere Rache gäbe es, als ihm zu zeigen, wie betrügerisch jene sind, die er am meisten liebt. Sein eigen Fleisch und Blut...« Elof dachte nach. »Doch mir geht es nicht um Rache. Und vielleicht würde sie mir auch gar nicht gelingen. Und doch...« Er nippte gedankenverloren an seinem Wein. »Es gibt zuviel, das mich nicht befriedigt, Roc. Zuviel, das ich nicht begreife. Dieses Gerede vom Frieden mit dem Eis – was, in aller Welt, könnte Louhi veranlassen, einen solchen anzubieten?«

»Vielleicht die Zuflucht, die Kerys ihr geboten hat; du hast diese Vermutung einmal ausgesprochen. Vielleicht ist sie auf den Gedanken gekommen, sie könnte ihre Mächte besser anderswo einsetzen – vielleicht gegen Morvanhal, wie wir befürchtet haben.«

»Das könnte sein – und doch kann ich es nicht glauben. Nithaid hat mit Mühe und Not die Ekwesh zurückgehalten, und sie sind nichts weiter als die Vorhut des Eises. Es gibt hier nicht im entferntesten jene Einheit von Herz und Verstand, die das Eis anscheinend fürchtet. Wie diese beiden beweisen! Sie bringen das Land in Gefahr. Und noch etwas anderes bereitet mir Sorgen...«

»Das möchte ich aber auch meinen! Zur Hella mit

dem verdammten Land! Was ist mit dir und mir? Verstehst du denn nicht? Sie fürchten sich vor deinem Wissen und Können, das du bewiesen hast. Sie haben ziemlich unverblümt angedroht, dich umzubringen, wenn du ihnen nicht hilfst, nur damit ihr Vater auf keinen Fall in den Genuß deiner Hilfe kommt.«

»Ich weiß«, sagte Elof ruhig. »Ich meinte etwas anderes, etwas, das unter der Oberfläche ihres Besuchs bei uns lauert. Sie haben sich so mit uns unterhalten, daß der wahre Inhalt ihrer Worte, sofern sie jemand wiedergibt, nicht vermittelt wird. Sie haben alles so ausgedrückt, daß man ihnen nichts anhaben kann. Doch würdest du mit jemandem, den du kaum kennst, so leichtfertig über ein so gefährliches Komplott plaudern? Wie sehr du seine Hilfe auch brauchen magst, so sicher du auch sein könntest, daß er dein Opfer haßt? Sie hatten es offenbar sehr eilig, als ob ihre Zeit für Vorsichtsmaßnahmen zu knapp bemessen wäre.« Er hielt kurz inne. »Oder meine Zeit. Als ob wüßten, daß mir etwas zustoßen wird …«

»Oder sie selbst haben geplant, daß dir etwas zustößt!« murmelte Roc. »Diese verräterischen kleinen Schweinehunde!« Doch dann hellte sich seine Miene wieder auf. »Aber für die nächsten zwei Wochen bist du offensichtlich außer Gefahr, sonst hätten sie sich nicht darauf eingelassen, solange zu warten. Und danach …«

»Danach werden wir sehen. Ich werde versuchen, sie auf andere Weise hinzuhalten. Aber wir müssen uns bei der Ausführung unserer Pläne beeilen, Roc. Wenigstens habe ich ein wenig Zeit gewonnen, um ungestört zu arbeiten.« Doch auch in dieser Hinsicht irrte er sich, wie schon zuvor.

Die folgenden Tage waren erfüllt von unermüdlicher Arbeit. Sie hatten in ihrem Leben schon etliche arbeitsreiche Zeiten durchgemacht, doch selten oder noch nie hatten sie einen so schroffen und deutlichen

Abgrund und eine so dunkle Leere vor sich gesehen. Sie wußten, wieviel Zeit sie noch zur Verfügung hatten; in vierzehn Tagen mußten sie fertig sein, denn dann war ihre Schonfrist vermutlich abgelaufen, und vielleicht würde das das Ende all dessen bedeuten, an dem ihnen auf dieser Welt etwas lag. Sie begannen vor Sonnenaufgang mit der Arbeit und hörten erst lange nach Sonnenuntergang damit auf, obwohl Hochsommer war und sich die Abende lang hinzogen. Sie arbeiteten im Hellen und im Dunkeln und gönnten sich nur dann eine Rast, wenn sie kurz vor dem Umfallen waren, wenn ihre Arme sich weigerten, ihnen zu gehorchen, wenn ihre Finger bei feinen Arbeiten gefährlich zitterten und die Einzelheiten vor ihren schmerzenden, von Rauch gepeinigten Augen verschwammen. Hin und wieder waren sie gezwungen, eine Ruhepause einzulegen, vor allem dann, wenn der Ofen Zeit zum Abkühlen brauchte, doch obwohl Elof solche Pausen einerseits begrüßte, waren sie ihm gleichzeitig lästig. Für ihn war der Schlaf zu einem Ungeheuer geworden, das ihn unweigerlich in schattenhafte Tiefen hinabzog, in Alpträume und einen aufgewühlten Gemütszustand, so daß er sich beim Aufwachen meist zerschlagener fühlte als zuvor. Roc schlief etwas besser, doch all sein Essen schmeckte kaum nach etwas anderes als nach Rauch und Ruß.

Eines späten Abends, am zwölften Tag seit dem Besuch der Prinzen, ließ sich Elof anläßlich einer solchen aufgezwungenen Ruhepause auf einen Stuhl neben dem Feuer sinken, wo seine schmerzenden Gliedmaßen und die Schultern dankbar die mildere Wärme genossen; er nahm etwas Nahrung und Flüssigkeit zu sich, deren Geschmack er gar nicht wahrnahm. Seine Augen brannten von der anstrengenden Feinarbeit, die seine Aufgabe erforderte; der Zeitdruck und damit die Angst, daß es zu früh zur Katastrophe kommen könnte, belastete seinen Kreislauf und ließ seinen

Herzschlag toben. Er war von großer Unruhe durchdrungen und spürte den Drang, seinen aufgewühlten Geist zu zerstreuen. Es war die Arbeit eines Juweliers, die er hier verrichtete, und doch war die Macht, die darin steckte, gewaltig und mußte straff gesteuert und genau dosiert werden, um nicht das gesamte Werk durch die Spannung zu zerschmettern. Genauso sah es in seinem Innern aus. Roc öffnete schwungvoll Türen und Fenster, um die vielfältigen Gerüche und Dämpfe aus der Werkstatt zu vertreiben und den Duft der Myrtenbüsche in der Nähe mit der warmen Luft hereinzulassen, die vom Zirpen der Zikaden erfüllt war. Doch vor dem Fenster, das auf den Fluß hinausging, hielt er inne, spähte hinaus und fluchte wütend. »Was ist denn los?« rief Elof ihm zu.

»Dort unten liegt ein verdammtes Boot! Auf den Strand gezogen, mit eingeholten Segeln; ein paar Seeleute dösen in seinem Windschatten! Jemand schleicht auf der Insel herum!«

»Aber wer? Ist es die königliche Barke?«

»Nein; das Gefährt hier ist nur etwa halb so groß. Aber es sieht trotzdem ziemlich prächtig aus.«

Elof schwang sich auf seinen Krücken herum, doch er hatte sich noch nicht ganz umgewendet, da sah er auch schon die beiden Schatten vor der Tür. Er hob die Stimme zu einer eindrucksvollen Lautstärke. »Wer kommt da unangemeldet auf die Insel der Zauberer?«

Die Stimme, die ihm antwortete, war die einer Frau, hart und klar und stolz. »Die Prinzessin Beathaill braucht einem Diener ihres Vaters, des Königs, nicht angemeldet zu werden! Verneigt Euch, um sie zu empfangen!« Zwei hochgewachsene Frauen von kräftigem Körperbau traten durch die Tür; sie waren üppig gekleidet und trugen die bauschigen Gewänder in leuchtenden Farben, die am Hofe üblich waren. Zu beiden Seiten der Öffnung blieben sie stehen. Ihre Augen flackerten nervös, während sie die für sie fremde Umgebung der Schmiede betrachteten. Nachdem sie keine lauernde Gefahr entdeckt hatten, wandten sie sich um und verneigten sich, und zwischen ihnen trat eine kleinere Gestalt herein, die aussah wie ein Mädchen von höchstens zwanzig Jahren, atemberaubend schön, bekleidet mit einem Jagdwams, das so grün war wie ihre Augen, und darunter einem geteilten Reitrock in derselben Farbe. Sie zögerte nur einen kurzen Augenblick, bevor sie Elof bemerkte, der in fassungslosem Staunen hinter einem großen Amboß stand; dann schritt sie auf ihn zu. Ihr schlanker, geschmeidiger Körper bewegte sich mit flinker Anmut, so daß ihr langes kastanienbraunes Haar wogte. Allein aufgrund ihrer Bewegungen und ihrer Haare erkannte Elof das einstige kleine Mädchen von elf Jahren, das Zeugin seiner Demütigung und seiner Schmach geworden war. Und jetzt streckte diese junge Dame die Hand aus, um sie von ihm küssen zu lassen!

»Ich suche den Schmiedemeister«, erklärte sie mit sanfter Stimme, in der ein leichtes Beben mitschwang, während er, sprachlos vor Staunen, ihre Hand zu seinen Lippen führte. »Den Krüppel, den Zauberer… Valant.«

Elof legte die Hand an den offenen Halsausschnitt seines Hemdes, auf das kleine Amulett, das dort hing. »Ich bin der Schmiedemeister, edle Prinzessin; ich bin Elof Valantor. Ihr werdet hier keine Zauberer finden.« Und er verneigte sich, so gut er es auf den Krücken zuwege brachte.

Zunächst antwortete sie nicht, sondern starrte ihn nur mit weitaufgerissenen Augen an, während ihre Empfindungen sich unverhohlen auf ihrem Gesicht zeigten. Es war zuerst Angst, dann Überraschung; sie trat einen Schritt zurück und fuhr sich mit der Hand an den Hals. Dann huschte so etwas wie ehrfürchtiges Staunen und plötzliches Interesse über ihre Miene, und sie musterte ihn mit rücksichtslosem Hochmut von oben bis unten, was ihm wieder einmal seine verkrüppelten Beine mit stechender Bitterkeit zu Bewußtsein brachte. »Aber … Ihr seid viel jünger, als ich mir Euch vorgestellt hatte!« sagte sie. Dann war ihr Blick von lauernder Wachsamkeit erfüllt. »Oder … ist das nur die äußere Erscheinung, die ihr Euch entschieden habt anzunehmen?«

»Ich bin genau das, was Ihr vor Euch seht, edle Prinzessin«, antwortete er ein wenig steif. Als sie ihn das letztemal gesehen hatte, hatte sie ihn mit den Augen eines Kindes betrachtet, vor acht Jahren; und obwohl er selbst jetzt noch nicht in mittlerem Alter war, hatte sie offenbar einen raffzahnigen alten Hexenmeister wie aus irgendwelchen Schauermärchen erwartet. Vielleicht hatten ihre Brüder ihr Geschichten erzählt und die geheimnisvolle Gestalt, die er angeblich abgab, reichlich übertrieben.

»Natürlich!« lachte sie ein wenig zu fröhlich. »Man könnte Euch beinahe gutaussehend nennen, wenn Ihr etwas mehr für Eure Sauberkeit tun würdet. Und wenn Ihr Euch vielleicht dann und wann zu einem Lächeln aufraffen könntet. Oder seid Ihr so mit Grimmigkeit und Schmutz verkrustet, daß Eure Wangen dann Risse bekämen?«

»Euer Besuch überrascht mich mitten bei der Ausübung meines Handwerks und meiner geheimen Künste, edle Prinzessin. Am Ende des Tages werdet Ihr mich so sauber geschrubbt antreffen, wie Ihr es Euch nur wünschen könnt. Und sollte ich in meinem Zustand vielleicht so leichten Herzens lachen wie irgendeine sorglose Eintagsfliege am Hofe Eures Vaters? Ich habe Euch einst bei einem bestimmten Anblick weinen sehen.«

Sie lachte wieder und kräuselte die zierliche Nase. »Oh, ich war noch ein Kind, als Ihr mich das letztemal saht. Mein Vater erlaubte mir während all der Jahre nicht, hierherzukommen.«

»Ist es dann richtig, daß Ihr jetzt gekommen seid, meine Prinzessin? Wird Euer Vater Euch nicht zürnen? Wenn Ihr schnell umkehrt, wird er es vielleicht niemals erfahren ...«

Sie sah ihn mit hochgezogenen Brauen an. »Seid Ihr so erpicht darauf, mich wieder loszuwerden? Empfang Ihr so häufig die Besuche hochgestellter Damen, daß Ihr die eine wegschicken müßt, bevor die nächste eintrifft?«

Elof lächelte wehmütig und verneigte sich erneut. »Zweifellos würden sie alle in Eurer Gegenwart und vor Eurer Schönheit zu nichts verblassen, Prinzessin Beathaill. Ich sprach nur aus Sorge um Euch selbst.«

Sie lachte und klatschte in die Hände. »Ihr könnt also lächeln, wenn Ihr wollt, wie ich sehe. Und auch den höflichen Kavalier spielen. Doch mein Vater ist weit weg, tief in die endlosen Streitereien mit den Barbaren oder irgendwelchen verräterischen Adeligen verstrickt, ich weiß nicht genau; und außerdem wird er alt. Er wird sich kaum um eine solche Geringfügigkeit kümmern – nicht in der derzeitigen Lage ...« Sie dachte kurz nach und wühlte dann in dem langen, schweren Ärmel ihres äußeren Gewandes. »Nicht, nachdem meine Brüder hier gewesen sind, wollte ich sagen. Trotzdem, ich darf keine Zeit verschwenden, heute nacht findet im großen Saal ein Ball statt. Ich bin nicht aus gewöhnlicher Neugier gekommen, ich möchte vielmehr, daß Ihr etwas für mich repariert ... ein Schmuckstück, ein Ziergegenstand ... ach, hier ist es.« Und vor Elofs entsetztem Blick warf sie die beiden Hälften des goldenen Armreifs klingelnd auf den Amboß neben ihm. Er stand reglos da und starrte sie an, während er spürte, wie das Blut aus seinem Gesicht wich.

»Fehlt Euch irgend etwas?« hörte er sie fragen, und plötzlich schwang Besorgnis in ihrem Tonfall mit; doch ihre Stimme drang wie aus unendlicher Ferne zu ihm.

»Ist Euch nicht wohl? Oder kann es nicht repariert werden? Ist es bereits zu häufig wieder zusammengefügt worden? Sprecht frei heraus, fürchtet Euch nicht vor meinem Mißmut; es ist das Wertloseste, das ich besitze, doch ich habe es seit meiner Kindheit, und es ist mir ans Herz gewachsen; aber leider bricht es immer wieder, und meine Zofen bestehen darauf, daß ich jetzt, da ich kein Kind mehr bin, nichts Zerbrochenes mehr tragen kann und daß ich mich davon trennen oder es endgültig in Ordnung bringen lassen muß. Nur«, fügte sie etwas gedankenverloren hinzu, »daß es in der ganzen Stadt keinen Schmied gibt, der jemals in der Lage gewesen wäre, es schön oder dauerhaft wiederherzustellen, ohne es ganz einzuschmelzen. Und ich fürchte, in diesem Fall würde er es vollkommen zerstören.«

Elof holte tief Luft und versuchte, seine Ruhe wiederzugewinnen. Er vermutete, daß mehr hinter ihrem Besuch steckte, daß die Kunde vom Komplott der Prinzen sich tatsächlich verbreitet hatte; wahrscheinlich hatte Kenarech sich damit gebrüstet – wenn er auch kaum ihre wahren Absichten verraten hatte, außer vielleicht einigen wenigen Auserwählten. Mit ziemlicher Sicherheit gehörte sie nicht zu diesen; doch vermutlich freute sie sich darüber, einen solchen Vorwand zu haben, um sich selbst ebenfalls in ein etwas waghalsiges Unternehmen zu stürzen, damit auch sie sich damit brüsten konnte, den geheimnisvollen Zauberer in seiner Behausung aufgesucht zu haben – um so mehr, da ihr Vater es ihr verboten hatte.

»Hier kann es wieder völlig in Ordnung gebracht werden«, sagte er, während er mit den Fingerspitzen liebevoll über die Stücke strich und die Rillen der Lötnähte an den Bruchstellen fühlte. Es würde ihm wenig einbringen, wenn er sie in dieser Hinsicht anlügen würde; sie würde die Stücke dann höchstens wieder mitnehmen, um sie als persönlichen Schatz aufzubewahren. »Ich werde es reparieren. Aber, Prinzessin, wißt Ihr denn, was Ihr mir da gebracht habt?« Er wählte die Worte sorgsam. »Diesen… Ziergegenstand habe ich selbst angefertigt, und er wurde mir gegen meinen Willen weggenommen; der Verlust hätte mir beinahe das Herz gebrochen. Es war mein erstes Geschenk an meine Gemahlin, die ich verloren habe.«

»Oh!« hauchte die junge Frau und legte einen Finger leicht auf eins der schlangenförmigen Stücke, so daß es hin und her schaukelte. »Wie traurig, daß Ihr sie verloren habt. Aber mein Vater hätte Euch eine neue besorgt, wenn Ihr ihm etwas gesagt hättet, eine sehr hübsche, auch wenn Ihr kein vollständiger Mann seid.«

»Ich habe mir niemals eine andere gewünscht«, antwortete Elof so ruhig, wie er nur konnte, immer noch um Selbstbeherrschung bemüht. Beathaill sah ihn eindringlicher an, und der Blick ihrer grünen Augen wurde sanfter.

»Wie süß! Ihr müßt sie sehr geliebt haben! Macht mir diesen Reif wieder ganz, Valant, dann werdet Ihr vielleicht eine neue Liebe finden.«

Elofs Verzweiflung wuchs, und er umklammerte mit einer Hand den Rand des Ambosses. »Prinzessin, ich bitte Euch, ich flehe Euch an, gebt ihn mir zurück! Wenn ich könnte, würde ich mich dafür Euch zu Füßen werfen! Überlaßt ihn mir, und ich werde Euch Schmuck herstellen, wie er noch nie am Körper einer Prinzessin dieser Erde gefunkelt hat! Ich werde das Licht des Mondes und der Sterne vom Himmel holen und Euch daraus einen Gürtel fertigen; ich werde Euch mit den Strahlen der Sonne krönen! Ich werde Euch zu einer Vision unter den Mächten machen! Aber nehmt ihn mir nicht wieder weg!«

Sie war jetzt ganz erstaunte Aufmerksamkeit und biß sich mit unbewußter Kindlichkeit auf dem niedlichen Zeigefinger herum. »Könnt Ihr das wirklich?« flüsterte sie. »Wie schnell? Würde es lange dauern?«

»Es läßt sich nicht beschleunigen, Prinzessin!« gab Elof zu. »Vielleicht ein Jahr, wenn mein Arbeitsumfang so bleibt wie jetzt; eine kurze Zeit für ein solches Ergebnis ... meine Prinzessin, gebt mir den Reif!«

Traurig, voller Bedauern schüttelte sie den Kopf. »O je!« sagte sie sanft. »Dann geht es nicht. Mag sein, daß Ihr Wunder bewirken könnt, aber bald ...« Sie unterbrach sich. »Aber, Valant, *ich* habe ihn Euch nicht weggenommen; er wurde mir geschenkt, und ich liebe ihn. Ich kann ihn nicht gegen ein bloßes Versprechen eintauschen. Ihr könnt ihn zumindest für einige Tage behalten, um ihn zu reparieren. Macht das, und stellt mir diesen Schmuck her, den Ihr mir versprochen habt, und irgendwann gestatte ich Euch vielleicht, daß Ihr ihn aufs neue von mir erbittet. In der Zwischenzeit werde ich gut auf ihn aufpassen, keine Angst.«

»Meine Prinzessin!« rief Elof verzweifelt aus. »Treibt nicht Euren Spaß mit der Liebe, die auch Ihr bestimmt eines Tages zu finden hofft ...«

Ihr niedlicher Mund kräuselte sich, und sie stampfte heftig auf den Boden aus fester Erde. »Ihr baut auf mein gutes Herz, Schmied! Was seid Ihr denn anderes als ein Sklave, ein gebrochener Leibeigener meines Vaters, dem es nicht einmal zusteht, das Wort an mich zu richten, geschweige denn, mich um irgend etwas zu bitten? Alles, was Euch zur Verfügung steht, gehört rechtmäßig mir, jedes Schmuckstück, das Ihr herstellt, ist ohnehin mein, sofern ich es wünsche! Es steht Euch nicht zu, mit einer Prinzessin aus dem Geschlecht der Lonuen einen Handel abzuschließen! In fünf Tagen wird mein Vater zurückerwartet; ich werde in drei Tagen wiederkommen. Wenn der Reif bis dahin nicht repariert ist, dann laßt Euch in Eurem klugen Kopf etwas einfallen! Und versucht nicht, mich mit einem Ersatz zu täuschen; ich trage diesen Reif seit vielen Jahren und würde auch eine noch so gute Nachahmung sofort erkennen. Unterdessen könnt Ihr darüber nachdenken, welche Hochachtung im Umgang mit einer Prinzessin angebracht ist!« Sie drehte sich auf dem Absatz um und scheuchte ihre Frauen vor sich her. Ihr weiter Umhang umwallte sie, ihre Reitstiefel klapperten über die Schwelle, und die Tür fiel mit einem Knall zu. Elof senkte den Kopf über den Amboß, bis seine Stirn beinahe das kalte Eisen berührte, und seine Hände umklammerten den Rand, als ob sie sich tief in das Metall graben wollten.

»Wuff!« hauchte Roc schließlich und durchbrach damit die angespannte Stille. »Der alte Nithaid befindet sich auf dem absteigenden Ast, das steht mal fest, wenn selbst dieses unreife Gör ihn hintergeht!«

»Nein, Roc!« widersprach Elof; seine Stimme war fest, obwohl der Schmutz in seinem Gesicht von feuchten Streifen durchzogen war. »Hinter alledem steckt mehr, davon bin ich jetzt überzeugt. Auch sie war in merkwürdiger Eile, und zweimal deutete sie so etwas an, als sei die Zeit, meine Zeit, nur noch knapp bemessen ... *Das* ist also der Grund, warum ihre Brüder es so eilig hatten! Und alles hängt irgendwie mit Nithaids Rückkehr zusammen ...« Er humpelte mühsam zum Fenster und blickte dem kleinen Boot nach, das vom Ufer ablegte; seine Segel blähten sich und leuchteten plötzlich hellrot, als ob sich die Sonnenstrahlen darin fingen. Er konnte nicht erkennen, ob sie zu ihm zurückblickte oder nicht. »Sie ist knapper bemessen, als Ihr es Euch träumen laßt, Prinzessin, diese Zeit ...«

»Aber kannst du es schaffen?« fragte Roc. »In fünf Tagen, wenn deine Befürchtungen zutreffen ... Können wir unsere Arbeit innerhalb dieser Zeit vollenden?«

»Wir müssen – ist es nicht so? Und wir müssen sogar noch mehr tun. Denn das hier, *dieses* ...« Er nahm die beiden Hälften des Reifs in die Hand, hielt sie fest umklammert und drückte sie sich an die Lippen, an die Augen, an die Brust. »Was immer auch geschehen mag, dieses Stück muß wiederhergestellt werden!«

Über die Mittel, die Elof anwandte, ist in den Berichten nichts überliefert. Höchstwahrscheinlich umgab er die beiden Stücke mit einer Umhüllung aus feinstem Ton oder Sand, so wie der Reif ursprünglich geformt worden war, und erhitzte ihn mit langwieriger, mühsamer Sorgfalt in den aufwallenden Erdfeuern. Vermutlich sang er dieselben leisen Weisen über dieser Schmetterlingspuppe, in der das geteilte Gold schwitzte, blubberte und sich schließlich verflüssigte, brodelte und zerlief, in der Hülle der eigenen Form eingeschlossen. Doch im Innern dieser Hülle konnte es nirgends hinfließen, außer in sich selbst, sich vereinigend, vermischend. Im Innern dieser Hülle lief der Prozeß der Verwandlung bis zur letzten Phase ab, nur um schließlich umgekehrt zu werden; es war eine so totale Auflösung, daß die Form wiederhergestellt wurde, ein so heftiger Aufruhr, daß das Ergebnis Einheit war, ein Sturm, der zu nichts anderem diente, als eine größere Ruhe zu schaffen.

Wie immer es sich abgespielt haben mochte, fest steht, daß Elof erfolgreich war; denn es ist überliefert, daß er beim Anblick des wiederhergestellten Reifs laut den Wunsch aussprach, dasselbe für sich selbst ebenfalls tun zu können. »Mich in meinem eigenen Ofen einzuschmelzen, mich neu zu formen, repariert und wieder ganz! Und bei diesem Vorgang sollten möglichst auch noch die Schlacke meiner Vergangenheit, meine törichten und grausamen Taten und alles von mir begangene und mir angetane Unrecht weggeschliffen werden, damit ich all das für immer vergessen kann. Dann könnte ich einfach fliehen und hätte endlich Ruhe vor diesem verdammenswerten Drang nach Vergeltung. Ich hasse ihn allmählich, Roc; ich hasse das, was ich tun muß, um ihn zu stillen. Er beherrscht mich auf eine beinahe noch grausamere Weise als Nithaid. Ich hasse es, mich so zu verhalten, auch wenn es Menschen wie diesen gegenüber geschieht.«

»Was höre ich denn da, ausgerechnet aus deinem Mund? Sprichst du etwa von Gnade? Mitleid?« Roc sah von der Tasche auf, die er gerade packte, und seine Stimme klang schneidend und verbittert. »Das hat dich doch bis jetzt noch nie von dem abgehalten, was du tun zu müssen glaubtest. Es hat dein Verhalten dem armen alten Ingar gegenüber nicht beeinflußt, und auch nicht Korentyn oder Kara gegenüber. Warum dann jetzt, bei diesen Geschöpfen, die hundertmal schlimmer sind?« Elof wand sich unter dem Stachel dieser Worte, doch er versagte sich jeden Widerspruch und jedes Leugnen; denn sie beide wußten, daß es nichts zu leugnen gab. »Du hattest noch nie die geringsten Skrupel, dich mit deinen Freunden anzulegen, warum dann mit deinen Feinden? Reue ist billig, wenn sie zu spät kommt, mein Junge. Was du geplant hast, das mußt du jetzt auch in die Tat umsetzen, sonst ist alles verdorben und verloren… vielleicht mehr noch, als du ahnst. Du verwandelst dich nicht in einen besseren Menschen, wenn du zu einem Narren wirst!«

»Nein!« murmelte Elof, der immer noch an dem Gold herumpolierte, obwohl es im Licht der Mittagssonne bereits hell glänzte. »Aber ich könnte mich in einen noch schlechteren verwandeln! Genug jetzt. Es ist höchste Zeit, daß du dich auf den Weg machst; das Wachboot wartet bereits! Und sei vorsichtig!«

Roc nickte kurz und wandte sich der Tür zu. »Ich erledige meinen Teil, keine Angst. Kümmere du dich um den deinen!«

Die Tür fiel hinter ihm ins Schloß. Bedauernd wickelte Elof den hübschen, glänzenden Gegenstand in ein viereckiges Stück dunklen Samts und legte es auf eine der Werkbänke unter dem Fenster. Dort stützte er sich für eine Weile auf, um seine müden Schultern auszuruhen, und sah dem Wachboot mit Roc an Bord nach, das in die breite, glatte Strömung des Yskianas hinausglitt. Das war die letzte Figur, die er noch bewegen konnte, in einem Spiel, das entweder seine Feinde in die von ihm gelegte Schach-Falle locken oder ihn selbst so sehr in die Enge treiben würde, daß er gleich aufgeben könnte. Und ebenso Roc, und vielleicht noch einige andere. Hatte er zuviel gewagt? Falls es so war, war es zu spät, es rückgängig zu machen. Er sollte an seine Arbeit denken. Sie hatten den Ofen vor einiger Zeit befeuert; es war höchste Zeit, daß er ihn drosselte.

Er humpelte hinüber und drehte das Rad zurück. Er spürte, wie sich unter ihm die Tür knirschend zur Seite schob, obwohl er den Eindruck hatte, daß sie sich schwerer bewegen ließ als gewöhnlich. Als sie etwa zu drei Vierteln geschlossen war, hakte sie. Er fluchte, zog an dem Rad, drehte es zurück und dann mit Schwung und äußerster Kraft wieder nach vorn; es drehte sich ein kleines Stück weiter, dann hakte es wieder. Besorgt ruckte er es immer wieder hin und her, wobei er sich mit dem ganzen Gewicht auf das Rad warf, bis das Hindernis endlich zu weichen schien. Schließlich glitt die Tür geschmeidig weiter, bis ihm ein helles Klirren verriet, daß sie geschlossen war. Er öffnete die Luftschlitze, schlug die Sperrbolzen der Außentür aus den Klemmen und hob sie an; gleichzeitig duckte er sich, um den ausströmenden Schwall sengendheißer Luft sich verflüchtigen zu lassen. Dann war es nur noch eine Frage des weiteren Wartens, bis die Stiele ihre Blätter weit genug ausgebreitet hatten, um ihm zu zeigen, daß er gefahrlos eintreten konnte. Es hieß also Geduld haben, und er konnte dabei nicht einmal hin und her laufen. Er hatte sich die Hände und Füße mit Lumpen umwickelt; so schwang er sich hinunter auf die Treppe und leuchtete mit der Lampe in die giftige Düsternis und hustete, als ihm die Dämpfe in die Kehle drangen. Der Boden erschien ihm irgendwie verändert; die Schräge verlief anders und war gleichmäßiger. Er humpelte die Stufen hinunter, obwohl die Lumpen dabei verkohlten, und entdeckte, daß im hinteren Teil, am Fuße der Tür der Boden nicht mehr sanft abschüssig war, sondern in der Mitte von einem unregelmäßigen Streifen rauchender Schlacke durchzogen war. Kein Wunder, daß er sich so sehr hatte anstrengen müssen, um die Tür zu bewegen. Aus einem unerklärlichen Grund drangen die Erdfeuer mit Sicherheit heißer aus der wie auch immer gearteten Ader, die sich hinter dieser Tür befand. Sie brodelten bis in den Ofen hinauf.

Der Anblick erfüllte ihn mit Entsetzen. Seine Arbeit, sein Werk, seine letzte Pforte zur Freiheit – all das hing von dem Ofen ab, ja sogar sein Leben, wenn die Dinge so liefen, wie er sie geplant hatte. Und nun war es gefährlich geworden, ihn zu benutzen; doch gefährlich oder nicht, er mußte ihn wieder öffnen – sofern er es noch konnte – und das Risiko eingehen, etwas möglicherweise Furchtbares zu entfesseln. Plötzlich wurde er sich des Qualms bewußt, der um ihn herum aufstieg; seine Lumpen schwelten, und eine kleine Feuerspur, die er hinter sich herzog, loderte plötzlich hell auf, und er wollte sie austreten. Doch er schaffte es nicht! Er fluchte und schwang sich die Stufen hinauf; doch das brauchte Zeit, und die Lumpen brannten bereits lichterloh, als er oben ankam. Er besaß die Geistesgegenwart, die Flammen zuerst in Sand zu ersticken, anstatt Wasser darüberzugießen, das die Hitze zu schnell weitergeleitet hätte. Wütend zog er sich die angesengten Kleidungsstücke vom Leib und ließ sich mit dem Rücken gegen ein geöffnetes Fenster sinken. Er mußte nachdenken, und zwar schnell.

Nach einigem Überlegen kam er zu dem Schluß, daß es schlimmer hätte kommen können. Das Ansteigen der Hitzeflut mußte einige Zeit gedauert haben. Vermutlich war es geschehen, kurz bevor er die Tür schloß, und würde sich also sehr wahrscheinlich wiederholen. Vielleicht war es ihm möglich, in kleinen

Schüben zwischen den Wallungen zu arbeiten und immer aufmerksam zu beobachten, ob von unten etwas hochstieg. Das würde eine beträchtliche Verzögerung bedeuten, vielleicht eine entscheidende, aber daran war jetzt nichts zu ändern. Um so schneller mußte er arbeiten. Gedanken an die Folgen, welche das haben würde, an gegenwärtige und absehbare Probleme, wirbelten ihm wild durch den Kopf; und obwohl die Esse und die Werkzeuge jetzt stillstanden, waren das Quietschen und Knacken des sich zusammenziehenden Metalls, der Wind in den Luftschächten und das Rauschen des Wassers in den Trögen so laut, daß er nicht hörte, wie ein Schiffsrumpf auf den Strand auflief und wie Schritte den grasbewachsenen Hang heraufkamen, bis sie die Schwelle der offenstehenden Tür erreicht hatten. Er richtete sich überrascht auf.

In der Tür stand Beathaill, und zwar allein. Sie war diesmal in ein leichtes Seidengewand mit einem Blattmuster bekleidet, das mit einem silbernen Gürtel zusammengerafft war; die tiefstehende goldene Sonne hinter ihr ließ ihren Körper zu einer gertenschlanken Silhouette werden. Sie wirkte zaghaft, beinahe schüchtern, doch ihre Haltung straffte sich, als sie ihn sah. Er verneigte sich vor ihr im Sitzen. »Guten Abend, Prinzessin. Ich hatte Euch erst für morgen erwartet; Ihr kommt früher, als Ihr angekündigt hattet.«

Ein flüchtiges Lächeln huschte um ihre Lippen. »Warum sollte ich nicht? Es steht mir frei. Ihr hattet ohnehin reichlich Zeit. Nun? Ist es fertig?« Elof bückte sich, um seine Krücken aufzuheben, und antwortete nicht. »Nun?« wiederholte sie mit schriller Stimme und stampfte heftig mit dem Fuß auf. »Habt Ihr die Reparatur durchgeführt, wie ich es Euch befahl ...« Da fiel ihr Blick auf den Armreif, der auf dem Samt glitzerte wie die Sonne über Sturmwolken. »Oh ...«, sagte sie ohne besondere Regung. »Ihr habt ...« Sie schnaubte verächtlich durch die Nase. »Ich sehe, Ihr könnt also doch gehorchen wie ein guter Sklave.« Elofs feinem Gehör entging nicht der bestimmte Klang, der in ihrer Stimme mitschwang und der ziemlich eindeutig Enttäuschung verriet. Sie stolzierte zu dem Reif und war im Begriff, danach zu greifen, als Elofs kräftige Hand sich um das glänzende Gold schloß.

»Prinzessin«, sagte er ruhig. »Ich habe diesen hübschen Reif repariert, aber ich habe nicht gesagt, daß es für Euch geschah.«

»Wie könnt Ihr es *wagen*...«, kreischte sie und stampfte erneut mit dem Fuß auf.

»Prinzessin, dieser Reif ist nicht für Euch. Er ist mit einer bestimmten Eigenschaft versehen, einer starken Kraft, einer unlöslichen Bindung. Er kann diese nicht hervorrufen, wo sie nicht vorhanden ist, doch wo sie besteht, wirkt er darauf ein, verleiht ihr Kraft, und niemand weiß, welche Folgen das haben könnte.« Sie streckte unbeeindruckt die Hand nach dem Gold aus, doch er lockerte den Griff nicht. »Prinzessin, ich warne Euch nur zu Eurem eigenen Besten.«

»Gebt ihn mir!« sagte sie; ihre vorderen Zähne hoben sich weiß gegen die karmesinroten Lippen ab. »Und hört endlich mit Eurem fürsorglichen Getue auf. Habe ich diesen Ring denn nicht jahrelang getragen? Haltet Ihr mich immer noch für ein Kind, das sich mit Tricks und Schattenspielen ängstigen läßt?«

Sie schüttelte Elofs Handgelenk; und obwohl sie nicht annähernd so kräftig war wie Kara, besiegte ihn die Erinnerung, und er ließ den Reif seinen Fingern entgleiten. Er packte ihren Arm, um zu verhindern, daß sie ihn anlegte. »Prinzessin, Ihr werdet die Folgen zu verantworten haben, wenn Ihr den Reif an Euch nehmt...«

»Laßt mich los!« schrie sie, entwand sich seinem Griff und schob sich den Reif mit Gewalt um den Arm. »Es sind schon Sklaven für geringere Frechheiten unter Folterqualen gestorben! Ach, Ihr habt mich beschmutzt, Ihr stinkt nach Schweiß und Ruß...«

Elof seufzte; er würde wenig erreichen, wenn er sie angriff, und schon gar nicht, wenn er ihren Geruchssinn beleidigte. »Prinzessin, ich bitte um Verzeihung. Ich war bei Eurer Ankunft gerade im Begriff, mich zu waschen.« Er streifte das schweißgefleckte Wams ab und wandte sich dem Wassertrog zu, der durch die Schmiede lief, griff nach dem Beutel mit Fettlauge, der daneben hing, und bespritzte sich schnell mit dem kalten Quellwasser. Er befürchtete, sie könnte einfach hinausstolzieren, wußte jedoch, daß sie noch immer dastand; er konnte ihre eindringliche Gegenwart beinahe körperlich spüren. Durch den Reif? Dann hörte er sie voller Ironie sagen: »Das ist ja eine nette Ausbeute von Narben, die Ihr da habt, Sklave! Man könnte Euch beinahe für einen Krieger oder einen Abenteurer halten und nicht für einen Zauberer und Kunsthandwerker.«

Er lachte und schmeckte Bitterkeit auf den Lippen. »Ich bin beides schon gewesen, je nach Bedarf«, sagte er, ohne sich umzuwenden. »Früher. Ich habe ein sehr weites Land durchquert, habe mich zu den Duergar in ihre Bergfestung begeben und zwei Jahre lang bei ihnen gelebt; ich habe mich bei den *Alvar* des Waldes, den Kindern Tapiaus, aufgehalten und bin den Mächten des Waldes entkommen. Ich bin über die Meere des Sonnenaufgangs gesegelt, ich habe an der Seite eines verbannten Herrschers zu Lande und zur See gegen die Ekwesh und zur Erringung seines Königreichs gekämpft. Ich habe mich mit einem Drachen unter der Erde und mit der Eishexe persönlich auf einer Treppe ihres Palastes auseinandergesetzt – und gesiegt. Und doch wäre ich entschieden lieber ein unversehrter Mann, dem ein Leben in Frieden gegönnt ist, in meiner Heimat, mit der Frau, die ich wahrhaft liebe, zur Seite.«

Er hörte sie lachen. »Nicht nur ein Aufschneider, auch noch ein gefühlsduseliger Trottel!«

Elof drehte sich wütend um und hörte, wie sie nach

Luft schnappte. Plötzlich streckte sie die Hand aus und fuhr mit der weichen Fingerspitze das schwache Zeichen auf seiner Brust nach. »Das ist ebenfalls eine Narbe ... dieselbe Narbe wie auf dem Rücken!«

»Euer Vater machte einst eine Bemerkung über diese Wunde; kurz bevor er mich zum Krüppel machte. Bevor er mich zu einem Schwan mit gestutzten Flügeln, zu einem an die Kette gelegten Falken machte! Zu einem Wesen, das kein Mensch mehr ist!« Er wandte sich ungehalten ab, und erneut hielt sie den Atem an.

»Ich sehe ein weiteres solches Paar Narben, noch schwächer! Aber ... bereits eine einzige derartige Verwundung hätte doch tödlich sein müssen! Wie habt Ihr sie Euch zugezogen? Und wie habt Ihr sie überlebt?«

»Fragt lieber: Warum?« entgegnete er und fuhr fort sich zu waschen.

Daraufhin herrschte hinter ihm Schweigen, bis eine kleinlaute Stimme bat: »Würdet Ihr mir etwas über Eure Abenteuer erzählen?«

Er erhob sich langsam, drehte sich um und griff nach einem Handtuch, um sich abzutrocknen. »Einem wohlmeinenden Menschen oder einem Freund würde ich vielleicht etwas erzählen. Doch welche Freude oder welchen Nutzen könnten meine Geschichten jemandem bringen, dem nichts daran liegt?«

Zu seiner Überraschung legte sich eine Hand leicht auf seinen Arm. »Habe ich mich denn als nicht wohlmeinend gezeigt? Ich würde mit Freuden zuhören – wenn Ihr so gut sein wollt?« Er sah zu ihr hinab, und plötzlich hatte er das Gefühl, als verbrenne ihn ihre Hand schlimmer als die Flammen des Schmiedefeuers. Es war lange, lange her, seit ihn das letztemal eine Frau berührt hatte. Sein Atem stockte und ging dann rasend schnell; er vergaß alles, was er durch Geduld zu gewinnen gehofft hatte, und drückte ihre Hand mit der seinen fest an sich. Sie versteifte sich, unternahm jedoch keinen Versuch, sie ihm zu entziehen. Er schluckte und hörte, wie sein Atem pfeifend durch die bebenden Nasenflügel ging. Zögernd hob sie die freie Hand und legte sie ihm auf die Brust.

»Euer Herz pocht wie Euer Schmiedehammer«, sagte sie und kicherte leise, wobei sie den Blick gesenkt hielt.

Er spürte, wie sich seine Lippen zu einem gespannten Lächeln verzogen. »Und wie ist es mit Eurem?« Ihr Griff um seinen Arm wurde fester, und langsam, zaghaft zog sie ihn neben sich. Gleichermaßen langsam, mit bewußter Boshaftigkeit, fuhr er mit den Fingerspitzen über ihre Rippengegend bis zur Taille und dann wieder hinauf, um sich nach und nach um die Wölbung ihres Busens zu legen; sanft glitt er über den straffen Hügel unter der leichten Seide. Er beugte sich zu ihr hinab und flüsterte ihr ins Ohr: »Ja, auch Eures pocht wie wild ...« Und er blieb in dieser Haltung, um ihr Ohrläppchen und den Hals zu küssen, dann die samtweiche Wange und schließlich die geöffneten Lippen.

Sie erwiderte den Kuß zunächst leidenschaftlich, wenn auch ein wenig linkisch, doch plötzlich krümmte sie sich und entwand sich ihm keuchend. »Wie könnt Ihr es wagen ...!« kreischte sie. »Wer glaubt ihr zu sein? Was habt Ihr getan? Was habt Ihr mir angetan? Welchen Zauberbann habt Ihr ...«

Elof schüttelte den Kopf. »Ich habe Euch mit keinem Zauberbann belegt, Prinzessin. Doch Ihr selbst habt Euch einen auferlegt. Werdet Ihr in der Lage sein, ihn so schnell abzuschütteln? Das ist die Macht. Doch denkt daran, sie kann nichts hervorrufen, das nicht bereits da ist ...«

»Nein!« kreischte sie und zog sich den Reif mit einer heftigen Bewegung vom Arm. Er verfing sich für einen Augenblick in ihrem Gewand, fiel zu Boden und rollte gegen irgendeinen weichen Ballen. Dann stieß sie ein

verzweifeltes Jammergeheul aus, schlug die Arme um sich und brach in ein hysterisches Schluchzen aus.

Elof streckte die Arme zu ihr aus und nahm ihr Gesicht in die gewölbten kräftigen Hände; sie widersetzte sich ihm nicht. Mit den Daumen wischte er ihr die Tränen von den Wangen und drückte ihren Kopf sanft nach hinten, damit sie ihn ansehen mußte. Ihre Augen blickten in die seinen, und jetzt fuhr er ihr mit den Fingern durch das üppige Haar, streichelte ihren Hals von den Ohren bis zum Ausschnitt ihres Kleides und zog seine Linie vorn nach. Ihre Augenlider flatterten, der Widerstand ihres Kopfes erschlaffte, und sie neigte ihn nach hinten, während seine geschickten Finger den obersten Verschluß öffneten und ihre Halskuhle liebkosten. Sie umklammerte seine Schulter, um sich an ihm festzuhalten, während er einen weiteren Verschluß öffnete und noch einen und so weiter, bis sich seine Hände um die hübschen kleinen Brüste legten und sie vollends entblößten. Dann zog er sie an sich und küßte eine Brust nach der anderen, und sie wich nicht zurück, sondern labte sich an ihm, als ob er eine Quelle wäre.

Er spürte, wie ihr Herz flatterte, und ein anderes Flattern war unter ihren Rippen und im ganzen vorderen Teil ihres Körpers zu fühlen, von oben bis unten, als ob ein gefangener Vogel hinter diesen Gitterstäben mit den Schwingen schlüge, um sich zu befreien. Langsam, behutsam schob er ihr Gewand, das sich nun ganz teilte, tiefer, über feuchte Löckchen, bis Kleid und Gürtel unbeachtet in den silbernen Sand fielen. Ihre Stirn lag auf seinen Schultern, ihre bebenden Schenkel hielten seine forschenden Hände gefangen, und sie zerrte nun ihrerseits an seinem Gürtel, schob seine Hose tiefer. Eine Woge der Unentschlossenheit wallte plötzlich in ihm auf; während all der Jahre hatte er geglaubt, kein richtiger Mann mehr zu sein, nicht nur an den Beinen verkrüppelt, und er befürchtete, jetzt die Bestätigung zu erhalten. Doch als ihre zarten Hände ihn berührten, die schlanken Finger ihn ertasteten, liebkosten und rieben, leicht wie Spinnen, da war seine Angst von heißer Lust besiegt. Es gelang ihm, ihr etwas ins Ohr zu raunen, und zusammen schwankten und taumelten sie zu seinem Bett, wobei ihre Hände noch immer mit ihm spielten und ihre Lippen seine Brust mit karmesinroter Farbe beschmierten, so daß sie wie frisch verwundet aussah. Er schleuderte die Krücken weg, und gemeinsam sanken sie zwischen die rauhen Decken. Sie hob den Kopf, um seine Lippen, seinen Hals, seine Schultern und die von den Krücken wundgeriebenen Armkuhlen zu küssen; er stützte sich auf die Arme, seine Lippen berührten ihre Brüste, verweilten dort eine Zeitlang, dann glitten sie tiefer, und er trank sie in gierigen Zügen, wie jemand, der dem Verdursten nahe war, bis ihr Rücken sich wie ein Bogen spannte und ihre Finger sich in seinen dichten Haaren verkrallten. Dann entrang sich ihren beiden Kehlen gleichzeitig ein bebender Hauch, sie umwanden einander wie Schlangen und vereinigten sich.

Es war keine Liebe bei dieser Vereinigung, nur heftiges Begehren und der Drang, ihren jeweiligen Durst an einer gemeinsamen Quelle zu löschen, und dabei kletterten sie immer höher, einer den anderen überholend, um einen gemeinsamen Gipfel zu erreichen. Ihr Verlangen war so stark, daß es keine Grenzen kannte, kein Hindernis. Elofs Beine waren so gut wie nicht zu gebrauchen, doch mit der Kraft seiner Arme allein hob er das Mädchen hoch wie ein Blatt im Wirbelwind. Das Feuer, das zwischen ihren Schenkeln brannte, wurde von diesem Wind immer mehr entfacht und loderte höher und höher, wurde heißer und heller und schwoll schließlich zu einer alles versengenden Kugel an, die sie beide und den Raum und die ganze Welt in einem brühendheißen Ausbruch von Licht umschloß, in dem nichts anderes existierte als ihrer beider in Lust vereinter Leiber. Starr und losgelöst von Zeit und Raum schwebten sie im Nichts; dann ging dieser Augenblick vorüber, und die Welt schlug wieder über ihnen zusammen. Sie sackten schweißüberstömt auf die Decken, wobei ihre Schenkel noch immer krampfartig gegeneinander zuckten; es waren die Krämpfe sterbender Schwertkämpfer, die jeweils an der Klinge des anderen ihr Leben aushauchten. Sie rangen um Luft, mit zitternden Lippen, die unfähig waren, Worte zu formen.

Doch so wie das Feuer in Elofs Herz zu Schlacke verkümmert war, so zerfiel auch die Leidenschaft zu Glut und Asche. Eine düstere Stimmung senkte sich auf ihn herab, und das Geschehene war in seinen Augen kaum weniger verabscheuenswürdig als eine Vergewaltigung und eine häßliche Verhöhnung dessen, was er mit Kara empfunden hatte; sie fehlte ihm so sehr, daß es ihm geradezu körperliche Schmerzen bereitete. Beathaill spürte, daß etwas nicht in Ordnung war, und versuchte, ihn mit gehauchten Koseworten und zärtlichem Streicheln abzulenken. Sie war unerfahren, aber nicht unwissend, und allmählich, ohne daß er es wollte, erwärmten ihn ihre Brüste, die sich an ihm rieben, und das Spiel ihrer Lippen aufs neue. Er betäubte das Gefühl des Verlustes mit kaltem Zynismus, indem er sich einredete, daß doch alles gleichgültig sei und er sich ruhig vergnügen sollte, wenn sich ihm die Gelegenheit dazu bot; er hatte derlei Dinge lange genug entbehren müssen. Sie kicherte, als er sie streichelte, und sie spürte, wie seine Sinne wieder erwachten, und mit einem schelmischen Flackern in den Augen legte sie den Kopf in seinen Schoß und ließ die Zunge vorschnellen. Er schnappte nach Luft, lachte, rollte den Kopf hin und her …

Und sah den langen Schatten, der in die Schmiede fiel, wabernd, formlos, dämonisch. Sah jenseits der offenen Tür die Gestalt der schlanken Frau, die diesen

Schatten warf, den Umhang, der um ihre Arme wallte, das kurze Kettenhemd – das einzige Kleidungsstück, das sie sonst noch trug – und den Helm darüber, der wie der Kopf eines großen Raubvogels aussah. Hinter den schrägen, schmalen Augenschlitzen brannte bitterer Zorn im dunklen Funkeln ihres Blicks, ein Zorn, der sich in ihrer ganzen Haltung ausdrückte, wie sie gestrafft, wie gegen einen starken Wind gestemmt, mit ausgestrecktem Speer dastand. Dann sah Beathaill sie ebenfalls; sie schrie auf und flüchtete sich unter die Decken; doch Elof hatte sie beinahe vollkommen vergessen, abgesehen davon, daß sie ein Bestandteil seiner Schande war. Er sprang auf, immer noch alles vergessend, in der hoffnungsvollen Absicht, zur Tür zu rennen, doch er landete ausgestreckt auf dem mit Sand bedeckten Boden. Halb kriechend, halb stolpernd, schleppte er sich auf das Licht zu und streckte einen Arm nach der Gestalt aus; doch er glaubte, in diesen großen dunklen Augen Worte zu lesen, im Geiste deutlich ihre Stimme zu hören.

Jetzt hast du mich verloren! Für immer verloren!

Sein Arm sackte herunter; er konnte ihr nicht ins Gesicht sehen und senkte den Kopf. Der lange Schatten veränderte seine Form, als ob der Umhang nun erhobene Arme umwallte, und plötzlich fuhr ein starker Wind durch die Schmiede und peitschte ihm Sand ins Gesicht. Das Licht flackerte, dann war nichts mehr da, nur noch Leere. Elof wandte sich ab, blinzelte mit brennenden Augen, unter deren Lider der Sand rieb, und sackte neben dem Bett nieder.

Beathaill befreite sich mit einem Satz aus den Decken und umklammerte seinen Arm. »Liebling, wer war das? Wird sie jemandem verraten …«?

In schäumender Wut und Verachtung schob Elof sie von sich und holte mit dem Arm zum Schlag aus. »Verschwinde, du boshafte kleine Göre! Hinaus mit dir, laß mich in Ruhe! Geh zur Hella, du leere weibliche Hülle! Und erbitte von ihr ein Herz, das einst einer besseren Seele gehörte!« Sie sank wimmernd zurück und begann mit offenem Mund zu heulen, wie ein kleines Kind. Elof versenkte den Kopf in den Händen. »Nein! Nein, es tut mir leid! Ich allein trage die Schuld!« Er sah sie an. »Es war alles mein Fehler; du warst nur töricht! Du bist zu keinem guten Zweck hergekommen, du wolltest den gefangenen Bären necken und reizen ...«

»Ich bin gekommen ... weil ich Mitleid mit dir hatte!«

Elof schüttelte traurig den Kopf. »Nein, Prinzessin. Das stimmt nicht, was immer du dir eingeredet haben magst. Sicher, du hattest Mitleid mit diesem Mann, der dir für deine Absichten geeignet erschien, weil er allein und ohne Frau war. Und da du nicht weißt, was Liebe ist, wolltest du deine Reize wie ein Spielzeug vor ihm baumeln lassen. Warum nicht? Das wäre eine äußerst gönnerhafte Geste von jemandem deines Standes; der so Begünstigte müßte sich eigentlich geehrt fühlen. Du bist allein hierhergekommen, und als du dich vergewissert hattest, daß auch er allein war, wolltest du ein wenig mit ihm spielen, deinen eigenen Gefühlen etwas Nahrung geben, der Sache jedoch unversehrt und unbefleckt entkommen, um über seine Enttäuschung zu lachen. Doch es ist gefährlich, mit solchen Gefühlen zu spielen, Prinzessin, vor allem mit den eigenen; du hast dich deinerseits in ihnen verfangen, sie erwiesen sich als Fesseln für dich. Nun, stimmt es nicht, was ich sage?«

Sie hatte unvermittelt aufgehört zu weinen; ein Ausdruck ungebändigten Zorns huschte über ihr Gesicht, doch Elof hielt die Hand hoch. »Soll ich dir sagen, warum ich so sicher bin? Wenn du wirklich Mitleid für mich empfunden hättest, dann hättest du nicht versucht, mich zu betrügen. Du hättest mir nicht die Wahrheit über die Pläne deines Vaters vorenthalten; du hättest mir gesagt, was er gleich nach seiner Rückkehr mit mir vorhat. Das machte mich zu einem der wenigen Männer, mit denen du dich ungefährdet einlassen konntest – weil du dachtest, daß ich sehr bald weit weg sein würde und nichts ausplaudern könnte oder für immer zum Schweigen gebracht worden wäre. Aber natürlich mußte ich zuvor deinen wertvollen Armreif reparieren!«

Ihr Mund öffnete sich zu einem wütenden Schrei, der Zornesausbruch eines gedemütigten Kindes; doch dann sah sie den ausdruckslosen Blick seiner Augen, und langsam gab sie auf, zog sich unter die Decken zurück. »Sieh mich nicht so an!« winselte sie. »Tu mir nicht weh!«

Elof betrachtete sie ungerührt. »Was beabsichtigt Nithaid?«

»Er ist der Ansicht ... die Eishexe hat ihm ein Friedensangebot gemacht; sie schlägt einen uneingeschränkten Frieden vor, allerdings unter einer Bedingung ...«

»Daß er mich ihr ausliefert?«

Sie nickte heftig und raffte die Decken um ihren nackten Körper. »Er ... hat anfangs nicht zugestimmt; er versuchte zu feilschen ... Jetzt sagt man, sie hätte die Rückgabe der Pforte angeboten und auch des Wilden Landes, und angeblich hat sie sich verpflichtet, Kerys in Ruhe zu lassen und ihre Barbaren in ein anderes Land abzuziehen ... Es heißt, nach seiner Rückkehr will er seine Entscheidung bekanntgeben ...«

»Jawohl, bevor mir etwas darüber zu Ohren kommt!«

»Ja«, hauchte sie. »So ... so ...« Sie fing wieder an zu weinen und blickte voller Entsetzen zu ihm auf. Er seufzte tief, und als er eine Hand ausstreckte, zuckte sie zusammen, dabei wollte er sie ihr nur auf die bebenden Schultern legen.

»Ich habe zu schroff mit dir gesprochen«, sagte er. »Vielleicht hast du ein wenig Mitleid empfunden, wenn auch sonst nicht viel. Ich allein trage die Schuld. Ich wünsche dir nichts Schlechtes, Beathaill, und niemand wird von mir über das Vorgefallene etwas erfahren. Zieh dich an und geh! Laß mich hier mit mir selbst als einziger Gesellschaft allein, ich verdiene keine andere.«

Sie war so sehr verängstigt, daß sie aufsprang und zur Tür eilte, wobei sie beinahe vergessen hätte, im Vorbeirennen ihr Kleid aufzuheben. Einmal drehte sie sich zu Elof um, der immer noch neben dem Bett saß, und zu dem Armreif, der vor dem staubigen Bündel glänzte; doch sie machte keine Anstalten, umzukehren und ihn mitzunehmen. Einen Augenblick lang war es ihr Schatten, der sich in der Türöffnung abzeichnete, dann huschte sie, immer noch nackt, hinaus ins Licht und war verschwunden.

Früh am nächsten Morgen kehrte Roc zurück. Er wankte den Hügel herauf; anscheinend hatte er am Abend zuvor ein wenig zu eifrig dem Wein zugesprochen. Doch kaum war er durch die Tür getreten, außer Sichtweite des sich entfernenden Wachbootes, wirkte er vollkommen nüchtern und hellwach und schlug in beinahe überschwenglicher Erregung mit den Fäusten auf den großen Tisch. »Alles erledigt! Alle Aufträge ausgeführt, alle Nachrichten überbracht; sag an, gebe ich dir nicht allen Anlaß, stolz auf mich zu sein …« Er unterbrach sich und sah Elof an, der am anderen Ende des Tisches saß und gedankenverloren mit dem Reif spielte. »Was ist denn los? Willst du nicht hören, was ich zu berichten habe? Was hast du denn inzwischen so alles erlebt?« Er lief kreuz und quer in der Schmiede herum, spähte in den Ofen und wandte sich dann entrüstet an Elof. »Gearbeitet hast du nicht, das steht fest! Du hast nicht einmal die Hälfte dessen geschafft, was noch zu tun ist! Obwohl jede verdammte *Minute* zählt… Mann, ist in deinem Kopf etwas nicht in Ordnung? Du kannst eine echte Prüfung für einen geduldigen Menschen sein, und das ausgerechnet zu diesem Zeitpunkt! Willst du vielleicht dein Leben einfach so wegwerfen, und meines dazu? Nur weil in dir plötzlich der zarte Keimling eines Gewissens gesprossen ist – noch dazu für eine Bande von Verbrechern und Betrügern, die es weniger als die meisten anderen verdienen, die mir auf Anhieb einfallen! Du und dein verdammter Wankelmut! Hör endlich auf, mit diesem blödsinnigen Ding herumzuspielen; tu etwas Gescheites …« Und in seiner Wut wäre er sogar beinahe so weit gegangen, Elof den Reif aus der Hand zu schlagen, doch sein Handgelenk wurde mit einem festem Griff gepackt, der ihn – trotz seiner eigenen beträchtlichen Kraft – wie sein bester Schraubstock umklammert hielt.

Elof sah ihn eindringlich an, und er klang so grimmig, wie er aussah. »Du irrst dich in mir, mein Freund!« Er lockerte den Griff. »Das ist es nicht, was mir Sorge bereitete; ich habe einige Arbeit verrichtet, und ich habe zwischendurch einen neuen Auftrag bekommen, den ich erledigen mußte. Was noch bleibt, werden wir rechtzeitig schaffen – gerade eben. Beathaill war hier …«

Roc musterte zuerst ihn und dann den Armreif mit scharfem Blick, und dann riß er die Augen weit auf, als er die zerwühlten und fleckigen Bettdecken bemerkte, denen man eindeutig ansah, daß darin nicht geschlafen worden war. »Oho, sie war also hier …«, hauchte er.

»Und ebenso Kara …« Er hielt eine Hand hoch, um Rocs Ausruf im Keim zu ersticken. »Warte! Ich weiß jetzt, was Nithaid plant, und es ist etwas sehr Häßliches. Egal, was sonst noch geschah, es war eine Gnade, daß Beathaill genau zu diesem Zeitpunkt kam. Roc, dir bleibt keine Zeit mehr, nicht die geringste; bist du sicher, daß alles getan ist?«

»Dann willst du es also doch hören, ja? Nun gut!« Es

hatte den Anschein gehabt, als sei es einfach eine von Rocs üblichen Erledigungen, die ihn zum Festland führten, diesmal zum Palast. Er hatte eine kleinere Bestellung über allerlei benötigte Gegenstände zu übermitteln, und dabei war es ihm gelungen, mit anderen Leuten ins Gespräch zu kommen. Das war mit voller Absicht und wenig zusätzlicher Anstrengung geschehen, indem er seine Wachen dazu anstiftete, einige alte Freunde aufzusuchen und in der Hafengegend eine Sauftour zu machen. Damit war das Nötige in die Wege geleitet worden, und der Haken mit dem Köder wurde geschluckt. »Genau wie du gesagt hast. Ich habe die Aufforderung zu einem absolut geheimen Treffen ohne jegliche Zeugen überbracht, mit allen Bedingungen, die du vorgegeben hast, und zu dem von dir angegebenen Zeitpunkt, nämlich heute nacht. Keiner war davon besonders begeistert – eingedenk des Namens, den dieser Ort trägt! Doch dann übermittelte ich den Rest der Botschaft. *Dann werde ich Euch ein Geheimnis zeigen, mit dem Ihr mit einem einzigen Schlag die Herrschaft über Euren Bruder erlangen könnt* – genau deine Worte. Das hat ein Grinsen hervorgezaubert!«

Er grinste selbst, während er diese Szene beschrieb, doch Elof wirkte verbittert und geistesabwesend und fand offenbar wenig Vergnügen an der Neuigkeit. Er nickte müde, und mit ehrfurchtsvoller Behutsamkeit wickelte er den Armreif ein und legte ihn vorsichtig beiseite. »Ich danke dir, Roc, du hast deine Sache gut gemacht, wie immer. Ich wünschte, wir hätten es bereits geschafft, damit ich wenigstens dich in Sicherheit wüßte. Aber wie du sagst, wir müssen arbeiten und dürfen nicht vergessen, daß wir uns darauf vorbereiten müssen, unsere Besucher gebührend zu empfangen. Und du mußt noch erfahren, welche Wolke sich neuerdings über uns zusammengeballt hat; denn deine Vermutung hat sich als richtig erwiesen. Louhi ahnt sehr wohl, wo ich bin, und ich fürchte, wenn Kara es ihr nicht bereits gesagt hat, wird sie jetzt vielleicht ...«

Die Schufterei dieses Tages war die schlimmste, die sie bis jetzt durchgemacht hatten, und wurde besonders unerträglich durch die böse Ahnung, die sie beide hegten. Wie die schwüle Luft vor einem Gewitter umgab sie sie, spannte ihre Nerven aufs äußerste und lenkte ihre Gedanken immer wieder von der Arbeit ab; hundertmal waren sie im Laufe des Tages nahe daran, sich in einem törichten Streit zu entladen, und nur der Umstand, daß sie sich nicht die geringste Zeitverschwendung leisten konnten, hielt sie davon ab. Sie legten höchstens mal ganz kurze Pausen ein, um sich den Schweiß aus den überanstrengten Augen zu wischen oder einen verkrampften Muskel zu lockern, und dann trafen sich ihre Blicke in dem plötzlichen gemeinsamen Bewußtsein der Bedrohung. Nur ein einziges Mal vergeudete Elof nach Rocs Ansicht aus einem völlig nichtigen Grund reichlich Zeit, und zwar, um zwei breite Silberschalen zu suchen, schlichte Gegenstände, die er vor langer Zeit als Probestücke für ein Geschenk angefertigt hatte, das Nithaid in Auftrag gegeben hatte. Erst gegen Ende des Tages fand Roc Gelegenheit, ihn deswegen anzusprechen. Elof drehte die Schalen in der Hand herum. »Sie sind an sich nicht wichtig; es sind keine Kunstwerke, und sie besitzen keine besonderen Eigenschaften. Es ist nur etwas von Nithaids Silber. Ich habe die Absicht, ihm eine kleine Gabe zum Zeichen meines Wohlwollens zu schicken, Roc.«

Roc starrte ihn fassungslos an. »Nach dem, was dir das Mädchen erzählt hat ...«

»Deswegen erst recht – obwohl er es bestimmt nicht anerkennen wird! Wie gesagt, ich werde seine niederträchtige Brut nicht an ihn verraten. Soll er sich doch in dem Glauben wiegen, sie hielten loyal zu ihm!«

Roc zuckte mit den Schultern. »Warum machst du

dir deswegen Gedanken? Er ist kein Dummkopf, bestimmt ahnt er die Wahrheit, wenn er erst einmal darüber nachdenkt.«

»Ja, es sei denn, er kann nicht darüber nachdenken; es sei denn, der Schock ist zuviel für ihn … Also muß ich dafür sorgen, daß es so ist …« Seine Stimme verebbte. Roc wartete, doch als er wieder sprach, klangen seine Worte kräftig und lebhaft. »Wie spät ist es?«

»Eine Stunde vor Mitternacht«, antwortete Roc ruhig. »Und ein kleines Boot nähert sich dem westlichen Ufer. Es geht los, Elof; behalte einen kühlen Kopf, um dein Herz wieder zu härten!«

Zwei Wochen waren seit dem Erscheinen der Prinzen auf Elan Ghorenhyon vergangen, und für Elof waren es zwei Wochen der unbarmherzigen Schufterei gewesen, der geistigen und körperlichen Schwerstarbeit, die einen gewöhnlichen Sklaven womöglich umgebracht hätte. Er war seit seiner Jugend in dieser Hinsicht abgehärtet, und er jammerte nicht. Doch er war in der Seele erschöpft, und das, was er sich bemüht hatte fertigzustellen, war unvollendet. Doch jetzt mußte er alles andere beiseite legen, denn dies war die Nacht, die er in Rocs Botschaft genannt hatte, die Stunde um Mitternacht.

»Es ist tatsächlich Kenarech!« zischte Roc. »Er macht viel Aufhebens um sein seemännisches Können, doch soviel ich erkennen kann, ist er tatsächlich nicht ungeschickt. Und er sorgt dafür, daß das Boot verborgen bleibt, so wie es deiner Anweisung entspricht. Ah, jetzt kommt er!«

Es dauerte nicht lang, da stand der jüngere Prinz auf der Schwelle; sein Gesicht war vor Aufregung und dem schnellen Aufstieg so sehr gerötet, daß es im Licht des Schmiedefeuers zu glühen schien. Ein dunkler Umhang verbarg seine prächtige Kleidung, doch Elofs aufmerksamen Augen entging nicht, daß sich ein Kettenhemd darunter abzeichnete. Er verneigte sich.

»Tretet ein, hoher Herr! Ihr fürchtet Euch doch sicher nicht davor, die Insel der Zauberer zu betreten, nachdem Ihr den Zauberer kennengelernt habt?«

Kenarech verzog voller Unmut das Gesicht. »Ich *fürchte mich vor niemandem*. Doch dieser Ort trug diesen unheilverheißenden Namen schon lange, bevor mein Vater Euch hierher schickte; was meint Ihr, warum dies die Insel der Verbannten ist?« Roc und Elof tauschten schnelle, vielsagende Blicke, doch Kenarech merkte es offenbar nicht. Gereizt durch die Unterstellung, er könnte Angst haben, trat er entschlossen in die Schmiede und blickte sich um. »Nun, Meister Valant? Was für ein geheimnisvolles Ding ist das, das Ihr für mich habt?«

Elof verneigt sich erneut und schob sich die Kapuze aus dem Gesicht. »Es bedurfte langer und schwieriger Vorbereitungen, hoher Herr; es braucht noch eine ganz kleine Weile.«

»Oh?« Kenarech ließ den mürrischen Blick durch die Schmiede schweifen. Ein Rad drehte sich langsam, leise, und die Esse glühte; doch sonst sah er nicht viel, das er hätte irgendwie deuten können. »Wie lange noch?«

»Noch vor Mitternacht, hoher Herr, sollte es wohl Form annehmen.«

Die Miene des Prinzen hellte sich auf. »Na gut, das ist noch früh genug. Habt Ihr etwas Wein?«

Der Wein war der beste, den Nithaid ihnen geschickt hatte, und obwohl er von Elof verlangte, ihn zuerst zu kosten, besänftigte er seine üble Laune weiter. Anscheinend war er es zufrieden, in der Schmiede herumzuwandern und die Gegenstände und Werkstücke zu bewundern, die überall herumlagen, nicht zuletzt die vielen Kristalle, die in Gespinste aus vergoldetem Draht eingearbeitet waren. Er machte eine Bemerkung über Elofs erschöpftes Aussehen und gab der Hoffnung Ausdruck, das Ergebnis möge die Mühe wert sein. Endlich, kurz vor Mitternacht, tauchte Roc, dem er bis dahin nicht die geringste Beachtung geschenkt hatte, aus der Düsternis auf und verneigte sich. »Es ist kurz vor der Vollendung, Meister.«

»Dann bring es her!« sagte Elof leise. »Hoher Herr, wir brauchen dafür völlige Dunkelheit...«

»Wie Ihr meint!« sagte der Prinz mit hörbarem Unbehagen. Elof bemerkte, wie seine Hand zum Schwert fuhr, und er lächelte.

»Trefft alle Vorsichtsmaßnahmen, die Ihr für nötig haltet, mein Prinz. Aber ich werde mein Wort halten.« Kenarech nickte kurz und gab sich mit Mühe den Anschein, keine Angst zu haben. Elof hob seinen langen linken Ärmel, und Finsternis senkte sich wie ein Netz über die Schmiede. Er hörte Kenarechs aufgeregtes Atmen in der Dunkelheit. »Seid still, hoher Herr; habt nur noch eine Minute Geduld. *Es ist hier* ...«

Die Tür öffnete sich quietschend; ein schwacher silberner Umriß in der Dunkelheit; ein Schatten füllte die Öffnung, und schwere Schritte stapften über den Boden. Elof holte tief Luft und ließ den Ärmel zurückfallen; der Panzerhandschuh war an seinem Arm, und er hatte die Faust um den Kristall in seiner Mitte geballt, der kurze Zeit zuvor den blendenden Glanz eines brennenden seltenen Metalls in sich eingefangen hatte. Er hörte, wie Roc die Tür wieder zuschlug, und seine Hand öffnete sich; ein Blitz zuckte in der Schmiede auf, tauchte sie in grelles, dämonisches Licht, gleißend und schattenlos. Und in dieser erbarmungslosen Helligkeit stand ertappt, erstarrt und grau wie eine mit einem Umhang versehene Statue die Gestalt des Prinzen Geraidh. Denn Elofs Botschaft war an sie beide gesandt worden, nur mit unterschiedlichen Angaben, was die Uhrzeit ihres Kommens und die Stelle ihres Landens betraf; in diesem erschreckenden Licht hatte er jeden vor dem anderen bloßgestellt, ohne Trick und ohne Heuchelei, genau im Augenblick ihres Verrats.

»Nun denn!« rief er, als das Licht nachließ und die Lampen der Schmiede wieder angingen. »Ihr glaubtet also, mich in Eure verräterischen Machenschaften verwickeln zu können und anschließend auch mich zu betrügen? Nun habt Ihr den Beweis, daß ich mein Wort gehalten habe! Denn jeder von Euch braucht lediglich seine Waffe zu ziehen und den Bruder vor sich mit einem Schlag niederzustrecken, schon ist die Herrschaft sein!«

Da standen sie nun, zwei völlig verdutzte Prinzen, für längere Zeit aus der Fassung gebracht, als Elof es für möglich gehalten hätte, sowohl in den Augen als auch im Herzen geblendet durch das grelle Licht ihrer Bloßstellung. Er maß diese Zeit nach seinen eigenen Herzschlägen, die ihm so laut in den Ohren dröhnten, daß er glaubte, die Wände müßten davon erbeben. Dann wandten sie so gemeinsam und gleichzeitig, wie sie vermutlich in ihrem ganzen Leben noch nie etwas getan hatten, die blutleeren Gesichter ihm zu und sahen ihn haßerfüllt an.

Sie rissen die Schwerter aus den Scheiden, obwohl Elof unbewaffnet vor ihnen stand. Kenarech, der ihm am nächsten stand, trat schwer atmend auf ihn zu, mit dem bedrohlichen Tapsen einer Katze, die sich ihrer todgeweihten Beute nähert. Elof bewegte sich nicht, sondern hielt den Blick starr auf ihn gerichtet. Geraidh ging um eine Werkbank, um zu ihm zu gelangen, doch offensichtlich langsam und sehr zufrieden damit, seinen Bruder den ersten Schlag ausführen zu lassen. Kenarech kam immer näher, bis Elof das Zittern seiner Unterlippe und die Tränen der Wut in seinen Augen sah. Dann holte er mit dem Schwert hoch aus und ließ es auf Elofs ungeschützten Kopf niedersausen.

Schlangengleich zuckte ihm der Panzerhandschuh in den Weg, und die Klinge fuhr zwischen Zeigefinger und Daumen und traf den blassen Edelstein in der Handfläche. Und dort verharrte sie ohne den geringsten Laut, während sich die Finger zum Klammergriff schlossen, denn der Stein hatte die Wucht des Schlages in sich eingefangen. Elof umfaßte die Klinge, drehte sie und drückte sie mit solcher Kraft zurück, daß sein linker Arm allein über Kenarechs beide Arme siegte. Der Prinz erkannte, was ihm verheißen worden war; sein Mund klaffte zu einem Schrei auf, doch da lockerte Elof den Griff. Der Schlag war nicht allzu kräftig gewesen, denn obwohl beide Prinzen elegante Fechter waren, waren sie bisher selten oder nie gezwungen gewesen, ernsthaft zu kämpfen; dennoch hätte die Wucht gereicht, um einen Schädel zu spalten. Jetzt richtete sich die Klinge auf ihren Halter, während er selbst die Waffe noch hielt, und ihre Kraft wurde gegen ihn entfesselt. Sie schlug direkt durch Kenarechs Kehle, und begleitet von einer Blutfontäne flog sein Kopf von den Schultern und rollte hüpfend über eine Werkbank. Sein Körper sackte zuckend auf den mit Sand bedeckten Boden.

Geraidh sprang zurück; zu spät fiel ihm ein, daß er es nicht mehr mit einem hilflosen Krüppel, sondern mit einem geschickten und mächtigen Zauberer zu tun hatte. Er wollte zur Tür fliehen, doch dort sah er sich dem grimmig dreinblickenden Roc gegenüber, der den Langbogen schußbereit angelegt hatte. Er heulte wie ein wildes Tier auf und hob das Schwert, als ob er zu einem Wurf ansetzte, dann drehte er sich blitzschnell um und warf sich mit verzweifeltem Schwung auf Elof. Dieser packte das Handgelenk seines Schwertarms, doch der Aufprall brachte ihn aus seinem anfälligen Gleichgewicht und warf ihn nach hinten gegen den Amboß. Kenarechs dunkelverschmiertes Schwert lag nahe bei seinen Füßen, doch als er sich danach bücken wollte, umklammerte Geraidhs andere Hand die seine mit festem Griff. Da er alle Mühe hatte, auf den Beinen zu bleiben, konnte Elof seine größere Kraft nicht zum Einsatz bringen, und so rangen sie schwankend miteinander – eine scheinbare Ewigkeit lang, obwohl Roc kaum genügend Zeit hatte, den Bogen zu senken und nach einem Schmiedespieß zu greifen. Geraidh brüllte wie ein Wahnsinniger in Elofs Gesicht, bespuckte ihn mit Schaum und Speichel und schnappte wie ein Wolf nach seiner Kehle, während Elofs Rücken schmerzhaft unter ihrer beider Gewicht gegen die Kante des Ambosses gedrückt wurde. Es hätte schlimm für Elof ausgehen können, da er seine Beine nicht benutzen konnte, doch Geraidh, der verzweifelt versuchte zu entkommen, ließ plötzlich Elofs Handgelenk los und zückte blitzschnell einen Dolch aus seinem Gürtel. Und diese kleine Lockerung seines Griffs reichte aus. Während er den Dolch hob, klammerte sich Elofs kräftige Hand am gerüschten Jabot seines Wamses fest und schob ihn nach hinten, so daß er rückwärts taumelte; dann zerrte sie ihn wieder nach vorn und schleuderte ihn zur Seite. Der größere Mann prallte mit den Rippen gegen die Kante des Ambosses, und sein Körper knickte mit solcher Wucht um, daß alle Luft aus seinen Lungen entwich. Elof duckte sich mit einem gleichermaßen schmerzvollen Japsen, und im selben Augenblick, als Geraidh sich wimmernd herumrollte und mit seinem Schwert zu einem aufschlitzenden Schnitt ausholte, hob sich die Klinge des toten Kenarechs leuchtend gegen die dunkle Decke ab.

Geraidhs Schwert kam Elof so nahe, daß es dessen Gewand aufschlitzte und einen tiefen Kratzer in seiner Rippengegend hinterließ, während Kenarechs Klinge mit einem furchterregenden Klirren auf den Amboß herabsauste. Es war keine von Elof hergestellte Waffe; sie zerbarst scheppernd auf dem von der Zeit gehärteten Metall wie Glas in tausend herumfliegende Stücke. Doch sie hatte ihren Zweck erfüllt. Geraidhs Schwert fiel langsam zu Boden und hinterließ einen breiten Blutstreifen wie die Spur eines schmutzigen Tiers; sein Körper rutschte von dem Amboß, gefühllose Finger scharrten kraftlos über das Eisen. Roc stieß einen Schrei des Ekels aus, als der Kopf an seinen Füßen vorbeirollte.

Doch Elof schenkte ihm keine Beachtung. Der nackte Griff fiel ihm aus der Hand, er riß sich das zerfetzte Gewand vom Leib und warf es über die von den Körpern getrennten Köpfe am Boden. Mit einer Kraft, die Roc verblüffte, griff er nach einem schlaffen Arm und machte sich daran, die Leichen in den hinteren Teil der Schmiede zu ziehen. Roc bückte sich, um ihm zu helfen, doch Elof scheuchte ihn mit einer Handbewegung weg. »Dieses abscheuliche Werk muß ich allein zu Ende bringen. Du sollst deine Hände nicht damit beschmutzen!« Roc erschauderte, als er hörte, wie die Tür des Ofens an ihren Scharnieren quietschend nach hinten schwang, wie danach etwas Schweres nach unten plumpste, und gleich darauf noch einmal, und wie schließlich die Tür mit einem dumpfen Knall wieder zufiel, endgültig und schaurig wie eine Totenglocke. Ein Rad drehte sich, Ketten klirrten und rasselten, der Boden bebte, die silbernen Blätter welkten und kräuselten sich wie ihre lebendigen Ebenbilder in einem Herbstfeuer. Dann ließ Elof seine Stützen fallen und sackte auf den gemauerten Sitzplatz neben dem Ofen. Eine ganze Weile lang saß er zusammengekauert dort, den Kopf tief gesenkt, den Handrücken an die Lippen gelegt, als ob er auf das verzehrende Bullern unter ihnen lauschte.

»Nun?« sagte Roc. »Du überlegst doch jetzt wohl nicht, ob du richtig oder falsch gehandelt hast, was?«

Elof schüttelte den Kopf. »Nein!« sagte er, und seine Stimme klang fest, wenn auch ausdruckslos. »Alle anderen Tore sind uns jetzt verschlossen. Etwas Blut ist auf meine Lippen gespritzt, und es hat einen bitteren Geschmack; das ist alles.«

Roc nickte. »Man sagt, daß es bitter ist, ja«, bestätigte er. »Ich sollte jetzt besser meine Sachen packen.«

Er brauchte nicht lange. Als sein Packsack voll war, hob er seinen mit Stahlstücken übersäten Bogen vom Boden auf, entspannte die Sehne, wischte ihn ab und befestigte ihn sorgfältig an dem Köcher, den er sich über die Schulter geworfen hatte. Erst dann wandte er sich wieder Elof zu und stellte fest, daß auch dieser beschäftigt gewesen war. Von dem zerfetzten Gewand war nichts mehr zu sehen; doch neben Elof stand eine ziemlich große, schlichte Holzschatulle mit einem aufwendig gearbeiteten Verschluß. Roc warf sich den Packsack auf den Rücken. »Zeit, daß ich aufbreche ...«

»Jawohl«, sagte Elof leise. »Höchste Zeit!« Er hob die Kiste hoch. »Du weißt, was du damit zu tun hast?«

Roc nahm das Behältnis vorsichtig entgegen und tat so, als wolle er den Schnappverschluß öffnen. Elofs Hand hielt ihn davon zurück. Roc tippte ein paarmal mit der Fußspitze am Boden auf und überlegte. »Ich nehme Kenarechs kleines Boot, es macht den Eindruck, als sei es für einen Nicht-Seemann wie mich leichter zu handhaben; das von Geraidh lasse ich dir hier, nur für den Fall ...«

»Nein. Versenke es oder schleppe es mitten auf den Fluß, um es wegtreiben zu lassen. Ich bin müde, Roc, schrecklich müde. Mein eigenes Leid und das Leid, das ich anderen zugefügt habe, haben mich erschöpft ...« Er griff in die Brusttasche seines Wamses und nahm die Feder heraus, die Kara hatte fallenlassen, und dann noch eine zweite, die fast ebenso schwarz war, aber einen schwachen goldenen Schimmer hatte. »Wenn ich Erfolg haben sollte, gut und schön. Wenn ich versage – versage ich eben.«

»Aber unsere Warnung ...«

»Diese Last hast du dann zu tragen. Steuere möglichst nach Westen, allenfalls noch nach Norden. Im schlimmsten Fall folge den Ausläufern des Eises ...«

»Wenn ich es rechtzeitig schaffe!« sagte Roc leise.

»Also gut! Nach Westen und Norden – ich werde es versuchen.«

Elof erhob sich mühsam und packte den kleineren Mann bei den breiten Schultern. »Roc, alles Gute! Wahrhaftig alles Gute! Hunderte Male hast du mir Glück gebracht; die Mächte wissen, daß du nun selbst etwas Glück verdient hast!«

Roc neigte den Kopf zur Seite und grinste. »Nicht jedem Schmiedegehilfen ist es beschieden, bei einem solchen Meister zu arbeiten, das wissen sie ebenfalls! Wie auch immer, langweilig war es mit dir nie!« Er versetzte Elof einen kräftigen Klaps auf den Arm und wandte sich ab. An der Tür hielt er noch einmal inne, dann stieß er sie weit auf und atmete die klare Nachtluft in tiefen Zügen ein. »Aah! Ich hatte beinahe ganz vergessen, wie frisch die Freiheit riecht und schmeckt! Auch dir alles Gute, Schmiedemeister!«

Er schloß die Tür behutsam hinter sich und ließ seinen Freund allein in dem sich abschwächenden Bullern des Schmiedefeuers zurück.

Elof saß eine Weile still da und fühlte sich so entsetzlich einsam wie noch nie in seinem Leben; dann erhob er sich schwerfällig und machte sich daran, den Boden von dem Blut zu säubern und ihn wieder mit silbernem Sand zu bestreuen. Die gehärtete Erde darunter hatte viel in sich aufgesogen, und die Flecken waren verschwunden.

Diesen Luxus leistete er sich, so unsinnig er auch war; dann warf er sich wieder in die Arbeit. Er hatte lange gezögert, ehe er den Ofen wieder öffnete, beinahe zu lange. Er spürte, wie sich die Erdfluten gegen ihn auflehnten, und als er sich endlich die Stufen hinunter begab, hörte er ihr knirschendes Donnern dahinter; doch sie bewegten den Haufen erkaltender Asche an ihrem Fuße kaum. Er schuftete während der ganzen Nacht und legte nur hin und wieder, wenn die Arbeit es erlaubte, kurze Pausen ein, um einen Becher Wein hinunterzuschütten und einen Bissen Fleisch zu verschlingen. Die Arbeit wuchs in seinem Kopf, unter seinen Händen, bis sie das ganze Universum zu füllen schien; er vergaß beinahe, daß es außerhalb der stickigen Schmiede noch eine Welt, jenseits der Fertigstellung seines Werks noch eine Zukunft gab. Anfangs summte er bei der Arbeit vor sich hin, und bald sang er, ohne dem Rauch Beachtung zu schenken, den der Ofen ausstieß und der ihm in die Kehle drang und in der Brust brannte. Er legte sein Herz und seine Seele in seinen Gesang; es war eine jubilierende, begeisterte Weise, eine Musik voller Freude, die nichts wußte von Verrat und Blutvergießen, die hoch hinaufschallte über das düstere Gewölbe des Feuers und die Plackerei, die sein Fleisch versengte und das Blut aus ihm heraussog, sogar aus seinen schwieligen Fingern.

Ich bin ein Blatt, ein Blatt im Sturm,
Und ich segle, segle dahin.
Ich bin eine Flamme, eine Flamme auf einer Feder,
In der weiten Luft,
Und ich tanze, tanze.
Ich bin eine Wolke, eine Wolke auf dem Ostwind,
Die mich nach Hause trägt,
Und ich singe, singe …

Dieses Lied wurde in sein Werk eingewoben.

Doch so sehr ihn die Arbeit auch in Anspruch nahm, konnte er doch nicht verhindern, daß er sich in einem abgeschiedenen Winkel seines Denkens die Folge von Ereignissen vorstellte, die er in Gang gesetzt hatte, und die Bilder erschienen so plastisch vor seinem inneren Auge, daß er sie tatsächlich zu sehen glaubte wie übereinanderliegende bewegliche Schichten. Er sah Rocs kleines Boot, das über den Yskianas ans Ufer glitt, zweifellos ungeschickt gesteuert, aber dennoch sicher; dann würde Roc die Schatulle bei einigen der ihm bekannten Wächter an der Pforte abgeben und ihnen gegenüber die auf dem Deckel angebrachte Anweisung wiederholen, daß der Inhalt ausschließlich für Nithaids Augen bestimmt sei, um dann in der Dunkelheit zu verschwinden. Er würde wieder zum Boot zurückkehren, doch nicht für lange; Roc würde es vorziehen, seinen Weg an Land fortzusetzen. Während Roc unterwegs wäre, würde die Schatulle von berittenen Kurieren durch die schlafenden Straßen dieser riesigen Stadt zur Festung von Kerys befördert und dann in diese hinein gebracht werden, um die Rückkehr des Königs zu erwarten. In seiner Phantasie sah er den Sonnenaufgang über den Stierhörnern deutlicher als durch seine Fensterläden, da seine Augen blind waren für alles außer für die feinen Teile, die er zusammensetzen und zu einem Ganzen vereinen mußte. Doch dann wurden die Bilder undeutlicher; der König konnte zu Wasser zurückkehren, indem er gemächlich die Kanäle heraufschipperte, oder zu Lande, indem er in einem Triumphzug durch die Straßen ritt und sich am Jubel seines Volkes ergötzte. Das war wahrscheinlicher, nun, da er seinen Leuten ein Friedensangebot zu unterbreiten hatte und er ihnen zumindest die Darstellung eines Sieges bieten konnte. In diesem Fall würde er durch das Westtor hereinkommen und früher in den Palast gelangen, etwa gegen Mittag. Dort würde er besorgte Gesichter antreffen, da die beiden Prinzen inzwischen vermißt würden. Vielleicht würde er von Beathaill etwas erfahren, zumindest einen geringen Teil der Geschichte. Man würde Nithaid die Schatulle bringen …

Elof schluckte und beugte sich tief über seine Arbeit; diese Szene wollte er nicht sehen. Ironie des Schicksals, daß Barmherzigkeit auf diese Weise in das Gewand abgrundtiefer Grausamkeit gekleidet war; aber war es wirklich Barmherzigkeit? Eine seltsame Abart davon, wenn überhaupt, verdreht und verzerrt; aber

Nithaid hatte ihn so werden lassen, nun mußte er die Barmherzigkeit in der Form hinnehmen, wie sie eben kam. Er konnte die Vorstellung nicht aus seinem Kopf verbannen: Dem grimmig dreinblickenden Nithaid würde die Schatulle überreicht; die Höflinge, die sie ihm übergaben, würden schleunigst in der Menge verschwinden, um sich seinem Zorn zu entziehen. Nithaid, blaß und nichts Gutes ahnend, würde die Schatulle auf den Knien vor dem aufgedunsenen Bauch balancieren. Er würde zögern, dann würde er ärgerlich den Verschluß aufschnappen lassen und den Deckel hochwerfen…

Elof erschauderte und hätte sich beinahe an der Außentür des Ofens verbrannt. Dort, in zwei weiten Schalen, mit Geflechten aus Gold und Edelsteinen, um die Augen zu beschweren und die schlaffen Kinnladen am Heruntersacken zu hindern, lägen die abgetrennten Köpfe seiner geliebten Söhne… Selbst die Erinnerung an dieses Bild brachte Elof beinahe um den Verstand. Doch nun würde sich der König bald fragen, wie es Elof gelungen sein mochte, seine Söhne zu sich zu locken – und unweigerlich würde irgend jemand plaudern. Danach wäre nur noch Raum für Entsetzen und Kummer, qualvollen Kummer; der Drang nach Rache würde in ihm aufsteigen, einer Rache, wie sie selbst Nithaid selten geübt hatte, nach dem Vergeltungsschlag gegen Valant, den finsteren Zauberer, Valant, den Mörder. Er würde die schwarze Klinge ziehen, und dann… bald? Wie bald? Elof öffnete die Fensterläden und war erschüttert; die Sonne hatte den Zenith bereits überschritten. Ihm blieb nur noch wenig Zeit. Schnell schlug er die Ofentür zurück und spürte, wie die herausdringende heiße Luft die Härchen auf seinem Handrücken versengte; die innere Tür war vermutlich nicht ganz geschlossen. Der größte Teil der komplizierten Arbeit war bereits verrichtet, war bereits in des Gespinst des großen Ganzen eingewoben;

was jetzt noch zu tun blieb, war reine Schmiedearbeit, um den Verbindungsstellen und dem Rahmen Stabilität und Widerstandskraft gegen die Kräfte zu verleihen, denen sie standhalten mußten. Doch das mußte ihm schnell gelingen, sehr schnell… Er betrachtete die Stiele und die Blätter, die gekräuselt herunterhingen, und biß sich auf die Lippe; er konnte nicht abwarten, bis der Ofen abgekühlt wäre. Er sammelte seine Werkzeuge ein; den Armreif befestigte er nach kurzem Zögern an der Kette um seinen Hals, denn er war für seine Arme zu eng. Er hatte nicht erwartet, dabei irgend etwas zu spüren, doch er wurde sich einer plötzlich erwachten Kraft bewußt, einer Stärkung seines Willens, als ob die Macht, die diesem Gold vor langer Zeit eingegeben worden war, jetzt zu ihm zurückkehrte. Er streifte den Panzerhandschuh über die linke Hand, und langsam und vorsichtig zog er sich über den heißen Metallrand und ließ sich hinunter in die Tiefe der Schmiede.

Die Wände um ihn herum bebten jetzt durch das Dröhnen der Erdfeuer, doch er nahm mit seinem Hammer den Wettstreit damit auf. Nach einer Weile fiel ihm jedoch auf, daß es in dem kleinen Raum immer heißer wurde, anstatt kühler. Er hielt in seinem Hämmern inne, um einen Blick über die Schulter zu riskieren, und er sah, daß die innere Tür zum Berühren zu heiß geworden war, daß Schichten von Schlacke darunter immer noch glühten. Er ahnte, was geschehen war. Er hatte die Tür zu lange offen gelassen, und die Erdfeuer waren ausgebrochen, welche Hindernisse die ursprünglichen Erbauer dagegen auch vorgesehen haben mochten. Jetzt reichten sie offenbar bis zur anderen Seite der Tür; während er sie betrachtete, wechselte sie allmählich die Farbe und entwickelte den dumpfen Schimmer der Hitze. Gleichgültig; sie würde lange genug aushalten. Vielleicht länger als er; er hatte das Gefühl, als versenge jeder Atemzug seine Lunge.

Er preßte die Zähne zusammen; dabei summte er immer noch sein Lied in verschiedenen Variationen vor sich hin, erweiterte es und dachte sich Worte für seinen schwungvollen Schluß aus.

Bringe mich weit weg von hier,
Hin zum lächelnden Land des Frühlings,
Wo ich das Verlorene zurückgewinne,
Und mehr, als ich jemals besaß.

Er hämmerte mit gesteigerter Energie weiter und formte Metall, das trotz seiner Leichtigkeit von unglaublicher Beständigkeit war, zu den letzten feinen Schweißteilen des Rahmens eines leichten Panzerharnischs. Das glockenhelle Klingeln seiner Schläge hallte schwindelerregend von den Wänden wider. Würde man es dort draußen auf dem Großen Fluß hören; würde man hinaufblicken und die Rauchschwaden und das rote Glühen über dem dunklen Kamm von Elan Gorhenyon sehen? Würden die Ruderer ihre Schläge dem Rhythmus seines wilden Hämmerns anpassen, während ihr König sie zur Eile antrieb, mit Drohungen, mit Verheißungen, halb wahnsinnig in seinem Durst nach Rache? Als ihm dieser Gedanke kam, sah er das entsprechende Bild auch schon vor sich, sah die Galeere, die durch das Wasser schoß, wobei die kleinen Wellen gegen ihren hüpfenden Rumpf klatschten und ihr Bug die Untiefen aufwühlte und hohl ächzte, als er über den kiesigen Sand des Strandes glitt. Nithaid würde einen Sprung über das Dollbord machen und im flachen Wasser landen, dicht gefolgt von seinen Kriegern, und alle würden ohne Rast den Hang der Insel der Zauberer hinaufstürmen. Und in diesem Augenblick kam Elof zu Bewußtsein, daß das, was er sah, Wirklichkeit war, eine Vision, die tatsächlich stattfand, und während das Metall unter seinen Händen sprang und sich drehte, horchte er auf das

Brüllen von Stimmen und das Donnern von Füßen am Boden über ihm.

Es ging alles sehr schnell; Nithaid mußte trotz seines Alters und der schweren Stier-Rüstung, die er trug, mit beinahe unmenschlicher Geschwindigkeit den Hang heraufgelaufen sein, angetrieben von dem Rachedurst, der sein Gehirn ausgedörrt hatte. »*Valant!*« schrie er mit schriller Stimme, als er noch ein Stück entfernt war. »*Komm her und laß dich für die Juwelen bezahlen, die du mir geschickt hast! Valant! Valant!*« Seine Stimme überschlug sich fast; es war die Stimme eines Mannes, der innerlich dem Zerreißen nahe war; sie ließ Elofs Herz gefrieren. »*Komm her, du feiger Mörder! Heraus mit dir, du Hasenfuß!*« Jetzt war er bereits ein ganzes Stück näher; offenbar rannte er wie ein Besessener …

Rannte. Rannte, wie Elof es einst gekonnt hatte, vor acht Jahren, auf zwei kräftigen Beinen. Vor Wut knirschte er mit den Zähnen. Acht unselige lange Jahre des Elends, der Trauer und der Qual! Er hämmerte sie mit den letzten Schlägen aus dem Werkstück unter seiner Hand …

»*Valant! Komm heraus!*« Nithaid warf sich mit seinem ganzen Gewicht gegen das Sonnenzeichen auf der Tür und riß diese aus den Angeln. Sein Schwung warf ihn taumelnd in die Schmiede; er fiel mit Getöse über Tische und Bänke, bevor er anhalten konnte; dann starrte er die rot erleuchtete Rauchwolke an, die in den leeren Raum heraufwallte und in Wirbeln unter der Decke hing, als ein Dröhnen wie von einem unendlichen Donner die Wände erschütterte. Zur Abwehr dieser Hexerei schwenkte er seinen Schild und brüllte: »*Stelle dich, Satan, und kämpfe! Meine Bluthunde verlangen nach deinem Kadaver!*«

Dann antwortete ihm eine Stimme – aus der Wolke, wie es schien. Seine Wachen, die hinter ihm herbeieilten, hörten sie. Und obwohl sie bis zu diesem Augenblick geglaubt hatten, es könnte keine schrecklichere Stimme geben als die des tobenden Nithaid, ließ diese neue sie mitten im Lauf erstarren, gerade als sie im Begriff waren, in die Schmiede zu stürmen. Während in der seinen Wahnsinn mitschwang, hatte diese einen ruhigen und freudlosen Tonfall; während seine ein schrilles Kreischen war, klang diese eher wehmütig, dunkel und gemessen. Doch ausnahmslos alle zitterten vor dem Leid, das aus ihr sprach, und dem Urteil, das sie unbarmherzig verkündete, endgültig wie eine Totenglocke.

Unwürdiger Träger eines geliehenen Namens,
Unterdrücker des Landes, über das du herrschst,
König ohne Ehre, Wahrheit oder Moral!
Das Maß deiner Verbrechen ist voll.

Nithaid erblickte in diesem letzten Augenblick eine dunkle Gestalt, die mitten in der glühenden Wolke aufstieg, schattenhaft, formlos, ohne Ähnlichkeit mit einem Menschen. Dann spaltete sich der Boden davor mit einem ohrenbetäubenden Krach und brach in sich zusammen, stürzte in einem Gestöber weißglühenden Rauchs in die Tiefe. Tische und Bänke rutschten in den Spalt und rissen Männer mit sich. Die Räder und Maschinen, die durch die lange Hitze ausgetrocknet waren, gingen lichterloh in Flammen auf und brachen in sich zusammen; die Tröge barsten, und das Wasser zischte als brühendheißer Dampf heraus. Flammen züngelten zur Decke hinauf und setzten sie in Brand. Breite Risse taten sich in den Wänden auf, und auch diese sackten in sich zusammen. Bevor sich irgend jemand in der Schmiede von der Stelle bewegen konnte, rüttelten sich die riesigen Deckenbalken frei und stürzten wie die Stützen des Himmels herab. Dann brachen die oberen Wände herunter, und mit einem unglaublichen Getöse und Poltern und Krachen zerbröckelte die gesamte Schmiede wie eine ausgehöhlte Kohle und fiel in einer donnernden Fontäne aus Rauch und Flammen in sich zusammen. Die Soldaten draußen wichen entsetzt zurück; dabei zerrten sie Kameraden mit sich, denen im letzten Moment der Sprung ins Freie gelungen war und die mit Prellungen und Verbrennungen davongekommen waren. Doch sie wußten, daß ihr König noch im Innern war, und sie flohen nicht. Nicht sofort; erst als einer einen Schrei ausstieß und deutend den Arm ausstreckte und sie die Gestalt sahen, die aus diesem flammenden Inferno aufstieg.

Es war die Gestalt eines Menschen, und doch hatte sie etwas Übermenschliches; denn mit riesigen, glänzend schwarzen Schwingen, von funkelndem Gold durchzogen, verankert an einem Harnisch mit glitzernden Kristallen, schwebte sie strahlend hinauf in das satte Abendlicht. Die meisten ergriffen bei diesem Anblick die Flucht; einige jedoch blieben, um Speere zu werfen oder zu schießen, denn sie waren tapfere Männer. Von einem ausgestreckten, von Metall umhüllten Arm löste sich ein Feuerspeer und ließ aus dem Gras vor ihnen Flammen auflodern. Daraufhin machten alle, die noch dazu in der Lage waren, kehrt und rannten zum Schiff.

Doch Elof, der wieder einmal vom freudvollen Schwung des Fliegens und der Kraft von Flügeln mitgerissen wurde, schenkte ihnen keine Beachtung; denn er durchsuchte die Ruine und rief dabei laut den Namen: *»Gorthawer!«* Ein Leuchten wie vom nächtlichen Sternenhimmel war die Antwort, begleitet von einem schwachen, gebrochenen Rufen. Die Männer, die zurückblickten, sahen ihn wie einen riesigen Adler herabschweben, und sie erschauderten und rannten weiter. Doch Elof senkte sich noch tiefer, verharrte in der Schwebe und entdeckte mitten in dem höllischen Chaos einen dunklen Schimmer, nicht weit von Nithaids gequältem Gesicht entfernt. Eine Seite des

Kopfes war zerschmettert, das Auge fehlte, und die dichten Locken waren blutverklebt und stumpf von Asche; doch er lebte noch, und er konnte sehen, und als der Luftzug, den die großen Flügel verursachten, den Staub um ihn herum aufwirbelte, bewegten sich seine Lippen.

»Eure … Rüstung … war gute Arbeit! Doch Eure Vergeltung … eine noch bessere. Überlaßt … mein Volk … herrenlos dem Eis!«

Elof griff hinunter in die Trümmer und hob das schwarze Schwert auf; es war unversehrt, ohne Scharte und ohne Schramme. Und das Silber des Griffs überströmte seine schlimm verbrannte Hand mit der heilenden Kühle des Marschlandes. »Nein, König!« schrie er. »Was diesem Volk auch widerfahren mag, ich gehe jetzt und hole ihm einen würdigeren König. Sterbt in Frieden!«

Dort in der Asche liegt mit Eurer Brut!
Für sie habt Ihr gekämpft
Und so viele Ränke geschmiedet!
Nun sollt ihr gemeinsam Ruhe finden!

Jetzt stieg er langsam höher, immer höher zum Himmel hinauf. Und als er vollends die Beherrschung über das großartige Werk, an dem er so lange gearbeitet hatte, erlangt hatte, vollführte er eine Kehre nach Art der Vögel und flog nach Westen, in die Richtung der untergehenden Sonne.

Neuntes Kapitel

Die Luft der Freiheit

Immer weiter und höher trugen ihn die Schwingen, empor zu den weißen Wolken; das Land sackte unter ihm weg, und die Luft strömte an ihm vorbei, kühl und belebend wie junger Wein. Die Kraft des Flügelschlags war berauschend und gleichzeitig irgendwie beängstigend, denn sie fühlten sich fast wie eigene Gliedmaßen an; in solchen Augenblicken schwand die Verkrüppelung der Beine in seinem Bewußtsein, der Schatten, den sie normalerweise auf sein Gemüt warf, löste sich auf. Angesichts dieser überwältigenden Kraft und Freiheit hatte sie keine Bedeutung mehr; für das Verlorene wurde er tausendfach entschädigt. Aus purer Freude stieß er laute Schreie aus und sang; er war durchs Feuer gegangen und wiederhergestellt worden. Ein sanfter Lufthauch, der vom sonnenerwärmten Boden aufstieg, wogte unter ihm, und er breitete die Flügel weit aus und ritt darauf so leicht wie ein Vogel.

Unwillkürlich kam ihm ein Gedanke: Hatte er nicht schon viele Male Vogelgestalt angenommen? Und stets hatte er den Flug der gefiederten Geschöpfe genau nachgeahmt und die erforderliche Technik beherrscht, denn die Flügel waren in allen Einzelheiten nach seiner Erinnerung gestaltet und in der Lage, ihre Form zu verändern und dieselben komplizierten Bewegungen durchzuführen, damit er in Kreisen schweben und scharfe Winkel schlagen konnte. Er hatte sie nach der Feder modelliert, die Kara ihm hinterlassen hatte, bis hin zu den winzigen Widerhaken, die die einzelnen

Wedel am Federkiel zu einer einzigen Fläche verbanden: sein Material war jene eigenartige dunkle Faser, leicht und doch stark, mit Spuren von Gold versehen, um der Substanz die besonderen Eigenschaften zuzufügen, die er benötigte. Und obwohl er auf die gleiche Weise flog, wie er schon viele Male zuvor geflogen war, war es anders, besser. Diesmal war er nicht durch die Macht des Helms gezwungen, sich krampfhaft in die Maske einer anderen Gestalt zu zwängen, und sie hatte auch keinen Einfluß auf seine Kraft, sondern ermöglichte es ihm lediglich, den Flug mit leichten Bewegungen der Schultern und der Schenkel zu steuern; denn nicht einmal seine stahlharten Arme hätten ihn so einfach der Umklammerung der Erde entreißen können. Es waren die in den Harnisch eingearbeiteten Edelsteine, die die Strahlung der Sonne ebenso in sich einsogen, wie sie es mit dem Schein des Schmiedefeuers getan hatten, und die Eigenschaften des Goldes bewirkten je nach Bedarf die Biegsamkeit oder Starrheit des eng gewobenen Netzes, gaben ihm die Fähigkeit, sich zu dehnen und zusammenzuziehen wie die Muskeln eines lebendigen Körpers.

Er war jetzt größer und kräftiger als jedes andere Wesen in der Luft, abgesehen von einem Drachen oder irgendeinem anderen Zögling des Eises. Selbst die Adler in den Nordenbergen, die ihm aus der Kindheit als Schatten vor dem Mond in Erinnerung waren, selbst die Kondore von Meneth Scahas, die sich wie dunkle Wolken auf so manches blutige Schlachtfeld herabgesenkt hatten, erreichten kaum die Hälfte seiner ehrfurchtgebietenden Spannweite. Der Schatten, den er warf, war gewaltig, und wenn er nach unten und hinter sich blickte, sah er, daß er mit unglaublicher Geschwindigkeit über die sich verdunkelnden blauen Fluten des Großen Flusses glitt, über goldene Küsten und grüne Felder und Wälder und braune Stadtmauern und Türme. Er merkte nicht, jedenfalls nicht bewußt, daß dunkle Flecken vor den fernen Wolken dennoch mit ihm Schritt hielten.

In der ersten Nacht entfernte er sich weit von Elan Gorhenyon; doch er hatte keine Ahnung, wie weit genau. Als die Sonne tiefer sank, ließ auch die Kraft seiner Flügel nach, und die Höhenluft wurde kühler. Das hatte er erwartet, und er hielt Ausschau nach einem Platz zum Landen. Schließlich entschied er sich dafür, in den Ausläufern eines einsamen Waldes hinunterzugehen, weit entfernt von jeder menschlichen Ansiedlung, auf einem schmalen Uferstreifen am Fluß, der durch dichtes Dornengestrüpp geschützt war. Seinen Durst konnte er mit dem Wasser des Flusses stillen, doch er hatte keine Zeit gehabt, etwas zum Essen mitzunehmen. Abgesehen von einigen Münzen in seinem Gürtel hatte er nichts anderes als lediglich sein wertvolles Werkzeugbündel und den Armreif mitgenommen, außerdem hingen das Amulett auf seiner Brust und endlich wieder Gorthawer an der Seite, und das erschien ihm mehr als genug. Das wichtigste war, daß er seine Freiheit wiedererlangt hatte. Als sich die Dunkelheit herabsenkte, legte er die Flügel um seinen Körper und war überrascht, wie schützend und warm diese waren. Dann überkam ihn große Müdigkeit, und er schlief ein.

Sein Schlummer war begleitet vom sanften Rauschen des Flusses und dem Raunen der Bäume, und er träumte nicht. Vogelgesang weckte ihn, und er lachte, als er sich dabei ertappte, daß auch er selbst die Flügel in der Morgendämmerung ausbreitete. Er wusch sich hastig und trank etwas, wobei er feststellte, daß seine Verbrennungen sauber verheilten, und entfachte mit seinen Feuersteinen ein großes Feuer, um seine Flügel mit Treibstoff zu versehen. Die Edelsteine verzehrten es in Minutenschnelle zu dunkler Asche, und er schwang sich mit der aufgehenden Sonne hoch hinauf ins erste Tageslicht. Er fühlte sich hohl vor Hunger, leicht wie eine Schaumblase, und noch immer nahm er seine fernen Verfolger nicht wahr; ihn beschäftigte die Frage, woher er etwas zu essen bekommen könnte. Als er zwei Bauern sah, die vor einer Hütte frühstückten, stürzte er sich auf sie hinab, woraufhin sie wie zwei erschreckte Pferde in verschiedene Richtungen auseinanderstoben. Zum Glück ließen sie ihr Essen zurück; es war schlichte Landnahrung, grobes Brot, Ziegenkäse und Sommerfrüchte, doch für seine hochfliegenden Sinne stellten sie ein Festmahl dar. Er aß schnell und nahm immer wieder einen Schluck derben Weins dazu, ungeduldig darauf bedacht, sich möglichst bald wieder in die Luft zu erheben; als er schließlich aufstieg, warf er eine seiner Goldmünzen als Bezahlung hinunter. Es kam ihm in den Sinn, daß die beiden Männer trotz ihrer Angst und obwohl die Münze etwa den doppelten Wert der ganzen Hütte hatte, sich vermutlich am meisten dadurch belohnt fühlten, daß sie eine so unglaubliche Geschichte zu erzählen hatten.

Erst da, während er sich wieder in breiten Spiralen am Himmel höher schraubte, nahm er zum ersten Mal die Flügel in der Ferne wirklich wahr; doch er vergaß sie für den Rest des Tages, so sehr war sein Geist von der Freude über die Freiheit und vom Rausch der Höhe erfüllt. Er stellte seine Schwingen bis zum äußersten auf die Probe, indem er sich von den warmen Luftströmungen immer höher tragen ließ, bis er sich zwischen den Wolken befand und wie ein Fisch im Wasser durch ihre kalten Massen flitzte. Und schließlich stieg er noch höher, bis in eine Schicht, in der das Licht der Sonne greller und die Luft wesentlich dünner war, bis sich ihm ein enges Band um die Brust und die Schläfen legte und seine Flügel ihre Kraft zu verlieren drohten. Dann ließ er sich hinabsinken; in einem weiten Bogen glitt er auf eine wirbelnde Wolkenfontäne zu und wartete auf den Augenblick, da sie sich wie ein Vorhang vor ihm teilen und das große

Tal von Kerys darunter wie eine bunte Fahne zum Vorschein kommen würde.

Plötzlich war er in Schwierigkeiten. Die Sonne verfinsterte sich, und einen schrecklichen Augenblick lang glaubte er, irgendwie wieder in seine in Schutt und Asche liegende Schmiede zurückgefallen zu sein. Schwefel kribbelte ihm im Mund und in der Nase, heiße Asche brannte ihm in den Augen, und glühende Teilchen entzündeten sich schmerzhaft auf seinem Fleisch, das noch vor kurzer Zeit roh gewesen war. Ein gewaltiger Lufthauch erfüllte scheinbar das gesamte Universum, lauter als ein Sturm, doch eher dem letzten Atemzug eines halbbegrabenen Menschen gleichend. Er hätte meinen können, in die Klauen eines Gespenstes geraten zu sein, nur daß unter ihm eine ohrenbetäubende Explosion erklang; der aufgewirbelte Staub stob nach oben und traf seine Haut mit neuen Schmerzen, und dahinter füllte sich die Luft mit gewaltigen Massen, deren Vorbeifliegen er ebenso spürte wie sah, riesige schwebende Brocken in der Größe von Häusern durchschnitten die Luft mit einem gespenstischen Pfeifen, einen feuerroten Schweif von Turbulenzen hinter sich herziehend, die ihn in ihrem wahnwitzigen Sog abwärts rissen. Eine zweite Explosion folgte, und diesmal hätte ein Hagel solcher Brocken beinahe seine linke Flügelspitze zerschmettert. Er wußte jetzt, wo er war; und er wußte, daß er entweder fliehen oder sterben mußte; er faltete die Flügel zusammen und tauchte wie ein Schwimmer durch den Schutt. Es folgte noch eine Erschütterung, und ein weiteres Geröllgestöber hüllte genau die Stelle ein, wo er sich noch eine Zehntelsekunde zuvor befunden hatte; er wurde wie ein leichtes Blatt herumgewirbelt und aus der Wolke heraus in den klaren Himmel geschleudert. Die Luft um ihn herum schien zu singen, während er die Flügel ausbreitete und sich mit aller Kraft bemühte, seinen Absturz aufzuhalten; die riesigen Federn peitschten die Luft. Er schwebte tief über den Fluten des Yskianas, bis er glaubte, über die Wellenkronen hüpfen zu müssen wie ein Junge über Steine. Doch schließlich gelang es ihm, wieder aufzusteigen und die Sonne erneut auf die Schultern zu nehmen. Er blickte sich nach hinten um, während er sich in Kreisen unter den sich ausbreitenden Aschewolken hochschraubte, wobei er sich von eben jenen Luftströmungen tragen ließ, die sein Schicksal zu besiegeln gedroht hatten, und er sah einen erneuten Ausbruch der Feuerberge, die ihre glühende Lava gen Himmel spuckten. Ein Sprühregen kleiner Steine flog unter ihm vorbei, und er legte sich eilends zur Seite und durchquerte einen glühenden Erdfeuerstrom, um sich von der davon aufsteigenden Hitze emportragen zu lassen. Diese Eruption war gewaltiger als jede andere, von der er in diesem Land gehört hatte, und sie stand den schlimmsten, die er in den Nordenbergen, wo er aufgewachsen war, erlebt hatte, in nichts nach. Die Aschewolke hing wie reglos über dem Berg, hoch genug, um aus der Sicht des Landes darunter die Sonne zu verdunkeln; ihr Schatten erstreckte sich in der Form eines bedrohlich erhobenen Arms weit über dieses Land. Er schraubte sich immer noch in einer ständig breiter werdenden Spirale höher und befand sich inzwischen hoch genug, um einen Blick auf ein verblüffend gegensätzliches Bild in der Ferne zu erhaschen, wo der Wall des Eises in seiner tödlichen Leblosigkeit glitzernd unter der Sonne lag.

Es war in der Tat ein Gegensatz; beides hatte die schreckliche Fähigkeit, zu vernichten und zu verwüsten; auf ganz und gar unterschiedliche Weise, doch mit demselben Ergebnis, nämlich ein ödes, unfruchtbares Land hinterlassend. Sonderbar, daß sie so häufig gemeinsam anzutreffen waren, und zwar in ihrer ausgeprägtesten Form – Gletscher und Erdfeuer in den Nordenbergen, und jetzt hier … Könnte da ein Zusammenhang bestehen? Könnte Louhi danach trachten, sie sich irgendwie zunutze zu machen? Waren die Mächte des Eises im Spiel – oder, wenn nicht, könnte es eine eher materielle Verbindung geben? Die Feuer waren schlimmer, je weiter die Gletscher vorandrangen, je mehr sie sich über das Land schoben und es unter ihrem überwältigenden Gewicht zermalmten... Seine Spirale trug ihn durch den Schatten der Wolke; er zitterte heftig, und seine Flügel bebten, obwohl sie noch genügend Kraft übrig hatten. Wo die wärmenden Strahlen der Sonne nicht durchdringen konnten, waren die Luftströme plötzlich eisig kalt...

Er glitt aus dem Schatten in den so warmen und hellen Sonnenschein, daß er sich beinahe wie eine Liebkosung anfühlte. Dennoch wich die Kälte nicht von ihm, sondern sank ihm tief in die Knochen. Er verlagerte sein Gewicht ein wenig, und ohne sich um mehr Höhe zu bemühen, schwenkte er wieder nach Westen ab. Allmählich begriff er.

Das Land jagte unter ihm dahin, die klare Luft pfiff an ihm vorbei und linderte die Schmerzen seiner Verbrennungen, und seine freudige Stimmung kehrte zurück. Er war nun weniger beeindruckt vom reinen Wunder des Fliegens, sondern genoß vielmehr die Bilder, die sich seinen Augen boten, und suchte nach Orten, die er kannte oder von denen er gehört hatte. Erst jetzt erfaßte er allmählich die riesigen Ausmaße des Landes Kerys, erst jetzt verstand er allmählich die Macht, auf die sich diese große Stadt gründete. Weites Land erstreckte sich unter ihm, eine Ausdehnung, auf die ihn nicht einmal die erste Aussicht von den Klippen vorbereitet hatte; dort, wo das Tal am schmalsten war, hatte er lediglich eine Miniatur gesehen, ein Modell des eigentlichen Landes. Aus seiner jetzigen Höhe konnte er den Ausblick auf weite Flächen mit Feldern und Wäldern bis zur Nordwand des Kerys-Tals und zum Wilden Land jenseits davon genießen, oder er konnte den Blick nach Süden wenden und zum erstenmal die entfernteren Ufer des Yskianas und die unterschiedlichen Farbtöne des wärmeren Südlandes sehen – die Weiden, deren Gras der Hochsommer gelb gefärbt hatte, das helle Grün von Obstgärten und Wäldern, die beinahe erntereifen Weizenfelder in leuchtendem Gold und darüber, an den Seitenhängen des Tals, die langen dunkelgrünen Streifen der Oliven- und Feigenhaine, das Braun der Weinberge und mit niederem Gestrüpp bestandenen Ziegenweiden. Die Luft war so klar, daß er dazwischen die größeren Küsten-Ortschaften mit ihren blendendweiß gekalkten Mauern und den meist mit grünen anstatt mit roten Ziegeln gedeckten Dächern ausmachen konnte; Kerbryhaine hatte diesen Stil übernommen. Im Süden endete die Besiedelung durch den Menschen nicht am Rande des Tals, sondern erstreckte sich weiter, als das Auge reichte, bis in den flimmernden Dunst in der Ferne, wo die südliche Wüste anfing. Einst war es im Norden genauso gewesen; über den Klippen hatte sich ein urbar gemachtes Land erstreckt, ländlich, doch zivilisiert, ähnlich wie Nordeney, seine Heimat, wo sich die Vorfahren seines Volkes angesiedelt hatten. Doch jetzt lag dort das so sehr in Mitleidenschaft gezogene, halb verödete Land, durch das er und Roc entkommen waren und das hilflos dem unausweichlichen Vordringen des Eises ausgeliefert war; und die Narben des Krieges, der es so sehr geschunden hatte, setzten sich bis in das Tal hinein fort.

In dieser Nacht schlief er unter den Bäumen eines abgelegenen, von Unkraut überwucherten und vernachlässigten Obsthains; er lieferte ihm etwas zu essen, und die herabgefallenen Zweige waren das süß duftende Material für den Treibstoff, der sein Aufsteigen am nächsten Morgen ermöglichte. Gegen Mittag dieses Tages, weniger als zwei Tage nach dem Ende der Schmiede, hatte er seiner Schätzung nach eine Entfernung zurückgelegt, für die Trygkars Kogge mindestens sieben Tage gebraucht hätte. Angeregt durch diesen Gedanken ließ er den Blick den Großen Fluß hinauf und hinunter schweifen, doch es waren nur wenige Schiffe von nennenswerter Größe unterwegs. Da erblickte er in der Ferne zwei fliegende Geschöpfe, die ebenso schnell vorankamen wie er selbst, und neugierig schwenkte er in ihre Richtung; doch sie stoben ängstlich davon, wie es wohl alle Vögel vor etwas so Großem, wie er es war, getan hätten. Je weiter er nach Westen flog, desto mehr Spuren des Krieges sah er; zunächst waren es jene, die die größeren Städte in ihrer panischen Eile, neue Festungsanlagen nach seinem Muster zu bauen, sich selbst zugefügt hatten, indem so manches alte Gebäude zur Gewinnung von Material niedergerissen worden und das Land ringsum von Gräben und Deichen durchzogen war. Doch bald gelangte er zu schlimmeren Verwüstungen, großen braunen und schwarzen Flecken im Grün, wo Wälder und Dörfer überfallen und gebrandschatzt worden waren, wo Mauern eingestürzt oder den Flammen zum Opfer gefallen waren, wo Felder zu Matsch zerstampft worden und die Weiden ohne Tiere und Hirten waren. Oft wies ein breiter Ring einer solchen Verwüstung schon von weitem auf eine größere Stadt hin.

Am nächsten Abend legte er sich zum Schlafen in ein ordentliches Bett mit Decken, hoch oben in einem verlassenen Turm, und er schlief gut, obwohl ihn starker Hunger quälte. Offenbar war im ganzen Land ringsum jeder Bissen Nahrung mitgenommen worden; kaum ein Vogel sang, und keine kleinen Tiere huschten in der Dunkelheit durchs Unterholz. Im Morgengrauen, als er auf der Turmplattform ein Feuer entzündete, hörte er das Trappeln herannahender Pferde, und als er hinausblickte, sah er eine Patrouille berittener Soldaten, die gekommen waren, um die Ursache des

Rauchs zu ergründen. Er hatte keine Lust, sich mit ihnen anzulegen, doch er brauchte sich deswegen keine Sorgen zu machen. Als er die Flügel über die Breite der Plattform spannte, wieherten die Pferde wie verrückt und wichen ängstlich zurück, und die Reiter machten wenig Anstalten, sie daran zu hindern. Elof stellte mit Überraschung fest, daß er anscheinend sehr furchterregend wirkte; vielleicht war die Kunde von dem Zauberer, der den König ermordet hatte und geflohen war, bereits bis zu diesen Leuten hier gedrungen – doch warum erschreckte er auch die Pferde? Verwirrt verteilte er die Asche mit den Füßen, schwang sich auf die Brüstung und startete zu einem weiten Gleitflug. Seine Suche nach aufsteigender Luft trug ihn weit hinaus über den Yskianas, und als er sich hoch über zwei großen Koggen befand, die schnelle Fahrt nach Süden machten, beschloß er zu versuchen, zu ihnen hinabzutauchen; vielleicht war eine davon Trygkars, und falls nicht, dann könnte er zumindest sehen, wie die Seeleute reagieren würden. Das hätte beinahe sein Ende bedeutet, denn als er vom Himmel hinabglitt, voller Vertrauen auf seine Unverletzbarkeit, sah er eine emsige Betriebsamkeit an den leeseitigen Dollborden, doch er erkannte nicht gleich, worum es sich handelte. Er machte gerade noch rechtzeitig einen Schwung zur Seite, als ein Flammengeschoß brüllend zu ihm heraufzuckte. Der weite Bogen seiner Flucht trug ihn vor das Segel der anderen Kogge, und nun wurden nur noch Pfeile auf ihn abgeschossen. Er ließ beide Schiffe weit hinter sich und stieg sehr nachdenklich wieder hoch hinauf in Sicherheit. Sie hatten geschossen, bevor sie überhaupt hatten erkennen können, was er war, sobald sie ein Wesen mit Flügeln erblickt hatten. Welche Erfahrung hatte sie gelehrt, Angst zu haben, hier draußen, in einem Gebiet, in das sich die vorderste Linie des Krieges vorgeschoben hatte?

In dieser Nacht rollte er sich, hungriger denn je, im Windschutz vier eingefallener Mauern zusammen und verfeuerte die herabgefallenen Dachbalken in der feuchten Morgendämmerung; das verwüstete Land lieferte kaum etwas anderes. Obwohl es erbittert umkämpft war, hatte es bisher allen Feinden standgehalten, abgesehen von einigen Plünderzügen. Doch auch die Verteidigung hatte verheerende Spuren hinterlassen. Als er sich wieder in die Luft erhob, sah er die anscheinend schlimmste Narbe von allen, die sich durch die Landschaft vor ihm schlängelte. Es dauerte nicht lange, bis er sie als die große Verteidigungslinie erkannte, die er selbst geplant, jedoch niemals mit eigenen Augen gesehen hatte. Sie hielt dem Feind noch immer stand, denn die Banner von Kerys flatterten nach wie vor tapfer auf den Türmen, doch sie wies ernste Anzeichen von Zerstörung wie nach wiederholten Angriffen auf, und an manchen Stellen sah sie von oben aus, als ob jemand mit einem großen Knüppel darauf eingeschlagen hätte. Unbeerdigte Leichen lagen wie Spreu verstreut am Boden, zum Teil verbrannt, aber immer noch nur allzu deutlich erkennbar. Er wagte es nicht, tiefer hinabzutauchen, damit nicht womöglich auch auf ihn geschossen würde.

Er flog weiterhin in westliche Richtung und folgte über so manchem Wald und Feld den Wunden, die der unselige Krieg geschlagen hatte, der Verwüstung, die den Weg großer Armeen und die Orte ihrer Begegnungen kennzeichnete. Breite Streifen grauschwarzer Asche zogen sich über die Hügel, und er wußte, daß die von ihm erdachten Feuerwaffen hier am Werk gewesen waren. Manchmal erstreckte sich die Verwüstung über ein so weites Gebiet, daß es den Anschein hatte, als ob die Gegner mit riesigen Flammenschwertern aufeinander eingeschlagen hätten. Nichts regte sich in dem Land unter ihm, und abgesehen von Punkten hier und da in der Ferne war die Luft ebenso leer.

Dann und wann, nur allzu oft, streifte der Schatten seiner Flügel flache Mulden, die von rostenden Speeren gesäumt waren, um jene Stellen zu kennzeichnen, wo Männer, die für die Verteidigung ihres Bodens gekämpft hatten, schließlich zu einem Teil davon geworden waren. Wie in einem Alptraum drangen wehklagende Laute zu ihm herauf, schwach, aber klar, das Weinen unzähliger Stimmen, das Stöhnen zu schwer beladener Herzen, und er wußte nicht, woher es kam, ob es als Täuschung durch die Luft, die weit unter ihm vorbeiströmte, hervorgerufen wurde, oder ob Kerys selbst ihn vielstimmig anrief. Die Erde hatte hier reichlich Blut geschluckt und war krank davon. Es war ein verödetes Land, verunstaltet, wie ein durch einen Schwerthieb verunstaltetes, einst hübsches Gesicht, und eine Heilung lag noch in weiter Ferne. Der Wind, der durch die vereinzelten Waldstücke rauschte, rief ihm etwas zu, mahnte ihn zur Eile; die melodische Rollen des weiten Gewässers unter ihm drängte ihn weiter. *Flieg, Elof! Flieg! Du bist jetzt das Ziel.* Er wußte keine Antwort; er konnte nur so schnell wie möglich seinen Weg fortsetzen und der Sonne am Himmel bis zum Abend hinterherjagen. Darin bestand seine einzige Hoffnung; mehr konnte er für das Land nicht tun.

Die letzte Nacht seiner Reise verbrachte er zusammengekauert im Windschutz einer Gruppe harziger, dorniger Büsche; er schlief wenig, da er ständig auf mögliche Eindringlinge lauerte, und am Morgen mußte er die Büsche verfeuern, um seine Flügel aufzuladen. Er stieg schnell auf und schwenkte zum Großen Fluß ab. Im Lauf des Tages stellte er fest, daß dieser unter ihm schmaler wurde und die Klippen zu beiden Seiten enger zusammenrückten. Er hatte einen großen Teil der Strecke durch Kerys zurückgelegt, und als er hoch genug aufstieg, sah er in weiter Ferne vor sich die Große Pforte, als verschwommenes graues Etwas, dort, wo die Klippen schließlich ganz nahe zusammenkamen. Eine Strecke, für die ein Schiff zwei Wochen gebraucht hätte, hatte er in weniger als fünf Tagen zurückgelegt. Obwohl Roc vor ihm aufgebrochen war, konnte er unmöglich mit ihm Schritt gehalten haben; er mußte eine der Stellen finden, die sie als sicheren Treffpunkt ausgewählt hatten. Das Ufer war hier kahl und unheimlich, und sein Herz lehnte sich dagegen auf, dort eine Nacht zu verbringen, wo die Schrecknisse des Eises sich frei herumtrieben. Schließlich landete er auf einer der Inseln, die er und Roc vor vielen Jahren von den Klippen aus gesehen hatten.

Zunächst schien es so, als ob der Krieg diesen leicht bewaldeten kleinen Landstrich nicht berührt hätte, bis er bei der Erforschung der Insel vor Sonnenuntergang zu einem kleinen Strand gelangte, der mit verkohlten Schiffskielen und oberhalb der Wasserlinie, noch gut erkennbar, mit Asche übersät war. Er landete, kniete nieder und stellte fest, daß sie kalt war; doch seine tastenden Finger fanden etwas, das eindeutig vom Fleisch entblößte Knochen waren. Die Ekwesh-Räuber hatten hier offenbar ein Ritual zur Verehrung des Eises abgehalten, dem sie dienten, denn selbst sie aßen Menschenfleisch nicht einfach als ganz gewöhnliches Nahrungsmittel. Er erhob sich voller Zorn und begrub die Asche mit heftigen Flügelschlägen; dann ließ er sich im Schutz eines der höchsten Punkte der Insel nieder. Das Schwert Gorthawer, das er seit seiner Wiedererlangung noch nicht benutzt hatte, schien ihm die Hand zu lecken wie ein hingebungsvoller Hund, und er ertappte sich bei dem heimlichen Wunsch, die Schänder würden zurückkehren; doch er war vom Hunger geschwächt und wußte, daß der Gedanke irrwitzig war. Auf der Insel wuchsen Beeren, und es gelang ihm, einige kleine Krebse zu fangen und sie zu braten – eine klägliche Mahlzeit für einen Mann, der seit Tagen nichts mehr gegessen hatte, doch zumindest würde es ihn über Nacht bei Kräften halten. Am nächsten Morgen würde er versuchen, irgendwelche Tiere zu erjagen, und sich etwas ausdenken, um fischen zu können; das würde ihn vielleicht bis zu Rocs Eintreffen am Leben erhalten. Bis dahin dürfte es wohl nicht allzu lange dauern; jedenfalls hoffte er das inständig, um ihrer aller willen …

»Na ja, immerhin bist du nicht vollkommen dahingewelkt!« war der einzige Kommentar des dermaßen Ersehnten, als er fünf Tage später erschien.

»Nicht ganz!« räumte Elof zwischen zwei Mundvoll heißen Eintopfes ein, den sie ihm mitgebracht hatten. Er setzte die Schüssel für einen Augenblick zum Abkühlen ab und nahm einen tiefen Zug aus einer Kanne mit Bier. »Obwohl ich manchmal das Gefühl hatte, es wäre so. Die Jagdausbeute war jämmerlich, wie ich erwartet hatte, aber zu meinem Erstaunen brachte auch das Fischen nicht mehr. Selbst ganze Heerscharen können den Fischbestand nicht dermaßen verringern, vor allem dann nicht, wenn sie sich hauptsächlich an Land aufhalten …«

»Vielleicht hat Trygkar eine Erklärung dafür …« Doch der Alte war emsig damit beschäftigt, die Kogge zum Ablegen klarzumachen; der Anker schlug bereits klirrend gegen die Schiffsflanke, und das Segel nahm Wind auf. Er erübrigte für Elof lediglich ein kurzes, freundliches Winken. »Wir wollen nicht länger als unbedingt nötig in diesem offenen Gewässer verweilen, um nicht die Aufmerksamkeit eines gestohlenen Kahns voller hungriger Banditen auf uns zu lenken. Ach, Ihr seid durchgekommen, das ist das einzige, das zählt.« Er tätschelte die riesigen Flügel, die ausgebreitet auf dem Deck lagen. »Das war bestimmt ein beeindruckendes Schauspiel; schade, daß es mir entgangen ist! Diese Dinger hier – ich bin enttäuscht; ich habe ständig Ausschau danach gehalten, daß Ihr aus der Luft auf unsere Mastspitze herabgesegelt kommt, anstatt vom Land aus ein Rettungsboot herbeizuwinken …«

»So wäre es auch gewesen, wenn ich nicht von einer anderen Kogge unter Beschuß genommen worden wäre, sobald die Besatzung meiner ansichtig wurde!«

Roc blies die Backen auf. »Das ist allerdings ein ausreichender Grund, vorsichtig zu sein. Ich kann es ihnen andererseits nicht verübeln, denn du hast bestimmt einen furchterregenden Anblick geboten. Und wenn sie von der Sache mit Nithaid gehört hatten...«

»Nein!« widersprach Elof und schluckte einen Mund voll Eintopf zu hastig hinunter. »So schnell konnte sich die Kunde davon nicht verbreitet haben, schon gar nicht bis zu einem Schiff, das sich weit von jeder Stadt entfernt befand. Wie auch immer, sie schossen wild drauflos, noch bevor sie etwas anderes als Flügel sehen konnten. Und einige Berittene an Land gerieten beim Anblick von Flügeln ebenso in Panik...«

Roc tippte mit dem Fuß aufs Deck. »Du willst damit sagen, sie haben einen guten Grund, sich vor großen Flügeln zu fürchten...« Dann richtete er sich mit einem Ruck auf. »Ach, nein... du denkst doch nicht etwa...«

»Kara«, sagte Elof mit ausdrucksloser Stimme. »Doch, daran denke ich.« Einen Augenblick lang starrten sie einander eindringlich an; doch dann, nachdem Trygkar die Kogge wieder auf den Weg gebracht hatte, fand dieser Zeit, das Steuer zu verlassen und an ihrer Unterhaltung teilzunehmen, woraufhin sie schnell das Thema wechselten.

»Keine gute Fischausbeute hier?« wiederholte er ungläubig. »Aber Mann, das hier ist der beste Teil des Flusses, mit salzigerem Wasser, in dem sich sogar Meeresfische aufhalten.«

»Dann versucht Ihr doch einmal Euer Glück!« forderte Elof ihn mißmutig auf. »Werft einige Leinen und probiert es! Ich habe beides versucht, Leine und Speer, von Land aus und über dem Wasser; und ich habe mich schon mehrmals vom Fischfang ernährt. Es gibt nicht den winzigsten Hering! Das Gewässer ist leer, so ist es und nicht anders!«

Trygkar schüttelte verwundert den weißhaarigen Kopf, gab jedoch keine Antwort. Acht Jahre hatten ihn kaum verändert, außer daß seine Schultern um eine Spur eingesackt waren; er brüllte so kräftig wie immer, als ein junger Seemann vorbeihuschte. »Mein Jüngster!« sagte er und deutete voll sichtlichen Stolzes mit dem Daumen auf den Jungen, während dieser weitereilte.

Elof sah ihn fassungslos an. »Ihr nehmt einen Eurer Söhne mit auf diese Reise? Es ist ein Abenteuer auf Leben und Tod – wollt Ihr ihn dieser Gefahr aussetzen?«

Trygkar schmunzelte gelassen. »Die Hälfte der Mannschaft besteht aus meinen Jungs, Schmiedemeister; die anderen sind nahe Verwandte oder jedenfalls gute Nordländer – was ungefähr auf dasselbe hinausläuft. Ich hätte auch meine gute alte Frau mitgebracht, wenn sie noch am Leben wäre; es wäre mir lieber gewesen, als sie zu Hause zurückzulassen; die Gefahren auf See können nicht schlimmer sein. Bestand oder Untergang, ich fürchte, Kerys wird niemals mehr das sein, was es einmal war; dazu ist zuviel geschehen.«

»In Euren Worten steckt Weisheit. Wir können nicht hoffen, es wieder zu dem zu machen, was es einmal war; im besten Falle geben wir seinem Volk ein wenig Hoffnung. Ich bereue nicht, was ich getan habe, doch um des Landes willen wünschte ich, es wäre nicht geschehen. Ohne einen starken König …«

»Ohne Nithaid, meint Ihr?« Trygkar räusperte sich und spuckte über Bord. »Er war nicht stark, ebensowenig wie sein Vater und sein Großvater vor ihm. Ihre Stärke beruhte lediglich auf roher Gewalt, und das ist der falsche Weg. Es ist eine Wohltat für das Land, daß es von dieser Herrscherfamilie befreit ist. Ich habe unter ihnen allen gedient, ich weiß Bescheid. Und ich wünsche mir für meine Söhne eine bessere Zukunft.«

»Dann verschafft Euch einen Eindruck von unserem Land und unserem König!« sagte Elof. »Eure Familie könnte dort eine neue Heimat finden, Kapitän.«

»Daran habe ich auch gedacht!« sagte der alte Mann freudig. »Vorausgesetzt, er weiß den Wert eines erfahrenen Seemanns zu schätzen …«

»Wenn jemand, dann er!« grinste Roc. »War er doch selbst in seiner ungestümen Jugend ein Seefahrer. Doch wenn wir noch irgend etwas von jenem oder diesem Reich retten wollen, dann müssen wir uns beeilen, Kapitän!«

Trygkar deutete mit dem Daumen auf das straffe Segel. »Das kann man ja wohl nicht als Herumtrödeln bezeichnen. Wir machen jetzt sehr schnelle Fahrt in Richtung südliche Küste. In einem oder zwei Tagen müssen wir auf jeden Fall irgendwo anlegen; wir können es nicht wagen, uns der Pforte zu weit zu nähern!«

»Nicht wagen?« brauste Elof auf. »Wir müssen! Wir können unsere Ladung nicht so weit über Land transportieren!«

»Nun, Schmiedemeister, darauf kann ich Euch nur die gleiche Antwort geben: wir müssen! Am Tage würden uns die Wachen der Pforte aus großer Entfernung entdecken, und bei Nacht … nun, das wäre ein wahnwitziges Unterfangen! Das ist eine felsige Küste mit zahllosen Untiefen und rauhem Gewässer; die von den Wasserfällen verursachte Strömung ist reißend, und je näher man der Pforte kommt, desto schlimmer wird es.«

Elof dachte nach. »In dieser Hinsicht kennt Ihr Euch am besten aus, Kapitän; doch ein tagelanger Marsch über Land, beladen mit Vorräten, birgt auch die große Gefahr, entdeckt zu werden. Zumindest wird es die Ekwesh auf unsere Fährte locken, wenn sie unsere Spuren finden. Aber ich denke …« Er bückte sich und strich über die feinen Federn an seinen Füßen. »Angenommen, Ihr könntet einen Kundschafter ausschicken, der die Dinge von oben beobachten und selbst im Dunkeln irgendwelche Hindernisse erspähen kann?«

Trygkar sah ihn voller Bewunderung an. »Dazu seid Ihr in der Lage? Dann, bei Veryas süßen Äpfeln, müssen wir das Wagnis eingehen!«

So geschah es, daß zwei Abende später, im verblassenden Licht der Dämmerung, eine Gestalt über den Fluß huschte, die von weitem einer großen schwarzen Fledermaus auf der Suche nach fetten Motten glich. Schließlich ließ sie sich auf dem Vorderdeck der Kogge nieder, und das Licht des unbedeckten Kohlebeckens fiel kurz hinter die weit ausgebreiteten Flügel; dann erlosch es ebenso schnell, wie sich diese zusammenfalteten und es umschlossen. Es war ein gespenstisches Schauspiel, und Elof war sich deutlich der weißgeränderten Augen der Seeleute bewußt, die ihm beiwohnten. »Zur Zeit gibt es so gut wie keine Hindernisse!« flüsterte er Trygkar erregt zu. »Um die Landzunge herum und entlang des Sandstreifens ist alles frei; einige zerklüftete Felsen sind ein ganzes Stück unter der Oberfläche, und es gibt eine geschützte kleine Bucht, die sich ausgezeichnet zum Anlegen eignet!«

Trygkar antwortete mit einem knappen Nicken und zischte einen Befehl, und die gebannt zuschauenden Männer rannten in einem Wirbel von Bewegung auseinander. Elof breitete die Flügel zu einer Spannweite aus, die die Breite der Kogge übertraf, und ließ sich von der Luft davontragen. Sie war wolkig, feucht und still, seltsam gespannt und atemlos, als ob sie sich von ihrer Erregung hätte anstecken lassen, und das Fliegen war eine erfrischende Erleichterung. Er glitt über den Bug und kreiste über der Fahrrinne, der die Kogge folgen mußte. Wie es bereits ein- oder zweimal geschehen war, bohrte sich die Spitze eines Felsens in die protestierenden Schiffsbalken; die Tiefe war schwierig abzuschätzen, selbst aus dem Gleitflug über der Wasseroberfläche. Es war ein ohrenbetäubendes Krachen in der Stille, und Elof stöhnte auf; doch es entstand kein wesentlicher Schaden, und die Kogge kam frei und fuhr weiter in den natürlichen Hafen.

Er hatte noch immer Kraft in den Flügeln, und mit einem leichten Aufwind vom Land schwebte er hoch hinauf über den dichten Wald, um irgendwelche Anzeichen von Bewegung zu erspähen; dabei achtete er sorgsam darauf, daß er sich nicht über den Hügel erhob, wo er sich im Licht der Sterne abgezeichnet hätte. Der Wald war ruhig und still, abgesehen vom Rascheln kleinster Lebewesen; ermutigt ließ er sich zu den Baumwipfeln hinabsinken und wagte einen eingehenderen Blick auf den düsteren Klotz, der das schmale Tal in geringer Entfernung überspannte.

Er schlug die Zähne zusammen, als er die gelben Lichter sah, die in den oberen Fenstern leuchteten; doch gleich darauf vergaß er die schrecklichen Erinnerungen, die in ihm erwacht waren, als er feststellte, daß es außen keinerlei Licht gab. Normalerweise brauchten Wachen zumindest einige wenige Lampen, damit sie nicht auf den langen Treppen ausrutschten oder über niedrige Geländer stürzten; hier gab es jedoch nicht eine, und es war auch kein einziger Wachtposten zu sehen. Er wußte nicht, was er davon halten sollte. Doch plötzlich ließ die Kraft seiner Flügel nach, die Schläge wurden unregelmäßig, und er vollführte schnell eine Wendung in der Luft und glitt wieder hinunter zur Kogge.

Ihr faßförmiger Rumpf sah beinahe komisch aus, wie er in der Untiefe zur einen Seite geneigt dalag; auf der tieferen Seite hatte bereits ein emsiges Entladen begonnen, und Gestalten huschen ameisengleich über Laufplanken hinauf und hinunter. Einige wenige, darunter Roc, machten keine Anstalten zu helfen, sondern hielten mit schußbereiten Bogen Wacht und beobachteten den Wald. Mit nachlassender Kraft in den Flügel brachte Elof gerade noch eine ungeschickte Landung zustande, und sie rannten zu ihm, um ihm aufzuhelfen. »Es besteht keine Gefahr«, japste er. »Selbst bei der Pforte sind keine Wachen, nichts rührt sich dort. Und doch…«

»Und doch!« wiederholte Roc unter Schaudern. »Wir werden das Schicksal nicht herausfordern, und ausgerechnet *dort* vorbeigehen! Wie sieht's aus, Trygkar?«

»Es läßt sich gut an, Meister Roc! Der erste der Beförderungsschlitten ist bis zur Belastungsgrenze beladen, die anderen beinahe. Fünf Männer ziehen jeweils einen Schlitten, und den Rest können wir auf dem Rücken tragen. Und das sollte schnell geschehen, denn ich spüre ein Gewitter in der Luft!« Der alte Mann hielt peinlich berührt inne. »Aber was ist mit Euch, Schmiedemeister? Diese Pfade werden für Euch zu steil sein. Werdet Ihr auf einem der Schlitten fahren, oder sollen wir Euch ebenfalls tragen?«

Elof spürte, wie sein Blut aufwallte; er konnte sich nicht wieder in sein Schicksal fügen, ein Krüppel, eine bloße Belastung zu sein, nicht in dieser Situation. »Weder noch! Entfacht ein kräftiges Feuer für mich, und ich werde fliegen!«

Roc verzog mürrisch das Gesicht. »Meinst du, damit wären wir einverstanden? Und wenn du gesehen wirst?«

»In diesem Dunst? Dann sieht man einen Vogel, nichts anderes. Niemand wird die Entfernung abschätzen oder Einzelheiten erkennen können. Und außerdem, was ist, wenn sich auf der anderen Seite plötzlich die Notwendigkeit ergibt, daß ich mich in die Luft erhebe? Wir können dann nicht einfach haltmachen und ein Feuer machen!«

»Stimmt!« sagte Trygkar entschieden. »Ich werde es vorbereiten, aber nicht anzünden lassen. Ihr müßt warten, bis wir fast auf dem Gipfel des Hügels sind. Wenn es dann gesehen wird, werden sie zumindest in die falsche Richtung blicken, und Ihr könnt uns in wenigen Minuten einholen.«

So kamen sie also überein; und als die kleine Gruppe den beschwerlichen langen Marsch mit ihrer Last den Hang hinauf begann, wurde Elof doppelt hilflos mit seinen kraftlosen Flügeln zurückgelassen, und er sah zu, wie die Kogge von den drei verbliebenen Mannschaftsmitgliedern ins offene Wasser hinausgesteuert wurde. Da sie jetzt mit der Strömung trieben, hatten sie weniger Schwierigkeiten, in die Hauptfahrrinne zu gelangen und wieder nach Westen zu fahren. Es würde noch lange dauern, bis sie wieder sicheres Gewässer erreicht hätten – doch wieviel länger würde es dauern, bis er endlich außer Gefahr wäre?

Eine Stunde verging, dann noch eine – eine unerträglich lange Zeit. Er beobachtete das Feuer und die dicken Wolken am Himmel. Ein kalter Wind bewegte die Blätter um ihn herum und zerzauste sein Gefieder. Grollte in der Ferne Donner? Sobald der erste Tropfen Regen fiel, mußte er das Feuer entzünden, um nicht Gefahr zu laufen, hier festzusitzen; doch manchmal setzten die Sommergewitter hier sehr schnell und heftig ein. Er drehte sich in alle Richtungen um; seine scharfen Augen spähten in die trübe Luft und verfolgten das leichte Schwanken hoch oben in den Baumwipfeln, das den Weg der Schlitten kennzeichnete, deren Vorankommen sich außerdem durch das Hochfliegen und Aufkreischen einiger Vögel bemerkbar machte, die den Wald vor den Eindringlingen warnten. Sie kamen gut voran, besser, als er vermutet hatte; doch bestimmt ermüdeten sie allmählich bei diesem mühsamen Marsch auf Beinen, die sich wie geschmolzenes Blei anfühlen mußten, heiß, schwer und schmerzhaft. Er ertappte sich dabei, daß er Mitleid mit ihnen empfand; das Fliegen erschien ihm bereits als eine ganz natürliche Fortbewegungsart, und seine verkrüppelten Beine stellten nur noch eine geringfügige Behinderung dar. Auf einer freien Strecke könnte er ihnen vielleicht sogar einen Teil der Last abnehmen …

Er richtete sich mit einem Ruck auf. Ein kalter Tropfen hatte ihn hinten am Hals getroffen. Er sah nach oben, und einen Augenblick später traf ihn ein zweiter an der Wange. Das war mehr als genug; er hantierte verzweifelt mit der Zunderbüchse herum, die man ihm dagelassen hatte, entfachte durch Blasen eine Glut in den Spänen und bemühte sich, diese zum Entzünden des Feuers zu übertragen – *bei den Mächten, waren die Holzscheite bereits naß?* Aus Südosten hallte ein Krachen und Dröhnen durch das Tal. Die Zündscheite knisterten und knackten, dann loderte plötzlich eine einzelne gelbe Flamme auf, die sich in einer gewellten Linie fortsetzte. Das Holz darüber schwärzte sich und fing Feuer, ein plötzlicher Windstoß verstärkte es noch, und in kürzester Zeit war der ganze Stapel ein lichterloh brennender Kegel. Darüber waren die großen Flügel ausgebreitet, um das Licht zu verbergen und die Flammen gegen den Regen abzuschirmen; dann sanken sie herab, und gleich darauf erloschen die verbrauchten Holzscheite, aus denen die letzte Glut herausgesogen worden war. Die Kristalle in dem Harnisch und dem Panzerhandschuh hatten das Feuer auf sich selbst zurückgelenkt und seine Kraft so sehr gesteigert, daß das Holz in kürzester Zeit verzehrt war. Jetzt schlugen die Flügel dank der Kraft der Hitze, und der von ihnen verursachte Luftzug verteilte die Asche auf dem feuchten Sand und löste sogar den Rauch auf. Nun würde niemand mehr irgendwelche Spuren davon sehen. Ein Flackern huschte am Himmel über den Hügeln dahin, als Elof vom Strand abhob und den Hang hinauf schwebte.

Das Gewitter folgte schnell; er entfloh mit weiten Sprüngen seinem böigen Vorausgeschwader, wie ein

Delphin einer Bugwelle, und schwang sich in einem Bogen über die Köpfe seiner Kameraden, als diese gerade den Hügelkamm erreichten. Doch nirgendwo war eine freie Stelle, wo er hätte landen können, so daß er weiterglitt und beunruhigt feststellte, daß seine Kreise ihn bereits über die oberen Ebenen der Großen Pforte hinaustrugen. Sie sahen irgendwie merkwürdig aus, als ob ihr flaches Profil verändert worden wäre. Und noch immer konnte er keine Wachen entdecken...

Dann zuckte ein schreckliches Licht wie eine Klinge über den Himmel. Irgendwo weit hinter ihm schlug der Blitz ein, flammte in der schweren Luft auf, und die Große Pforte hob sich in dem grellen Schein in scharfen Umrissen ab. Elof zuckte unwillkürlich zurück vor dem, was er dort sah; denn es war nicht das Profil des Turms, das sich geändert hatte. Über den Kolonnaden, die schützend um den Turm herum verliefen, sah er die riesige Fläche eines Rückens, vollkommen mit Schuppen bedeckt, die glatten, schillernden Schilden glichen, und die gewölbte Seite eines Körpers, der nur im Verhältnis zur gesamten Größe dieses Ungetüms schmal wirkte. Darüber lagen zusammengefaltete Flügel, die seine eigenen im Vergleich winzig erscheinen ließen; ein Bein ragte wie ein seltsam abgewinkelter Stützpfeiler nach vorn. Diese Vision spielte sich innerhalb eines Augenblinzelns ab, dann herrschte wieder Dunkelheit, und es blieben nur noch rotglühende Bilder hinter seinen Lidern zurück. Im selben Moment dröhnte der Donnerschlag, ein trommelfellzerreißendes, unendlich erscheinendes Krachen, und eine Windbö ergriff ihn und zerrte an ihm. Am anderen Ende des Turms klapperten Schuppen, und ein riesiger Kopf hob sich und schwenkte wie eine Schiffsspiere herum. Gelbe Augen, die größer waren als Elofs Kopf, blickten sich wild in alle Richtungen um und glitzerten bösartig in der neuerlichen Finsternis. Starr vor Entsetzen ließ er sich fallen, glitt auf steifen Flügeln hinab und verfluchte sich dabei, daß er die Warnung in den Dingen, die er gesehen hatte, nicht beachtet hatte – große Brandmale am Boden, ein Landstrich, in dem es keine Nahrung mehr gab, Seeleute und Soldaten, die bereits der Anblick von Flügeln zu Tode ängstigte. Und dieses Wesen mußte in der Luft tatsächlich einen wirklich furchteinflößenden Anblick bieten, denn es war doppelt so groß wie die Drachen, die die Hauptstadt der Duergar überfallen hatten. Bei der Entwicklung seiner Feuerwaffen hatte er vergessen, daß das Eis einen eigenen lebendigen Feuerwerfer unter seinem Befehl hatte; kein Wunder, daß hier keine Wachen postiert zu werden brauchten. Er befand sich beinahe zwischen den Baumwipfeln, bevor sich dieser riesige Kopf wieder senkte. Er hatte ihn in der Dunkelheit verfehlt. Er machte eine heftige Kehrtwende und hetzte zu den anderen.

Er erreichte sie, als sie gerade im Begriff waren, die kahle Kuppe des Hügels zu überqueren, und es gelang ihm, in dem Dickicht zu landen. »Das macht keinen großen Unterschied«, sagte Roc, obwohl er mit trockener Kehle sprach. »Wir mußten ohnehin vor den Ekwesh-Wachen auf der Hut sein …«

»Dieses Ding ersetzt Wachen und Streitkräfte gleichermaßen! Und es muß sich schneller als alle anderen Wesen der Lüfte bewegen. Wenn wir von Wachen entdeckt werden, besteht immer noch die Möglichkeit, daß wir ihnen entkommen; bei diesem Ungetüm jedoch nicht.«

Also schlichen sie langsam und so leise wie möglich über das freie Land, wobei sie die Schlitten lieber anhoben, als sie auch nur über das kleinste Hindernis zu ziehen. In dieser Hinsicht konnte Elof helfen, denn in seinen Flügeln war noch Energie; ohne deren zusätzliche Kraft und die seiner Arme hätten sie es wahrscheinlich nicht geschafft, denn sie waren von dem anstrengenden Aufstieg erschöpft. Keiner von ihnen verschwendete einen Gedanken an den Anblick vor ihnen, bevor sie die Schlitten unter die Bäume ein ganzes Stück weiter unten gebracht hatten. Doch dann stahlen sich Roc und Trygkar wieder hinauf, während Elof über ihnen kreiste und so manchen furchtsamen Blick zu dem verschwommen sichtbaren Koloß auf der Plattform warf und die Düsternis verfluchte, in der sich überall Schatten zu bewegen schienen. Sie ließen sich flach in ein niedriges, dichtes Gebüsch fallen, abgeschirmt durch Elofs Flügel, und machten eine Bestandsaufnahme dessen, was sich ihren Augen bot.

Gegen das schwache Glitzern des Meeres hatten sie einen Moment lang den Eindruck, als ob die Küste direkt unter der Pforte mit einem Dickicht aus toten Bäumen gesäumt wäre, die wie massige Skelette aussahen. Blitze zuckten zwischen den Wolken hindurch, und in ihrem Lichtschein erkannte Elof darin die nackten Masten und Spiere von angelandeten oder in Meereseinschnitten oder Flüssen vor Anker liegenden Schiffen. »Eine ganze verdammte Flotte!« flüsterte Roc. »Und wir brauchen nicht zu wetten, welche – seht doch nur die Form! Jedes einzelne ein Ekwesh-Langschiff!«

»Um so besser für uns! Trygkar, einige der Jungen genügen, um die Vorräte diesen sanfteren Hang hinunter bis zu jenem Punkt dort zu transportieren, während wir den steileren Weg nehmen; dann können wir sie an Bord nehmen und gleich auslaufen!«

»Aber brauchen wir denn nicht die gesamte Mannschaft zum …«

»Ich glaube nicht. Wir sollten das hier möglichst leise erledigen, und mit Hilfe des Regens könnte uns das gelingen! Aber danach zu urteilen, wie weit verstreut die Feuerstellen sind, können sie sich offenbar nicht vorstellen, daß ihnen ein Feind bis auf ein paar Meilen nahe kommt; und die Schiffe sind nicht beleuchtet. Ich vermute, sie haben höchstens eine symbolische Wache, und die auch nur, um das Wetter zu beobachten oder aufzupassen, daß nicht ein Stamm den anderen bestiehlt. Und wenn das so ist…«

Der Regen setzte ein, während sie sich den tückischen Hang seitlich der Pforte hinabmühten, und machte einen ohnehin gefährlichen Abstieg noch um einiges schlimmer. Elof flog, und mehr als einmal mußte er einen Unseligen retten, der in einem der durch das Bodengestrüpp rauschenden Sturzbäche ausrutschte. Jedesmal, wenn über ihnen ein Blitz aufzuckte, erstarrten sie und drückten sich flach an den Hang, während Elof davonschwebte, um zu vermeiden, daß die Aufmerksamkeit auf sie gelenkt würde, wobei er befürchtete, daß der Blick jener riesigen gelben Augen mit der bösartigen Intelligenz einer untergeordneten Macht jeden Moment auf ihn fallen würde; seinem Feuer mochte er vielleicht standhalten, doch diese Kiefern konnten ihn mit einem einzigen Zuschnappen aus der Luft pflücken. Das Gewitter verweilte am Rande des Meeres, als ob es darauf wartete, daß der Wind sich drehte, und sie brauchten gute drei Stunden, um den sanfteren Hangabschnitt unterhalb der Pforte zu erreichen. Sie hatten einen Weg zurückgelegt, der für Streitkräfte aller Art zu beschwerlich gewesen wäre, und sie waren erschöpft und durchgefroren; doch sie wagten es nicht, ausgerechnet hier, in der nächsten Umgebung eines Ekwesh-Lagers, eine Ruhepause einzulegen.

Und sie waren auch nicht froh, als das Gewitter etwas abflaute, denn sie hatten gehofft, es würde ihnen eine Art Deckung für ihr Entkommen bieten. An mehreren Stellen tauchten Wachtposten aus einem Unterschlupf auf, um ein Lagerfeuer neu zu entfachen, und einer davon versperrte ihnen mit seiner bulligen Gestalt den Weg zu den Schiffen. Da schwebte plötzlich ein erschreckender geflügelter Schatten auf das Feuer herab und löschte es mit einem einzigen Flügelschlag aus. Im selben Moment stürzten sich andere Gestalten im Schutz der Dunkelheit auf die benommenen Wachen. Das Ganze geschah schnell und gnadenlos, und deshalb ging es beinahe lautlos vonstatten. »Nun zündet das Feuer wieder an«, befahl Trygkar, »bevor einer der anderen Schweinehunde etwas merkt! Wir müssen jetzt auf den Regen warten...«

Elof hielt eine Hand zum Einwand hoch. »Nicht unbedingt! Später werden wir den Regen brauchen, aber inzwischen gibt es vielleicht eine andere Möglichkeit...«

Er war jetzt hoch über dem Langschiff, das sie ausgesucht hatten. Der Wachtposten war nur ein Schemen, der sich über die Reling beugte und in die Bucht blickte, als ob er dem sanften Klatschen der Wellen neben dem Regen lauschte. Vielleicht erhaschte er in der letzten Sekunde in dem dunklen Wasser hinter dem Schiff einen Blick auf das Kommende, denn er drehte sich blitzschnell um und hob den Speer, und sein Mund klappte auf und zu. Doch das waren seine letzten Gedanken, seine letzten Handlungen, und er lebte nicht lange genug, um sie zu Ende zu führen. Im nächsten Augenblick befand er sich hoch in den Lüften, atemlos wie ein Fisch, gepackt von den Krallen eines herabstürzenden Raubvogels. Er war ein starker Krieger, doch diese Krallen zerbrachen ihn und ließen ihn fallen. Die anderen Beobachter hörten nichts weiter als ein leises Platschen draußen in der Bucht.

Blitze schossen hinter der Pforte über die Hügel herunter, Donnerschläge erschütterten die Luft. Elof ließ sich weit heruntersacken, in der Hoffnung, einem großen Meeresvogel zu gleichen, und schwebte über die Wellen zurück zum Schiff, mit Gorthawer in der Hand und bereit, sofort jeden Widersacher, der sich ihm dort entgegenstellen würde, gleichfalls unschädlich zu machen. Doch eine vertraute Gestalt winkte ihm zu, und er landete schnell auf dem Deck. »Noch welche?«

»Drei, die alle im Schutz einer Plane schliefen. Sie sind gar nicht erst aufgewacht. Und einer auf dem Schiff nebenan, der sich ausgerechnet den ungünstigsten Augenblick ausgesucht hatte, um sich an Deck zu erleichtern. Ich schickte ihn mit einem Pfeil über Bord, bevor er überhaupt irgend etwas wahrnahm. Es war ein reines Abschlachten, wie Schafe im Stall!«

»Aber kaum so grausam, wie sie selbst es betreiben! Wo ist Trygkar?«

»Hier!« kam ein Flüstern aus der Tiefe. »Wie ich vermutet hatte; dieser Kahn hier ist frisch überholt und seetüchtig gemacht worden; die Takelage machte auf mich einen hervorragenden Eindruck, und tatsächlich ist sie neu hergerichtet worden. Aber es ist besser, wenn wir bis zur Landzunge hinaus rudern; das ist zwar langsamer, aber leiser ...«

»Nein!« entgegnete Elof grinsend. »Legt genau in dem Augenblick ab, wenn der Regen einsetzt. Ich werde mich um alles andere kümmern!«

Mit Stangen und Rudern, die sie wie Hebel ansetzten, machten sie sich daran, das Langschiff Handbreit um Handbreit über den Strand ins Wasser zu hieven, wobei sie immer wieder aufmerksame Blicke zum Himmel warfen. Es war unwahrscheinlich, daß irgendwelche Wachen in der Düsternis anfangs viel sehen würden, bis sich das Langschiff ernsthaft in Bewegung setzen würde; dann würde der einzige sich bewegende Mast zwischen den übrigen auffallen, und sie würden ihn nicht umlegen können, ohne ihr Entkommen erheblich zu verlangsamen. Es wäre besser, wenn es dann regnen würde. Ein Lichtblitz zuckte am Firmament auf, dicht gefolgt von Donner, und die Masten zeichneten sich deutlich ab; jeder einzelne der Männer erstarrten in dem grellen Schein, als ob er getroffen worden wäre, doch das Schiffsheck schaukelte bereits sanft in den Wellen, und der Mast schwankte sichtbar. Trygkar stieß leise eine Flut von derben

Flüchen aus, doch sie wurden durch nichts gestört; wahrscheinlich waren für dieses Gebiet ausschließlich jene Wachtposten verantwortlich, die sie getötet hatten, und niemand sonst fühlte sich dafür zuständig. Mit diesem Ungeheuer über den Köpfen, dachte Elof, war es durchaus verständlich, daß sie sich lieber in Zurückhaltung übten. Trygkar reichte ihm ein schweres Seil; er legte es sich über die Schulter, und sie warteten. Hin und wieder fiel ihm ein kalter Tropfen klatschend auf Arm oder Hals, doch nur deshalb, weil der Wind sie vom Spier oder Stag wehte. Es war ein warmer Wind, doch er fror in seinem durchnäßten Wams; einige vorwitzige Tropfen rannen ihm in den Halsausschnitt, und er schüttelte sich. Dann folgten weitere, zunächst langsam, dann immer schneller und heftiger. Er drehte sich mit neu erwachter Hoffnung um und blickte zu den Wolken hinter der höchsten Erhebung der Pforte, und blankes Entsetzen durchbohrte ihn wie ein Stich. Blitzstrahlen prallten wie Lanzen gegen den Turm, und er sah, wie sich der riesige Körper aufbäumte und wie hohe Meereswogen um sich schlug; seine Schuppen spiegelten das grelle Licht wider. Er sah, wie der speerförmige Kopf nach hinten schnellte, wie die gelben Augen funkelten und die Kiefer weit auseinanderklafften, die riesigen Flügel zuckten und sich über der Pforte ausbreiteten wie eine dämonische Krone. Ein markerschütterndes Gebrüll vermischte sich mit dem Donner, und ihr Wettstreit erschütterte die Luft.

Dann ging wie ein herabgelassenes Eisentor der Regen nieder. Elof stieg mitten in dem prasselnden Niederschlag auf, wobei er einen letzten Blick auf die anderen erhaschte, die unter ihm zu den Hebeln rannten. Dann sah er nur noch Schatten und hoffte, daß der Regen diese gelben Augen ebenso gründlich trüben würde. Das Seil spannte sich mit einem heftigen Ruck, ein ungeheures Gewicht legte sich auf seinen Rücken und ließ plötzlich nach, als das Langschiff das letzte Stück über den Sand und schließlich vollends in die Brandung rutschte. Dumpf hörte er Trygkar rufen, daß alle an Bord seien; er konnte nicht antworten, sondern er straffte das Seil erneut und spürte, wie das ganze Gewicht des Langschiffs ihn nach unten zu ziehen suchte. Doch es schwamm jetzt im Wasser, und die Spannung ließ nach, als es sich in Bewegung setzte und geschmeidig durch das Wasser hinter ihm glitt. Er nahm es sozusagen ins Schlepptau, einem kleineren Kahn gleich, und seine Flügel trotzten mit ihren kräftigen Schlägen dem Regen. Das Schiff nahm schneller Fahrt auf, als er erwartet hatte, und glitt leicht durch die Brandung, und als sich die anderen an den Rudern niederließen, schoß es förmlich durchs Wasser. Sie hatten mit diesem Gefährt eine gute Wahl getroffen; es war nicht allzu groß, eher für Schnelligkeit und Seetüchtigkeit und lange Reisen, die mit schnellen Überfällen endeten, und weniger für die Beförderung großer Lasten und vieler Menschen gebaut. In der Tat hätte es eins jener wendigen Schiffe sein können, die damals, vor so vielen Jahren, nach Asenby gekommen waren. Er lachte laut über die Ironie, die in dieser Vorstellung steckte, und der Donner schien in sein Lachen mit einzufallen, als ob er sich über die Wege des Schicksals lustig machte.

Am Ufer erhob sich keine Stimme, kein Schuß wurde auf sie abgefeuert; der Regen verbarg sie immer noch und dämpfte die Helligkeit der Blitze. Sie drehten zu der Landzunge ab, wo die anderen warteten. Sie erlebten einen Augenblick des Schreckens, als ein Aufprall die Ruderer von den Bänken warf und den Mast wie einen Grashalm im Sturm schwanken ließ, doch sie hatten nur eine verborgene Sandbank berührt, und Elof hatte noch genügend Kraft in den Flügeln, um sie wegzuziehen und wieder auf Kurs zum Ufer zu bringen. Sie legten seitlich an, und eine Gruppe ging zu einem Fluß in der Nähe, um die Wasserbehälter des Ekwesh-Schiffes zu füllen, während die anderen sich ans Beladen machten. Sie konnten keine Zeit mit dem Umladen von den Schlitten aufs Schiff verschwenden, sondern sie legten Planken aus und schoben die gesamten Schlitten an Bord, obwohl das Halbdeck zu leicht dafür erschien; wie sich dann herausstellte, brach es erst unter dem letzten Schlitten zusammen. Die Wasserträger kamen eilends zurück und verstauten die schweren Fässer neben ihren eigenen leichteren Behältern aus Metall und dickem Glas. »Das wär's!« brüllte Trygkar. »Zieh uns hinaus, Schmiedemeister! Alle Mann an die Ruder, ins freie Gewässer! Schnell, ehe der Regen wieder nachläßt!«

Elof stieg höher und ergriff die Bugleine, doch er spürte, wie sein Flügelschlag kraftloser wurde, als er sie straffte. Die Ruder klatschten bereits gegen die Brandung; er zog mit aller Kraft und spürte, wie sich der schlanke Bug schwungvoll in die Wellen drehte und sich hob und senkte. Da packte ihn eine heftige Windbö, seine Flügel flatterten wie wild und wehrten sich dagegen; er breitete sie weit aus und tauchte verzweifelt zum Deck hinunter. Ohne Kraft in Flügeln oder Beinen landete er mit einem schmerzhaften Aufprall; der Wind fuhr unter seine Flügel und zerrte ihn rutschend über die teerigen, schmierigen Bohlen und beinahe über das gegenüberliegende Dollbord. »Keine Energie mehr …«, keuchte er, während einige Mannschaftsmitglieder herbeieilten, die Flügel festhielten und ihm halfen, sich aus dem Metallharnisch zu befreien. »Kann jetzt nicht mehr helfen …«

»Macht nichts!« brüllte Roc ihm ins Ohr, um einen krachenden Donnerschlag zu übertönen. »Macht nichts, hörst du? Wir sind draußen! Wir verlassen die Bucht und fahren ins offene Wasser hinaus! Wir haben es geschafft!«

Elof stieß einen tiefen Seufzer aus. »Dann haben die

Flügel ihren Zweck endgültig erfüllt!« sagte er, und selbst im Getöse des Gewitters war das Bedauern in seiner Stimme nicht zu überhören. »Und damit sind sie ebenfalls zur Nutzlosigkeit verdammt, denn auf einem Schiff dieser Größe können wir wohl kaum ein ausreichendes Feuer entfachen, um sie mit Energie zu versorgen! Sorge dafür, daß sie sorgfältig verstaut werden, Roc!« Er ließ die Flügel von seinen Schultern gleiten. »Ruhet wohl, ihr, mein neues Leben!«

Er verfiel für eine Weile ins Grübeln, während sich das Deck hob und senkte und der Wind um ihn herum heulte, doch bald faßte er sich wieder. »Nun ja, ich bin immer noch für bestimmte Arbeiten gut! Helft mir zu einer Ruderbank, ja?«

»Ach, ich zweifle nicht daran, daß du das Schiff ganz allein rudern könntest, wenn es dir gefiele, aber warum willst du dir die Mühe machen? Trygkar wird jetzt jeden Augenblick das Segel hissen lassen ...«

»*Nein*! Das darf er nicht! Helft mir, daß ich zu ihm gehen kann!« Roc schüttelte den Kopf, half ihm jedoch auf die Beine, und gemeinsam schleppten sie sich nach hinten. Trygkar stand auf dem Hinterdeck und hielt das Steuerruder ohne sichtliche Mühe mit den gefurchten alten Armen; sobald Elof ihn sah, rief er ihm zu: »Kein Segel, Kapitän! Gebraucht nur die Ruder, zumindest bis zum Morgengrauen, wie ich sagte!«

Der alte Kapitän runzelte die Stirn. »Aber, Schmiedemeister, in diesem Regen ...«

»Und wenn es sich auch nur für einen kurzen Augenblick aufklärt? Vielleicht entgeht ihnen ein nackter Mast in der Dunkelheit, doch niemals die Fläche eines ganzen Segels! Das ist ein Grund!« Er sackte gegen das Dollbord und streckte deutend den Arm aus. »Und, bei allen Mächten, es gibt noch einen anderen.«

Auf dem offenen Meer war der Regen dünner, und durch ihn hindurch konnten sie soeben die blassen Umrisse sehen, die sich um die Öffnung der kleinen

Bucht herum zu sammeln schienen. »Segel!« blökte Trygkar und fuhr mit der Hand zu der Axt an seinem Gürtel. »Und in welcher Zahl und Größe! Bei den Mächten – drei, vier, nein mehr; eine ganze verdammte Flotte der Wilden …«

Elof schüttelte den Kopf. »Das sind keine Ekwesh. Die gewebten Segel, mit denen ihre Schiffe ausgestattet sind, sehen niemals ganz weiß aus!«

»Wer dann …«, setzte Trygkar an; in diesem Augenblick zuckte erneut ein Blitz auf, und die Wahrheit wurde glitzernd deutlich. »*Eis*! Sind das die Eisinseln, vor denen Ihr mich gewarnt habt, Meister Roc?«

»So ist es«, antwortete Roc mit grimmiger Miene. »Aber doppelt so groß wie alle anderen, die wir so weit im Süden bisher gesehen haben! Und da ein so großer Teil über dem Wasser ist, müßten sie eigentlich bis …«

»Das tun sie«, fiel Elof ihm in düsterem Ton ins Wort. »Ich habe gesehen, wie die Wellen gegen sie schlugen, doch sie bewegten sich kein bißchen. Sie reichen bis zum Grund – es sind Eisriffe!«

Trygkar schüttelte den Kopf. »Ihr hattet also recht, Schmiedemeister – gut, daß wir nicht Segel gesetzt und in sie hineingerast sind, in der Dunkelheit und bei Regen! Sie zu umfahren ist eine navigatorische Aufgabe, die sich nur unter Rudern bewerkstelligen läßt. Sie sind rings um die Pforte herum …« Er schnippte mit den Fingern. »*Deswegen* habt Ihr keine Fische gefangen! Rings um die Pforte – rings um den Einschnitt, um den Großen Wasserfall! Wenn man sich vorstellt, wie sie sich auf den Yskianas auswirken müssen!«

»Allerdings!« hauchte Roc erschüttert. »Das muß Louhis Werk sein! Sie will, daß er kälter wird! Das ist also der Plan, den du vermutetest, Elof, stimmt's?«

Doch Elof schüttelte den Kopf. »Vielleicht ein Teil davon; eine vorbereitende Maßnahme …« In diesem

Moment schlug etwas gegen den Bug, und das Schiff trudelte. »Treibeis! Sogar so nahe am Ufer!«

»Ihr hattet schon mal mit so etwas zu tun, Schmiedemeister!« sagte Trygkar knapp. »Erteilt Ihr die Befehle!«

»Drei Männer an den Bug, mit schweren Stangen oder Rudern!« brüllte Elof. »Schiebt aus dem Weg, soviel ihr könnt; gebt dem Steuermann Anweisung zum Umfahren, wo sich etwas nicht wegschieben läßt! Roc, es wäre gut, wenn du einer davon wärst! Aber hilf mir vorher zu einem Ruder!«

Es fiel ihm schwer, sich auf eine der Bänke zu setzen, das rauhe Holz des Ruders zu ergreifen und den Geschehnissen am Bug den Rücken zuzukehren, seine Sinne auf die Geschwindigkeit und den Rhythmus der Schultern zu konzentrieren, die sich vor ihm beugten und anspannten, auf die Schläge, die nur unterbrochen wurden, wenn sie schnell abbremsen oder mit Stangen und Rudern ein heimtückisches Bruchstück einer Eisscholle wegschieben mußten. Es war eine grausame Schufterei, denn sie waren nicht genügend Ruderer, doch das nahm er kaum wahr. Nach einiger Zeit konnte er wenigstens wieder aufblicken und sah durch den Regenschleier die weißen Brocken langsam vorbeiziehen, wenn ihre gezackten Spitzen im grellen Licht der Blitze glitzerten. Das Gewitter war jetzt offenbar weiter entfernt und folgte ihnen nicht hinaus aufs Meer. Um so besser; so würde es noch länger eine gute Deckung für ihre Flucht liefern und ihnen eine noch ungestörtere Fahrt bescheren. Auch wenn es ihnen anfangs einige Unannehmlichkeiten bereitet hatte, könnte es ihnen jetzt kaum bessere Dienste erweisen …

Da durchfuhr ihn ein Gedanke mit solcher Plötzlichkeit, daß er beinahe einen Schlag ausgelassen hätte und sich die Flüche der anderen neben ihm einhandelte; doch er hörte sie kaum. Er war zu sehr versunken in die Erinnerung an die anderen Flugwesen, die er gesehen hatte; immer waren dabei Vögel irgendwo in Sichtweite gewesen, selbst in den ödesten Landschaften oder am ansonsten völlig unbelebten Himmel, näher oder weiter entfernt, jedenfalls zwei Vögel, große Vögel, schwarze Vögel, so groß und so schwarz, daß sie von weitem zu sehen waren. Mehr als einmal hatte er ein solches Paar gesehen, und jedesmal folgte ihnen auf den Fersen ein Gewitter, kein gewöhnliches Gewitter, sondern die Verkleidung eines listigen und launigen Geistes, sowohl eine Macht als auch ein Spaßvogel …

Dann riß ihn eine Hand auf seiner Schulter aus den Gedanken. Trygkar kniete auf dem Halbdeck neben seiner Bank, und in seiner Stimme schwang eine Erregung wie die eines jungen Mannes mit. »Schmiedemeister! Meister Elof! Ich glaube, wir haben die schlimmsten der Eisinseln hinter uns gebracht! Sie schwimmen jetzt alle weiter auseinander, außer im Norden, und denen können wir ausweichen! Doch die Nacht müßte sich allmählich zur Morgendämmerung hin neigen!«

Elof hob rasch den Blick, während ihm gleichzeitig bewußt wurde, daß er seit einiger Zeit keinen Donner mehr gehört hatte. Der Regen ließ allmählich nach, und die Schwärze dahinter nahm eine eindeutig gräuliche Färbung an. »Dann laßt um alles in der Welt das Segel hissen, Kapitän, damit wir von hier verschwinden können. Auf den Flügeln des Windes.«

Trygkar erhob sich und erteilte brüllend Befehle, woraufhin sich die Ruder aus dem Wasser hoben wie zuckende Flügel. Elof tat es den anderen gleich und zog das seine mit einem Schwall Meerwasser ins Schiff. Die Kälte, die es mit hereinbrachte, traf ihn wie ein schmerzhafter Biß und ließ ihn erschaudern; es war etwas von der Pein dabei, die ihm das Eis jedesmal bereitete. Dann brüllte Trygkar wieder etwas, und die anderen Ruderer zogen ihre Ruder ein und hasteten zu den Falleinen; Elof blieb hilflos auf seiner Bank zurück, von wildem Zorn durchtobt, weil er unfähig war, aufzustehen und das Geschehen zu beobachten, obwohl er sich gut vorstellen konnte, was sich abspielte. Er hörte, wie der rauhe Holm ratternd und quietschend am Mast hochgezogen wurde, und als er sich umwandte, sah er, wie sich das schwarze Segel blähte und Wind aufnahm. Es füllte sich mit einem dumpfen Knall, ganz anders als das helle Knattern des Segeltuchs, das er gewöhnt war; dieser schwarze Stoff war um einiges schwerer und grober gewebt, verstärkt durch eine kreuzweise Verspannung von geteerten Tauen. Doch es nahm den Wind recht gut auf. Die Seile strafften sich sirrend, und unter ihm antwortete der Rumpf mit einem durchgehenden tiefen Trommelton; Wasser plätscherte und gurgelte in der Bilge, und das schlanke Gefährt schnitt durch das Wasser wie ein Wurfmesser. Ein stürmischer Jubel ertönte auf der gesamten Länge des Schiffes. »*Ruhe!*« brüllte Elof, und sofort verstummte alles; er hielt eine Hand hoch und lauschte, doch das Geräusch, das er zu hören geglaubt hatte, wiederholte sich nicht. Er strampelte und zappelte, um aus der Reihe der Ruderbänke freizukommen, und Roc rannte herbei, um ihm zu helfen.

»Warum Ruhe?« fragte er, während er Elof buchstäblich von der Bank hievte. »Wir sind doch außerhalb ihrer Reichweite, oder nicht? Und du kannst ihnen nicht verübeln, wenn sie den einen oder anderen Freudenschrei ausstoßen. So grob gebaut diese Räuber-Fahrzeuge auch sein mögen, sie erreichen eine unglaubliche Geschwindigkeit.«

»Könnte sein, daß wir davon soviel brauchen wie nur möglich! Hilf mir nach hinten, Roc, und zwar schnell! Bestimmt haben sie inzwischen das Verschwinden des Schiffes entdeckt, und Verfolger durchkämmen das Meer des Sonnenaufgangs nach uns.

Vielleicht verraten uns Geräusche, auch wenn sie uns nicht sehen können.«

Roc half Elof beim Erklimmen des Heckturms und ließ den besorgten Blick über das Meer schweifen, dessen Oberfläche jetzt alle Farbtöne stumpfen Metalls aufwies, und hinüber zu dem Land, das sie so lange festgehalten hatte und das jetzt zu einem grauen Streifen am Horizont schwand; seine Hügel wirkten nicht greifbarer als ein fernes Wolkenband. »Aber wir haben doch sicher einen guten Vorsprung…«

Er hielt inne. Elof lauschte und bedeutete ihm mit einer heftigen Handbewegung, ruhig zu sein. Das Poltern, das der Wind herantrug, hätte von den letzten nächtlichen Donnerschlägen stammen können, wenn es von Blitzen begleitet gewesen wäre. »Vor ihren Schiffen, ja. *Aber sieh nur!*«

Alle Blicke folgten der Richtung, in die Elofs Hand deutete, nämlich hinauf in die zunehmende Helligkeit. Die dunklen Gewitterwolken brachen jetzt über dem Land auf, durchzogen von Streifen helleren Graus. Durch eine davon glitt ein sonderbares Etwas, schlangengleich, doch auf weit gespannten Flügeln durch die Luft schwebend, mehr Fledermaus als Vogel; es erschien so unheimlich, daß sie eine Weile brauchten, um die Entfernung abzuschätzen und festzustellen, wie groß es tatsächlich war.

»Der Drache!« zischte Trygkar, blaß vor Entsetzen. »Der Drache verfolgt uns!«

»Das hätte er schon früher getan, wenn das Segel schon letzte Nacht zu sehen gewesen wäre!« sagte Elof geistesabwesend und spähte in die zunehmende Helligkeit. Wieder durchquerte der rätselhafte Schatten eine der Wolken. »Behaltet Euren Kurs bei, und unternehmt sonst nichts! Bis jetzt hat er uns noch nicht entdeckt – und wenn er es tut…«

Wenn nur der Wind nicht abflaut…

Jemand stieß einen Schrei aus. Aus den Wolken heraus, viel näher bei ihnen, viel größer, sank das geflügelte Etwas herab wie ein Pfeil am Ende seiner Flugbahn. Verängstigtes Japsen war zu hören, und einige der Männer sahen zur Seite, als ob sie die Eiseskälte der Fluten gegen die giftige Flammen abwägten. Doch der Drache hing einen Augenblick lang nur einfach unter der Wolkendecke, seine riesigen Flügel schwebten zwischen Himmel und Wasser; dann schwenkte er plötzlich um und entfernte sich mit rasender Geschwindigkeit nach Osten. Elof stieß die angehaltene Luft aus und schwankte ein wenig. »Er scheut sich, weiter zu fliegen, aus Angst, seine Kräfte könnten nachlassen oder er könnte verwundet werden. Drachen hassen das Meer, das nur darauf wartet, sie mitsamt ihrem Feuer zu verschlingen, das es mühelos löschen kann. Nicht einmal auf Louhis Geheiß wagt er sich weiter. Und wenn er uns nicht fangen kann, dann werden sich auch ihre Schiffe schwer damit tun. Also...« Er seufzte und wandte sich um, um über die große Plattform am Bug über die weite Fläche des Meeres und des Himmels zum fernen Horizont zu blicken, wo sich Luft und Wasser trafen und die Schatten der Nacht noch verweilten.

Roc schluckte. »Dann – war es das also? Nicht mehr?« Der Ausdruck milden Erstaunens huschte über sein Gesicht, und er schüttelte leicht den Kopf, als ob er ein Ohr von irgend etwas befreien wollte. »Wir sind entkommen. Wir haben es geschafft...« Er ließ sich schwer auf die Steuerbank sinken.

Elof nickte leicht. »West bis Westnordwest... dorthin müßt Ihr steuern, Kapitän!«

Trygkars Blick schweifte nachdenklich von der glatten grauen Wasserfläche nach Norden, wo diese von vielen Strömungen gekräuselt war, und wieder zurück. Er kratzte sich zweifelnd am Kopf. »Wie Ihr befehlt, Schmiedemeister. Aber das ist ein kalter Weg, ein bitterkalter!«

»Nicht kälter als Louhis Herz. Nicht bitterer als ein Großteil der Menschen. *Segelt weiter!*«

Sie gaben dem schwarzen Schiff keinen Namen, obwohl es sich als robust und kräftig erwies und so schlank und wendig wie ein Aal durch die Sturmwogen glitt, denn es war nicht ihr Gefährt, und sie zogen es vor, sich nicht auszumalen, was sich auf diesen schmierigen Planken schon alles abgespielt haben mochte. Der altarartige Aufbau aus zementierten Steinen auf dem Heckturm war von den letzten Spuren dunkler Asche freigefegt, dennoch warf Elof ihn ins Meer und alle Flaggen und die gesamte Schamanen-Ausstattung hinterher, die er finden konnte und die ausnahmslos das Zeichen des Otter-Klans trug. Die Darstellung war nicht ungefällig und zeigte die geschmeidigen Bewegungen dieser Tiere, wie er sie kannte; er hatte ihnen während seiner Kindheit häufig beim Spielen und Tauchen zugesehen. Sie stellten außer für die Schalentiere, die sie zwischen flachen Steinen aufbrachen, für kein anderes Lebewesen eine Bedrohung dar. Einst hatte es den Vorfahren der Ekwesh gefallen, die ebenfalls schlichte Jäger waren, sich mit solchen Geschöpfen zu identifizieren, da sie in ihnen die von ihnen hochgeschätzten Eigenschaften sowie ihren eigenen Platz in der Natur gespiegelt sahen. Wodurch waren solche Menschen zu Räubern, zu Errichtern eines grausamen Reiches, zu Kannibalen, die das Fleisch ihresgleichen fraßen, zu gefürchteten Dienern des tödlichen Feindes der gesamten Natur geworden?

Er kam zu dem Schluß, daß so etwas nur allzu leicht geschehen konnte; denn während ihrer langen Reise hatte er reichlich Zeit und Muße für solche Überlegungen. Er brauchte nur daran zu denken, wie das Vordringen des Eises das Volk von Kerys, das einst edlen Sinnes und von hoher Moral gewesen war, in jene jämmerlichen Abbilder dieses Volkes verwandelt hatte, gegen das sie kämpften. Zwischen Nithaid und den besten der Ekwesh-Stammeshäuptlingen, wie zum Beispiel jenen des Klans des Raben, war kein allzu großer Unterschied. Doch wie verdorben die Ekwesh auch sein mochten, bestimmt gab es noch ein Korn Menschlichkeit irgendwo in ihnen; vielleicht in ihrer Kampfgenossen-Gesinnung, die ihnen eine gewisse Disziplin eingab, oder in ihrem Mut oder ihrem Sinn für Ordnung und Hierarchie. Doch genau jene Eigenschaften waren es, durch die Louhi die Ekwesh für ihre Zwecke einspannen konnte – und in Ermangelung des Geistschwertes gab es auch kein Mittel dagegen –, diese Eigenschaften und die schlichte Verlockung des Reichtums; und wo alles dies nicht fruchtete, die reine Schreckensherrschaft. Eine unselige Kameradschaft verband jene, die abscheuliche, abartige Handlungen begangen hatten; die sich in Lebensgefahr auf Kosten anderer gerettet hatten, indem sie sich auf See oder in der Wildnis zwangsweise durch den Verzehr von Fleisch ihrer Artgenossen vor dem Tode bewahrt hatten; die sich zu finsteren Verbrechen zusammengefunden hatten und Zeugen von Schrecknissen geworden waren, die jegliche Grenzen der Natur sprengten. All diese Dinge verlangte das Eis von den Ekwesh-Kriegern mit Hilfe der Schamanen und des Geheimbundes des Verborgenen Klans durch maskierte Rituale und die Beherrschung der Magie; und es unterstützte seine Forderung durch fürchterliche Strafen. Die besten Charakterzüge, die es ihnen gelassen hatte, waren der düstere Stolz und die Soldatenehre, die er beim Klan des Raben angetroffen hatte. Doch irgendwo schlummerte noch der Geist der Menschen, die die Otter im glitzernden Wasser beobachtet und sich daran ergötzt hatten. Wenn es ihm doch nur gelänge, diesen irgendwie zu erreichen …

Solche Grübeleien waren eine nützliche Ablenkung von der Eintönigkeit und den Unbilden der Reise, von denen es viele gab; doch es war nichts Müßiges an ihnen, und sie waren nur eine einzelne Strähne in dem Wust seiner wirren Gedanken. Sie kamen schneller voran als auf dem Herweg, denn sie hatten keine größeren Gefahren als rauhe Stürme und schlechtes Wetter zu bestehen und brauchten keine Umwege zu machen, sondern zogen eine gleichmäßige Bahn um die Krümmung der Erde und lavierten sich durch die kalten Luftströmungen, die das Eis aussandte. Mit einer Mannschaft, die in der Lage war, zwei Wachen durchzustehen, war das Segeln entschieden leichter, und obwohl viele der jungen Männer das Meer noch nie zuvor gesehen hatten, waren sie Nordländer und somit seit Tausenden von Jahren in einem seefahrenden Volk aufgewachsen und sofort damit vertraut. Das schwarze Schiff, das sich trotz seiner derben Bauweise als widerstandsfähig und stark erwies, glitt wie eine Schlange durch die Sturmwogen und nahm überraschend wenig Wasser über die Dollborde und zwischen den Planken auf. Der Platz, der ihnen zur Verfügung stand, war spartanisch knapp, denn die Ekwesh machten aus Entbehrungen eine Tugend und verachteten jegliche Bequemlichkeit einer zivilisierten Lebensweise. Zur Verwunderung vieler war das Schiff auch peinlich sauber, denn sie hatten die Notwendigkeit der Reinlichkeit unter Bedingungen erfahren, in denen sich Krankheiten wie ein Waldbrand ausbreiteten. Falls sie von anderen Schiffen verfolgt wurden, so sahen sie nie etwas davon, und sie begegneten auch keinen Patrouillenbooten; anscheinend hatte Louhi sie zurückgezogen, vielleicht um mehr Menschenmaterial für ihre geplanten Feldzüge zur Verfügung zu haben, vielleicht auch, weil die Eisinseln immer mehr wurden und immer enger zusammenrückten.

»Im kommenden Winter werden sie aneinanderfrieren«, bemerkte Roc.

Elof nickte; er drückte ein wenig gegen das Steuerruder und schwenkte das schwarze Schiff noch etwas weiter von dem sich verdichtenden Treibeis weg. »Und im nächsten Frühling oder auch erst im Frühling in zehn Jahren werden sie sich beim Tauwetter nicht wieder trennen, und wenn die Gletscher über Land nicht weiterkommen, werden sie sich übers Meer ein Stück weiter voranschieben.«

Roc sah ihn ausdruckslos an. »Könnte es zufällig sein, daß darin Louhis Plan besteht, den du vermutest?«

Elof runzelte die Stirn. »Wahrscheinlich, zum Teil«, gestand er widerwillig ein. »Aber das ist nicht der Kern. Ich – ich *glaube,* ich durchschaue ihn, aber einiges sehe ich nicht klar genug. Noch nicht.« Er schwenkte das Steuerruder wieder ein Stück zurück, während die Eisbrocken vorbeitrieben, und beobachtete, wie ein Schatten auf einer eigenartig geschnitzten Scheibe aus Holz und Bronze zurückkroch, bis er genau auf den Kurs fiel, den er gekennzeichnet hatte. Roc sah ihn einen Augenblick lang an, dann zuckte er mit den Schultern.

Während die Wochen verstrichen, wurde das Meer um sie herum immer kälter, so daß sich selbst im Hochsommer des Nachts auf der Takelage und dem Spier Rauhreif bildete und sich tagsüber nur zögernd auflöste. Am nördlichen Himmel brannte das Eisglühen bedrohlich über dem Horizont, wie eine unendliche Fahne aus Spinnweben, und verdunkelte die Sterne; eine lautlose Wesenheit, die dem Geist und der Seele der Menschen auflauerte und sich ihnen schwer aufs Gemüt legte. Viele Mannschaftsmitglieder waren allmählich beunruhigt wegen ihres Abtreibens nach Norden und warfen immer wieder besorgte Blicke auf ihre schnell abnehmenden Proviantvorräte. Sie konnten die Notwendigkeit des Navigierens über die Krümmung der Erde nicht verstehen – obwohl Elof sich mehrmals bemühte, es ihnen zu erklären; ihr

Geist, der ihr ganzes Leben lang von den Wänden des Tals von Kerys eingegrenzt gewesen war, konnte derart riesige Entfernungen nicht erfassen, und ihre Verwirrung ließ sie argwöhnisch werden. Selbst Trygkar, der als Kind das Meer schon gesehen hatte, erinnerte sich lediglich daran, daß es besonderer Kenntnisse bedurfte, um es zu befahren, doch er wußte nicht, worin diese bestanden. Keiner seiner Zeitgenossen war darin bewandert gewesen. Er vertraute Elof jedoch, und das hielt seine Mannschaft im Zaum.

Endlich, eines kalten Morgens, betrachtete Elof eingehend die Sonne, die rot durch Schwaden von gefrierendem Dunst schien, und rief Trygkar die Anweisung zu, dem Schiff eine neue Richtung zu geben, West bis Westsüdwest. »Denn hier ist der Wendepunkt unserer Reise; wir brauchen nicht weiter nach Norden zu fahren. Jetzt geht es nach Süden, nach Hause!«

Von diesem Tag an wurde das Klima wieder milder, und obwohl es immer noch genügend rauhes Wetter gab, um sie auf Trab zu halten, galt ihre vordringliche Sorge dem Umstand, daß ihr Proviant allmählich zur Neige ging. »Wir wußten von Anfang an, daß es eine sehr beschwerliche Reise werden würde«, sprach Elof zur Mannschaft, als diese mit noch geringeren Tagesrationen auskommen mußte. »Wenn wir mehr Vorräte mitgenommen hätten, hätte das Schiff niemals so schnelle Fahrt machen können. Doch haltet durch, dann werdet ihr alle entschädigt werden!«

Trygkar schmunzelte. »Wir nehmen Euch beim Wort, Schmiedemeister! Wir haben zwar noch Wasser, aber es ist brackig und widerlich zu trinken, und Wasser ist das wichtigste; was das Essen angeht, so wurde der Genuß an einem Festmahl schon immer durch einige Fastentage zuvor gesteigert!«

Doch das Wasser war bis zum schlickigen Bodensatz der Behälter zur Neige gegangen, und das Fasten dauerte bereits viele Tage lang, als endlich der Sonnenuntergang kam, der den Ruf des Mannes im Ausguck mit sich brachte. Die untergehende Sonne tränkte den Himmel mit einer stillen Flamme und färbte die grauen Wolken rot, bis sie sich in glühende Kohlen mit schwarzen Krusten verwandelten; Feuer lief über die stahlfarbenen Wogen, bis es den Anschein hatte, als gleite das Schiff über einen Pfad aus halbgeschmolzenem Metall. Doch am Ende dieses Pfads, schwierig zu betrachten, weil die Sonne darauf herabsank, zeigte sich ein dunkler Streifen am Rande der Wellen, der massiver wirkte als jede Wolke. Die Sonne war beinahe ganz untergegangen, bevor die Männer an Deck ihn entdeckten, und dann erhaschten sie auch nur einen kurzen Blick darauf, bevor es dunkel wurde. Sie waren sich ihrer Sache nicht sicher; die Hoffnung blieb ihnen schmerzhaft in den ausgedörrten Kehlen stecken. Der Mann im Ausguck hatte jedoch keinen Zweifel; und nachdem er sich freudig am Mast hatte herabgleiten lassen, gab er die Anweisung, den Kurs beizubehalten und bis zur Morgendämmerung zu warten. In dieser Nacht schlief niemand von der Schiffsbesatzung.

So geschah es, daß im ersten Licht des frühen Morgens, das die sinkenden Sterne verblassen ließ, sich die gesamte Mannschaft an Deck versammelte. Während der mondlosen, wolkenverhangenen Nacht hatten sie wenig gesehen, und jetzt zitterten sie wie aufgeregte Hunde an der Leine, nach mehr als nur dem Lebensnotwendigen dürstend und hungernd. Als sich in dem heller werdenden Grau der Schatten immer deutlicher zeigte, geriet das ganze Schiff in einen Freudentaumel; sie lachten, sie tanzten, sie schlugen Elof und Roc mit kräftigem Klatschen auf den Rücken. Die beiden Männer nahmen kaum etwas davon wahr, denn ein heißerer Hunger brannte in ihnen; stundenlang verharrten sie am Dollbord, und ihre Augen wichen nicht von der sich verändernden Silhouette vor ihnen. Sie näherten sich der Küste in einem flachen Winkel, indem sie immer mehr nach Süden abschwenkten, je näher sie ihr kamen, und sie waren hin- und hergerissen zwischen dem Drang, auf direktem Weg das Land anzusteuern, und dem vernünftigeren Vorgehen, abzuwarten, bis sie näher dort waren. »Wir können nicht mehr weit von zu Hause weg sein!« versicherte Roc zum zwanzigsten Mal und umklammerte das Dollbord mit der sich unruhig drehenden Faust, bis die Schichten aus verkrustetem Salz Risse bekamen und abbröckelten. »Wir können nicht mehr weit im Norden sein, sonst hätten wir das Eisglühen noch gesehen …«

Elof wand sich unbehaglich auf den Krücken, die er aus Schiffsbalken zurechtgeschnitzt hatte. »Es war nicht einfach, unseren Kurs nach Süden beständig zu verfolgen. Wenn wir zu weit nach Süden geraten wären, wären wir in ein unbewohntes Gebiet gelangt – Ödland und Wald. Vielleicht sogar Wüste oder die Salzebenen von Daveth Holan …«

Roc blinzelte zum nachmittäglichen Himmel hinauf und legte sich die Hand zum Schutz gegen das blendende Licht der flach stehenden Sonne über die Augen. »Du hättest dich niemals so schwerwiegend verrechnet! Du magst vielleicht verrückt sein, aber du bist nicht blöd!« Er zuckte zusammen, als von der Mastspitze her ein Ruf erschallte.

»Dort vorn – wir steuern direkt darauf zu! Seht nur … oh, seht doch nur!«

Auf einem heimatlichen Schiff hätten sie auf den Achtersteven klettern können, doch das Plündererschiff hatte keinen solchen. Es blieb ihnen nichts anderes übrig, als abzuwarten, während das Schiff weiterfuhr und die Welt den Atem anzuhalten schien – mit Ausnahme des Mannes im Ausguck, denn dieser war vor Aufregung völlig aus dem Häuschen. Doch als das, was er gesehen hatte, über dem Horizont auftauchte, brach ein lauter Jubel aus, voller Bewunderung und Freude; nur Elof und Roc schwiegen, denn vor Staunen hatte es ihnen die Stimme verschlagen.

Dies war nicht das Land, das sie verlassen hatten, vor beinahe neun Jahren. Und doch war es zweifellos die Stadt, die einst den Namen Morvannec getragen und die in Morvanhal umbenannt worden war; doch nun schien es, als sei die überkommene Saat von Morvan, die eintausend Jahre unter dem Eis zermalmt gelegen hatte, wahrhaftig aufgegangen und wieder zu überwältigender Stärke erblüht.

Roc schluckte. »Ist das die Wirklichkeit?«

»Konnte das alles in nur neun Jahren errichtet werden?« hauchte Elof fassungslos. »Oder sind wir Wanderer durch die Zeiten, wie wir Wanderer über die Meere waren?«

»Es ist kleiner als Kerys!« brummte Trygkar leise. »Das habt Ihr mir gesagt – aber nicht, daß es so großartig ist! Und Ihr habt uns zielgenau hierhergebracht!«

Sie alle waren so von Bewunderung ergriffen, daß es in diesem Augenblick darauf kaum noch ankam; erst später kam ihnen allen diese außergewöhnliche Leistung zu Bewußtsein. Denn genau vor ihnen lag das Vorgebirge von Morvanhal, und Elof hatte sie über die endlose Weite des Meeres, ohne jeden Anhaltspunkt, genau zu diesem Bestimmungsort gesteuert.

Während sie ihm immer näher kamen, konnten sich ihre Gedanken jedoch mit nichts anderem befassen als mit der Großartigkeit des Anblicks; sie vergaßen ihre leeren Bäuche und pergamenttrockenen Kehlen, denn ihre Seelen und ihre Herzen waren erfüllt. Alles, was Elof und Roc in Erinnerung hatten, war noch da: die glatten, trutzigen Außenmauern, die runden Türme mit den grauen Spitzen, die Straßen und Terrassen, die sich an den Hängen des Vorgebirges hinauf erstreckten, und auf der Bergkuppe der majestätische Turm des Palastes. Sie waren immer noch zu weit entfernt, um Einzelheiten erkennen zu können, selbst im klaren Licht des

Nachmittags; doch die Erinnerung fügte das ein, was das Auge nicht sah. Doch allmählich zweifelten sie an ihren Erinnerungen, denn sie waren von so viel Neuem überlagert; sie sahen vertraute Bilder in neuer und prächtiger Aufmachung, doch so kunstvoll verschönert, daß ihr Glanz das alte Werk nur noch eindrucksvoller und würdiger machte. Hinter den alten Mauern ragten neue Mauern empor, deren Gestein im klaren Licht lebhaft rotgolden schimmerte, und sie erstreckten sich so weit, daß sie das Land rings um das Vorgebirge umspannten. An den weiter entfernten Hängen, die zum Teil von dichten Wäldern bedeckt waren, schlängelten sich neue Straßen von den alten abzweigend nach oben; doch sie waren großzügig angelegt, breit und weit voneinander getrennt. Dazwischen waren Wälder und Felder erhalten worden, jeweils innerhalb angemessener Grenzen, mit Ausnahme jener Flecken, die das vertraute Muster von Weinbergen und Obsthainen aufwiesen. Es war ein Bild voller Harmonie, ein ausgewogenes Gleichgewicht zwischen Mensch und Natur, wie es Elof innerhalb der Mauern einer Stadt niemals für möglich gehalten hätte. Und so, wie der Palast die höchste Kuppe des Vorgebirges krönte, erhob sich auf jedem Hügel ein hoher Turm über die Bäume; doch obwohl sie diese bei weitem überragten, waren sie nicht übermächtig, sondern fügten sich in ihre Umgebung ein wie stehende Wächter um einen Herrscher auf dem Thron, wie blühende Jugend um ehrwürdiges Alter. Ihre Mauern bestanden aus elfenbeinfarbigem Stein, die Dächer waren aus Bronze mit goldenen Spitzen, und auf vielen flatterten stolze Banner den weißen Wolken entgegen.

»Das sind die Türme von Kerbryhaine!« platzte Roc heraus. »Welche Zauberkraft hat sie hierher versetzt, quer durch das Land? Mag sein, daß es Nachahmungen sind – doch woher haben sie die Steine? Solche gibt es hier nicht!«

Elof schüttelte staunend den Kopf. »Dabei haben bestimmt die Duergar die Hände im Spiel! Nur sie konnten so viel in so kurzer Zeit leisten!«

»Die Duergar?« flüsterte ein junger Mann, der in seiner Nähe stand. »Dann ist das also ein magischer Ort?« Niemand lachte.

»Jedenfalls ist es ein friedliebender Ort!« stellte Trygkar zufrieden fest. »Das sieht man auf den ersten Blick. In Kerys könnten wir mit einem Schiff wie diesem niemals so nahe an eine Stadt herankommen…«

Elof und Roc wechselten erschütterte Blicke; sie hatten beide vergessen, in welcher Art Schiff sie nach Hause zurückkehrten. Dann wandten sie sich gleichzeitig um und blickten zu dem schwarzen Segel hinauf. »Ich wette eins zu zehn«, sagte Roc mit Bedacht, »daß sie in eben diesem Augenblick einen warmen Willkommensgruß für uns vorbereiten.«

Elof schluckte, da er sich der todbringenden Rammbolzen erinnerte, mit denen er Kermorvans große Kriegsschiffe hatten ausstatten lassen. »Und sie setzen sie mit voller Geschwindigkeit ein! Wenn sie auf Rufweite herangekommen sind, ist es zu spät.«

»Auch wenn sie auf irgendwelche Rufe hören würden!« knurrte Roc. »Oder sie benutzen Katapulte – ein Geschoßhagel von der *Prinz Korentyn* würde diesen Rumpf in Millionen von Zahnstochern verwandeln! Wenn wir das Segel einholen würden…«

»Das tun die Plünderer vor einem Angriff häufig genug!«

»Ein Schiff gegen eine ganze Stadt?« gab Trygkar zu bedenken.

»Eine Stadt, der die Ekwesh in lebhafter Erinnerung sind!« sagte Elof leise. »Ein Erlebnis, das man nicht so leicht vergißt. Vielleicht halten sie uns für einfältig, aber sie würden dennoch als erste zuschlagen, und zwar kräftig.«

»Im Hafen!« schrie der Mann im Ausguck. *»Ein*

Schiff! Ein großes Schiff, emsiges Treiben an Deck, bereit zum Auslaufen!«

»Da haben wir es!« sagte Elof mit Bestimmtheit. »Wenn wir auf die Hafeneinfahrt zusteuern, werden sie uns in tausend Splitter zerfetzen. Außerhalb können wir nicht ankern, weil das Wasser zu tief ist. Ruder oder Segel, wir müssen das Wagnis eingehen, längs der Mole anzulegen, wo sie die Ramme nicht einsetzen können; läßt sich das machen, Kapitän?«

Trygkar grinste. »Wir könnten einen Durchstoß schaffen, Schmiedemeister. Aber wir würden uns zum Spielball von Wellen und Mauer machen...«

»Immer noch besser, als mit der Ramme angegriffen zu werden!« fiel Roc ihm aufgebracht ins Wort. »Und ich habe wenig zarte Gefühle für *dieses* Schiff – Ihr vielleicht?«

»Nun ja – es hat uns über keine geringe Strecke recht brav befördert; und jeder Schiffsführer haßt es, ein Gefährt zu verlieren. Aber immer noch besser das, wie Ihr richtig sagtet – *auf die Posten, die ganze Bande! Wir preschen vor!*«

Die Stadt vertraute auf den Frieden, das war augenscheinlich, denn sie hielt kein Kriegsgerät in Bereitschaft. Doch gerade als das schwarze Schiff die Mole erreichte, glitt das Langschiff *Saldenborg*, das nächst kleinere nach der *Korentyn*, aus der Hafeneinfahrt. »Sie muß zuerst im Wind kreuzen, bevor sie in unsere Richtung drehen kann!« rief Elof, während er Trygkar an der widerspenstigen Ruderpinne zur Hand ging. »Wenn Ihr uns sofort in Längsrichtung bringen könnt...«

»Gleich haben wir es geschafft, Schmiedemeister!« antwortete Trygkar angespannt. »Ein bißchen tiefer mit dem Steuer – noch ein ganz kleines bißchen – *und los, ja! Ihr anderen, fertigmachen zum Abfangen!*« Der alte Kapitän holte tief Luft und brüllte: »*Jetzt*!«

Die beiden legten sich mit dem ganzen Gewicht auf

die Ruderpinne. Das schwarze Schiff machte eine scharfe Wende, das Segel erschlaffte, und Wellen klatschten seitlich gegen den Rumpf und hoben ihn mit einem magenumdrehenden Satz hoch; eine dunkle Masse ragte plötzlich über das Dollbord auf. Es gab eine heftige Erschütterung, noch eine und noch eine, bis ihnen vor Schreck die Zähne klapperten. Dann verlor das Schiff an Fahrt, und das Schlagen milderte sich zu einem bebenden Kratzen. *»Segel einholen!«* befahl Trygkar, und dann, während der Querholm am Mast herabglitt, holte er wieder tief Luft. »Das war's, Schmiedemeister!« sagte er. »Ihr seid zu Hause.« Elof ließ sich auf die Ruderpinne sacken und schloß die Augen.

An der Außenseite der Mauer waren in gleichmäßigen Abständen Treppen angebracht, und an einer davon machten sie mit Bug und Heck fest. Noch bevor die Leinen verknotet waren, war Elof an den Dollborden, und Roc half ihm darüber. Er blieb kurz auf der Treppe stehen und blickte zurück; draußen auf dem offenen Meer drehte die *Saldenborg* bei. Unter Aufbietung der ganzen Kraft seiner Arme zog er sich die Stufen bis über die oberste hinauf und brach auf der harten, steinigen Mauer zusammen. Er spürte, wie sie unter ihm dröhnte, und hob den Blick; die tiefstehende Sonne blendete ihn, doch er sah eine Reihe von Männern, die über den schmalen Grat der Mole herangestürmt kamen, angeführt von einer Gruppe von Berittenen. Er hob sich mühsam auf die Knie, winkte und rief ihnen zu, und zu seiner unbeschreiblichen Erleichterung rissen die Reiter an den Zügeln; der erste tat das mit solcher Heftigkeit, daß sich sein großes weißes Tier auf dem schmalen Weg aufbäumte und seine Hufe über Elofs Kopf in die Luft traten. Er blickte auf, wobei er sich die Hand beschattend über die Augen hielt, und die Welt schien einen unendlichen Augenblick lang stillzustehen.

»Bei der Großen Pforte!« Er erkannte diese klare Stimme nach all der Zeit sofort. *»Es ist Elof!«* Die Fassungslosigkeit in dem Ton war unüberhörbar. *»Und Roc!«*

Elof spürte, wie plötzlich ein irres, atemloses Lachen in ihm aufblubberte. »Seid gegrüßt … m-mein König!« brachte er schließlich heraus und hob die Hand zu einer schlaffen Nachahmung eines förmlichen Grußes. Dann war Roc neben ihm, um ihm auf die Krücken zu helfen, und er konnte Kermorvan ins Gesicht grinsen, das vor Verblüffung herabgesackt war, wie er es selten gesehen hatte. Doch als er Elofs Zustandes gewahr wurde, wandelte sich sein Ausdruck sofort in Entsetzen, und die grauen Augen blickten streng und hart. »Wer hat dir das angetan?« fragte er, während er sich aus dem Sattel schwang, um Elofs Hand mit seinem eisernen Griff zu umfassen. *»Wer hat das getan?«* wiederholte er und ließ den Blick zu dem schwarzen Bug unter ihnen schweifen.

Elof schüttelte den Kopf und zwang sich, Worte zu finden. »Nein! Das sind Freunde, wie es keine besseren gibt, und ich bitte dich, sie freundlich aufzunehmen. Es sind Männer aus Kerys – jawohl, Kerys«, wiederholte er, da er sah, wie Kermorvans Miene ungläubiges Staunen ausdrückte. »Mache dir keine Gedanken darüber, wer mir das angetan hat; diese Rechnung ist für immer beglichen.«

Kermorvan zog eine Augenbraue hoch, dann nickte er. »Und … Kara?« fragte er leise.

Elof schüttelte den Kopf. Kermorvan senkte den Blick. »Wahrlich, es tut mir leid!«

»Und Ils?« fragte Elof schnell, doch er hatte den Namen kaum ausgesprochen, als die Männer auseinanderwichen, die sich um sie geschart hatten, um einer kleinen Gestalt den Weg freizumachen; sie drängte sich ungestüm heran und prallte mit solcher Wucht gegen Elof, daß sie ihn in das Hafenbecken gestoßen hätte, wenn die Arme, die ihn umfingen, weniger kräftig gewesen wären. Er schwankte, rang um Luft, während er den stämmigen, festen Körper, der sich an ihn drückte, nur allzu deutlich spürte und sich des schelmischen Gesichts, das – obwohl tränenüberströmt – ihn glücklich anlachte, bewußt wurde.

»Die Königin«, sagte Kermorvan zaghaft, »erfreut sich allem Anschein nach besten Wohlbefindens.«

»Elof!« keuchte sie. »Es gab ein großes Geschrei, daß Räuber uns überfallen wollten – also dachte ich, ich überlasse den Spaß nicht *ihm* allein – aber du … was … wo …«

Elof zerzauste ihr liebevoll die Locken, unfähig, die richtigen Worte zu finden. »So schön wie immer!« sagte er leichthin, obwohl auch er ein Brennen in den Augen verspürte. »An dir hat sich kein einziges Haar verändert. Als ob inzwischen nur ein paar Monate vergangen wären – was nach deinen Maßstäben wohl auch so ist …«

»Es ist mir nicht so vorgekommen!« flüsterte Ils. »Wir hielten dich für *tot* … du unverbesserlicher Narr … du – *Mensch*!«

»Dir ist natürlich nicht entgangen, Roc«, bemerkte Kermorvan betont zur Seite gesprochen, »daß *wir* nicht mit solchen Schmeicheleien bedacht wurden …«

Roc, der sich gleichermaßen um eine gefaßte Miene bemühte, spreizte hilflos die Hände. »Und ich bin auch nicht auf diese Weise begrüßt worden, mein König. Anscheinend sind wir nur geduldete Mitläufer …«

»Statisten«, bekräftigte Kermorvan. »Vergessene Nebenfiguren …«

Ils riß sich los und drehte sich blitzschnell zu Roc um, in dessen Mitte ihre geballte Faust landete. »Ich grüße dich, du Fettkloß!« fauchte sie, dann schlang sie ihm die Arme um den Hals und küßte ihn mit einem Schwung, der seine stämmige Gestalt beinahe umgeworfen hätte, um ihn dann mit rotem Gesicht und taumelnd zurückzulassen. Kermorvans Zurückhaltung war zerschmettert, er stieß sein seltenes schallendes Lachen aus und breitete die Arme weit aus, um sie alle zu umarmen. »Seid friedlich, ihr Wahnsinnigen! Beim Zeichen der Sonne, es ist über alle Maßen gut, euch beide wiederzuhaben!«

Dann machte er sich frei und deutete zur Stadt. »Ich muß den Befehl zur Verteidigung widerrufen!« sagte er. »Bevor sich zuviel Panik ausbreitet!«

Trygkar, der auf die Mauer geklettert war, hustete. »Und was ist mit dem Kriegsschiff, Majestät? Dürfen wir unsere Werte ausladen, bevor es von den Wellen zerbrochen wird?«

»Und bevor irgendein Narr einen Geschoßhagel auslöst!« nickte Kermorvan. »Ja, das dürft Ihr.« Er wandte sich an einen der Berittenen. »Sorgt dafür, daß alle gleichzeitig unterrichtet werden, Athayn, und daß die Wachen sich ruhig verhalten!« Der junge Adjutant salutierte und preschte in schnellem Galopp davon. Trygkar verneigte sich und machte Anstalten, zu dem Schiff zurückzukehren, doch Kermorvan legte ihm eine Hand auf den Arm. »Ihr stammt aus Kerys? Ein Schiffsmeister, Eurem Aussehen nach, der meinen Freunden während der Rückreise über den weiten Ozean beigestanden hat?«

Trygkar verneigte sich erneut. »Meine Männer und ich; Trygkar – zu Euren Diensten. Ich bin Kapitän, wie Ihr richtig vermutet habt. Und es war mir eine Ehre; es geschah als kleine Wiedergutmachung für den feindseligen Empfang, den mein Land Euren Freunden bereitet hatte.«

Kermorvan schüttelte mit strenger Miene den Kopf. »Ihr habt nichts wiedergutzumachen, Herr. Wir sind dessen ungeachtet in Eurer Schuld.«

Elof grinste. »Vielleicht sind sie daran interessiert, sich hier niederzulassen.«

»Wenn Ihr vielleicht noch einige Seeleute gebrauchen könntet, Majestät? Obwohl ich noch nie so große Schiffe wie die Euren gesehen habe ...«

Kermorvans Lippen kräuselten sich zu einem spielerischen Lächeln. »Und ich habe mir schon überlegt, wie ich Euch zum Bleiben überreden könnte! Ich brauche immer schiffserfahrene Männer, und wenn jemand den Ozean überquert hat ... Doch jetzt bringt zunächst einmal Euer Schiff hier an den Anlegekai, und dann ruht Euch aus; Ihr und die Euren sollen unsere hochgeehrten Gäste sein. Es gibt viel zu erzählen, wie mir scheint.«

»Und viel zu tun!« ergänzte Elof. »Kerys ist in Gefahr, und diese Gefahr könnte auch auf uns übergreifen, und auf die ganze Welt! Denn wenn mein Verdacht zutrifft, dann steht Louhi kurz vor dem Sieg, indem sie das Gleichgewicht entscheidend zugunsten des Eises verschiebt. Ich glaube zu wissen, wie sie das erreichen will. Wir müssen uns sofort zu einer Beratung zusammensetzen.«

Kermorvan nickte. »So soll es sein! Meine Königin, bist du zu Pferde hier? Wir wollen zum Palast reiten. Das ist auf jeden Fall ein passenderer Ort, um Euch willkommen zu heißen, als diese Hafenmole. Ihr beide da, steigt ab, und überlaßt uns Eure Pferde. Dann besorgt einen Wagen für die Mannschaft, wenn sie am Kai ankommt ...«

Als Kermorvan sich abwandte, um seine Befehle zu erteilen, zupfte Trygkar Elof am Ärmel. »Das ist also Euer König! Er ist jünger, als ich ihn mir vorgestellt hatte, aber trotzdem ein ausgezeichneter Mann. Einer, dem man folgen kann, wenn überhaupt einem! Und dieses Land sieht aus, als wäre es seiner würdig, ja, und auch Eurer. Ihr habt Eure Verheißung erfüllt, Schmiedemeister!«

Sie luden den alten Kapitän ein, an ihrer Beratung teilzunehmen, doch er lehnte ab mit der Begründung, daß es für ihn zu spät im Leben sei, um sich noch in königliche Angelegenheiten einzumischen. Also verließen sie ihn mit herzlichen Dankesworten, um das schwarze Schiff zur Anlegestelle zu führen, und saßen auf, um zum Palast zu reiten. »Ihr da, helft dem Schmiedemeister aufs Pferd!« befahl Kermorvan. »Du kannst bei mir im Sattel mitreiten, oder bei Roc, wenn dir das lieber ist...«

»Weder noch, wenn du erlaubst!« brummte Elof, dem die Würdelosigkeit zuwider war, bei jemand anderem im Sattel durch die Stadt geschaukelt zu werden. »Helft mir einfach nur in den Sattel – und bindet meine Füße locker in den Steigbügeln fest, dann...«

Er schwankte im Sattel; er war seit zu vielen Jahren nicht mehr geritten, und seine Beine waren kraftlos geworden. Es gab ihm ein gewisses Gefühl der Freiheit, doch längst nicht in dem Maße wie das Fliegen. Er blickte zu dem Turm auf dem Vorgebirge hinauf und sehnte sich nach seinen Flügeln; es verlangte ihn danach, darum herum durch die Luft zu flitzen, wie er es vor so langer Zeit mit Kara getan hatte, um diese ganze neue Stadt, die wie eine lebendige Gleisanlage angelegt war, von oben zu erfassen. Roc warf ihm einen schrägen Blick zu. »Bist du sicher, daß du nicht runterfällst?«

»Es wird schon glücken. Vielleicht sitze ich wie ein Mehlsack im Sattel, aber ich kann immer noch die Knie zusammendrücken, also werde ich es schaffen. Aber was Trygkar betrifft – könntest du dafür sorgen, daß meine Flügel sicher ausgeladen und zu mir gebracht werden? Vielen Dank.«

»Flügel?« erkundigte sich Kermorvan mit unschuldiger Neugier, dann hielt er eine Hand hoch. »Nein, nein, sage nichts! Ich sehe, daß ich die ganze Geschichte von Anfang an hören muß, um einen Sinn darin zu erkennen. Also dann, begeben wir uns unverzüglich zum Palast!« Die kleine Schar trabte von der

Mole in Richtung Stadt. Elof zuckte zusammen, als er die Menge sah, die sich am breiten Ende der Mauer eingefunden hatte. Vielleicht war es der Alarm gewesen, der sie herbeigerufen hatte, doch offenbar waren sie geblieben, um zu jubeln. Viele kamen herbeigerannt und warfen Blumen oder griffen nach den Händen der zurückgekehrten Seefahrer, und Elof hörte überrascht, daß sich der Dialekt Kerbryhaines gründlich mit jenen des Ostens gemischt hatte und daß sehr viele braunhäutige Leute aus Nordeney in sichtlicher Harmonie mit Menschen beider Abstammung lebten; für sie war er ein besonderer Held, und er sprach mit ihnen in ihrem eigenen Dialekt. Am seltsamsten mutete jedoch der Anblick von Duergar zwischen den Reihen der Menschen an. »Wir sind hier sehr willkommen!« erklärte Ils und schob ihre dickliche Hand in Elofs. »Selbst das Volk von Kerbryhaine begreift allmählich, daß wir kein Abschaum sind, und wir arbeiten gemeinsam am Wiederaufbau.«

»Der Türme?«

Ils nickte. »Als der Westen schließlich verlassen war, wollte das Syndikat einen so starken Ort nicht einfach den Ekwesh überlassen; sie wollten Mauern und Türme einreißen, doch wir boten an, die Türme abzutragen und im Osten wieder aufzubauen. Es war die Idee des Langen, und es war eine gute Idee; dadurch errangen wir uns ihre Freundschaft, mehr als durch alles andere. Die Flotte war zwei Jahre lang mit dem Transport beschäftigt, und die Arbeiten sind noch nicht abgeschlossen, doch es war eine sinnvoll genutzte Zeit. Wir nahmen uns auch des größten Teils der anderen Bauwerke an und brachten ihren Maurern das eine oder andere bei, wie auch ihren Schmieden. Doch wir haben keinen einzigen gefunden, der an dich herangereicht hätte, Elof. Daß wir dich wiederhaben…« Sie drückte ihm fest die Hand, sehr fest…

Er sah ihr in die dunklen Augen. »Daß ich wieder

bei euch bin, Königin … das ist mehr, als ich verdiene. Doch mein Herz sagt mir, daß ich nicht bleiben darf, jetzt noch nicht.«

Sie saß einen Augenblick lang schweigend da. »Ist es deine Suche, die dich antreibt?« fragte sie schließlich. »Oder gibt es einen anderen Grund?«

»Es gibt einen Grund, und ihr alle sollt ihn erfahren. Vor allem du, Ils, denn es betrifft eine Sache, in der die Duergar erfahren sind.«

»Ich werde dir zuhören«, sagte sie. »Doch es könnte sein, daß ich dir jede Hilfe verweigere, nur um zu erreichen, daß du dich zum Bleiben bewegen läßt.«

Als sie sich dem Ende der Mauer näherten, entfuhr Roc ein Ausruf der Verwunderung, und er streckte deutend den Arm aus. Vor ihnen lag Plen Perthau, der Platz am Landsturz, wo die großen Statuen der Wächter standen, doch er hatte sich verändert. Auf der gegenüberliegenden Seite, wo eine Reihe von ziemlich heruntergekommenen Lagerhäusern gestanden hatte, war jetzt ein Park mit vielen jungen Bäumen; doch das war nicht das einzige, das sie in Staunen versetzte. Denn über die Bäume ragte, hoch und düster, etwas hinaus, das Vaydes Turm sein mußte, der beinahe tausend Jahren lang in Kerbryhaine gestanden hatte. Und an seinem Fuß, auf der seewärtigen Seite des Parks, standen auf einem schlichten Sockel zwei weitere Statuen, in einer Reihe mit den Wächtern und von nicht weniger eindrucksvoller Gestalt, mit Gesichtern, die eine lebensechte Ähnlichkeit mit Roc und Elof aufwiesen. In den Sockel waren die Worte *Mhar Dasunyans* eingemeißelt. *»In der Hoffnung auf eine Rückkehr!«* übersetzte Elof zutiefst gerührt in die Sprache des Nordens, und dann entdeckte er, daß auf dem Podest noch ein dritter Platz vorgesehen war, der noch leer war.

»Diese Statue ist noch nicht fertig«, sagte Ils ausdruckslos. »Nicht einmal meine Leute können eine solche Schönheit so leicht in Stein darstellen.« Elof antwortete nicht, und er wich auch ihrem Blick aus, während sie weiter in Richtung Palast ritten.

»Ich weiß nicht, was ich von alledem halten soll«, sagte Kermorvan, als er nach einigen Stunden so viel von der ganzen Geschichte erfahren hatte, daß er zufrieden war. Er streckte den langen Arm aus und goß ihnen allen Wein nach. »Außer daß es mir um dieses uralte Land leid tut, und um dich nicht weniger, Elof. Doch ich würde dich fürchten, wenn du nicht mein Freund wärst.«

Elof antwortete nicht. Sie saßen in Kermorvans Privatgemächern, ganz oben im Palast, von wo man einen herrlichen Blick auf den Hafen weit unten hatte. Der König hob sein Glas in die Strahlen der untergehenden Sonne und betrachtete den dunklen Wein, der im Facettenschliff des Glases rubinrot funkelte. »Nun, ich habe gehört, was du gehört hast, habe die Dinge mit deinen Augen gesehen, und doch erkenne ich Louhis Absichten nicht. Ich bin lediglich von tiefem Argwohn durchdrungen. Woran liegt das?«

Elof versuchte aufzustehen und sank ärgerlich auf seinen Sitz zurück; er verspürte das dringende Bedürfnis, im Raum auf und ab zu gehen. Er fühlte sich prall voll mit Energie, wie einer seiner Kristalle, ohne die Möglichkeit, sich zu entladen. »Ich selbst hege ebenfalls noch Zweifel. Sie lassen mich zögern, meine Gedanken auszusprechen, und doch …« Er verschränkte die Finger fest. »Und doch bin ich sicher. Das Zunehmen der Erdfeuer …«

»Das ist mir auch aufgefallen!« warf Kermorvan ein. »Was hat es deiner Meinung nach verursacht?«

»Das Eis!« antwortete Elof knapp.

Kermorvan zuckte mit den Schultern. »Gut möglich. Aber wie? Louhis Macht ist die Umkehrung von Hitze, wie du selbst …«

Der Tisch bebte, als Elof mit der flachen Hand daraufschlug und die Gläser klingelten. »Nicht Louhi! Das Eis! Dieser riesige Klotz gefrorenen Wassers, der sich über das Land verbreitet! Hast du jemals darüber nachgedacht, welchen Schaden es ihm zufügt?«

»Es schleift alles mit sich...«, setzte Roc an, doch Elof fiel ihm ins Wort.

»Und dann? Wenn es auf seinem neuen Untergrund liegt, noch mit dem gesamten Gewicht dessen belastet, was es mitgeschleift hat, zusätzlich zu seinem eigenen gewaltigen Gewicht des gefrorenen Wassers – wie muß sich das auf das Land darunter auswirken? Es zermalmt es, das ist es...«

Kermorvan schnippte mit den Fingern. »Und es zwingt die Erdfeuer nach oben...«

»Es drückt sie heraus wie den Saft aus einer Frucht!« fiel Roc ein. »Ja, so könnte es sein! Sie sind nach oben gebrodelt, wie es das Feuer in dem Ofen tat!«

»Und das Tal von Kerys ist reich an Feuern, wie Roc herausgefunden hat; sie verlaufen in einer langen, manchmal fast geraden Linie durch es hindurch – eine Naht in der Erde. Und jetzt bricht jeder kleine Riß in dieser Naht auf, jeder Feuerberg wirft sich gen Himmel auf!«

»Ja, aber was hat das Eis mit diesen Feuern zu tun? Sie behindern es doch mehr, als daß sie ihm nützen?«

»Nein! Erinnere dich doch daran, was wir vermutet haben – und mit was Louhi selbst vor mir geprahlt hat! Das Eis trachtet danach, die Welt kälter zu machen, indem es einen großen Teil der Sonnenstrahlen, die auf es fallen, zurückwirft; doch diese Kälte reicht nicht, um dem Eis eine grenzenlose Ausbreitung zu ermöglichen – noch nicht. In freien Gebieten, die von der Sonne erwärmt werden, sind die Jahreszeiten noch im Gleichgewicht; die Winter sind selbst im schlimmsten Fall nicht so kalt oder so lang, um dem Eis ein so entscheidendes Vordringen zu gewähren, daß der Sommer keine Schmelze brächte. Und die Sonne ist ein

Symbol der Hoffnung, das die Herzen und Seelen der Menschen erwärmt und das Louhi fast ebensosehr fürchtet. Doch wenn sie einen Weg fände, die Sonnenstrahlen abzublocken...«

»Die Aschewolken!« sagte Kermorvan. »Aber – sie steigen doch sicher nur für kurze Zeit auf und fallen dann wieder herab?«

»Nicht die ganz feine Asche! Ich war in den oberen Bereichen der Luft ganz und gar davon eingehüllt, und weiter oben war sie noch dichter, so hoch ich blicken konnte; in dieser Höhe kann sie sich tagelang halten...«

»Jahrelang«, warf Ils unerwartet ein. »Mein Volk kennt diese Erscheinung; die Luft verdankt ihre Färbung dem Staub, mit dem sie befrachtet ist, und es ist bekannt, daß Sonnenuntergänge nach wirklich großen Ausbrüchen farbiger sind. Die Auswirkungen können jahrelang anhalten...« Sie richtete sich plötzlich kerzengerade auf. »Und viele sind der Ansicht, daß die Asche auch das Klima beeinflußt! Indem es das Sonnenlicht filtert und ihre Kraft ein ganz klein wenig eindämmt. Allerdings wirklich nur ganz wenig – ein paar feuchte Sommer sind vielleicht die Folge. Das kann dem Eis nicht besonders hilfreich sein!«

Elof schüttelte grimmig den Kopf. »Eine einzige Eruption nicht. Aber auf der ganzen Strecke durch Kerys bin ich an mindestens zwanzig Zeugnissen davon vorbeigekommen! Ohne die eine mitzuzählen« – er verzog das Gesicht –, »die ich selbst ausgelöst habe. Und diese Eruptionen halten an, schwächen sich nicht ab, sondern nehmen vielmehr zu, dehnen sich aus und verwüsten das Land ringsum. Das alles in einem verhältnismäßig kleinen Gebiet – jedenfalls verglichen mit dem Rest der Welt. In den letzten paar Jahren waren die Winter schrecklich, lang und kalt; vielleicht war das reiner Zufall. Doch jedes Jahr schieben sich die Eisinseln ein wenig weiter nach Süden vor –

inzwischen haben sie bereits die Mündung des Großen Flusses erreicht...«

Kermorvan starrte in seinen Wein, dann trank er ihn mit einem einzigen hastigen Schluck aus. »Jetzt verstehe ich«, sagte er leise. »Ich glaube, du hast recht. Obwohl es schwierig ist, in solchen Maßstäben zu denken – zweifellos jedoch nicht für das Eis. Doch wenn das Ganze so langsam vor sich geht, was veranlaßt dich dann zu der Annahme, daß das Gleichgewicht so bald schon umkippt?«

»Dafür gibt es verschiedene Gründe. Erstens weil Louhi mir gesagt hat, daß das Eis nur noch ein ganz kleines Stück weiter vorzudringen braucht; zweitens weil das Aufbrodeln der Erdfeuer im letzten Jahr so plötzlich und heftig geschah; und drittens – obwohl ich mir in diesem Punkt nicht ganz so sicher bin – weil Louhi ihre Kriegshandlungen gegen Kerys etwas eingeschränkt hat. Weil sie bereit war, einen Scheinfrieden zu schließen – um den Preis meiner Person.«

Kermorvan tippte mit den Fingern auf den Tisch. »Laß mich mal versuchen, ob ich dem folgen kann. Es kann nicht nur aus Rachelust geschehen sein; sie mußte irgendeine Vergeltungsmaßnahme von deiner Seite befürchten. Doch welche, bei der Großen Pforte?« Dann schlug er sich mit der Faust in die andere Hand. »Das ist es! Dank deiner Hilfe hatte dieser Nithaid ihre Armeen zurückgeschlagen und ihre schlimmsten Pläne vereitelt. Ein Jahr später hätte er sie womöglich seinerseits an der Pforte überfallen – und dieses Risiko konnte sie nicht eingehen. Denn diesen Ort mußte sie unbedingt besetzt halten, um das Zufrieren des Großen Flusses sicherzustellen.«

Elof lehnte sich mit einem Seufzer zurück. »Die Pforte! Das war das fehlende Stück in dem Muster! Das war es, was ich nicht durchschaut habe! Und es beruhigt mich; denn wie du sagtest, sie muß den nächsten Winter im Sinn gehabt haben, so wie Tapiau es in seiner Warnung angedeutet hat! Ich fürchtete, sie würde eher zuschlagen.«

Ils schüttelte den Kopf. »Das ist unwahrscheinlich. Sie braucht Zeit, eine ausreichend große Wolke aufzubauen; und wenn es soweit ist, wird sie kaum zu übersehen sein. Sie wird wie eine Rauchglocke über dem Land hängen. Und sie würde auch keine Kraft dadurch vergeuden, daß sie im Sommer zuschlägt, wenn die Auswirkung am geringsten wäre. Höchstwahrscheinlich wird sie bis zum Ende des Winters warten und sie dann allmählich aufbauen, um ein Einsetzen des Tauwetters zu verhindern.«

»Dann bleibt uns also noch etwas Zeit?« fragte Roc. »Gut! Doch wie können wir sie nutzen, das ist die Frage. Wie können wir gegen eine Macht angehen, die die Erde und die Luft gegen uns ins Feld führt? Elof, du sagtest, du hättest eine Idee ...«

»Eine Waffe – vielleicht hilft sie. Obwohl Menschen allein gegen die ganze Masse des Eises nichts ausrichten können ...«

»Aber was ist mit der Pforte?« warf Kermorvan ein. »Die Pforte ist der Schwachpunkt hierbei. Was Menschen gebaut haben, können Menschen auch angreifen!« Er erhob sich unvermittelt und ging zum Fenster, um den Blick über die Stadt wandern zu lassen, die sein Werk war. »Mag sein, daß wir kleiner als Kerys oder Morvan sind, doch sie waren geteilt, während wir vereint sind! Wo sie gestrauchelt oder gefallen sind, stehen wir frei da! Wir verfügen über eine Flotte, die groß genug ist, um die stärksten Streitkräfte, die wir aufbringen können, über das Meer des Sonnenaufgangs zu befördern. Und wir haben dich, Schmiedemeister mit der Geschickten Hand, und deine Waffen; durch sie bekommt unser Speerschaft eine schlagkräftige Spitze. Diesen Speer werden wir in die Waagschale der Welt werfen. Dann wollen wir sehen, wie das Zünglein ausschlägt!«

ZEHNTES KAPITEL

Der Schutzwall bricht

Der Wind weht sanft
Über das weite Meer –
Mein schwarzhaarig' Mädchen
Nimmt er mir!
Trauert, ihr Lüfte dort oben,
Seufzt für mich und meine Liebe!
Du Mädchen aus dem Westen,
Ach, du schwarzhaarig' Mädchen,
Du meine ungestüme Geliebte …

Die Stimme schallte gespenstisch von der Mastspitze durch die Düsternis herab, ihr Singsang wurde vom Rhythmus der langsamen Ruderschläge begleitet. Welchem der jungen Matrosen sie auch gehören mochte, es war jedenfalls eine hübsche Stimme, doch sie zerrte an Elofs Nerven wie das Winseln eines angeketteten Hundes. Er rutschte unruhig auf seinem Sitzplatz hin und her und kauerte sich gegen den hohen Heckstag, doch diese Stellung war noch unbequemer. Das Leben hatte seinem Körper viele Narben zugefügt, und in diesem feucht-kalten Wetter hatte er das Gefühl, als schmerze jede einzelne und auf ihre eigene Weise. Die Narben um die silbernen Ringe herum hatten sogar angefangen, ein wenig zu bluten. Doch Kermorvan war nicht der Mensch, der einem Singenden aus einem so nichtigen Grund befohlen hätte zu schweigen – und auch er selbst war nicht der Typ dafür, wie er sich eingestehen mußte. Außerdem war der Gesang nützlich, um die Schiffe beieinander zu halten. Er zog sich den Umhang über den Kopf und legte diesen auf die Knie; doch da er seine Beine mit den Armen festhalten mußte, damit sie nicht wegsackten, konnte er sich dabei nicht ausruhen. Als er sich gerade in seine Lage fügen wollte und beschlossen hatte, den Gesang zu genießen, brach dieser unvermittelt ab und verwandelte sich in einen lauten Ausruf.

»*Sonnenaufgang!*«

Es wurde der Befehl erteilt, den Schein der Lampen zu dämpfen, und als Elof in die Richtung blickte, die seines Wissens Osten war, sah er eine Spur von Licht, blaß und ohne erkennbaren Ursprung, das sich wie dünne Milch ausbreitete. »Das wird auch höchste Zeit!« brummte Kermorvan, während er zusah, wie seine Offiziere herumrannten und mit ihren Navigationsgeräten die Sonne suchten. »Vor lauter Fangenspielen mit den Eisinseln und dem Bemühen, die Flotte zusammenzuhalten, verlieren wir den Überblick darüber, wo wir sind!«

»Irgendwo ganz nahe!« sagte Elof. »Ich spüre es in den Knochen, in den Adern.«

»Schade, daß wir sie nicht fragen können, in welche Richtung wir steuern sollen!« bemerkte der König mit einem schrägen Blick auf seinen Freund, wobei er den Pelzumhang enger um sich zog. »Meine spüren lediglich diese betäubende feuchte Kälte, die einem durch Mark und Bein zieht! Als ich heute morgen aufwachte, war meine Kabine eine Eiskammer und mein Kettenhemd ein Gebilde aus Rauhreif! Dabei haben wir jetzt Frühling!«

»Nein!« widersprach Ils mürrisch, die neben ihn getreten war. »Das hier ist immer noch Winter, ein langer Winter, der Winter der Welt. Er streckt die kalten Hände jetzt sogar übers Meer aus; wie mag es auf dem Land wohl aussehen, frage ich mich?«

»*Sonnenaufgang!*« sang der Mann im Ausguck erneut. *»Und der Nebel lichtet sich! Der Wind frischt auf, der Dunst hebt sich!«*

»Was für ein Wind?« rief Kermorvan durch die gewölbten Hände nach oben. Einen Augenblick lang kam keine Antwort. Elof biß sich auf die Lippe; sehr wahrscheinlich kam er aus Norden, wie gewöhnlich, und trieb weitere Eisbrocken zwischen die Flotte. Es war ein Wunder, daß sie bis jetzt nicht mehr als zwei Schiffe verloren und keine Toten zu beklagen hatten; dank eines Wunders und Kermorvans umsichtiger Planung und kluger Schiffsführung.

»Südwind! Ein sanfter Südwind!« Die Freude des Mannes an der Mastspitze, die ihr Echo in lautem Jubel an Deck fand, floß natürlich erneut in ein Lied ein.

Mein Herz, preise den Südwind,
Er bringt mich schneller zu dir –
Ach, lächelnder Wind, wehe schneller,
Mein Mädchen wartet allein am Ufer …

Doch plötzlich verstummten alle Stimmen, denn vor ihnen hob sich der Nebel und waberte wie ein riesiges träges Tier, bevor er sich über das Deck rollte. Er zog eine Masse sich schlängelnder Schwaden wie gespenstische Fahnen hinter sich her, zerfetzt und fahl, durch die sie verschwommene Formen sahen, die nach und nach rechts und links neben ihnen auftauchten – ihre Kameradenschiffe, wie reifüberkrustete Skelette unter den nackten Masten. Doch vor ihnen, an der Grenze der Sichtweite, sah es so aus, als ob der Nebel massiv würde, zur Seite wich, um sich gleich darauf zu verdichten und am Rand der Welt niederzulassen und dabei, so schien es, zu einem großen zerklüfteten weißen Riff zu werden, das schroff aus dem Wasser aufragte. Es hob sich turmartig gegen einen Himmel von bleierner Stumpfheit ab und glitzerte hell und kalt.

»Land in Sicht!« rief der Ausgucker. *»Land …«* Doch dann verebbte seine Stimme; angesichts eines so gespenstischen Kolosses war er sich nicht sicher.

»Was ist das?« rief Kermorvan bestürzt aus. »Ganze Gebirge aus Eis, die sich aus dem Meer erheben? Die Gletscher können doch noch nicht so weit nach Süden vorgedrungen sein?«

»Nein!« erwiderte Elof, wobei er sich ungeschickt erhob und sich die Hand schützend über die Augen legte. »Diese Brocken, die uns am nächsten sind, sind Eisinseln, die sich beinahe zu einem einzigen Grat verbunden haben. Doch trotz des vielen Schnees, mit dem sie bedeckt sind, sind das dahinter echte Berge! Du erblickst die östliche Meeresküste, mein König; und wenn ich mich nicht irre, sogar den Küstenstreifen von Kerys. Das Ende unserer Reise ist in Sicht!«

»Und der Anfang von etwas noch viel Schrecklicherem, daran zweifle ich nicht!« murmelte Kermorvan. »Schlachten, Krieg, Gemetzel, während die Feinde des Lebens zuschauen und sich ins Fäustchen lachen!« Doch dann hellte sich seine grimmige Miene voller Bewunderung auf, und er griff nach Elofs Arm. »Kerys!« wiederholte er. »Die Küste von Kerys …« Seine blaugrauen Augen glitzerten wie das Meer unter ihnen. »Es bedeutet schon sehr viel, überhaupt so weit gekommen zu sein, diesen Anblick erleben zu können …« Er seufzte und preßte die Lippen wieder zusammen. »Wir müssen jedoch dorthin gelangen, und wir können die Eiswand nicht überwinden. Sieh nur, wie sie dort nach beiden Seiten hin eine Biegung macht! Elof, könnte das da vor uns bereits die Bucht der Großen Pforte sein? Dann wäre das die Wand, durch die du bei deiner Flucht gekommen bist, die auf Grund sitzenden Eisinseln?«

»Ja!« bestätigte Elof leise. »Ja, so könnte es sein. Wenn wir ihr also nach Norden oder Süden folgen, werden wir auf Land treffen.«

»Bitte nach Süden, wenn möglich«, sagte Kermorvan mit einem bitteren Lächeln. »Es wäre besser, wenn wir nicht gleich geradewegs dem Eis in die Arme fahren, sondern versuchen würden, zu den Resten von Kerys zu gelangen, die noch erhalten sind. Immer vorausgesetzt«, fügte er hinzu, »daß es uns beschieden ist, die Küste unbelästigt zu erreichen ...«

Der Ruf von der Mastspitze schnitt wie ein Pfeil durch seine Worte; alles Schmachten und aller Jubel waren aus der jungen Stimme gewichen und waren von Erregung und Beunruhigung abgelöst worden. *»Segel! Segel landwärts! Zwei – sechs – nein, viele Segel! Schwarze Segel! Eine ganze Meute! Sie fahren quer zum Wind auf uns zu – eine ganze verdammte Meute!«*

»Wie ich erwartet hatte«, sagte Kermorvan ruhig inmitten der aufgeregten Geschäftigkeit, die ringsum an Deck ausbrach. »Nach den Hindernissen folgt nun die Vorhut, nach dem Nebel die Wachpatrouillen. Die Dame Tauounehtar gestaltete ihre Belagerung gemäß einer traditionellen Strategie! Sie hat nicht vergessen, Vorkehrungen gegen einen Entsatz zu treffen; der seltsame Diebstahl eines Schiffes hat sie vielleicht noch wachsamer werden lassen. in welchem Falle sie möglicherweise auch einige mobile Reserven bereitgestellt hat, um die Wachen zu verstärken; denn auch diese Maßnahme wird in den besten Lehrstücken in Sachen Kriegführung empfohlen.«

Elof grinste, obwohl er plötzlich eine gespannte Leere hinter dem Gürtel fühlte. »Und welche Empfehlung geben sie den Entsatzmannschaften?«

»Schnelligkeit, sonst nicht viel. Außerdem die Vermeidung von Schlachten, wenn irgend möglich, denn Verzögerungen könnten lediglich dazu führen, daß die andere Seite weitere Kräfte anrücken läßt. Doch dafür ist es jetzt bereits zu spät, nehme ich an. Du da, Oste! Meine Rüstung! Und weckt diesen Langschläfer Roc, wenn es sich machen läßt!«

Roc war an Deck und mit seiner Panzerung angetan, bevor die Schiffe der Wachpatrouille deutlich auszumachen waren, obwohl er noch eine Weile vor sich hin murrte, weil er aus dem Schlaf gerissen worden war. »Und alles nur wegen lächerlichen dreißig Piratenschiffen! Ich dachte, unsere Flotte könnte aus einer solchen Meute mühelos Kleinholz machen! Es ist nicht eines von der Größe unserer Schnellsegler oder der *Korentyn* dabei, oder?«

Kermorvan runzelte die Stirn. »Nein, aber trotzdem sind es ausnahmslos Schiffe von beachtlicher Größe, und zahlenmäßig gut bemannt, so wie es aussieht. Sie können es sich leisten, da sie keine Proviantvorräte zu befördern brauchen. Sie werden eine möglichst blutige Verzögerung herausschinden und für ihre Stammesbrüder Zeit gewinnen, um uns entweder am Anlegen zu hindern oder uns zu überfallen, während wir gerade dabei sind. Ich habe die Schnellsegler nach vorn befohlen; wir können nur hoffen, daß wir möglichst viele von ihren Fahrzeugen rammen und uns eine Bahn zwischen ihnen hindurch brechen können.«

Elof beobachtete, wie die schwarzen Flächen vor der bedrohlichen Wand aus Eis immer größer wurden, und empfand den Gedanken als äußerst befremdend, daß er selbst erst vor einem Jahr unter einem solchen Segel dieses Gewässer befahren hatte. Sie formierten sich jetzt zu Kampflinien, in abgestuften Reihen und mit wohlbedachten Abständen, um ein Rammen zu erschweren; ein Schutzschild aus Schiffen quer vor dem verborgenen Land dahinter. Auf dieselbe Weise glitten Kermorvans schwerste Schiffe, die großen Mannschaftsboote, zwischen die schlanken Kriegsschiffe, die die Vorhut der Flotte bildeten; jeder Zoll Segel war gehißt, jede Ruderbank besetzt, um eine schnellbewegliche Speerspitze zu bilden. Speer gegen Schild – er erschauderte bei dieser Vorstellung; die Begegnung würde äußerst blutig ablaufen und hohe Kosten an Menschenleben und Material erfordern, und er hatte endgültig genug von derlei Kosten. Die Rammen, die er selbst gestaltet hatte, zischten durchs Wasser, als wäre es ihr Löschtrog, als würden sie getränkt in Häuten und Gedärm, um den Stahl zu härten. Würden sie in menschlichem Blut noch härter werden? Er spähte zu den Schiffen vor ihnen, die sich klar und scharf im blassen Licht abzeichneten, und versuchte eine Einzelheit zu finden, die es ihm erlauben würde, sie nicht mehr als gesichtslose Bedrohung zu sehen. Der Haß auf die Ekwesh, der während seiner ersten brutalen Gefangennahme in ihm entstanden war, hatte ihn nie losgelassen; doch während er die Schiffe vor ihnen betrachtete, konnte er nicht vergessen, daß sie trotz allem mit Menschen bemannt waren. Auch ihr Blut würde fließen.

Plötzlich straffte er sich und hielt sich die Hand über die Augen, um besser sehen zu können. »Was ist los?« fragte Kermorvan, dem selbst unter dem Druck, dem er als Befehlshaber ausgesetzt war, nichts entging. »Hast du etwas entdeckt, Mann?«

Elof drehte sich zu ihm um. »Mein König, würdest du bitte sofort Feuer in den Kohlebecken entzünden lassen? Und Befehl geben, daß meine Flügel geholt werden…«

Er bekam keine Antwort, doch Kermorvan gab die entsprechenden Befehle unverzüglich in knappen Worten weiter, bevor er Elof über den Sinn befragte; doch als er es dann tat, geschah es mit gerunzelter Stirn. Elof schluckte. »Ich sehe etwas – aber ich weiß nicht, ob du es sehen kannst…«

Der große Mann hielt angespannt Ausschau, wobei sich seine Lippen bewegten, und dann stieß er die Luft mit einem sehr unköniglichen Pfeifen aus. »Hast du davon gesprochen? Louhis mobile Reserve?«

»Könnte gut möglich sein. Und wenn es so ist – dann ist es vereinbarungsgemäß an mir, mich damit auseinanderzusetzen…«

»Allein?« schrie Ils. »So lautete der Plan nicht! Setz die neue Waffe ein!«

Roc blies ins gleiche Horn, doch Elof schüttelte den Kopf. »Ihr wißt sehr wohl, daß das nicht gut wäre, was ihr auch sagen mögt. Wenn sie einmal gesichtet ist, läßt sie sich abwehren. Wir bewahren sie bis zuletzt auf! Jetzt helft mir beim Anlegen der Rüstung!«

Die Feuer in den Kohlebecken waren wegen des Nebels angezündet und in der Aufregung bis jetzt nicht gelöscht worden; sie waren schneller bereit als Elof. Die Stahldeckel wurden klirrend weggeschoben, und Tausende kleiner Funken stoben auf. Kermorvan und seine Offiziere beobachteten das Geschehen mit düsteren Mienen, denn kein Seemann liebt auch nur den geringsten Funken in der kleinen Welt von Holz und Teer und Tauen um sich herum; ein Schiff ist eine Welt, deren Untergang zu schnell besiegelt ist. Doch die dunklen Flügel legten sich um das Feuer, und dieser Umarmung entkam kein einziger Funke. Der kleinste Scheit, der das Deck berührte, war bereits verglüht und erloschen. Einer der Offiziere berührte ein ausgebranntes Kohlebecken und rief überrascht aus: »Das Metall ist kalt!«

Elof lächelte. »Ein Mann ist kein Leichtgewicht, wenn es gilt, ihn in die Lüfte zu heben! Selbst mit all dem Feuer kann ich nicht lange oben bleiben; ich muß das Aufsteigen bis zum letzten Augenblick hinauszögern.«

»Der wird nicht lange auf sich warten lassen!« sagte Kermorvan mit grimmigem Gesicht, und mit einer Handbewegung schickte er seine Bogenschützen die Wanten hinauf zur Mastspitze. »Wir sind jetzt beinahe in Schußweite der Wachboote. *Seht, dort*!« Für die anderen kam es zu schnell, doch er hatte den Feind keine Sekunde lang ganz aus den Augen gelassen. Es war, als ob eine Riesenhand gegen den Schiffsrumpf schlüge, dann flitzte etwas zwischen Segel und Deck hindurch und veranlaßte alle, sich zu ducken, und zischte ins Meer. Das Katapult am Bug der *Korentyn* sang, doch auf dem Schnellsegler neben ihr fuhr eine unsichtbare Sense über das vollbesetzte Deck, und ein Geschrei erhob sich. Kermorvan, der mit zusammengepreßten Lippen dastand, war im Begriff, den Ruderern noch eine Steigerung der Geschwindigkeit unter Aufbietung ihrer äußersten Kraft zu befehlen, als Elof ihn am Arm packte.

»Warte!« sagte er. »Wenn ich versage ...«

»Wenn ich warte, setzte ich noch weitere Leben aufs Spiel!« fauchte der König ihn an. »Beeile dich, mein Freund, oder sieh von dem Wagnis ganz und gar ab!« Ein Schrei ertönte über ihren Köpfen; eine Gestalt krümmte sich und fiel von der Mastspitze, prallte an der Großrahe ab und klatschte mit ausgebreiteten Gliedmaßen auf das Deck. Elof schluckte und hoffte, daß es nicht der Sänger war; gleichzeitig schwang er die Arme hoch über den Kopf. Mit einem Rauschen entfalteten sich seine Flügel vor dem Heckturm, seine verkrüppelten Beine gaben nach, und mit kräftigen Schlägen ließ er sich nach vorn fallen. Er schwebte über das Deck, stieg beinahe ausgelassen vor Erleichterung und Freude höher, wie ein Mann, der nach monatelanger Bettlägerigkeit wieder aufstehen kann, um sich frei und unbehindert zu bewegen.

Er stieg immer höher auf, um Geschwindigkeit zu gewinnen; unter sich sah er die Ansammlung von Masten der Flotte von Morvanhal, die wie ein schwimmender Wald im sich auflösenden Nebel schwankte. Es sah aus, als ob sie das ganze Meer bedeckte, mehr als dreihundert Schiffe stark und mit insgesamt beinahe zehntausend Mann Besatzung. Doch verglichen mit den fünfzigtausend oder noch mehr, die Kerys nach jahrhundertelangen Kriegen aufbieten mochte, oder mit der unbekannten Menge der Ekwesh und der nichtmenschlichen Diener des Eises, war diese Zahl dennoch bei weitem zu gering. Die Phalanx vor ihnen, höchstens dreißig Schiffe, mochte sich dagegen winzig ausnehmen, doch gegen die herannahende Bedrohung war sie so gut wie nichts. Auf der Suche nach Aufwind schwebte er über die Ekwesh-Schiffe und hielt den Atem an, als die weißen Zeichen am Bug und an den Seiten für ihn erkennbar wurden. Sie alle waren von derselben Art, gemäß den Mustern, denen eine eiserne Regel zugrunde lag – ein hoch erhobener Kopf, hochmütig und mit einem Kamm versehen, die Zunge zu einem Ausbruch von Gelächter oder Verachtung herausgestreckt, der lange Schnabel aufklaffend, um nach der Sonnenscheibe dahinter zu schnappen. Das veränderte alles. Es durfte eigentlich keine Zeit vergeudet werden, doch er mußte das Wagnis eingehen. Er sank im Sturzflug auf das anführende Schiff hinunter. Er erhaschte einen Blick auf ein Ekwesh-Katapultgeschoß, das in weitem Bogen und ziellos durch die Luft zischte und die harmlosen Wellen streifte; sie hatten ihn also gesehen, nun gut. Jetzt sollten sie auch hören!

Das anführende Schiff hatte einen dunklen Rumpf und war länger als die anderen, und es kreuzte quer vor dem hohen Bug der *Prinz Korentyn;* sie hegten eine ausgeprägte Hochachtung für Tapferkeit, diese Leute, wenn auch sonst für kaum etwas. Über dem Hauptdeck des Führungsschiffes zog er wieder scharf nach oben und ließ sich gleich darauf vom Südwind wieder nach unten tragen; seine Flügel schlugen wie die einer großen schwarzen Krähe auf der Fährte eines Sämanns. Eine zischende Fontäne aus Bolzen und Pfeilen schoß zu ihm herauf, doch er achtete kaum darauf; er war schwer zu treffen, und jeder Schuß bedeutete, daß einer weniger auf die Flotte abgefeuert werden konnte. Rasch hielt er sich die gewölbten Hände vor den Mund, schrie, so gut er es in der Ekwesh-Sprache konnte:

»Klan des Raben! Krieger des Kokuen! Warum verneigt Ihr Euch vor den Schamanen, warum kriecht Ihr vor dem Eis und jener, die es beherrscht? Warum handelt Ihr gegen den Willen desjenigen, den Ihr am meisten verehrt?«

Kein Pfeil löste sich. Doch unter den nach oben gerichteten Gesichtern, die beinahe so dunkel waren wie ihre Lederrüstungen, entstand Bewegung; ein grobschlächtiger Krieger sprang auf die Schamanen-Plattform, und seine weißen Haare flatterten im Wind. Sein Umhang aus Marderfell mit einem Durcheinander von Verzierungen bauschte sich, als er einen Arm hochwarf. Instinktiv wich Elof aus, doch es wurden lediglich Worte nach ihm geschleudert.

»Wieder einmal du, Stahl-Schamane! Zweimal soviel Jahren, wie man mit einer Hand zählt, sind vergangen, und der Schlangenzunge, die du gestohlen hast, fügst du die Flügel des Raben hinzu! Doch wenn du wirklich seine Stimme bist, dann soll er dich jetzt beschützen. Oder sorge für dich selbst. Denn jetzt kommen Ihre Jäger!«

Man hätte es für Donner halten können, das die Luft erschütterte, doch Elof wußte, daß es etwas anderes war. Gorthawer schmiegte sich in seine Hand, er bog die Schultern und sah, wie das schwarze Segel durch die Bö, die ihn nach oben warf, gegen den Mast zurückgeschlagen wurde. Wie ein erschrecktes Pferd bäumte sich das Schiff auf und sackte wieder herab, dann wurde es unter ihm immer kleiner. Mit Eiseskälte im Herzen stieg er höher, dem geflügelten Speer entgegen, der durch die Wolken herabstürzte.

Gleich als er den dahinjagenden Fleck gesehen hatte, vermutete er, daß jener Augenblick, über den er und Kermorvan sich unterhalten hatten, gekommen sei. Er hatte gehofft, daß es später geschehen würde, über Land, mit der hellen Sonne hinter ihm, die Streitkraft einer Armee unter ihm und vielleicht auch seine neueste und wirkungsvollste Waffe; jetzt war er nur mit dem bewaffnet und gerüstet, was er bei sich trug, und nicht zum erstenmal bedauerte er den Verlust von Helm und Hammer. Doch früher oder später mußte es so kommen, das hatte er gewußt; vielleicht war es ganz gut, daß er sich jetzt damit auseinandersetzen mußte.

Um zu den Ekwesh zu gelangen, hatte er Höhe und Geschwindigkeit geopfert; das wäre beinahe sein Ende gewesen. Diese riesigen gelben Augen mußten ihn gesehen haben, als er aufstieg, da er um einiges größer war als jeder Meeresvogel, und ihn als Feind und Herausforderung erkannt haben; dieses Herabstoßen war nicht gegen die Flotte gerichtet gewesen, sondern gegen ihn. Gerade noch rechtzeitig hob er die linke Hand, die trotzig geöffnet war; dann verschwand der Himmel um ihn herum, und plötzlich befand er sich wieder in seinem Ofen, geblendet und würgend inmitten tobender Flammen. Es war lediglich ein von Todesangst ausgelöster Reflex, der ihn die Hand zur Faust ballen ließ, so daß er ebenso plötzlich wieder in klare Luft fiel, jedenfalls so klar sie eben sein konnte, mit einer Wolke aus stinkendem, öligem Dampf um ihn herum. Da wußte er, was geschehen war, und als er sich blitzschnell umdrehte, sah er, wie das Ungeheuer kreiste und einen erneuten Angriff vorbereitete. Aber einen Moment lang hatte er die erforderliche Höhe, und als der breite Rücken unter ihn schoß, stürzte er sich seinerseits herab und ließ die Faust vorschnellen. Vor ihm zerstob die Dunstwolke um die Schnauze des großen Drachen, als die Hitze, die der Panzerhandschuh ihm entzogen hatte, zurückflutete. Eingefangen in einer Feuerkugel, zuckten der lange Kopf und der riesige Körper, der so lang war wie ein Schnellsegler, zurück, das Scheusal krümmte sich, tauchte mit angelegten Flügeln weg und sank zu dem dunklen Wasser hinab.

Elof fluchte und schraubte sich wieder höher; er hatte gehofft, das Feuer des Ungeheuers in dessen

Kehle zu entfachen, wie er es schon früher einmal mit einem gemacht hatte. Doch dies war ein älteres, noch größeres Geschöpf, zweifellos mit mehr Erfahrung; es hatte seine Augen und die Schnauze geschützt und die Flamme zu den Schuppen abgeleitet, wo sie keinen Schaden anrichten konnten; dann hatte es versucht, ihn nach unten zu locken, indem es eine Niederlage vortäuschte. Plötzlich entfaltete es die Flügel, und sein Absturz wurde zu einem weiten Gleitflug in sicherem Abstand über den Fluten, der sich nähernden Flotte entgegen. Elof fluchte erneut und ließ sich ebenfalls tiefer sinken; der Drache hatte vorausgesehen, daß ihm nichts anderes übrigbleiben würde. Es war so listig wie ein Mensch, dieses Wesen, wenn nicht gar listiger; er war in die Falle gegangen und hatte seinen Gegner für ein Tier gehalten, und jetzt war der andere der Überlegene im Kampf. Unvermittelt drehte sich dieser schlangenartige Körper um sich selbst und schoß wieder ebenso schnell auf ihn zu, wie er einen Herzschlag zuvor vor ihm geflohen war. Die Kiefer klafften auf, und der Panik nahe ließ er den Panzerhandschuh vorschnellen, um die Flamme umzukehren…

Da war keine Flamme. Die riesigen Kiefer, so lang wie ein kleines Boot und mit Zähnen versehen, die größer waren als seine Hände, schnappten mit heimtückischer Schnelligkeit nach ihm. Gerade noch rechtzeitig zog er den linken Arm mit einem Schwung frei, und mit derselben Bewegung vollführte er einen kräftigen Hieb mit Gorthawer. Dunkles Blut spritzte in die Luft, das Maul klappte zu und drehte sich weg. Ein Brüllen voller Schmerz und Raserei erschütterte die Luft um Elof, und etwas verdunkelte das Licht der Sonne. Voller Entsetzen sah er, wie sich die riesigen lederartigen Schwingen, gegen die seine eigenen winzig wirkten, auf ihn herabsenkten wie eine einstürzende Mauer. Verzweifelt schlug er noch einmal zu; es war ein peitschender Hieb, in den er seine ganze Kraft von Kopf bis Fuß legte, ein so kräftiger Schlag, daß er ihn in der Luft herumwirbelte. Ein harter Aufprall überwältigte ihn und hätte ihm beinahe die Klinge aus der Hand gerissen; ein Schwall heißen Bluts versengte seine Haut, eine Wolke stinkender Luft würgte ihn, und ein weiterer Schrei hallte in seinem Schädel wider, kein Brüllen, sondern ein schrilles Kreischen voller Qual und Zorn, dessen Kraft allein ihn so heftig wie ein Hieb traf und seinen Geist betäubte. *Das wird meilenweit zu hören sein*! war sein einziger klarer Gedanke, während er durch die Luft nach unten trudelte. *Louhi wird wissen, daß ihr Kuscheltier getroffen wurde …*

Dann, erneut am Rande der Katastrophe, breitete er halb bewußtlos die Arme weit aus und spürte, wie die Flügel sich in die Luft bissen und seinen Absturz abfingen. Wie es der Drache getan hatte, ließ auch er sich treiben und vom Wind den Schmerz aus dem Kopf wehen, und dabei dachte er angestrengt über das Verhalten seines Widersachers nach; er war jetzt seit einigen Minuten hilflos, warum machte ihn das Ungeheuer nicht fertig? Dann, als er nach oben blickte, sah er, daß der Drache über ihm schwebte, und er erkannte, was er getan hatte. Dieser riesige Flügel war nicht, wie die seinen, nach dem Vorbild einer Vogelschwinge gestaltet; es war vielmehr eine Membrane aus lederartiger Haut, die straff über Knochen gespannt war, ohne Federn, die sich um ein Hindernis herum teilen konnten. Sein verzweifelter Schlag hatte dem Flügel von der Nähe des Ansatzes bis zum Rand einen tiefen Schnitt zugefügt, so daß nur lose Fetzen nach ihm geschlagen hatten; und mit jedem Flügelschlag breitete sich der Riß weiter aus. Er ahnte, wie schmerzhaft das sein mußte, und konnte sich das Entsetzen darüber vorstellen, mitten über dem Ozean die Herrschaft über seinen Flug zu verlieren. Vielleicht würde dieses Wesen jetzt Richtung Land umkehren …

Er hatte nicht mit der Kraft gerechnet, die sein Rachedurst ihm verlieh. Ein bösartiges gelbes Auge starrte ihn an, glasig vor Wahnsinn. Unfähig, frei zu fliegen, den Geist umwölkt von Angst und Besessenheit, öffnete der große Drache das Maul und spie einen Flammenschwall auf seinen Peiniger. Elof hatte gerade noch Zeit, den Panzerhandschuh hochschnellen zu lassen, doch genausogut hätte er versuchen können, einen reißenden Strom damit einzudämmen. Die Flammen umloderten ihn, und er konnte sie nicht löschen, denn wenn der Panzerhandschuh die eine abkühlte, entzündete sich eine andere neu. Er schützte sein Gesicht und seinen Körper ein wenig, aber nicht ausreichend. Wieder der Verzweiflung nahe, breitete Elof die Flügel weit aus, warf den Kopf zurück und ballte die Hand fest zur Faust. Sofort griffen die Flammen auf ihn über, doch sie trafen ihn mitten auf der Brust, wie er es beabsichtigt hatte, und stießen auf die Edelsteine im Harnisch. Auch sie konnten die Feuersbrunst nicht aufhalten, doch das war auch gar nicht nötig. Sie saugten sie tief in sich ein, bevor sie Elofs Fleisch berührten, und verliehen seinen Flügeln eine so ungeheuere Energie, wie ihnen außer damals in dem Ofen, dem Ort ihres Entstehens, noch niemals zugeführt worden war. Die Kraft ihrer Schläge riß Elof aus dem Feuer, aber sie bewirkten noch mehr: Sie schleuderten die Flammenflut auf den Drachen zurück, und zwar von unten, unter die Ränder seiner schildartigen Schuppen.

Verblüfft zuckte der Drache zur Seite, sonst hätte der Flammenschwall ihn genau zwischen den Kiefern getroffen; doch sein zerrissener Flügel behinderte ihn, und das Feuer erwischte ihn an der rechten Seite und ergriff den ganzen ungeschützten Flügel. Der Drache stieß ein schrilles Kreischen aus, einen so qualvollen hohen Ton, daß er die Ohren wie weißglühender Draht peitschte. Elofs Kopf sirrte, seine Augen brannten, doch während er mühelos höher stieg, sah er, wie der Drache am Himmel abstürzte und dabei eine große Rauchfahne hinter sich herzog. Der Wind stank nach versengtem Fleisch. Nachdem nun sein linker Flügel zerfetzt und der rechte an vielen Stellen durchlöchert war und noch immer lichterloh brannte, machte das Geschöpf einen verzweifelten Ausbruch in die Sicherheit an Land und die kühlen schneebedeckten Berge. Was weiterhin mit ihm geschah, entzog sich Elofs Beobachtung, doch daß es tatsächlich landete, ist überliefert, denn sein Absturz wurde gesehen, und man stellte fest, daß an der entsprechenden Stelle ein gewaltiges Feuer im Schnee aufloderte. Zweifellos war es zu diesem Zeitpunkt ernstlich verwundet, aber nicht tot, denn eine Kriechspur führte von dieser Stelle bis weit hinauf in die Hügel des Wilden Landes, und kein Mensch war besonders versessen darauf, sie weiter zu verfolgen. Was aus dem Drachen nach dieser Zeit wurde, steht nicht so sicher fest, doch daß er weiterlebte, verstümmelt, doch unvermindert grausam, steht außerhalb jeden Zweifels, denn selbst als seine Gattung im Laufe der Veränderung der Welt ausgestorben war, hielt sich die Legende von allerlei grauenvollen Begebenheiten, die sich in den Bergen des Nordens lange nach den hier beschriebenen Ereignissen und der Niederschrift der Chronik abgespielt haben müssen.

Doch Elof, der auf einer Welle der Freude und Erleichterung schwebte, schraubte sich mit Flügeln, die vor Kraft pochten, tiefer und drehte fröhliche Runden über den Masten der schwarzen Flotte unter ihm. Und so mancher tapfere Krieger warf sich mit dem Gesicht nach unten auf das Deck, wenn der Schatten dieser Flügel ihn streifte. Er freute sich darüber, obwohl er weit entfernt von einem eitlen Siegesrausch war, denn er wußte, wie sehr er sein Glück strapaziert hatte. Doch zumindest konnte er jetzt danach trachten,

Leben zu retten, anstatt sie zu zerstören, und aus diesem Grund mußte er die Ekwesh beeindrucken. Er blickte sich schnell um und sah zu seiner Erleichterung, daß die gefleckten Segel von Morvanhal in ihrer rasanten Fahrt etwas nachgelassen hatten, obwohl sie immer noch gut vorankamen; das gab ihm die paar Minuten, die er brauchte. Erneut verharrte er über dem Bug des Anführerschiffs in der Luft, und wieder rief er zu ihnen hinunter.

»War es gut so, Söhne der Raben? Sorge für dich selbst, habt Ihr zu mir gesagt, und das habe ich getan! Jetzt fordere ich Euch auf, dasselbe zu tun. Fragt Euch doch einmal folgendes: Wollt Ihr weiterhin derjenigen gehorchen, die Euch dazu anhält, Festgelage mit dem Verzehr vom Menschenfleisch abzuhalten? Dank derer Ihr von Euresgleichen getrennt in abgeschiedenen Gegenden leben und durch Ödnis wandern müßt und im Krieg keine Ehre gewinnt? Die Euch auf See gegeneinander ausspielt, so daß Ihr die schlimmsten Schläge gegen Euresgleichen ausführt, die wie Ihr dem Raben folgen? Wo Eure Taten im kalten Schweigen des Meeres ertränkt und vergessen werden? Wer hat Euch veranlaßt, Euer Leben wegzuwerfen, nicht um Eurer selbst willen, sondern um ihretwillen?« Wütend deutete er auf die herannahende Flotte, auf das Glänzen der unausweichlichen Rammen. *»Dann geht nur! Folgt ihrem Jäger, vor dem ich mich hätte fürchten sollen, wie Ihr meintet! Nur zu, bevor sie Euch mit der Peitsche dazu antreibt! Wie Hunde in ihrem Zwinger! Überlaßt das Banner des Raben denjenigen, die nach seinem Willen handeln!«*

Von den schwarzen Schiffen kam kein Wort und kein Zeichen; doch ebensowenig wurde gegen Elof eine Waffe eingesetzt oder eine Hand erhoben, obwohl die Luft gespannt war wie eine Bogensehne. Er sah den Häuptling, der am Steuer stand und den Blick langsam von Elof zurück zu den weißen Bergen hinter ihm und der nicht sichtbaren Gegenwart der Pforte schweifen ließ. Bei diesen abgestumpften Menschen würden seine Worte allenfalls Unentschlossenheit hervorrufen, aber das reichte nicht aus. Es war eine Sache, den Willen des Raben anzuführen, aber eine andere, sie zu überzeugen. Er hatte gehofft, sie durch und durch mit Ehrfurcht zu erfüllen; doch es waren überwiegende grausame Typen, grimmig und abgebrüht, und die lange Zeit im Dienst des Eises hatte sie abgehärtet und an furchtbare und schreckliche Anblicke gewöhnt. Was blieb ihm nun noch übrig, nachdem nicht einmal der Sieg über den Drachen genützt hatte? Er blickte verzweifelt hinauf zu der Stelle, wo der Rauch des Kampfes noch immer in der Luft hing, und dachte einen schrecklichen Augenblick lang, daß weitere Ungeheuer nach ihm ausgesandt worden wären. Doch gleich darauf erkannte er, daß es nicht so war, und er mußte vor Staunen laut lachen. Denn aus der Rauchwolke, die sich immer mehr ausdehnte und vom Südwind zerrissen wurde, fielen die beiden Flecken, die er gesehen hatten; sie drehten Kreise und Spiralen nach unten, um sich mit einem wilden Gezappel von Flügeln, die so schwarz waren wie die seinen, auf den beiden Enden der Hauptrahe des schwarzen Schiffs niederzulassen. Sie schnappten mit den hohen geschwungenen Schnäbeln und hielten die Köpfe schief, um mit glänzenden Augen zu den starrenden Gesichtern unter ihnen hinabzublicken; doch dann spähten sie nach hinten, krächzten wie bösartige alte Männer über die hochgezogenen Schultern und nahmen ihn mit ihren stechenden Blicken aufs Korn.

»*Denken!*« krähte der erste.

»*Erinnern!*« krächzte der andere, genauso, wie sie es vor vielen Jahren getan hatten. Er zitterte bei dieser Erkenntnis und vor Anstrengung, zu verstehen.

»*Leben!*«

»*Streben!*«

»*Blut!*«

»*Brut!*«

Dann: *»Bleiben! Gehen! Abwägen!«* Wieder und immer wieder, sehr schnell; sie warfen die Worte spielerisch wie einen Ball zwischen sich hin und her, bis einer plötzlich hinzufügte: *»Entscheiden!«*

»Sprechen!« keifte der andere und rasselte mit der schwarzen Klinge, die sein Schnabel war.

Elof hielt die Luft an; dann warf er den Kopf zurück und lachte erneut, als seine Fröhlichkeit wiederkehrte, und rief zu dem schweigenden Schiff unter sich hinunter:

»Höret, ich reise auf schwarzen Flügeln; über Land und übers Meer hat er mich schnell dahingetrieben, damit ich feurige Worte an Euch richten kann, Worte vom Feuer der Sonne, das durch das blasse Eis scheinen wird und dieses zu Dunst schmelzen wird! Ich bin sein Gesandter!« Er hörte, wie seine Worte wie Donner von den fernen Schranken des Eises zurückdröhnten. *»Nun, wollt Ihr hören, wie sein Wille lautet?«* Kein einziger Mann, nicht einmal der geringste Schiffsjunge, rührte sich an den Decks unter ihm; selbst das Meer schien verstummt zu sein.

»Ihr werdet nicht kämpfen! Denn die Leben, die wegzuwerfen Louhi Euch befiehlt, unterstehen nicht ihrer Herrschaft – noch der seinen –, sondern gehören ganz allein Euch! Ihr braucht Euch nicht zu ergeben, Euch weder niederzuknien noch in irgendeiner anderen Weise Eure Ehre und Euren Stolz verletzen zu lassen. Im Namen Eurer mächtigen Vorfahren und deren Loyalität, die älter ist als das Eis, fordert er von Euch, zur Seite zu weichen und die Flotte vorbeiziehen zu lassen. Denn auch diese Leute sind Teil der Brut des Raben, wie Ihr vom gemeinsamen Blut der Väter der Menschheit abstammend, denen er als ersten unter seinen Schwingen Schutz bot! Denkt gründlich darüber nach, und entscheidet Euch frei. Das ist das Wort des Raben!«

Er hatte den letzten Satz kaum zu Ende gesprochen, da krächzten und kreischten die beiden schwarzen Vögel schrill, und sie erhoben sich auf ihre grausamen

Krallen und schüttelten die weiten Flügel. Der Häuptling sah zu ihnen hinauf und ließ die Augen weiter wandern, um Elofs eindringlichem Blick zu begegnen. Einen Moment lang starrten sie einander und die schwarzen Vögel zwischen ihnen an; dann machte der Häuptling eine knappe Handbewegung und erteilte einen schroffen Befehl; die scharfkantigen Ruder senkten sich klatschend ins Wasser, und der Steuermann stemmte sich gegen die Pinne. Mit schnellen Flügelschlägen hoben sich die beiden riesigen Raben in die Luft, wobei sie beinahe mit Elof zusammengestoßen wären und ihn zur Seite wirbelten; als er sich wieder gefangen hatte, sah er, daß sich die dunklen Schiffe nicht mehr vorwärts bewegten, sondern seitlich abschwenkten. Benommen vor Aufregung, stürzte sich Elof mit so viel Schwung hinab, daß er die Mastspitze der *Prinz Korent*yn verfehlte und mit Mühe und Not noch auf dem Deck landete.

Der Schild zerbrach vor der Speerspitze. Falls Signale ausgetauscht wurden, so sah niemand etwas davon, noch waren Rufe zu hören; doch die Linie der schwarzen Schiffe teilte sich und schälte sich nach beiden Seiten zurück, um den großen Kriegsschiffen Durchlaß zu gewähren. Sie formierten sich wie stumpfsinnige Wächter zu zwei langen Reihen und glitten mit aufgerollten Segeln weiter, wobei sie schweigend das Vorbeiziehen der Flotte beobachteten. Nachdem das letzte Schiff durchgefahren war, hißten sie wieder die Segel, und die beiden Reihen schlossen sich wieder lautlos, um der Flotte zum Land zu folgen.

An Bord der *Korentyn* herrschte ein wildes Durcheinander. Elof wurde mit lauten Lobpreisungen auf seine Tapferkeit und ungestümen Fragen darüber bestürmt, was die Wilden gemeint hatten, oftmals im gleichen Atemzug und zur selben Zeit, bis Kermorvans nüchterne Stimme dem Aufruhr Einhalt gebot und einen kurzen Bericht über die Geschehnisse abgab. »Der Rabe hat also Anteil genommen!« sinnierte Kermorvan und tippte auf das goldverzierte Zeichen des Raben und der Sonne auf seiner Brustplatte. »Anscheinend ist er der Ansicht, daß du richtig gehandelt hast. Und ich stimme ihm zu. Aber es drängt mich zu wissen, was diese Schiffe jetzt vorhaben.«

Später am selben Tag sollte er es erfahren. Als sich der Tag dem Ende zuneigte, sichteten sie die südlichen Berge, noch grün und schneefrei, und an ihrem Fuß gab es viele kleine Buchten ohne Eis, wo sich bestimmt ein guter Ankerplatz finden ließe. Kermorvan hatte den besten schnell erkundet und gab der Flotte Befehl zum Einlaufen. Er wollte keine Zeit vergeuden, denn, wie er Elof erklärte, Louhis Anhänger trieben wahrscheinlich zur selben Stunde eine riesige Armee von Ekwesh über den Schnee nach Süden oder bereiteten die Landung einer solchen vom Meer her vor. Doch die Kundschafter, die er aussandte und zu denen auch Elof in der Luft gehörte, berichteten, daß sowohl auf dem Meer als auch zu Land weit und breit nichts zu sehen sei, und er gab den Befehl zum Verlassen der Schiffe.

Es war eine disziplinierte Streitkraft, die da landete, doch Verwirrung und Schwierigkeiten waren unvermeidlich. Die Gegend war kalt und windig unter einem grauen, sonnenlosen Himmel, eine Landschaft mit kahlen Felsen und spärlich bewachsener Steppe, die kaum weniger karg war als der Norden; an der Küste wuchsen lediglich hartes Gras und dorniges Gestrüpp, abgesehen von vereinzelten schmächtigen Bäumen. Hier und da, in geschützten Tälern oder Senken, mühten sich einige Pflanzen, die in wärmeren Klimazonen beheimatet waren, mit den unwirtlichen Bedingungen ab, jedoch ohne großen Erfolg. Es gab wenig, womit sie ihre Vorräte hätten aufstocken können, und keinerlei Anzeichen deuteten auf menschliche Bewohner hin. Doch es gab reichlich frisches Wasser, und daran hatten sie den dringendsten Bedarf. Ihre größte Sorge, wie Kermorvan in einem Kriegsrat, der an Deck der *Korentyn* abgehalten wurde, ausführte, mußte erstens der Errichtung und Befestigung eines Landeplatzes gelten, und zweitens die Suche nach Bewohnern von Kerys, um mit ihnen eine Einigung zu erzielen, bevor Louhis Kräfte eine Bresche durch das Land dazwischen schlagen konnten.

Mit den Dingen der Verteidigung betraute Kermorvan Ils und eine kleine Gruppe von Duergar, die sie mitgebracht hatte, und noch bevor der Hauptteil der Mannschaften an Land gekommen war, waren sie bereits dabei, Gräben zu ziehen und Unterstände in den Fels zu schlagen, wobei sie sich bitterlich über den schlechten Sandstein beschwerten, der in dieser Gegend vorherrschte. Eine Erkundung der Umgebung bereitete größere Probleme. Sie waren nicht in der Lage gewesen, auf eine so lange Reise viele Pferde mitzunehmen, und von denen, die sie mitgenommen hatten, waren einige verendet und die meisten waren durch Seekrankheit geschwächt; selbst Kermorvans robustes weißes Schlachtroß, das durchaus an Seereisen gewöhnt war, wirkte etwas magerer um die Rippen. Die Seekrankheit hatte auch unter den Menschen ihren Tribut gefordert, obwohl sie sich mit peinlicher Gründlichkeit gegen andere Krankheiten geschützt hatten, und viele der Männer waren noch nicht zu langen Ritten oder schwerer Arbeit fähig. Kermorvans Plan sah deshalb so aus: Während der Kern der Streitkraft die Flotte und die Küste bewachen sollte, sollte ein schneller Trupp, bestehend aus den gesündesten und kräftigsten Männern, sofort ins Landesinnere reiten und die südlichen Städte von Kerys aufsuchen; dabei, so unterrichtete er sie und begegnete allen Einwänden mit einem eisigen Funkeln in den Augen, würde er selbst als Anführer mitreiten. Elof würde sie als Vorbote und Kurier begleiten. »Doch nichts von alledem können wir ungefährdet in Angriff nehmen«, fügte er streng hinzu, »bevor unser drittes und dringlichstes Problem gelöst ist. Was machen wir hinsichtlich unserer lästigen Eskorte dort draußen?« Er deutete über die Schulter zu der Ansammlung schwarzer Schiffe.

»Die Aussichten stehen günstig, daß sich dieses Problem in Kürze von selbst löst!« bemerkte Roc vergnügt. »Einer der Hundsfotte rudert zu uns her!« Die meisten wichen etwas zurück, doch es war offensichtlich, daß der Neuankömmling keinen Angriff beabsichtigte. Es war etwas Zögerndes an der Art, in der er in zurückhaltender Entfernung von der *Korentyn* anhielt, grüßte und um eine Unterredung bat. Elof war zur Stelle, als das Boot leeseitig an dem Kriegsschiff anlegte und der Häuptling der Raben an Bord kletterte. Er trug eine grimmige Miene zur Schau, und einige der vielen Flecken auf seinem Umhang stammten von Blut, doch er grüßte Kermorvan mit Hochachtung und Elof mit Ehrfurcht.

»Kein Mann kommt allein besonders gut zurecht«, begann er ohne Einleitung. »Um dem Auge des Raben zu gefallen, haben wir einen Speer zwischen uns und den anderen Stämmen des Aikiya'washa aufgebaut, und wir trotzen der Frau des Eises. Jetzt glauben wir, wir könnten dem Auge des Raben noch mehr gefallen, wenn wir uns mit jenen anderen verbünden, die ihm folgen.«

Kermorvans ärgerliche Handbewegung brachte alle ungläubigen Ausrufe, die ringsum laut wurden, zum Verstummen, doch der Häuptling verschränkte die Arme und sagte nichts weiter. Kermorvan strich sich die langen Haare aus der Stirn und musterte ihn eine Zeitlang eingehend, bevor er antwortete. »Ihr habt ehrenhaft gehandelt«, sagte er schließlich sehr ruhig, »und wir nehmen Kenntnis davon. Wir hätten uns gegenseitig eine erbitterte Schlacht geliefert, trotz unserer zahlenmäßigen Stärke. Wir können uns vorstellen, welchen Preis Ihr dafür hättet bezahlen müssen. Doch Euresgleichen haben niemals freundliche Gefühle uns gegenüber gezeigt, und uns trennt ein Meer von Blut. Wenn sich ein Schutzwall mit einem anderen zusammentut, dann muß jeder einzelne Mann seinem Nachbarn trauen, sonst ist der Wall schwächer als zuvor. Ich kann nicht einfach außer acht lassen, daß Ihr listige Verräter sein könntet, die es vorziehen, sich in unsere Reihen einzuschleusen und von innen einen Überraschungsschlag durchzuführen, was schließlich zu einer offenen Feldschlacht und zum Verlust aller unserer Leben führen würde. Ich sage nicht, daß Ihr Verräter seid, doch ich wäre ein Narr, wenn ich nicht an diese Möglichkeit dächte.« Der Häuptling stieß ein verächtliches Grunzen aus, sagte jedoch nichts. Kermorvan lehnte sich auf seinem schweren Stuhl zurück. »Wir müssen Näheres erfahren. Auch wir sind ehrenhaft; wir werden Unterstützung durch Unterstützung vergelten, so großzügig, wie wir nur können – doch ein Bündnis ist ein weitreichender Schritt, und wir beide sollten uns zunächst gegenseitig auf die Probe stellen. Wünscht Ihr es wahrhaftig? Ist es nicht vielmehr die Angst vor Louhis Rache, die Euch dazu drängt?«

Kermorvan hatte sich bemüht, wie Elof bemerkte, eine einfache Sprache zu sprechen, die die Ekwesh sofort verstehen würden, und er hatte alles vermieden, was als Beleidigung aufgefaßt werden könnte; und doch hatte er ihn bezichtigt, Angst zu haben. Der Häuptling straffte sich sichtlich, beherrschte jedoch seine Wut und gestattete sich lediglich ein eiskaltes Nicken. »Sich von einem unendlichen Übel nicht abzuwenden, wäre töricht, und die Raben des Aikiya'wahsa sind keine Toren, König-Jenseits-Des-Meeres. Wie hätten wir sonst so lange unter ihrer Herrschaft unsere Eigenwilligkeit beibehalten können? Wir dachten, der Rabe schläft oder der Rabe ist schwach, weil er über keine beweglichen Berge verfügt, über keine Krieger, keine wilden Tiere, keine Visionen oder Erscheinungen, außer jenen, so sagen einige, die er selbst verkörpert. Wir dachten also, um ihm gut zu dienen, könnten wir nichts Besseres tun. Jetzt erkennen wir, daß das womöglich nicht stimmt, daß es andere Wege gibt, daß Ihr ihm dient und dennoch nicht seine Sklaven seid, daß Ihr Euch einer Macht bedient, die er Euch zeigt, die jedoch Eure eigene ist.« Die schwarzen Augen funkelten ebenso kalt wie Kermorvans, und das grobe Gesicht verzog sich mit der lebhaften Mimik von Wilden plötzlich zu einem Lächeln. »Gegen den Jäger zu kämpfen, wie Ihr es getan habt, Stahl-Schamane – *ayeh!* Ich wollte, ich hätte diese Tat vollbracht. Sie hat klug daran gehandelt, die Raben nicht in Euer Land zum Kämpfen zu schicken, sondern uns hier zu behalten, wo die Leute im Herzen verkommen sind und miteinander streiten. Als wir Euch sahen, wußten wir, daß die Zeit gekommen war. Also, König-Jenseits-des-Meeres, unser Wunsch, uns Euch anzuschließen, ist ehrlich, keine Feigheit. Wenn er Euch folgt, dann werden wir es auch tun. Und uns Eurem Befehl ohne Einschränkung unterstellen.«

Elof empfand ein deutliches Unbehagen. »Ihr meßt mir eine zu große Bedeutung bei!« sagte er. »Der König-Jenseits-Des-Meeres ist in der Tat ein Mann, dem zu folgen sich lohnt; er ist ein furchterregender Krieger und gleichzeitig ein weiser Mann, was friedliche Belange angeht. Richtet Euer Augenmerk lieber mehr auf ihn.«

Kermorvan lächelte verzerrt. »Was immer die Wahrheit sein mag, allmählich verstehe ich Euren Wunsch und glaube Euch. Doch das ist keine Entscheidung, die von einem Augenblick zum nächsten getroffen werden kann. Zunächst einmal: sind alle Mitglieder Eures Stammes einmütig derselben Ansicht?«

»Es gibt in unserem Land viele Menschen. Viele sind

nicht mit auf dem Meer; vierzig Schiffe oder mehr liegen an der Küste. Auch sie bringen wir in Gefahr. Doch von denen, die auf See sind, die Verbliebenen, sind alle einer Meinung.«

»Die Verbliebenen?«

»Einige waren Narren oder Feiglinge. Doch sorgt Euch nicht. Durch nichts wird ein Schiff mehr geschwächt als durch eine Handvoll Quertreiber, und der Stamm ist stärker ohne sie!« Er berührte einen Blutfleck auf seinem Umhang. »Sie dienten uns als Opfergaben, um unser Glück zu beschwören.«

»Dann hört mich an!« sagte Kermorvan in die nachfolgende Stille, während sich alle im Geiste vorstellten, welche blutigen Begebenheiten sich auf diesen ruhigen Schiffen abgespielt haben mußten. »Für den Augenblick erscheint es Euch also angebracht, Euch uns anzuschließen, und ich müßte so mächtige Kämpfer im Zeichen des Raben und der Sonne mit Freuden willkommen heißen; doch viele unserer Befehle könnten Euch mißfallen. So opfern wir zum Beispiel kein Leben, und Ihr wärt bestimmt nicht glücklich, wenn es eines Tages erforderlich würde, daß Ihr gegen Eure eigenen Stammesbrüder kämpfen müßt.« Er hielt inne, und der Häuptling nickte erneut kurz. »Nun gut! Gegen dies alles, ebenso wie gegen Verrat, müssen wir uns schützen. Unser Empfang für Euch ist nicht sehr freundlich, doch die Zeiten erlauben nichts anderes. Ihr und die Euren müssen sich in ihrem Leben und Handeln uneingeschränkt nach unseren Anweisungen richten, bis wir die Prüfung als bestanden erachten!«

Der Häuptling schwieg bewegungslos; doch an seinem Kiefer war ein erregtes Mahlen sichtbar, und steinerner Stolz sprach aus seinen Augen. Unvermittelt sprang Kermorvan auf, wodurch er ihn und alle anderen an Deck überragte, und zückte blitzschnell sein grau-goldenes Schwert vom Gürtel. »Dies hat der Schmiedemeister Elof Valantor in den Schmieden des

Bergvolkes für mich hergestellt. Sagt an, wollt Ihr darauf Treue und Gehorsam schwören? Sprecht jetzt, oder verschwindet! Ich möchte alles oder nichts!«

Eine Zeitlang sah ihn der alte Mann an, dann schien er mit einem Seufzer innerlich zusammenzusacken wie eine angestochene Blase. Er neigte den Kopf, fiel auf die Knie und schlug mit der Stirn gegen die Decksplanken. »Wie Ihr wünscht, König-Jenseits-Des-Meeres! Wir sind Eure Hunde, und wir werden Euch auf den Fersen folgen!«

In Wirklichkeit, wie er später bereitwillig zugab, hatte er nichts anderes erwartet. Neben kleineren Vorsichtsmaßregeln kam man überein, daß seine Schiffe in größeren Abständen voneinander anlegen und seine Mannschaften in kleinen Gruppen unter Bewachung lagern sollten, und als Ausgleich dafür sollten sie sowohl an der Verteilung als auch der Beschaffung von Proviant, der hauptsächlich aus Fisch bestand, beteiligt sein; und im Falle einer Schlacht zu Land oder zur See würden sie an einem Platz eingesetzt werden, wo sie sich sofort beweisen könnten. Der Häuptling stimmte zu und fügte mit einem kalten Augenblinzeln hinzu: »Aber beeilt Euch mit der Schlacht, Majestät! Denn wir sind kein sanftes Volk, das gerne müßig vor den Öffnungen der Zelte sitzt! Wir brauchen die Ehre wie die Luft zum Atmen!«

»Schlacht und Ehre sollt Ihr recht bald haben!« sagte Kermorvan. »Sorgt dafür, daß alles vorbereitet wird, denn der Suchtrupp bricht noch vor Ablauf einer Stunde auf!«

Als seine Vertretung ließ er Ils zurück, wie er es auch zu Hause zu tun pflegte; doch jetzt stellte er zu ihrer Unterstützung noch Roc als Marschall der Flotte ab, sehr zu dessen Verwunderung und Mißfallen. »Denn du kennst das Land und bist ein Mann des harten Durchgreifens, dem ein solcher Rang sehr wohl ansteht; und«, fügte er mit gedämpfter Stimme und einem schlauen Lächeln hinzu, »das ist etwas, das du selbst erreicht hast. Es ist nichts, das man sich durch die Geburt erwirbt, wie es bei Schmieden oder auch – wenn wir schon dabei sind – Königen der Fall ist, und das wird Marja dir hoch anrechnen!« Roc schnaubte. Zu seinem großen Kummer, so behauptete er wenigstens, hatte Marja, anstatt sich einen neuen Lebenspartner zu suchen, während seiner neunjährigen Abwesenheit getreu auf ihn gewartet und ihm keine andere ehrenhafte Möglichkeit gelassen, als zu ihr zu halten. In Wahrheit paßte sie offensichtlich viel besser zu ihm, als er vorgab, denn die Jahre hatten ihn ruhiger gemacht; es war nur die Frage des Status gewesen, die zwischen ihnen gestanden hatte. Jetzt hatte Kermorvan das mehr als wettgemacht, und zwar in einer so entscheidenden Situation, daß niemand behaupten konnte, daß er Roc nur aus alter Freundschaft begünstigte.

Elof war sehr froh, daß zwei so standfeste Charaktere als Verantwortliche zurückgelassen worden waren, während er und Kermorvan ihre kleinen Schwadronen Berittener die steilen Pässe von dem Landeplatz hinaufführten. Es würde nicht ausreichen, den verbündeten Ekwesh einen Überraschungsangriff vom Meer aus zu gestatten, um die feindlichen Schiffe zu zerstören; der Landeplatz könnte dadurch eingekesselt und ihre Leute ohne Fluchtmöglichkeit ausgehungert werden. Als sie unterhalb des Hügelkammes ritten, rief Kermorvan Elof zu sich, und gemeinsam verließen sie die Kolonne und ritten an die Spitze. Elof, der sich an seinen Sattel klammerte, war zu erschöpft zum Sprechen, als sie den Gipfel erreichten, doch er war in der Lage, Kermorvans Arm zu packen und die Hand deutend auszustrecken. Dort, vom Hügelkamm aus gegen den grauen Horizont kaum erkennbar, war die weit entfernte Form des Turms der Großen Pforte auszumachen. Jetzt war er von keinen Drachenzacken gekrönt, kein Kopf hob sich den tiefhängenden Wolken entgegen, und doch war seine bedrohliche Ausstrahlung nicht geringer. »Ich spüre es ebenfalls!« murmelte Kermorvan. »Einst etwas so Großartiges – was ist nur daraus geworden?«

»Was ist aus diesem ganzen Land geworden?« entgegnete Elof schroff. »Wir zögern es hinaus, das herauszufinden, und die Nacht kommt früh; ich wünschte, wir hätten mehr Sonne...« Die beiden Freunde sahen einander an, vom selben Gedanken durchzuckt; dann blickten sie hinauf zu den tiefhängenden Wolken, die von den flachen Sonnenstrahlen bereits in ein rötliches Licht getaucht waren. »Das kann nicht sein!« rief Elof aus. »Nicht jetzt schon!«

Doch als die Sonne mit einem Rausch von verschiedenen Farbtönen unterging, Scharlachrot und Pfirsichgelb und glänzendes Dunkelgold, gesäumt von Schwarz, legte Elof wieder einmal die Flügel an; als er zurückkehrte, wirkte sein Haar seltsam verblaßt und seine Flügel grau, bis er sie zusammenschlug und eine dichte Staubwolke von Bimsstein die Gruppe einhüllte. »In alle Richtungen stoßen die Feuerberge Rauch und Asche aus!« berichtete er. »Sie sehen aus wie Säulen, die einen Baldachin stützen. Und in gewisser Weise sind sie das auch. Das Wilde Land liegt immer noch unter einer dicken Schneedecke; der Yskianas ist in seinem oberen Lauf noch so gut wie ganz zugefroren, auf dem übrigen Teil treiben Eisschollen. Und das im Frühsommer! Der Angriff hat begonnen!«

»Was ist mit den Ekwesh?« fragte Kermorvan mit schnarrender Stimme. »Oder irgendwelchen von Louhis Streitkräften? Hast du irgend etwas davon gesehen?«

»Ich habe etwas gesehen, hier am südlichen Ufer, nicht mehr als fünfzig oder siebzig Meilen von hier entfernt. Ich konnte vor Einbruch der Dunkelheit nicht nahe genug dorthin gelangen, doch für mich sah es aus wie ein großes Lager um eine Stadt.«

»Eine Belagerung? Oder eine Zusammenziehung von Truppen?«

Elof zuckte mit den Schultern. »Es hätte beides sein können. Ich sagte ja, ich konnte es nicht genau sehen. Und an der nördlichen Küste flackerte hier und da etwas auf, vielleicht Lagerfeuer – vermutlich Ekwesh. Diese Gebiete sind seit langem verlassen. Sonst nichts – aber, bei den Mächten, es war kalt dort oben! Das Eis beherrscht jetzt die oberen Luftschichten.«

Kermorvan machte ein ernstes Gesicht, doch er half Elof beim Abschnallen des Harnischs. »Komm, wärm dich an den Öfen auf; wir können es nicht wagen, an einem so kahlen Ort ein offenes Feuer zu entfachen. Wir müssen bald von hier verschwinden, auch wenn das bedeutet, daß wir durch die Nacht reiten müssen.«

Niemand war überrascht, daß es das tatsächlich bedeutete. Die Kälte wurde so grimmig, daß sie selbst bei den müdesten unter ihnen jeden Gedanken an Schlaf vertrieb; die Gefahr, niemals wieder aufzuwachen, war zu groß. Die Erde klirrte steinhart unter den Hufen ihrer Reittiere, der Atem biß in die Nüstern und kam dampfend, in großen Wolken heraus. Nur wenige Sterne glitzerten durch die erstickende obere Luftschicht, wie die Speerspitzen eines nächtlichen Überfalls; der aufsteigende Mond sandte einige blasse Strahlen durch die zerfetzten Wolken, doch das von Frost überzogene Land leuchtete hell genug, um ihnen Licht für den Ritt zu spenden. Sie trabten dahin wie eine Kolonne von dunkel gewandeten Gespenstern und kamen schnell voran; im Morgengrauen hatten sie bereits die südlichen Berghänge erreicht; sie schlugen ihr Lager unter einer Gruppe von abgestorbenen Korkeichen, Opfern des Winters, auf und waren dankbar, unter der aufgehenden Sonne ein paar Stunden Schlaf zu ergattern. Dann wurde ein Feuer entzündet, und

Elof erhob sich wieder einmal in die Luft und stieg so hoch auf, daß jeder zufällige Betrachter ihn für einen Vogel halten mußte. Doch er wußte sehr wohl, daß unter seinen Feinden weniger zufällige Beobachter waren, mit Augen in frostigem Blau, mit Augen in flammendem Grün, und er hielt Gorthawer an seinem Gürtel in Bereitschaft und hatte den Panzerhandschuh angelegt. Doch seinem Herz widerstrebte es, den einen oder den anderen zu begegnen.

Das Land unter ihm huschte dahin, als ob er es mit den Flügelschlägen wegwischte; das Tageslicht brachte wenig Wärme, doch es reichte, um ihn über viele Meilen in der Luft zu halten, und der warme Südwind, der sie an diese Küste gebracht hatte, traf auf die kalte Strömung aus dem Norden; der Zwist dieser beiden trieb ihn eilends nach Osten zu der Stadt, die er erspäht hatte. Er konnte sich nur an einen einzigen Namen einer befestigten Siedlung in dieser Gegend erinnern. Torvallen, ein Besitztum, dessen Herren Nithaid ein besonderer Dorn im Auge gewesen waren. Das war kein gutes Vorzeichen; wie viele ihrer nördlichen Vettern waren sie einer Verbindung mit den Ekwesh nicht abgeneigt. Immer wieder fragte er sich, was er mit der Ermordung Nithaids wohl angerichtet hatte; die Ruchlosigkeit, die ihn sein ganzes Leben lang nicht losließ, die ihm Korentyn mit seiner Namensgebung an den Hals gehängt hatte, hatte sie ihn wieder einmal hereingelegt, hatte sie die ganze Welt betrogen? Der ganze bittere Selbstekel der Vergangenheit stieg wieder einmal in seiner Kehle hoch, und die alten Geister flogen spottend neben ihm her. Was war er, wer war er, daß er so etwas tun mußte, daß er eine solche Last zu tragen hatte? Er hatte es noch nie so richtig begriffen. Doch lange bevor er sein Ziel erreichte, bemerkte er eine Veränderung, die die Phantome seiner Vergangenheit aus seinem erwachenden Geist vertrieb. Der dunkle Schmutz in der Landschaft ringsum hatte eine andere Form angenommen, hatte sich nach Westen hin ausgedehnt, wie ein zerfließendes Etwas, das einen Arm seiner formlosen Substanz ausstreckt. Und dort bewegte sich etwas zwischen dem Eis auf dem Fluß... Verwirrt glitt er hinunter.

Sie waren übereingekommen, daß Kermorvan während seiner Erkundigungsausflüge nicht auf ihn warten, sondern seinen Weg nach Osten fortsetzen sollte. Die Zeit war zu knapp, um vergeudet zu werden; Elof konnte sie aus der Luft mühelos finden, und auf diese Weise wurde sein Rückweg abgekürzt. So geschah es also, daß er die Kolonne traf, als diese gerade die südlichen Hänge überquerte und zum erstenmal das Tal von Kerys vor sich ausgestreckt sah. Sie alle, selbst Kermorvan, waren von dem Anblick der Heimat ihrer Vorfahren und dem Mittelpunkt aller ihrer Legenden und Erzählungen so sehr gebannt, daß beinahe Panik unter ihnen ausbrach, als Elof zu ihnen herabstieß. Männer schrien durcheinander, und Pferde bäumten sich auf, bereit, mit den Hufen zuzutreten. »Ich hätte ein Drache sein können!« grinste Elof keuchend, als sich die Aufregung gelegt hatte. »Oder ich hätte mich wie ein Falke auf deinem Handgelenk niederlassen können!«

»Du hättest kaum mehr Verwirrung stiften können!« sagte Kermorvan leicht gereizt, doch dann grinste er versöhnlich. »Na gut, ich gebe zu, ich war von dem Anblick so überwältigt, daß ich vergaß, für eine ordentliche Wache zu sorgen. Welche Neuigkeiten gibt es also, die du mit solcher Eile überbringst? Kündigst du vielleicht den Überfall einer Bande von Räubern an?«

»Weit gefehlt! Sie tun gut daran, auf dieser Seite des Großen Flusses von solchen abzusehen, wenn ihnen ihre Haut lieb ist; Heerscharen aus Kerys sind unterwegs!«

Kermorvan packte ihn am Arm. »Bist du sicher?«

»Natürlich. Auf allen Straßen marschieren sie, Koggen fahren auf dem Fluß und brechen Wasserrinnen durch das Eis. Ich sah Banner und Standarten, die ich schon einmal gesehen habe; bei meinem zweiten Überflug stieß ich tief genug hinunter, um sogar ihre Gesichtsfarbe zu erkennen. Beinahe hätte ich einen Aufruhr verursacht ...«

»Offenbar eine Angewohnheit von dir; aber es ist kein Wunder, da die Kunde von Nithaids Tod sich inzwischen bestimmt überall verbreitet hat. Du kannst von Glück sagen, daß sie dir nicht das Gefieder mit diesen Schmiedefeuern, die du ihnen beschert hast, angesengt haben.«

Elof runzelte die Stirn. »Sie sahen nicht so aus, als ob sie dazu in der Lage wären. Das ist keine gewöhnliche Streitkraft, dem kurzen Blick nach zu urteilen, den ich auf sie erhaschen konnte, mit Ausnahme einiger, die unter den Bannern von Landbesitzern marschieren. Und selbst die Banner gleichen eher Lumpen. Die anderen stolpern in unordentlichen Haufen durcheinander, eine Pöbelarmee. Keine Wappen, die Waffen schrottreif und die Kleidung heruntergekommen, als ob sie im Dreck gekämpft und darin geschlafen hätten!«

»Nach einem strengen Winter folgt eine Überflutung durch die Schneeschmelze!« sinnierte Kermorvan und zitierte damit eine alte Wetterregel. »Selbst eine unzulängliche Schneeschmelze wie diesmal. Sehr wahrscheinlich ist es so. Doch sie können nicht hoffen, es so mit den Ekwesh aufnehmen zu können, nicht wenn diese ihnen ihr gesamtes Aufgebot an Streitkräften entgegenstellen und Louhi ihr Heerführer ist. Dennoch könnte ihr Kommen erklären, warum sie nicht frei war, um quer über das Land einen Schlag gegen uns durchzuführen. Ich denke, je eher wir uns ihnen anschließen, desto besser.«

Drei Tage später, als Kermorvans Truppen oberhalb

der Heerscharen aus den Bergen marschiert kamen, stellte sich heraus, daß Elofs Vermutung richtig war. Die Armee hielt gerade ihre Mittagsrast ab, in der Gegend verteilt wie eine gezackte Narbe und sich weit in die Ferne erstreckend; nur hier und da war der Ansatz von Ordnung zu erkennen. Doch als das erste Getrappel von Hufen die seitlichen Kolonnen erreichte, waren die Wachen aufmerksam genug, um aufzuspringen, und wenn die Waffen in ihren Händen auch matt waren, lagen sie doch fest in den Händen derer, die sie hielten, und kein einziger Mann wich zurück. Hörner ertönten, und in die ganze lange Linie kam explosionsartige Bewegung; die Landschaft war erfüllt von einem Gewimmel wie ein Ameisenhaufen. Kermorvan stieß einen erstaunten Schrei aus, als er das sah. »Es müssen Zehntausende sein!«

»Das entspricht Kerys' Macht«, sagte Elof leise. »Für jeden Feldzug konnte Nithaid eine Armee von der dreifachen Größe der unseren zusammenstellen und seinen Landbesitzern noch Truppen zurücklassen. Habe ich dir das nicht erzählt?«

»Doch, das hast du, und ich habe es dir geglaubt; doch es ist etwas ganz anderes, wenn man es mit eigenen Augen sieht. Wir sollten uns zu erkennen geben, bevor wir überrollt werden!« Er bedeutete den Reitern mit einer Handbewegung, sich zu formieren, und führte sie in schnellem Galopp den Hang hinab, wobei ihre Kettenrüstungen und Waffen fröhlich im Wind klirrten. »Jetzt blast die Hörner!« befahl er. »Und Standartenführer, die Fahne entrollen!«

Der Aufruhr legte sich allmählich wieder, als die Wachen erkannten, daß es sich bei den Ankömmlingen nur um eine kleine Gruppe handelte, und als sie ihre helle Haut und Kermorvans langes, bronzefarbenes Haar sahen, das im Wind wehte. Doch als das Schmettern der silbernen Kavalleriehörner die Luft durchschnitt und der lange schwarze Wimpel sich entfaltete und über den wippenden Helmkämmen flatterte, brach ein erneuter Tumult aus; Männer hielten sich die Hände beschattend über die Augen und streckten deutend die Arme aus, um aufgeregt auf das Zeichen des Raben und der Sonne auf dem Banner zu zeigen. Denn das war das Emblem der ysmerischen Könige, das in diesem Land seit drei Generationen nicht mehr geflattert war und das davor seit Jahrhunderten kaum einmal über den Köpfen von Kriegern gesehen worden war.

Am Rande der Armee ließ Kermorvan seine Reiter abschwenken und führte sie immer noch in dichter Formation in elegantem Trab an den Reihen entlang. Er ließ Elof nicht aus den Augen, der einige Mühe hatte, sich im Sattel zu halten, ganz zu schweigen davon, in der Linie zu bleiben; doch das hinderte keinen von ihnen daran zu bemerken, wie Männer, die in Erschöpfung und Dreck versunken zu sein schienen, deren Gesichter Hoffnungslosigkeit und Verzweiflung ausdrückten, beim Anblick dieser geordneten Gruppe von Reitern und ihres Banners erstaunt aufsprangen. Kermorvan, der an ihrer Spitze ritt, war an sich schon ein beeindruckender Anblick, angetan mit dem furchterregenden schwarzen Kettenhemd seines Vaters, doch auch mit einem Umhang, dessen üppiger Pelz hinter ihm her wallte, und dem Rabenwappen, mit dem seine Brustplatte geschmückt war und das selbst im trüben Licht schimmerte. Er trug keinen Helm, sein wallendes Haar diente ihm als Kopfschmuck und Krone, und über dem ernsten und alterslosen Gesicht verlieh es ihm ein Aussehen, das jeder Zoll König war.

Er zog die Zügel, als er den ersten der Banner der Vorhut erreicht hatte, und gab noch einmal Anweisung, die Hörner zu blasen. Männer umringten ihn, doch obwohl er die Hand vor ihnen hob, hielt er offenbar Ausschau nach einem Mann wie jenem, der auf einem großen kastanienbraunen Roß durch die

Menge geritten kam, ein stämmiger Mensch mit schütterem Haar in einem fleckigen schwarzen Wams, dessen Brustschild mit demselben roten Muster mit goldenem Wappenzeichen wie das Banner verziert war; ein schweres Breitschwert mit einem kunstvoll gedrehten Griff baumelte an seiner Seite, und seine Hand war nicht weit davon entfernt, während er mit Flüchen die einfachen Soldaten aus dem Weg scheuchte. »Und wer, im Namen Veryas, glaubt Ihr zu sein, daß Ihr unter diesem Banner reitet?« verlangte er mit der für den Süden typischen gedehnten Aussprache zu wissen.

Kermorvan lächelte und gab seine Antwort so, wie Elof es ihm beigebracht hatte. »Ich werde diese Frage dem Befehlshabenden dieser Armee beantworten, dem meine Suche gilt. Seid Ihr derjenige, oder werdet Ihr mich zu ihm bringen?«

»Befehlshaber?« schnaubte der bullige Edelmann, und sein kurzer Bart zuckte. »Von welcher Wolke stammt Ihr denn? Ihr seid wohl gestern mit dem Regen herabgefallen, wie? Glaubt Ihr, dieser Pöbel könnte sich mit einem Befehlshaber brüsten? Wir sind über solche Dinge längst hinaus; wir sind ausgezogen, um zu kämpfen, und zu mehr sind wir nicht in der Lage. Wenn es Euch recht ist, neben uns zu sterben, nun denn, hereinspaziert – herzlich willkommen! Hier ist jede Höflichkeit überflüssig, das versichere ich Euch. Ihr braucht nicht einmal Euren Namen zu nennen.«

»Ich werde es trotzdem tun.« Kermorvans kalte Augen funkelten. »Ich werde mich Euch gerne anschließen, doch ich habe nicht die Absicht, jetzt schon zu sterben. Ich bin Keryn Kermorvan von Morvan, König von Morvanhal, Erbe der Linie der Ysmerier, Herr aller Kinder von Kerys im Lande Groß-Brasayhal, jenseits des Ozeans. Wir haben von Eurer Notlage gehört und haben uns mit so vielen Truppen wie möglich aufgemacht, um Euch zu helfen; in diesem Augenblick gehen unsere Männer von der Flotte an Land. Und obwohl wir zahlenmäßig nur halb so stark sind wie Ihr, sind wir unverbraucht und abgehärtet, und unsere Herzen schlagen einmütig! Denn auch wir mußten uns in unserem Land mit dem Eis und den Ekwesh auseinandersetzen, und obwohl wir einen hohen Preis zahlen mußten, haben wir sie zurückgeschlagen.«

Der große Mann sah ihn ausdruckslos an. »Dann seid Ihr also unseresgleichen von der anderen Seite des Meeres? Von ysmerischem Blut? Und Ihr seid mit…« Er hörte sich an, als ob er sich verschluckt hätte. »Etwa zehntausend Mann gelandet, um uns zu helfen? Zehntausend Kämpfern?«

Kermorvan nickte. »Gut bewaffneten Kämpfern. Obwohl auch einige Schmiede darunter sind, so wie mein Hofschmied hier.«

Der Baron musterte Elof, dann riß er die Augen weit auf und schlug so heftig mit der Hand an sein Schwert, daß sein Pferd unter ihm sich beinahe aufgebäumt hätte. »Ihr! Ihr seid der Zauberer, der Nithaid umgebracht hat!«

Elof nickte ruhig. »Wie ich es ihm angekündigt hatte, und zwar aus gutem Grund. Und bevor er starb, versprach ich ihm noch, seinem Volk einen würdigeren König zu bringen…«

»Dann war es also wahr, was Ihr gesagt habt!« murmelte der Baron. »Ich habe Eurer Ankunft bei Hofe beigewohnt – jawohl, Ihr hattet einen Grund… Aber ein Ysmerier!« Er betrachtete Kermorvan mit neugierigen dunklen Augen; dann schweifte sein Blick unruhig über die Menge der Männer, die sich herandrängten und begierig jedes Wort aufschnappten. »Dem Aussehen nach könnte es stimmen… Meine Herren, Ihr solltet am besten mit mir kommen. Die Adligen müssen davon erfahren!« Er wendete sein schweres Roß, bedeutete ihnen mit einer Handbewegung, ihm zu folgen, und versuchte, sich einen Weg durch das Gedränge zu bahnen.

Aber die anderen haben zuerst davon gehört, dachte Elof, während er in die abgestumpften und ausgemergelten Gesichter hinabblickte, die aus einem Funken Hoffnung neues Leben schöpften. Als dann die Kolonne ebenfalls wendete, um dem Baron zu folgen, begegnete er dem Blick seines Freundes und bemerkte erstaunt ein Blinzeln in dessen Augen, flüchtig, doch unverkennbar. Es war zu leicht zu vergessen, daß Kermorvan, obwohl er ohnehin fast qualvoll ehrlich und ehrenhaft war, die Erziehung eines Königs genossen und königliches Blut in den Adern hatte; das verlieh ihm unter anderem ein besonderes Geschick, seinen Willen durchzusetzen. Er hatte absichtlich zunächst die Aufmerksamkeit einer großer Zahl von gewöhnlichen Soldaten auf sich gelenkt, bevor er sich vorstellte und seine Absicht kundtat; er hatte die Gelegenheit genutzt, dieses vor ihrer aller Ohren zu tun und gleichzeitig die Botschaft zu vermitteln, daß das Eis und die Ekwesh geschlagen werden konnten – oder hatte er den Baron ganz behutsam dahin gebracht, ihm diese Gelegenheit zu verschaffen? Elof hatte ihn vor den Streitigkeiten und Eifersüchteleien gewarnt, die er bei den Adligen von Kerys zu erwarten hatte, und er hatte sie umgangen, bevor sie überhaupt etwas davon mitbekommen hatten.

Während also das lose Bündnis der Adligen, die die letzte verzweifelte Armee zusammengetrieben hatten, Kermorvan überschwenglich willkommen hießen und sich gleichzeitig bemühten, ihn an seinen Platz zu verweisen oder vielmehr, als sie ihn besser kennenlernten, seine persönliche Gunst zu gewinnen, verbreitete sich die Kunde von seiner Ankunft in der Armee draußen wie die Funken eines Waldbrandes. Und als Bestätigung diente ihnen Kermorvans berittene Truppe, Männer von Morvanhal und Kerbryhaine, in Eintracht vereint, gewöhnliche Soldaten wie sie selbst, doch besser ausgerüstet als die meisten ihrer Edelleute. Sie erzählten sehr bereitwillig die Geschichten von Kermorvans Sieg über den Schmiedemeister im Westland, von seiner Reise in den Osten und der Befreiung Morvannecs von seinen Unterdrückern, von seiner Rettung der belagerten Völker von Nordeney und Kerbryhaine und ihrer Vereinigung in einem starken und friedlichen östlichen Königreich, alles in der kurzen Zeitspanne von siebzehn Jahren; und sie legten Wert darauf zu betonen, daß er, noch keine vierzig Jahre alt und voraussichtlich mit der langen Lebensdauer seiner Familie gesegnet, weiteren vierzig oder fünfzig tätigen Jahren entgegensehen konnte. Die Edelleute hatten noch keine zwei Stunden im Gespräch miteinander verbracht, da vernahmen sie mit Verwunderung ein wachsendes Raunen außerhalb ihres großen Zeltes, lebhaft, aber zurückhaltend, und schickten jemanden zum Nachsehen hinaus, was es damit auf sich haben mochte. Als der Bote mit der Antwort zurückkehrte, daß die Soldaten den König zu sehen wünschten, sahen sie einander mit aufkommendem Unwillen und manche sogar mit eindeutigem Mißfallen an. Elof, der ihre unterschiedlichen Reaktionen mit einer Mischung aus Erheiterung und Abscheu beobachtet hatte, spannte sich innerlich und vergewisserte sich, daß Gorthawer in greifbarer Nähe war. Kermorvans Miene jedoch drückte verständnisloses Staunen aus, und er blieb so gelassen sitzen wie zuvor. »Den *König*?« blökte einer der wilderen Adligen von der Nordküste. »Der einzige König hier stammt aus einem fernen Land und hat nicht die Absicht, seine Nase in Kerys' Angelegenheiten zu stecken. Sagt das der Schweinebande!« Er hatte vergessen, daß er sich nicht innerhalb der dicken Mauern seiner Burg befand, die inzwischen von den Ekwesh zur Ruine gemacht worden war, und auch nicht wie früher von seinen eigenen lammfrommen

Bauerntölpeln umgeben war. Die zerlumpten und verzweifelten Soldaten jenseits dieser Wände aus geöltem Tuch und Leder waren von anderer Gemütsart, und sie hörten seine Worte deutlich. Ein lautes Murren und Zischen voller Wut antwortete ihm unverzüglich, wie eine Welle, die sich an einem Kiesstrand brach, und sein blühendes Gesicht wurde blaß; die anderen warfen ihm ärgerliche oder verängstigte Blicke zu. Es waren keine üblen Männer, dachte Elof; zumindest besaßen sie die Einsicht, sich mit ihren Unterschieden abzufinden, und hatten den Willen und den Mut aufgebracht, diese letzte Armee zusammenzustellen und wenigstens soviel Führungskraft gezeigt, wie unbedingt nötig war. Außerdem beuteten sie ihre Gefolgschaft nicht aus, wie es viele Adlige taten; ihre Kleidung war ebenso schmutzig, ihre Rüstung ebenso rostig, ihre Lebensweise so karg, ihre Gesichter waren so ausgemergelt und verzweifelt wie die ihrer Männer. Doch es war offensichtlich, daß es ihnen vor allem um ihre Macht ging und um die Unabhängigkeit, auf die sie sich seit Nithaids Tod freuten; schon bevor seine Vorfahren sich widerrechtlich zu den Herrschern dieses Königreichs gemacht hatten, hatten die Adligen des Landes jegliche Achtung dafür verloren, und keiner von ihnen konnte sich vorstellen, daß es ihnen unter einer zentralen Herrschaft wohlergehen könnte. Oder dem gemeinen Volk; denn es war nicht auszuschließen, daß sie für dieses etwas übrig hatten, jedenfalls auf ihre Weise. Jetzt jedoch waren sie erschreckt. Vor dem Zelt schwoll das Murren an, wurde immer lauter und rhythmischer und wurde zu einem Singsang, der nicht mißzuverstehen war.

Der König! Der König!
Zeigt uns den König!
Wir wollen den König sehen! Wir wollen den König!
Bringt unseren König heraus!

»Empörend!« schrie der junge Baron von Keruelen,

der großen Stadt im Süden. »Geht hinaus, und bringt sie zum Schweigen!«

»Mit wem redet Ihr?« brummte ein älterer und ärmerer Adliger. »Geht doch selbst hinaus, und bringt sie zum Schweigen, Grünschnabel! Sie werden Euch in Stücke reißen! Sie haben etwas gerochen, das sie haben wollen, und Gnade mit jedem von uns, der es wagt, ihnen zu sagen, daß sie es nicht haben können!«

Es entstand ein ausgedehntes Schweigen, während die versammelten Edelleute diese unerfreuliche Wahrheit zu verdauen versuchten, und dann richteten sich zum erstenmal viele feindselige Blicke auf Kermorvan. »Dann müßt Ihr also zu ihnen sprechen!« sagte Irouac, der Nithaids Hofmeister gewesen war. »Erklärt ihnen, daß Ihr gekommen seid, um zu helfen, und sonst keine Absichten habt und daß Ihr, da Ihr hier fremd seid, Euch natürlich unserem Befehl unterwerfen müßt...« Seine Stimme wurde unsicher. Kervorvans magere Züge hatten kaum eine Regung gezeigt, doch ein schwaches, aber beunruhigendes Lächeln umspielte seine Lippen.

»Muß ich das?« Er spreizte die Hände, während die Gesichter um ihn herum regelrecht bedrohlich wurden. »So zu ihnen sprechen, meine ich.« Sie entspannten sich ein wenig, und ebenso Elof. Er hatte Gorthawers Griff in der rechten Hand und umfaßte die Kante des schweren, langen aufgebockten Tisches mit der linken, um ihn ihnen jederzeit ins Gesicht schleudern zu können, sobald sie aufsprängen. Doch Kermorvans Lächeln verhärtete sich und wurde zu einer verbitterten, wütenden Grimasse. »Hohe Herren, überlegt doch! Was Ihr von mir verlangt, wäre dann gerechtfertigt, wenn es hier eine starke, beständige Führung gäbe! Einen oder mehrere Anführer, die fähig wären, ein Heer wie dieses in einem so entscheidenden Feldzug zu befehligen. Doch was finde ich hier? Was findet Ihr, wenn Ihr Euch ehrlich betrachtet? Es erfordert eine so große Anstrengung von Euch, Eure Feindseligkeiten gegeneinander im Zaum zu halten, daß Ihr Euch kaum auf eine Marschrichtung einigen könnt! Und obwohl Ihr alle fähige Krieger seid, hat kein einziger von Euch jemals ein so großes Heer befehligt. Ich weiß das, weil ich Euch zugehört habe und weil Nithaid niemals das Risiko eingegangen wäre, einem Untergebenen soviel Macht einzuräumen. Unterhaltet Euch mit meinen Adligen, wenn Ihr sie kennenlernt, und Ihr werdet eine andere Geschichte hören; doch diese Möglichkeit ist im Augenblick nicht gegeben. Was jetzt gefragt ist, ist militärisches Geschick!« Er erhob sich von seinem Sitz. »Seht mich an, hohe Herren! Ihr wißt wenig von mir, außer dem, was ich Euch gesagt habe; doch ich glaube, daß die Tatsache, keiner von Euch zu sein, nichts mit Euren uralten Zerwürfnissen zu tun zu haben, eine gute Voraussetzung für einen Anführer ist. Doch ich kann Euch noch mehr bieten. Ich bin zum Kriegführen geboren. Ich habe zu Lande und zur See gekämpft, als armer Wanderer, als gewöhnlicher Matrose, als Anführer unzulänglich bewaffneter Banden und als Marschall großer Armeen. Ich habe gegen Menschen und Ungeheuer gekämpft, ich habe mein Schwert sogar gegen den Winter selbst erhoben, und ich bin niemals geschlagen worden.« Im düsteren Licht des Zeltes wirkte sein blasses Gesicht grau und steinern, undurchdringlich, entschlossen. »Ich frage Euch, bin ich als Anführer nicht geeigneter als jeder einzelne von Euch – ganz zu schweigen von Eurer fragwürdigen Vereinigung? Fragt Euch selbst, wo Eure besten Aussichten liegen, Euer Land, Eure Besitztümer und Eure Macht zu retten, woran Euch so viel liegt! Ich sage nicht, daß große Hoffnung besteht. Dieses Land ist weit heruntergekommen, und vielleicht muß es noch tiefer fallen, bevor es eine Säuberung erfahren kann. Doch ich ersuche Euch inständig, laßt es nicht ganz und gar verkommen, nur um Euren eigenen

Groll zu befriedigen! Vergrabt nicht Eure Vernunft unter schalen Eifersüchteleien hinsichtlich Rangordnung und Stammbaum! Doch wenn es denn schon sein muß, was ist dann mit mir? Ich bin der letzte Ysmerier und stamme von einer Familie ab, die, wenn sie nicht durch eine Stammesfehde daran gehindert worden wäre, ein größeres Anrecht auf den Thron hätte als die herrschende. Ich könnte aus diesem Zelt treten und mein uraltes Recht einfordern – *und wagt Ihr etwa zu denken, es könnte mir verweigert werden?*«

Die kalten Augen funkelten, die sonst so ruhige Stimme donnerte. Die versammelten Adligen starrten ihn fassungslos an; sie hatten Nithaid tobend erlebt, doch nie in dieser steinernen, jahrhundertschweren Verfassung, in der sich Kermorvan in seinem rechtschaffenen Zorn befand. »Hohe Herren«, sagte er, begleitet von plötzlich einsetzender Stille draußen, »ich werde keine solche Forderung erheben, es sei denn, Ihr zwingt mich dazu. Es sei denn, es gibt keine andere Möglichkeit zu verhindern, daß Ihr die Leben Eurer und meiner Gefolgsleute wegwerft; zu verhindern, daß Ihr das letzte bißchen Hoffnung in diesem verzweifelten Land und vielleicht in der gesamten lebendigen Welt mit Euren selbstsüchtigen Torheiten und Eurem Mißtrauen zerstört. Ich werde jetzt Euer Anführer sein, und zwar nur als Befehlshaber des Heeres; was den Königsthron angeht, diese Frage wollen wir ruhen lassen, bis es wieder ein Land gibt, dessen König sich sein läßt. Dann werden wir sehen!«

»In der Tat, und bis dahin werdet Ihr Eure Klauen längst fest in den Thron geschlagen haben!« knurrte ein mißmutig aussehender Adliger aus dem Süden.

Kermorvans Miene war düster, aber nicht beleidigt. »Ihr scheint sehr sicher zu sein, daß ich das will...« Daraufhin schwiegen sie, gleichermaßen verwirrt und argwöhnisch. Für sie bedeutete Kerys die Welt. Sie wußten sehr wohl, daß Kermorvan sein eigenes Land, sein eigenes Reich hatte, doch sie konnten sich schwerlich vorstellen, daß er es ihrem Land vorziehen könnte.

»Überhaupt, was bedeutet schon der Name?« fügte der Baron mit dem roten Schild hinzu. »Wie immer wir den Anführer nennen, für den wir uns entscheiden – Kriegsherr, Oberster Heeresführer, Feldmarschall –, *sie* werden ihn König nennen. Sie trauen Königen, uns hingegen trauen sie nicht. Und ich kann es ihnen kein bißchen verübeln.«

Die Adligen holten Luft, um als nächstes ihn anzugreifen, als Kermorvans Stimme, mit vollem Ton, um bis nach draußen zu tragen, sie wie die feine Spitze einer Peitsche umzuckte. »Ich habe die weite Strecke zurückgelegt, um gegen das Eis zu kämpfen, hohe Herren, das ist alles. Und mit Euch oder ohne Euch – ich werde kämpfen. Wenn ich Euch keine Vernunft entringen kann, soll ich Eure Männer befragen? Ich glaube nicht, daß sie mich ablehnen werden. Andere vor ihnen haben es auch nicht getan. Wir haben durchaus noch andere Verbündete ...«

Elof beobachtete sie aufmerksam, während Kermorvan ihnen erzählte, wer diese waren und wie es gekommen war, daß sie unter dem Banner des Raben dienten; er erwartete einen heftigen Ausbruch. Doch als Kermorvan geendet hatte, herrschte lediglich Schweigen, das schließlich von dem bulligen Baron gebrochen wurde. »Ekwesh ...«, sinnierte er in seiner gedehnten Sprechweise. »Dreißig Schiffsladungen, was ungefähr viertausend bedeutet ... Und der Dache. Nun, meine Herren? Wem soll die Ehre zuteil werden, unseren neuen Kriegsherrn vorzustellen?«

»Das wird nicht lange anhalten, mußt du wissen«, warnte Elof seinen Freund, als sie gemeinsam inmitten der Vorhut der zerlumpten Armee zur Nordseite der Hügel ritten, durch die sie gekommen waren. »Diese plötzliche Unterwürfigkeit, die sie an den Tag legen. Für den Augenblick hast du sie besänftigt, das stimmt.

Doch wenn die Dinge schieflaufen, und sei es nur kurzzeitig – oder sobald der Kampf vorüber ist ...«

Kermorvan lächelte. »Ich weiß. Aber dieser Zeitpunkt liegt ein ganzes Stück weit in der Zukunft, und ich bereite mich darauf vor. Leg du jetzt bitte deine Flügel an, denn du mußt Roc und Ils sofort die Nachricht überbringen, solange es noch hell ist. Unsere beiden Streitkräfte müssen schnell marschieren, um sich zu vereinigen, Tag und Nacht, wenn es sein muß. Wenn Louhi von unserer Begegnung erfährt, ganz zu schweigen von unserer Einigung, wird sie uns jedes ihr zur Verfügung stehende Hindernis in den Weg werfen! Also, mache dich jetzt auf den Weg und führe sie zum verabredeten Ort; wir folgen dir eilends auf den Fersen!«

Zwei Tage später trafen sich die beiden Armeen; früher wäre es schwerlich machbar gewesen. Der vereinbarte Treffpunkt war eine flache Senke in den Hügeln oberhalb der südlichen Felsenwand des Tals, gleich hinter der Biegung, wo der Yskianas sich stark verschmälerte, mehr oder weniger gegenüber der Stelle, wo Elof und Roc zum erstenmal das große Tal überblickt hatten. Obwohl die Berge ringsum keinen Schutz gegen den eisigen Nordwind boten, verbargen sie den Ort gut vor der Sicht von der fernen Pforte aus. Die Stimmung in beiden Armeen war von der Freude über das Wiederfinden eines lange verlorengeglaubten Verwandten geprägt, und dadurch wurde die Aufgabe vereinfacht, sie zueinander zu führen. Als die Adligen und Strategen beider Armeen zusammenkamen, geeinigt durch die gemeinsamen Anforderungen, die das Befehligen einer so großen Zahl von Männern und das Erarbeiten einer neuer Schlachtordnung stellten, folgten die einfachen Soldaten bald ihrem Beispiel; am nächsten Morgen verfügte Kermorvan bereits über ein einigermaßen geeintes Heer. Doch damit waren noch lange nicht alle Probleme aus der Welt geschafft, im Gegenteil. Wenn Kermorvans Männer ihre Rationen zuvor als sehr spärlich empfunden hatten, so schränkten sie sich gern noch etwas mehr ein, als sie sahen, mit wie wenig sich ihre Kameraden begnügen mußten; das war zwar ein Zeichen guten Willens, bot aber auch Anlaß zum Nachdenken. »Wir behalten sehr wenig übrig, auf das wir zurückgreifen könnten«, bemerkte Roc dazu. »Aber andererseits, wenn diese Sache schiefläuft, dann brauchen wir wohl auch auf nichts mehr zurückzugreifen, nicht wahr?« Die Männer von Kerys zogen also etwas gestärkt in den Krieg, und in vielen Fällen sogar mit überzähligen Waffen aus dem Vorrat, den Elof und seine Schmiedemeister angelegt hatten, neu ausgestattet; lediglich Schilde wurden ihnen vorenthalten, obwohl die Flotte eine große Zahl von leichten Metallschilden mitgebracht hatte, große gebogene Rechtecke, die den gesamten Körper abschirmten. Doch es stellte sich heraus, daß sie von einer besonderen Art waren, mit der nur gut ausgebildete Männer richtig umgehen konnten, und Kermorvan hatte verboten, daß sie herausgegeben wurden. Das verursachte einiges böses Blut, doch letztendlich war es eine Kleinigkeit, die von der Freude über die Vereinigung der Armeen verdrängt wurde. Störender war, daß den Besatzungen der Flotte viele Nordeney-Männer mit derselben kupferfarbenen Haut wie die Ekwesh angehörten; viele Kerys-Männer begegneten ihnen mit lebhaftem und laut ausgesprochenem Argwohn und tiefster Verachtung, und da es nicht zu den Charaktereigenschaften der Nordländer gehörte, Beleidigungen gelassen hinzunehmen, bedurfte es Kermorvans ganzer Autorität, um die daraus erfolgenden Unstimmigkeiten zu schlichten. Die klügeren Kerys-Männer akzeptierten die anderen daraufhin, zumindest wenn sie feststellten, daß sie sich sehr ähnlich wie ihre eigenen Nordländer ausdrückten und benahmen; die übrigen fanden es alsbald politisch klug, ihre Abneigung für sich zu behalten.

Nur die Raben blieben der Gemeinschaft fern; sie verzehrten die Mengen an Fisch, die sie gefangen hatten, und rauchten in Kermorvans Abwesenheit; dabei widerstrebte es ihnen, mit anderen zu teilen. Die meisten waren deswegen nicht böse, denn sie waren und blieben ein unheimliches und unumgängliches Volk, und es gab kaum einen Mann in beiden Lagern, der nicht durch die Hand eines ihrer Kameraden irgendeinen Verlust erlitten hätte, entweder innerhalb seines Stammes oder sogar seiner engsten Familie. Besonders bei den Leuten aus Kerys herrschte eine starke Feindseligkeit gegen sie, doch sie wurde gemildert durch den Glauben, daß ihre Loslösung vom Lager der Ekwesh ein gutes Omen war; außerdem hatte Kermorvan sie in Elofs Obhut gegeben, da dieser ihre Sprache am besten beherrschte, damit er dafür sorgte, daß sie weder Verrat begingen noch erlitten, und alle hatten zuviel Achtung und Ehrfurcht vor ihm, um irgend etwas zu riskieren.

Kermorvan verweilte nur lange genug an dieser Lagerstelle, um Kundschafter auszusenden, darunter Elof, und deren Erkenntnisse in Landkarten einzutragen, die die Adligen ihm gegeben hatten. Dann, eines nebligen und regnerischen Tages, breitete sich noch vor dem Morgengrauen ein Flüstern im Lager aus, das aufschreckender als eine Trompete oder eine Trommel war. Der neue König hatte Stille befohlen; und alle seine Untertanen, alt oder neu, gehorchten ihm. Im blassen Morgenlicht, ohne Fanfare, nur begleitet vom gedämpften Dröhnen ihrer eigenen Geschäftigkeit und ihrer Schritte, formierte sich die letzte Armee der Menschen und setzte sich in Marsch, um gegen die uralten Mächte der Welt in die Schlacht zu ziehen.

ELFTES KAPITEL

Der Hammer der Sonne

Nun gab es keine Möglichkeit mehr, ihre Anwesenheit vor der Großen Pforte zu verbergen; sie wuchs vor ihnen, während sie über die schneebedeckten Berge oberhalb des Großen Flusses marschierten, von dem grauen Einschnitt zwischen den weißen Eiskegeln bis zu dem von Türmen gekrönten Grat, den Elof nur allzugut kannte. Roc, der wie immer an seiner Seite ritt, spuckte aus und fluchte. Als sie noch näher kamen und das hügelige Gelände in eine frostüberzogene, schneegesprenkelte Ebene überging, stellten sie übereinstimmend fest, daß sich das Aussehen der Pforte erneut verändert hatte, obwohl jetzt kein Drache eine ihrer Plattformen besetzt hielt. Die grauen Mauern glitzerten blau in der Sonne, als ob sie von Eis überzogen wären, und auf ihnen lag Schnee; dicke weiße Schichten bedeckten jedes Dach, zeichneten jedes Geländer, jede Balustrade und jede Säule nach und hoben alles klar gegen den Hintergrund ab, so daß jeder Mann ihrer Armee selbst aus dieser Entfernung die überwältigende Macht der Befestigungsanlage erkennen konnte, mit der sie es würden aufnehmen müssen. Ils pfiff durch die Zähne und wandte sich an den Anführer der Duergar-Truppen. »Nicht schlecht für ein von Menschen geschaffenes Werk, was, Gurri?«

Seine dunklen Augen suchten den Grat ab, und er rieb sich das flache Kinn. »Ein gemeinsames Werk der Menschen und unserer Leute, vermute ich, entstanden in Zeiten, als es so etwas noch gab. Ein Durchbruch oder ein Untergraben wäre ein sehr zeitraubendes Unterfangen, für das wir vielleicht Monate brauchen würden.«

»Die Zeit ist Louhis Diener«, bemerkte Kermorvan. »Doch ich vermute, daß sie uns weder das eine noch das andere unbehelligt versuchen lassen wird. Wenn wir diese Festung belagern wollen, dann erfordert das die Überwindung von...« Er hielt inne und straffte die Zügel seines Schlachtrosses. Irgendwo vor ihnen, an der Großen Pforte oder in deren Nähe, ertönte ein seltsames Geräusch, ein dumpfes, ratterndes Pochen, rhythmisch wie ein Herzschlag und begleitet von einem leisen Rumpeln, hohl und dröhnend, das mit dem bitterkalten Wind anschwoll und abebbte, aber niemals ganz aufhörte. Elof hätte bei aller Anstrengung nicht zu sagen vermocht, was das war, und den aufgeregten Kommentaren, die er von Kermorvans Wachen hörte, nach zu urteilen, ging es diesen ebenso.

»Wie ein Herzschlag, was?«

»Eher wie ein Hämmern...«

»Wie ein Atem!« sagte eine aufgeregte Stimme. »Noch so ein verdammtes Ungeheuer, das nach Luft japst...«

»Oder mit dem Flügeln schlägt...«

Ils schnaubte. »Vielleicht handelt es sich um irgendeine Maschine.«

»Jawohl!« bestätigte Roc leidenschaftlich. »Ein riesiges Wasserrad, größer noch als das des Schmiedemeisters. Welche Teufelei führt die da oben nur im Schilde?«

Doch Kermorvan gab keine Antwort; er sah sich mit gefurchter Stirn um, überlegte und ließ den Blick über die freie Ebene bis zu der Stelle schweifen, wo sie schroff abfiel und die steilen Hänge hinabführten zu einer Reihe tiefer Seen, in die sich die Wasserfälle von der Pforte ergossen. Ein kaltes Funkeln blitzte aus seinen Augen, und sein Gesicht verzog sich zu einem schiefen Lächeln. Er runzelte erneut die Stirn und rief einen seiner Hauptleute herbei. »Der Häuptling des Raben-Klans soll zu mir kommen!« Er wandte sich wieder den anderen zu. »Ich wollte sagen, daß wir ihre Abwehr überwinden müssen, als mich dieses Geräusch unterbrach, und wenn ich mich nicht irre, kündigt es ihr Kommen an. Die Raben können oder wollen nicht verraten, wie hoch ihre Zahl ist, außer daß sie mehr sind als wir, was zu glauben nicht schwerfällt...« Während er sprach, hörte das Rumpeln plötzlich auf; die unvermittelte Stille zitterte wie ein straff gespannter Draht. Er dachte kurz nach, dann winkte er einen weiteren Hauptmann heran. »Laßt das Signal zum Halten blasen! Dann gebt den Männern den Befehl, sich in Gefechtsformation aufzustellen! Schickt sämtliche Kundschafter aus! Wir müssen die Marschordnung aufgeben, sie macht uns zu leicht angreifbar; und wir wollen ihnen eine Schlacht liefern, solange wir noch im freien Feld sind, nicht zwischen Louhis Hügeln!«

Der schrille Mißklang der schmetternden Hörner setzte sich durch die Reihen fort, und die langen, geschlängelten Kolonnen hielten an und lösten sich auf; die Männer verteilten sich auf der Ebene und sammelten sich zu dichten Haufen, die nach und nach mehrere konzentrische Ringe bildeten, der mehr als die Hälfte der Ebene einnahmen. Eine Zeitlang herrschte überall ein wildes Durcheinander; Hornbläser gaben Signale, Männer brüllten, Pferde wieherten, denn obwohl die zwanzigtausend Kämpfer von Kerys nicht zum erstenmal in eine Schlacht geführt wurden, hatten sie weniger Erfahrung mit den straffen und gleichzeitig beweglichen Formationen, die Kermorvan forderte. Da er dieses vorausgesehen hatte, hatte er seine eigenen gutausgebildeten Leute in der Armee verteilt, um die fragwürdige Mischung von Soldaten mit ihnen zu durchsetzen und sie während des Marsches soviel wie möglich von ihrem Wissen an diese weitergeben zu lassen. Er wählte seinen Befehlsstand zusammen mit seinen Hauptleuten und Freunden auf einem Felsvorsprung einer niedrigen Erhebung. Durch die vielen Banner der beiden Armeen, die über seinem Kopf flatterten, war er leicht als ruhende Säule auszumachen, die aus dem Gewimmel der Masse herausragte und im einen Augenblick in eine strategische Besprechung mit seinen Hauptleuten und den Adeligen vertieft war und im nächsten Augenblick Befehle erteilte, um die eine oder andere Gruppe seiner Soldaten hierhin oder dorthin zu verschieben oder wieder andere zu veranlassen, flache Schutzgräben in den harten Boden zu scharren. Jene, die nah bei ihm standen, sahen, wie heftig seine Kinnmuskeln arbeiteten und wie aufmerksam seine Augen die Hügel nach irgendeinem Zeichen von den Kundschaftern absuchten.

»Was beunruhigt dich so, lieber Großer?« wollte Ils wissen. »Du hast in deinem Leben doch schon genügend erbitterte Schlachten erlebt!«

»Das stimmt, und nicht eine davon hat mir gefallen!« entgegnete Kermorvan grimmig. »Aber ganz besonders mißfällt mir eine solche, in der ich gezwungen bin, mich im Hintergrund zu halten und Tausende unter meinem Befehl ihr Blut vergießen zu lassen, bevor ich selbst auch nur im geringsten in die Gefahr gerate, das meine vergießen zu müssen.«

Er wandte sich schroff um, als der Häuptling des Raben-Klans sich mühsam einen Weg durch das Gewimmel zu ihm bahnte und ihn mit verbissener Hochachtung grüßte, indem er Speer und Schild erhob. »*Ayeha!* Wo wollt Ihr die Raben Aufstellung nehmen lassen?«

Kermorvan hob eine Hand. »Versammelt sie unter diesem kleinen Hügel hier, wo Ihr mich hören könnt.«

Der alte Mann musterte ihn forschend. »Ich dachte, Ihr würdet uns in die vorderste Linie stellen, damit der

Feind den Eindruck hat, er kämpfe gegen seinesgleichen.« Er hielt nachdenklich inne. »Es ist häufig genug vorgekommen, daß ein Stamm gegen den anderen kämpft. Es wäre eine Art Ehrenplatz...«

Kermorvan schüttelte den Kopf. »Ich habe etwas Besseres mit Euch vor. Haltet Euch für meinen Befehl bereit – und haltet bis dahin Eure Banner gesenkt.« Plötzlich bebte die Luft um sie herum, mit dem gleichen rumpelnden Dröhnen wie zuvor, doch jetzt war es näher, viel näher. Der Ekwesh-Häuptling straffte sich, drehte sich blitzschnell um und schnupperte wie ein Jagdhund nach allen Seiten in den Wind. Dann hob er den Speer und deutete zu der gerundeten Kuppe des hohen Hügels vor ihnen. Alle Augen folgten ihm, doch auf dem makellosen Weiß war allem Anschein nach nichts zu sehen. Doch mit einemmal war es, als ob der scharfe Umriß des Hügels verschwämme; nach einem weiteren Atemzug waren ihm feine Zacken gewachsen, die anschwollen und waberten und immer höher aufragten. Der Speer schwenkte entlang des gesamten Kammes der Hügelkette, und wo er hindeutete, stieg die Linie an, als ob er sie heraufbeschworen hätte, und schimmerte wie vom Wind durchwehtes Gras. In der vollkommenen Stille hörte Elof, wie Roc, der neben ihm stand, krampfhaft schluckte, und erst da wurde ihm bewußt, wie trocken auch seine Kehle geworden war. Die Linie erstreckte sich in einem großen Halbmond um sie herum, von den Hügeln im Landesinneren bis zu dem Landsturz, der steil zum Meer hin abfiel; an ihrem Ende bewegten sich immer noch kleine Flecken, um die Linie zu verlängern, und Reihe um Reihe schloß dahinter auf. Denn das war der Schildwall der Ekwesh-Armeen, und jeder scheinbare Grashalm war in Wirklichkeit einer ihrer länglich-ovalen Schilde, die mannshoch aufragten. Die Armee in der Ebene, deren Zahl noch vor wenigen Augenblicken so riesig erschienen war, wurde in Elofs Einschätzung angesichts dieser schimmernden Masse verschwindend klein und dürftig. Er bemerkte, wie die Gesichter der Männer um ihn herum blaß wurden und die Knöchel ihrer Hände, mit denen sie Zügel und Waffen umklammerten, weiß hervortraten. Kermorvan, dem äußeren Anschein nach ungerührt, schwieg und lockerte überflüssigerweise sein grau-goldenes Schwert in der Scheide.

»Seht Euch das an!« brachte einer der Hauptleute erschüttert hervor. »Seht nur ihre Zahl! Es müssen an die fünfzigtausend Mann sein!«

»Und im Turm dahinter sind noch etliche mehr!« brummte Ils mißmutig. »Doch mit denen werden wir uns später beschäftigen. Zunächst gilt, daß ein Kämpfer von uns zwei von ihnen niedermachen muß; einst wäre es ein erbärmlicher Duergar gewesen, der das nicht geschafft hätte!«

In der immer noch herrschenden gespenstischen Stille, die nur durch das Knirschen von Füßen auf den schneebedeckten Steinen unterbrochen wurde, löste sich ein langer Abschnitt aus dem nördlichsten Teil der Linie und bewegte sich nach unten, geduckt und hurtig hinter kleinen Hügeln und an Wasserläufen entlang huschend, bis sie nur noch ein ganz kleines Stück außerhalb der Schußweite von Kermorvans Männern waren. Dort hielten sie für einen langen, atemlosen Augenblick an, als ob sie auf etwas warteten, und dann, als ein Befehl vom Hügel herabgebrüllt wurde, schwangen sie die kurzen Speere in einem glitzernden Gewirr hoch und wirbelten herum, weg von den beiden Armeen und zum Turm der Pforte hin. Elof, der mit angestrengten Augen spähte, erschien es, als ob er hoch oben, auf dem Balkon unterhalb des runden Turms, einen sanften, sich bewegenden Goldschimmer sähe, den man für blonde Haare hätte halten können; um dunkle Haare zu erkennen, war er jedoch zu weit entfernt. Dann stießen die Ekwesh wie aus einem

Munde einen Schrei aus, ein einziges Wort, unverkennbar einen Salut, und hoben ihre Schilde aus versteiften, auf Holz gespannten Fellen, wobei sie in ein lautes Johlen ausbrachen und mit den Klingen ihrer Speere klirrend gegen die Schilde schlugen.

Aotu-u-eh!

Das Grölen der gesamten riesigen Armee samt seinem Echo schallte über den Kamm der Hügelkette, und das Trommeln der Schilde schwoll an und hallte von den kalten Felswänden des Tals wider – eine wilde, furchterregende Kriegsmusik.

»Das war also das Getöse, das wir von weitem schon gehört haben!« fauchte Ils; die Haut um ihre großen Augen war von tiefen Fältchen gefurcht, während sie über den Schnee blinzelte.

»Nicht nur!« sagte Elof. »Da war noch etwas anderes …« Am Fuße des Hügels wurde der alte Häuptling des Raben-Klans ungeduldig; er ergriff sein Schild und schlug heftig dagegen, und alle seine Männer hätten es ihm gleichgetan, wenn Kermorvan nicht brüllend Ruhe befohlen hätte. Sie gehorchten ihm sofort, doch mit mürrischen und haßerfüllten Mienen. Während er sprach, wichen die vordersten Reihen des Feindes plötzlich zurück. Sie hoben zu einem Singsang an; einer leierte eine Verszeile herunter, und die Masse antwortete mit dem Refrain, beinahe wie bei einem Seemannslied.

Axey-yeh!
Heugh!
Axey-yey-yeh!
Heugh!
Aotu-u-ueh!

Bei diesem letzten Wort fielen alle mit ein, stießen die Speere hoch in die Luft und klapperten erneut damit auf den Schilden herum. »Du beherrschst ihre Sprache besser als ich, Elof!« murmelte Kermorvan. »Verstehst du irgend etwas davon?«

»Nur den Salut, das letzte Wort. *Aotu!* Es bedeutet: *Tötet!*«

Sie wiegten sich im Rhythmus dazu, tanzten sogar mit seltsam hüpfenden Schritten, zunächst auf der Stelle, dann einen Schritt nach vorn, einen zweiten …

Mit erschreckender Plötzlichkeit, begleitet von einem fast tierischen Geheul sowie dem Schrei *»Aotu!«*, verwandelte sich der Tanz in ein wilden Vorpreschen; die erste Welle von Ekwesh schwappte über die Reihen von Kerys und Morvanhal herein. Ein Schwall von Pfeilen zischte ihnen entgegen, und viele fielen vor die Füße ihrer Kameraden; ein weiterer Befehl ertönte von dem Hügel, und die voranstürmenden Kämpfer hielten inne, wichen jedoch nicht zurück, sondern verharrten auf der Stelle. Die Männer mit der kupferfarbenen Haut tanzten und sangen wie zum Hohn, während die tödlichen Pfeile in ihre unregelmäßigen Reihen sirrten und einen nach dem anderen im Todeskampf zuckend auf den gefrorenen Boden schickten, wo sie mit qualvoll verzerrten Mienen und auf schaurige Weise von Pfeilen durchbohrt und aufgespießt ihr Leben aushauchten. Es war ein grauenvolles Schauspiel, soviel Tapferkeit auf diese Art mißbraucht zu sehen, und eine geraume Zeitlang zog es aller Augen vor Entsetzen gebannt auf sich; aller Augen mit Ausnahme derer der Raben, die Schlimmeres gesehen und dabei noch gelacht hatten. Ihr Schrei war es, der Kermorvan herumfahren ließ. »Ein Scheinangriff, bei den Mächten!« brüllte der König. Wie eine graue Flutwelle hatte sich das südlichste Viertel des Schildwalls abgetrennt und war vorgerückt; in diesem Moment pirschten die Männer verstohlen den unteren Teil der Hänge herunter in die Ebene. *»Blast die Hörner! Alle Mann in Gefechtsstellung!«*

Als sie merkten, daß ihre Finte durchschaut worden war, streckten die schwarzgekleideten Häuptlinge auf dem Hügel ihre Speere aus und stießen dumpfe

Schreie aus; die vorrückenden Truppen gaben ihre verstohlen pirschende, geduckte Gangart auf, und mit lautem Gebrüll und Speergerassel fielen sie in einen schnellen Laufschritt, der bald zu einem wilden Vorpreschen hangabwärts wurde. Der lockere Schnee stob unter ihren Füßen auf und verbarg sie, so daß es aussah, als glitten die Schilde auf einer Eiswolke voran, und das Knirschen der Schritte jedes einzelnen Mannes, tausendfach verstärkt, wurde schließlich zu dem gewaltigen, unirdischen Dröhnen, das über die Hügel zu ihnen herübergedrungen war.

Kermorvan maß mit angestrengten Augen die Entfernung, dann gab er ein Handzeichen. Ein Horn erschallte, und innerhalb der Reihen sangen und krachten die Katapulte, die sie von den Schiffen mitgebracht hatten. Es war ein zeitlich wohlbemessener Schlag. Steine und Pfeile schossen pfeifend zwischen die voranrückenden Linien; Krieger in schwarzen Rüstungen blieben wie angenagelt stehen, wurden wie Kegel umgeworfen oder gleich zermalmt, doch sie hinterließen kaum eine Lücke in dieser gewaltigen Streitmacht, und sie verlangsamten auch ihren Sturm nicht. Einige Steine schossen übers Ziel hinaus, rollten jedoch polternd den Hang wieder herunter und trafen die Ekwesh von hinten. Hier und da riß die Schneedecke, und kleine Lawinen rutschten abwärts, wobei sie Soldaten hilflos zappelnd wie Insekten im Sand mit sich rissen. Die Katapulte wurden in rasender Eile nachgeladen, und bei einigen reichte sogar die Zeit, um sie mehrmals abzufeuern. Doch die Hauptreihen befanden sich bereits unter dem Bogen ihrer Flugbahn, und die Geschosse trafen nun lediglich noch die wenigen Versprengten. Jetzt pfiffen Pfeile von den Hügeln herab, mit langer Schußweite und geringer Zielgenauigkeit, doch bei der dichten Formation, die Kermorvan angeordnet hatte, trafen die meisten. Männer stürzten stöhnend und brüllend zu Boden; ihre Schreie klangen jämmerlich und beinahe lächerlich verglichen mit dem anschwellenden Donner der herantrampelnden Füße. Zum erstenmal spürte Elof tatsächlich etwas, über das er bisher nur gelesen hatte, nämlich die Erschütterung der Erde unter seinen Füßen durch die Schritte einer Armee. Eingehüllt in ihre Schneewolke brandeten die Ekwesh heran wie die Sturmwellen eines riesigen Ozeans. Und wie eine Brandung prallte dieser erste wuchtige Ansturm gegen Kermorvans Schildwall und schwappte donnernd darüber.

Oder so schien es jedenfalls. Einen endlosen Augenblick lang herrschte ein wildes Durcheinander von Toben und Brüllen und dem Rasseln von Waffen. Fellschilde hoben sich vor Metall, Piken und Schwerter klirrten gegen kurzschaftige, breitklingige Ekwesh-Speere, die sowohl als das eine als auch das andere eingesetzt werden konnten, während aus der zweiten Reihe lange Speere über die Schultern der Verteidiger hinweg nach vorn stießen. Elof drängte es mit aller Macht, sich mit seinen Flügeln in die Luft zu erheben, um von oben beobachten und kämpfen zu können, doch in diesem kargen Landstrich gab es wenig Brennmaterial, um Treibstoff zu liefern, und er mußte es für den wirklichen Notfall aufsparen. Es war ein nicht faßbarer, grauenvoller Anblick, dieses gegenseitige Abschlachten Tausender von Menschen; selbst Elofs scharfe Augen nahmen nur Bruchstücke des wirren Geschehens auf, kleine Szenen, die sich immer wieder und wieder abspielten, wohin der Blick entlang dieser langen Kampflinie auch wanderte, wie ein sich ständig wiederholendes Muster auf einer gelungenen Schmiedearbeit, ein gewaltiger, komplizierter Fries mit blutigen und nur allzu lebensechten Darstellungen. Hier mähte eine Pike einen Fellschild und den ihn haltenden Arm ab und spaltete den von einer schwarzen Panzerung bedeckten Brustkorb; dort schlitzte ein Schwert den Holzrahmen eines anderen solchen Schildes auf, das dem Haltenden aus der Hand fiel, während die tödliche Klinge wie die Zunge einer Schlange vorschnellte. Hier sprang ein Krieger auf die in einem Schutzgraben leblos hingestreckten Körper, nur um gleich darauf geradewegs in die Höhe zu schießen, wie ein Fisch zappelnd aufgespießt auf einer Speerspitze; dort wurde ein Mann aus Morvanhal rücklings von einem Fellschild über einen Wall gestoßen und hatte eben noch Zeit, einen Schrei des Entsetzens dem Speer entgegenzuschleudern, bevor sich dieser in sein Herz bohrte. Und ein Metallschild fällte wiederum denjenigen, der ihn getötet hatte, so daß dieser auf die Knie sackte, während gleichzeitig ein Mann aus der zweiten Reihe an seine Stelle trat und ein langer Speer unter die Ekwesh-Rüstung drang. Er stürzte zuckend zu Boden und riß den Speer mit sich, doch sein Angreifer zog die Klinge aus dem Entleibten, um sich mit dem Mann dahinter auseinanderzusetzen. Überall spielten sich solche Szenen ab und ähnelten sich um so mehr, je verschwommener die Gesichter der Gegner durch die Entfernung oder die Wolken von aufstiebendem Schnee, der jetzt rosa gefärbt war, wurden. Elof glaubte allmählich, einen Alptraum zu erleben, in dem zwei Armeen von Geistern zu einer ewig währenden Schlacht verdammt waren, in der jeder Gefallene sofort auferstand, um erneut zu kämpfen.

Dann, ganz plötzlich, wie abkühlendes Glas oder schmelzendes Eis, klärte sich die Szene. Das Durcheinander löste sich auf und enthüllte die meisten der Ekwesh, die wild durcheinanderwimmelten und sich gegen die Ringe von Schilden warfen, während diese immer noch auf ihre Widersacher einschlugen, allerdings ohne große Wirkung. Kermorvans dichte Formation hatte sich als starker Wellenbrecher gegen diese menschliche Brandung erwiesen; an den meisten Stellen hatte er gehalten, und was darüber hinweggeschwappt war, war zu vereinzelten Schaumflocken zerfetzt worden. Allein auf sich gestellt, zerfielen die Eindringlinge tatsächlich wie Schaum vor der zweiten Reihe, was in dieser jeweils ein Triumphgeschrei auslöste. Doch auch für den Ansturm größerer Gruppen hatte Kermorvan Vorbereitungen treffen lassen. Seine wenigen Schwadronen von Berittenen und Pikenträgern waren beweglich zwischen den Reihen verteilt, um jeden Durchbruch abzublocken oder über jeden herzufallen, der diesen dennoch geschafft hatte; kein Eindringling überlebte länger als einige Sekunden. Nur am Gipfelpunkt des Angriffs wurde der Schildwall wirklich durchbrochen; tapfere Männer wurden mit breiten Speeren niedergemetzelt und zum Tode befördert, und wo das geschah, ertönten sogleich die Hörner, und Männer aus der nächsten Reihe rückten in die entstandenen Lücken nach und umzingelten die vordringenden Ekwesh in einer flachen Pfeilformation mit einem Zaun von Schilden und Dornen aus Speeren und Piken. Die Männer der Vorhut, von drei Seiten eingeschlossen und bedroht, wurden allein durch den Druck von hinten gegen ihre Spitzen getrieben; ihre toten Körper häuften sich zu einem Wall auf und dienten ihren Schlächtern als eine Brustwehr der schauerlichsten Art. Als die Häuptlinge auf dem Hügel sahen, wie wenig selbst dieser Durchbruch brachte, gaben sie neue Befehle aus. Entlang der gesamten Linie brachen die schwarzgerüsteten Krieger ihre isolierten Scharmützel ab und fielen zurück; doch jene, die innerhalb der Pfeilspitze gefangen waren, konnten ihrem eigenen Verhängnis nicht mehr entrinnen. Mit markerschütterndem Gebrüll näherten sich die beiden verstärkten Reihen der Pfeilformation einander und verengten den Winkel gegen den nachlassenden Druck, der ihnen von innen entgegenwirkte, immer mehr, stechend und schlagend und alles Gestürzte niedertrampelnd, bis sie sich wieder zu einer einzigen Linie geschlossen hatten.

Die Reihen der Ekwesh wichen zurück; einige tanzten und sangen immer noch höhnisch, während sie den Hang wieder hinaufstapften. Doch sie ließen den Boden vor dem Schildwall als stinkende, zermatschte Suhle zurück, braun von Blut und von Leichen übersät wie vom Regen niedergedrücktes Gras. Ein ungestümer Jubel stieg von den Kerys-Reihen auf, und einige Törichte oder Bluttrunkene durchbrachen die Linien, um den Zurückweichenden zu folgen. Ihre Anführer befahlen ihnen brüllend, zurückzubleiben, und sie machten um so schneller kehrt, als einige ihrer vorwitzigsten Kameraden mit Ekwesh-Pfeilen in den Bäuchen zusammenbrachen. Die Bogenschützen auf den Hügeln setzten ihren Beschuß mit zunehmender Heftigkeit fort, da jetzt weniger Gefahr bestand, daß sie ihre eigenen Reihen treffen könnten.

»Nun, wir haben ihnen standgehalten!« sagte Roc angespannt und ohne die geringste Spur von Freude. »Doch das war lediglich ihre erste Angriffswoge. Was folgt als nächstes, Kermorvan? Noch mehr von derselben Art?«

»Das glaube ich nicht«, antwortete Kermorvan. »Es ist ihnen nicht gelungen, unsere Linien zu zerschlagen; jetzt werden sie versuchen, sie zu durchbrechen. Die Frage ist nur: wo? An welcher Flanke werden sie zuschlagen?«

»Warum nicht an allen?« brummte Ils. »Zahlenmäßig sind sie stark genug dafür, bei Ilmarinen!«

»Nein, in einem solchen Durcheinander könnten sie ihre Streitkräfte nicht unter Kontrolle halten, und das würde mehr als alles andere für uns einen großen Vorteil bedeuten...« Er machte einen behenden Satz zur Seite, als ein Katapultpfeil heranzischte und den Stein neben seinen Füßen streifte. »Und in einen solchen Haufen könnten sie auch nicht so bedenkenlos hineinschießen, da sie befürchten müßten, ihre eigenen Leute zu treffen. Sie werden es eher mit der Lanze versuchen, glaube ich, nun, da die Keule versagt hat, und sie werden die Lanzenspitze mit schlachterprobten, draufgängerischen Kriegern bewehren. Aber wo? Wo?«

»Ich glaube es zu wissen«, sagte Elof leise. »Seht, dort!« Hoch oben am Hügel war Bewegung hinter dem starren Frontwall zu erkennen. Graue Schilde strömten über den Hügelkamm und hinunter auf die Mitte des Schildwalls zu, westlich von ihnen.

»Kann sein...«, setzte Kermorvan an, dann verstummte er. Während sich noch ein paar letzte graue Schilde in die Linie einreihten, ertönte ein Geheul auf dem Hügel; der äußere Schildwall teilte sich und löste sich auf, und die Grauen nahmen seinen Platz ein. Ihre Schilde trugen dasselbe Schlangenmuster wie die Banner, die über ihnen flatterten. Alles Singen und Tanzen hatte aufgehört, und nach einem weiteren Geheul von oben wurde als Antwort ein Speer in die Luft gestoßen. Mit einem einstimmig gebrüllten *Ho!* strömten die grauen Schilde den Hügel herab. Während sie rannten, knickte ihre Linie in der Mitte ein und bildete einen Keil, und der gesamte Rest der riesigen Phalanx auf dem mittleren Hang, etwa neun- oder zehntausend Mann, füllten ihn auf. Fast so viele Krieger, wie Morvanhals gesamte Armee umfaßte, rasten in dieser Form einer großen Speerspitze auf den westlichen Rand von Kermorvans Reihen zu, und graue Schlangen schnellten daraus hervor.

»Wenn wir doch nur einige Stunden mehr für das Ausheben von Gräben und das Aufhäufen von Erdwällen zur Verfügung gehabt hätten...«, zischte Ils zwischen ihren großen Zähnen hervor, während sie diesen unausweichlichen Ansturm beobachtete und dann mitfühlend zusammenzuckte, als die beiden Streitkräfte mit einem schrecklichen Beben und Klirren von Schilden gegen Schilde aufeinanderprallten. So mochte es sich vielleicht anhören, wenn zwei Berge in einer Ebene gegeneinander Krieg führten, wenn sie ihre Felsen gegeneinanderschleuderten. Elof hielt den Atem an, denn er konnte sich nicht vorstellen, daß ein nur aus Menschenkraft bestehender Wall einem solchen Angriff würde standhalten können. Er hatte diesen Gedanken noch nicht ganz zu Ende gedacht, da hörte er die Hörner um sich herum zum Alarm blasen und sah, wie die äußeren Linien schwankten und sich auflösten, indem sie nach hinten, zur Seite, nach innen und in alle Richtungen zerfielen, als die gewaltige Kolonne der Ekwesh durch sie hindurchbrach und die flatternden Banner mit atemberaubender Schnelligkeit auf das Herzstück der Ringe zujagten, auf den Felsen des Königs. Er fluchte und griff nach seinem Schwert, doch noch während Gorthawer singend aus der Scheide fuhr, erkannte er, daß sich die zerbrochene Linie nicht völlig aufgelöst hatte, sondern sich wieder neu formte. Für einen kurzen Augenblick hatte sie sich zusammengekringelt, und die Männer hatten eng gewundene Spiralen gebildet, die dann zu scharf abgegrenzten Rechtecken wurden, Inseln, deren Küsten mit Schilden gesichert und mit einem Wald von Klingen bewachsen waren, standhaft und uneinnehmbar inmitten des brodelnden Gewühls von Ekwesh, deren Sturm durch das plötzliche Zerfließen ihres Ziels in Verwirrung geriet. Die kleineren Angriffsflächen, die die Rechtecke boten, bedeuteten, daß nur wenige gleichzeitig auf den einzelnen Gegner losgehen konnten, während sie sich denselben doppelten oder dreifachen Reihen wie zuvor sowie dem unausweichlichen Druck der Männer hinter ihnen ausgesetzt sahen. Die anderen, die wütend und ungeduldig waren, konnten nichts anderes tun als sinnlos herumzurennen und zu schreien. Nur die Veteranen des Schlangen-Klans behielten einigermaßen kühlen Kopf, so schien es; denn sie blieben zusammen und gingen hart gegen die inneren Ringe vor, die sich nicht aufgelöst hatten sondern sich enger um den Königs-Felsen zusammenschlossen. Viele fielen, doch der Druck zeigte allmählich Wirkung, und Elof erkannte, daß ihnen der Durchbruch jeden Augenblick gelingen mußte. Dem Anschein nach schenkte ihnen Kermorvan keinerlei Beachtung, sondern ging an den Rand und rief nach unten: *»Ihr Raben! Jetzt ist Eure Zeit gekommen! Macht diese Schlange unschädlich!«*

Er machte eine Handbewegung, Hörner erschallten; die von starkem Druck bedrängten Reihen gaben nach, und mit einem heiseren Triumphgeschrei strömten die Schlangen durch sie hindurch. Doch der alte Häuptling war ebenfalls mit einem ganz besonderen Schrei aufgesprungen und hämmerte mit dem Speerschaft gegen seinen Schild. Seine Gefolgschaft antwortete ihm mit einem Echo und nahm den Schrei auf – *»okju'awatle! Der Rabe ist über euch!«* Ohne Zögern stürzten sie sich auf ihre Stammesbrüder.

Um die Felsen herum brandete das Chaos, und aus dem Gewimmel brach mit einemmal inmitten eines Knäuels von Männern mit harten Gesichtern das Schlangen-Banner hervor. Sie stürmten den Hang hinauf, und ohne sich weiter um den Verlauf der Schlacht insgesamt zu kümmern, zückten die Anführer die eigenen Waffen und griffen selbst in das Kampfgeschehen ein. Roc warf den Bogen aus der Hand und hakte die Keule von seinem Gürtel; Ils hielt ihre Axt einsatzbereit. Kermorvan, der sich den Helm auf den Kopf stülpte und die auf so erschreckende Weise mit Juwelen verzierte Maske, die ihm als Visier diente, befestigte, wandte sich an Elof. »Bleib hier; du kannst auf diesem groben Gestein nicht gehen, und es bleibt keine Zeit für deine Flügel. Niemand wird in deine Nähe gelangen, solange wir noch aufrecht stehen können.« Dann schwenkte er die grau-goldene Klinge und stürmte den steilen Hang hinab, dicht gefolgt von Roc und Ils, und warf sich in das Getümmel. Mit der leidenschaftlichen Kraft seiner Jugend hieb er nach links und rechts und parierte jeden Schlag der Wilden mit Geschick, um gleich darauf selbst den nächsten auszuteilen; er wurde zum Mittelpunkt eines grotesken Todestanzes, bei dem Gestalten in schwarzen Rüstungen vor und wieder zurück sprangen, im wahrsten Sinne des Wortes aus der Bahn geschleudert wurden oder einen Augenblick lang herumhüpften und dann wie schlaffe Marionetten in sich zusammensackten. Vom Augenblick seines Eingreifens an war die Schlacht eingedämmt.

Elof, der sich auf seine Krücken stützte, verfluchte seine Behinderung und alle jene, die sie verursacht hatten; denn obwohl er von Natur aus eigentlich kein kriegslüsterner Mensch war, widerstrebte es ihm, hilflos zusehen zu müssen, wie sich seine Freunde der Gefahr aussetzten. Gorthawer sirrte und sang in seinem Griff, und er machte sich daran, sich mühsam zu dem Kampfgeschehen zu schleppen, wobei er seine Augen anstrengte, um möglichst deutlich zu sehen. Er konnte weder Roc noch Ils entdecken, da ihre gedrungenen Gestalten in dem Gewühle untergegangen waren; doch Kermorvan, der sogar noch größer war als die Ekwesh, überragte alle anderen deutlich sichtbar. Offenbar war er nicht in Gefahr; tatsächlich wich der Feind sogar von ihm zurück, nachdem die Ekwesh gesehen hatten, wie er die stärksten unter ihnen gleich zu zweien oder dreien niedermähte. Dann sah Elof, daß er sich zu etwas bückte, das zu Boden gestürzt war, und er eilte näher zu der Stelle hin. Es war Ils, und Blut strömte aus ihrem Bein. In diesem Augenblick unternahmen zwei große Ekwesh einen plötzlichen Vorstoß; Ils schrie auf, Kermorvan fuhr herum, doch ein Schild traf ihn wie eine Keule an der Seite des Halses und warf ihn nach hinten. Ein Ekwesh holte mit seinem Speer zum Stoß aus; Elof, der sich noch außerhalb der Reichweite seines Schwertes befand, stützte sich auf eine Krücke und schlug mit der anderen zu. Der zum Stoß ausholende Arm wurde mitten in der Bewegung getroffen; dann bohrte sich Gorthawer tief in die unbedeckte Armbeuge, und der Mann ging mit einem Stöhnlaut zu Boden. Ein anderer näherte sich Elof, doch die Krücke traf sein Gesicht, und das schwarze Schwert erwischte ihn unterhalb der Brustplatte und fuhr hinauf bis hinter die Rippen. Ein weiterer rannte mit erhobenem Schild herbei; Elof ließ die Krücke dagegen sausen, schickte den Mann flach zu Boden und stieß ihm Gorthawer in den Rücken, um ihn zu durchbohren. Gleich darauf riß er seine Klinge wieder frei und schnitt einem anderen damit quer durch die Brust, so daß dieser mit einem letzten geröchelten Fluch kopfüber vom Felsen stürzte. Jetzt wurden also die Angreifer ihrerseits angegriffen; unter dem Banner brüllte ein großer Mann, dessen Kopf mit einem hüpfenden weißen Federbusch gekrönt war und dessen Gesicht und Arme die verschnörkelten bläulichen Narbenmuster zeigten, die von hohem Rang zeugten, einen Befehl und scharte alle Männer, die ihm noch zur Verfügung standen, um sich. So schnell, wie sie gekommen waren, machten sie kehrt und verschwanden im Kampfgetümmel.

Elof wandte sich seinen Freunden zu. Ils, die offenbar ihre eigene Verletzung ganz vergessen hatte, hatte Kermorvan den Helm abgenommen, und dieser stand bereits schwankend auf und verzog unwillig das Gesicht, als er die Prellung an seinem Hals betastete. »Niemand soll dich je wieder einen Krüppel nennen, Schmiedemeister!« keuchte er. »Ob auf flinken Beinen oder mühsam auf Krücken, mein Freund, du bist der große Menschenschlächter, als den ich dich einst bezeichnet habe.«

Elof verzog das Gesicht. »Mir ist Schmiedemeister lieber! Ist mit dir alles in Ordnung?«

Kermorvans klares Lachen klang triumphierend.

»Das ist es, dank deines Geschicks! Und jetzt sollte ich mich darum kümmern, wie es inzwischen auf dem Schlachtfeld aussieht!«

Elof wußte, daß der alte Rabe die Wahrheit gesprochen hatte; bis zuerst der Schmiedemeister und dann Louhi es geschafft hatten, ihre Streitigkeiten zu schlichten, hatten die großen Ekwesh-Stämme in ständigem Zwist über die wenigen natürlichen Schätze ihres kargen Landes gelegen. Überall sonst mochten die Schlangen vor ihresgleichen auf der Hut gewesen sein, doch hier hatten sie, wie sie meinten, sich einen Weg bis in das Herz ihrer Feinde gebahnt, nur um dort eine starke Streitmacht ihrer eigenen Rasse zu finden. Offenkundig hatten sie anfangs angenommen, es handele es sich dabei um ihre Kameraden, die ihnen zur Hilfe gekommen seien; und diese Annahme hatte sich als verhängnisvoll für sie erwiesen. Der Angriff der Raben überraschte und erschreckte sie; es war ein fürchterlicher, überwältigender Schlag, dem Magie innewohnte und der die Schlacht auf den Kopf stellte; und die Raben, von denen viele mit Waffen aus Kerys ausgerüstet waren, waren angsteinflößende Gegner. Der Vorstoß der Schlangen brach unvermittelt ab; sie hoben die Schilde in dem schwachen Versuch, sich zu verteidigen, doch Panik breitete sich in ihren Reihen aus, und die hinteren ergriffen die Flucht. Sie rannten mitten hinein in das Gewimmel um die Rechtecke herum, und in diesem ungeordneten Durcheinander wirkte sich ihre Angst verheerend aus. Köpfe wandten sich ihnen zu, Krieger, die bereits ohnehin entmutigt und verzweifelt waren, sahen, daß sie flohen, und wichen ebenfalls immer mehr zurück; der Druck ließ nach, und die Rechtecke, die immer noch fest zusammenstanden, bewegten sich Stück für Stück. Zwei kamen zueinander und verbanden sich, um einem anderen zur Hilfe zu kommen, das am meisten in Bedrängnis war; auch dort wichen die Ekwesh beim Anblick dieses heranrückenden drachenartigen Gebildes aus Schilden zurück, während dieses langsam, aber sicher alles niedertrampelte, was sich ihm in den Weg stellte. Sie fluteten davon. Sofort brüllten die Anführer von den Hügeln neuerlich Befehle herunter, und die Männer des großen Sturms machten kehrt und flüchteten mit weiten Sätzen. Doch nun war es kein Tanzen oder Verspotten mehr; denn von dieser gewaltigen Zahl von Männern lagen mehr als die Hälfte tot im Schlamm und Matsch, und die Wärme des vergossenen Blutes taute selbst diesen gefrorenen Boden auf. Und hinter diesem riesigen Haufen von Leichen formte sich Kermorvans unterbrochene Linie bereits wieder neu.

Elof stieß einen tiefen Seufzer der Erleichterung aus, doch Kermorvans Miene war düster. »Warum machst du ein so betrübtes Gesicht, lieber Großer?« fragte Ils, die sich auf seinen Arm stützte. »Dein Plan hat doch einen hervorragenden Erfolg gebracht. Unsere Verluste sind gering, verglichen mit den ihren.«

»Dennoch sind und bleiben es Verluste, und es wird noch schlimmer kommen. Trotzdem, ich bin dankbar… Aber was ist das?«

Die Anführer des Raben-Klans drängten sich durch die Menge und trugen etwas zum Felsen. Vor Kermorvans Füßen entrollten sie es und brachen dabei in schallendes Gelächter aus; es war das Hauptbanner der Schlangen, und darin eingewickelt, auf die Stange aufgepfählt, ein nackter Leichnam, auf grauenvolle Weise geschändet, doch mit noch erkennbaren Narbenmustern. Ils pfiff durch die Zähne und kicherte leise in Elofs Ohr. »Es war vielleicht ganz gut, daß wir nicht die *echten* Wilden rekrutiert haben, vermute ich!«

Doch Kermorvans Miene blieb undurchdringlich. Er schritt von dem Felsen herab, schenkte der grausamen Trophäe einen kurzen, tiefernsten Blick, machte eine Bemerkung bezüglich der Klauen der Raben, die die

Schlange ergriffen hatten, und befahl dann, daß der Häuptling wieder in das Banner eingewickelt und ehrenvoll zu den anderen Gefallenen gelegt werden solle. Das erstaunte die Raben, die es gewöhnt waren, die toten Körper ihrer höherrangigen Feinde zur Schau zu stellen, doch gleichzeitig schien es sie tief zu beeindrucken, um so mehr, als Kermorvan befahl, daß ihre Banner zusammen mit allen anderen über dem Hügel flattern sollten. »Sie haben es verdient!« sagte er, während er sich zu seinem erhöhten Standplatz zurück begab. »Und es wird die Berichte derjenigen bestätigen, die geflohen sind; das kann uns nur nutzen. Um ihre Schande zu verdecken, werden sie gewaltig übertreiben, was die Zahl derer betrifft, gegen die sie zu kämpfen hatten. Unter den einfachen Soldaten wird sich das Gerücht verbreiten, daß Ekwesh unsere Freunde sein und an unserer Seite kämpfen können; vielleicht verunsichert das sogar die echten Fanatiker ein wenig.«

»Bist du dir da so sicher?« fragte Elof. »Vielleicht schwächt es die Bande, mit denen ihr Geist gefesselt ist, ein wenig – aber ausreichend? Und wie bald?«

»Natürlich reicht das nicht aus, um uns in dieser Schlacht zum Sieg zu verhelfen. Doch falls wir sie gewinnen... nun, dann wird es einen entscheidenden Unterschied machen. Doch das müssen wir erst abwarten. Nein, mein alter Freund, es gibt nur eine Sache, derer ich mir sicher bin, nämlich daß uns vor Einbruch der Nacht noch ein schweres Gemetzel bevorsteht.«

In dieser Hinsicht erwies sich Kermorvan als wahrer Prophet. Es finden sich in der Chronik viele Berichte über diese letzten und größten Schlachten zur Verteidigung von Kerys, und sie unterscheiden sich in vielen Punkten; denn eine so weitreichende kriegerische Auseinandersetzung wird sich selten zwei Augenpaaren in derselben Weise darstellen, und für jeden einzelnen war wahrscheinlich seine eigene Lage die gefährlichste und seine eigene Bedrängnis die schlimmste. Doch alle stimmen darin überein, daß zwischen Mittag und Abend vier weitere derartige große Angriffe auf die vereinten Streitkräfte von Kerys und Morvanhal durchgeführt wurden, und dazu unzählige kleinere Geplänkel, und viele davon drangen bis zum Felsen des Königs vor. Doch obwohl sie sich in der Beschreibung der Art und Weise des Geschehens unterscheiden, ist einmütig überliefert, daß die Soldaten, obzwar ihre Zahl traurig verringert und ihre Reihen häufig zerbrochen waren, niemals in Panik gerieten oder an Flucht dachten und daß alle diese Angriffe zurückgeschlagen wurden, wenn auch unter großen Verlusten, mit Ausnahme des letzten.

Denn gegen Abend kam der Zeitpunkt, da Kermorvan den Blick blinzelnd über seine sich neu formierenden Linien schweifen ließ, den Kopf müde seinen Freunden zuwandte und sehr ruhig sagte: »Unsere Leute haben sich tapfer geschlagen, sehr tapfer. Aber ich glaube nicht, daß sie dem letzten Angriff standhalten können.«

Düsteres Schweigen senkte sich auf sie herab. Elof, der zu der am grauen Himmel leuchtenden untergehenden Sonne sah, wurde sich bewußt darüber, daß er sich mit dieser Tatsache schon längst abgefunden hatte; irgendwie machte es ihm kaum noch etwas aus. Ils, die gerade dabei war, den Verband um ihr verletztes Bein zu erneuern, hob eine Augenbraue, sagte jedoch nichts; offensichtlich empfand sie so ziemlich dasselbe. Kermorvan betrachtete seine Anführer, einen nach dem anderen, und dann die grau-goldene Klinge, die er in den Händen hielt und auf der sich das Blut vieler Menschen vermischt hatte; ein Katapultpfeil zischte über ihre Köpfe hinweg, und er nickte, als ob er zu einem weiteren Schluß gekommen wäre. Dann wandte er sich Elof zu. »Es gibt noch einen Versuch, den wir unternehmen könnten; doch die Bogenschützen auf den Hügeln im Süden mit ihrer großen Sichtweite werden ihn vielleicht vereiteln. Ich habe dich bis jetzt nicht darum gebeten, denn die damit verbundene Gefahr ist kaum gerechtfertigt; doch wir müssen uns mit ihnen auseinandersetzen, oder zumindest müssen wir sie ablenken, wenn der Angriff erfolgt. Unter allen Umständen muß ihre Aufmerksamkeit von etwas beansprucht sein, und wenn es nur für wenige Minuten ist. Und das kann kein anderer tun als du.«

Elof grinste; er spürte, wie sich seine Lippen spannten und sein Mund ein wölfisches Aussehen annahm. Er schob sich Gorthawer unter den Gürtel und erhob sich auf die eine Krücke, die ihm geblieben war. »Dann laß mir ein ordentliches Feuer entfachen!« war das einzige, was er sagte.

An den Hängen bewegten sich die Reihen der Schildträger erneut, und wieder ertönte ein Singsang in den vorderen Reihen, doch diesmal noch lauter, noch höhnischer; auch sie spürten den Sieg, so schrecklich verringert ihre Zahl auch war. *Dey-oh-towayhiau!* Diese Zeile wurde wiederholt, doch mit einem anderen Refrain, einem tiefen *Kawei-oh-hoh! Kawei-oh!*, begleitet vom Schwenken der Speere in der Luft. Dann schlugen sie gegen die Schilde – doch es war kein bloßes Klappern mehr, sondern ein kräftiges Hämmern, drei wilde Schläge, die das Fell dröhnen ließen wie eine Metalltrommel. Der Nachhall schallte wie Donnerschläge zwischen den Hügeln und wurde als bebendes Echo von den Felsen zurückgeworfen; Schnee fiel von Simsen, Steinbrocken brachen ab und polterten mit lautem Krach in die Tiefe. Obwohl Elofs Kopf von dem Lärm brummte, verstand er den Wortlaut des Gesangs nur allzu deutlich.

Schafe des Tals,
Kommt zur Schlachtbank!

Schafe des Tals,
Laßt euch schlachten, töten!
Wisentkälber,
Stellt euch den Pfeilen!
Wisentkälber,
Kommt zum Bluttrog, blutet!

Alle Augen waren auf ihn gerichtet, und er fühlte sich unerträglich allein. Plötzlich wurde ihm klar, daß er keine Ahnung hatte, was Kermorvan beabsichtigte; da er sich so eingehend mit den Raben beschäftigt hatte, hatte er wenig Anteil an der eigentlichen Planung der Schlacht genommen. Doch dann loderte und knisterte das Feuer, und ihm blieb keine Zeit, Fragen zu stellen. Er senkte die Flügel und hielt sie eine Zeitlang so, während brennende Hitze gegen seine gefühlstauben Wangen schlug; dann schwang er sie mit so viel Wucht zurück, daß die erschlafften Banner über ihnen flatterten. Die Hitze schwand mit schmerzhafter Plötzlichkeit; er wagte nicht, noch länger zu warten, sondern hob einen Arm, um Kermorvan und seinen Freunden einen Gruß zu entbieten, ließ die Krücke fallen und hob sich hinauf in die eisige Luft. Ein lauter Schrei schallte aus den Reihen herauf, während er immer höher stieg, als ob er ein lebendiges Banner wäre, und er wußte, daß sich die Männer der Flotte daran erinnerten, wie er einst kurz vor der Niederlage das Blatt für sie gewendet und ihnen zum Sieg verholfen hatte, und daß sie neue Hoffnung schöpfen würden. Für ihn war sie eine Last, diese Hoffnung; sie drückte wie ein schweres Gewicht auf seine Seele, so daß ihm der Flug keine Erleichterung brachte, sondern lediglich eine bittere Notwendigkeit darstellte. Ein klagender Befehl wurde zu ihm heraufgeweht, und gleich darauf ein tiefer Ruf als Antwort. Er blickte nach unten über die Hügel und sah die langen Linien der Schildträger, die wie die nahende Flut vorrückten. Die orangefarbene

Sonne schimmerte matt auf seinem Gefieder; er war hoch genug, es mußte genügen. Er verharrte einen Augenblick mit schlagenden Flügeln in der Schwebe, um den richtigen Zeitpunkt abzupassen, und zog Gorthawer aus dem Gürtel. Dann, als der Schildwall der Ekwesh die Ebene erreichte und zum letzten Vorstoß losrannte, neigte er sich in der Luft und stürzte hinab, die schwarze Klinge ausgestreckt; er spürte, daß er so schnell fiel wie der Blitz, der sie geschmiedet hatte. Er sah nichts von dem Augenblick, konnte nichts sehen, als die Schilde der beiden großen Armeen zum letztenmal mit einem erschütternden Klirren aufeinanderprallten, doch er spürte es in den Knochen.

Die Bogenschützen, eine ungeordnete Linie von Katapulten und ein paar hundert Männer, die auf dem Hügelkamm weit verstreut waren, nutzten jede noch so geringe Erhebung, die sie finden konnten, als Standort. Er sah einen, der in dem verkohlten Gerippe eines Baumes kauerte, und stürzte auf ihn zu. Dem Mann blieb noch Zeit, ihn zu sehen, herumzufahren, einen Schuß abzugeben und einen wilden Schrei auszustoßen; genau das hatte Elof beabsichtigt. Alle Augen wandten sich ihm zu, als die schwarze Klinge zustieß und der Blut verspritzende Körper der Länge nach zwischen den Ästen hindurchfiel; dann wimmelte es in der Luft von Speeren und Pfeilen. Sie landeten weit hinter ihm, einige zwischen den Katapulten. Ein anderer Bogenschütze, der auf einem Felsen kauerte, fiel direkt in seinen Weg und wurde niedergemäht; zwei weitere tauchten in Deckung, ein dritter war weniger schnell und zahlte die Strafe dafür. Elof vollführte mit heftig schlagenden Flügeln eine Wende und flog in Richtung der Katapulte. Nur das kleinste von ihnen hatte noch Gelegenheit, auf ihn zu schießen, bevor er zwischen ihnen war und auf die Sehnen und Arme einhieb, die sie spannten. Winden drehten sich und sangen, Männer schrien und fielen, viele unter den Pfeilen ihrer Kameraden, die diese bei seinem Vorbeifliegen in panischer Hast abschossen. Verglichen mit dem Gemetzel auf dem Schlachtfeld unten, war es nichts, doch es bewirkte das von Kermorvan Gewünschte, daß nämlich jedermanns Augen auf ihn geheftet waren, während er höher glitt und sich entfernte. Seine Augen jedoch wandten sich der Ebene zu und suchten nach einer Bestätigung dafür, daß sein Flug seinen Zweck erfüllt hatte.

Er fand jedoch nur Betrübliches. Die Reihen der Kämpfer aus Kerys und Morvanhal, die so schlimm angeschlagen waren, fielen auseinander, wie Kermorvan vorausgesagt hatte. Es fand kein neues Formieren mehr statt, keine Rechtecke wurden gebildet, es gab überhaupt keine Ordnung mehr; es schien, als ob in keinem der Männer der geringste Kampfsinn mehr vorhanden wäre, als ob jeder nur noch einen Gedanken hegte, nämlich zu fliehen und seine eigene Haut zu retten, so gut wie eben möglich. Elof war erschüttert, als er feststellte, daß der Felsen des Königs leer war, verlassen, und die vielen Banner in der Nähe der Spitze der Menge in alle Richtungen hüpften, auf der verzweifelten Flucht über den Rand des Tals hinaus und die steilen Hänge jenseits davon hinab; sie mußten beinahe unverzüglich geflohen sein, noch vor dem Zusammenstoß. Die Ekwesh hatten in siegessicherer Zufriedenheit ihren Schildwall verlassen und verfolgten die Fliehenden. Aber wo war Kermorvan? Er hätte das niemals zugelassen, wenn er noch die Befehlsgewalt innegehabt hätte. Mit bleiernem Herzen stöhnte Elof auf und kämpfte gegen den Drang an, sich wie ein Blitz auf die Anführer der Ekwesh zu stürzen; damit wäre niemandem gedient, weder seinen Freunden noch Kara – doch was sollte er jetzt tun?

Dann blickte er von seiner Höhe aus über den Rand des Tales und lachte laut vor Begeisterung und Staunen. Noch nie hatte er ein gewagteres Unterfangen gesehen, und auch noch nie eine so wundervolle Leistung, was die Ordnung betraf. Vielleicht dachten die Ekwesh ebenso, während sie in ihrer blutrünstigen Verfolgung sich über den Rand der Hänge ergossen, bereit, alles niederzumetzeln, was sie erwischen konnten. Denn was sie fanden, war kein verängstigter Flüchtlingszug, sondern derselbe furchterregende Schildwall, dem sie sich den ganzen Tag lang gegenübergesehen hatten, nun zu drei geschlossenen Reihen entlang des Hangs formiert, wobei sich dahinter immer weitere Reihen bildeten, je mehr scheinbare Flüchtlinge herbeiströmten. Die hinteren Reihen mußten als erste den Rückzug angetreten und so getan haben, als ob sie flüchteten, während die äußeren Reihen die Stellung hielten und die Zeit nutzten, um ihre Kampfordnung neu zu gestalten; die Bogenschützen hätten diesen Vorgang beobachten und der Hauptstreitkraft eine Warnung übermitteln können. Doch weil Kermorvan Elof auf sie angesetzt hatte, war dies nicht geschehen, und der größte Teil dieses letzten Sturms ergoß sich mit der Schnelligkeit einer in panische Angst versetzten Viehherde, die in eine von Dornen gesäumte Grube getrieben wird, über den Hang.

Und wie Vieh gingen sie zugrunde. Viele, die nicht mehr anhalten konnten, rannten direkt in die Speerspitzen, andere versuchten kehrtzumachen, rutschten jedoch auf dem glattgetrampelten Schnee aus und stürzten zu Boden; einigen gelang es zu wenden, doch nur um von ihren eigenen ungestümen Kameraden, die hinter ihnen waren, niedergerannt zu werden oder von den Versprengten, die sie versucht hatten zu vernichten, niedergeschlagen zu werden. Innerhalb eines Lidschlags hatte sich der Hang in einen roten Sturzbach von Blut verwandelt, so viele starben während der ersten chaotischen Sekunden; chaotisch für die Ekwesh, denn in den Reihen ihrer Feinde herrschte eine unerschütterliche Ruhe, als ob Kermorvans Gelassenheit wie ein Mantel über ihnen läge.

Der Sturm der Ekwesh ermattete, als durch die von unten heraufdringenden Schreie bei ihnen die Erkenntnis dämmerte, daß die Dinge in Wirklichkeit nicht so waren, wie sie gedacht hatten. Noch während sie taumelnd und strauchelnd zum Halt kamen, ertönten Hörner, und mit einem einzigen heiseren Schrei erhob sich der Schildwall und rückte vor, zum Rand des Hanges und darüber hinaus. Selbst für Elof war das ein furchterregender Anblick, dieser dichte Wall aus Schilden, Reihe um Reihe, der sich plötzlich über den Rand des Tales schob, rot von Blut und in rotem Feuer erglühend, da die letzten Strahlen des Sonnenuntergangs auf ihn fielen. Bei den Ekwesh, die nach der Vergiftung durch die Siegesgewißheit von plötzlicher Unsicherheit ergriffen worden waren, muß er größtes Entsetzen hervorgerufen haben. Viele glaubten vermutlich, eine völlig neue Armee vor sich zu sehen, die in unglaublich kurzer Zeit herbeigeeilt sein mußte, um die Streitmacht zu entsetzen, die sie ihrer Meinung nach geschlagen hatten; doch selbst für jene, die daran nicht glaubten, war es bestimmt kein geringeres Wunder, daß Reihen, die einmal gebrochen waren, sich wieder neu zusammenfanden. Obwohl die Ekwesh verbissene Kämpfer waren, waren sie niemals durch dieselben starken Bande der Disziplin zusammengehalten worden wie die Männer von Morvanhal, und noch nie waren sie einem Anführer aus Achtung und Zuneigung gefolgt, sondern stets nur aus Angst. Auf diese Weise wendete sich all die Furcht und der Schrecken, auf die Louhi und die schattenhaften Anhänger des Eises bei der Beherrschung ihrer Leibeigenen vertrauten, am entscheidenden Punkt gegen sie selbst. Trotz ihrer Unterwürfigkeit ihren Häuptlingen gegenüber, trotz der Macht, die die Schamanen des Verborgenen Klans auf die Herzen der Ekwesh ausübten, beruhte alles dies letztendlich lediglich auf Angst und Schrecken. Denn die Herzen jener, die von der Furcht beherrscht werden, unterliegen dieser schließlich, und ihre Treue versagt schneller als die jener, die aus freien Stücken gehorchen und deren Gehorsam wohlverdient ist.

So war es bei den Ekwesh schon einmal gewesen, als der Schmiedemeister vernichtet worden war. So hatte es sich im Ostland zugetragen, als Karas Einfluß von ihnen genommen wurde; und hier geschah es wieder so, trotz des Feuers, das sie, Morghannen, Kriegerin der Mächte, Bestimmerin der Todgeweihten, in ihre Herzen gegossen hatte. Sie sahen etwas, das sie nicht verstehen konnten; eine Bedrohung entstand, wo keine Bedrohung hätte sein dürfen; und da sie daran gewöhnt waren, sich vor solchen Dingen zu fürchten, konnten sie sie nicht abwenden. Sie blickten sich nach ihren Anführern um und sahen lediglich hoch oben die Vision eines bewaffneten Mannes, der mit gewaltigen Schwingen durch die Luft schwebte. Die meisten von ihnen wurden von panischer Angst ergriffen und machten auf dem Absatz kehrt, um davonzulaufen. Viele unterließen das jedoch, und sie waren jetzt außerhalb ihres Schildwalls, jeder einzelne Mann allein auf sich gestellt gegen eine Armee von Männern, die sie nach ihrem eigenen Muster geprägt hatten, ebenso unheimlich und erbarmungslos wie sie selbst, und dabei besser bewaffnet. Sie blieben stehen und wurden vernichtet, und die übrigen, die dieses sahen, beschleunigten ihre Flucht um so mehr. Vergeblich schrien die Anführer von den Hügeln herab, vergeblich kamen sie in die Ebene und redeten mit Feuerzungen auf die Flüchtenden ein; sie versuchten, diese zu überzeugen, und als ihnen dieses nicht gelang, bedrohten sie sie schließlich mit Waffen. Sie wurden von ihren eigenen Männern niedergemetzelt. Ein unordentlicher Haufen ergoß sich in die Pässe zwischen den Hügeln, führerlos, kopflos. Über ihnen ging die Sonne unter, und in ihrem verwirrten Denken erschien ihnen die plötzliche Dunkelheit und die bittere Kälte nur wie eine weitere Kriegslist ihrer Feinde. Sie sanken zu Boden und suchten Schutz oder rannten sinnlos weiter, bis sie stürzten, ohne einen Gedanken an Nahrung oder an Feuer oder an die Mittel, um sich das eine und das andere zu beschaffen. Der Frost legte sich auf sie wie die Rache des Eises, das sie verraten hatten, und umklammerte sie mit immer festerem Griff. Sie waren abgebrühte, harte Männer, doch sie hatten einen Tag des erbitterten Kämpfens hinter sich, und diese letzte Anstrengung hatte ihr Durchhaltevermögen vollends erschöpft. Es wird angenommen, daß von jenen, die aus der Schlacht flüchteten, zwei Drittel während dieser Nacht in den Hügeln ums Leben kamen, und es geht das Gerücht, daß etliche davon nicht der Kälte zum Opfer fielen, sondern den vielfältigen Nachtwanderern und Trollen, die auf Veranlassung des Eises dieses Gebiet heimsuchten und denen es gleichgültig war, an wessen Blut sie sich gütlich taten. Von der gewaltigen Streitkraft, die ausgesandt worden war, kehrte nur ein ganz geringer Teil zur Großen Pforte zurück und setzte sich Louhis Zorn aus; doch in ihrem Stolz und in dem Bewußtsein, dem Sieg sehr nahe gewesen zu sein, verschwendete sie keinen einzigen Gedanken ans Aufgeben, sondern bereitete die Belagerung vor, die ihrer Einschätzung nach folgen mußte.

Auf dem Feld, dem sie entflohen waren, dachten nur wenige so weit voraus, daß ihnen so etwas eingefallen wäre. Es gab keinen Jubel, denn sie waren an Geist und Körper so vollkommen ausgelaugt und erschöpft, daß sie die Tatsache ihres Sieges kaum erfassen konnten, ganz zu schweigen von seinem Ausmaß und seinen Folgen. Als die Hörner das Signal zu ihrer Entlassung aus der Schlacht gaben, konnten die entkräfteten Soldaten des Schildwalls nur noch in den blutigen Schlamm sinken, dankbar für die kleinste Rast, einen Augenblick des Lebens, in dem sie kein Mann und keine Waffe bedrohten. Allmählich, als sie sich langsam an die ausgedehnte, nur vom Raunen des Windes unterbrochene Stille gewöhnten, die den wilden Lärm der Schlacht abgelöst hatte, dämmerte ihnen, was sie geleistet hatten; doch über den schrecklichen Preis, den sie dafür gezahlt hatten, waren sie sich ebenso im klaren. Von den Armeen von Kerys und Morvanhal zusammen, deren Zahl sich auf etwa dreißigtausend Mann belaufen hatte, waren nur noch siebzehntausend Lebende übriggeblieben, und von diesen waren mindestens zweitausend so schwer verwundet, daß sie niemals mehr würden kämpfen können. Es gibt keine Aufzeichnungen darüber, wie viele Ekwesh gefallen sind, doch es wird einmütig angenommen, daß aus einer gesamten Streitkraft von gut fünfzigtausend Mann keine zwölftausend an jener wahnwitzigen Flucht in die Dunkelheit teilgenommen und höchstens viertausend diese überlebt haben.

Rings um sie herum, bis zu den fernen Hügeln, überall in dem zertrampelten Matsch zu ihren Füßen, einen unentrinnbaren, abscheulichen Gestank verströmend, war die in Finsternis versinkende Ebene bedeckt mit den Gliedmaßen und dem vergossenen Blut von mindestens fünfzigtausend Männern. In keinem Teil der Chronik findet sich eine andere Beschreibung der Szene als diese, und es bedarf auch keiner.

Siegesfeierlichkeiten waren inmitten der Reste dieses abscheulichen Blutbades kaum angebracht. Der Salut, mit dem die Armeen Elof begrüßten, als dieser, ungeschickt auf dem Rücken der Nacht gleitend, landete, drang heiser und grimmig aus ihren Kehlen, aber immerhin war es ein Salut. Völlig erschöpft, wie er war, und nachdem die Energie seiner Flügel längst aufgebraucht war, fanden seine schwachen Füße bei der Landung keinen Halt, und er fiel in den ekelhaften Dreck. Doch er verlor keine Zeit und erstattete seinem König sofort über alles Bericht, was er gesehen hatte. Kermorvan nickte, als ob er im Geiste die Niederlage ihrer Widersacher bereits heraufbeschworen hätte. »Das hatte ich gehofft. Der Sieg ist unser, doch er flattert vor uns und wird davongeweht, wenn wir nicht die Hand danach ausstrecken und ihn ergreifen, wie müde wir auch sein mögen. Wir müssen sofort losmarschieren, um die Große Pforte zu belagern!«

»Müssen wir das wirklich?« unterbrach ihn einer der Edelleute aus Kerys. »Majestät, Ihr habt große Wunder erwirkt, doch zu einem hohen Preis; erhöht diesen nicht auf unnütze Weise!« Elof biß sich auf die Lippe; er hatte schnell umrissen, daß der Großteil der Gefallenen, immerhin elftausend Mann, Männer aus Kerys waren. Das mochte daran liegen, daß sie von Anfang an entkräfteter waren und seit Monaten keine ordentliche Verpflegung genossen hatten; sie waren schlecht genährt und im Kämpfen weniger gut ausgebildet; doch es würden sich genügend böse Zungen finden, die behaupten würden, Kermorvan hätte mit Absicht diese Leben geopfert, um sein eigenes Volk zu verschonen. Besonders seinen Berittenen hatte er das Schlimmste erspart.

»Jawohl, Majestät«, warf ein anderer Adliger ein. »Eure Willenskraft hat unseren Kampfgeist während der Schlacht ausgezeichnet gestärkt. Doch kann sie völlig kraftlose Gliedmaßen aufpeitschen, kann sie Herzen beschleunigen, die kurz vor dem Zerreißen sind? Ich kann nicht für Euer eigenes Volk sprechen, doch die Männer von Kerys sind am Ende; sie müssen ausruhen – oder zugrunde gehen!«

»Wenn sie versuchen, sich auf dieser gefrierenden Schlachtbank auszuruhen, werden sie auf jeden Fall zugrunde gehen!« brummte Roc. »Entweder heute nacht durch Erfrieren oder morgen an der Pestilenz! Es ist immer noch besser, während des Marsches zu sterben.«

Kermorvan hob jedoch Einhalt gebietend die Hand. »Ihr habt beide recht, meine Freunde. Doch daraus braucht kein Streit zu entstehen, denn unsere Streitkräfte müssen ohnehin geteilt werden. Die Große Pforte hat zwei Zugänge, und wir müssen beide belagern. Ich befehle daher folgendes: die Truppen von Morvanhal sowie alle anderen, die es wünschen, werden den Ekwesh dicht auf den Fersen folgen. Doch die Männer von Kerys, die auf dem Marsch hierher schlimmere Leiden zu ertragen hatten, sollen ins Tal hinuntergehen, um dort Schutz und Brennmaterial für Feuer zu suchen. Nachdem sie sich einige Stunden ausgeruht haben, werden sie den zugefrorenen Fluß überqueren, die nördlichen Hänge erklimmen und von dieser Seite die Pforte belagern, alle Zugänge versperren und die wachsamen Augen auf möglicherweise von Norden herannahende Streitkräfte richten. Ihr werdet dann schneller als wir vorankommen, denn Ihr kennt das Land und braucht Euch nicht mit Versprengten abzugeben. Doch dies alles muß bis zum Morgengrauen geschehen sein, nicht später; das ist Eure Aufgabe, meine hohen Herren.«

Also brachen drei lange Kolonnen von diesem grauenvollen Schlachtfeld auf und überließen es der hereinbrechenden Dunkelheit. Drei waren es, denn nicht einmal den Verwundeten konnte zugemutet werden, an diesem Ort zu verweilen, wenn man sie nicht der Seuchengefahr inmitten der Toten aussetzen wollte; Kermorvan schickte sie mit soviel Begleitung, wie er nur erübrigen konnte, entlang der Küste nach Süden. Seine eigenen Truppen hingegen führte er unverzüglich hinauf in die Hügel, wobei er die Marschgeschwindigkeit dem langsamsten seiner Männer zu Fuß anpaßte, um die Kraft der Pferde für einen Zeitpunkt zu schonen, da sie dringend gebraucht werden würden. In dieser Hinsicht, wie auch in vielen anderen Dingen, erwies sich seine Vorkehrung als klug; denn es geschah noch etliche Male in dieser Nacht, während sich die Kolonne wie eine lange Schlange durch die vielen kleinen Hügel und Täler wand, daß sie von draufgängerischen Ekwesh-Banden überfallen wurden, die auf der Suche nach Nahrung oder einfach aus Rachelust vor keinem noch so verzweifelten und grausamen Anschlag zurückschreckten. Die Kavallerie war die wirkungsvollste Antwort auf derartige Übergriffe, indem sie schnell und angsteinflößend entlang der langen Linien auf und ab jagte. Für solche Gelegenheiten, ob im Fall des Sieges oder des Rückzuges, hatte Kermorvan sie aufgespart.

Doch es lauerten ihnen auch noch andere Feinde auf, gegen die die Kavallerie wenig Nutzen brachte. Der Wind frischte auf, als sie sich dem Meer näherte, doch die Wolken blieben unverändert dicht; sie marschierten ohne das Licht der Sterne oder des Mondes und mit nur ganz wenigen Fackeln, soviel sie eben wagten. In der wabernden Dunkelheit glaubten sie, sich bewegende Gestalten zu erkennen, Schatten am Rande ihres Sichtfeldes. Und nicht alle beruhten auf ihrer Einbildung. Zwischen den tiefsten Schatten huschten dunkle Dinge um die Leichen der Ekwesh oder flatterten wie riesige Fledermäuse auf. Männer, die sich von der Kolonne entfernten, auch wenn es nur ein ganz kleines Stück war, verschwanden nur allzuoft spurlos; in einer tiefen Bodensenke, die dicht von dornigem Gestrüpp überwuchert war, verschwanden gleich drei Männer. Als Roc gemeinsam mit einer Gruppe von Raben die Suche nach ihnen aufnahm, fanden sie lediglich Blutflecke und seltsame Fußabdrücke, bei deren Anblick die Raben ihn fast gewaltsam wegzerrten. Die berittenen Kundschafter waren bei ihren Ausflügen offenbar einigermaßen ungefährdet, bis Elof, der darauf bestanden hatte, als einer von ihnen mitzureiten, beobachtete, wie zwei von ihnen im Schatten eines großen Felsbrockens entleibt wurden; als er Hilfe holen wollte, wurde auch er von gewaltigen Armen gepackt, die über die Kuppe griffen, und beinahe hätte er dasselbe Schicksal erlitten, bevor Lanzenträger und berittene Bogenschützen herbeieilten und die Ungeheuer niedermachten. Kermorvan, der den Schauplatz untersuchte, während die Kolonne vorbeimarschierte, verzog das Gesicht beim Anblick der Rinnsale dunklen Blutes auf dem Stein und der Fetzen eines grauen Fells, die daran hingen, sowie der gelben Stoßzähne, die feucht zwischen gestrafften Lippen grinsten. »Unsere alten Freunde, die Schneetrolle«, bemerkte er mit blassem, besorgtem Gesicht, während er die Männer betrachtete, die sich den Hang heraufschleppten. »Drei von ihnen sind zurückgekommen, um das zu vollenden, was ihre Vettern vor langer Zeit nicht geschafft haben. Ich war beinahe des Glaubens, es wäre ihnen gelungen.«

Kälte legte sich um Elofs Hals und ließ ihn zittern. »Dank deiner weisen Voraussicht ist es das nicht.«

»Dank unserer Reiter; sie hörten dich eher als wir. Diese Scheusale! Sie haben nicht einmal aus Hunger getötet; die Überreste von etwa zwanzig Menschen liegen hinter diesem Felsen, zum Frischhalten säuberlich im Schnee vergraben.« Er erschauderte. »Ich könnte dieses Land verfluchen, doch es ist bereits verflucht; was könnte seine Säuberung bewirken? Was könnte diese grauenvolle Nacht hinwegfegen?«

»Vielleicht der Wind«, antwortete Ils, die herbeigehumpelt kam. »Spürt ihr es? Er weht jetzt kräftiger, und wir sind schon gute fünf Stunden unterwegs. Wir müssen uns dem Meer nähern.« Der kalte Lufthauch berührte erneut Elofs Hals, und ihm wurde klar, daß es wirklich so war; die Brise wehte den Gestank des Gemetzels weg und berührte seine Lippen mit dem würzigen Duft der See. Gemeinsam eilten sie hinauf zum Hügelkamm, und während sie ritten, stellten sie fest, daß sich die schweren Wolken nun bewegten, nicht mehr unveränderlich dicht, sondern dahinziehend, aufreißend, zerlaufend; hier und da fielen blasse Strahlen durch die Lücken, und die schneebedeckten Hügel ringsum hoben sich silberhell gegen den tiefblauen Himmel ab.

»Die Banner des Eises werden zerfetzt!« sagte Elof. »Das soll ein Zeichen für sie sein!« Er hatte noch nicht zu Ende gesprochen, da erreichten sie den Gipfel, und Ils schrie auf und streckte deutend die Hand aus. Sie waren tatsächlich am Meer angekommen; es lag am Fuße des langgestreckten Hangs, und seine Brandung war beinahe vollkommen erstarrt durch das Eis, das seine Ufer erstickt hatte. Doch sie schenkten ihm nur ganz kurz Beachtung, denn dort im Norden, nur ein kleines Stück von ihnen entfernt, war auch die Große Pforte zum Leben erwacht und glänzte und schimmerte wie ein unheimlicher Juwel unter dem sinkenden Mond.

Von der Ebene mit dem Schlachtfeld aus hatten sie sie im Schein des Eises nur verschwommen wahrgenommen, doch jetzt starrten sie sie voller Bewunderung und gleichzeitig voller Entsetzen an; viele rieben sich die Augen, als ob die Pracht irgendeiner magischen Erscheinung ihre Sicht getrübt hätte. In den wenigen Stunden, seit sie sie zuletzt gesehen hatten, hatte sie sich verändert und war gewachsen; ihre Zinnen glitzerten unter Kronen von blendendem Schnee, an ihren Galerien hingen Eiszapfen von unfaßbarer Größe und Schönheit, ihre strengen Mauern waren verloren unter gekräuselten Tiefen aus durchscheinendem Blau und Grün, strahlend wie Saphire, tief wie die sonnenbeschienene See. Sie wirkten in sich selbst wie eine noch großartigere Architektur, ein Palast aus Eis, der die alte Festung aus Stein auf beinahe spöttische Weise umschloß, einhüllte; ein Käfig aus riesigen Säulen, gegen den das ursprüngliche Bauwerk winzig erschien; gewaltige, blau leuchtende Säulen, die bis hinunter in die gefrorenen Kaskaden des Wasserfalls reichten. Ihre strengen Linien waren weicher geworden, geschwungen wie erstarrte Wogen, ihre geraden, glatten Mauern waren mit phantastischen Mustern verziert; die Pforte in ihrer ganzen Großartigkeit war auf einen kahlen Kern reduziert, auf dem etwas viel, viel Majestätischeres errichtet worden war. Es war eine überwältigende Darstellung von der Gewalt und der Pracht der alten Mächte, eine Schöpfung von übermenschlicher Schönheit und Kraft, die in den Herzen aller Betrachter ein wehmütiges Verlangen erweckte, als ob sie Kinder wären, die von ihren eigenen bekritzelten Tafeln zu dem überlegenen Juwel des Geistes und der Hand eines großen Meisters blickten und die breite Kluft sahen, die sie davon trennte, und deren eigene Freude darüber die kleinen Dinge, auf die sie bis dahin so stolz waren, nichtig werden ließ. Es war eine Schönheit, die die Menschen wie ein Schlag traf und sie in die Knie zwang.

Und genau wie ihre Ideale durch diese Großartigkeit verhöhnt wurden, so machte sie sich auch über ihren kriegerischen Ehrgeiz lustig, denn was konnte ein von Menschenhand durchgeführter Angriff gegen solche Mauern bewirken? Wie konnte man ihnen etwas anhaben, diesen dicken Schichten von Eis über Stein, mit der verdoppelten Stärke von beidem? Wer könnte an diesen Wänden aus rutschigem Glas hinaufklettern oder ihnen mit Stein- oder Pfeilgeschosse etwas anhaben? Die größten Wurfwaffen der Menschen wären dagegen so wirkungslos wie Steinschleudern in der Hand von Kindern. Dieses ehrfurchtgebietende Gebilde überragte sie im doppelten Wortsinn und war ihrem Haß gegenüber ebenso gleichgültig, wie es ihrer Anbetung gegenüber gewesen wäre; es machte nicht den geringsten Unterschied, ob sie das eine oder das andere an den Tag legten. Tiefes Schweigen senkte sich über die gesamte Armee; Männer fielen auf die Knie oder duckten sich hinter ihre Schilde oder standen einfach da und starrten diese unheimliche Festung der Kälte an, während der Mond langsam dahinter herabsank, sie mit Licht krönte und sie wieder einmal in der Dunkelheit zurückließ. Allein durch Ihre Existenz unterwarf sie sich ihre Herzen und hielt ihre Seelen als Sklaven.

Elof verspürte keinen Drang, sich davor zu verneigen, obwohl auch er die Ehrfurcht der anderen teilte; der Beigeschmack von Schrecken und Abscheu, den er dabei empfand, war dafür zu stark. Im Schicksal dieser prächtigen Festung, umgeben von diesem strengen, glitzernden Käfig, glaubte er die Vision des drohenden Schicksals der gesamten reichen und vielfältigen Welt zu sehen, die er liebte, und vor allem des Schicksals Karas; und dabei kam ihm der Gedanke, es könnte bereits zu spät sein, um es noch abzuwenden. War der eisige Triumph dieser Vision, ihre plötzliche Entfaltung, ein Zeichen dafür, daß der entscheidende Zeitpunkt bereits überschritten, daß das Gleichgewicht bereits gestört war? Hatten sich die kalten Hände des Eises schließlich um die Welt geschlossen?

Auf diese Weise hielt ihn der Anblick gefangen, wie er es mit jedem von ihnen auf eine eigene Art tat. Schließlich war es Ils' laute und ironische Stimme, die die Stille, die sich auf den Hügel gelegt hatte, durchbrach. »Ein hübsches Spielzeug, das mag es für euch sein. Aber haltet es nicht irrigerweise für ein handfestes Werk! Was ist es denn, verglichen mit den hohen Bergen, die Ilmarinen auf den Erdfeuern geschmiedet und uns als Zuflucht und Heimat geschenkt hat, als die eisigen Mächte versuchten, die Welt auf diese Weise mit ihrem billigen Tand zu überziehen?« Sie schnaubte und stieß ein verächtliches Lachen aus, in das Gurri und die anderen Duergar einfielen; dann stieß sie Elof und Kermorvan kräftig mit dem Daumen in den Rücken. »Betrachtet es mit den Augen des Alten Volkes, ihr törichten Menschen, und laßt euch nicht durch schmelzende Reize täuschen!«

Kermorvan schüttelte sich, rieb sich den Rücken und blinzelte wie ein Mann, der aus einem langen und von bösen Träumen heimgesuchten Schlaf erwachte. »Ich habe mich gewundert, daß die Wolken in einem so überaus passenden Augenblick aufrissen«, murmelte er. »Sie hätte sie doch leicht erhalten können. Doch sie bereitete ihre Strategie vor, und sie wollte, daß wir den Ort in aller Deutlichkeit sähen.«

»Und jetzt wird sie sich gegen sie selbst richten!« frohlockte Ils triumphierend. »Kommt wieder zurück ins Leben, Männer, und steht nicht starr und blinzelnd da! Der Morgen ist nicht mehr weit – ein klarer Morgen. Weshalb haben wir denn so lange und mühevoll an unserer Waffe gearbeitet, wenn nicht für diesen Augenblick?«

Kermorvan sah sie einen Augenblick lang an, dann warf er sein üblicherweise würdevolles Verhalten beiseite; er nahm sie heftig in die Arme und küßte sie mit erstaunlicher Leidenschaft. Schließlich setzte er sie sanft ab und nahm einem seiner Anführer das Horn ab, um eine durchdringende, schmetternde Tonfolge zu blasen. Sie schlug wie ein Blitz in die erstarrten Reihen der Männer; sie zuckten zusammen, machten Sätze oder erbebten auf der Stelle und schüttelten die feinen Fesseln ab, die ihnen die Vision angelegt hatte. *»Morvan morlanhal!«* schrie er, den alten, erbitterten Kriegsschrei seiner Familie. *»Morvan möge sich erheben!* Los, ihr alle, wieder an eure Plätze! Steht mit beiden Beinen fest auf der lebendigen Erde, fühlt, wie das Blut in euren Adern fließt, und schenkt den Botschaften des leblosen Eises keine Beachtung! Formiert euch, und wartet auf das Morgengrauen!«

Seine klare Stimme schallte zu den glitzernden Zinnen hinauf, herausfordernd und trotzig, und sie erweckte eine Antwort in der Welt um sie herum, von den tiefsten Tiefen der Erde bis zur höchsten Höhe des Himmels. Denn während die Armee seinen Schlachtruf aufnahm und ihn mit einer Wucht wie die der heranbrausenden Meeresflut gegen die Festung des Eises brüllte, stieg hinter ihnen im Osten der erste schwache Lichtschimmer auf, anfangs grau, doch sich schnell in ein blasses Gold verwandelnd. Und während die Männer heranströmten, herbeigerufen vom Ton der Hörner, um ihren Schildwall auf dem Hügelkamm zu formieren, hallte ein antwortendes Geschmetter aus den noch dunklen Schluchten unterhalb des Wasserfalls herauf. Kermorvan nickte zufrieden und deutete zur anderen Seite des Tals, wo sich etwas, das wie eine Schlange aus goldenem Licht aussah, den Hang hinauf wand. Es war die Armee von Kerys, die von den warmen Feuern heraufeilte, um den ihnen zugewiesenen Platz zwischen den nördlichen Hügeln einzunehmen und die Belagerung der Pforte vollständig zu machen. »Ich habe ihnen befohlen, sich in gehöriger Entfernung von der Festung zu halten, im Schutz der Hügel, bis es tatsächlich zum Angriff kommt«, erklärte er.

»Das war klug«, antwortete Elof, obwohl sich insgeheim sein Magen verkrampfte bei der Vorstellung, was daraus folgen mußte. »Das gibt uns mehr Spielraum. Und ich glaube, den brauchen wir.«

Kermorvan nickte. »Ich fürchte, du hast recht. Sie wird sich nicht herablassen, uns zu antworten, wenn wir jetzt das Gespräch mit ihr suchen; jeder noch so kurze Zeitgewinn wirkt sich zu ihren Gunsten aus, und ein einziger Augenblick kann entscheidend sein. Ich will Louhi gerechte Bedingungen nicht verweigern – und wenn es nur um Karas willen geschieht; aber zunächst müssen wir sie die Macht spüren lassen, die du uns gegeben hast. Macht euch bereit, dann lasse ich das Signal blasen.«

Elof stand wie angewurzelt da, während der große Mann davonschritt; er fühlte sich hilflos, als ob das Eis ihn durchströmte und seine Adern und Eingeweide zu Kristall gefroren wären. Ils berührte ungewöhnlich zaghaft seinen Arm, und als er keine Reaktion zeigte, schob sie ihren unter seinen. Er lächelte sie dünn an. »Du wirst nachlässig, meine Dame. Als er dich küßte, hast du ihm keinen Tritt vors Schienbein versetzt.«

Ils zuckte mit den Schultern. »Er lernt, der Große. Er lernt ganz entschieden.«

»Würdest du mir einen Tritt versetzen?«

Als Antwort drehte sich Ils blitzschnell um und zog seinen Gesicht für einen kurzen Augenblick zu sich herab, um ihn dann ebenso schnell wieder loszulassen. Kermorvans Hornbläser, die vor den Truppen marschierten, schmetterten einen einzigen durchdringenden Ton, und die ersten vollen Sonnenstrahlen leuchteten über dem östlichen Rand der Welt. »Jetzt los! Möge unser Werk ihre blasse Haut zu Blasen aufwerfen!«

Dieses erste Signal hatte bei den Soldaten emsige Betriebsamkeit ausgelöst. Sie legten die großen Schilde nieder, an denen Elof und jeder Schmied sowohl in Kermorvans als auch in Ils' Reich, vom Lehrling bis zum Meister, so viele lange Monate geschuftet hatten; die Erinnerung an die gnadenlose Hitze und den Schweiß jener Zeit stieg wieder in ihm auf, während er ihnen zusah, doch auch eine wachsende Erregung. All jene, die ihre Schilder in der Schlacht verloren oder beschädigt hatten, hatten sich Ersatz von den Gefallenen und aus dem mitgebrachten Vorrat besorgt. Jetzt schraubten sie die schweren Buckel von den Schilden; hinter diesen befanden sich die Bolzen, mit denen die Holzgriffe und die Bespannung aus festem Material befestigt waren. Die Griffe wurden gelöst und zur Seite gelegt; dann wurden die Bespannungen gelöst, und ein goldener Schimmer spielte durch die Reihen. Dann wurden die Schilde schnell hingelegt und die

Griffe auf der anderen Seite wieder befestigt. Nun ließen die Hornbläser ein erneutes Signal ertönen, und weil dieser Vorgang zur Grundausbildung gehörte und in der Armee ständig geübt wurde, nahmen alle Männer beinahe gleichzeitig die so ›gewendeten‹ Schilde auf. Fluchende Feldwebel eilten zu den unvermeidlichen wenigen, die versagt hatten, um sie zu schelten, aber auch um ihnen zu helfen; Geschwindigkeit war hier der alles entscheidende Faktor.

Hinter Elof standen einige Leute aus Kerys, die es vorgezogen hatten, Kermorvan zu begleiten, anstatt auszuruhen; es waren vorwiegend junge, abgehärtete Typen, und zu seiner Überraschung waren darunter zwei der wenigen Frauen, die mit in die Schlacht gezogen waren. Sie hielten sich stets in Rocs Nähe auf, denn er konnte sich mühelos mit ihnen in ihrem Heimatdialekt unterhalten, und sie bestürmten ihn mit allerlei Fragen. Doch er sagte darauf nichts anderes als: »Haltet einfach die Augen auf!« Und das war keine schlechte Antwort, dachte Elof, denn während das nächste Signal ertönte und sich die Reihen neu formierten, konnten einige Hinweise auf ihren Plan nicht mehr verborgen bleiben. Die Eiswand, die ihnen am nächsten war, erwachte plötzlich zum Leben, durchzogen von flüchtigem Glitzern und Funkeln goldener Strahlen, schön, doch so grell, daß man kaum wagte hinzuschauen, denn sie hinterließen blendende purpurfarbene Streifen im Sichtfeld.

Einer der Männer aus Kerys rang nach Luft und stieß vor Staunen einen Fluch aus; dann verstummte er, als Elof sich ihm mit einer Grimasse zuwandte, die einem Totenkopfgrinsen geglichen haben muß. »Nun?« fragte Elof.

»Ein … ein Spiegel!« stammelte der Mann aus Kerys entsetzt und gleichzeitig fasziniert. »Ein Sonnenspiegel! Ein … Brennglas!«

»Genau, mein Junge«, bestätigte Roc mit grimmiger

Genugtuung. »Nichts anderes ist das! Die meisten Spiegel in einem, die es jemals gab, oder der größte, wie immer man es betrachten mag. Kein anderer Spiegel wirft die Sonnenstrahlen besser zurück, bündelt das Licht eher, als es zu zerstreuen, als ein nach innen gewölbter. Es war Hellas eigene Erfindung, diese Form, die diesem Umstand gerecht wird, das laß dir sagen! Aber es war Meister Elof, der sie in die Tat umgesetzt hat!« Eine geraume Zeitlang betrachteten die Frauen und Männer aus Kerys dieses gewaltige Licht, das auf der Festungsmauer pulsierte und zitterte, voller Ehrfurcht und Faszination; doch offensichtlich war eine der Frauen auch durch irgend etwas sehr beunruhigt.

»Nun?« fragte Elof erneut. »Sprecht frei heraus, Frau. Ich werde Euch nicht beißen!«

»Es ist nur so, daß... auch wenn die Spiegel das Licht einfangen... wird das wirklich ausreichen... gegen solches Eis? Sicher, es sind viele... doch trotzdem müssen sie das Licht dicht bündeln und auf eine einzige kleine Stelle werfen. Wie können sie ein so kleines Ziel treffen, in der geringen zur Verfügung stehenden Zeit?«

Elof nickte ernst. »Auch in Eurem Volk gibt es vielleicht immer noch einige Erzeugnisse der Schmiedekunst. Wie Ihr richtig bemerktet, lassen die Waffen der Menschen in ihrer Wirkung nach, schwankt ihre Zielgenauigkeit; wir könnten uns nicht einen Augenblick lang darauf verlassen. Deshalb versehen wir Schmiedemeister das Metall mit bestimmten Eigenschaften und Fähigkeiten, die beiden Anforderungen gerecht werden, denn was steht einem Schild besser an, als in einem Schildwall seinen Platz inmitten seiner Kameraden zu behaupten? Habt Ihr Euch nicht gewundert, wie fest die unseren zusammenstanden? Auch wenn sie aus Magneteisen gemacht wären, hätten sie nicht besser zusammenhalten und sich nicht in größerer Übereinstimmung bewegen können; doch bei Bedarf könnten sie auch mühelos wieder voneinander gelöst werden. Und so ist es jetzt auch mit diesen, oder vielmehr so wird es sein, wenn alle Vorkehrungen getroffen sind und wenn der Befehl gegeben wird. Roc ... wenn du erlaubst ...«

Roc nickte kurz, und indem er sich zu Elofs Pferd umwandte, reichte er seinem Freund den großen Schild, der an seinem Sattelknauf hing; der Griff war bereits umgedreht auf der anderen Seite angebracht worden. Elof riß die Bespannung davon weg und enthüllte eine Fläche, die nach der langen Reise immer noch hell wie ein Spiegel leuchtete. Auch dies beruhte auf besonderen Eigenschaften und einer fein ausgewogenen Legierung. »Dies ist eins der Meisterschilde«, erklärte er ruhig. »Es gibt noch andere, hier und da verteilt unter den Truppen, doch ein Meisterschild kann nur dann befehlen, wenn die anderen seinesgleichen von der Sonne abgewendet werden. Wir haben diese Waffe erprobt, als wir nur über einige wenige Schilde verfügten; wohin das Licht des Meisterschilds fällt, folgen alle übrigen. Eins oder zwei, sogar zehn bewirken wenig. Doch dreißig unter der klaren Mittagssonne können einen Baum in Brand setzen, jedenfalls nach einer gewissen Zeit ... oder hundert können einen Menschen verbrennen. Und obwohl wir einige zusammen mit ihren Trägern verloren haben, bleiben uns noch ... schätzungsweise – mindestens achttausend.« Er hielt sich den Schild an die Lippen, und sie hörten, wie er in einer alten Sprache einige Worte murmelte, deren Ursprung nur seine Freunde kannten.

Eynhere elof hallns styrmer
Stallans imars olnere elof ...

Es war der Vers, den der Meisterschmied ihm ganz zu Anfang beigebracht hatte, die Worte der Macht, die das Formen des Tarnhelms und des Schwertes und sogar seiner eigenen Persönlichkeit bestimmt hatten; denn in einem doppelsinnigen Wort, das sowohl *einer allein* als auch *Schmied* bedeutete, war daraus sein Name hervorgegangen.

Ein einzelnes Ding gewinnt überwältigende Macht
Wenn es von einem Schmied anderen zugesellt wird…

So war es mit ihm geschehen; denn was wäre er ohne seine Freunde? Und so war es in diesem Fall. Plötzlich stieß er einen Schrei aus und hob den Schild in die Luft. Auf der halben Höhe des Hangs antwortete Kermorvan ihm, ebenso wie andere Anführer überall am Hügel. Dann neigte Elof seinen Schild langsam, behutsam, damit er die am Horizont aufsteigende Sonne auffinge, und hielt ihn ins Herz dieses ungleichmäßigen Glühens. Und während er dies tat, hielt er den Atem an, denn mit einem plötzlichen hellen Flackern, wie Kohle, die sich in einem Feuer verschiebt, neigten sich alle achttausend Schilde, von denen jedes die Höhe und Breite eines Menschen hatte, und folgten ihm.

Einen Augenblick lang war es, als ob sich die Sonne gestreckt hätte; es waren nicht mehr die flachen, trägen Strahlen der Morgendämmerung, sondern eine Gliedmaße von eigener leuchtender Substanz, ein großer Flammenarm, der gegen die glitzernde Mauer schlug. Ein Abbild von Feuer tanzte wie etwas Lebendes darauf. Eine Zeitlang geschah nichts weiter; dann, als Elofs Arm ruhiger wurde und die anderen Schilder ihm noch dichter auf folgten, wurde das tanzende Bild feiner, konzentrierter, unerträglich zu betrachten. Selbst die gespiegelte Strahlung blendete, und auch die Luft um sie herum, die noch einen Augenblick zuvor so eisig gewesen war, erwärmte sich allmählich wie im Frühling. Er hielt den Schild nun ganz still, und es schien, als hätten die Spiegel die Sonne selbst eingefangen und sie außer Gefecht gesetzt, denn auf der hellen Fläche zeigte sich ein vollkommenes Abbild der strahlenden Scheibe hoch oben am Himmel.

In diesem Moment ertönte eine Folge von ohrenbetäubenden Knallen, und über die Oberfläche des Eises zuckte eine breite weiße Linie, ein Riß, der sich immer weiter fortsetzte und sich, begleitet von einer wahnwitzigen Salve, über die schimmernde Fläche ausbreitete, sich wie eine lebendige Wurzel verzweigte und die durchsichtige Masse trübte. Aus dem Herzen des grellen Lichts drang ein schreckliches Zischen, der Schrei des Dampfes, der durch die Risse brodelte. Doch nicht schnell genug, denn mit einem plötzlichen dumpfen Dröhnen wurde ein großer Eisbrocken von dem Druck herausgeschleudert und stürzte mit einem gewaltigen Krachen in den Wasserfall darunter. Die Menge brach in ein wildes, wölfisches Jubelgeschrei aus, und Elof, dessen Gesicht angespannt vor Konzentration war, machte sich daran, den Strahl des Sonnenfeuers behutsam herumzuschwenken, auf die Mitte des Turms zu. Er hatte Spiele dieser Art während seiner Kindheit betrieben, während der wenigen wertvollen Augenblicke des Müßiggangs, indem er die Sonnenstrahlung mit einem Stück Glimmererde oder einem Metallplättchen auf irgendeine Stelle konzentriert ableitete. Es war seltsam, wie aus diesem Spiel nun bitterer Ernst geworden war. Wenn er eine dieser großen Eissäulen zum Einstürzen bringen könnte ...

Doch ein Warnruf von oben machte ihn auf die Dinge aufmerksam, die sich im oberen Bereich der Festung abspielten. Männer bewegten sich, Reihen von schwarzgekleideten Soldaten strömten aus den Toren auf die Wege entlang des Kamms, die um die Säulen der Pforte herum führten, und hinauf zu der Armee über ihnen. Er stöhnte auf und haßte Louhi in diesem Augenblick noch mehr denn je, weil sie ihn zwang, etwas ihm zutiefst Widerstrebendes zu tun. Langsam und sehr behutsam bewegte er seinen Schild erneut, als Kermorvan atemlos zu ihm gerannt kam. »Vorsichtig, paß jetzt gut auf!« mahnte ihn der König atemlos. »Wir haben Zeit genug; und wenn wir Glück haben, brauchen wir ihnen nur eine kurze Lektion zu erteilen!«

»Das hoffe ich!« brachte Elof mühsam hervor, während er gegen sein Schwindelgefühl ankämpfte. Doch es war zu spät für Bedenken, denn der erste Ansturm der Krieger hatte den Rand des Hügels erreicht. Ebenso wie das Licht. Flammen und Feuer loderten bei der Berührung hoch; denn in den Körpern der Menschen war keine solche Kälte, die es mit dem Eis hätte aufnehmen können. Wie kopflose Insekten hasteten sie in diesen Ausbruch eines Sonnenfeuers, und wie Insekten wurden sie von den Flammen gepackt, schrumpften und verglühten zu Kohle. Jene, die sich am Rand des Lichts befanden, wurden nicht sofort verzehrt, sondern sprangen wild herum und zappelten, als es sie berührte, bevor sie als kleine Flammensäulen aufloderten; die hinteren fielen geblendet zurück und mußten feststellen, daß ihre Haare und Kleidung Feuer gefangen hatten. Sie rannten in alle Richtungen davon, stürzten auf dem steilen Hang und rollten wie verrückte Clowns durch den schmelzenden Schnee abwärts, bis sie wie lichterloh brennende Sternschnuppen in den Abgrund stürzten. Die Lichtscheibe huschte alles versengend kreuz und quer über die Hügel, spaltete das Gestein, ließ Schnee verdampfen und verbrannte die schwarze Erde darunter zu weißem Pulver; es gab keinen Schutz gegen das Feuer, denn selbst jene, die einen solchen suchten, vollführten brüllend weite Sätze, wenn die Luft sie wie der Hauch eines gewaltigen Ofens einhüllte, ihre Haut zerfetzte und ihre Lungenbläschen platzen ließ. Dann begann das Licht zu zittern, bis Kermorvan eine ruhige Hand auf den Rand des Meisterschilds legte, um gegen Elofs Erregung zu wirken.

Das alles war mehr, als seine Feinde ertragen konnten. Einer schändlichen Niederlage waren sie durch die Flucht zur Festung der Pforte entronnen, die für sie die überlegene Unverletzlichkeit des Eises verkörperte, nur um feststellen zu müssen, daß auch diese bedroht war, und sie wurden weitergetrieben, um an einer Macht zugrundezugehen, die sie nicht begreifen und schon gar nicht bekämpfen konnten. Die Verdichtung des Sonnenfeuers war für sie furchterregender und schrecklicher als alle Abscheulichkeiten und Wunder, durch die das Eis sie in seine Leibeigenschaft gezwungen hatte, ein größeres, verheerenderes Schrecknis als alle finsteren Rituale, die es von ihnen verlangte. Es zerbrach nicht nur ihren Sturm, es zerbrach sie selbst. Sie fügten sich in dieses uralte Joch und kamen darin um; oder sie warfen es ab und flohen. Immer noch strömten sie aus den Toren der Großen Pforte, doch nun als ungeordneter Haufen und nicht auf den Schildwall an den fernen Hängen zu. Sie rannten in alle Richtungen wild durcheinander, wimmelten herum wie blasse Würmer unter einem verschobenen Stein, nun niemandes Sklaven mehr als nur ihres eigenen Entsetzens. Aus Stolz oder Verzweiflung warfen sich einige in die Tiefe oder rannten direkt in die Flammen, doch die meisten flohen ziellos ins Tal oder die Hügel und kamen dort während der folgenden beschwerlichen Tage um. Einige wenige, die sich noch einen Funken Verstand bewahrt hatten, rannten nach Süden, hinter den Hügel, auf dem Kermorvans Armee stand, wo sie weder das Eis noch die Sonne erreichen konnte. Doch dort warteten die Raben auf sie, denn Kermorvan hatte sie für diesen Fall dort aufgestellt. Einige lieferten ihren Feinden noch einmal einen Kampf und wurden niedergemacht; die übrigen wurden gefangengenommen und auf Kermorvans Geheiß hin gut behandelt. Sie stellten nun keine Bedrohung für irgend jemanden mehr dar. Während eines einen Tag lang wütenden Flammenmeers war der eisige Griff, mit dem ihr Volk umklammert gewesen war, auf die Feuerprobe gestellt worden, und im Feuer war er dahingeschmolzen. Und ebenso schmolz das Eis auf den Mauern der Großen Pforte, denn Elof, der froh war, dieses Gemetzel hinter sich zu haben, hatte seinen Schild bereits wieder herumgeschwenkt und die Sonne mitgezogen, als ob er, wie der Rabe in der alten Erzählung, sie zum Wohle der Menschheit gestohlen hätte.

Gegen den größten der glasigen Säulen schleuderte er sie wie eine Münze aus weißglühendem Gold, und das Eis und das Bild zerbarsten gleichzeitig, krachend, splitternd, in einer Wolke von fliegenden Eisnadeln explodierend; er ließ sie weiter nach unten gleiten, und Risse liefen ihr voraus, der ganzen Länge nach durch die Säule. Ein dichter Regen von zerschmettertem Weiß rieselte anschließend herab, fiel durch den Strahl und verpuffte als Dampf; dann gab es ein quälendes, malmendes Geräusch, und die gesamte kopflastige Säule brach aus der Decke und neigte sich hinaus in die Leere. Mit der gleichen Wucht, mit der der flache Gletscher ins Meer gerutscht war, polterte sie hinunter ins Tal. Sie traf die gefrorenen Massen des Wasserfalls mit einem Klirren wie von einem glasigen Donner, prallte mit peinigender Langsamkeit davon ab und rollte den Hang weiter hinab, wobei sie eine breite Schneise zwischen die Bäumen schlug und schließlich auf die gefrorene Oberfläche eines der Seen krachte und diese zerschmetterte und eine riesige Fontäne dunklen Wasser aufspritzen ließ. Köpfe wandten sich um und beobachteten den Vorgang, denn das war ein ehrfurchtgebietendes Schauspiel; doch die Schilde bewegten sich wie von selbst in ihren Händen, denn Elof war bereits mit einer Miene wilden Triumphes dabei, den Stahl wieder auf die Stelle mit nacktem Gestein zurückzulenken. Er wanderte hin und her, und da der kalte Stein sich schnell erwärmte, schmolz das Eis in seinem Umkreis. Ein wachsender Strom von Schmelzwasser ergoß sich in die Tiefe, und die sengendheiße Luft brodelte in den Spalt; Risse taten sich explosionsartig entlang der Mauer auf, und plötzlich riß sich eine Säule nach der anderen mit nervzerreißendem Knirschen unter dem Gewicht der Decke frei und polterte in die Schlucht.

Die gesamte Armee von Morvanhal brach in ein wildes Jubelgeschrei aus, als die Männer spürten, wie die Macht in ihren eigenen Händen diese verwunschenen Mauern sprengte; selbst Kermorvan brüllte vor Begeisterung und stieß uralte Rufe nach Vergeltung für die Zerstörung Morvans aus. Nur Elofs Gesichtsausdruck war düster, eine Maske so starr wie die eines Ekwesh-Schamanen, während er spürte, wie die Macht der Sonne am Herzen ihres Feindes zerrte. Er begegnete Kermorvans Blick und rief: »Meinst du, das reicht, um ihr eine Kostprobe zu geben?« Kermorvan nickte und gab seinen Männern ein Zeichen, und die Hörner schmetterten ihren klaren Ton durch das Dröhnen des fallenden Eises. Eine geraume Zeitlang schien es, als käme keine Reaktion aus dem Inneren der Pforte; sie stand ohne Laut und Bewegung da, während das zerschmetterte Eis immer noch herabrieselte und schmolz und von dem erhitzten Gestein abfiel. Wütend gab Kermorvan das Zeichen, daß der Ruf wiederholt werden sollte, diesmal noch lauter, und seine Herolde bliesen, bis ihre Gesichter puterrot angelaufen waren. Als der Klang der Hörner verebbte, hörten alle ganz deutlich die dünne, kalte Musik der mitfühlend zitternden Eiszapfen, aber noch immer erfolgte keine Antwort. Elof runzelte die Stirn. Er neigte seinen Schild behutsam und ohne Eile, und die Sonnenscheibe kroch hinauf bis zu der noch immer unberührten Krone der Pforte. Als sie sich auf dem Rand des ersten Balkons niederließ, stieg eine große Dampfwolke auf, und

Schmelzwasser rauschte in einem Sturzbach herab. Da endlich erklang aus dem Inneren der Festung ein einzelnes Horn zur Antwort. Elof starrte zu der Stelle hinüber und fluchte, und das Licht zuckte heftig. Inmitten dieser flammenden Scheibe, lichterloh brennend, hatte sich eine Tür geöffnet, und eine majestätische Gestalt schritt über einige Stufen hinauf auf das Mittelpodest auf dem Balkon. Das Feuer tanzte in einer Korona aus Licht um ihr blondes Haar, und auf dem glatten Weiß ihres Gewandes schimmerte und glühte das Sonnenfeuer, doch weder sie noch die schattenhaften Gestalten hinter ihr schrumpften oder schwanden oder schienen sonst irgendwie in Mitleidenschaft gezogen.

Sie beugte sich hinaus, legte die Hände leicht auf die Balustrade vor ihr, und es sah aus, als ob etwas flüchtiges Weißes daran entlanghuschte und sich ausbreitete wie Milch in Wasser, glitzernd, als es dichter wurde, und kalte Blitze in Regenbogenfarben ausstrahlend. Während sie sich über die Zinnen ausbreiteten, strömten Männer dahinter heraus, große Ekwesh-Krieger, deren schwarze Schilde jedoch nur mit schlichten weißen Balken bemalt waren. Elof erkannte sie sofort als Männer des Verborgenen Klans, die treuesten und fanatischsten Anhänger des Eises. Und hinter ihnen drängten weitere Gestalten nach, alptraumartige, nichtmenschliche Trolle und noch schlimmere Wesen der Finsternis. Elof schenkte ihnen keine Beachtung, denn er hatte eine andere, zierlichere Gestalt entdeckt. Mit nackten Gliedmaßen, der schlanke Körper mit einem hellen Kettenhemd angetan, ohne Helm, so daß das kurze dunkle Haar zu sehen war, kam sie auf einen Wink Louhis hin an deren Seite und duldete, daß ihr ein Arm um die schlanken Schultern gelegt wurde; sie neigte den Kopf und legte ihn an die weißgekleidete Brust.

»Nun, tapfere Männer von Morvanhal?« rief eine

glatte Stimme höhnisch. »Was ist nun mit euren tapferen Taten?«

»Ja, in der Tat, was ist damit?« rief Kermorvan zurück. »Wir haben Eure Armee geschlagen, Eure Nachhut in die Flucht getrieben und Euren Eiswall zerschmettert. Wenn Ihr Euch nicht ergebt und Euch uns nicht unterwerft, werden wir auch noch den Stein unter Euch schmelzen lassen!«

Das Lachen, das herabschwebte, klang süß und silberhell. »Werdet ihr das? Und könnt ihr es? Seht, ich bade in eurer Helligkeit, denn sie birgt nicht die Hitze, die mich verbrennen kann. Solche kleinen Feuerchen verzehre ich wie nichts und mache sie zu meinen eigenen; fragt den schlauen Schmiedling, der euer Spielzeug hergestellt hat. Also, was nun, mein tapferes Menschenkind? Du mußt deinen nächsten Zug schnell machen, vergiß das nicht, denn eure Kraft geht mit dem Ende des Tages zur Neige, und die Nacht gehört mir. Was dann, Menschenkind, was dann?«

Ein Ausdruck von Unbehagen und Abscheu huschte über die Gesichter der Männer, fast so wie die Hitze über ihre Schilde; doch Kermorvan lächelte ruhig. »Was dann? Ein neuer Morgen, edle Dame Louhi! Und im Morgengrauen werdet Ihr allein sein, und Euer Leben wird auf dem Spiel stehen! Glaubt Ihr, das Eis könne es mit den Menschen aufnehmen, wenn diese über eine derartige Kraft verfügen? Was immer ein Winter anrichten mag, die ersten Sonnenstrahlen des Frühlings machen es schnell wieder ungeschehen. Eure Macht ist träge, edle Dame, so träge, daß sie trotz all ihrer Stärke lächerlich ist. Und jetzt haben wir eine größere Macht gefunden. Ihr seid geschlagen.«

Das glockenhelle Lachen, das zu ihnen herabschwebte, klang beunruhigend echt; es hatte beinahe etwas Wohlwollendes, wie die entzückte Erheiterung eines Erwachsenen über die netten Narrheiten eines Kindes. »*Ich? Geschlagen?* Glaubt mir, mein nettes

Menschlein, meinesgleichen läßt sich nicht so leicht besiegen, und auch nicht ohne weiteres umbringen. Das Große Eis ist schon viel tausendmal gekommen und gegangen, seit sich diese Welt aus Staub zusammensetzte und uns übergeben wurde; glaubst du wirklich, euer Spielzeug könnte das so mir nichts, dir nichts ändern? Aber wir wollen einmal annehmen, es wäre möglich – hast du darüber nachgedacht, was die Folgen wären?« Sie schüttelte das blonde Haar, so daß es ihre Schultern umwallte und auf ihre Brust fiel. »Natürlich hast du nicht darüber nachgedacht. Aber, Menschenkind, was wird aus dem Eis werden, das ihr schmelzt? Es wird doch nicht einfach verschwinden, nicht wahr? Natürlich wird es sich in Wasser verwandeln; in viel Wasser. Und was dann?« Ihr Ton wurde plötzlich härter, und ihre Stimme nahm einen königlichen, gebieterischen Klang an, streng wie kalter Stahl, in dem sich das Licht spiegelte, das sie immer noch umspielte. »Narr, muß ich dir wirklich sagen, was dann geschieht? In die Meere werden die gewaltigen Wassermassen fließen, wie alles Wasser, und diese werden immer höher ansteigen und das Land überfluten! Und all die kleinen Reiche der Menschen werden untergehen, und mit ihnen die letzten kläglichen Hoffnungen eurer unseligen Rasse! Zerstört das Eis, und ihr werde euch selbst zerstören!«

Ihre Worte und die Mißachtung des verzehrenden Sonnenfeuers, die sie noch immer an den Tag legte, lösten tiefes Unbehagen bei der Armee aus, und ein Raunen durchlief die Reihen. Doch nun war Kermorvan an der Reihe zu lachen, ein breites, zuversichtliches Schmunzeln, ganz anders als seine seltenen kurzen Ausbrüche von Heiterkeit; er wollte, daß es wahrgenommen wurde. »Oh, edle Dame«, sagte er fröhlich, »Ihr beherrscht es meisterhaft, Drohungen auszustoßen, doch Eure Drohungen sind zu raffiniert für einfache Leute wie uns. Wenn das Eis das Land als Eis nicht überwältigen kann, wieso sollte es das dann als Wasser können?« Zustimmendes Lachen ertönte aus den Reihen der Soldaten, und die Stimmung der Soldaten änderte sich von einem Augenblick zum anderen. Doch Elof lachte nicht. Er konnte die Augen nicht von der schlanken Gestalt neben Louhi abwenden, die verglichen mit deren Helligkeit beinahe finster wirkte.

»Nein, edle Dame«, sagte Kermorvan, und sein Ton wurde mit jedem Wort unwirscher, schroffer. »Ich fürchte, niemand glaubt Euch. Aber ich sage Euch eines: Selbst wenn ich es täte, brächten mich Eure Drohungen nicht um die Breite eines Eurer goldenen Haare von meinem Vorhaben ab.«

Seine Worte hallten von dem nackten Fels wider, und die große Frau schwankte plötzlich, als ob sie einen Schlag erhalten hätte. Kermorvan packte Elof bei der Schulter und sagte knapp: »Über ihren Kopf!« Elof zischte zum Zeichen, daß er verstanden hatte, und neigte seinen Schild mit behutsamer Genauigkeit nach hinten. Die Sonne ließ sich auf den oberen Galerien nieder, als ob sie zwischen den hohen Türmen von Kerys gefangen wäre, und die eisige Kruste knackte und zerbarst. Dampf brodelte um die Leute an den Brustwehren herum auf, und Louhi mußte sich zur Seite werfen, um einem Regen spitzer Eissplitter auszuweichen.

»Aufhören!« hörten sie sie schreien, während sie sich taumelnd aufrichtete. *»Aufhören!«* Sie tobte jetzt und bemühte sich gar nicht mehr, sich den Anschein von Höflichkeit zu geben. »Hirnloses Ungeziefer, begreift ihr denn nicht? Alles, was ihr habt, alles, was ihr seid, verdankt ihr uns! Ihr seid eine zufällige Schöpfung von uns, ein Nebenprodukt, ein Versehen unserer Macht...« Mit äußerster Zielgenauigkeit richtete Elof die Sonnenstrahlen noch konzentrierter auf sie. Dann hielt er unvermittelt inne, als er sah, daß sie eine Gestalt nach vorn gegen die Balustrade schleuderte; es war Kara, die mit weitaufgerissenen, angstvollen Augen in den brodelnden Dampf blickte, jedoch keine Anstalten machte, sich zu wehren. Das Bild der Sonne zitterte und tanzte wild in seinem bebenden Griff. *»Du!«* brüllte Louhi, und er hatte keinen Zweifel daran, wen sie meinte. *»Schmiedemeister!* Deinem Gehirn ist dieses alberne Spielzeug entsprungen, wer sonst aus eurer Rasse von Ungeziefern hätte den Verstand dafür? Und es ist deine Hand, die es jetzt schwenkt, davon bin ich überzeugt! Nun, nimm deine aufdringliche Hand von mir, vom Eis! Oder du wirst erleben, wie es ist, wenn es seine Macht wirklich einsetzt! Diese Kleine hier, an der dir angeblich soviel liegt, obwohl sie ihrerseits von dir recht wenig hält – was wird aus ihr, wenn dein Strahl uns trifft? Ich brauche nur die Hand von ihr zu nehmen, dann verbrennt sie wie jeder andere Sterbliche. Und was dann? Wir mögen nicht sterben, wir Höhergeborenen, wenn wir gegen unseren Willen entleibt werden, aber wir verwandeln uns und verändern unsere Erscheinungsform während der Verwandlung. Sie ist schwach, und die Verwandlung droht ihr unmittelbar, eine Verwandlung, die weder du noch ich ahnen können. Tu es ihr an, kleiner Schmiedemeister; doch wie willst du sie dann jemals wiederfinden, in der knapp bemessenen Lebensspanne eines Menschen? Und würde sie dich erkennen, wenn du sie wirklich fändest?«

Elof warf Kermorvan einen entsetzten Blick zu; und währenddessen, noch bevor der König antworten konnte, teilte sich die ganze große Armee von Schilden wie auf einen Befehl hin, als ob sie sich aus eigenen Stücken bewegten, und zerstreuten das Licht in viele Richtungen. Elof neigte den Kopf. »Sie gehorchen deinem Willen«, sagte Kermorvan feierlich. »Wenn er so stark ist, wie in diesem Fall, dann hören sie bereits auf ihn, solange er sich noch in dir bildet. Du mußt ihm wieder eine andere Richtung geben, mein Freund, sonst sind wir verloren.«

»Aber es muß doch etwas geben, das wir tun können!« rief Elof verzweifelt.

»Was denn?« fragte Kermorvan düster. »Sie retten? Aber will sie überhaupt gerettet werden? Sieh sie doch an; vielleicht vernichtet sie dich genauso bereitwillig, wie es Louhi täte, wenn du es versuchst.«

Elof knirschte mit den Zähnen. »Bestimmt will sie das! Und sie wird mich tatsächlich vernichten, wenn es mir nicht gelingt, sie wieder für mich zu gewinnen. Du mußt wissen, daß sie mit Fesseln gebunden ist, obwohl man diese nicht sieht.«

»Ich weiß«, sagte der König bitter. »Aber darf ich dieses Wagnis eingehen; darf ich die vielen Leben in Gefahr bringen, sollen alle Opfer, die wir bereits gebracht haben, umsonst gewesen sein… darf ich die Zukunft der Welt aufs Spiel setzen? Wenn du dich nicht von mir überzeugen läßt, kann ich es dir nicht verübeln; doch auch ich halte einen Meisterschild in den Händen, und wenn es sein muß…«

»Kermorvan!« schrie Elof, verzweifelt vor Wut und Sorge. »Die Vernichtung all dessen, was dein ist, hielte dich nicht davon ab, sagst du; *aber wer bist du, daß du die Vernichtung all dessen befiehlst, was mein ist?*« Roc und Ils sprangen auf, denn sie hatten gesehen, daß sich seine Hand zu dem silbernen Griff gesenkt hatte.

Kermorvan antwortete nicht; statt dessen sagte er: »Wir haben ein ganz klein wenig Zeit, während Louhi ihre Kräfte wieder sammelt. Ein schneller Schlag gegen sie könnte Kara befreien; jedenfalls ist das eine bessere Aussicht als gar keine.«

»Ich könnte mich nahe an sie heranschleichen«, bot Roc mit heiserer Stimme an. »Mit unseren besten Bogenschützen, um die Hexe mit einem Pfeil fertigzumachen…«

Kermorvan schüttelte den Kopf. »Genau danach

halten sie Ausschau, diese Wachen dort… Elof, was könnte schnell genug den Balkon erreichen? Ein Katapult…«

»Nein, man kann damit nicht genau genug zielen. Wenn ich doch nur meinen Hammer noch hätte! Doch wenn ich ihn in eine so große Hitze schleudern würde, könnte das eine noch schlimmere Gefahr heraufbeschwören… Meine Flügel… aber wir haben keine Feuer…«

Ein schwaches Lächeln zuckte um Kermorvans Lippen. »Brauchen wir das?« Elof schlug sich mit der Faust in die flache Hand und fluchte.

Innerhalb weniger Minuten hatte er sich die Flügel angelegt, und Ils lenkte mit unendlicher Sorgfalt eine zunehmende Zahl von Schilden um und auf den Harnisch. Eine Zeitlang spürte er, wie er von den heißen Strahlen eingehüllt wurde, seine Sicht färbte sich flammendrot, und seine Haut kribbelte schmerzhaft; dann ließen diese Empfindungen nach, und seine breiten Schwingen breiteten sich in die sengendheiße Luft um ihn herum aus, wobei sie mit einer verheißungsvollen Kraft schlugen, wie sie sie bisher noch nicht gekannt hatten. Sein ganzes Sein kribbelte vor Energie, und er wartete ungeduldig darauf, daß sich seine Sicht klärte. Als dies geschah, stand Kermorvan vor ihm, in voller Rüstung und mit Helm.

»Kannst du auf diese Weise eine schwere Last tragen?«

»Kara, meinst du? Zweimal, mit Leichtigkeit!«

Kermorvan nickte und zurrte die Riemen seines Helms für den Kampf fest.

»Dann kannst du auch mich tragen. Vielleicht brauchst du mich zum Ablenken der Wachen…«

»Aber… du bist der König…«

»Für wen, wenn nicht für meine Freunde? Du bist vielleicht mehr als jeder andere ein solcher, und auch Kara war eine Freundin für mich.« Die grau-goldene

Klinge glitt aus der Scheide. »Und mal ehrlich, weißt du einen anderen Krieger, der diese Aufgabe besser erfüllen könnte?«

Elof lächelte schwach und schüttelte rasch den Kopf, während er die Flügel hoch über die Schultern ausbreitete. Kermorvan hakte einen Arm um seinen Hals, Elof packte ihn an seinem breiten Gürtel, und sie hoben ab. Ils schwenkte den Strahl herum, um ihre Feinde abzulenken, während Elofs Flügel wie Sturmböen peitschten und die beiden Männer zu der hoch aufragenden Großen Pforte hinaufschossen. Auch wenn er mager wirkte, war Kermorvan ein schwerer Mann, doch die Kraft des Schmieds und die Macht der Flügel trug sie beide leicht und schnell hinauf. Der Wind peitschte ihnen mit der Geschwindigkeit ihres Flugs ins Gesicht, und die von den Wachen über ihnen abgeschossenen Pfeile folgten ihrer Bahn, ohne ihnen Schaden zuzufügen. Nach wenigen Atemzügen durchquerten sie die Balustrade direkt unter den Stufen des Podests, für die Obenstehenden außer Sichtweite. Verdutzte Wachen stürzten in wildem Durcheinander herbei, und Kermorvan, der den Griff um Elofs Hals löste, landete behende auf dem Balkon. Seine Füße rutschten auf den schmierigen Fliesen aus, doch noch während er um sein Gleichgewicht rang, hieb er dem ersten Ankömmling den Kopf von den Schultern. Elof winkelte die Flügel ab und fegte drei weitere aus dem Weg, einen direkt über die Balustrade. Die anderen wichen mit erhobenen Schilden zurück, und Kermorvan setzte ihnen mit weiten Sprüngen nach. Elof zückte Gorthawer und wandte sich um, um die Stufen hinaufzueilen, als er von oben einen zornigen Schrei und von unten ein warnendes Geschmetter der Hörner hörte; ein rasender Schatten fiel auf ihn. Er drehte sich aufgeschreckt um und blinzelte zu der dunklen Gestalt hinauf, die aus dem grellen Sonnenschein zu ihm herabtauchte.

In dem blendenden Licht konnte er die Entfernung schlecht abschätzen. Sein erster Gedanke war nur, eine Warnung abzugeben, sein zweiter, daß er für die Sicherheit des Königs verantwortlich war, um jeden Preis. Während diese Überlegung ihm noch durch den Kopf ging, war der Schatten auch schon über ihm, und durch den Zusammenprall wirbelte er in der Luft um sich selbst; in seinen Ohren hallte ein schrecklicher Schmerzensschrei. Gorthawer wurde ihm aus der Hand gerissen; er sah, wie etwas an ihm vorbeistürzte und auf die Fliesen des Balkons krachte, und hörte von oben einen widerhallenden Schrei und ein glockenhelles, beinahe schluchzendes Lachen. Als er sich daraufhin nach oben wandte und die Beherrschung über sich wiedererlangte, schrie er ebenfalls auf bei dem Anblick, der sich ihm dort bot; er hatte die schaurige Deutlichkeit eines Traums. Die schlanke Gestalt einer Frau schoß in einem weiten Bogen hinauf zur Sonne; die Flügel, die ihre Arme waren, waren von der vorgereckten Brust aus weit nach hinten geschwungen, und aus ihr heraus ragte inmitten eines Schwall scharlachroten Bluts der Griff eines Schwerts mit schwarzer Klinge.

Es kam ihm vor, als hinge sie eine Ewigkeit voller Qual und Entsetzen so vor ihm. Dann war es, als ob sie um die Klinge herum, von der sie durchbohrt war, zusammensacken würde; sie knickte zur Seite, ihre Flügel falteten sich um sie wie ein Leichentuch, und gerade als er sich mit einem weiten Satz zu ihr schwang und ihren Namen rief, stürzte sie in einer Wolke von schwarzen Federn hinab ins tiefe Tal. Er jagte hinter ihr her, so schnell, daß der Wind ihm die Tränen von den Augen peitschte, doch es war hoffnungslos. Während der ganzen Zeit wichen Elofs Augen nicht von ihr, doch was sich unterdessen in seinem Geist und seiner Seele abspielte, ist in keiner Chronik überliefert. Sie fiel sanft, aber schnell, ein winziger Fleck, der in der Tiefe immer kleiner wurde, und im nächsten Augenblick war sie in den dunklen Fluten eines neu entstandenen Sees, der noch vom Eishagel aufgewühlt war, für ihn verloren; ein kurzes Brodeln von Weiß, und Kara war verschwunden.

Er trudelte in ein Nichts, und ein Nichts tat sich in seinem Inneren auf, ein wilder Wirbel von quälender Leere und Trauer. Die Rufe, die an sein Ohr drangen, vernahm er zwar, verstand sie jedoch nicht; sein eigener Wille war schwächer als der jedes Gegenstandes, den er geschaffen hatte. Er krachte gegen die Balustrade zurück, und er wäre gefallen, wenn er nicht von kräftigen Händen aufgefangen worden wäre. Vor ihm stand Kermorvan; seine Rüstung war blutbespritzt. Louhis Wachen lagen gekrümmt und übel zugerichtet am Boden verteilt. Doch aus seinen Augen sprach ein noch größeres Entsetzen. »Du hattest recht...«, flüsterte Elof. »Sie hat angegriffen...« Doch Kermorvan, dessen Lippen fest zusammengepreßt und grau wie kalter Granit waren, hob etwas aus einem Haufen von Fliesenscherben auf. Er drückte es einen Augenblick lang mit gesenktem Kopf an sich, dann streckte er die Hand zu Elof aus. Darin lag dessen Hammer.

Licht und Dunkelheit wirbelten in Elofs Kopf durcheinander und formten sich zur grausamen Maske eines Gesichts, streng, graubärtig, grausam gefurcht, ein bitteres Lachen ausstoßend, das in der endlosen Leere widerhallte und sich über das verworrene Netz des Schicksals lustig machte, das sich hier verknotet hatte. Es war das Gesicht des Wächters, das Abbild Vaydes. Es war nicht sein eigenes Gesicht, und doch wußte er irgendwie, daß es für ihn lachte, denn es hatte niemals gelernt zu weinen.

Er selbst, so wird berichtet, erhob sich zitternd auf die Knie und starrte den Hammer an, den Kara in einem letzten trotzigen Akt der Liebe ihm unter Einsatz ihrer Existenz gebracht hatte. Sie hatte sich für ihn in Gefahr begeben – doch sie hatte nicht geahnt, daß die Gefahr von ihm ausging.

Ein plötzlicher Schmerz durchzuckte seine Beine. Alle Gedanken bis auf einen schrumpften und erstarben in seinem Geist, alle Feuer bis auf eines erloschen in seinem Herzen. Er blickte auf und sah dort ein anderes Gesicht, hübsch, tödlich hübsch wie die leuchtenden Gipfel des Eises; auch sie lachte, nicht weniger schrecklich, weit über die mit Weiß überzogene Balustrade gebeugt und die Faust gegen ihn schwingend. In seinem Inneren bildete sich ein kalter Klumpen des Mitgefühls, denn auch sie hatte ihn geliebt – auf ihre Weise. Wenn er nicht Kermorvan zu beschützen gehabt hätte ... Mit einem schmerzvollen, beinahe tierischen Aufheulen packte er den großen Mann am Gürtel und an den Armen und sprang mit ihm auf und hinaus über die Balustrade, als ob er beabsichtigte, sich gemeinsam mit ihm zu den Toten dort unten hinabzustürzen. Doch seine Flügel breiteten sich aus, und er schwebte zurück zu dem flammenden Schildwall. Am Fuße des Hügels glitt er zu Boden und ließ seine Fracht fallen, wobei er mit lauter Stimme schrie: *»Duckt euch, ihr alle! Hinter die Schilde! Und bedeckt eure Augen! Seht nicht zu mir her!«*

Dann schoß er pfeilschnell hinauf in die mittleren Lüfte, und während er aufstieg, schienen die von ihm geschaffenen Schilde in den Händen derer, die sie hielten, lebendig zu werden; sie wanden sich wie Schlangen, bis das Feuer der Sonne, das sie einfingen, sich auf ihn richtete. Für jene, die es wagten, einen Augenblick länger als die anderen zu schauen, sah es aus, als ob er für einen kurzen Moment verschwände, als ob er demselben Schicksal wie so viele an diesem Tag begegnet wäre. Doch Kermorvan, der zurück zu seinen Soldaten rannte, sah ihn noch immer dort im Herzen des Lichtes hängen, glänzend wie ein in weißglühendem Gold neu geformter Gegenstand. Auf dem Balkon der Pforte starrten die Ekwesh ebenfalls dieses grauenvolle Schauspiel an, und viele warfen sich zu Boden und bedeckten die Augen. Doch die große, blasse Frau, die er nun anrief, machte keinerlei Anstalten, den Blick abzuwenden. Die hellen Edelsteine des Harnischs sogen die ganze Kraft dieses Feuers in sich ein, und von diesen nahm es der Edelstein in dem Panzerhandschuh in sich auf, bis sein ganzer Arm von der schrecklichen Strahlung geballter Energie entflammt war. Einen Augenblick länger, dann hätte ihn das Feuer verzehrt; doch in diesem Augenblick handelte er. Louhi zuckte zurück; sie schrie laut auf und riß die Arme hoch, als ob sie einen Schlag abwehren wollte. Sie erreichte nichts damit. Als sich Elofs Finger blitzschnell spreizten, brach aus dem glühenden Gebilde die gesamte eingeschlossene Kraft in einer einzigen lodernden Flamme heraus, und hinter ihr, zielstrebig und schnell, wie um Berge zu zerschmettern, flog der verheerende Hammer.

Kermorvan, der vorgewarnt war, erreichte den Schildwall und warf sich zwischen seine Gefolgsleute, duckte sich und hielt sich die Hand vor die Augen. Doch den Lichtblitz sahen sie selbst durch fest geschlossene Lider; er war so grell, daß er sich tief in ihre Seelen einbrannte. Donnerschläge krachten um sie herum, die Luft packte sie und rüttelte sie und warf sie halb versengt auf die dampfende Erde, während diese unter ihnen zuckte und bebte wie das Fell eines Tieres unter dem Brandeisen. Das Dröhnen von Lawinen hallte von Erde und Himmel wider, während die Oberfläche von Felsen und Hängen riß und riesige Brocken unter einer gewaltigen Erschütterung abrutschten, als ob die Welt einen brutalen Schlag ins Gesicht bekommen hätte. Doch durch diesen hindurch, ihn übertönend, lauter als jede Stimme, die sie jemals gehört hatten, glaubten die Anwesenden, das Echo des letzten verzweifelten Schreis nachhallen zu hören;

eines Schreis der Angst und der Niederlage und eines endgültigen, ewigen Verlustes. Wie ein Blitz zuckte er vom Himmel zur Erde und wieder zurück und zerriß die Luft; doch ob sie ihn mit den Ohren oder mit dem Herzen vernahmen, hätte keiner von ihnen zu sagen vermocht.

Elof hörte ihn. Eine sengendheiße Druckwelle schleuderte ihn himmelwärts, so hoch und so schnell, daß es ihm den Atem nahm; und als er endlich wieder Luft bekam, bohrte sie sich kalt und scharf wie eine Lanze in seine überbeanspruchte Lunge. Sie stach unerträglich auf seiner versengten Haut, und das Licht der Sonne, noch greller, traf ihn wie ein Hagelschauer aus Nadeln, als ob es ihn wegen seiner Anmaßung, ihre Energie zu steuern, auspeitschen wollte. Etwas geschah mit ihm, etwas Beängstigendes, als ob der heulende Wind das Fleisch in Fetzen von seinen Knochen reißen wollte wie Blätter von toten Ästen, als ob er in Stücke zerfetzt und wieder neu geformt werden sollte. Er bemühte sich krampfhaft zu begreifen, doch diese Zuckungen der Natur und dieser letzte schreckliche Schrei waren in sein Denken wie in dünnes Eis eingeschlagen. Seine Flügel, die ihn beschützt hatten, waren jetzt zerfetzt, sie trugen ihn kaum noch, und doch fühlte er sich unfähig, sich fallen zu lassen. Es war, als ob nur noch Bruchstücke von ihm übrig wären, die auf dem Wind schwebten, ein zerrissener Lumpen, durch den helles Licht fiel. Doch es war ein seltsames Licht, gleichzeitig ruhig und feurig, und es schien aus der unendlichen Leere dort unten heraufzubrodeln. Es brachte Visionen mit sich, Visionen und Wahrheiten, klare Bilder von Dingen, die gewesen waren oder die in diesem Augenblick Form annahmen oder in der Zukunft sein mochten und die sich allesamt zu einem einzigen riesigen Knäuel verwoben. Und als er es sah, wußte er, daß die vielen einzelnen Stränge langsam, aber sicher – so wie er einst ein Schwert geschaffen hatte – zu dickeren Strängen gedreht wurden, und diese Stränge wiederum wurden zu einer klaren, endlosen Form zusammengehämmert, so daß ein ehrfurchteinflößendes Werk entstand. Kein Bild blieb ihm lange erhalten, obwohl er danach griff wie ein Kind nach einem Schmetterling; er erhaschte stets nur einen flüchtigen Blick darauf, wie durch die Risse eines zerschlissenen Vorhangs vor einem großen Fenster. Doch er sah genug, um eine Wahrheit zu erfassen. Vielleicht vergingen Sekunden, bevor er merkte, daß er wieder fiel, doch es können auch Stunden gewesen sein.

Als er sich in der Luft umdrehte, bot sich ihm die klarste aller Visionen. Seine gequälten Augen, und mehr als nur seine Augen, blickten hinunter auf das aufgewühlte Meer, in dem überall verstreut gezackte Eisscherben trieben, zerstückelt, schmelzend, und an seinem Rand ein großes Brandmal am Boden. Dort hatte die Große Pforte gestanden; doch sie war verschwunden, ebenso wie der ganze Grat, auf dem sie errichtet worden war. Die Berge zu beiden Seiten waren noch da, doch ihre Oberfläche war zerbröckelt und als Geröll in die gähnende Schlucht gestürzt. Und in diese Schlucht tobte das Meer herein, hüpfend wie ein Pferd, das nach langer Zeit von Zaumzeug und Stall befreit war. In Wasserfällen und Stromschnellen von erschreckender Höhe rauschte es in die Tiefe, schleuderte die zerschmetterten Bergrippen wie feinen Kies herum und spuckte eine glitzernde Gischt zum Himmel hinauf, als ob es die Kraft verhöhnen wollte, die es vor kurzer Zeit noch in ihren eisigen Fesseln gefangengehalten hatte. Es ergoß sich in den oberen Lauf des Yskianas, wo dieser noch gefroren war, und immer weiter stromabwärts quoll das Eis aus der Tiefe herauf und zerbarst zu schwimmenden Scherben, während die dunklen Fluten immer weiter anschwollen.

Er blickte ihnen nach, und in seiner Sicht verschmolzen Zeit und Raum. Entlang des von Tag zu Tag wachsenden Flusses verfolgte er ihren ungestümen Weg und beobachtete das Ende eines Landes. Sie breiteten sich immer weiter aus, sachte, langsam, und über Ufer und Hindernisse stieg die dunkel schimmernde Linie an; es gab keine hohen Wogen, keine verwüstende Flutwelle, nur ein sanftes, allmähliches Verzehren. Ufer und Inseln schrumpften und versanken im funkelnden Magen des Wassers, fast ohne Schaum zu hinterlassen; Gras neigte den Kopf vor der Flut wie zuvor vor dem Wind, bis es verschluckt war. Bäume am Flußufer blieben aufrecht stehen, auch wenn das Wasser an ihren Stämmen hochstieg; nur im letzten Augenblick, wie Menschen, die auf einem sinkenden Schiff erwachen, schwankten aufgeregt die dunklen Wipfel. Mit ihrer Angst erreichten sie gar nichts; auch sie versanken. Doch diese Angst griff bald auf die Lager der Menschen über, herangetragen von den Wellen, die gegen Mauern und Molen klatschten, die über Schleusen fluteten und Brücken einrissen. Glockengeläut setzte sich von Turm zu Turm fort, bronzene Stimmen, die ihr warnendes Lied entlang aller Küsten dieses einst so mächtigen Landes sangen, bis es schien, als ob das ganze Land bebte; hin und her schwangen die Glocken, als ob sie von den Wogen selbst geläutet würden. Selbst in den Hörnern des Stiers erklangen sie, in jenen Türmen, die die Festung von Kerys krönten, und kündeten von einem heimtückischen Feind, den weder die dicksten Mauern noch die höchsten Bastionen aufhalten konnten und der die Kanäle und Wasserrinnen überlaufen ließ wie geplatzte Adern; und von der kalten Dunkelheit, die jetzt die Kais besetzte, wie Schiffe, die schaukelnd vor Anker lagen. Sie sangen mit vielen Stimmen, doch ihre Botschaft an die Menschen bestand nur aus einem einzigen Wort, vom entlegensten Dorf bis in die Straßen der Stadt Kerys, und dieses Wort lautete: *Flieht!*

Die Aufforderung wurde befolgt. Alle, die konnten, flohen, und die meisten flohen noch rechtzeitig. Menschen, die Boote besaßen, bedienten sich dieser, doch eine große Anzahl von ihnen ertrank, weil Flüchtlinge in panischer Angst versuchten, sich an Bord zu hieven. Andere flohen zu Pferde oder zu Fuß, in Kutschen oder auf Karren oder mit sonstigen Beförderungsmitteln, die ihnen zur Verfügung stehen mochten; doch sie konnten sehr wenig mitnehmen. Viele Bauern trieben ihr Vieh ins Landesinnere, einige jedoch nicht weit genug; denn zu Anfang stieg der Yskianas schneller, als ein erschöpfter Mann laufen konnte. Er vereinigte sich mit seinen Nebenflüssen und staute ihre Strömung. Er ergoß sich in die Schluchten der Feuerberge, zog sich dampfend zurück, und schwappte geduldig, beharrlich erneut heran. Es berührte die Verteidigungsanlage, die Elof mit viel Sorgfalt geschaffen hatte, suchte und fand Einlaß; bis weit hinein tasteten sich seine Tentakel, und während die winzige Garnison die Flucht ergriff, leckte er das dunkle Blut von den grob behauenen Steinen. Die Fluten ergossen sich hinab zu einer grünen Insel, deren höchste Erhebung noch rauchte und schwelte, und die kleinen Mammuts rannten schreiend zwischen den Sturzbächen herum und trampelten sich einen Weg bis zu den Hochebenen frei; nun wagte es niemand mehr, den Fuß dorthin zu setzen, und sie waren in Sicherheit. Immer weiter breitete er sich aus, dieser Große Fluß, der kein Fluß mehr war; Menschen flohen nach Norden und nach Süden, und das Wasser zwischen ihnen stieg an und trennte sie. Sie retteten ihr Leben, doch das Land und das Reich, dem sie einst angehört hatten, wurde hinter ihnen überflutet und war für immer verloren. Die Gefahr des Eises war von der Welt genommen; doch über das Land, das es verdorben hatte, und über die Stadt in seinem Herzen, die zur damaligen Zeit die mächtigste der Welt war, sollte eine noch größere Säuberung hereinbrechen. Doch Elofs Augen blickten bereits weit darüber hinaus; denn der Hunger des Wassers war noch nicht gestillt und die Säuberung noch nicht beendet.

Zwölftes Kapitel

Der Frühling naht

All dies sah Elof in seiner Vision, und noch viele andere Dinge, nah und fern; vielleicht sah er unter anderem auch, was sich unter ihm abspielte, während er in den oberen Bereichen der Luft schwebte. Die Chronik liefert darüber einen genauen Bericht, welcher Quelle dieser auch entsprungen sein mochte. Es waren überaus schreckliche Kräfte, die er entfesselt hatte, doch die Armeen, die sich in den Bergen versammelt hatten, entgingen ihnen. Die Leute aus Kerys, die beinah dreißig Meilen weit in nordwestliche Richtung von der Katastrophe entfernt waren, waren durch die dazwischenliegenden Berge gut geschützt; doch anscheinend waren das Licht am Himmel und die entsetzliche Feuersbrunst, die ihm folgte, zuviel für sie gewesen. Sie waren tapfere Männer, doch sie hatten zu lange und zu schwer gegen Kräfte gekämpft, die sie kaum verstanden; fast ausnahmslos ergriffen sie die Flucht, und die wenigen Anführer, die versuchten, sie zurückzuhalten, wurden von dem Sturm mitgerissen. Und letztendlich war das auch gut so, denn auf diese Weise wurden sie durch das ansteigende Wasser nicht von ihrer Heimat und ihren Stammesbrüdern getrennt.

Die Männer von Morvanhal wären vielleicht weniger vom Glück begünstigt gewesen, wenn sie nicht auf Elofs Warnung gehört und sich hinter den Schildwall geduckt hätten. Jene unter den Duergar, die sich in solchen geheimnisvollen Dingen auskannten, glaubten, daß die Schilde an jenem Tag nicht nur das Licht widerspiegelten; denn es steht fest, daß so seltsame Metalle, wie sie in dem Hammer verarbeitet waren, hundert unsichtbare Tode verursachen konnten, wenn sie in die falschen Hände gerieten. Doch niemand von den Anwesenden, außer vielleicht Ils und ihre Leute, ahnte etwas davon. Es wird in der Chronik berichtet, daß während das Brüllen und Donnern des zerrissenen Landes abflaute und die Erde wieder ruhiger wurde, die ersten Stürme mit einer Heftigkeit tobten, daß sie den Rauch und den Dreck aus der Luft vertrieben und den Himmel für einige Minuten klärten. Da wagten es die tapfersten unter ihnen, zitternd über den Rand ihrer Schilde zu spähen; sie wunderten sich über die Katastrophe, die eingetreten war, und noch mehr darüber, daß sie davon verschont geblieben waren. Und als sie ihren ganzen Mut zusammennahmen und sich mit bebenden Gliedmaßen erhoben, demütig und eingeschüchtert angesichts so überwältigender Ereignisse, sahen sie, daß außerhalb des Schutzes der Schilde Schnee und Frost an den Hängen versengt waren und verwelktes Gras in der Sonne dampfte. Ihre Verwunderung wuchs noch, als sie feststellten, daß rings um sie herum, auf jedem Hügel, so weit das Auge reichte, selbst an Stellen, die unmöglich von dem Ausbruch erreicht worden sein konnten, dasselbe geschehen war. Die Wolke, die diese winterliche Landschaft erhalten hatte, war verschwunden, zerrissen und aufgelöst, und nicht anders war es mit dem Willen geschehen, der sie geschaffen hatte. Erst da begriffen sie allmählich, mit zitterndem Aufschwung im Herzen.

Einer der ersten, die wieder auf den Beinen waren, war Kermorvan, und obwohl er nicht weniger als alle anderen von Ehrfurcht ob dieses Schauspiels der Verwüstung erfüllt war, blickte er sofort um sich, um zu sehen, ob seine Leute unversehrt waren. Er half Ils auf, deren verwundetes Bein unter ihr steif geworden war, und hielt ihre Hand fest mit seiner umschlossen, während er das zerrissene Bild mit den Augen zu erfassen suchte. Und er war es auch, der als erster die zaghafte Hoffnung aussprach, die sich langsam in ihnen allen zur Sicherheit verdichtete. »Eine große Veränderung ist über die Welt gekommen!« schrie er, und seine klare Stimme wurde vom Wind weitergetragen. »Das Gleichgewicht ist wiederhergestellt! Die Macht des Eises ist gebrochen!«

Und mit dem Wind, wie als Antwort, als ob er diese Worte gehört hätte oder sie in seiner Vision vernommen hätte, kam Elof. Spiralen drehend fiel er vom Himmel wie eine Motte über einer Kerzenflamme, trudelnd und sich um sich selbst drehend wie eine seiner Federn an den zerfetzten und schwelenden Flügeln. Sie sahen ihn sofort aufgrund der Rauchfahne, die er hinter sich her zog. Er glitt über ihre Köpfe, schwarz vor dem Rot der untergehenden Sonne, und landete mit ausgebreiteten Gliedmaßen an dem Hang über ihnen. Sie hasteten zu ihm hinauf, seine Freunde vornweg, obwohl sie sich vor dem fürchteten, was sie ihrer sicheren Überzeugung nach antreffen mußten. Doch in einigen Schritten Entfernung hielt Roc, der an der Spitze war, zögernd inne und flüsterte: »Ist das er?«

Denn der Mann, der da mit ausgestreckten Armen und Beinen im versengten Gras lag, hatte dunkle Haut in der Farbe von alter Bronze und Haare in reinstem Weiß. »Oh!« hauchte Ils mit erstickter, heiserer Stimme. »Man könnte ihn beinahe für diesen Wächter halten … Narr! Natürlich ist er es! Aber … lebt er?« Als ob er sie gehört hätte, rührte sich der Mann, bewegte langsam die Beine, und Ils stieß einen Schrei aus; darunter leuchtete Silber am schwarzen Boden, und ein träges Blutrinnsal floß aus den Fetzen seiner Kleidung. Ohne auf ihre eigenen Schmerzen zu achten, rannte sie zu ihm, um ihm zu helfen, und dabei stellte sie fest, daß die Fußfesseln, mit denen seine Beine versehen waren, zerschmettert waren, allem Anschein nach gewaltsam, und die Bruchstücke sich allmählich aus der Wunde lösten.

»Also lebt er; aber ist das alles?« fragte Kermorvan, der mit Männern zurückkehrte, die eine aus einem Schild und Decken gebastelte Bahre trugen, und sich über das emsige Knäuel von Gestalten beugte. Der Sturm wehte jetzt noch kräftiger von Süden her, ein warmer Wind, der die Verheißung von Regen mit sich brachte, und dicke Wolken stiegen über den Hügeln im Süden auf. »Wird er wieder zu sich kommen?« Ils sah zu ihm auf, und ihre großen dunklen Augen hatten einen traurigen Ausdruck.

»Die Wunden an seinen Beinen heilen bereits; seine Verbrennungen noch nicht, aber wir haben sie mit Salben behandelt... Was aber die Frage betrifft, ob er wieder zu sich kommt... nun...« Der erste Schatten der Nacht berührte die Hügel, und sie seufzte. Über dem Rauschen des Sturms ertönte ein fernes Grollen am Himmel. »Seine Augen sind geöffnet, wie sie es von Anfang an waren. Ich glaube, er hat alles gehört, was wir gesagt haben – doch er scheint es nicht zu verstehen. Es ist, als ob sein Blick von uns abgewendet wäre, zu Dingen, die wir nicht sehen können, und als ob wir für ihn etwas Unwirkliches wären.«

»Er ist bei seinem Flug der Sonne zu nahe gekommen«, sagte eine tiefe Stimme ruhig von hinten. »Das ist den Menschen nicht gestattet, ohne daß sie daran zugrunde gehen.«

Kermorvan richtete sich schnell auf. Beim Klang dieser Stimme hatte ihn ein eiskalter Schauder ergriffen, und er wußte sofort, wem sie gehörte. Die riesenhafte Gestalt, die neben ihm aufragte, war eine Sekunde zuvor noch nicht dagewesen, und obwohl der Mann aufgrund des großen, grobschaftigen Speers, auf den er sich stützte, das Aussehen eines Kriegers hatte, trug kein einziger Mann in der ganzen Armee einen solchen langen, staubigen Mantel in Mitternachtsblau und auch keinen solchen breitkrempigen Hut. Doch selbst wenn Kermorvan ein Mensch von weniger schneller Auffassungsgabe gewesen wäre, hätte ihn die Kälte gewarnt.

»Du!« sagte er, und seine Worte quollen ihm dick wie Blut über die Zunge, so heftig war der Zorn, der in ihm aufstieg. *»Du, Rabe!* Und dieser Name steht dir wohl an, da du gekommen bist, um dich auf einem Schlachtfeld niederzulassen und dich an den Gefallenen gütlich zu tun. Mögest nun du fallen, du niederträchtiger Aasfresser, und alle deinesgleichen mitnehmen! Deinesgleichen, die mit ihren ewigen Zänkereien achtlos auf dem kurzen Leben der Menschen herumtrampeln!« Er deutete mit einer wütenden Handbewegung auf die Verwüstung im Tal unter ihnen. »Warum konntest du *das* nicht verhindern, Freund der Menschen, der du behauptest zu sein? Warum konntest du nicht wenigstens *ihn* retten, anstatt ständig alles mögliche an ihn hinzufaseln? Was habt ihr denn erreicht mit euren endlosen Kriegen? Eure Sorte oder die des Eises, eine Macht ist so schlecht für die Menschen wie die andere! Warum wollt ihr die Welt zwischen euch hin und her zerren und in alle Richtungen verdrehen? Für alle Zeiten verflucht sollt ihr sein, ihr widerwärtiges Pack! Warum laßt ihr die Menschen nicht in Ruhe, damit sie ihr Leben auf ihre Weise gestalten können?«

Die Gestalt wandte den Kopf um, und er blickte in ein einzelnes Auge, das glitzerte wie ein schwarzer Teich in der Abendsonne. Das Gesicht in der Dunkelheit war mager, hakennasig, wie eine alte Eiche von Furchen durchzogen, die eine rätselhafte Zeichnung von vielen Jahren der Weisheit und vielleicht auch des ausgiebigen und fröhlichen Lachens waren; das übrige war unter zotteligen weißen Haaren und einem ebensolchen Bart verborgen. Doch das Auge war jung und klar, das Auge eines Mannes im besten Alter, auf dem Höhepunkt seiner Kraft, so wie er selbst es war. Es betrachtete ihn ernst, ohne Zorn und nur mit einer winzigen Spur von Spott, bevor das Wesen sprach. »Es wird so kommen, und dieser Tag hat die Entwicklung beschleunigt. Das ist einen höheren Preis wert, als bezahlt wurde. Seid zufrieden.«

Kermorvan hielt seinem Blick stand. »Ich bin vielleicht nicht Elof, um mich mit den Kräften anzulegen; doch da er sich an der Schwelle des Todes befindet, will ich dennoch meine Meinung sagen, du Plünderer unserer …«

»Nein!«

Die gebieterische Kraft der Stimme erstaunte ihn; doch obwohl sie tief und angenehm klang, war es nicht die Stimme eines Raben. Kermorvan wandte sich wieder um, und obwohl er ein mutiger Mann war, ertappte er sich dabei, daß er unbeherrscht zitterte. Elof stand vor ihm, aufrecht und gerade auf seinen eigenen kräftigen Beinen; und obwohl sein verbranntes Gesicht schmerzverzerrt war, brachte er ein Lächeln zustande. »Ich habe euch gehört. Aber Leute wie ich sterben nicht so leicht, mein alter Freund.«

Kermorvan, dessen Haltung vor Fassungslosigkeit erschlaffte, blickte wieder zu dem Raben. »Dann bist du also … zur Hilfe gekommen? Du hast ihn gerettet?«

Der weiße Bart zuckte. »Ich? Ich habe nichts getan. Alles, was geschah, hat er getan. Doch wenn du Unterstützung willst, dann kann ich ein wenig für dich erübrigen, Kermorvan von Keryn, aufgrund der alten Bande zwischen mir und deinem Volk und deiner Familie, und weil ich dir für die Arbeit, die du heute geleistet hast, etwas schuldig bin. Ich erteile dir einen Rat, und der lautet folgendermaßen: Verschwinde von hier! Kehr mit deinen Leuten zu den Schiffen zurück, und verschwindet alle! Sofort!«

»Aber was ist mit Kerys?« entgegnete Kermorvan ärgerlich. »Das entfesselte Wasser bedroht das Land und seine Menschen! Wir müssen zumindest bleiben, um ihnen Beistand zu leisten; nicht nur weil sie unsere Stammesbrüder sind, aber deswegen erst recht!«

Der Rabe brummte ungeduldig. »Ihr könnt ihnen nicht helfen. Und ihr sollt es auch gar nicht versuchen. Begreifst du denn nicht, warum? Aber du wußtest doch, daß eine große Veränderung bevorstand, daß wieder einmal das Gleichgewicht der Welt auf dem Spiel stand! Dir ist doch wohl klar, daß man solche Dinge nicht verhindern kann, daß die Waage nicht im Gleichgewicht gehalten werden kann, sondern das Zünglein immer nur in die eine oder die andere Richtung ausschlägt. Zu dieser oder zur anderen Seite! Nun gut, das Gewicht hat sich zur besseren Seite hin verlagert, weg vom veränderungslosen Eis auf die Seite des Lebens. Du hast dabei mitgewirkt, warum lehnst du dich jetzt dagegen auf? Wußtest du nicht, daß Leben Veränderung bedeutet, ständige Veränderung?«

»Nein«, sagte Kermorvan dumpf, »davon hatte ich keine Ahnung.«

»Aber warum denn nicht?« Die tiefe Stimme klang voll, beinahe fröhlich. »Nichts dauert unverändert an, weder der Stein unter deinen Füßen noch die Sterne über deinem Kopf. Weder die Menschen noch die Mächte. Alles verändert sich, alles bewegt sich.« Sein Auge leuchtete hell, als ob es ein Geheimnis gäbe, das nur er allein durchschaute. Am Himmel gingen die Sterne auf, und das fahle Band des Flusses erstreckte sich übers Firmament. »Und warum sollte es nicht so sein? Möchtest du den Fluß zugefroren und tot, so wie jener dort unten war, oder möchtest du ihn fließend? Denn wenn er nicht flösse, wie sollte da jemals etwas am Meer ankommen?«

Stille senkte sich über das zerschmetterte Land; selbst das Donnergrollen der neuen Mächte war für diesen Augenblick verstummt. Die Wolken verdichteten sich schnell und verbargen die Sterne. Die große

Gestalt hob den Speer. »Letzten Endes gibt es nur zwei Alternativen – nenne sie, wie du willst, Wachstum oder Verfall, Leben oder Tod, ein klarer Fluß oder ein stehender Teich. Kerys' Los ist hart; niemand weiß das besser als ich, der seit seiner Geburt darüber wacht und sein Blut mit seiner Königsfamilie vermischt hat. Doch es war alt nach den Maßstäben, die man für Länder und Menschen anlegt, und seine Veränderung überfällig, so oder so; doch es war so eingefahren in seinen Bahnen, daß diese nur durch eine solche ungeheure Katastrophe herbeigeführt werden konnte… Sein Volk mußte vergessen, was ihm einst gehört hatte, und etwas Neues in einem neuen Land suchen, wie es seine Vorfahren getan haben, und die euren ebenfalls. Ein hartes Los, ja, aber überleg doch mal, wieviel schlimmer der andere Weg gewesen wäre!«

Kermorvan senkte den Blick. »Du hast recht, und ich hätte nicht so sprechen dürfen, wie ich es gesprochen habe.«

Der grauhaarige Kopf nickte, und die Stimme wurde sanfter. »Alle Dinge gehen den vorgezeichneten Weg, und zwar zur richtigen Zeit. Aber ich sollte es dir nicht verübeln, daß du diese Wahrheit nicht erfaßt hast. Selbst ich habe das nicht, nicht vollkommen, bis Ilmarinen, die größte der Alten Mächte, mich aufgeklärt hat. Die meisten seiner Kameraden haben es nie erfahren, am wenigsten von allen Taoune und danach Taounehtar. Nun, jetzt weiß sie es. Und sie hat einen hohen Preis für ihr Wissen bezahlt. Denn wie alle ihre aufrührerischen Gesinnungsfreunde hat sie sich der Veränderung am längsten widersetzt; doch jetzt ist sie ihr aufgezwungen worden, und der Verlust ist für sie um so schmerzlicher. Sie war in ihrem Körper gefangen, ohne die Möglichkeit, ihn zu verlassen, und deshalb ist sie ihrer Macht beraubt, wie einst Taoune zu einem Schatten ihres früheren Seins verringert. Diese Macht wird nun vollends vergehen, und damit das Eis.

Das wird eine Veränderung zum Besseren sein, meinst du nicht? Doch da alle Dinge auf der Welt in einem Zusammenhang stehen, da sich eins aufs andere auswirkt, mußt du eine Veränderung als Teil von vielen anderen hinnehmen; man kann sich nicht eine aussuchen und wie eine Rosine aus dem Kuchen picken.«

Kermorvan hob plötzlich den Kopf, und sein Gesicht bekam einen erschreckten Ausdruck; er setzte zum Sprechen an und streckte die Hand nach dem Mantel des Alten aus. Elof stieß einen warnenden Schrei aus, doch schneller noch, als ein Gedanke sich in ihm formen konnte, schwang der Speer in der knorrigen Hand herum, und die Spitze der Klinge richtete sich auf Kermorvans Kinn. »Schluß! Deine … deine Aufgabe liegt in deinem Land! Wenn du weiter hier verweilst, wirst du nicht lange genug leben, um sie zu erfüllen. Die Kräfte, die heute eingesetzt wurden, haben das Land und den Himmel mit Gift verseucht; meine Sturmwinde tragen den schlimmsten Teil davon nach Norden zum Eis, um die Säuberung von den hier noch lauernden Schrecknissen zu beschleunigen; doch es ist genügend übrig, um euch alle in Gefahr zu bringen!«

Kermorvans Mund straffte sich vor Wut, und er wich der beharrlichen Speerspitze aus; ohne Zeit zu vergeuden, wirbelte er herum und schrie der schweigenden Menge unterhalb des Hügels zu: *»Hauptleute zu mir! Herolde, blast die Signale! Formiert euch zum Marsch! Wir kehren nach Hause zurück!«*

Keine anderen Worte hätten den erschöpften Kehlen ein derartiges jubelndes Grölen entlocken können, das sogar den Donnerschlag übertönte, der über ihnen krachte. Doch Kermorvan nahm ihn nicht zur Kenntnis; er drehte sich sofort um, im Begriff, die Frage zu stellen, die ihm auf den Lippen lag – und erstarrte. Die Gestalt des Raben war weg. »Habt ihr gesehen, wie er verschwunden ist?« fragte er Ils und Roc, doch keiner von beiden hatte es beobachtet. »Und du?«

Elof zuckte mit den Schultern. »Er trug einen dunklen Mantel. Anscheinend ist er einfach … mit der Dunkelheit verschmolzen.«

Kermorvan warf ihm einen forschenden Blick zu. »Ihr hattet euch nicht viel zu sagen, er und du, und doch warst es stets du, zu dem er kam.«

Elof hielt dem Blick stand. »Alles, was er sagte, war für mich die Wahrheit.«

Eine Erkenntnis weitete Kermorvans Augen. »Natürlich … Du hast durch die Veränderung mehr als wir alle verloren, viel mehr. Ich habe mit dir getrauert, mein Freund, und ich traure jetzt mit dir. Mir fallen keine passenderen Worte ein …«

Roc gab zum Zeichen seiner Zustimmung ein Grunzen von sich; er wich Elofs Blick aus. Ils ergriff seine Hand, sehr sanft – vielleicht wegen der Brandwunden. »Du hast ein besseres Schicksal verdient«, sagte sie leise. »Nach einem so langen Kampf …« Aus der Dunkelheit unten tönten die Hörner herauf, um die Armee zum Abmarsch zusammenzurufen. »Fühlst du dich jetzt in der Lage … zu gehen, zu reiten?«

Elof nickte. »Ja. Zumindest körperlich heilen meine Wunden. Was das andere betrifft …« Sein Augen schienen wieder ins Unbestimmte abzuschweifen, in eine unvorstellbare Ferne. »Das läßt sich nicht so leicht sagen. Aber ich werde mit euch kommen, fürs erste jedenfalls.« Ein sanfter Nieselregen setzte ein, als sie sich den Hügel hinab in Bewegung setzten.

Der Marsch zum Meer verlief anfangs schweigend, doch am zweiten Tag breitete sich eine Art Siegesstimmung aus, als das wahre Ausmaß ihres Triumphs und die Verheißung der Rückkehr in die Heimat den erschöpften Soldaten allmählich zu Bewußtsein kamen. Selbst die Aussicht auf eine entbehrungsreiche und lange Reise konnte ihre Freude nicht dämpfen; doch sie übten sich in Zurückhaltung aus Achtung vor ihrem König und vor dem Schmiedemeister, der sich solcher schrecklichen Kräfte bedient und dafür einen so hohen persönlichen Preis gezahlt hatte. Während der meisten Zeit ritten die beiden Männer schweigend dahin, und zu Ils' tiefer Besorgnis vor allem Kermorvan. »Etwas bekümmert ihn, etwas, das mein Verständnis übersteigt«, sagte sie zu Elof während des Reitens. »Hast du eine Ahnung, was es sein könnte?«

Elof sah sie an und nahm ihre Hand in die seine. »Ich kann ihm nicht helfen, Ils«, war alles, was er sagte.

Die Männer des Raben-Klans marschierten mit den Kolonnen, und ebenfalls ihre vielen Gefangenen, die Kermorvan von ihrer Schuld freisprach und denen er keine Fesseln anlegen ließ. Als sie die Küste und ihre Anlegestelle erreichten, bot er ihnen allen die Freiheit an und stellte ihnen ihre Schiffe zur Verfügung, damit sie in ihre Heimat fahren konnten, doch ausnahmslos lehnten alle ab; sie fühlten sich als seine Gefolgschaft und sein Volk und zogen es vor, ihr Schicksal in seine Obhut zu geben, wenn er es erlauben würde. Er stimmte zu, da es in seinem Reich im Osten genügend unbewohntes Land gab. »Und durch sie erlange ich vielleicht eines Tages eine Art Frieden mit den Ekwesh-Siedlern im Westen«, fügte er, an seine Freunde gewandt, hinzu. »Nachdem sich der Griff, mit dem das Eis sie umklammert hielt, gelockert hat, werden sie vielleicht irgendwann vernünftiger«, ergänzte er mit einem eindringlichen Blick zu Elof.

»Eine weise Hoffnung, wie ich meine«, lautete Elofs einzige Antwort; sie schien den König nicht zu befriedigen. Es war ein Wortwechsel, den weder Ils noch Roc verstand, und es bereitete ihnen Sorgen, daß es offenbar Grund für ein gespanntes Verhältnis zwischen den beiden so festen Freunden gab. Doch bis zum Morgengrauen, als die Flotte schließlich auslief, gab keiner einen Hinweis darauf, worum es sich dabei handeln könnte. Das letzte Schiff, das den Anker lichtete, war die *Prinz Korentyn*, und an ihrem Heck standen der König und seine Freunde und blickten zurück. Als das große Schiff den Bug hinaus in die offene Bucht reckte und den auffrischenden Wind einfing, lehnte sich Elof aufmerksam zurück, als ob er auf einen entfernten Ton lauschte.

»Ich höre nichts ...«, setzte Roc an, doch Kermorvan hielt die Hand hoch, und gemeinsam horchten sie.

Einen Augenblick später drehte sich Ils schwungvoll um. »Das hört sich an wie ... Glocken!« sagte sie und biß ich gleich darauf auf die volle Lippe.

»Genau!« bestätigte Roc voller Unbehagen. »Ich habe es nicht gleich erkannt, aber ... ja, es müssen Glocken sein. Von Kerys ...«

Kermorvan nickte. »So ist es. Doch sie werden jetzt von den Wellen bewegt. Bald wird das Wasser sämtliche Glocken dieser großen Stadt läuten, in jenen hohen Türmen, die ich noch nie gesehen habe, außer in meinen Träumen. Und wo noch, Schmiedemeister? *Wo noch?«*

Seine Stimme klang so ärgerlich, daß Ils seinen Arm ergriff. »Er weiß«, sagte Kermorvan leise zu ihr, »was ich den Raben fragen wollte. Er kennt die Frage; vielleicht kennt er sogar die Antwort. Aber er wird sie mir nicht verraten.« Er beherrschte sich mit Mühe und richtete sich kerzengerade auf. »Als dein Freund habe ich vielleicht ein Anrecht auf eine ehrliche Antwort, Schmiedemeister. Doch mir als König bist du sie schlichtweg schuldig!«

Elof fuhr sich mit den Fingern durch die weiß gewordenen Haare. Er hatte sich noch nie so alt gefühlt wie in diesem Augenblick »Du wirst sie bekommen«, sagte er, »aber nicht jetzt.«

»Wann dann?« fragte Kermorvan mit angespannter Miene.

»Wenn ich es für richtig halte. Aber es wird nicht mehr lange dauern«, fügte er hinzu. »Das verspreche ich dir.«

Die Rückreise verlief laut allen Berichten schnell und gefahrlos; doch Kermorvan kam es wahrscheinlich nicht so vor. Dennoch stand es für Elof fest, daß er sich nach Kräften bemühte, sich mit diesem Versprechen zufriedenzugeben und für ihn der Freund zu sein, der er immer gewesen war; und das war es, was Elof sich am meisten wünschte. Er suchte die Gesellschaft seiner Freunde, sooft er konnte, und das blieb nicht unbemerkt. »Fast als ob du uns ... genießen wolltest, solange es noch geht«, sagte Roc unverblümt. »Als ob du uns speichern wolltest, damit du uns nicht vergißt. Du denkst doch nicht etwa daran, dich noch einmal auf eine solche wahnsinnige Suche zu begeben, oder? Denn das wäre wirklich der absolute Wahnsinn, glaub mir. In deinem Alter! In deinem Zustand!«

Ils legte ihm einen Arm um die Schultern. »Wenn sie sich noch an dich erinnert, wird sie die Suche aufnehmen; es gibt jetzt niemanden mehr, der sie davon abhalten könnte. Louhi wird mit ihren eigenen Problemen beschäftigt sein.«

Elof versuchte, ein Lächeln zustande zu bringen, doch es geriet zu einer schmerzverzerrten Grimasse. »Was ich ihr angetan habe ... das könnte sie davon abhalten. Selbst bis zum letzten Augenblick habe ich sie betrogen, Ils ...«

»Nein!« unterbrach Kermorvan ihn und goß ihm einen Becher Wein ein, was wegen ihres knappen Vorrats etwas besonders Wertvolles darstellte. »Trink das, und laß den Mut nicht sinken! Ich war dabei, ich habe es gesehen! Und ich bin durchaus in der Lage, ja, ich habe das Recht dazu, dein Handeln zu beurteilen, wie ich es schon längst beabsichtigte. Du hast getan, was unvermeidlich war, ohne Zeit zum Nachdenken zu verschwenden, und du hast mich beschützt. Wenn es die einstige Kara noch gibt, wird sie das nicht vergessen.«

»Vielleicht«, sagte Elof leise, »vielleicht hast du

recht. Doch in der Zwischenzeit … Ich warte auf ein Zeichen. Und obwohl ich mich mit euch allen sehr glücklich fühle, werde ich allmählich müde.«

Endlich, eines Abends gegen Sonnenuntergang, verkündeten die Männer in den Ausgucken »Land in Sicht«. Daraufhin eilten Kermorvan und die anderen an Deck, doch zu ihrer Überraschung trafen sie Elof bereits dort an; er saß zusammengekauert gegen den kalten Wind auf der Steuermannbank und hustete. Er blickte auf, als der König sich näherte. »Ich sagte, ich würde deine Frage eines Tages beantworten, Kermorvan. Und dieser Tag ist gekommen.«

Kermorvans Gesicht wurde grau, und er ließ sich schwer auf die Bank nieder. »Das habe ich befürchtet.« Er sammelte sichtlich seine innere Kraft. »Also, dann sprich, damit wir es hinter uns bringen. Was Louhi mir angedroht hat und worüber ich gelacht habe, um der Armee willen – es hat mich während der ganzen Zeit Tag und Nacht verfolgt; es erscheint mir sogar im Traum. *»Stimmt es?«*

»Ja«, antworte Elof leise. »Es stimmt.« Ils und Roc starrten ihn fassungslos an, doch er schüttelte traurig den Kopf. »Denkt doch einmal darüber nach! Woher kam das viele Wasser, daß die großen Eisgletscher bildete? Letztendlich aus dem Meer, und dessen Spiegel sank. Neue Ufer wurden freigelegt, neues Land trat aus dem Wasser hervor, während anderes überschwemmt wurde. Und die Menschen nahmen dieses Land ein, weil es am weitesten vom Eis entfernt war und weil keine andere Macht es als ihren Herrschaftsbereich beanspruchte, wie Tapiau zum Beispiel den Wald für sich beansprucht. Die alten Königreiche der Menschen wurden zermalmt, und in den Landstrichen an der Küste entstanden ihre neuen Reiche, selbst das der Ekwesh. Warum war das Tal von Kerys so tief, was glaubt ihr? Weil es zuvor ein Meer war und Wellen über jenen glatten Grat schwappten, an dem die Pforte errichtet wurde; der Yskianas war alles, was von dem Meer übriggeblieben war. Es fordert nur zurück, was ihm genommen wurde.« Er lachte, bis sein Lachen in einen Hustenanfall überging. »Ironie des Schicksals, nicht wahr? Kerys, Morvannec, Morvan, Kerbryhaine – die Menschen errichteten diese großen Reiche, um dem Eis zu entfliehen; die Menschen verteidigten sie gegen das Eis. Doch während der ganzen Zeit waren sie Schöpfungen des Eises, etwas Unnatürliches in der bestehenden Welt. Und jetzt, da Taounehtar geschwächt ist, sind die anderen nicht mehr in der Lage, es zu erhalten. Es hat sein Vordringen eingestellt. Allmählich wird es schmelzen und sich zurückziehen, und die Meere werden zurückfordern, was ihnen gehört.«

»Wie bald wird das geschehen?« fragte Roc entsetzt. »*Wie bald?* Willst du damit sagen, daß es jenseits des Ozeans keine Heimat mehr gibt, die uns erwartet? Hast du deshalb gezögert?«

Elof lächelte und hob die Hand. Über ihnen erschallte ein freudiger Ruf. *»Morvanhal in Sicht! Morvanhal steuerbords, Palast und Turm. Zu Hause, wir sind zu Hause!«*

»Zumindest das kann ich euch ersparen«, sagte Elof. »Das tröstet mich ein wenig. Ist euch vor unserem Aufbruch nicht aufgefallen, daß die Gletscher kleiner wurden? Sie machten sich selbst sozusagen zu den herrschenden Kräften, was das Klima der Welt betraf, und eine solche Kraft läßt sich nur langsam auflösen. Das braucht Zeit, viele menschliche Lebensspannen, vermute ich. Aber auch wiederum nicht allzu viele, vielleicht drei, vier, vielleicht fünf, bevor das Wasser anfängt, die Ufer zu schlucken. Doch danach geht es schnell.«

»Neues Land wird freigelegt werden, wenn die Gletscher schmelzen«, sagte Ils zuversichtlich. »Wie zuvor. Das ist doch immerhin etwas, nicht wahr?«

Kermorvan hielt den Kopf gesenkt, während er

sprach. »Wie ich befürchtet habe. Die Zeit wird niemals reichen, neues Land zu finden und zu säubern, selbst wenn die noch verbliebenen Mächte uns gewähren lassen würden. Und die Gebiete, die vom Eis bedeckt waren, werden noch länger brauchen, um sich zu erholen. O ja, einiges wird uns gelingen, irgendwo, mit Hilfe deines Volkes. Die Menschheit wird weiter bestehen, doch nicht ihre Reiche. Unsere Zahl wird schrumpfen, wie es bei deinem Volk der Fall war, oder wir werden uns zu primitiven Bauern zurückentwickeln, vielleicht sogar zu Wilden und Barbaren. Das geschieht in Kerys jetzt schon; doch bald werden wir alle verschlungen werden!« Er erhob sich plötzlich; sein Gesichtsausdruck war verbittert und hart, und er hielt sich die so krampfhaft geballten Fäuste, daß die Knöchel weiß hervortraten, vor die Brust. »So endet mein törichter Traum! Mein Traum, ein Reich und eine Dynastie zu gründen, ein gedeihliches Land des Wohlstands und der Weisheit, der Stärke und Gerechtigkeit. Keines, das für immer bestehen würde; ich brauchte keinen Raben, der mir das sagte. Doch eines, das so lange wie Kerys bestehen und einen ebenso großen Namen hinterlassen würde, oder zumindest ein faßbares Zeichen und eine Erinnerung in den Herzen der Menschen. Doch was immer ich noch erreichen mag, es wird schmelzen und verschwinden und sich in der ewigen Veränderung des Meeres auflösen. Ich hätte es wissen müssen, da die Welt nun einmal so ist, wie sie ist. Es war alles vergebens.«

Elof erhob sich ebenfalls, wenn auch mit Mühe. »Nein«, entgegnete er ruhig und legte Kermorvan die Hand fest auf die Schulter. »Das war es nicht. Und das wird es auch nicht sein.«

Der große Mann wandte sich um, sein bronzefarbenes Haar wallte im Wind, und sein Gesicht trug den Ausdruck eines Mannes, der ein fernes Hornsignal hört.

»Das wird es nicht sein!« wiederholte Elof. »Ich habe dir unrecht getan, mein alter Freund. Du sprachst immer noch von der Zukunft, was du noch erreichen könntest, hoffnungslos oder nicht. Wenn ich sicher gewesen wäre, daß du es könntest, hätte ich dir früher geantwortet und nicht gewartet, bis es nicht mehr anders ging. Höre also, und hoffe weiter! Ohne dein Königtum, ohne *dich,* hätte es keinen Sieg gegeben, hätte für keinen einzigen Menschen die Aussicht auf Überleben bestanden, zivilisiert oder nicht. Doch jetzt werden die Menschen überleben. Die Zivilisation wird erneut entstehen, während ohne dich, ohne euch alle, das niemals möglich gewesen wäre. Sie wird wieder entstehen, denn von den Feuern, die ihr in der Zukunft entfachen werdet, werden kleine Funken erhalten bleiben, kleine Enklaven der Weisheit in einer neugeborenen Welt, die so unwissend wie alles Neugeborene sein wird. Etwas von dem Wissen, von der Weisheit wird erhalten bleiben, um von Generation zu Generation weitergegeben zu werden, auch wenn die Menschen vergessen werden, wo der Ursprung davon liegt, und nur eine sagenhafte Legende von einem Zeitalter vergangener Größe überliefert wird. Vielleicht wird alles bis auf diese Erinnerung verlorengehen, doch sie wird spätere Generationen zur eigenen Größe anregen. Dein Name, alle eure Namen mögen sie vergessen, doch das Bild von deinem Königreich, von deiner Dynastie, wird in ihren Herzen brennen. Sie werden auf der Suche danach erneut Meere überqueren, und vielleicht wird der Name Kerys', dieser ruhmreichen Stadt von Ys, nicht ganz und gar vergessen sein. Vielleicht hören die Menschen immer noch ihre Glocken läuten, dort unter den Wogen. Du wirst deine Dynastie bekommen, Keryn Kermorvan, und kein König hat jemals eine größere begründet. Sie wird die gesamte Menschheit umfassen.«

Als Kermorvan schließlich das Wort ergriff, bereitete

ihm das Sprechen offensichtlich große Mühe. »Dann ist sie größer, als ich es verdiene. Das tröstet mich. Und es macht mich bescheiden und demütig; ich kann noch hoffen. Mögen unsere Kinder und deren Kinder würdiger sein – was, meine geliebte Ils?«

Sie lächelte, doch auch sie war unfähig zu sprechen. Es war Roc, der als erster die Sprache wiederfand. »Das lasse ich mir einleuchten – aber Elof… ich weiß nicht, ob ich das fragen sollte, aber … wie kannst du so verdammt *sicher* sein?«

»Und du sagtest, du *mußtest* es jetzt sagen!« flüsterte Ils. »Warum, Elof, warum?«

Kermorvan nickte. »Das frage ich mich auch. Doch ich zweifle nicht an dir. Mit welcher seherischen Gabe bist du begnadet, Elof Valantor?«

Elof lächelte erneut, doch wieder schüttelte ihn ein heftiger Hustenanfall. »Es ist die seherische Gabe des Vogels, der durch die Schale seines Eis bricht. Tatsächlich, genau wie ein Vogel sah ich es anfangs, aus der Höhe, in alle Richtungen blickend. Ein Licht leuchtete um mich herum, so schien es; und nur mein armseliges Ich war ihm im Weg. Wie Louhi sagte, unsere Sorte stirbt nicht so leicht; doch Kara hatte recht, als sie das Nahen einer Veränderung spürte. Das galt für uns beide.«

»*Wer bist du?*« flüsterte Kermorvan. »Ich habe dich das schon einmal gefragt, aber … Wer bist du?«

»Ein Mensch, genau wie du«, antwortete Elof mit einem winzigen Anflug von Erheiterung im Tonfall. »Außer vielleicht in einigen Dingen; doch das trifft für alle Menschen zu, vorausgesetzt, sie entdecken es an sich. Ich ernähre mich durch Essen und Trinken, ich wachse, ich empfinde Schmerzen, ich blute, ich altere – was ist daran anders als bei dir? Ich habe die Zauberkraft eines Schmieds in mir, doch das gilt für alle Menschen, deren Blut noch in ausreichendem Maße mit dem der Mächte vermischt ist – du selbst eingeschlossen, Kermorvan. Aber ...« Er zögerte. »Einmal war ich mehr als das. Nein, mehr als einmal.«

»Wovon sprichst du, bei den Löckchen der Hella?« verlangte Roc zu wissen.

Elof grinste. »Auf keinen Fall möchte ich in Rätseln sprechen. Habt Nachsicht mit mir, es ist schwierig zu erklären. Es gibt noch so viele Dinge, an die ich mich nicht erinnern kann oder auf die ich nur einen sehr flüchtigen Blick erhascht habe; mehr, als mein Geist erfassen kann ... Man könnte sagen, daß ich viele Leben gelebt habe ... *Bleibt!*« Dieses Wort war so befehlend und die begleitende Handbewegung so gebieterisch, daß sie, anstatt vor Staunen oder Angst aufzuspringen, sich zu ihm neigten und schwiegen. »Oder daß irgend jemand viele Leben gelebt hat. Alle waren unterschiedlich, und aus keinem davon ist der Mann hervorgegangen, der jetzt zu euch spricht. Wie hätte das sein können, wenn so viele unterschiedliche Erinnerungen einen Menschen ausmachen? Doch jedes nahm seinen Anfang in einem gemeinsamen Kern, und jedes war ein anderer Weg zum selben Ziel. Der Kern hat überdauert; die meisten haben versagt, ich jedoch nicht. Denn ich habe während all dieser Lebensspannen eines gelernt, unter Schmerzen und Leiden und verdammenswerten Torheiten, und zwar folgendes ...« Er hustete so heftig, daß sein ganzer Körper geschüttelt wurde. »Daß nur ein Mann, der frei von den Mächten ist, die Menschen von diesen befreien kann.«

Er lächelte wieder. »Und frei müssen sie letzten Endes werden, Kermorvan. Wie hoch auch der Preis sein mag ... Deshalb entsagte ich allen Dingen, die mir zur Verfügung standen, Wissen und Macht jenseits deines – und jetzt auch jenseits meines Begriffsvermögens. Ich entsagte rückhaltlos allen, wie ich es zuvor niemals gewagt hatte. Auf diesem Weg gab es kein Zurück. Ich vergaß vollkommen, wer ich gewesen war. Als ich zu dem Findelkind wurde, daß man Alv nannte, unterwarf ich mich für immer den Beschränkungen der Menschen.«

»Und du hast Asenby ausgewählt…«, murmelte Kermorvan wie im Traum. »Wo ein Zepter als Viehtreiberstock benutzt wurde…«

»Ein Zepter, das mich dank meiner Zauberschmiedekunst letztendlich zu seinem rechtmäßigen Herrn führen würde«, sagte Elof und wurde sich eines hemmungslosen Lachens bewußt, das in seinem Inneren brodelte. »Und wo ein Vermittler von Louhi auftauchen würde – ebenfalls dorthin gezogen, obwohl keiner von uns das jemals ahnte. Nur daß ich meine Rechnung ohne den Raben gemacht hatte. Er kannte mich so gut wie kein anderer, nicht Tapiau, nicht einmal Louhi, obwohl sie etwas in mir sah, das sie nicht verstand. Der Rabe beschloß, meinen Weg etwas abzukürzen, auf seine eigene verquere Art. Doch niemals bekam ich etwas von ihm geschenkt; ich mußte mir seine Hilfe verdienen, so wertlos diese auch gewesen sein mochte. Ich nannte nichts mein eigen, außer einem Vermächtnis, das mir um einen hohen Preis hinterlassen wurde, nämlich das Schwert Talathar, das ich in Gorthawer umbenannte, und das Wissen, mit dem es versehen war. Und beides mußte ich für mich selbst neu erwerben.«

»Vaydes Schwert…«, bemerkte Roc leise. »Wie man in Kerys wußte… Und dich hat es zu Vaydes Schmiede gezogen. Dann stimmt es also – du warst Vayde…«

»Vayde war er selbst, und für das, was er war, mußte er in der Großen Marsch büßen, obwohl er schließlich ein vornehmes Ende fand. Armes Geschöpf! Er wußte zuviel über das, was er war, und nicht genug über die Menschen, und beides quälte ihn; er hat versagt, wenn auch nicht auf der ganzen Linie. Ihn hättet ihr fürchten können, denn er war mehr als ein Mensch, aber ich…« Er legte die Hände in den

Schoß. »Ich bin ein Mensch. Mein ganzes Leben lang habe ich mich selbst für einen solchen gehalten, und jetzt, da ich meine Geschichte kenne, bin ich mir dessen nur um so sicherer. Ich habe Angst, ihr könntet anders darüber denken; ich habe Angst, daß ihr, meine ältesten Freunde, mich nicht mehr als das annehmt, was ich immer für euch gewesen bin.« Er lächelte verzerrt. »Mit welchen menschlichen Fehlern ich auch behaftet sein mag.«

Zunächst antwortete niemand, und das Klatschen der Wellen dröhnte laut in ihren Ohren; doch dann ergriff Ils impulsiv seine Hand und hielt sie fest in der ihren. »Dummkopf! Natürlich bist du ein Mensch! Bedarf es eines Duergar-Mädchens, um dir das zu sagen?«

»Na ja«, sagte Roc nachdenklich. »Du *siehst* zumindest so *aus* wie der Bursche, mit dem ich um die halbe Welt gejagt bin. Und ich schätze, nur ein Mensch kann in so mißliche Lagen geraten wie die, aus denen ich dich herausgeholt habe...« Er schmunzelte. »Und nur ein Mensch konnte mich aus so manchem Schlamassel holen. Ich halte mich also an die Devise: im Zweifel für dich! Und trotzdem...« Doch er unterbrach sich und sprach nicht weiter.

Ils schnaubte. »Da haben wir es wieder einmal; er ist zu verdammt höflich. Elof, du bist der, der du bist, und du bist ein Narr zu glauben, wir könnten dich für etwas anderes halten – nach der ersten Überraschung, meine ich. Doch einst warst du ein anderer, das hast du uns selbst erzählt. Jemand, abgesehen von diesen anderen Leben. Erinnerst du dich... erinnerst du dich, wer das war?«

Elof lachte plötzlich und wurde von einem so heftigen Hustenanfall geschüttelt, daß seine Hand die ihre krampfhaft umklammerte. »Entschuldigung... Ich habe das Gefühl, als ob meine Brust in Flammen stünde. Mir fiel nur gerade ein, Kermorvan, wie du und ich ganz zu Anfang unserer Bekanntschaft darüber stritten, wie eure Philosophen in Kerbryhaine über die Frage dachten, ob die Mächte menschliche Gestalt annehmen könnten und warum – ob sie es deswegen taten, um die Menschen besser zu verstehen. Ich wünschte, sie hätten Louhi kennengelernt. Es ist nicht die Gestalt, die zum Verstehen führt, sondern das Leben. Ich, der ich war, habe die Herzen der Menschen niemals verstanden, dabei sehnte ich mich danach. Deshalb nahm ich schließlich meinen ganzen Mut zusammen und brachte ein großes Opfer, jedenfalls hielt ich es für fürchterlich groß. Freiwillig vergaß ich alles über mich und ließ nur mein Sein als solches übrig, das innere Feuer. Und ein Feuer war es, in der Tat. Denn das Licht und das Feuer, die der Welt Leben spenden, waren einst mein Element, wie das Wasser Niarads und Saithanas und der Wald Tapiaus Element waren, wie die Luft einst Taounehtars und Taounes Element war, bis sie sich im toten Eis verschanzten. Wir waren die Seelen, die in diesen Mächten umherstreiften, ihnen eingegeben, um die lange Arbeit der Gestaltung der Welt durchzuführen, letztendlich dazu bestimmt, sich zu verändern und Teil davon zu werden. Uns mit den Menschen zu vereinen … Wir nehmen leichter als alle anderen menschliche Gestalt an, denn das ist die Erscheinungsform, die uns allen letzten Endes ohnehin bestimmt ist, und das Schicksal, das wir teilen müssen. Bei Louhi wird es vielleicht bald soweit sein, und ich wünsche ihr Freude daran, so schlecht vorbereitet sie auch sein mag; obwohl ihr immer etwas von ihrer Schönheit erhalten bleiben wird, um ihr die Dinge zu erleichtern. Ich sah dieser Veränderung bereitwillig entgegen, denn ich wußte, daß sie kommen mußte; und seltsamerweise fühle ich mich mehr als ich selbst denn je zuvor. Denn ich war Ilmarinen, der Schmied der Berge und Schmied der Mächte; und ich bin alles, was von ihm übrig ist.«

»Ilmarinen!« keuchte Ils atemlos, und sie wäre ihm zu Füßen gesunken, wenn er sie nicht aufgefangen und hochgehoben hätte, obwohl sie unter seiner Berührung zitterte. »Kein Wunder, daß ich … ich …«

Elof lächelte. »Daß du etwas in mir gesehen hast? Es ist so, und es ist kein bißchen abwegig. Denn auf seine Weise liebte Ilmarinen die menschliche Rasse ebensosehr wie diese ihn. Doch ich möchte lieber weiterhin euer Freund sein als das, was er für euch war, denn ich lebe in eurer Welt, nicht in der seinen. Außer in einer Hinsicht: Wir, die wir in der Höhe gelebt haben, finden keinen Spaß an einem einzigen unterbrochenen Leben, an einem einzigen Tod. Vielleicht geht es den Menschen nicht anders, auch wenn von einstigem Wissen nur ein schwaches Schimmern bleibt. Doch eines weiß ich; wir können wenigstens zwischen unseren Leben als Menschen ausruhen und genießen eine lange Unterbrechung unserer Plagerei. Ich habe sie verdient, und vielleicht noch mehr. Denn als ich den Mut aufbrachte und mich dieser Veränderung mit Freuden stellte, fühlte ich mich durch etwas Neues belohnt, etwas, das zu finden mir bis dahin nie gelungen war; und wenn ich es als Mensch verliere, dann finde ich es vielleicht wieder, wenn ich dieser Veränderung folge. Du hast mich gefragt, warum ich es euch jetzt sagen mußte. Es ist so: Ich habe auf ein Zeichen gewartet; und dieses Zeichen ist erschienen.«

Er erhob sich, und sie erhoben sich mit ihm. »Es ist Zeit zum Abschiednehmen, meine Freunde. Doch nicht für immer; ich werde euch niemals fern sein, weder in diesem Leben noch in einem anderen. Denn so unwirtlich uns die Welt auch manchmal erscheinen mag, wir schaffen entgegen aller Hoffnung Dinge, die überdauern. Selbst dieses empfindlichste Ding von allen, das wir Liebe nennen. *Denn seht dort!*«

Es war die Stimme eines Menschen, doch schwang darin ein solches Gewicht von Macht mit – und wenn auch nur erinnerter Macht –, daß keiner der Anwesenden an Bord woanders hinsehen konnte als in die Richtung, in die sein erhobener Arm deutete. Hoch über der Küste von Morvanhal, wo rotes Felsgestein und weiße Türme in ferner Harmonie leuchteten, erschien ein dunkler Fleck und flog schnell gegen den Wind, der sie nach Hause brachte. Und es schien jenen, die die Freunde von Elof Valantor, des größten aller Schmiedemeister unter den Menschen, gewesen waren, daß dieser Wind einen Augenblick lang stark und stürmisch und warm um sie herum wehte, als ob große Flügel in ihm schlügen; und als sie sich zu Elof umwandten, war die Stelle an Deck, wo er gerade noch gestanden hatte, leer.

Nur einige silberne Bruchstücke lagen dort sowie ein Armreif aus blassem Gold, achtlos liegengelassen wie kindliches Spielzeug, das nicht mehr gebraucht wird und dessen Zeit vorbei ist. Keiner beachtete die Gegenstände, denn alle Blicke waren himmelwärts gerichtet, höher und noch höher hinauf, wo zwei große Schwäne emporstiegen und sich in immer engeren Spiralen hinaufschraubten, bis sie schließlich in den Wolken verschwanden, im letzten hellen Licht der Sonne. Und obwohl diese für sie unterging, wußten sie im Herzen, daß sie anderswo mit einem sich ausbreitenden, unsterblichen Feuer wieder aufging.

Schlußbemerkung

Es geschah genau so, wie Elof vorausgesagt hatte. Unter der weisen Herrschaft von Keryn Kermorvan und seiner Königin erlebte das letzte Königreich der Menschen eine Blütezeit und dehnte sich weit entlang der Ostküste aus, wobei es sich im Laufe der Zeit immer mehr mit dem Volk der Duergar verband und vermischte. König Keryn erreichte ein erstaunlich hohes Alter; seine Lebensdauer übertraf bei weitem die seiner ältesten Untertanen, mit Ausnahme seines Obersten Ministers, Lord Roc, und bis zu ihrem Ende bewahrten sich beide ihre Kraft und Lebensfreude. Daran hatte vielleicht Königin Ils und die Heilkunst der Duergar einen erheblichen Anteil, doch es könnte auch das Geschenk von jemand anderem gewesen sein. Nach dem Tod des Königs kehrte Ils zu ihrem Volk zurück, und gemeinsam mit ihrem betagten Vater regierte sie jenen kleinen Rest, der eine Vermischung mit den Menschen ablehnte und das Leben unter dem Fels weiterhin vorzog; und obwohl sie eine lange freundschaftliche Beziehung zu dem Königreich ihrer Kinder unterhielt, kehrte sie selbst niemals mehr dorthin zurück.

Doch es wird berichtet, daß an dem Morgen, als König Keryn starb, zwei schwarze Schwäne sich für eine kurze Zeit auf dem Dach des Palastes niederließen und dann nach Südwesten davonflogen, wobei sie in der frühmorgendlichen Luft Schreie ausstießen, die nicht Trauer, sondern Freude auszudrücken schienen. Und die Chronik bestätigt, daß zwei solche Vögel auch in späteren Jahren beim Tode Rocs und aller anderen wiederkehrten, die sie gekannt hatten, sowie beim Ableben aller übrigen Könige der Kermorvan-

Dynastie, bis letzten Endes die Stadt einer Hochwasser-Katastrophe zum Opfer fiel und das dauerhafte Ende einer Zeit gekommen war, die sowohl finster als auch heroisch gewesen war, des Langen Winters der Welt.

❧

»Wo sind nun die Gebeine
von Wayland dem Weisen?«

– BOETHIUS.

Aus dem ›Trostbuch der Philosophie‹,
in der Übertragung von Alfred dem Großen.

Anhang

*Über das Land Kerys, seine Form,
seine Natur und sein Klima und über seine Völker
und ihre jeweilige Geschichte, wie
sie in diesem Band der Winter-Chronik, genannt
das ›Buch des Armreifs‹, festgehalten ist.*

Um den langen Zeitabschnitt, den das ›Buch des Armreifs‹ umfaßt, in einer einzige Erzählung darzustellen, mußten viele der Stränge des Lebens und der Geschehnisse, die sich darin verwoben, sowie viele Einzelheiten über Leute und Orte ausgelassen werden oder konnten nur oberflächlich angeschnitten werden. Denn es war der Schmiedemeister Elof Valantor, der sich – ohne es selbst zu wissen – als derjenige erwies, der in jener unruhigen Zeit am meisten in Bewegung setzte, und er ist die Hauptfigur der Erzählung. Außerdem konnten die Chronisten, wie schon zuvor, kaum anders, als für ihre eigene Zeit und ihr eigenes Volk zu schreiben; deshalb ließen sie unvermeidlicherweise Sachverhalte weg, die uns heute nicht mehr bekannt sind, oder sie ergingen sich in langatmigen Erklärungen über Dinge, die für uns selbstverständlich sind. Die nachfolgenden Erläuterungen können keinesfalls alles Fehlende oder der Kürzung zum Opfer Gefallene ersetzen, doch vielleicht zeichnen sie den Hintergrund zumindest ein klein wenig deutlicher, wie eine ferne, nebelige Landschaft, vor der sich diese Ereignisse abspielten.

DAS LAND

Das Land Kerys, mit dem sich das ›Buch des Armreifs‹ überwiegend befaßt, glich keinem anderen in der Welt jener Zeit, da es einzigartige Voraussetzungen als Zuflucht für die Menschen vor den Schrecknissen des Langen Winters bot und damit die Wiege für die Geburt einer großen Kultur war. Seine Form war so, wie Elof und Roc sie sahen, ein ungeheuer großes Flußtal, dessen Ausmaße wahrscheinlich ihre Vorstellungen noch bei weitem übertrafen, da es sich an der breitesten Stelle über beinahe dreitausend Meilen vom Meer im Westen bis zu seiner Grenze im Osten und vom Norden zum Süden über tausend Meilen ausdehnte. In alten Zeiten, als es auch noch große Gebiete des Hinterlandes jenseits seiner nördlichen und südlichen Eingrenzungen umfaßte, war seine Ausdehnung unermeßlich; doch diese Gebiete gingen nach und nach an das Eis verloren, ebenso wie an die Wüste, die sich unaufhörlich weiter nach Norden vorschob, gleichsam als sein bösartiger Schatten. Zur Zeit von Elofs Ankunft war das letzte davon zum Wilden Land geworden, das niemand anderen beherbergte als die verstreuten Überreste der Duergar.

Elofs Darstellung über den Ursprung Kerys ist im wesentlichen richtig, doch es hatte bereits zuvor viele derartige Veränderungen durchgemacht. Allem Anschein nach war es ursprünglich ein flaches, von Land umschlossenes Becken gewesen, vermutlich eine unfruchtbare Wüste mit einem Untergrund, der wohl hauptsächlich aus Granit und Kalkstein bestanden haben muß. An der Ostseite wurde es zum Meer hin durch einen natürlichen Erdwall abgegrenzt, doch dieser wurde nach und nach durch Erosion abgetragen, so daß schließlich der Ozean hereinströmte und das Land überflutete – ein Wasserschwall von gewaltiger Breite und Höhe. Dadurch entstand wahrscheinlich der Felsgrat, auf dem die Pforte erbaut wurde; die Form lehnte sich an alte Entwürfe an, obwohl die Menschen sie aus Verteidigungsgründen zur See hin um einiges schmaler und noch steiler gestalteten; dennoch erinnert der flache Halbmond an breite Wasserfälle wie den Niagara oder an die eindrucksvolle, steinbruchartige Klippe von Malham Cove in Yorkshire, England. Das Wasser, das sich über diesen Landsturz ergoß, verwandelte das Becken in einen Binnensee, doch die nacheinander folgenden Langen Winter richteten es gegen die lebende Welt, da mehr und mehr Gewässer einbezogen wurden; sein Pegel sank, und es wurde zu Land, nur um am Ende jedes Winters wieder überschwemmt zu werden. Die Duergar wußten das offenbar, doch bei den Menschen, die erst später in dieses Gebiet gekommen waren, war dieser Umstand entweder niemals richtig erkannt worden oder vollkommen in Vergessenheit geraten.

Die allmähliche Überflutung blieb nicht ohne Auswirkung auf das einstmals unfruchtbare Land. Das Wasser hatte einen großen Teil des harten Felsgesteins zu Sand zerkleinert, und die Flüsse, durch die im übrigen der Salzgehalt des Wassers verringert wurde, brachten große Mengen Treibsand aus den höheren Gebieten mit; fruchtbares Vulkangeröll, das ebenfalls durch das Wasser, in das es stürzte, verteilt wurde, trug vielleicht auch einen Teil dazu bei. Als der Wasserstand des offenen Meeres nach und nach sank, wichen die Wasserläufe zurück und ließen die Ablagerungen der freien Luft ausgesetzt zurück. Landpflanzen wuchsen aus dieser neu angeschwemmten Erde, festigten sie und reicherten sie mit ihrem Kompost an; es folgten Bäume und Tiere, die den Kreislauf der Fruchtbarkeit vervollständigten. Zu der Zeit, als die Menschen dort auftauchten, war die Folge davon sicherlich ein schwarzes Schwemmland von bemerkenswerter Üppigkeit und in höheren Gebieten eine braune Erde der Podsol-Art, die sich unter den ausgedehnten, mit Laubbäumen bestandenen Waldflächen entwickelte, die damals das Land bedeckten. Weiter südlich bildete sich auf dem Kalksteingrund die weniger fruchtbare Erde von der Art der *Terra rossa*. In späterer Zeit war selbst das üppigste Erdreich durch übermäßigen Ackerbau erschöpft, und in weiten Landstrichen verschwand der Wald ganz und gar; die Einheit des Bodens war zerstört, und ein großer Teil davon wurde einfach weggeweht oder -gespült. Auch schon vor seinem Untergang war Kerys, so reich es auch erschien, also ein sterbendes Land.

Der Große Fluß

Kerys war also im wahrsten Sinne des Wortes vom Fluß geschaffen. Und der Fluß beherrschte es auch weiterhin, wie der Name andeutete, den die Penruthya oder Südländer ihm gaben, nämlich *Yskianas*. *Kian* ist die eher poetische Bezeichnung für eine Ader, also bedeutete er etwa *Ader des Herzlandes* oder, wie er verstanden wurde, *Fluß im Herzen der Welt*. Bei den Svarhath, die den Norden des Landes bewohnten, nahm er einen etwas geringeren Stellenwert ein, und sie nannten ihn einfach *Myklstavathan*, also Großer Fluß. Nachdem der Wasserstand des Meeres gesunken war, flossen auch die Wasserfälle nicht mehr über das alte Riff, abgesehen von einer schmalen Rinne in der Mitte, die das Wasser sich gegraben hatte, wahrscheinlich unter Ausnutzung eines natürlichen Risses oder Einschnitts in dem verwitterten Fels oder einer weicheren Beschaffenheit des Steins.

Das erlaubte ein verhältnismäßig begrenztes Einfließen von Meerwasser, doch bald verstärkten mehrere zuströmende Seitenarme im Norden und Süden den Wasserlauf und verringerten seinen Salzgehalt. Einige davon waren direkt durch das Schmelzwasser des Eises geschaffen worden oder wurden von ihm gespeist, und das brachte die gleichen Schrecknisse mit sich, die der obere Lauf des Gorlafros den Marschen in Nordeney zufügte. Doch der Große Fluß löste diese allein durch seine Größe auf, während er friedlich durch die Mitte des Landes floß; und sollte doch die Spur eines düsteren Einflusses, ein langsam auf die Gemüter und Seelen der Menschen wirkendes Gift zurückgeblieben sein, so ist heute nichts mehr davon bekannt.

Der Fluß nahm seinen Lauf durch den warmen Landstrich, in dem die Menschen Kerys gründeten, bis er sich schließlich zu einem großen See oder, genauer gesagt, zu einem Binnenmeer verbreiterte. Das Land an seinen Ufern war heiß und unwirtlich, als die Menschen dort zum erstenmal erschienen, mit ausgedehnten Marschgebieten entlang der Küsten, und niemand außer den abgebrühtesten Gesetzlosen fühlte sich besonders verlockt, sich dort anzusiedeln. Zu Nithaids Zeit, Tausende von Jahren später, hatte sich das Marschland noch weiter ausgebreitet und war im Norden zu Ödland und im Süden beinahe zur Wüste verkommen. In vielen kleinen Flußbetten und natürlichen Kanälen floß das Wasser des Yskianas durch jenes Marschland nach Süden, und obwohl viel davon durch reine Verdunstung verlorenging, kann angenommen werden, daß zumindest ein Fluß den geheimnisvollen Ozean im Süden erreichte. Doch er war nicht schiffbar, und sein Verlauf, sofern er jemals bekannt war, war längst in Vergessenheit geraten. Abenteurer, die jenes Land bereist hatten, brachten wenig Verwertbares mit, dafür um so mehr Seuchen und ansteckende Krankheiten, bis die Gegend als gesundheitsgefährdend so verrufen war, daß es bei Todesstrafe verboten war, dorthin zu reisen. Wenn doch jemand dieses Wagnis einging, so verfaßte er demnach darüber keinen Bericht, und es wurden keine Landkarten angefertigt.

Die Große Pforte

So verhielt es sich also mit dem Großen Fluß, und in der Tat war er eine Lebensader für das Land und die

Schiffe, die Nahrungsmittel und Waren zu der großen Stadt in seinem Herzen transportierten, und bei Bedarf auch Soldaten, um die Wehrbereitschaft und die königliche Macht aufrechtzuerhalten. Daß so viele Städte entlang der Küste und an den Einmündungen seiner Nebenflüsse gebaut wurden, ist ein beredtes Zeugnis davon. Selbst in den Anfängen war den Bewohnern des Landes seine Bedeutung bewußt. Bald bauten sie über jener schmalen Schlucht in dem alten Riff und dem Wasserfall, der durch diese hindurchschoß, in den ersten Ansätzen das, was einmal die Große Pforte werden sollte. Sie hatten viele Gründe für die Errichtung einer derartigen Festung an dieser Stelle, doch vor allem geschah es aus dem Wunsch, die Quelle des Flusses zu schützen, auf dem das Leben ihres Landes beruhte. Zu jener Zeit ruhten sie sich noch nicht in Selbstzufriedenheit aus, sondern waren sich der Bedrohung durch das Eis oder andere Feinde sehr wohl bewußt. Generation um Generation baute die Pforte höher und gewaltiger, und als der Meeresspiegel davor absank, verengten sie den alten Durchlaß und gestalteten ihn als so schmalen und steilen Schacht, daß kein Feind ihn je überwinden können sollte. Schließlich ragte die Pforte hoch über das alte Riff hinaus, ein beeindruckender Palast oben auf einer glatten und gänzlich unerklimmbaren Wand, der den tief unter ihm tosenden Fluß bewachte; und für die Menschen wurde er zu einem bedeutsamen Zeichen, zum Symbol des Brückenkopfes jenes Landes, das sie liebten. Auf seinem Dach ließ man ein Feuer brennen, das die Seeleute bei Tag mit seinem Rauch und bei Nacht mit seiner Flamme leitete, und besonders für diese wurde es zu einem beinahe geheiligten Anblick, der letzte vor ihrem Aufbruch übers Meer und der erste bei ihrer Rückkehr nach Hause. Da es die fähigsten und wagemutigsten Seeleute waren, die das neue Land jenseits des Ozeans entdeckten, war das für sie besonders wichtig; und für jene, die in die Verbannung geflohen waren, um ein neues Reich zu gründen, war es eine schmerzliche Erinnerung, das letzte, das sie jemals von Kerys sehen sollten. Deshalb bedeutete auch nach dem Untergang von Kerys die Pforte den Leuten so unendlich viel, und ihre Brüder jenseits des Ozeans sprachen von ihr voller Ehrfurcht.

Klimatische Bedingungen

Die ›Verdichtung‹ des Klimas, die der Lange Winter auf der ganzen Welt bewirkte, machte sich in der Zeit von Elofs Ankunft in Kerys dort besonders stark bemerkbar. Das lag daran, daß sich das Eis ganz anders als in Brasayhal hatte verbreiten können. Für unvoreingenommene Betrachter wie Elof und Roc hatte es den Anschein, als hätten sich die Eisschichten viel weiter nach Süden geschoben, doch in Wirklichkeit verliefen die Grenzen der Hauptgletscher ziemlich parallel zu der Vereisung der Meere. Es war dem Eis jedoch gelungen, eine Vorhut aus Sekundärschichten aufzubauen, und zwar mit jenen Mitteln, die Ansker im ›Buch des Schwerts‹ beschreibt, indem das Eis die südlicheren Gebirgszüge durch die Ausdehnung der schneebedeckten Gipfel in Form von Gletschern ›kolonialisierte‹.

Das Land direkt hinter der Haupteisschicht wies keine derartigen Gipfel auf, sondern war hügelig und so uneben, daß sein Vordringen erheblich erschwert war; es entstand die *Tundra*-Landschaft von Taoune'la, schneebedeckt, kahl und verwunschen, ein grausamer Ort in jenem nördlichen Gebiet, an dem nur die robustesten Flechten wuchsen. Darüber hinweg jedoch strömten kalte Luft und andere Einflüsse zu den Gipfeln auf der anderen Seite; allmählich nahmen ihre Schneekappen an Größe und Kraft zu und gebaren Gletscher, die sich unter die Schneegrenze hinabschoben, sich vereinigten und zu riesigen, allesbedeckenden Eisschollen wurden, die sich nicht mehr mit den Jahreszeiten veränderten, sondern so beständig waren wie der eigentliche Körper des Eises, den Elof und Roc von Elan Ghorhenyan aus gesehen hatten.

Es gab nun zwei davon, jede von der Größe eines ausgedehnten Landes, und sie wuchsen ständig aufgrund eben jenes Prozesses weiter. Jeden Winter griffen die kalten Finger der Gletscher weiter nach den Gipfeln im Süden und ließen sie um eine Spur kälter zurück; und wenn sie sich auch mit dem Einsetzen des Tauwetters wieder zurückzogen, so doch nicht ganz. Jedes Jahr hatten sie etwas mehr Boden gewonnen, bis sie nun im Winter weit in das Gebiet vorstießen, das der Norden Kerys' gewesen war, und ihre Netze aus Frost und Schnee über die Täler breiteten, die einst üppige grüne Weiden gewesen waren, die Heimat der tapferen Bauern des Svarhath-Volkes. Jetzt war es trostloses Ödland, und selbst wenn der Schnee geschmolzen war, wurden sie im Schatten jener Gipfel von vielen Unbilden heimgesucht.

Südlich dieser schwer mitgenommenen Gegend war das Land noch fruchtbar und üppig, wenn es auch unter strengen Wintern litt, in denen der Großteil seines Wildbestandes umkam. Einst war es überwiegend die Heimat der Svarhath gewesen, die hauptsächlich als freie Landwirte Ackerbau und Viehzucht betrieben, mit Ausnahme jener, die am Meer lebten. Damals waren dort ihre Weiden und Felder gewesen, auf denen sie allerlei verschiedene Getreidesorten anbauten; sie hatten sogar Obsthaine unterhalten, in denen widerstandsfähigere Früchte gediehen, und an den südlichsten Hängen hatte es sogar Weinberge gegeben. Doch der Großteil dieses Volkes war schon Tausende von Jahren zuvor vor dem vordringenden Eis geflohen, und jetzt war es eine Wildnis, von dichtem Gestrüpp überwuchert, in der nur noch die Duergar und menschliche Gesetzlose lebten, weshalb dieser Landstrich auch überaus gefürchtet war. Von Zeit zu Zeit war unter der Herrschaft kühnerer Könige der Versuch unternommen worden, einen Teil davon wieder urbar zu machen und zu besiedeln, doch während des Winters waren diese kleinen Kolonien viele Monate lang isoliert gewesen, und ein schlimmes Ende früher oder später konnte nicht ausbleiben. Viele gaben den Duergar die Schuld und gar nicht so sehr dem Eis, und es ist nicht ganz ausgeschlossen, daß sie recht hatten.

Doch für die Leute im Tal blieben die steilen Felswände, die an vielen Stellen unüberwindlichen Klippen, eine wirksame Barriere gegen die sich ständig verschlechternden Bedingungen weiter oben, und das blieb offenbar jahrhundertelang unverändert so. In ihrem Schutz genoß das Land nördlich des Großen Flusses ein warmes, gemäßigtes Klima, das immer angenehmer wurde, je weiter der Fluß nach Südosten bog. Das Land am südlichen Ufer glich weitgehend jenem um die Pforte, doch wo es schroff nach Süden hin abfiel, wurde das Klima wärmer und feuchter, bis zu halbtropischen und sogar wahrhaft tropischen Bedingungen. Ein breiter Gürtel aus dichtem Regenwald bedeckte die südlichsten Hänge des Tales und erstreckte sich bis zu den Bergen im Süden. Jenseits dieser jedoch wurde das Land genauso bald wieder trocken und heiß, und der Wald wurde von ausgedörrtem Bodengestrüpp, dann von einem von der Sonne gebackenen Ödland und schließlich von einer völlig kahlen Wüste abgelöst; und obwohl es kaum merklich geschah, schob sich auch diese immer weiter vor, da das Eis mehr und mehr des für den Kreislauf des Lebens nötigen Wassers durch Gefrieren abzog und in seinen eisigen Ketten band. So schlossen sich die extremen klimatischen Bedingungen, die anfangs das Entstehen Kerys' begünstigt hatten, während der zweitausend Jahre seines Bestehens wie die Kiefer eines Nußknackers, und während der ganzen Zeit verfaulte die Schale von innen.

Der Letzte Winter

Das war das Zuschnappen der Kiefer, das aus allen Fugen geratene Klima, in dessen unheimlichem Griff die Überflutung von Morvannec Kerys erreichte. Es begann kurz nach Nithaids Tod und Elofs Flucht, als ob einer von ihnen oder beide es noch einigermaßen im Zaum gehalten hätten, was durchaus hätte der Fall sein können. Es begann mit einem frühen stürmischen Herbst mit heftigen Unwettern, die die Ernte vernichteten, und frostigen Nächten, die den aufgeweichten Boden steinhart gefrieren ließen. Eisige Winde peitschten den Wald im Süden und wehten noch mehr des ohnehin spärlichen Mutterboden von weiten Gebieten, die die Menschen für ihre landwirtschaftlichen Zwecke gerodet oder nach unbedachtem Raubbau einfach als Wüsten hinterlassen hatten. Seit vielen tausend Jahren fiel dort zum erstenmal Schnee, und die Pflanzen gingen ein. Im Norden waren die Schneefälle stärker, und der Fluß wurde träger und fror allmählich zu; da endlich begriffen die Menschen, wie dumm sie gewesen waren, die Pforte zu vernachlässigen, und sie verfluchten die Lonuen-Dynastie, die sie ihrem Griff hatte entgleiten lassen. Irgendwie gelang es den Menschen, den Winter zu überleben, obwohl Nahrung knapp war und das Land von vielen Gefahren heimgesucht wurde, während sie sehnsüchtig auf den Frühling und das Einsetzen der Schneeschmelze warteten. Doch als die Zeit kam, siegte der Schnee über das Tauwetter, und auch die Gletscher lockerten ihren Griff nicht, mit dem sie die Berge umklammert hielten. Das Eis verhinderte schließlich den Zustrom weiteren Wassers in den Großen Fluß, und sein Pegel fiel immer mehr.

Darüber, was dem Norden genau widerfuhr, lassen

sich nur Vermutungen anstellen, doch wahrscheinlich begann der Hauptkörper des Eises letztendlich mit seinem lange verzögerten Vorstoß und setzte damit die letzten Schritte von Louhis Plan in Bewegung. Mit Sicherheit war die hügelige *Tundra* von mehr Schnee bedeckt als jemals zuvor. Bei einer so günstigen Witterung konnte sich in sehr kurzer Zeit – innerhalb von Wochen oder gar Tagen – eine feste Eisdecke bilden, die dem Hauptkörper erlaubte, bis zu den beiden Ablegern vorzudringen und sich mit ihnen zu vereinigen, während diese wiederum sich bis zu der Enklave des Eises um die Pforte herum erstreckten und sich mit dieser verbanden, wo Louhi ihrerseits ihre Macht ausübte. Von dort war der Weg des Eises mühelos und leicht nachvollziehbar: entlang des Großen Flusses bis ins Herz von Kerys. Früher hätte allein schon seine Größe ein Gefrieren unmöglich gemacht, da in seiner Tiefe eine ständig gleichbleibende Temperatur herrschte, und außerdem hätte sein Salzgehalt ein solches verhindert. Seit jedoch seine Strömung an der Klippe der Pforte verringert war, wurde er nur noch von den Nebenflüssen gespeist und sein Wasser immer salzärmer; das mag eine Erklärung für das Fehlen von Fischen sein, das Elof um die Insel herum auffiel. Jetzt, da viele der Nebenflüsse aus dem Norden ebenfalls zugefroren waren, verringerte sich auch seine Größe; mit der Unterstützung durch das Eis konnte sie ihn in seinem halbgefrorenen Zustand zweifellos mit einem Schlag von einem Fluß in einen Gletscher verwandeln, von einem Garant des Lebens zu einem Boten des Todes, und damit einen großen Teil des Landes überwältigen. Ob das allein genügte, um das klimatische Gleichgewicht der Welt zu zerstören und ewiges Eis zu schaffen, läßt sich heute schwerlich sagen; doch nach der Dringlichkeit, die offenbar alle Mächte spürten, war das mit hoher Wahrscheinlichkeit der entscheidende Punkt.

Was die Ursachen dieses Vorgangs betrifft, so bietet die Chronik keine bessere Erklärung als Elofs, und er lag damit offenbar richtig. Neuere Untersuchungen legen nahe, daß die Mächte, die er wirken sah, tatsächlich solche Ergebnisse zustande bringen konnten, wie er sie fürchtete; und ironischerweise liefert ausgerechnet das Eis die Beweise dafür. Die Eisdecke der Antarktis bewahrt ein bemerkenswertes Zeugnis von vielen atmosphärischen Vorgängen und Veränderungen, darunter vor allem große Vulkanausbrüche. Diese schleudern riesige Mengen von Staub und Gasen, insbesondere Schwefeldioxide, hoch hinauf in die Atmosphäre, und dieses Gas, das in feinste Tropfen von Schwefelsäure verwandelt wird, erhält das Eis. Ein Vergleich der Konzentration dieses Gases in Eis von bekanntem Alter mit Berichten über klimatische Veränderungen innerhalb derselben Zeitspanne haben bemerkenswerte Zusammenhänge zum Beispiel zwischen den gewaltigen Ausbrüchen von Tambora in Indonesien und außergewöhnlich strengen Witterungsbedingungen in der Nördlichen Hemisphäre während der ersten Jahre des neunzehnten Jahrhunderts – bezeichnenderweise als ›Kleine Eiszeit‹ bekannt – zutage gebracht. Studien anhand späterer Vulkanausbrüche, über die genauere Aufzeichnungen vorhanden sind, zum Beispiel Krakatoa im Jahre 1883 oder in jüngster Zeit Mount St. Helen's, belegen, daß die Temperatur in den einer größeren Eruption folgenden Jahren nicht nur in der betroffenen Gegend, sondern auf der ganzen Erde um mehrere Zehntel Grad fielen, hauptsächlich wegen der filternden Wirkung des Staubes in der oberen Atmosphäre auf die empfangene Sonnenstrahlung; der größte Teil des Staubs fällt in wenigen Tagen zur Erde nieder, doch es verbleibt noch genügend oben, um eine beträchtliche Wirkung zu zeitigen. Es ist schwer, sich die ganze Auswirkung vorzustellen, die eine Anzahl solcher aktiver Vulkane über einen Zeitraum von vielen Jahren haben könnte, auf dem Höhepunkt gekrönt von einer Reihe besonders heftiger Ausbrüche, und zwar in einem begrenzten Gebiet, wo das Eis zumindest das Verhalten des Windes so beeinflussen könnte, daß er mehr Staub als gewöhnlich sammelt und in der Schwebe hält; bestimmt würde er stürmisch wehen, dem Himmel ständig eine tiefgraue Farbe verleihen, die Luft eisig kalt werden lassen und die Photosynthese bei den Pflanzen unterdrücken. Die plötzliche Vereisung des Flusses könnte die vulkanische Tätigkeit weiter fördern, doch selbst ohne das wäre er ein ausreichend überzeugender Beweis für Louhis Absichten gewesen.

DIE VÖLKER

Das Volk von Kerys

Es ist richtig, von einem »Volk» zu sprechen, denn die Unterteilung in Svarhath und Penruthya, Nordländer und Südländer, die sich im Westland so verhängnisvoll auswirkte, war in Kerys immer von geringerer Bedeutung, und zu jener Zeit, als Elof dort auftauchte, war sie so gut wie abgeschafft. Dennoch hatte sie dort ihre Wurzeln, und diese mögen zum Verständnis seiner Geschichte beitragen. Ursprünglich spiegelte sich darin vielleicht die Vermischung von zwei deutlich voneinander abgegrenzten Völkern, möglicherweise Relikte der vergessenen Rassenelemente in dem kleinen Königreich im Norden vor dem Erscheinen des Eises, die jetzt zu weniger als einer Legende verblaßt waren. ›Königreich‹ ist vielleicht ein zu hochgegriffenes Wort; wahrscheinlicher ist, daß es sich bei den meisten um so ungebundene Stämme wie die Ekwesh handelte, und im besten Fall kleine und vergängliche Monarchien verschiedenster Art wie Northumberland oder Mercia im England des frühen Mittelalters, oder das Burgunder- und das Frankenreich, die um das Römische Reich herum entstanden. Es kann mit großer Sicherheit angenommen werden, daß das herrschende Königreich unter den Penruthya ein Stadtstaat war, denn es hob sich niemals über den Rand seiner kulturellen Senke, sondern dehnte sich einfach nur aus, um sich dem Land anzupassen; selbst in einem so ausgedehnten Reich wie Kerys, das mehrere große Städte in sich vereinte, beherrschte eine große Gemeinde alle anderen. Die Svarhath zeigten niemals eine derartige Neigung; sie zogen stets Städte von gemäßigter Größe in einem lockeren Bündnis vor. Vielleicht war es die Bedrohung durch das Eis die diese zwar verwandten, doch grundverschiedenen Menschen dazu trieb, sich zu vereinigen; doch darüber ist nichts Genaues überliefert. Hingegen geht es aus den frühesten Aufzeichnungen über Kerys hervor, daß sie sich als eine einzige Nation betrachteten, die nur einem einzigen Herrscher Untertanenpflicht schuldete und in der die Leute uneingeschränkt untereinander heiraten konnten und sich jeweils in der Sprache des anderen verständigen konnten. Es waren vor allem unterschiedliche Vorlieben hinsichtlich des Klimas und des Lebensstils, die sie trennten und die sie vielleicht auch freundlich miteinander umgehen ließen, denn selten oder nie gab es Auseinandersetzungen, weil sie etwa dasselbe Land jeweils für sich beansprucht hätten.

Die Charaktere beider Völker waren so ziemlich wie die der Menschen in den Reichen von Brasayhal. Die Penruthya von Kerys waren immer die zahlenmäßig stärkste Rasse, wahrscheinlich weil ihre Lebensumstände dieses begünstigten. Sie lebten stets im Flachland, liebten ein warmes Klima und fruchtbare Flußtäler, und sie pflanzten viel Getreide und Obst und Wein an, betrieben jedoch wenig Viehzucht oder erzeugten wenig Milchprodukte und hatten so gut wie gar nichts mit der Fischerei im Sinn. Ihr Land war im allgemeinen in große Anwesen unterteilt, deren einzelne Bauernhöfe von einem der Landadligen gepachtet waren. Diese Pachtverhältnisse waren jedoch keine belastende Sache, und bis zuletzt wurde das Land auf allen Ebenen von freien Menschen bewirtschaftet. Einige der Anwesen an der Südküste, die später besiedelt worden war, waren von erstaunlicher Größe, die Zahl der darauf Tätigen ging in die Tausende, und die Adligen waren Männer von großer Entschlossenheit und Geradlinigkeit. Die Städte zeigten dieselbe Neigung zu Größe, doch in wohlgeordneter Form; ihre Bewohner waren Meister im Bauhandwerk wie auch in allen anderen Handwerkskünsten und beherrschten überraschend gut alle grundsätzlichen Arbeiten bezüglich Wasserversorgung und sanitärer Einrichtungen, ohne die so große Gemeinden nicht denkbar gewesen wären. Ihre Gesetze zum Gesundheitswesen waren streng und sahen hohe Strafen im Fall von Verstößen vor, und sie wurden von allen Schichten der Gemeinschaft befolgt, selbst der untersten; höchstwahrscheinlich war dies das Ergebnis einer elementaren Aufklärung aller Bürger durch den Staat. Was im einzelnen an Wissen vermittelt wurde, unterschied sich wesentlich, doch in der Stadt Kerys gab es in ihrer Blütezeit fast keinen Bürger mit einem gesunden Verstand, der nicht hätte lesen und schreiben und die wichtigsten Gesetzestexte aufsagen können. Bei den Penruthya herrschte eine ausgeprägte Tradition der Hierarchie und der Gesetzgebung von oben, doch dagegen stand eine ebenso starke Tradition der Freiheit, wenn nicht gar der Gleichheit aller Menschen. Das führte häufig zu verschiedenen Formen der Opposition gegen den König, im allgemeinen bei den mächtigen Adligen, die die Interessen ihrer eigenen Unabhängigkeit verfolgten.

Die Svarhat hingegen hatten keine besondere Tradition bezüglich ihrer inneren Ordnung, und es gab bei ihnen nur ganz wenige Adlige; sie achteten weise Alte und reiche Männer und sahen im König etwas Ähnliches wie einen Stammeshäuptling – ihren Herrscher, jedoch eher aufgrund königlichen Rechts denn des Gesetzes. Die meisten von ihnen zogen es vor, im kühleren Hochland über der Nordwand des Kerys-Tals zu wohnen, einer Gegend, die den Pentruthya bei weitem zu rauh und zu wild erschien, die jedoch Menschen, die sie zu bewirtschaften verstanden, ein angenehmes Auskommen bescherte. Sie bauten etwas Getreide, Weintrauben und anderes Obst in den geschützten tiefergelegenen Flächen an, doch hauptsächlich erzeugten sie Fleisch und Milchprodukte. Auf den Wiesen der Hügel und Berge ließen sie ihr Großvieh weiden, auf den höhergelegenen Hängen mit der kargeren Vegetation Schafe oder Ziegen. Bewandert in allem, was mit Schiffen und der Seefahrt zu tun hatte, betrieben sie den Fischfang nicht nur in den Flüssen, sondern auch im Meer rings um die Küste. Sie bewährten sich als Waldhüter und Jäger, und sie gingen mit ihren Waldgebieten pfleglicher um als die Südländer. Kaum jemand hatte mehr Landbesitz, als ein einzelner Mann mit seinen Leuten bestellen konnte, und selbst die reichsten Männer besaßen meist nicht mehr als einen Gutshof, wenn auch einen sehr großen, sowie etwas Wald samt Jagdgründen. Pachtverhältnisse waren so gut wie unbekannt und wurden mit äußerstem Mißtrauen betrachtet. Manche Dörfer jedoch unterhielten große Gemeinschaftsanwesen, und auch einige Familien hatten eine Art Gemeinschaftsgut, und zwar aus einem besonderen Grund. Land wurde hier nicht dem ältesten männlichen Erben vermacht, wie bei den Penruthya, sondern allen Söhnen gemeinsam, und nur wenn es sie nicht alle ernähren konnte, mußten sich einige ihr Auskommen anderswo suchen. Da große Familien bei den Svarhath selten waren, bewährte sich das im allgemeinen recht gut. Es gab jede Menge Möglichkeiten für die Söhne, die sich anderweitig verdingen mußten; die Schiffahrt und das Handwerk waren angesehene und ehrenhafte Beschäftigungsgebiete, in denen es jemand durchaus zu Wohlstand bringen konnte, genau wie in den Bereichen Finanzen und Wissenschaft. Dem Anschein nach beherrschten die Penruthya den Handel, doch niemals in dem Maße, daß sie einen zielstrebigen und fähigen Nordländer ausgeschlossen hätten; tatsächlich war es so, da es ja die in Svarhath-Besitz befindlichen Schiffe waren, die an dem Schnellverkehr auf dem Fluß den Hauptanteil hatten, daß diese einen beträchtlichen Einfluß darauf ausübten, und so mancher südländische Edelmann verdankte seinen Wohlstand dem Scharfsinn und Fleiß seiner Svarhath-Schiffsleute. Und in der Wissenschaft und den Staatsgeschäften – die sie gerne miteinander verknüpften – taten sich beide Seiten bereitwillig zusammen, wobei die Penruthya lediglich zahlenmäßig überwogen.

Im großen und ganzen war die Einheit der Völker stark, indem jeder Teil eine etwas andere Rolle ausfüllte und jeder davon profitierte, was dem anderen fehlte, und den anderen dafür achtete, was er ihm voraus hatte; es war ein festes Fundament, um ein Reich darauf zu errichten. Reibungen, die hin und wieder auftauchten, waren eher unbedeutend und wurden mühelos von den ysmerischen Königen, die das Blut beider Rassen in sich vereinigten, in Grenzen gehalten. Und es ist bemerkenswert, daß ernsthafte Probleme zwischen den unterschiedlichen Lagern, als sie denn auftraten, eher sozialer als rassischer Natur waren. Die Teilung in das plebejische und das patrizische Lager, die sich bei den Penruthya herausbildete, spiegelte sich bei den Nordländern wider, wenn auch in gemilderter, weniger aggressiver Form, aber schließlich war hier die Unterscheidung zwischen den Klassen der Adligen und der gewöhnlichen Bürger noch nie so kraß gewesen. Die unterschiedlichen Interessen der Gruppierungen verbreiteten sich übers ganze Land, doch sie führten zu keiner ernsthaften Spaltung. Die wirklichen Schwierigkeiten entstanden, als die Macht und der Wohlstand in Kerys ihren Höhepunkt erreicht hatten und das Land in scheinbar unüberwindlicher Stärke dastand. Zu jener Zeit machte sich die Bedrohung durch das Eis zum erstenmal im Land der Svarhath bemerkbar, und die Bewohner der abgelegensten Gebiete im hohen Norden waren gezwungen zu fliehen, sogar bis ins Tal. Eine Generation später brach zum erstenmal ein ernster Streit über Fragen der Blutsverwandtschaft und der Thronfolge unter den Ysmeriern aus.

Die Spaltung der Völker

Die Einzelheiten sind recht einfach: Ein König, Gherannen, starb und hinterließ einen Sohn und eine Tochter von zwei verschiedenen Frauen. Die Regeln der Thronfolge waren streng. Töchter konnten im Bedarfsfall das Erbe antreten, doch der Sohn, Barech, war der Ältere, und es war keine Frage, daß er der rechtmäßige Nachfolger sein würde; doch er verstarb nur wenige Tage nach dem Tod seines Vaters. Und obwohl er schon erwachsen gewesen war und seine Frau ihm kurz zuvor einen Sohn geboren hatte, bestanden ernste Zweifel, ob der Sohn, obwohl er seinen Namen trug, tatsächlich von ihm stammte; und die folgenden Geschehnisse nährten diese Zweifel. Seine Witwe Amer holte nicht Barechs jüngere Schwester Authe auf den Thron, wie es dem Brauch entsprochen hätte, sondern ihren Vetter Dormaidh, einen der fähigsten und mächtigsten Adligen aus dem Süden. Zufällig war er aufgrund seiner Ahnenkette ein reinblütiger Ysmerier, ein gutgebauter Mann mit viel Charme und Lebenskraft, und außerdem war er ein früherer Bewerber um

Amers Gunst. Die Aufregung, die dieser Schritt auslöste, drohte das Land zu spalten, denn wenn das Kind nicht von Barech stammte, dann wäre Authe die rechtmäßige Erbin und nach ihr ihr Sohn Keryn; doch Dormaidh genoß die Unterstützung mächtiger Männer sowohl bei den Pentruthya als auch bei den Svarhath und in den beiden Stammeslagern. Authe, die junge Witwe eines ysmerischen Landadligen und ohne besondere Ausstrahlung, hatte weniger Anhänger, doch sie focht mit großer Entschlossenheit um ihren Anspruch auf den Thron, vor allem um ihres Sohnes willen. Viele Jahre lang schwelte es im Land, ohne daß die Flammen eines Bürgerkriegs wirklich aufgelodert wären. Selbst mitten durch die alten Lager ging die Spaltung, obwohl die ältere Aristokratie eher Authe unterstützte, während die jüngere Gruppierung mehr Dormaidh zugeneigt war. Dormaidh war der eigentliche Herrscher, doch seine Macht war nie absolut genug, als daß er seine Feinde hätte niedermachen können; um ihm Gerechtigkeit widerfahren zu lassen, muß allerdings auch gesagt werden, daß er auch keinen besonderen Wunsch dazu verspürte und die Hitzköpfe unter seinen Anhängern von entsprechenden Taten abhielt. Es bestand der Verdacht, daß er Barech ermordet habe, doch sein späteres Verhalten ließ das weniger wahrscheinlich erscheinen. Authe war weniger zurückhaltend, doch es gelang ihr nicht, genügend Gefolgsleute hinter sich zu bringen. Dennoch fügten die kleineren Aufstände ihrer Anhänger dem Handel des Landes ernsthaften Schaden zu und vertieften die Spaltung. Als sich die an der Großen Pforte stationierte Truppe zu ihr bekannte, besetzte sie diese und richtete dort ihren eigenen Hof ein und intrigierte mehrere Jahre lang gegen Dormaid, allerdings ohne große Wirkung.

Unterdessen wuchsen die beiden Kinder heran; der jüngere Barech als blasser Schatten von Dormaidhs übermächtiger Persönlichkeit und Keryn als unabhängiger und intelligenter junger Prinz; je erwachsener er wurde, desto deutlicher zeichnete sich ab, daß er in dem ganzen Durcheinander der stärkste Charakter war. Als er das Alter der Männlichkeit erreichte – mit sechzehn Jahren, wie es der Brauch war –, ließ sich seine Mutter dazu überreden, ihren Anspruch an ihn abzutreten, und bald darauf genoß er eine größere Unterstützung, als es ihr jemals vergönnt gewesen war. Dormaidh seinerseits, dem daran gelegen war, den Zwist zu beenden, bot ihm ein gemeinsames Erbe mit Barech an, doch zum ersten Mal in seinem Leben widersetzte sich Barech heftig. Er trachtete Keryn nach dem Leben und schwor blutige Vergeltung für dessen Anhänger, bis zum letzten Mann. Es schien unausweichlich, daß bei Dormaidhs Tod ein Bürgerkrieg ausbrechen würde, wenn nicht sogar früher, und auf beiden Seiten begann man sich zu bewaffnen und Vorbereitungen zu treffen, und auch die geringsten Kontakte, die noch zwischen den beiden Lagern bestanden hatte, wurden abgebrochen; Gemeinden auf der einen wie auch auf der anderen Seite vertrieben die unter ihnen lebenden Minderheiten, aus Angst vor Überraschungsangriffen aus diesen Kreisen, und Morde und blutige Auseinandersetzungen waren an der Tagesordnung. Dieser Zustand als Krönung der vielen Jahre des Zwistes, die hinter ihnen lagen, betrübte Keryn und widerte ihn an, und die Nachricht von dem Heranrücken des Eises, die Flüchtlinge aus dem Norden überbrachten, so abwegig sie den meisten auch erschien, beunruhigte diesen weitsichtigen Mann zutiefst. Er war in der Stimmung, eine neue Alternative zu suchen, als sich eine solche von selbst bot.

Seefahrer hatten längst vermutet, daß jenseits des Ozeans ein anderes Land existierte; Fischer, die weit herumgekommen waren, behaupteten, vor seiner Küste ihre Netze ausgeworfen zu haben, wenn auch niemand gewagt hatte, an Land zu gehen. Jetzt machten sich einige kühne Schiffsbesitzer der Svarath, die nach etwa vierzehn Jahren rückläufiger Geschäfte verzweifelt nach neuen Einnahmequellen suchten, ernsthaft auf die Suche. Ein Teil von ihnen hatte Erfolg und kehrte nach einer äußerst beschwerlichen Reise zurück, um über ein riesiges Land mit Wäldern und hohen Bergen zu berichten, wild und unbewohnt, soweit sie es beurteilen konnten, doch fruchtbar und überaus verheißungsvoll. Und was das Bemerkenswerteste war: es schien verhältnismäßig unbehelligt vom Eis zu sein. Für Keryn reichte das aus, und er beschloß, in jenem Land eine neue Heimat zu suchen. Er ließ Dormaidh und Barech eine trotzige Herausforderung überbringen, mit der er ihnen mitteilte, daß er keineswegs auf sein Geburtsrecht zu verzichten gedenke, es jedoch vorzöge, sein Reich auszudehnen, anstatt es durch Krieg zu veröden; da eine Trennung des Volkes unvermeidlich war, sollten jene, die seiner Sache wohlwollend gegenüberstanden, sich ihm anschließen, um sich in jenem Land anzusiedeln. Wenn Dormaidh jene, die mitkommen wollten, nicht daran hindern, sondern ihnen vielmehr mit Schiffen und Geldmitteln bei ihrem Vorhaben helfen würde, dann mochte er – rechtmäßig oder nicht – jene regieren, die es vorzogen zu bleiben. Dormaidh ging erleichtert auf diesen Vorschlag ein, denn auch ihm war die Aussicht auf Krieg zutiefst zuwider; er schlug Barechs Warnung in den Wind, der zutreffenderweise voraussah, daß die meisten lieber das Land verlassen würden, als sich mit seiner Herrschaft abzufinden, wodurch seine Erbe verringert und sein Stolz verletzt würde.

Tatsächlich waren sogar viele seiner eigenen Anhänger von dem Gedanken und dem Geschmack von Abenteuer angetan, und die Zahl jener, die sich zum Mitkommen meldeten, überraschte sogar Keryn. Männer und Frauen aller Stände und aus beiden Lagern gesellten sich zu ihm, bis das Ausmaß der Expedition

Dormaidh allmählich beunruhigte; doch inzwischen hatten die Ereignisse eine Eigendynamik angenommen, und er konnte nicht mehr viel dagegen tun. Barechs Versuch, die Auswanderwilligen dadurch umzustimmen, daß er eine Bedrohung für die zurückbleibenden Familienangehörigen anklingen ließ, ließ ihre Zahl nur noch weiter ansteigen, wie nicht anders zu erwarten gewesen war, und führte zu einem offenen Zerwürfnis zwischen ihm und Dormaidh. Etwa fünf Jahre später schließlich, so wird berichtet, hatten sich über ein Fünftel der gesamten Penruthya-Bevölkerung Kerys' dafür entschieden, Keryn zu folgen, und fast die Hälfte der Svarhath; die meisten waren kräftige, fähige junge Leute, so daß der Verlust für das Land um so größer war. Es wären noch etliche mehr mitgekommen, wenn sie hätten hoffen können, die Reise zu überleben. Es wurden mehr Schiffe benötigt, als das Land zu Verfügung stellen konnte, und es mag sein, daß zu jener Zeit die unmäßige Rodung des Waldes begann und daß für die abgeholzten Bäume niemals Ersatz gepflanzt wurde. Es gibt keinen Grund, an der in der Chronik enthaltenen Darstellung der Flotte zu zweifeln, die sich schließlich an der Küste unterhalb der Pforte versammelte, das Meer verdunkelte und den Wellengang allein durch die Masse der Schiffsrümpfe zum Erliegen brachte; was die Zahl der Menschen betrifft, die diese Schiffe befördern sollten, so kann man weniger sicher sein. Doch da Kerys' Einwohnerzahl damals höher war als zu jener Zeit, als Elof und Roc dorthin kamen, ist es durchaus möglich, daß mindestens hunderttausend an jenem Tag mit Keryn in See stachen und genau wie er zum letztenmal die Augen auf das Leuchtfeuer der Pforte richteten, bis das allerletzte bißchen Rauch hinter dem unbarmherzigen Horizont verschwunden war.

Es war ein Schlag, von dem sich Kerys vielleicht nie mehr ganz erholte. Bald nach dem Aufbruch der

Schiffe zettelte Barech, unterstützt von vielen, die unter den Folgen davon litten, einen Aufstand gegen Dormaidh an und entmachtete ihn. Er erklärte sich zum König und seine Nachfahren zu seinen Thronerben, und abgesehen von einem einzigen grausamen Vorfall war er als Herrscher nicht so schlecht, wie es anfangs zu befürchten gewesen war; seine schlimmsten Fehler waren eine gewisse Schwäche und Unentschlossenheit, die vielleicht auch bei Dormaidh vorhanden gewesen war, und die Unfähigkeit, die kriegführenden Lager im Zaum zu halten. Doch es ist nicht unwahrscheinlich, daß er tatsächlich eine etwas veränderte Linie der Ysmerier darstellte. Denn obwohl es nach ihm wie auch zuvor starke und schwache Könige gab, gute und weniger gute, zeigte sich der Charakterzug der Unentschlossenheit immer häufiger, bis die Könige schließlich nur noch Marionetten ihrer mächtigen Heerführer und Oberbefehlshaber waren und letzten Endes von einem solchen, der der Lonuen-Sippe entstammte, abgesetzt wurden und er ihren Platz einnahm; und dessen Urenkel war Nithaid.

Der grausame Vorfall war bezeichnend. Es wird berichtet, daß Barech Domaidh ans Meer bringen ließ und veranlaßte, daß der geschlagene Herrscher und einige wenige ihm Nahestehende auf einem mangelhaft ausgerüsteten Schiff ausliefen, mit dem höhnischen Auftrag, ebenfalls neue Königreiche zu suchen. So grausam dies gegenüber einem Mann, der sein Vater hätte sein können, auch war, so verständlich ist doch der Groll, den er hegte. Das Land war durch den Verlust so vieler seiner Bewohner stark in Mitleidenschaft gezogen, und die Struktur der Bevölkerung hatte sich gewandelt. Vor allem die Zahl der Svarhath nahm ab diesem Zeitpunkt immer mehr ab, und sie wurden mehr als irgendwo sonst in den neuen Ländern außer in Kerbryhaine zu einem unbedeutenden Anhängsel der Penruthya, und ohne sie, so vermutete

Elof, ging es mit Kerys gleichermaßen bergab. Die beiden Stämme gemeinsam bildeten ein großes Volk, doch nachdem sie keine gegenseitige Einflußnahme mehr ausübten, folgte jeder seinem eigenen abschüssigen Weg in eine üble Dekadenz mit zerfallender Moral beziehungsweise in eine stumpfsinnige Primitivität. Zweifellos brauchten beide eine radikale Durchmischung, und vielleicht war es dieser Zustand, so hart es klingen mag, der schließlich zum Untergang ihres Landes gegen Ende des Langen Winters führte.

Über das Schicksal des Volkes von Kerys kurz nach diesen Ereignissen ist wenig bekannt. Einigen glücklichen Schiffen gelang es in den folgenden Jahren, trotz allen Widrigkeiten den Ozean zu überqueren und nach Morvanhal zu gelangen. Es waren verhältnismäßig wenig Leben zu beklagen, denn nach jenem unnatürlichen Winter folgte unvermittelt ein milder Sommer, und ebenso plötzlich setzte ein explosionsartiges Sprießen in der Natur ein. Das Wilde Land, wohin die meisten im Norden geflohen waren, grünte und blühte und brachte Früchte hervor, und hier und da wurden grobe Flächen gerodet und Saat ausgebracht, und Schutzbauten gegen den bevorstehenden Winter wurden errichtet. Im Süden lieferte der Urwald ebenfalls einiges an Nahrung. Es hungerte also kaum jemand, wenn überhaupt, doch sie fristeten ein mühsames Dasein, ohne eine Spur des früheren Luxus oder auch nur der Zivilisation. Die Duergar hätten ihnen helfen können, da auch sie sich in einer ähnlich mißlichen Lage befunden hatten, doch die Kluft zwischen ihnen und den Menschen war zu breit und tief geworden. Sie waren und blieben für das geteilte Volk etwas, vor dem man sich fürchten mußte. Daß letzte, was vom Norden bekannt wurde, war, daß eine Generation später die Rückkehr auf den Stand des Steinzeitalters vollzogen war; vom Süden hörte man gar nichts mehr. In so kurzer Zeit war also die Pracht und die Herrlichkeit eines Landes zunichte gemacht worden, doch angesichts der gesamten Spanne der Zeit erscheinen selbst die Jahrtausende seines Aufstiegs und Untergangs kaum länger und werden von jenem größeren Fluß der Zeit so gründlich verschluckt, daß sie genausogut niemals stattgefunden haben könnten.

Sprachen

Die Sprachen von Kerys waren, wie auch seine Völker, denen ihrer Stammesgleichen in Brasayhal recht ähnlich, und in den Anhängen früherer Bände wurde schon einiges darüber gesagt. Dennoch hatten sie nicht gar soviel miteinander gemein, wie der Text der Chronik vermuten läßt, und es ist wahrscheinlich, daß Elof und Roc entschieden mehr Schwierigkeiten hatten, sich zu verständigen, als aus den Berichten hervorgeht. Die Grammatik beider Versionen der Penruthya-Sprache war während der langen Zeit der Spaltung im wesentlichen unverändert erhalten geblieben, hingegen hatten sich solche Dinge wie die Wortendungen entscheidend geändert, und selbst die Bedeutung vieler gebräuchlicher Vokabeln hatte sich gewandelt. Auch die Aussprache war anders geworden; hier hatte Roc einen Vorteil, denn Elofs deutlicher nordischer Akzent klang für die Penruthya fremd, wenn auch nicht unangenehm, und für Nordländer wie zum Beispiel Trygvar hatte sie etwas geradezu störend Hochtrabendes. Es war, als ob ein heute lebender Engländer in reinstem Shakespeare-Englisch angesprochen würde. Die Sprache des Nordens hatte sich weniger verändert, denn sie wurde nur noch von einer verschwindend kleinen Minderheit gebraucht, und wie bei Minderheiten üblich, hegten und pflegten sie ihre Sprache inbrünstig, indem sie sie mit peinlicher Sorgfalt anwandten und lehrten.

Zu diesem Thema ist auch schon an anderer Stelle vieles gesagt worden; doch einige Gesichtspunkte ergeben sich nur im ›Buch des Armreifs‹. In Kerys wird zum Beispiel der wahrscheinliche Ursprung des Flusses als eine Vorstellung von Zeit und dem Kreislauf der Welt sowie als Grenze zum Land der Toten am deutlichsten, denn auf die ersten Menschen, die jenen ehrfurchtgebietenden Strom zu Gesicht bekamen, muß er tatsächlich wie das Ende der Welt gewirkt haben. In späteren Zeiten jedoch wurde vermutlich die Milchstraße mit dem metaphysischen Fluß identifiziert und mit dem selben Namen benannt. Doch zu Kermorvans Zeit dachte man nicht mehr ernsthaft in diesem Sinn, außer vielleicht bei den ganz ungebildeten Schichten, und der Fluß war zu einer rein philosophischen Größe geworden. Und doch hielt sich dieser Dunststreifen am nächtlichen Himmel beharrlich als ein Symbol von tiefer Bedeutung, mindestens so vielsagend wie das Eisglühen, das ewig zu sein schien und vergebens versuchte, das andere in den Schatten zu stellen.

Zu jener Zeit waren die eher unbestimmten Vorstellungen von Wiedergeburt, die bei den Völkern von Kerys jeweils vorherrschten, zu einer Einheit verschmolzen, und auch dafür wurde der Fluß zum Symbol. Wie jeder Gegenstand, der in das Wasser des Yskianas geworfen wurde und davonschwamm, irgendwann und irgendwo an Land getrieben würde, so geschah es auch mit dem wiederkehrenden Geist, sofern er nicht aufgrund seines Gewichtes unterging oder heruntergezogen wurde. Es ist interessant, daß in der Darstellung der Chronisten Elof diese Anschauung nicht bekräftigt, wie man vielleicht erwarten könnte, sondern daß sie seine Unwissenheit in dieser Hinsicht erklären. Offenbar möchten sie zum Ausdruck bringen, daß in dieser Welt selbst den Mächten Grenzen gesetzt sind, ob gut oder schlecht.

Die Kunst des Zauberschmiedens

In der Chronik wird die Natur von Elofs Schmiedekunst aus allen Richtungen beleuchtet und immer wieder diskutiert, zum Beispiel hinsichtlich der Frage, ob es sich dabei um die Eigenschaft eines Menschen oder einer Macht handelt; doch darüber konnte in diesen Berichten eigentlich nicht spekuliert werden, ohne mehr zu enthüllen, als Elof selbst zu seiner Zeit wußte. Die Schlußfolgerung, die Elof selbst sozusagen nebenbei lieferte, war die, daß die Kunst des Zauberschmiedens ein Geschenk der Mächte an die Menschen gewesen sei, ein Ausgleich für das Leid, von dem sie wußten, daß ihre Feinde es eines Tages über sie bringen würden. Ob dieses Geschenk zurückverlangt wurde oder sich erschöpft hatte oder einfach ungenutzt schlummerte, in Ermangelung des nötigen Wissens, um es zu wecken, kann niemand sagen. Doch Elofs Fall liegt klarer. Jene, die vor ihm dagewesen waren, waren mehr als nur Menschen gewesen, und darin bestand ihre Großartigkeit und häufig auch der Grund für ihren Niedergang; Elof durfte also, was schon durch die Natur seiner Mission bestimmt war, nichts anderes als ein Mensch sein, wenn er Erfolg haben wollte. Obwohl also die Macht, über die er verfügte, groß war, konnte sie doch nichts anderes als das sein, was Menschen im besten Falle vergönnt sein konnte, allerdings nur ganz außergewöhnlichen Menschen; oder – wahrscheinlicher – es war eine Begabung, die jeder Mensch in sich selbst entdecken könnte, wenn er nur den Willen aufbrächte, sie zu wecken.

Es war eine großartige Gabe, doch ohne ein hingebungsvolles Erlernen ihrer Anwendung und der Fähigkeiten, sie zu nutzen, wäre sie bedeutungslos gewesen. Darin lag Elofs wahre Leistung, und in dieser Hinsicht übertraf seine Meisterhaftigkeit die jedes anderen seiner Zeitgenossen. Sicher waren die Materialien und Vorgänge, derer er sich bediente, geheimnisvoll, doch sie übersteigen nicht unser Begriffsvermögen.

Die Spiegelschilde waren offenbar nichts anderes als eine besonders leichte und harte Legierung, vielleicht auf einem Klammerrahmen aus Holz oder Metallrohr. Ihre Hauptraffinesse lag in ihrer Form, die die Sonne so gut einfing und konzentrierte, und in dem geheimnisvollen Einfluß, der sie gleichzeitig als Abschirmung und als Solarspiegel so wirkungsvoll machte. Diese enge Verbindung und starke Konzentration sind das Problem, das bei modernen Solaröfen auftaucht; sie können erstaunliche Temperaturen erreichen, da die Sonne mit so großer Macht auf uns herabstrahlt, doch im Konzentrieren der Energie sind sie äußerst schwerfällig. Dennoch gibt es Hinweise darauf, daß dieses Problem im Altertum zumindest teilweise gelöst werden konnte. Der griechische Philosoph Archimedes hat angeblich – abgesehen von den Verteidigungsanlagen, die er für sein Haus in Syrakus schuf – feindliche Schiffe mit eben solchen Brenngläsern beschossen, eine Meisterleistung, die Historiker wegen der Probleme, die solche Spiegel mit sich bringen, lange Zeit argwöhnisch betrachteten. Doch vor nicht allzulanger Zeit kam ein eher praktisch veranlagter Archäologe auf den Gedanken, er könnte die langen griechischen, auf Hochglanz polierten Schilde benutzt haben, und er führte Experimente mit zwanzig modernen Nachbildungen dieser Schilde durch, also mit einer großzügig bemessenen Fläche von Reflektoren. Es war durchaus möglich, bei strahlender Mittagssonne damit die Planken eines im Hafen vertäuten Schiffes in Brand zu setzen. Elofs Schilder stellten eine um ein Vielfaches größere Fläche dar, die zudem sorgfältiger und gleichmäßiger geformt war. In dieser großen Anzahl und zweckmäßiger gestaltet, und aufgrund der Konzentration der Strahlen zu einer fast vollkommenen Dichte durch die Meisterschilde, müssen sie erstaunliche Temperaturen erreicht haben. Es ist die pure Ironie, daß es letztendlich der Plan des Eises war, die Albedo der Erde zu steigern und damit die lebenspendende Solarenergie wegzureflektieren, denn Elof warf sie einfach seinerseits wieder zurück.

Die feine Faser, aus der sowohl Gorthawer als auch seine Flügel bestanden, ist für uns eher ein Geheimnis. Doch im wesentlichen handelte es sich wohl um eine Verfeinerung von Karbon- oder Graphitfasern, von denen sich unter großer und gleichbleibender Hitze vielfältige Variationen herstellen lassen; für eine solche Hitze wäre eine Art Lavafluß als geeignete Quelle in jenen Tagen denkbar gewesen. Die Eigenschaften solcher Fasern hängen von ihrer kristallinen Struktur ab, und die Fähigkeit, die er bei den Duergar erworben hatte, diese unter Hitzeeinwirkung zu ergründen, versetzte ihn offenbar in die Lage, sie vollkommen zu beherrschen. Nebenbei bemerkt wird in der Chronik darüber in einer Weise gesprochen, als handele es sich um eine natürliche Begabung; wahrscheinlicher ist jedoch, daß er sich einer Gerätschaft bediente, und sein Zutun bestand in der geschickten Handhabung. Denn in dieser wie in jeder anderen Hinsicht war er nichts anderes als das, was er in den Augen seiner Freunde zu sein wünschte, nämlich nur ein Mensch.

Alle diese Zeichen, die er vor so vielen Generationen setzte, wären bedeutungslos gewesen, wenn zu seiner Macht nicht auch der Wille und der Mut, sie auszuschöpfen, gekommen wären, sowie auch eine totale Zurückstellung seiner eigenen Person. Wenn er sein Altersleben nicht bereitwillig hingegeben hätte, dann hätte seine Arbeit, vor allem jene am Schmiedefeuer, es vermutlich verkürzt oder ihm zumindest ein Alter voller Elend und Leid beschert; doch die größere Flamme, die in ihm brannte, ersparte ihm das.

DIE DUERGAR

Das ›Buch des Schwertes‹ gewährt uns einige kurze Blicke auf das Volk der Duergar zu jenem Zeitpunkt der späten Jahre, in denen es vermutlich seinen Höhepunkt erlebte. Das ›Buch des Helms‹ enthält Hinweise auf seinen Niedergang und sein Verschwinden, und im ›Buch des Armreifs‹ wird seine weitere Entwicklung aufgezeigt. Es war zweifellos ein sehr altes Volk und überdies nach allgemeiner menschlicher Einschätzung ein recht seltsames. Um ungefähr zu ermessen, wie eigenartig diese Leute waren, braucht man nur an eine Rasse zu denken, die über viele Möglichkeiten der Wissenschaft und Technik verfügte, bis hin zum Begreifen der Struktur der Materie und der gewaltigen Energien, die diese entfesseln konnte, die es jedoch vorzog, dieses Wissen nicht zu vertiefen oder anzuwenden. Weder durch ihren unterirdischen Lebensraum noch durch ihre charakteristische äußere Gestalt unterschieden sie sich so stark von den Menschen wie in dieser besonderen Hinsicht, denn sie ähnelten uns immerhin so sehr, daß die Zeugung gemeinsamer Nachkommen möglich war, und sie hatten nicht immer unter dem Erdboden gelebt. Einige verstanden die Menschen, und manche unterhielten freundschaftliche oder auch noch weitergehende Beziehungen mit ihnen – wie man gesehen hat; schließlich, als sich die Welt ringsum veränderte, schlossen sich viele den Menschen an und brachten ihre guten Eigenschaften mit ein. Doch diese Gruppe blieb stets eine kleine Minderheit. Ildryan, so wie er sich uns darstellt, verkörpert viel eher die Mehrheit der Duergar – eine kühle und unnahbare Persönlichkeit, deren Moralvorstellungen von Leistung und Gegenleistung geprägt waren, selbst bei einem erzwungenen Handel. Elofs Einschätzung seines Wesens zeigt, wie gut er diese Leute verstand, und zwar aus Gründen, die er zu jener Zeit nicht erkennen konnte. Es ist eine Ironie des Schicksals, daß er selbst, als er zum erstenmal um ihre Hilfe bat, seinerseits unwissentlich ein *Quidproquo* forderte, denn es war eben jene Macht, die er einst gewesen war, der die gesamte Rasse ihr Überleben verdankte.

Die Anfänge der Duergar

Einige von Ils ausgesprochenen Worte, die in der Erzählung nicht wiedergegeben sind, werfen ein düsteres Licht auf diese Anfänge; sie wurden vor dem königlichen Rat vorgetragen, zur Unterstützung von Kermorvans Plan, daß die Duergar Kerys ihre Unterstützung gewähren und ihre Hilfe zusagen sollten. »Wir müssen handeln! Und zwar rechtzeitig! Denn wir haben uns schon einmal untätig verhalten und damit beinahe unser Ende heraufbeschworen. Man nennt uns nicht umsonst das Alte Volk, denn alles, was ihr seid, sind wir einst gewesen, all das und mehr. Auch wir sind einmal in die weite Welt hinausgeschweift, haben die Geheimnisse der Natur bis zum Grund erforscht, nur um festzustellen, welche Abgründe sich darunter auftaten. Auch wir träumten davon, die Welt zu beherrschen, anstatt nur vorübergehend in den Gefilden anderer als Mieter geduldet zu werden. Dann kam das Eis. Dann überrollte uns jener erste Lange Winter und fegte alles hinweg, was wir errichtet hatten. Wenn Ilmarinen uns nicht beigestanden wäre, wenn er uns keine Zuflucht unter den Bergen geboten und uns nicht neue Wege des Lebens und Überlebens aufgezeigt hätte, dann wären wir vollkommen zerstört worden. Wir waren weder so zahlreich noch so aggressiv wie ihr Menschen; wir waren nicht so leichtfertig bereit, die ganze Welt in Trümmer zu legen und nach unserem Geschmack wieder zusammenzuflicken. Es hätte leicht geschehen können, daß wir zwangsweise in den Zustand von Wilden zurückversetzt worden wären; und wenn sowohl eure Rasse als auch die meine jetzt nicht etwas unternehmen, kann dies immer noch geschehen. ›Einer Allein‹ ist gekommen, um uns zu helfen, als alle Türen verschlossen zu sein schienen, und viele hoffen, daß er noch einmal kommen möge. Doch ich fürchte, daß auch er sich inzwischen von uns abgewendet hat.«

Das war nicht der Fall; denn Elof saß neben ihr, während sie diese Worte sprach, wie sie sich später erinnerte. Doch sie hatte in der Hinsicht recht, daß er nicht die Absicht hatte, die Duergar in jenem Zustand zu erhalten, in dem er sie verlassen hatte, selbst wenn er die Macht gehabt hätte, das zu tun. Wie er selbst in seiner Bittrede vor König Andvar ausgeführt hatte, war es zu einem bestimmten Zweck geschehen, daß Ilmarinen sie errettet hatte, damit nämlich der Reichtum ihrer Kultur nicht ganz und gar von der Welt verschwände, damit sie zukünftigen Generationen in ihrem Lebenskampf als Halt dienten, so wie er es Kermorvan versprochen hatte. Mit dieser Absicht hatte er sie sozusagen in die ›unterirdische Aufbewahrung‹ gegeben, in einer Umgebung und unter Lebensbedingungen, die verhältnismäßig festgefügt waren, in der Hoffnung, daß sie, sobald der Winter vorüber wäre und das Eis sich zurückzöge, hervorkommen und sich mit den neuen Menschen, die in ihr Land kamen, zusammenschließen und ihnen ihre uralte Weisheit vermitteln würden.

Bis zu einem gewissen Grad war sein Plan gelungen. Wie Ils darlegte, waren viele der großen Werke der Menschheit in späteren Zeiten zumindest unter hilfreicher Anleitung der Duergar entstanden; der Bau der Großen Pforte zum Beispiel wäre ohne deren Geschick in der Steinverarbeitung nicht möglich gewesen. Selbst in weniger glücklichen Tagen gelang es den Menschen immer wieder, ihr Interesse oder ihr Mitgefühl, das größer war, als man erwartet hätte, zu erwecken, und weiteres Wissen von ihnen zu erwerben. So geschah es mit dem Schmiedemeister, und auch mit Elof selbst, wobei es bei den Härteren unter ihnen von gewichtiger Bedeutung gewesen sein mag, daß er vielen in ihrem Volk das Leben gerettet hatte, während er nur sein eigenes und das eines weiteren Menschen dafür erhalten hatte, denn auf solch kleinlichen Gegenrechnungen beruhte ihre Moral. Sie konnten mit ihren Gaben recht großzügig sein, wenn sie es mit einem Menschen zu tun hatten, und zweifellos lernte er viel von ihnen, nicht nur bezüglich der Schmiedekunst, entweder direkt oder durch jenes Wissen, das der Schmiedemeister gesammelt hatte. Seine navigatorischen Fähigkeit verdankte er ihnen und einen großen Teil geheimnisvollen Wissens, in vieler Hinsicht in erstaunlich hohem Maße. Der Bericht über die gedanklichen Rückschlüsse, aufgrund derer er Louhis Absicht durchschaute, die Vulkane von Kerys für ihre Zwecke zu benutzen (und zuvor vielleicht die des Westlandes), ist deshalb bemerkenswert, weil er vermuten läßt, daß er einigermaßen über das Vorhandensein von Kontinentalplattformen, den sogenannten Platten Bescheid wußte, obwohl er andererseits anscheinend nichts von ihrer Verschiebung und Wechselwirkung begriffen hatte, ebensowenig wie von den Vorgängen der neuzeitlichen Plattentektonik. Sehr wahrscheinlich stammte sein Wissen daher aus zweiter Hand und war nicht das Ergebnis eigener Gedankenarbeit; und es gab keine andere Quelle dafür als die Duergar. Es ist anzunehmen, daß es eher an ihm lag als an ihnen, daß er nicht den gesamten Bereich umfassend begriff. Und tatsächlich waren solche Verschiebungen sehr schwer zu begreifen in einer Welt, die zur Hälfte von Eis überzogen war, obwohl die Duergar es anders in Erinnerung hatten.

Doch bis zu seinem Auftauchen waren die Duergar nur bis zu einer bestimmten Grenze bereit, ihr Wissen und ihren Rat zu vermitteln, und das auch nur in Ausnahmefällen. Selbst wenn sie die allerfreundschaftlichsten Beziehungen zu den Menschen unterhielten, lebten sie im äußersten Fall für eine kurze Dauer mit ihnen zusammen, um dann erleichtert zu ihresgleichen zurückzukehren. Letztendlich erwies sich Ilmarinens Plan als Fehlschlag, weil er zweifellos – so sehr er die Rasse, zu der er die Duergar gemacht hatte, auch liebte – diese kaum besser verstand als ihre menschlichen Vettern. Das Alte Volk, von den klimatischen Verhältnissen und dem Schicksal stark gebeutelt, hatten allmählich nur noch Verachtung für die Welt draußen übrig und waren zu nachdenklichen und introvertierten Wesen geworden, die selbst ihresgleichen, wenn sie aus einer anderen Gegend stammten, mit Mißtrauen begegneten. Sie vergaßen ihre Bestimmung oder verdrängten das Wissen darum, und im allgemeinen entwickelte sich eine Feindseligkeit zwischen ihnen und den Menschen, die abzubauen sie sich kaum bemühten. Statt dessen flohen sie vor ihnen, wichen diesen Tieren aus, für die sie sie hielten, und gesellten sich den weit verstreuten Gruppen ihrer eigenen Rasse zu, die in anderen Regionen lebten. Schließlich, wie Andvar berichtete, flüchteten sie um die halbe Welt, um den Menschen zu entkommen, doch sie konnten ihre Flucht nicht bis in alle Ewigkeit fortsetzen. Die Menschheit war ihr Schicksal, und sie waren dazu bestimmt, sich mit ihr zu vermischen oder in der Isolation unterzugehen. Dieses hoffnungslose Ende zogen dennoch viele schließlich vor, und es ist anzuzweifeln, daß noch irgendwelche Angehörige dieser Rasse auf der Welt existieren. Einige jedoch schlossen sich tatsächlich den Menschen an, und ihr

Einfluß war gedeihlich. Denn es ist überliefert, daß Wesen, die dieser Vermischung entsprungen waren, zunächst auf den Stand unzivilisierter Wilder herabsanken, dann jedoch wieder eine hohe Entwicklungsstufe erreichten; die wenigen Zeugnisse, die von ihnen erhalten sind, geben ein deutliches Bild davon. Ihre derben Steinwerkzeuge stellten eine ordentliche Handwerksarbeit dar, sie begruben ihre Toten mit Sorgfalt und schmückten die Gräber mit Blumen.

Die Duergar-Sprachen

In früheren Bänden der Chronik wird etwas über den Klang der Duergar-Sprache erwähnt – oder vielmehr der Duergar-Sprachen, denn es gab mehrere –, doch es wurden kaum Anstrengungen unternommen, sie wiederaufleben zu lassen; Das ›Buch des Armreifs‹ beschäftigt sich mehr als die anderen damit, wenn auch nur wenige vereinzelte Wörter und Sätze wiedergegeben und holprig übertragen sind. Und selbst diese sind nur in einer einzigen Textversion erhalten, in späteren Abschriften fehlen sie ganz. Der Grund dafür liegt wahrscheinlich auf der Hand: die Sprache, in der die Chronik verfaßt ist, wurde über ihr Aussterben hinaus erhalten, zunächst als ›klassische‹ Sprache der feinen Redekunst und später als ›Geheimsprache‹, die ihre Geheimnisse nur Eingeweihten enthüllte. Die Duergar-Sprachen hingegen kannte in späteren Zeitaltern kein Mensch mehr. Selbst jene Duergar, die sich im allgemeinen Wandel der Welt dazu entschlossen, sich den Menschen anzuschließen, lehrten diese niemals eine Duergar-Sprache, um nicht die Sicherheit derjenigen ihrer Artgenossen zu gefährden, die sich für die Isolation entschieden hatten. Aus diesem Grund kann man mit dem wenigen, das überliefert ist, wenig anfangen. Der Ur-Autor hatte keine andere Wahl, als das gesprochene Wort phonetisch zu übertragen und sich dabei der Schriftzeichen zu bedienen, die dem Originalton am nächsten kamen; man darf auch nicht vergessen, daß jedes einzelne Schriftzeichen ein ganzes Wort bedeutete. Die Auswirkung dessen läßt sich vielleicht ermessen, wenn man das Pseudonym eines japanischen Schriftstellers vergleicht, das dieser sich von seinem Lieblingsautor der westlichen Welt, Edogowa Rampo, entliehen hatte. Er meinte damit Edgar Allan Poe. Was eine große Zeitspanne noch zu einer derartigen Entstellung beitragen kann, während derer Schriftzeichen und Ausspracheregeln sich änderten und beim Abschreiben Fehler gemacht und ›Verbesserung‹ angebracht wurden, bleibt der Vorstellungsgabe überlassen. Bei späteren Abschriften war also von den ursprünglichen Duergar-Worten nur noch etwas übrig, das wie ein unverständliches Kauderwelsch erschien. Früher oder später blieb nichts anderes mehr übrig, als sie ganz wegzulassen. Aus dem wenigen, das erhalten ist, konnten – wie erwähnt – einige Rückschlüsse gezogen werden. Einige Worte legen die Vermutung einer im Altertum begründeten Verwandtschaft mit der eher ungewöhnlichen finnougrischen Sprachenfamilie nahe, doch dafür gibt es keinen Beweis. Dem Klang nach ähnelten sie den slawischen Sprachen, und aus diesem Grund wurde ihnen ein slawisches Schriftbild verpaßt. Es wurden Versuche unternommen, die Bedeutung des Gesprochenen anhand von begleitenden Dialogen zu erklären, obwohl angemerkt werden muß, daß Ildryans Schlußbemerkung einigermaßen unanständig gewesen zu sein scheint. Die Duergar waren niemals als zimperlich bekannt, und es gibt Anzeichen dafür, daß einige von Ils' recht bissigen Äußerungen der Zensur späterer Generationen zum Opfer gefallen sind – bedauerlicherweise, da sie selbst bei ihren Leuten wegen des Einfallsreichtums ihrer Beleidigungen berühmt-berüchtigt war.

Meistens jedoch sprachen die Duergar im Beisein von Menschen die Sprache des Nordens. Das geschah zum Teil aus Gründen der geheimen Verständigung, aber auch, weil das eine bequeme Umgangssprache für sie darstellte. Welcher ihrer Sprachen der Vorzug gegeben wurde, war häufig von sozialer oder politischer Bedeutung, und die Regeln waren schwer nachvollziehbar; die menschliche Sprache, die sie mühelos beherrschten, umging diese Frage geflissentlich. Warum sie das Svarhath sprachen, ist ungeklärt; Ils, die sowohl das Svarhath als auch das Penruthya beherrschte, behauptete, es läge daran, daß ihnen die ›pelzige‹ Sprache des Nordens besser von der Zunge ginge als die des Südens, die ihrer Beurteilung nach ›schleimig‹ klang. Das könnte durchaus so sein, doch genausogut läßt es sich damit begründen, daß die Duergar genau wie die Svarhath ein etwas kühleres Klima bevorzugten und deshalb mit diesen häufiger in Verbindung kamen. Zu Elofs Zeit waren die meisten Duergar mehr oder weniger der Svarhath-Sprache mächtig; selbst ihren Eigennamen, die ursprünglich aus ihrer eigenen Sprache stammten, gaben sie gewohnheitsgemäß eine nördliche Form. Und nur in dieser Form sind sie überliefert.

DIE EKWESH

Die verschiedenen Bände der Winter-Chronik geben – wenn auch beiläufig – viele Informationen über diese wilden Volksgruppen, vor allem jedoch das ›Buch des Armreifs‹, wahrscheinlich deshalb, weil es von deren erster Begegnung mit den Raben berichtet; aus diesem Grund wird dieses Thema am besten hier behandelt. Wie im Falle der Duergar, sind Beispiele ihrer Sprache nur in den ältesten Textversionen erhalten, und zweifellos aus demselben Grund.

Es ist bekannt, daß es mehrere solche gab, mindestens drei; naturgemäß waren sie alle eng verwandt miteinander, allerdings nicht notwendigerweise wechselweise verständlich, da es so viele unterschiedliche Dialekte gab. Die Amtssprache wurde fast von allen gesprochen, wie das Mandarinisch bei den Chinesen, doch Eifersüchteleien zwischen den Stämmen und Familienklans sorgten dafür, daß die jeweils eigenen Sprachen nicht davon verdrängt wurden; es wurde beinahe zu einer Frage der Ehre, sie oder irgendeine Fremdsprache so schlecht und abgehackt wie nur möglich zu sprechen. Die Folge war, daß die Ekwesh sich für die Ohren der meisten Außenstehenden ungehobelt und einsilbig anhörten. Die Raben beherrschten die Amtssprache jedoch so gut wie ihre eigene, und zwar eine ganz besondere altmodische Form davon, die sehr jener ähnelte, die Elof bruchstückhaft von dem Schmiedemeister erlernt hatte. Vielleicht schmeichelte es dem Anführer der Raben, als er hörte, daß er sie sprach.

Jedoch gab es von keiner dieser Sprachen eine schriftliche Form. Einige Ekwesh konnten die in Kerys beheimatete Sprache lesen und schreiben, doch das wurde keineswegs als achtenswerte Leistung angesehen, auch dann nicht, wenn es sich als nützlich erwies; das war schließlich etwas, das die Leibeigenen erledigen konnten. Selbst die Schamanen und Häuptlinge hielten ihr Wissen durch das gesprochene Wort fest, wobei sie sich lediglich einfacher Gedächtnisstützen in Form sonderbarer Zeichen bedienten, die wie eine etwas verfeinerte Form der Inka-*Quipu* oder wie mittelalterliche Kerbhölzer Begriffe darstellten und völlig unergründlich waren, wenn der Zusammenhang unbekannt war. Es wird angenommen, daß ihnen dieses System vom Eis aufgezwungen worden war, um sie hinsichtlich der Übermittlung von Wissen von ihm abhängig zu machen, das sie immer wieder von neuem wie ein Geschenk empfingen, und sehr wahrscheinlich auch um die Entwicklung einer echten Kultur zu verhindern. Aus diesem Grund sind selbst in den ältesten Textversionen der Chronik nur wenige Worte der Ekwesh-Sprache enthalten, und zwar so geschrieben, wie sie in den Ohren der des Svarhath oder Penruthya Mächtigen klangen; und da sich aus einer Bilderschrift nicht ableiten läßt, wie diese Worte sich angehört haben könnten, ist die Ekwesh-Sprache im wahrhaften Sinn verloren. Offenbar handelte es sich um einen agglutinierenden Sprachentyp, ausdrucksstark, doch plump und abstoßend kompliziert für alle jene, die nicht mit ihr aufgewachsen waren. Zum Beispiel der Begriff ›aus einem Boot springen‹ wurde in einem einzigen Verb ausgedrückt, das noch dazu die genaue Beschreibung der Sprungtechnik enthielt, wie es in einigen heutigen sogenannten primitiven Sprachen geschieht. Alle Worte, die geborgen werden konnten, wurden in den Text aufgenommen, doch sie können allenfalls als Grundlage für Vermutungen dienen.

Das Reich der Ekwesh und seine Ursprünge

Viele Informationen über das Land und die Geschichte des Ekwesh-Volkes wurden von den Chronisten dessen Häuptling im Gespräch mit Elof in den Mund gelegt – gewiß mehr, als dieser jemals einem Gefangenen gegenüber geäußert hätte, auch wenn dieser seine Achtung erlangt hätte. Doch dieses Mittel wird in der Geschichtsschreibung häufig angewandt, und das entsprechende Wissen stammt zweifellos von den Raben; insbesondere über ihr Heimatland lieferte niemals ein Außenstehender irgendeinen Bericht. Der Grund dafür ist nicht schwer zu erraten.

Man weiß, daß es in einem Gebiet weit östlich von Kerys lag, davon getrennt durch einen so unwirtlichen und wilden Landstrich, daß das Eis den Ekwesh tatsächlich die vergleichsweise ungefährlichste Möglichkeit einer Durchquerung bot, um das andere Ufer des Ozeans zu erreichen, der sich bis zum Westland von Bryhaie erstreckte, wo Elof und Kermorvan aufwuchsen. Seine genauen Ausmaße sind unbekannt, doch zweifellos bedeckte es mehr wirkliches Land als jedes andere Menschenreich jener Zeit – vielleicht mehr als der ganze Rest zusammengenommen. Doch dieses Land war so trostlos und öde und kaum zum Leben geeignet, daß es nur sehr schwach besiedelt war. Das Volk der Ekwesh bestand aus abgehärteten Jägern und Sammlern auf einem sehr niederen kulturellen Stand und führte ein Nomadenleben, indem sie das Beste aus der unfruchtbaren und feindseligen Umgebung machten, die das einzige war, was sie kannten. In diesem Stadium lebten sie offenbar ähnlich wie die Eingeborenen der Tierra del Fuego, die europäische Forschungsreisende mit ihrer Fähigkeit, mehr oder weniger nackt ihr Dasein zu fristen, in Erstaunen versetzten, nur mit groben Schutzbehausungen aus Zweigen und Gras ausgestattet, und das kaum fünf Breitengrade von der Eisdecke des Südpols entfernt. Das Land der Ekwesh lag ebenfalls in der Nähe des Eises, und dieses beherrschte ihr Klima; zusätzlich zu den langen, schrecklichen Wintern bescherte es ihnen die kurzen, sengendheißen Sommer, die für diese Region natürlich waren. Jede Jahreszeit brachte extreme Bedingungen mit sich, von schweren Schneefällen über Flut- und Dürrekatastrophen und sintflutartigen Regengüssen wieder zu Schnee, ein erbarmungsloser Kreislauf. Die Gegend war so öde, daß es ein Wunder ist, daß die Vorfahren der Ekwesh überlebten; mit nur ein klein wenig mehr Anstrengung hätte das Eis sie ohne weiteres vollständig ausrotten können, wie es das mit allen anderen menschlichen Rassen zu tun gedachte. Warum also geschah das nicht?

Einiges legt die Vermutung nahe, daß das Land der Ekwesh ein vom Eis geschaffenes Reservat darstellte – oder, passender, eine Kampfarena. Indem es das Land bis an die Grenze der Bewohnbarkeit verödete, trachtete es danach, eine Menschengattung nach seinem Geschmack zu züchten. Ob das zutrifft oder ob einige Mächte des Eises einfach alles nahmen, was sie fanden, jedenfalls bleibt die Tatsache bestehen, daß sie bald darauf bei der Formung des Ekwesh-Volkes eine aktive Rolle spielten. Früher hatten sie ihre Krieger aus ihren eigenen Reihen rekrutiert, nämlich bei den geringeren Mächten, indem sie diesen zwangsweise absonderliche und furchterregende Gestalt verliehen, und bei den niedrigeren Geschöpfen, die sie gezüchtet und zu Ungeheuern verunstaltet hatten, und nur in zweiter Linie bei den Menschen; sie hatten all jene Abtrünnigen eingezogen, die man immer und überall findet, Einzelwesen oder ganze Stämme, doch diese erwiesen sich als höchst unzuverlässig, da sie sich oft in entscheidenden Augenblicken auf die Seite ihrer eigenen Artgenossen schlugen. Denn selbst im übelsten aller Menschen kann der letzte Funke Zugehörigkeitsgefühl zu seiner Gattung nicht ganz ausgelöscht werden. Nach einer Reihe von grauenvollen Niederlagen – nicht zuletzt der von Kerys in der Zeit seiner anfänglichen Blüte heraufbeschworenen – waren sie anscheinend zu der Überzeugung gelangt, daß Menschen nur von Menschen geschlagen werden konnten, und sie trachteten danach, diese unbotmäßigen Geschöpfe nach ihren Vorstellungen umzugestalten. Und vielleicht auch nach deren eigenen Veranlagung.

Der Kult des Eises

Zweifellos betrachteten diese aufrührerischen Mächte die Menschen als wesentliche Ausgangsbasis, brutal und hinterhältig, und vielleicht wurde diese Einschätzung verstärkt durch die zwanghaften Neigungen, die sie selbst überfielen, sobald sie menschliche Gestalt annahmen, und über die sie niemals Beherrschung erlangt hatten. Also machten sie sich daran, diese kräftigen, aber ungehobelten Leute, in deren Gemeinschaft bereits alle Wildheit und Gnadenlosigkeit vorhanden war, welche Jäger brauchten, die zum Überleben töten mußten, zwangsweise in eine Gemeinschaft zu verwandeln, die nach ihrem Dafürhalten diese menschlichen Grundzüge am besten zum Ausdruck bringen würde, und diese zum Nutzen ihrer Ziele zu steuern. Auf raffinierte Art nahmen sie auf die Vorfahren der Ekwesh Einfluß und lenkten sie auf jene Wege, die sie auswählten.

Das waren oft recht finstere Wege, denn das Eis nistete sich in den tiefsten Tiefen der menschlichen Seele ein und hielt sich an die schwärzesten Begierden und Lüste der Menschen. Vielleicht fanden diese kühlen Geister Gefallen daran, jene, die sie verachteten, mit den Mitteln zu beherrschen, die ihnen am meisten schadeten, indem sie ihre niedrigsten Instinkte weckten und Grausamkeit und brutale Gewalt entfesselten und Bande knüpften, mit denen sie ihre Ausersehenen fesselten, damit diese Dinge taten, die für andere unvorstellbar waren. Die Ekwesh entwickelten sich unter dem Einfluß des Eises zu einem blutrünstigen und grausamen Volk, dem das Quälen anderer und das Vergießen von Blut als nichts Verwerfliches erschien, nicht einmal als Mittel zum Zweck, sondern als Zweck an sich, als angenehme Zerstreuung und geselliges Vergnügen. Aus Elofs vertraulichen Umgang mit dem Schmiedemeister wissen wir, daß es seinen höchsten Eingeweihten zweifellos eine strenge Disziplin abverlangte, wie der Chronist andeutet, um die Energien zu steuern und ein Entgleiten zu verhindern; ebenso wurden grauenvolle Reisen ins Herz des Eises gefordert, um dort mit den Herrschenden zu sprechen, was bedeutete, daß sich der Eingeweihte selbst zwingen mußte, unter Bedingungen zu überleben, die keinerlei Konzessionen an den menschlichen Körper machten. Die Opfer der Angehörigen des Verborgenen Klans, die ihr Leben während des Marsches über das Eis gen Osten nach Morvannec opferten, waren schlicht das, was es von treu ergebenen Menschen erwartete. Bryhons Enthüllungen haben uns verraten, daß Selbstquälerei und Demütigung von ihnen verlangt wurde, und aus den Berichten gefangengenommener Ekwesh und aufgrund der schaurigen Entdeckungen an Bord ihrer Schiffe und in ihren Lagern wissen wir, daß es von seinen Anhängern Folterung und Menschenopfer forderte. Doch von den eigentlichen Ritualen seiner Anbetung wissen wir nur einige allgemeine Dinge, in erster Linie von Leibeigenen, die ihnen beiwohnten und das Glück hatten, bis zu ihrer Befreiung zu überleben. Wie bereits in einem früheren ausgeführt wurde, vertrauten die Schamanen auf ekstatische und visionäre Rituale, indem sie sich zu Trommelschlägen in einen Zustand der Entrücktheit tanzten, um ihre inneren Kräfte freizusetzen; dies scheint eine gröbere Art der Konzentration und der Schwerarbeit des Zauberschmiedens zu sein, und die Auswirkungen waren naturgemäß vergänglicher. Dieses wollten seine Anhänger offenbar nachahmen, doch mit welcher Absicht und zu welchem Zweck ist unbekannt.

Es sei denn, wir erkennen vielleicht eine entfernte Widerspiegelung in den vielen sonderbaren Ritualen der Verehrung und Ehrfurcht, wie sie im Zusammenhang mit Gletschern in fadenscheiniger christlicher Verbrämung von einigen Eingeborenen Südamerikas in weiten Gebieten der Anden im Verlauf des *Cholleriti*-Festes immer noch durchgeführt werden. Dabei tragen die Teilnehmer, die sogenannten *Ucucu*-Tänzer, Bärenmasken; sie tragen ein großes Kreuz und steigen hinauf zu den Gletschern, die sich über ihrer Gebirgsheimat erheben, und verbringen dort über der Schneegrenze eine religiöse Nachtwache, die mit einer symbolischen Auspeitschung eingeleitet wird. Damit sollen die *Condenados* versöhnlich gestimmt werden, jene Totengeister also (von denen jetzt behauptet wird, es seien die Seelen der Verdammten), die angeblich in dem Gletscher hausen, und um die zum Fest erschienenen Pilger zu schützen. Am Morgen benutzen sie ihre Peitschen als Sägen und schneiden große Brocken aus dem Gletscher, und diese tragen sie in einer von den Pilgern mit wildem Gejohle begleiteten Prozession zur Buße hinunter zum Sanktuarium des Festes. Diese rituelle Zerstörung des Gletschers soll einen Akt der Buße für die *Condenados* darstellen und sowohl sie als auch ihre vermeintlichen Opfer erlösen. Hierin und in vielen anderen Beispielen sind vielleicht noch Überreste der Herrschaft und des Schreckens des Eises erhalten.

Das Reich der Ekwesh

Natürlich waren menschliche Wesen in Wirklichkeit weder von so schlichtem Gemüt noch so leicht zu bezwingen, wie es sich das Eis einbildete. Selbst unter seinem schweren Joch erhielten sich die Ekwesh viele natürliche menschliche Tugenden, die das Eis nicht unterdrücken konnte; also mußte es sie dadurch gefügig machen, daß es dafür sorgte, daß sich solche Eigenschaften nach innen richteten. Die Liebe war auf die allernächsten Familienmitglieder beschränkt und wurde zu einer leidenschaftlichen und eifersüchtigen Angelegenheit, die häufig zu Mord und Totschlag führte, wenn Enttäuschung oder Betrug im Spiel waren; Mann und Frau, Vater und Kinder waren durch eine Fessel aneinander gebunden, deren Stärke und Unnachgiebigkeit sie gefährlich machten. Treue und Achtung erstreckten sich nur auf den eigenen Stamm, nicht weiter; eine Heirat zwischen Angehörigen unterschiedlicher Stämme war möglich, doch die Frau wurde meistens verachtet – und manchmal auch die Kinder. Wer nicht der eigenen Familie angehörte, konnte keine Gefühle erwarten; wer nicht dem eigenen Stamm angehörte, konnte Feind oder Verbündeter sein, niemals jedoch Freund. Alle, die nicht den Ekwesh angehörten, waren potentielle Opfer oder Leibeigene, und Leibeigene wurden kaum als Menschen betrachtet. Ein Ekwesh konnte mit einer Leibeigenen Kinder zeugen, doch solche Kinder waren als Leibeigene gebrandmarkt, ebenso wie ihre Kinder und Kindeskinder bis zum Ende der gesamten Linie, auch wenn sämtliche Väter Ekwesh waren und in ihren Adern fast reines Blut floß. Eine Ekwesh-Frau, die von einem Leibeigenen ein Kind empfing – sofern etwas so Undenkbares je geschehen würde –, würde auf der Stelle getötet, zusammen mit ihrem Kind, und zwar vom nächsten Angehörigen, und man hätte sie nicht einmal für würdig befunden, als Opfer dargebracht zu werden. Doch selbst in dieser groben Gemeinschaft erhielten sich einzelne Ekwesh erstaunlich tiefe Gefühle. Einige Familien, besonders bei den Raben, behandelten ihre Leibeigenen traditionsgemäß menschlich, und obwohl ihnen das die Verachtung der anderen einbrachte, steigerte es häufig die Arbeitskraft der Leute und bescherte ihnen größeren Reichtum. Denn normalerweise hatten Sklaven nichts zu gewinnen, wenn sie härter arbeiteten, in ihrem Fall lag ihnen jedoch der Wohlstand ihrer Herren am Herzen, wenn auch nur zu ihrem eigenen Schutz.

Doch dagegen erhoben sich starke Stimmen. Denn das Eis hatte seine wichtigsten Sprecher mit List ausgewählt; es waren die Schamanen, die Weisen der Stämme. Von Anfang an hatte es seine Gefolgsleute aus ihren Reihen rekrutiert und sie in seinem Kult unterwiesen, sie mit geheimem Wissen ausgestattet und ihnen beigebracht, jene innere Macht anzuwenden und weiterzuentwickeln, die man in Kerys als Zauberschmieden bezeichnete, von der das Eis jedoch behauptete, sie sei ein Geschenk von ihm. Dank ihrer Verbindung mit dem Eis genossen sie Einfluß und hohes Ansehen, und sie führten bei den von ihm vorgeschriebenen abscheulichen Ritualen den Vorsitz. Oft waren sie die wahren Anführer hinter den Stammeshäuptlingen, die in erster Linie als Heerführer fungierten; manchmal wurden sie auch selbst zu Häuptlingen. Derjenige, dem Elof gleich zu Anfang in Asenby begegnete, war offenbar von dieser Sorte, wie auch jener jüngere Mann, der sie in Morvannec gefangennehmen ließ.

Unter dem Einfluß der ersten und charismatischsten dieser Anführer, Männern, die von den Mächten des Eises oder gar den Mächten selbst in menschlicher Gestalt ausgebildet worden waren, schlossen die wildesten Stämme im Norden des Landes allmählich Bündnisse miteinander. Manchmal in gegenseitigem Einvernehmen, meistens allerdings durch Unterwerfung, schlossen sie sich zu einigen wenigen großen Stämmen zusammen, und zwar jeweils unter dem Namenstotem jener Gruppe, die sich als die überlegene erwiesen hatte. Die Stärke der Einheit verlieh ihnen mehr Macht über ihr Land, und ihre Zahl nahm schnell zu. Bald waren sie zu viele, als daß das Land sie noch hätte ernähren können; unter dem Druck des Eises und der Zwang der Notwendigkeit fingen sie an, ihre Nachbarn im Süden zu überfallen, um das eigene Überleben zu sichern, und schließlich besetzten sie ihr Land. Auf diese Weise wurde das Muster der Ekwesh-Expansion in Gang gebracht – Wachstum, Plünderung, Besiedlung, weiteres Wachstum –, und tausend Jahre lang veränderte es sich nicht. Der gleiche Vorgang führte sie über das Meer ins Westland und nach Kerys.

Einige der Stämme im Süden hatten das Nomadendasein aufgegeben und entwickelten sich allmählich zu seßhaften Bauern, und es dauerte nicht lange, bis die Ekwesh diese Lebensweise als sichereren Weg zur Erlangung von Nahrung erkannten. Doch das warf ein Problem auf. Für sie waren Jagen und Kriegführen eine Männern angemessene Beschäftigung und angesehenes Handwerk, während das Sammeln von Nahrung bestenfalls Frauenarbeit war; die Plagerei in der Landwirtschaft hatte etwas unverhehlbar Erniedrigendes, um nicht zu sagen für einen Nomaden Unmögliches. Also änderte sich ihre Einstellung allmählich, vielleicht unter dem Einfluß des Eises; anstatt ihre Feinde gleich zu töten, machten sie sie zu Leibeigenen und zwangen sie, Nahrung für sie zu erzeugen. Sie selbst blieben Halbnomaden und entwickelten diese Lebensform zur höchsten Blüte; sie wanderten als Oberherren zwischen diesen aus Leibeigenen bestehenden Gemeinden hin und her, immer noch als freie Nomaden. Sie überwachten das Pflanzen und kehrten zurück, um die Ernte zu überwachen, und in der Zwischenzeit überließen sie es den Leibeigenen, die Felder zu bestellen; diese wußten sehr wohl, daß sie im Falle ihres Mißerfolges oder Versagens die Herren mit ihrer eigenen Nahrung oder vielleicht auch mit ihrem Leben entschädigen müßten. Obwohl diese Gesellschaftsform auch ungewöhnlich war, so war sie doch eine erkennbare, wenn auch ins Extreme gesteigerte Version der regelmäßigen ›Steuereintreibungsreisen‹ der Russen von Kiew oder der norwegischen Wikinger in die Leibeigenen-Gemeinden im Landesinneren, wie sie von dem Krieger Ohtere (Ottar) beschrieben wurden, der den Hof Alfred des Großen besuchte. Die Ekwesh trieben es jedoch noch schlimmer, indem sie das Prinzip auf Bergwerke und Werften ausdehnten, und selbst auf kleine Handwerksbetriebe und Marktflecken; die Leibeigenen wurden fast so etwas wie eine gewerbliche Unterklasse, jedoch stets von der Gnade ihrer im allgemeinen weniger zivilisierten Herren abhängig. Jede Weiterentwicklung wurde von den Ekwesh in der verständlichen Angst unterbunden, die Leibeigenen könnten zu mächtig werden; sie fürchteten sich vor ihnen, wie sich die Spartaner vor den Heloten fürchteten; und das hatte seine Auswirkungen bis nach Kerys und Morvannec und sogar ins ländliche Nordeney. In ihren Augen geschah dort das Unvermeidliche, das sich einstellen mußte, wenn Leibeigene aus den Zügeln liefen, und es mußte so schnell wie möglich unterbunden werden, damit es kein schlechtes Beispiel für die eigenen Sklaven bot. Jede Ehrfurcht oder jeder Eindruck, den die Zivilisation bei ihnen hinterlassen haben mochte, wurde von dieser Angst, die zweifellos vom Eis geschürt wurde, verzehrt.

Bis zu jenem Punkt aber führten die Ekwesh ein Leben im Wohlstand. Der geschaffene Überfluß führte zu einem weiteren Anstieg der Bevölkerungszahl, was wiederum eine Expansion notwendig machte. Doch inzwischen sahen die meisten ihrer Nachbarn, die vor allem entlang der östlichen Küste angesiedelt waren, die Geschehnisse voraus und flohen übers Meer oder in ihrer Verzweiflung sogar übers Eis. Das waren die unseligen Flüchtlinge, die kurze Zeit nach den Svarhath-Flüchtlingen aus Morvan nach Nordeney strömten und mit diesen gemeinsame Sache machten. Jene, die nicht geflohen waren, wurden schnell überwältigt. Als dann den Ekwesh keine Nachbarn und kein Land zum Erobern mehr blieben, gerieten sie zum erstenmal in ernsthafte Schwierigkeiten, und das war eine bewußte Machenschaft des Eises. Es hatte die Ekwesh zu Siegern gezüchtet, die in den anderen menschlichen Reichen ihre Wildheit verbreiteten, doch um ihren Machtbereich tatsächlich bis in jene Reiche auszudehnen, bedurften sie einer gewissen Einigkeit, einer Art von Imperium und einer organisierten Armee. Doch es waren genau jene menschlichen Charaktereigenschaften, die eine Einigkeit ermöglichten, die das Eis bei ihnen hatte verkümmern lassen. Die Stämme hatten immer gegeneinander gekämpft, hatten je nach den Bedürfnissen des Augenblicks Bündnisse geschlossen und gebrochen; doch jahrhundertelang waren es vor allem die Leibeigenen gewesen, die das größte Leid zu ertragen hatten, und auch das hatte die Ekwesh nach draußen getrieben. Wenn ein geschlagener Stamm einiges von seinem Besitz verlor, trachtete er danach, neuen zu gewinnen. Doch jetzt, da nichts mehr zu erobern und zu gewinnen übrig war, höchstens noch in unbekannten, fernen Gebieten weit jenseits des Meeres, gingen sie dazu über, ihre Fehden untereinander mit wilder Entschlossenheit zu betreiben. Die üblichen Familienbande war zu sehr erschlafft, um sie davon abzuhalten. Das Eis mußte seinen Griff irgendwie verstärken und ihnen die Einigkeit aufzwingen; zu diesem Zweck vertraute es auf den Einfluß, den es schon immer auf die Menschen hatte ausüben können, auf die reine abergläubische Ehrfurcht, die es hervorrufen konnte.

Der Verborgene Klan

Der Verborgene Klan, der etwa um diese Zeit entstand, war also offenbar eine Entwicklung, die ausschließlich auf das Eis zurückzuführen war, eine geheime Blutsbruderschaft von ausgewählten Schamanen und Häuptlingen aus allen Stämmen, in der die Bande, die durch komplizierte Prüfungen und Zeremonien geknüpft und durch die Verfolgung gemeinsamer Ziele verstärkt wurden, schwerer wogen als die begrenzten Interessen einzelner Stämme. In dieser Hinsicht glich das Ganze etwa dem ›Freimaurertum‹, das bei den Eingeborenen Australiens gepflegt wurde und dessen Kennzeichen ganz bestimmte raffinierte Muster von Wundmalen und Narben waren, doch in einer entschieden gründlicher durchorganisierten Form und in der Ausübung und den Bestrebungen von tiefster Ernsthaftigkeit geprägt. Zunächst einmal, wie der Name besagt, geschah alles im verborgenen, so groß war das Mißtrauen zwischen den Stämmen; viele Mitglieder wurden von ihren eigenen Gefolgsleuten regelrecht gelyncht. Doch im Laufe der Zeit, als die Vorteile einer Zusammenarbeit der Stämme zumindest bis zu einem gewissen Grad für die gewöhnlichen Angehörigen der Klans ersichtlich wurden, forderte die Mitgliedschaft zunächst Toleranz und dann Achtung und Ehrfurcht heraus. Viele Eingeweihte gingen dazu über, ihren Status offen darzulegen oder sogar stolz zur Schau zu stellen, und zwar mit negativen Mitteln, wie zum Beispiel das Tragen von abstrakten Mustern (vielleicht mit einer unergründlichen Bedeutung) anstatt ihres Totems. Menschen von geringerem Stand fingen an, sie nachzuahmen, und derartige stammesübergreifende Geheimbünde entstanden auch auf niedrigerer Ebene, ohne jedoch die Abgrenzungen zwischen ihnen ernsthaft zu beeinflussen; wenn es zu Auseinandersetzungen kam, überwogen fast immer die Interessen der Stämme die der Bünde.

Der Verborgene Klan war es, der jene Streitkräfte organisierte, die das Eis überquerten, um den jahrhundertelangen Feldzug gegen Kerys zu beginnen, und ein oder zwei Jahrhunderte später die Kunst des Schiffbaus und der Seefahrt entwickelte, so daß die schwarzen Schiffe auf der Spur der Flüchtlinge plündernd über die Meere fuhren und Kerbryhaine und Nordeney angriffen. Das waren neue Errungenschaften, doch sie trugen nur langsam Früchte, da sie häufig von Eifersucht und Streit zwischen den Stämmen beeinträchtigt wurden, selbst innerhalb des Klans. Einige geringe Klans, von denen die Raben der bedeutendste war, mißtrauten der Herrschaft durch die größeren Stämme, und hielten sich abseits. Der Verborgene Klan und seine Nachahmer war ein unvollkommenes Mittel zu einem bestimmten Zweck, und das Eis war ständig auf der Suche nach einem besseren. Doch es ergab sich keines, bis der Schmiedemeister Mylio die Szene betrat.

Die Pläne des Schmiedemeisters

Im Laufe der Jahrhunderte hatte das Eis viele Menschen dazu verführt, mit ihm am selben Strang zu ziehen, einschließlich anderer Schmiede, die über mehr Macht als dieser eine verfügten, doch nie jedoch einen solchen Gelehrten. Sein Fanatismus trieb ihn dazu, die umfassendste Bibliothek aller zu jener Zeit lebenden Menschen zu erstellen und uraltes Wissen von den Duergar sowie unter ständiger Gefahr auch von den Ekwesh zu erwerben. Dieses fand er, wie das ›Buch des Schwertes‹ berichtet, vor allem durch die Beobachtung und das Studium der raffinierten Art und Weise, wie die Schamanen die ihnen vom Eis zum Zwecke der Beherrschung ihrer Leute beigebrachten magischen Künste verfeinerten. Er brachte diese Erfahrung in Zusammenhang mit anderem Wissen, über das die Schamanen nicht verfügten, und er paßte es so geschickt dem menschlichen Denken an, wie es das Eis niemals zuwege gebracht hätte. Auf dieser Basis erdachte er das Geistschwert, und gleichzeitig erkannte er seine Unfähigkeit, es selbst zu schmieden. Er suchte sich jemanden, der dieses Werk für ihn durchführen konnte, und behielt sich selbst nur den letzten und einfachsten Teil der Arbeit bis zur Vollendung vor; doch als er Elof mit List dazu brachte, das Notwendige zu tun, überraschte ihn dessen Fähigkeit, das Werk bis zur Vollendung durchzuführen, und noch mehr die Macht, die dem fertigen Gegenstand innewohnte. Ausgestattet mit dieser Macht schwang er sich zur Kritik an seinen Meistern auf, und anstatt das Schwert Louhi auszuhändigen, was ihn zu nichts weiter als einem nützlichen Anhängsel gemacht hätte, machte er sich daran, die Ekwesh unter seiner Führung zu vereinigen und sich auf diese Weise unentbehrlich zu machen. Man kann mit großer Sicherheit annehmen, daß er hoffte, bei den Mächten ein gewisses Ansehen zu genießen, ja vielleicht sogar als ein Zugehöriger anerkannt zu werden, denn solche Versprechungen machten sie ihren nützlichen Handlangern häufig, wobei sie Bilder von Toten heraufbeschworen. Wenn es so war, dann war das eine irrige Hoffnung, denn es waren nur die seelenlosen Schatten von Taoune, aus der Erinnerung entstandene Gebilde ohne steuernde Intelligenz außer den rebellierenden Mächten. Doch jemand, der glauben möchte, ist leicht irrezuführen, und der Schmiedemeister errang sich durch die Einigung der Ekwesh zweifellos einiges Ansehen; Louhi hatte vielleicht durchaus die Absicht, ihn zumindest am Leben zu lassen oder ihn in die Sicherheit ihrer beherrschenden Obhut zu bringen. Die Verwandlung, die er durchmachte, jenes geheimnisvolle ›Erbleichen‹, könnte durch eine geistige Erschöpfung seiner Kräfte in Louhis Diensten hervorgerufen worden sein, doch es kann genausogut sein, daß damit eine Verwandlung seiner körperlichen Gestalt beabsichtigt war, um ihn für ein Leben in einer kalten Umgebung zu wappnen, so wie Tapiau die Menschen den Bedingungen im Wald anpaßte. Denn es gibt heute noch Lebewesen, die unter solchen Voraussetzungen überleben können, zum Beispiel die Eisfische, die in gefrierendem Wasser leben, da sie kein Hämoglobin im Blut haben; und diese haben eben jenes blasse Aussehen.

Er hatte sich tatsächlich eine Art Belohnung verdient, wenn man das als Belohnung bezeichnen will, denn er war es, wie der alte Häuptling Elof und Kermorvan erzählte, der als erster die Stämme zu einer einzigen festgefügten Streitkraft vereinte. Und ironischerweise war dies eine Leistung, die seinen eigenen

Tod beschleunigte. Als Elof ihn und das Geistschwert gleichzeitig vernichtete, blieb ihnen das Erschlaffen des Schwertes im Gedächtnis haften und verstärkte das Entsetzen, das sie empfanden, als sie zusehen mußten, wie eine Gestalt niedergemacht und getötet wurde, die sie für einen Halbgott gehalten hatten, woraufhin die Ekwesh in panischer Angst flohen. Die Demütigung, die von diesem Geschehen ausging, gab den Stämmen zum erstenmal einen gemeinsamen Anlaß zum Handeln, der das Mißtrauen zwischen den Stämmen überwog, um so mehr, als Louhi sie noch zu diesem Gefühl aufstachelte. Als weniger als zwei Jahre später die Elitetruppen des Verborgenen Klans, die ausschließlich aus den Söhnen von Schamanen und Häuptlingen vieler Stämme bestanden, in Morvannec bis zum letzten Mann getötet wurden, hatte sie deshalb keine Schwierigkeiten, sie endlich vollends zu vereinigen. Selbst die Raben, die den Verborgenen Klan noch immer ablehnten und die sich niemals an den Überfällen auf das Westland und an dem Geistschwert-Wahnsinn beteiligt hatten, legten den Eid ab, diese Niederlage zu rächen; und ohne die Unterstützung des Raben persönlich hätte selbst Elof sie wahrscheinlich nicht umstimmen können. Nachdem Kara mit ihrer Kampfeswut ihre Herzen in Brand gesetzt hatte, waren sie so fest in Louhis Griff, wie sie zuvor in dem des Schmiedemeisters gewesen waren; und als sich dieser Griff löste, zerbrach so manche Seele und so manches Herz unter ihnen, und die alte Hierarchie der Stämme war für immer zerschlagen.

Die Nachgeschichte

In der darauffolgenden Zeit war das Schicksal der Ekwesh erneut mit dem der Menschen verknüpft. Die Raben besannen sich wieder etwas mehr auf ihre Menschlichkeit, als der Einfluß des Eises auf sie schwand; doch sie behielten ihr stolzes Gehabe weitgehend bei und scharten die anderen Ekwesh um sich, die sich ihnen in ihrer wankelmütigen Art anschlossen. Sie bereiteten Kermorvan einiges Kopfzerbrechen, da sie sich zwischen seinen Leuten ansiedelten, doch ihm und seiner Sippe gegenüber blieben sie im großen und ganzen ergeben, und niemals vergaßen sie ihre Gehorsamspflicht. Im Laufe der Generationen vermischten sie sich immer mehr mit ihren ehemaligen Feinden, besonders mit den Nordländern, die ihnen am ähnlichsten waren; doch ihr Blut war stets das stärkere, und sie selbst waren am besten gerüstet für das Leben unter den immer härter werdenden Bedingungen jenes untergehenden Landes. Sie beherrschten es schließlich, bis es ihnen abgerungen wurde, und zwar mit ebenso grausamen Methoden, wie sie die Ekwesh selbst anzuwenden pflegten; doch so ist nun einmal die Natur der Menschen, in der sich das Eis nicht grundsätzlich geirrt hatte. Auf dem Boden jenes Landes hatten sie sich für die längste Zeit angesiedelt, und vielleicht hallt noch hier und da ein Echo jener grauenvollen Zeit nach, denn es geht die Sage, daß einige jener Stämme bei ihren Nachbarn, größtenteils friedlichen Jägern und Sammlern oder Fischer, in düsterem Ruf standen wegen ihrer finsteren Bräuche, ihres unerbittlichen Stolzes und ihrer geheimen Magie sowie ihrer Gepflogenheiten, sich Leibeigene zu halten und Menschenfleisch zu essen. Heute weisen nur noch so wenige Zeugnisse darauf hin, daß es widersprüchliche Meinungen darüber gibt, und es kann durchaus sein, daß solche Geschichten schlicht einer uralten Erinnerung entspringen, die in weit entfernte Zeiten zurückreicht, die sich heute niemand mehr vorstellen kann.

In ihrer eigentlichen Heimat, soweit von dort etwas bekannt ist, zerfiel ihr Reich entschieden schneller, denn die meisten, die es zusammengehalten hatten, fielen in der Schlacht an der Pforte oder in den folgenden Kämpfen. Jeder größere Klan hatte mindestens die Hälfte seiner Anführer eingebüßt, im allgemeinen die tatkräftigsten und fanatischsten und die erfahrensten und überzeugtesten Krieger; von den Übriggebliebenen löste sich der Griff des Eises. Zunächst veränderte sich ihr äußeres Leben kaum; doch als die Jahre vergingen und neue Generationen heranwuchsen und es deutlich wurde, daß sich das Eis zurückzog, verloren die alten Sorgen bald ihre Wirkung, und die leidenschaftliche Energie schwand. Die verbliebenen Schamanen büßten viel von ihrer Macht und ihrer Herrschaft ein, ganze Hierarchien von Stämmen und Klans vergingen, und die Grenzen zwischen Herren und Leibeigenen weichten auf. Nach und nach zerbröckelte das Reich, so wie das ansteigende Meer das Ufer zerfrißt, und das Volk der Ekwesh zerbröckelte gleichermaßen. Immer noch segelten viele übers Meer nach Nordeney, doch eher als Siedler denn als Räuber, und über die dürftige Verbindung nach Osten waren von ihnen die letzten Nachrichten über das einst so gefürchtete Reich der Ekwesh zu hören. Ansonsten herrschte Stille; jenes Land jedoch war seither schon vielmals die Wiege von grausamen und auf Eroberung erpichten Volksgruppen, deren Namen in ihrer Zeit ebenso bezeichnend für wildes Gebaren waren wie einst der der Ekwesh. Doch sie alle hatten sich diesen schlechten Ruf nicht so gründlich verdient wie die Ekwesh, und es kann sein, daß auch in ihrem Fall eine schwache Erinnerung an ihre vergessenen Vorfahren wie eine gespenstische Fahne vor ihnen herwehte. Was vielleicht genau das Denkmal ist, das sie sich gewünscht hätten.

Doch anderswo gab es ein weniger Unerfreuliches. Die wenigen Versprengten, die in Kerys geblieben und während der Wirren und des Wahnsinns der ersten Zeit nicht umgebracht worden waren, vermischten sich ebenfalls nach und nach mit ihren hellerhäutigen Nachbarn. Zahlenmäßig stark dezimiert und durch die Erfahrungen bescheidener geworden, verhielten sie sich ähnlich, wie es die Raben getan hatten, indem sie nach neuem Untertanengehorsam trachteten. Auch hier gewannen sie diesen wieder durch ihre Begabung, in der Wildnis zu überleben, und das noch schneller; so mild der Winter, der dem Fall der Pforte folgte, auch war, es wären doch viele der Bewohner Kerys' ohne ihre Hilfe daran zugrunde gegangen. Ein paar von ihnen wurden zu mächtigen Männern, die im erbarmungslosen Stammesdasein, auf das die Überlebenden beschränkt waren, das Sagen hatten, doch es waren niemals so viele, daß ihre Sorte die Herrschaft hätte an sich reißen können, wie es in Brasayhal geschehen war. Der Stamm der Akiya'wahsa ging vollkommen unter, nur noch der Name blieb. Doch als viele tausend Jahre später in diesem Land sich wieder einmal ein Stamm erhob, der aus gnadenlosen Piraten bestand, besann man sich dieses Namens, und entweder wurde er ihnen von anderen verliehen oder sie nannten sich selbst so, in trotziger Bekenntnis zu ihrem Erbe. Von seinen ersten Feinden wurde dieses Volk von räubernden Seefahrern *Akiyawa* oder *Ekwesh* genannt, wie ihre Schriftzeichen verraten, und das ist die Form, die wir benutzt haben. Doch uns sind sie besser bekannt als Achäer, die kriegsfreudigen Griechen des Homer.

FLORA UND FAUNA

Das ›Buch des Armreifs‹ berichtet ausgiebig über die Lebewesen, die es in Kerys gab, denn Elof und Roc, die von einem anderen Kontinent stammten, erschienen sie oft recht fremdartig. Einiges wird über die große Vielfalt von Bäumen gesagt, die sie während ihrer langen Reise auf dem Fluß von der Kogge aus und auch anderswo sahen. Doch da Elof gezwungen war, eine sehr lange Zeit auf der Insel zu verbringen, werden Tiere meist im Zusammenhang mit Rocs Reisen erwähnt, die eigentlich keinen Bezug zu der Geschichte haben. Im großen und ganzen kann gesagt werden, daß die Tierwelt eine erkennbare Ähnlichkeit mit jener ähnlicher Breitengrade in Elofs Land zu jener Zeit aufwies. Viele wirken jedoch fremdartig, weil sie mit ihrer Winterfärbung beschrieben werden, die sie möglicherweise das ganze Jahr über getragen haben; eine Absonderlichkeit, die die Verschlechterung des Klimas und vielleicht auch die unmittelbareren Auswirkungen des Eises auf die Lebewesen widerspiegelt. Diese waren hier deutlich schlimmer als in Brasayhal, denn dort verliefen die Gebirgszüge überwiegend in einer Nord-Süd-Achse, und weite Bereiche des flachen Landes und des Waldes standen zum Ausweichen zur Verfügung. In Kerys jedoch erstreckten sich die meisten Gebirge von Ost nach West, und während das Eis immer weiter vorandrang, boten sie nur wenige gangbare Wege nach Süden. Das Entstehen der zweiten Eisdecke muß die Verhältnisse noch weiter verschlimmert haben. Tiere und Pflanzen waren zu einer wesentlich schnelleren Anpassung gezwungen.

Kleine Tiere und Haustiere

Zu den verbreitetsten kleinen Tieren gehörten Eichhörnchen, Hasen, Kaninchen, Lemminge, Raubtiere wie Marder, Wölfe und Füchse; Igel und Spitzmäuse gediehen auf der Insel und stellten für Elof etwas vollkommen Neues dar. Zum Glück war sie frei von Ratten und Mäusen, was man von der Stadt Kerys allerdings nicht behaupten konnte; Hunde und Milane waren die natürlichen Gegenmittel, um diese Plage einigermaßen im Zaum zu halten; die wirkungsvollere

Katze war als Haustier außer in den Anwesen wohlhabender Adliger noch eine Seltenheit. Sie hatte vermutlich mit der Katze der heutigen Zeit wenig gemein; die Beschreibung legt eher die Vorstellung von einer domestizierten Züchtung einer wilderen Gattung nahe, zum Beispiel *Felis lunensis,* Vorfahr von *Felis silverstris,* der modernen Wildkatze.

Weitere Haustiere schlossen die großen, eigenwilligen Rinder von Kerys ein, von der Sorte, wie sie Elof als Kind gehütet hatte, sowie ein wesentlich kleineres Tier, das mit einem wolligen Pelz versehen war, sich ansonsten jedoch eher nach einer Ziege als nach einem Schaf anhört; damals bestand jedoch mit Sicherheit zwischen diesen beiden Gattungen keine strenge Trennung. Vielleicht sah es ein wenig wie das primitive Sojaschaf aus, schlank, mit langen Gliedmaßen und ausgeprägten Hörnern; allerdings muß es um einiges größer gewesen sein. Weniger üblich waren Schweine als Haustiere; es waren ungebändigte Geschöpfe, die sich kaum von den Wildsauen unterschieden, aus denen sie gezüchtet worden waren. Diese und die Wildeber waren in der freien Natur noch immer so verbreitet, daß sich die Jagd darauf lohnte. Das war kaum gefährlicher, als sie als Haustiere zu halten. Pferde dienten nicht nur als Reittiere, sondern auch als wichtigste Zugtiere in der Landwirtschaft; Ochsen waren zwar kräftiger, dafür aber weniger gutmütig. Elof kam es seltsam vor, daß es jene kleine, stämmige, ponyähnliche Sorte mit dem zusätzlichen Rudimentärhuf nicht gab, die er aus seiner Heimat kannte.

Wildtiere

Unter den größeren Wildtieren waren die verschiedenen Sorten von *Mammuts* selten, was vielleicht daran lag, daß sie mit Vorliebe gejagt wurden, doch in den Ebenen im Nordosten des Wilden Landes waren sie immer noch anzutreffen; das gleiche galt für einige Arten des wolligen Rhinozeros. Hirsche und Wisente waren immer noch ziemlich verbreitet, wobei einige Arten eine beträchtliche Größe erreichten; Roc behauptete, einen Hirsch erlegt zu haben, der noch größer gewesen sei als jener in Tapiaus Wald und der ein noch ausladenderes Geweih gehabt habe. Wenn das stimmt, muß es sich mit ziemlicher Sicherheit um einen sogenannten Irischen Elch gehandelt haben, den *Megaceros*. In wärmeren Gebieten streiften immer noch Horden von ähnlich großen wilden Rindern umher, vermutlich Vorfahren des neuerdings ausgestorbenen Auerochsen. Außerdem gab es Wildsauen und Wildeber in den Wäldern. In höher gelegenen Gegenden waren Gemsen und eine Art von Bergziegen üblich. Größere Arten der Geisenfamilie waren selten, wahrscheinlich weil das Land so lange schon von Menschen besiedelt war. Es ist bekannt, daß die ersten Siedler von Kerys auf eine Riesenkatze von erschreckender Größe stießen, wahrscheinlich den sogenannten ›Höhlenlöwen‹, *Felis leo spelaea*, der noch um ein Drittel größer als der heutige Löwe war, doch dieser wurde sehr gezielt gejagt und im ganzen Land weitestgehend ausgerottet; einige Exemplare waren im Wilden Land wieder aufgetaucht, doch Elof und Roc liefen kaum Gefahr, ihnen in einem Gebiet zu begegnen, in dem Wild so selten war. Eine weitere, etwas kleinere Katzenart, vermutlich von dem Gepard *Acinonyx pardinensis* abstammend, stellte im Südland immer noch eine gelegentliche Bedrohung für die zahmen Tiere dar. In den Wäldern des Nordlandes fand man noch Luchse und in grasbewachsenen Ebenen eine Katze von entsprechender Größe, vermutlich die Steppenkatze, *Felis manul*; die Wildkatzen gab es damals wie heute. Die Bären, die zum Beispiel in Elofs Heimat vorkamen, waren sehr groß, doch in erster Linie Pflanzenfresser und kaum angriffslustig, sofern sie nicht gereizt wurden.

Auch die Wölfe waren hier groß, kamen allerdings selten vor, obwohl sie wieder weiter nach Westen vordrangen, nachdem die Menschen diese Gegend verlassen hatten; nach den Schlachten, die hier getobt hatten, fanden sie reichlich Nahrung.

Die meisten dieser Geschöpfe werden in den vielen Abschnitten der Chronik nur beiläufig erwähnt, einige spielen jedoch eine so bedeutsame Rolle, daß sie eine eingehendere Betrachtung verdienen.

Amicac. Dieses erstaunliche Wesen, der Gierige Meeresschlund, unterscheidet sich so sehr von jedem bekannten Meerestier, sei es in lebender oder fossiler Form, daß man es für eine abartige Kreatur einer der kleinen Mächte halten könnte, wie etwa die Drachen, oder eine launige Schöpfung oder Verirrung des Eises. Der starke Eindruck von Intelligenz, den es bei Elof und Roc hinterließ, wird von anderen überlebenden Zeugen bestätigt und legt diese Vermutung nahe. Doch nachgewiesenermaßen stand dieses Geschöpf nicht im Dienst des Eises, denn es vernichtete dessen Anhänger mit bösartiger Grausamkeit und Tücke, verschonte deren Beute jedoch mit beinahe königlicher Grandezza. Es wurde auch die Ansicht vertreten, es handele sich um ein Wesen, das von Niarad oder einer anderen dem Meer innewohnenden Macht beherrscht würde, doch das erscheint abwegig; es ist nirgendwo belegt, daß sie sich jemals mit einem einzelnen Tier abgegeben hätten, sondern vielmehr ganze Schwärme oder Rudel bevorzugten, so wie Tapiau sich an seine Bäume hielt. Was sonst konnte es also gewesen sein? Es glich in seiner Form den Schlangensauriern, prähistorischen Meeresreptilien mit langgestreckten Hälsen, doch diese waren längst ausgestorben, außerdem waren ihre Größe und ihre Lebensweise anders; es ist jedoch auch auszuschließen, daß zwei so aufmerksame Beobachter ein derartiges Geschöpf mit einem Seehund oder einer anderen Art von Flossenfüßer verwechselt haben könnten. Es bleibt einem also wahrscheinlich nichts anderes übrig, als ihre Beschreibung einfach hinzunehmen und nach anderen Hinweisen zu suchen; und solche gibt es tatsächlich. Durch die Auswertung vieler Zeugenberichte über angebliche Beobachtungen von sogenannten ›Meeresschlangen‹ überall auf der Welt erstellte der holländische Wissenschaftler Dr. H.C. Oudemans ein zusammengesetztes Bild eines sehr großen, im Meer lebenden Fleischfressers, einem Seehund oder Otter ähnlich, doch aufgrund der gleichen konvergenten Entwicklung, die einen Ichthyosaurus fast genau wie einen Delphin erscheinen ließ, nämlich in der Form eines riesigen Schlangensauriers; er nannte dieses Geschöpf etwas mißverständlich *Megophias* oder Große Schlange. Obwohl seine Erkenntnisse von späteren Wissenschaftlern unterschiedlich ausgelegt wurden, am bemerkenswertesten von dem Belgier Dr. Bernard Heuvelmans, der darin zwei klar voneinander abgegrenzte Spezies unterschiedlicher Größe zu erkennen glaubte, bleiben die Angaben über Form und Maße doch verbindlich, und sie passen nur allzugut auf den Großen Meeresschlund. Überdies besteht allgemein Übereinstimmung darüber, daß er in den kälteren nördlicheren Gewässern lebte, wo er bei den Seefahrern früherer Generationen in ihren kleinen Schiffen sehr gefürchtet war. Das könnte man als Aberglaube abtun, doch in einigen norwegischen Fischereimuseen gibt es heute noch riesige Eisenfallen zu besichtigen, die in den Fjorden ausgelegt wurden, damit sie um lange, biegsame Hälse zuschnappten; in einer präindustriellen Gesellschaft nahm man wohl kaum die aufwendige Herstellung solch komplizierter Fallen auf sich, nur um Phantome zu fangen. Es ist vielleicht angebracht, auf die erstaunliche Intelligenz hinzuweisen, die bei Meeressäugetieren sehr häufig zu beobachten ist, nicht nur bei Delphinen und Walen, sondern auch bei Seehunden, die in der Lage sind, in normaler Stimmlage und in einem größeren Textzusammenhang ausgesprochene Befehlsworte zu unterscheiden – eine Begabung, die bei allen anderen Tieren überaus ungewöhnlich ist. Und es ist nicht ausgeschlossen, daß bei einer Vergrößerung der Gehirnkapazität diese Fähigkeit noch gesteigert wird, womit nicht gesagt werden soll, daß eine derartige Intelligenz im entferntesten mit dem menschlichen Geist gleichzusetzen wäre. Welchen Nutzen hätte eine menschliche Perspektive bei einem so anderen Körper und so anderen Lebensbedingungen? Doch auch ein ganz anders gearteter Geist könnte doch in der Lage sein, denselben Widerwillen gegen einen elementaren Feind allen Lebens zu empfinden und einen Hilferuf zu begreifen – erst recht, wenn dieser von einem so mächtigen Geist wie Elofs kommt.

Kleines Mammut. Die Miniatur-Rüsseltiere, mit denen Elof und Roc auf Elan Ghorhenyan zusammenlebten, hören sich vielleicht noch unglaublicher an als der Große Meeresschlund, doch die Existenz solcher Geschöpfe während des Langen Winters ist überzeugend nachgewiesen. Wie ähnlich geartetes Zwergwild, Hippopotami und Faultiere, die es zu verschiedenen Zeiten gab, paßten sie sich offenbar in ihrer Entwicklung der Gegebenheiten auf der Insel an, wo Nahrung und Lebensraum begrenzt waren. In verschiedenen Teilen der Erde existierten mehrere sehr unterschiedliche Arten davon, doch der wahrscheinlichste Vorfahr war wohl der *Loxodonta falconeri* oder ein naher Verwandter. Dieser war in Wirklichkeit eher ein Elefant als ein Mammut oder Mastodon, mit langen, geraden Stoßzähnen und einer Höhe von höchstens einem Meter. Es war so vorwitzig wie seine lebenden Verwandten, und es hätte durchaus geschehen können, daß es auf der Suche nach Nahrung in die Schmiede getapst wäre.

Schwan. Die Verkleidung als schwarzer Schwan, die zwar zweifellos einiges von Karas Charakter widerspiegelt, war vielleicht gar nicht so seltsam und unheimlich, wie sie vielleicht erscheinen mag. Möglicherweise hatte sie diese Gestalt gewählt, weil sie sich am besten eignete, um unbemerkt am Himmel von Kerys dahinzufliegen, und vielleicht auch in anderen Gebieten. Die einzigen lebenden schwarzen Schwäne beschränken sich auf einen kleinen Lebensraum auf der südlichen Halbkugel; sie sind kleiner als ihre Artgenossen im Norden und stoßen beinahe komisch anmutende schrille Schreie aus. Doch während des Langen Winters lebte nachgewiesenermaßen eine Schwanenart von beträchtlicher Größe im Nordland. Fossilienfunde belegen, daß sie die größten fliegenden Vögel waren, sonst verraten sie uns jedoch kaum etwas. Auf die Färbung ihres Gefieders gibt es keinerlei Hinweise.

Bäume und Pflanzen

Der Eindruck, den man aus Elofs Reisen und aus den Landkarten von Kerys gewinnt, könnte etwas irreführend sein. Der Text der Chronik gibt authentischer Aufschluß. Im Tal von Kerys waren immer noch große Flächen bewaldet, sowohl im Norden als auch im Süden, doch sie stellten einen armseligen Rest dessen dar, was einmal gewesen war, und sie beschränkten sich auf ein verhältnismäßig kleines Gebiet. Ein Großteil dessen, was noch übrig war, bestand lediglich aus nachgewachsenen Bäumen, nachdem der ursprüngliche Wald abgeholzt worden war, und manchmal auch nur aus niedrigem Gestrüpp, das für die Menschen kaum von Nutzen war und nur kleineren Tieren als Lebensraum dienen konnte. Tapiaus Anschuldigungen waren durchaus berechtigt; Kerys hatte mit seinem Wald Raubbau betrieben, wie auch mit allen anderen natürlichen Schätzen, die es angezapft hatte. Das galt nicht so sehr für jene Menschen, die überwiegend svarhathscher Abstammung waren, sowohl weil sie besser mit dem Wald umzugehen wußten, als auch weil ihre Bevölkerungszahl geringer und ihre Landwirtschaft bescheidener waren. Entlang der Schneegrenze in der Nähe der Öffnungen zum Reich der Duergar war noch ein Bestand von Birken erhalten, und im Ödland gab es Zwergkiefern und Bergerlen sowie Heidekraut und Ginster. Im Wilden Land fand man alle möglichen immergrünen Bäume, die mit den in Elofs Heimat üblichen Sorten verwandt waren, nur nicht die Rotholzbäume, die er so sehr liebte; dasselbe galt für die laubabwerfenden Bäume, obwohl diese, wie ihm auffiel, meistens kleiner waren. Nadelbäume – der Beschreibung nach handelte es sich um Schottische Tannen, Fichten und Föhren – sowie Eichen und Buchen waren hier die am häufigsten vorkommenden Bäume, und im Süden Edelkastanienbäume, die für ihn etwas Neues waren; die Svarhath hatten sie sehr gemocht und überall im Wald angepflanzt. Die meisten dieser Baumarten traf man auch in dem wärmeren Klima im Tal selbst an, zusammen mit weniger vertrauten Exemplaren wie Platanen, Zypressen, Korkeichen, Tamarisken und sogar einige Feigenkakteen und Dattelpalmen, deren Samen von der Südküste herangeweht worden waren, obwohl sie im Norden keine Früchte trugen. Außerhalb von Kerys, im wärmeren Osten, waren Zypressen und Olivenbäume am meisten verbreitet, und entlang der Meeresküste Aleppobäume. Von diesen gab es auch einige auf Elan Ghorhenyan, mitten in dem typischen duftenden Gestrüpp, das vermutlich vor allem aus jenen immergrünen Büschen bestand, die heute als Cistrose bekannt sind, vermischt mit Ginster und vielleicht auch mit Lorbeerbüschen.

SCHIFFE

Über die Schiffe, die in diesem Buch vorkommen, jene großen Schiffe also, die Kermorvan mit Hilfe der Duergar baute, und die Koggen, die den am häufigsten auf den Flüssen von Kerys eingesetzten Schiffstyp darstellten, ist weniger bekannt als über frühere Arten, denn es sind keine verläßlichen Beschreibungen überliefert. Offenbar wurden solche großen Schiffe recht bald aus dem Verkehr genommen, als das Land seinem Untergang entgegensteuerte, und spätere Chronisten hatten sie niemals zu Gesicht bekommen; ihre Versuche, sie darzustellen, neigen zu extremen Ausschmückungen. Die Rümpfe großer Kriegsschiffe wie der *Prinz Korentyn* waren offenbar ziemlich modern gestaltet, und man bediente sich des Systems einer vielfachen Besegelung, wie es bei den größeren Flußbooten der Duergar üblich war. Den ›Schnellseglern‹ wurde dieser Name lediglich einer leichteren Unterscheidung wegen gegeben, denn sie waren einfach nur eine größere Version des in Kerbryhaine üblichen Standardmodells, allerdings mit einer komplizierteren Takelage. Der Umfang, in dem Kermorvan seine Schmiede und Schiffsbauer beschäftigte, läßt erahnen, daß er ständig bestrebt war, die Konstruktion seiner Schiffe zu verbessern. Welche Ergebnisse er damit letztendlich erzielt hätte, zeigt der Kutter, der Roc und Elof über den Ozean brachte. Wenn er in der Lage gewesen wäre, eine Vorder- und Hintertakelage zu entwickeln, die den längeren und schlankeren Schiffsrümpfen hätte angepaßt werden können, dann hätte er eine Flotte gehabt, die so schnell und leistungsfähig wie die großen chinesischen Schnellboote gewesen wäre.

Die Kogge hätte kaum ein größerer Gegensatz dazu sein können. Sie hatte diesen Namen erhalten, weil sie entfernt an die Art von Wasserfahrzeugen erinnerte,